W0198632

grafit

Chemnitzer Str. 31, 44139 Dortmund
Internet: http://www.grafit.de
E-Mail: info@grafit.de

Umschlaggestaltung: Peter Bucker
Druck und Bindearbeiten: CPI – Clausen & Bosse, Leck
ISBN 978-3-89425-386-8
1. 2. 3. 4. / 2011

Jacques Berndorf

Eifel-Blues

und

Eifel-Gold

Zwei Kriminalromane
in einem Band

grafit

Der Autor

Jacques Berndorf – Pseudonym des Journalisten Michael Preute – wurde 1936 in Duisburg geboren und lebt heute in der Eifel. Er war viele Jahre als Journalist tätig, arbeitete unter anderem für den *stern* und den *Spiegel,* bis er sich ganz dem Krimischreiben widmete.

Seine Siggi-Baumeister-Geschichten haben Kultstatus, im Grafit Verlag sind erschienen: Eifel-Blues, Eifel-Gold, Eifel-Filz, Eifel-Schnee, Eifel-Feuer, Eifel-Rallye, Eifel-Jagd, Eifel-Sturm, Eifel-Müll, Eifel-Wasser, Eifel-Liebe, Eifel-Träume und Eifel-Kreuz.

Außerdem lieferbar: *Die Raffkes* und *Der Kurier* (beides Politthriller).

Eifel-Blues

Drei Tote neben einem scharf bewachten Bundeswehrdepot in der Eifel: Verkehrsunfall? Eifersuchtstragödie? Spionageaffäre? Der Journalist Siggi Baumeister wird krankenhausreif geschlagen, sobald er seine Recherche begonnen hat. Aber das macht seine verbissene Wut nur noch größer.

Eifel-Gold

Ausgerechnet in der verschlafenen Eifel passiert der größte Geldraub in der Geschichte der Republik. 18,6 Millionen sind weg – und mögliche Täter gibt's genug: RAF, Mafia, Kurden, Russen, Neonazis? Eine harte Nuss für Siggi Baumeister, der auch noch das Verschwinden seiner Katze Krümel aufklären muss.

Eifel-Blues

ERSTES KAPITEL

Morgens um sechs war die Nacht zu Ende, weil Krümel an der Schlafzimmertür hochsprang und sich auf die Klinke fallenließ. Ich habe nie begriffen, wie sie es dabei fertigbringt, die Maus in ihrem Maul nicht zu verletzen. Sie kam hinein, hockte sich dicht vor meinen Kopf, legte die Maus vor sich hin auf den Teppichboden und ließ ein triumphierend heulendes Gemaunze hören. Die Maus war ein kleiner, grauer, vollkommen bewegungsloser Ball.

»O Scheiße!« sagte ich brummig. »Wir haben Ferien, verstehst du? Ferien! Ich bin müde, ich will keine Maus.« Die Maus bewegte sich vorsichtig, wurde am vorderen Ende spitz und dünn. Ich nahm die Brille vom Teppich und setzte sie auf. Die Maus blinzelte und rannte los, direkt auf mein Gesicht zu.

Krümel neigte elegant den Kopf, mit einem Wisch war die rechte Pfote weit draußen und nagelte die Maus fest, ungefähr zwanzig Zentimeter vor dem Rand der Matratze, ungefähr fünfundzwanzig Zentimeter vor meinem Gesicht. »Du machst sie sowieso nie tot, und ich kann sehen, wie ich damit fertig werde.«

Krümel ließ die Maus los, und das graue Bällchen sauste im Geschwindschritt an der Matratze hoch und verschwand oberhalb meines Kopfes unter dem Kissen. Krümel leckte sich die rechte Pfote.

»Du bist widerlich«, sagte ich erbittert.

Ich setzte mich hin und nahm das Kissen hoch. Da hockte die Maus und blinzelte wieder, anscheinend furchtlos.

»Was machen wir jetzt mit dir?« Krümel drehte ab, lief steil schwänzelnd hinaus, maunzte in der Tür und rieb sich am Pfosten. Ich hörte, wie sie den Flur entlanglief und dann die Treppe hinuntersprang. Die Maus setzte sich vorsichtig in Bewegung, ich nahm sie schnell hoch und sagte: »Ich werde dir die Freiheit schenken, ich bin dein Freiheitskämpfer.«

Ich zog den alten Bademantel an und schlich die Treppe hinunter, die Maus in der Hand. Krümel rieb sich an meinen Beinen. »Ja, ja«, sagte ich, »du gestattest, daß ich deine Morgengabe erst mal an die frische Luft setze.«

Die Haustür quietschte, es war neblig, es nieselte, aber es war warm. Ich setzte die Maus auf die Stufen. Krümel beobachtete sie nicht sonderlich interessiert. Dann schloß ich die Tür, ging in die Küche und öffnete eine Dose für Krümel. Entenragout. Sie fing an zu schnurren und rieb sich an meiner Wade.

»Hör auf«, sagte ich, »du benimmst dich widerlich unwürdig, du verkaufst deine Seele für ein mieses Industrieprodukt.«

Ich schlich zurück in das Schlafzimmer, legte mich hin und schlief ein, bis Krümel mich mit einem sanften Laut weckte. Sie hielt, rund zwanzig Zentimeter vor meinem Gesicht, die Maus sanft auf dem Teppich fest und sah mich sehr stolz und gelassen an.

Es war neun Uhr, und soweit ich erkennen konnte, war es dieselbe Maus. Es war sogar bestimmt dieselbe Maus, denn in diesem Dorf würde es niemals zwei Mäuse von solch grandioser Dämlichkeit geben.

Ich nahm die Maus und brachte sie erneut vor das Haus. Das Telefon schellte. Ich dachte, es wäre Elsa oder irgend jemand sonst, aber es war Kohler.

Er sagte strahlend: »Hey!« Er sagt immer Hey und immer strahlend.

»Ich bin zweiundvierzig«, sagte ich. »Ich werde alt und fühle den nahen Tod. Und ich habe Urlaub.«

»Aber das weiß ich doch alles, mein Junge«, röhrte er. »Es ist nur so, daß der Chef dich unbedingt will. Er weiß schon, was er an dir hat ...«

»Nehmt doch irgendeinen eurer festangestellten Redakteure, nehmt nicht mich. Es gibt bessere.«

»Nicht in diesem Fall«, sagte Kohler. »Es ist eine sehr leise Geschichte, eine Geschichte mit sehr viel Hintergrund. Und sie spielt irgendwo bei dir, irgendwo in der Eifel. Und weil der Chef so zurückhaltend ist und weil er über so schnöde Dinge wie Geld nicht sprechen mag, soll ich dir sagen, daß er dir achttausend zahlt. Pro Monat, versteht sich.«

Das war das Doppelte des Üblichen, das roch widerlich. »Es geht nicht«, sagte ich. »Ich muß Urlaub machen, verstehst du? Ich bin wirklich kaputt, ich bin nur ein mieser Freier, der sich seine Brötchen verdient, um etwas Rente im Alter zu haben. Was ist es denn für eine Geschichte?«

Das schrecklich Normale an Kohler war, daß er irgendwann vor vielen Jahren beschlossen hatte, unter allen Umständen Karriere zu machen, oder das, was er dafür hielt. Und im gleichen Augenblick hatte er seine Seele verkauft, das Recht auf sich selbst abgetreten an irgendwelche gänzlich skrupellosen Chefredakteure, die ihn ständig mißbrauchten, ihn als Nachrichtenjungen benutzten, als Postillon d'amour, als Arrangeur heimlicher Treffen. Zuweilen, das mag sein, fiel irgendeine höchst geheime Nachricht auch für ihn ab, aber in der Regel war es Klatsch, nichts wirklich Wichtiges, und er war verzweifelt bemüht, so zu tun, als wisse er alles aus den Kabuffs der Macht, als sei ihm nichts neu.

»Was für eine Geschichte?« fragte er gedehnt, als habe er meine Frage nicht verstanden. »Nun ja, wie gesagt: achttausend pro Monat, solange du an der Geschichte werkelst. Ich bin bloß eine kleine Nummer, verstehst du? Ich bin bloß der Chef vom Dienst. Und jetzt verbinde ich dich mit dem Chef.« Es klickte.

Da war sie, die geliebte, schnarrende Stimme. »Mein Freund, wie ich höre, machen Sie Urlaub. Na, macht nix. Können Sie sich vorstellen, daß Ihr Telefon abgehört wird? Verfassungsschutz, BND oder MAD und CIA und wie diese Jungenclubs alle heißen.«

»Ich weiß, daß ein paar von denen ständig Langeweile haben und sich gern in die Intimitäten anderer einmischen. Voyeure.«

»Ihr habt doch alle die Paranoia. Na gut, dann machen Sie sich auf die Socken und rufen mich aus einer Zelle an, klar? Und innerhalb der nächsten zehn Minuten, bitte.«

»Das geht nicht, das geht wirklich nicht. Wir haben hier im Dorf nur eine Zelle, und die ist immer kaputt, weil die Jugendlichen darin rumknutschen. Die nächste ist drei Kilometer weg.«

»Zwanzig Minuten, mehr aber nicht«, sagte er. Dann murmelte er noch verächtlich: »Dorf!« und »Eifel!« und hängte ein.

Ich zog mir einen Trainingsanzug an und ging auf den Hof. Es regnete sanft, der Wagen sprang widerwillig an, ratterte, als sei er verrostet. Krümel kam schmal und hübsch heran und miaute. Ich ließ sie rein.

»So eine Scheiße«, sagte ich ihr. »Aber für achttausend Eier kann ich dich bis an dein Lebensende ernähren.« Sie sprang auf die Rückbank, rollte sich ein und schloß die Augen. Sie mag es, wenn das Auto durch die Landschaft schaukelt.

Unten am Dorfbrunnen stand Alfred mit einem Hänger voll Heu und schrie: »Ich bringe dir nachmittags dein Holz!« Ich nickte, grüßte männlich mit lässig leicht erhobener Handfläche und fuhr weiter. Auf der Anhöhe zwischen den Dörfern peitschte der Regen in einer Bö fast waagrecht, aber weit im Westen war der Himmel blau. Ich würde gutes Wetter haben, nicht zu heiß. Ich mußte Holz schlagen, ich mußte die Natursteinmauer bepflanzen, ich mußte die Pflaumenbäume ausputzen, ich mußte den Abfall aus der Garage abtransportieren, ich hatte genug zu tun. Das alles in fast frischer Luft.

In der Telefonzelle hockte sich Krümel auf die Bücher und sah mir zu, wie ich das Kleingeld ausbreitete, die Münzen in den Schlitz steckte und wählte.

»Ich bin's wieder, Siggi Baumeister.«

»Gut, gut«, sagte er. »Haben Sie genug Kleingeld? Das dauert nämlich eine Weile. Ich muß Ihnen eine Geschichte erzählen, eine ganz komische Geschichte.«

»Ich habe genug Kleingeld.«

»Na gut. Also: Ich war gestern in Bonn beim Verteidigungsminister. Nichts Besonderes, nur ein Interview. Wir wollten wissen, ob er denn bereit ist, ein bißchen weniger zu rüsten. Er ist natürlich im Prinzip bereit, aber eigentlich ist er nicht bereit, weil er richtigen Frieden nicht mag. Klar, ist sein Job. Na gut, anschließend benahm er sich leutselig, ging mit uns in die Kantine essen. Der muß ja seinem Volk zeigen, daß er mit den bekanntesten Publizisten dieser Erde auf du und du steht. Der Fraß war saumäßig, der Minister stinklangweilig. Er erzählte mal wieder, wieviel gute Freunde er in Washington hat, und daß die eigentlich ohne ihn nicht leben können, wenn sie ehrlich sind. Gut, soweit auch nichts Besonderes. Dann wurde der Minister zum Telefon gerufen, und ich blieb da allein hocken.« Er räusperte sich hingebungsvoll, was besagt, daß es jetzt kam. »Sie müssen sich vorstellen, daß diese Kantine ein großer, niedriger Raum ist, ungefähr so anheimelnd wie das Pissoir auf dem Hauptbahnhof in Hamburg. Die Tische stehen dicht an dicht. Am Tisch hinter mir Zivilisten, zwei Männer, ungefähr fünfzig Jahre alt. Die unterhielten sich vollkommen normal, sofern in diesem Haus jemand normal ist. Anfangs habe ich nicht begriffen, um was es ging, aber dann habe ich es kapiert. Da ist ein Doppelmord passiert. In der Eifel. Irgendwo in Ihrer Nähe in einem Munitionsdepot. Also, der Mord ist nicht in dem Depot passiert, sondern außerhalb auf einem Waldweg. Der Ort heißt Hohlbach oder so ähnlich ...«

»Hohbach«, sagte ich. »Acht Kilometer von hier. Aber da war kein Doppelmord, das wüßte ich. Ich war gestern abend in der Kneipe.«

»Nun warten Sie's doch ab«, sagte er freundlich. »Aus der Unterhaltung der Männer ging hervor, daß ein Bundeswehrleutnant in einem Jeep gefunden wurde. Er saß hinter dem Steuer. Und neben ihm saß eine Frau, eine junge, hübsche Frau. Und beide saßen so, als würden sie sich unterhalten. Sehr friedlich, verstehen Sie? Aber beide sind erschossen worden. Von hinten in die Köpfe ...«

»Das gibt es nicht«, sagte ich.

»Doch«, sagte er, »ein alter Bauer hat sie angeblich gefunden.«

»Das ist unvorstellbar«, sagte ich. »Sehen Sie, die Eifel ist zwar sehr schön, aber sie ist auch ein karges Land, ohne jeden Rummel. Und wenn hier so etwas passiert, reden die Leute, weil es nicht viel Abwechslung gibt. Hier wird schon geredet, wenn der Reißverschluß meiner Hose defekt ist.«

»Ja, ja«, sagte er ganz glücklich, »das dachte ich auch. Ich habe meinen Schlaf geopfert, ich habe sämtliche Dienste nachgelesen. DPA, UPI, Reuter und so weiter und so fort. Nichts von einem Doppelmord, überhaupt nichts.«

»Wie ging denn das weiter, haben die Männer irgendwelche Namen genannt?«

»Nicht die Spur. Das einzige, was ich mitgekriegt habe, ist die Tatsache, daß das vor etwa vierzehn Tagen passiert sein muß. Und zwar an einem Sonntagabend oder in der Nacht vom Sonntag auf Montag. Einer der beiden Männer in der Kantine sagte, er habe kaum Hoffnung auf eine schnelle Klärung, weil, und an diesem Punkt kann ich wörtlich zitieren, ›dieser DDR-Fatzke mit seiner Karre spurlos verschwand.‹ Baumeister, ich betone, daß ich nicht weiß, was das heißt. Eingesetzt sind der Militärische Abschirmdienst und der Verfassungsschutz und der BND. Ja, und noch ein Bonbon. Die Kripo ist aus dem Fall hinausgeschmissen worden, obwohl die Frau angeblich nicht bei der Bundeswehr war, also Zivilistin. Egal, wie lange Sie an dieser Geschichte sitzen, ich zahle alle Spesen. Kohler hat Ihnen gesagt, was Sie verdienen? Also los, das will ich im Blatt haben, egal, wie lange das dauert.«

»Erinnern Sie sich an andere Einzelheiten des Gespräches? Hatte dieser Leutnant etwas mit dieser Frau zu tun? War es seine Frau?«

»Nein, nein. Einer der beiden Männer erwähnte, sie hätten mit der Frau unendlich Schwein gehabt, weil niemand sich für sie interessiert – außer mit ihr zu bumsen, als sie noch lebte.«

»Das kann aber eine Menge Interesse bedeuten«, sagte ich. »Und noch etwas: Schicken Sie mir bitte die ersten achttausend telegrafisch. Ich will sehen, wofür ich arbeite.«

»Gut«, sagte er. »Und schicken Sie mir die Recherchenergebnisse an meine Privatadresse. Niemand weiß von der Sache, und so sollte es bleiben.«

Ich nahm Krümel und sagte begeistert: »Ich kaufe dir drei Tonnen *Whiskas* vom Feinsten.« Sie hing mit geschlossenen Augen wie ein nasser Lappen in meinen Händen. Manchmal nutzt sie mich schamlos aus.

Alfreds Trecker mit dem Heuanhänger stand vor Manni Kappes Wirtschaft und tuckerte vor sich hin. Das hieß, daß Alfred bestenfalls drei bis sechs Bier trinken würde. Ich sagte Krümel, sie solle im Wagen bleiben, und ging hinein. Manni stand hinter dem Tresen, und vor ihm stand Alfred und trank sein Bier.

»Morgen. Ich hätte gern Kaffee«, sagte ich.

Manni verzog den Mund und ging in die Küche.

»Hör mal, da ist ein Munitionsdepot in Hohbach. Weißt du, was da gelagert wird?«

»Ganz normale Munition«, sagte Alfred. »Aber die Leute sagen auch, da gibt es unterirdische Tanks für Gas. Andere sagen, daß sie da diese Rucksack-Atombomben haben. Aber die Leute reden viel. Auf jeden Fall ist das die Säuferkompanie.«

»Was heißt das?«

»Na ja. Ein Depot am Arsch der Welt. Die Männer langweilen sich zu Tode. Ich habe da mal mitten in der Woche

Holz hingefahren. Die waren alle besoffen. Das ist doch ein Scheißjob ist das.«

»Und was weißt du sonst noch?«

Er grinste. »Nix, ich weiß nie was. Aber ehrlich, du weißt doch selbst, daß wir hier jede Menge Depots haben. An jedem dicken Baum.«

»Na schön«, sagte ich. »Sag Manni, er soll meinen Kaffee trinken. Ich bezahle heute abend.«

Als ich rauskam, zogen zwei F-15 von den Amerikanern in Bitburg in ungefähr siebzig Metern Höhe über das Dorf und gingen parallel in eine Kampfkurve. Es kreischte.

»Idioten!« schrie ich.

Krümel war vom Sitz gesprungen und daruntergekrochen.

»Reg dich nicht auf«, sagte ich. »Sie müssen Krieg spielen, weil sie sonst arbeitslos wären.«

Es hatte zu regnen aufgehört, am Himmel segelten schneeweiße Wolken. Ich fuhr nach Hause, zog mir die Arbeitsklamotten an, zog das Telefon an der langen Strippe auf den Gartentisch, holte die Leiter und fing an, den Pflaumenbaum auszuschneiden, bis das Telefon zum erstenmal schellte. Es war schon wieder Kohler.

»Was ist es?« fragte er gierig.

»Nichts Besonderes«, sagte ich. »Es ist privat für den Chef.«

»Also, du schweigst?«

»Ich schweige«, sagte ich und hängte ein.

Eine Stunde später war Elsa am Apparat und schnurrte mit unterkühlter Stimme: »Ich wollte eigentlich nicht anrufen. Aber wir hatten einen Termin: Du wolltest hierher nach Hamburg kommen und mit mir in das Gitarrenkonzert von McLaughlin gehen. Du bist nicht gekommen.«

»Ich … o Scheiße, ich habe das verschwitzt, es war so viel zu tun hier.«

»Das hilft dir nicht, du hast nicht einmal angerufen. Das hat wohl damit zu tun, daß ich eine Frau bin.«

»Hör auf mit diesem ewigen Feldzug für die Frauen. Ich habe es verschwitzt, wirklich und wahrhaftig verschwitzt. Das ist nicht gut, und ich entschuldige mich.«

»Wenn du das nächste Mal mit mir schlafen willst, werde ich vergessen, mich auszuziehen.« Sie war wirklich zornig, und ich sah ihre schmalen Augen.

»Wie geht es dir sonst?«

Sie lachte sanft und beängstigend sympathisch. »Es geht mir ganz gut, ich habe auch Urlaub. Bleibst du im Urlaub zu Hause?«

»Ja.«

»Komm doch ein paar Tage her.«

»Geht nicht. Hier ist so viel zu tun.«

»Du willst also nicht gestört werden? Vielleicht hast du Besuch bei dir?«

»Na sicher. Die Tochter vom Schimanski ist hier, vierzehn und willig.«

»Du bist zum Kotzen arrogant, Baumeister.«

»Das haben wir gemeinsam.«

Sie sagte eine Weile nichts, dann murmelte sie: »Wir haben beide unsere Geschichte. Kann sein, daß wir keine Übereinstimmungen finden, daß wir rummachen, rumtaumeln, rumstottern. Ich diene mich an ... habe ich mich dir angedient? Ja, und wenn? Wir tun uns weh, nicht wahr?«

»Zuweilen.« Hinter mir im alten Apfelbaum war das Dompfaffpärchen eingeflogen und schien sich aufgeregt etwas zu erzählen.

»Deine Sprüche«, sagte sie hart und flach. »Deine gottverdammten Sprüche!« Dann knallte es scharf, weil sie den Hörer so heftig auflegte.

»Ja, ja«, murmelte ich und hängte ein. Ich stopfe mir die *Royal Briar* von Stanwell, schmauchte ein paar Züge und erklärte dem Dompfaffpärchen: »Eine Frau kann ich doch jetzt wirklich nicht gebrauchen!« Um meine Biestigkeit deutlicher zu machen, murmelte ich: »Yesterday I had a love song, today I am singing the blues!« Natürlich kam ich mir vor wie ein Schmierenkomödiant, aber es tat gut. Schließlich stiefelte ich ins Haus und ließ das Joe-Pass-Trio *Lover For Sale* jubeln, weil man da so schön in Selbstmitleid ersaufen kann.

Alfred kam mit dem Hänger voll Buchenholz runter vom Hochwald. Er zog den schweren Fendt vor die Garage und sagte: »Ich stapel dir das auf. Morgen komme ich mit der Kreissäge. Aber hacken mußt du es selbst, dann kriegst du auch keinen Bauch. Weshalb hast du nach dem Munitionsdepot gefragt?«

»Nur so. Jedesmal, wenn ich von Köln komme, sehe ich es da liegen. Ich wollte nur wissen, was es ist. Was kostet das Holz?«

»Zweihundert. Mit der Fahrerei zweihundertzehn. Wenn du einen Hunderter drauflegst, schicke ich dir wen, der das hackt und stapelt.«

»Ich hacke es selbst. Wieviel Mann liegen in so einem Depot?«

Alfred war ein rothaariger, schmaler, zäher Eifelbauer in meinem Alter. Er war stolz darauf, daß er nie geheiratet hatte, und einige Leute im Dorf sagten, er spiele gelegentlich den Clown, um zu verbergen, daß er scharf denken konnte.

»Du hast doch was«, sagte er, »du fragst doch nicht ohne Grund.«

»Lad das Holz ab«, sagte ich. »Du kriegst dann ein Bier und einen Schnaps, und ich sage dir, was ich habe.«

Er nickte und machte sich daran, die schweren Baumstükke herunterzuhieven und aufzustapeln. So, wie er das machte, sah es sehr leicht aus.

Ich stieg wieder in den Pflaumenbaum hinter dem Haus und holte die Geilzweige raus, die im Frühjahr geschossen waren.

Als mir der Fuchsschwanz ausglitt und über den linken Handrücken ratschte, stieg ich runter, machte mir im Bad ein Pflaster drauf und sah dann zu, wie Alfred die letzten Stämme stapelte.

»In den kleineren Depots sind immer fünfzig bis sechzig Leute, vier bis sechs Züge. In Hohbach sind um die hundert Leute. In Hohbach sind auch keine Wehrpflichtigen. Daran kannst du sehen, daß sie wichtiges Zeug bewachen. Wenn es nur normale Munition wäre, hätten sie Wehrpflichtige, aber sie haben keine, nur richtige Kommißköppe. Du hast was gehört, nicht?«

»Was soll ich gehört haben?«

Er nahm den letzten Stamm vom Hänger und legte ihn leicht wie ein Schilfrohr oben auf den Stapel. Er sah mich an. »Laß uns drinnen sprechen. Ich merke schon, du weißt was. Ich weiß auch was. Da steht ein Jeep im Wald, und da sitzt ein Bundeswehrleutnant drin und daneben eine Frau. Und das ist beim Depot in Hohbach. Und beide mit Kopfschüssen, und ...«

»Wer hat dir das erzählt?«

»Ein Vögelchen, ein Vögelchen. Komm rein, du kannst mir ein Bier spendieren.« Er ging vor mir her, er ging leicht rollend wie ein Seemann. In der Tür drehte er sich um. »Sie haben alles vertuscht. Aber da ist was ganz Neues. Drei Tage später haben sie eine dritte Leiche gefunden, wieder eine Frau. Zweihundert Meter von dem Punkt weg, an dem der Jeep stand. Auch erschossen.«

Er ging vor mir her durch den Flur, bog ab in das Wohnzimmer und hockte sich mit dem halben Hintern auf die Sofalehne, wie er das immer macht. »Ich hoffe, du verscheißerst mich nicht«, sagte ich und ging, um das Bier und den Schnaps zu holen.

»Ich weiß, was ich weiß«, sagte er empört und laut. »Ich hab in Hohbach einen Kumpel wohnen aus früheren Zeiten. Aber woher hast du das erfahren?«

»Ich habe in Bonn zwei Männer drüber reden hören. Reiner Zufall. Was weißt du?«

»Ich weiß, daß du nichts rauskriegen wirst. Die haben alles wasserdicht gemacht, die machen immer alles wasserdicht bei der Bundeswehr.«

Ich stellte ihm eine Flasche Bier hin und goß ihm einen Schnaps ein. »Was weißt du?«

»Ich sagte doch, ich hab in Hohbach einen Kumpel. Der rief mich an und hat mir was erzählt. Einer von den alten Bauern ist morgens los, um nach dem Feld zu gucken. Dabei hat der Mann den Jeep mit den zwei Toten gefunden. Das war der Sonntag vor Pfingsten. Er ist dann zum Depot gerannt und anschließend ins Dorf. Aber nach einer Stunde haben sie ihn abgeholt, mit Militärpolizei. Und als er von der Vernehmung zurückkam, hat er kein Wort mehr gesagt. Es wird erzählt, es ist ein Leutnant von der Bundeswehr gewesen und eine Frau. Und drei Tage später haben Kinder die zweite Frau gefunden. Die Bundeswehr hat das ganze Gebiet fünf Stunden lang abgesperrt, sogar die Verbindungsstraße zur Autobahn haben sie dichtgemacht.«

»Also mit anderen Worten: Die ganze Gegend weiß, was du weißt, und kein Mensch redet.«

»Warum sollen wir denn reden? Wir sind eben schweigsame Leute.« Er grinste und seine Augen versanken in Falten. »Der Gentleman genießt und schweigt. Im Ernst, Bundeswehr ist doch gut für die Eifel, Bundeswehr sind Arbeitsplätze, Bundeswehr macht Kameradschaftsabende mit den alten Kriegern, Bundeswehr bringt Geld. Sei doch ehrlich, Junge, wenn die mit ihren Scheißpanzern meine Wiesen pflügen, dann kommt irgendein Heini in Uniform und zahlt schnell und gut. Wenn hier bei der Bundeswehr was stinkt, dann halten wir uns alle die Nase zu, weil das doch klar ist, daß wir zu denen halten, weil ...«

Er hatte sich in Rage geredet, denn dies war ein heikler Punkt in seinem Leben. Es kam sehr selten vor, daß er sich betrank, aber wenn er betrunken war, kam er auf die Bundeswehr zu sprechen und sagte mit Augen, die nichts sahen:

»Das ist der beschissenste Verein, den es gibt, weil du nur eine Nummer bist und keine Chance hast, was anderes zu sein als eine Nummer.« Nie erwähnte er, daß ein Bundeswehrspieß ihm die Liebe seines Lebens vermasselt hatte, aber immer war er in dieser Stimmung drauf und dran, das ganze Lokal zu verwüsten.

»Und die Redakteure von den Lokalzeitungen?«

Alfred lachte. »Die wissen das, was ich weiß, aber schreiben dürfen die kein Wort, weil dann die Banken, die Handwerker und die Geschäftsleute sagen, daß es keine Anzeigen mehr gibt. Und so weiter. Sag mal, bist du von gestern? Junge, laß die Finger davon. Wenn du nur danach fragst, bist du schon im Krankenhaus.«

Es machte keinen Sinn, ihm zu widersprechen, er hatte recht. »Drei heimliche Tote«, sagte ich schwärmerisch. »Was sagen deine Flüstertüten? Liebesdrama? Familiendrama? Ehedrama? Oder Spionagedrama, oder was?«

Wenn er grinste, hatte er keine Augen mehr. »Der eine sagt dies, der andere das, du kannst es dir aussuchen. Aber tatsächlich weiß keiner was. Von Spionen ist in der letzten Zeit viel geredet worden, aber das kann Geschwätz sein.«

»Wer sind die beiden toten Frauen?«

»Die erste ist bekannt. Sie war seit einem Jahr Kellnerin in der Wirtschaft in Hohbach. Ich weiß nur, sie war nicht aus Hohbach, sie war aus Ostberlin. Sie hieß Susi. Und sie war rund dreißig Jahre alt. Wer die zweite Tote ist, weiß kein Mensch. Die Kinder kannten sie jedenfalls nicht. Außerdem war sie nicht mehr erkennbar.«

»Stammte der Leutnant aus dieser Gegend?«

Er schüttelte den Kopf. »Der soll im Münsterland zu Hause gewesen sein.«

»Kannst du mich weiterreichen an deinen Kumpel in Hohbach?«

»Das mache ich nicht«, sagte er schnell und starrte aus dem Fenster. »Du mußt das verstehen. Ich bin ein Bauer und ich lebe hier. Du bist von der Presse und kannst jederzeit abhauen. Das kann ich nicht machen.«

»Schon gut«, sagte ich. »Vergiß, daß wir drüber geredet haben.«

Er zeigte sein Faltengesicht. »Ich kenne dich jetzt fünf Jahre, aber ich habe dich nie gesehen.« Damit ging er. Er hatte das Bier und den Schnaps nicht angerührt.

In der Haustür drehte er sich herum und war gegen den Frühsommerhimmel ein scharfer Scherenschnitt. »Du kriegst es ja doch raus. Irgendein LKW aus der DDR spielt da mit. Der war übers Wochenende in Hohbach, der Fahrer hat in der Kneipe übernachtet, weil er samstags und sonntags nicht auf die Autobahn darf. Und am Mittwoch vorher war der Lastzug schon mal in Hohbach, der Fahrer hat schon mal da geschlafen.« Er bewegte die Arme sehr rasch vor dem Körper. »Ich weiß nicht, wie das zusammenhängt, unsereiner hat keine Ahnung von so einem Scheiß. Die Leute sagen, da haben sich irgendwelche Spione gegenseitig umgelegt. Hast du gehört, daß die Toten in dem Jeep und die Frau, die später gefunden wurde, gar keinen Kopf mehr hatten?«

»Habe ich nicht gehört. Und dieser LKW-Fahrer aus der DDR ist verschwunden?«

»Verschwunden samt LKW. Hatte eine Nummer mit R, war aus Dresden. Und der Laster war ein Volvo Intercooler, drei Achsen hinten für ganz schwere Sachen.« Er lächelte vage. »Vielleicht haben die eine Rakete geklaut, oder so.«

»Weißt du die ganze Nummer vom Laster?«

»Nein, nur das R.« Er bewegte die Arme wieder. »Ich muß weiter.«

Es gibt Tage, da reagiere ich ausgesprochen musikalisch. Ich schob ein Band von Robben Ford in den Recorder. Er sang *Nothing but the blues* und scheuchte mit weich gesetzten Harmonien alle Verquastheiten aus meinem Schädel. Ich ging hinter das Haus, machte weiter an dem Pflaumenbaum, und als ich fertig war, schnitt ich drei dicke Scheiben vom

Schinken herunter, briet sie und schlug dann drei Eier drüber. Dazu gab es schwarzen italienischen Kaffee.

Ich mußte rausrennen in den Garten, als das Telefon schellte, mein Telefon steht nie dort, wo ich es brauche. Es war Elsa, und sie sagte biestig: »Ich habe mit Kohler gesprochen.«

»Ja und?«

»Kohler ist ein Schwätzer und ein Wichtigtuer, und er glaubt, daß wir etwas miteinander haben und so.«

»Ja und?«

»Ich meine, nicht ich habe ihn angerufen, sondern er mich. Er will nämlich wissen, welchen dämlichen Geheimauftrag dir der Chef erteilt hat. Und er glaubte, ich wüßte es.«

»Kohler ist ein Idiot.«

»Da stimme ich zu. Ganz abgesehen davon hat sich aber herausgestellt, daß du keineswegs Urlaub machst, sondern eine Geschichte. Und als ich dich zum erstenmal angerufen habe, klang deine Stimme auch so.«

»Wie?«

»Na ja, wenn du eine Geschichte angehst, hast du eine besonders ferne Stimme. Man hat den Eindruck, du hörst nicht zu, bist nicht bei der Sache.«

»Es ist wirklich eine Geschichte für den Chef, und ich weiß nicht, was dabei herauskommt, denn sie ist erst ein paar Stunden alt. Ich möchte dabei allein sein.«

»Ich habe aber überlegt, daß ich mich in den Wagen setze und zu dir komme.«

»Du willst mit deiner Rostlaube von Hamburg hierher in die Eifel tuckern? Da brauchst du zehn Stunden, wenn der Wind günstig steht.«

»Das ist mir gleichgültig, ich habe mit dir etwas für mich Wichtiges zu klären, verstehst du?«

»Ja.«

Was sollte ich einwenden? Wenn sie etwas Wichtiges für sich klären wollte, würde es mir nicht helfen, augenblicklich eine Lungenentzündung zu kriegen, nichts würde mir helfen.

»Könnte es denn nicht sein, daß du dich ein wenig auf mich freust? Als wir das letzte Mal in meiner Wohnung hier zusammen geschlafen haben, da hast du ...«

»Ich überlege gerade, daß es mich wirklich freut, daß ... Na ja, die Geschichte für den Chef stört etwas, weil sie mich stark beschäftigen wird und weil ich eigentlich gar keine Zeit für dich haben werde und weil ich das Haus hier versorgen und weil ich Holz schlagen muß, und sägen muß ich es auch ... und ...« Ich redete und redete, bis ich irgendwann merkte, daß sie längst eingehängt hatte. Ich feuerte den Hörer auf die Gabel und rannte in den Garten. Mein Privatleben war in Gefahr.

Ich brach aus der Natursteinmauer einzelne Steine heraus. Die Höhlungen versah ich nach vorn mit einem kleinen Damm aus Schnellzement. Dann füllte ich die Löcher mit Erde auf und setzte lange Waldgräser hinein. Ich hatte irgendwann diese Idee geboren und wollte wissen, ob sie funktionierte. Dann räumte ich auf, sah die Nachrichten im ZDF, ließ mir eine Badewanne ein. Gegen zwanzig Uhr war ich fertig, zog Jeans und einen dünnen Pullover an, darüber die Anglerweste. Ich setzte auch diesen lächerlichen Pepitahut auf, der mich so mittelmäßig macht. Dann noch meine Ausweise und das kleine Diktiergerät. Mein Urlaub war zu Ende.

Es war bedeckt, aber es sah nicht nach Regen aus, die Wolken segelten zu fröhlich und zu schnell, schönes, glasklares Eifellicht. Ich nahm das Presseschild von der Scheibe und steckte es ins Handschuhfach. Im Rückspiegel sah ich, wie Krümel auf dem Holzstoß saß und beleidigt in die Gegenrichtung blickte.

Ich fuhr auf Köln zu. Kurz vor der Autobahn bog ich links ab. Ich sah das Bundeswehrdepot hell erleuchtet in den dunkelbraunen und grünen Hügeln liegen. Die Luft war feucht und die starken Scheinwerfer tauchten die Wachtürme und den Zaun in ein gespenstisches Licht, in dem sanft blauer Nebel waberte. Es war ein Bild wie aus einem Horrorfilm. Dumpfe, stark erregte Musik kommt auf, man kennt das.

Tagsüber fuhren die meisten Menschen achtlos vorbei, sie sahen es nicht. Nachts mußten sie es sehen, es wirkte wie die gewaltige Bühne eines Freilichttheaters.

Ich hielt vor der Kneipe in Hohbach und ging hinein. Es war wie in vielen Eifelkneipen: nur ein paar Männer am Tresen, keine Frauen.

Ich setzte mich an einen Tisch, nachdem ich freundlich gegrüßt hatte. Der Wirt kam. Er war ein kleiner, runder Mann mit kleinen Augen in einem roten, listigen Schweinsgesicht. Ich fragte ihn, ob er mir etwas zu essen machen könne. Bratkartoffeln mit Spiegelei zum Beispiel. Er sagte, das ginge.

Die Männer am Tresen unterhielten sich laut und lärmend, und zuweilen sahen sie aus den Augenwinkeln zu mir hin, und ihre Gesichter versteinerten für eine Sekunde, als wollten sie fragen, wer ich sei und was ich von ihnen wolle. Da war Spannung.

Als der Wirt das Essen brachte, fragte ich: »Hier soll in der Nähe ein Feriendorf mit einem See sein, an dem man angeln kann.«

»O ja«, sagte er freundlich und übertrieben gedehnt wie ein Werbefachmann. »Der Hohbacher See, ein Staubecken. Da ist auch ein Campingplatz. Oder suchen Sie ein Hotelzimmer?«

»Nicht gerade ein Hotel«, sagte ich. »Vielleicht etwas Billigeres.«

»Nehmen Sie doch bei mir ein Zimmer«, sagte er. »Ist wirklich nicht teuer. Sie zahlen dreißig Mark inklusive Frühstück und können frühstücken, soviel Sie wollen. Sie können das Mittagessen sparen. Einen Angelschein kriegen Sie auch bei mir. Fließend kalt und warm Wasser, Dusche, schöne Aussicht, ruhig hier.«

»Das ist gut«, sagte ich. »Und wie ist der Fischbestand?«

»In Ordnung. Schleien, Karpfen, Rotaugen. Wir haben versucht, Hechte einzusetzen, aber das ist nichts, die gehen ein. Der See ist zu neu. Wenn er zehn Jahre alt ist, steht das Schilf breit genug, und wir können es mit Hechten versuchen. Wenn Sie auf Forellen gehen wollen, weiß ich ein gutes Wasser für Sie. Aber erst mal guten Appetit.«

Ich aß und las dabei die regionale Tageszeitung. Dann ging ich hinaus und holte meine Tasche aus dem Wagen. Der Wirt zeigte mir das Zimmer im ersten Stock. Es war groß und erstaunlich gemütlich. Ich legte die Hemden und die Wäsche in den Schrank, die Krimis auf den Nachttisch. Dann ging ich wieder in den Schankraum. Jetzt waren mehr Männer dort und auch ein paar Frauen, die vereinsamt an den Tischen saßen und so wirkten, als hätten sie ausnahmsweise die Erlaubnis ihrer Männer, eine Kneipe zu besuchen. Es waren keine einheimischen Frauen, Touristinnen wohl vom Campingplatz.

Ich stellte mich an den Tresen und ließ mir einen Apfelsaft einschenken.

»Geben Sie mir ein Wasser, Herr Wirt«, sagte jemand neben mir, dünn wie ein Federmesser. Es war eigentlich keine Stimme, es war etwas wie körperlose Gewalt, etwas sehr kalt Beiläufiges.

Dann drehte er sich zu mir und stellte fest: »Sie trinken auch keinen Alkohol, das ist gut. Alkohol verwischt Konturen, Alkohol ist nur gut, wenn man sehr allein ist.«

Er war einen Kopf kleiner als ich, ein schmaler, harter Mann in einem dunkelgrauen Tuchanzug mit einer weinroten Krawatte. Sein Haar war schwarz und sehr kurz geschnitten, Mecki nannten wir das, als wir jung waren. Das Gesicht war das eines Asketen, der viel im Freien ist, seine Augen waren dunkelbraun und glänzend und ausdrucksvoll wie Kieselsteine. Er mochte vierzig Jahre alt sein oder fünfzig, vielleicht auch sechzig, er war schwer zu schätzen.

»Ich habe früher getrunken«, sagte ich. »Dann kam meine Leber dazwischen.« Ich sah an ihm herunter. Er trug schwarze, feste Halbschuhe, die so glänzend gewichst waren, als ginge er gleich zum Großen Zapfenstreich.

Der Wirt stellte das Wasser vor ihn hin und sagte begütigend, als habe er Angst: »Das ist Studienrat Doktor Messner aus Köln. Auch ein Anglerfreund.«

Der Studienrat lächelte und lächelte doch nicht. »Gehen Sie auf Forellen, oder gemütlicher?«

Das war kitzlig, denn ich hatte in meinem ganzen Leben noch keinen Fisch geangelt. »Meistens Karpfen«, entschied ich. »Dann brauche ich mich nicht soviel bewegen.«

»Aus Köln?« Er zeigte eine Reihe makelloser Zähne.

»Ja. Ein Bekannter hat mir von diesem Stausee erzählt. Sind Sie oft hier?«

»Sehr oft, wann immer ich kann. Hier ist Ruhe, kein Geschrei, kein Geschwätz.« Das war eine Feststellung, keine Spur von Begeisterung, keine Spur von irgend etwas.

»Was lehren Sie, welche Fächer?« fragte ich.

»Physik«, sagte er und trank einen Schluck Wasser. »Physik, Sport, Chemie. Zuweilen Mathematik in unteren Klassen. Entschuldigung, meine Frau hat das Essen bestellt.« Er sah mich an, als sei ich eine Fliege, die er irgendwo einzuordnen habe. Er löste sich von der Theke und ging davon, wobei erstaunlich wirkte, daß seine Schultern sich dabei kaum bewegten. Es wirkte bei genauem Hinsehen ein wenig lächerlich und zugleich bedrohlich. Dieser Dr. Messner ging nicht, er glitt. Er mußte zu einem Tisch in der entfernten Ecke des Raumes, und er hatte nicht viel Platz. Aber seine Bewegungen waren schnell und gleitend. Die Frau, die dort auf ihn wartete, war hellblond und stark geschminkt und trug erstaunlich viel Gold an den Fingern und den Armen. Sie sah ihn nicht an, und er legte ihr begütigend die Hand auf die Schulter, als könne er damit verhindern, daß sie explodierte.

»Ist der Herr Doktor Messner ein guter Angler?« fragte ich den Wirt.

»Och, ich weiß es nicht«, murmelte der Wirt und zapfte ein Bier. »Ich stehe ja nicht daneben.«

»Er ist gar kein Angler«, murmelte ich.

Der Wirt hob den Kopf nicht, lächelte nur in den Bierschaum, sagte nichts, zuckte nur sanft die Achseln, stellte Biergläser auf ein rundes Tablett und schob damit ab.

Ich versuchte, Männer zu entdecken, die nach Geheimdienst aussahen, nach MAD oder Verfassungsschutz oder BND, aber ich entdeckte keinen, der in solchen Riegen zu sein schien. Einmal, während des Essens, stand die Frau an Messners Tisch auf und ging hinaus. Sie war größer als er, und ihr Gesicht war kalt.

Ich stand noch zwei Stunden herum, trat von einem Bein auf das andere, trank Apfelsaft nach Apfelsaft, wartete, daß eines der Bauerngesichter um mich herum eine Bemerkung machen würde. Vielleicht über den Doppelmord oder den dreifachen Mord oder das Munitionsdepot. Aber sie sagten nichts, und ein Tourist genügte wohl, um sie stumm zu machen.

Gegen Mitternacht kam eine Gruppe aufgetakelter Krieger in Tarnanzügen herein. Sie sagten lärmend »Guten Abend«, und ihr Anführer, ein kleiner, schmaler Mann mit einem Schnurrbart vom Reißbrett, schnarrte: »Wir sind sechs, also brauchen wir erst mal zwölf Bier, Hannes.« Die Kneipe lachte, ich zahlte und ging hinauf in mein Zimmer.

Ich zog mich aus und legte mich nackt auf das Bett. Der Lärm im Schankraum nahm ein wenig ab. Irgendwann döste ich ein und wurde wieder wach, weil ich fror. Ich deckte mich zu und hatte eben das Licht ausgemacht, als es klopfte.

»Messner«, sagte er durch die Tür. »Ich möchte Sie schnell noch etwas fragen.« Es war ein Uhr dreißig. Ich stand auf, zog die Jeans über, fummelte nach meiner Brille und öffnete ihm.

Da stand er und lächelte freundlich und kam einen Schritt herein. Er sagte heiter: »Sie werden hier nicht herumschnüffeln, Baumeister.«

»Und was werde ich statt dessen tun?«

»Sie werden Ihre Klamotten einpacken und verschwinden. Sofort. Das mit dem Zimmer hier erledige ich schon. Und Sie werden sich nicht weiter um diesen Fall kümmern.«

Ich drehte mich herum und setzte mich auf das Bett. Ich schüttelte den Kopf. »Ich weiß nichts von einem Fall, ich werde bleiben.«

»Nein.« Er kam ganz herein und schloß die Tür hinter sich. »Sie wissen, wovon ich rede.« Er sprach leise und sehr bestimmt.

»Ihre Tarnung ist mies. Ein Studienrat, Doktor mit Physik und Chemie und Sport und Mathematik in Köln. Aber dauernd in der Eifel. Verfassungsschutz? MAD? BND?«

»Keine Schonzeit für Schreiberlinge. Ich werde Sie verscheuchen, Sie stören die Arbeit.« Er runzelte die Stirn. »Ich habe Ihre Akte hier, ich weiß, was Sie so schreiben. Ich habe auf Sie gewartet, Sie sind die Schmeißfliege in diesem Fall.«

»Wie schön«, sagte ich. »Dann sind Sie der Scheißhaufen.«

Er reagierte nicht erkennbar, er lehnte neben der Tür an der Wand, links über seiner Schulter hing ein kleines hölzernes Kruzifix.

»Wir trennen uns friedlich«, bestimmte er. »Sie gehen jetzt und kriegen die erste Vorausinformation frei Haus.«

Ich lachte, ich mußte einfach lachen und wunderte mich, daß ich das konnte. »Wer immer Sie sind: Sie sind nichts als ein kleiner, mieser Aufpasser vor Ort. Der Fall wird in Bonn gelöst, und niemand wird es für nötig halten, Sie zu informieren. Sie sind eine kleine Nummer an einem kleinen Bundeswehrdepot mit einem kleinen Dreifachmord. Deshalb werde ich nicht gehen.«

Man soll Beamte nicht beleidigen, ganz gleich, ob sie Briefträger oder Geheimdienstleute sind.

Er war schrecklich schnell. Er knickte leicht nach rechts in der Hüfte ein und war mit verblüffender Lautlosigkeit bei mir. Er schlug eine Doublette und landete zweimal voll. Ich wurde nach links vom Bett geschleudert. Ehe ich bewußtlos wurde, hörte ich meine Brille gegen den Heizkörper scheppern und über die Fußbodenbretter gleiten.

Ich lag sehr flach und kriegte keine Luft, als er vollkommen ruhig sagte: »Stehen Sie auf, packen Sie Ihre Sachen und verschwinden Sie.«

Ich konnte nichts sagen, ich konnte nicht aufstehen. Dann war er über mir, griff in meinen Hosenbund und stellte mich so mühelos auf die Beine, als sei ich gewichtslos. Er drehte mich zum Schrank herum und gab mir einen Stoß. »Packen Sie Ihr Zeug ein!«

»Nicht so«, lallte ich, »nicht so.« Ich hielt mich am Schrank fest.

»Sie sind aber sehr renitent«, sagte er affektiert. Er atmete nicht einmal schnell.

Etwas knallte hart in meine linke Nierengegend. Ich drehte mich unkontrolliert, und er stoppte meine Bewegung, indem er mir gegen den Kopf schlug. Links, rechts, links. Ich kniete vor ihm, und er zog mich an den Haaren hoch und schlug zwei Doubletten. Er traf beide Ohren und den Oberkörper, und ich konnte nicht einmal die Arme hochbringen, um mich zu schützen.

Er sagte und atmete jetzt schnell: »In einer Minute sind Sie hier raus. Falls nicht, hole ich die Jungens aus dem Depot. Die sind sowieso sauer.«

Dann hörte ich ihn hinausgehen, sehr leise. Und die Tür war kaum zu hören, als er sie schloß. Ich versuchte aufzustehen. Das ging nur unendlich langsam, und die Schmerzen drückten mir die Luft ab. Ich erreichte tief gebückt das Waschbecken und zog mich hoch. Ich drehte das kalte Wasser auf. Ich wollte mir Wasser in das Gesicht schaufeln, aber als ich mich vorbeugte, verlor ich das Bewußtsein.

Ich wurde wach, lag auf dem Gesicht und drehte mich langsam auf den Rücken. Es tat alles sehr weh, der Schmerz war nicht zu lokalisieren. Über mir sah ich verschwommen das Waschbecken. Ich wollte irgend etwas sagen, laut Scheiße brüllen, aber ich bekam kein Wort heraus. Ich erinnerte mich an das Scheppern meiner Brille und rutschte irgendwie auf den Knien dorthin, wo sie liegen konnte. Ich ertastete sie und setzte sie auf, sie war heil geblieben.

Den Pullover konnte ich nicht anziehen, weil ich die Arme nicht hochkriegte und weil mein Gesicht höllisch brannte. Überall an mir war Blut. Die Schuhe konnte ich nicht anziehen, weil ich mich dann vorbeugen mußte, und das ging nicht, ich hatte Angst davor.

Also ging ich barfuß, nur mit den Jeans bekleidet. Da war die Treppe. Ich hatte panische Angst, das Bewußtsein zu verlieren. Ich ging die Treppe rückwärts hinunter, Stufe um Stufe. Dann drehte ich mich um. Ich ging durch eine Tür, auf der *Zum Hof* stand. Es war sehr dunkel, aber es gab eine mattblaue Einfahrt, die auf die Straße mündete. Da stand mein Wagen. Alles war sehr still und friedlich.

Ich sah durch die Kneipenfenster, daß drinnen die Bundeswehrler noch tranken, der Wirt hatte die meisten Lichter gelöscht.

Der Mann, der sich Dr. Messner nannte, stand ganz still neben meinem Wagen und lächelte mich an und sagte nichts.

Ich sagte auch nichts, schloß zittrig den Wagen auf und stieg ein, wobei ich fiebrig dachte: nicht umfallen, nicht umfallen! Das einzige, was ich hörte, war mein eigenes mühsames Atmen.

Einen Augenblick lang dachte ich daran, schnell zu reagieren, ihn zu täuschen, ein schnelles Wendemanöver zu machen, ihn einfach über den Haufen zu fahren. Dann verpuffte die Idee, ich wollte weg, nichts als weg. Ich war zu jedem Manöver unfähig, ich hätte ihn mit dem Auto nicht einmal getroffen.

Ich fuhr sehr langsam, weil mein Blickfeld sich dauernd veränderte. Ich weiß es nicht genau: Ich bildete mir ein, normal zu fahren, aber alles ging unglaublich langsam. Einmal sah ich fasziniert meine Hand auf dem Weg zum Schaltknüppel: Sie kroch, als habe sie Angst, als müsse sie sich anschleichen an das blöde Ding.

Mein Kreislauf spielte verrückt, und ich konnte nicht ausmachen, was mehr schmerzte, mein Kopf, mein Körper, meine Beine.

Auf einer Anhöhe der Bundesstraße fuhr ich in einer Kurve schnurstracks in den Graben, unfähig, das Lenkrad zu bewegen, unfähig zu bremsen.

Als ich erwachte, lag mein Kopf auf dem Beifahrersitz, die Scheinwerfer leuchteten gegen die grasgrüne Wand des Grabens. Irgendwie konnte ich starten und rückwärts auf die Straße setzen. Ich brabbelte unaufhörlich, wollte mir Mut machen. Einmal meinte ich, daß ich haltlos weinte, das erschreckte mich sehr.

Ich fuhr in mein Dorf und dachte in Höhe des ersten Hauses, daß ich nun wirklich in Sicherheit sei, denn wenn ich jetzt bewußtlos würde, käme bestimmt irgend jemand und würde mir helfen. Aber ich wurde nicht bewußtlos. Ich fuhr die letzte Steigung hinauf und bog in den Hof.

Im Wohnzimmer brannte Licht, und ich dachte dankbar: Alfred hat gerochen, daß du nach Hohbach fährst. Er hat gerochen, daß es Stunk gibt. Jetzt hockt er da und wartet auf dich. Alfred, Liebling!

Ich sah auf der Uhr am Armaturenbrett, daß es drei Uhr war. Ich mußte für die acht Kilometer weit mehr als eine Stunde gebraucht haben. Die Schulter schmerzte wie verrückt, als ich die Handbremse anzog. Ich schaltete den Motor nicht aus, drehte auch nicht die Scheinwerfer ab, ich hatte einfach panische Angst vor jeder Bewegung.

Ich ließ mich seitwärts aus dem Auto gleiten und hatte das Gefühl, daß ich tief vorgeneigt sogar gehen könnte. Die

Haustür war offen und ich schlurfte durch den Flur. Die Tür zum Wohnzimmer stand auf, Alfred hatte Feuer im Kamin angezündet.

Ich hielt mich am Türrahmen fest und versuchte »guten Morgen« zu sagen. Das klappte nicht allzu gut. Dann sah ich Elsa, das heißt, ich sah ihr dunkles Haar über einer Sessellehne.

»Wie kommst du denn hierher?« fragte ich.

»Ich sagte doch, ich würde kommen«, murmelte sie ein wenig arrogant. Dann stand sie auf und drehte sich zu mir herum.

Dann muß sie all das Blut an mir gesehen haben. Ich sah, wie sie schrie und wie ihre Hände zu ihrem Gesicht flogen, aber ich hörte nichts mehr. Ich stürzte nach vorn.

ZWEITES KAPITEL

Sie hatten mich ins Schlafzimmer geschleppt. Ich lag auf dem Rücken auf meiner großen Matratze unter einem Laken. Neben mir hatten sie eine Zeitung mit einem Gummiband um den Lampenschirm geschnallt, um das Licht zu dämpfen. Vor das Fenster hatten sie ein weißes Tuch gespannt. Durch das Tuch schimmerte Licht, es war Tag. An dem kleinen Rohrtischchen saß Elsa und sah hübsch und besorgt aus. Ihr gegenüber saß Dr. Naumann. Ich kannte ihn, ich war vor einem Jahr in panischer Angst zu ihm in die Praxis gerannt, weil ich einen Herzinfarkt befürchtete. Er war seit fünf Jahren in der Gegend, etwa vierzig Jahre alt, mit sanft gewellten braunen Haaren über einem schmalen Gelehrtengesicht. Ich wußte nicht viel von ihm, außer daß seine Frau eine Frauengruppe für Bäuerinnen aufgemacht hatte. Das sprach eindeutig für ihn.

Ich konnte nur schwer sprechen, weil er auf beide Mundwinkel Pflaster geklebt hatte. »Wieviel Uhr ist es?«

»Sechs Uhr morgens«, sagte Elsa. »Du bist umgekippt. Dr. Naumann hat Notdienst, er ist sofort gekommen mit jeder Menge Spritzen und Pflaster und Salben. Du siehst aus wie eine hundert Jahre alte geflickte Pferdedecke.« Dann schluchzte sie und sagte wütend: »Verdammt!«

»Ich habe Kopfschmerzen.«

Der Arzt nickte. »Das ist normal. Nach den Verletzungen und Prellungen zu urteilen, müssen Sie wie wahnsinnig Kopfschmerzen haben. Ihr Vermieter, der Alfred, ist losgefahren und holt Sachen aus der Apotheke. Sie waren schlimm dran und sind noch immer schlimm dran. Schädeltrauma und so, und ein schwerer Schock. Hält noch an.«

»Kann ich einen Kaffee trinken?« nuschelte ich.

»Kann nicht schaden bei dem Blutverlust. Aber einen sehr, sehr leichten. Ich werde Sie ins Krankenhaus bringen müssen. Sicherheitshalber.«

»Kommt nicht in Frage.«

»Doch, doch«, sagte Elsa schnippisch und ging hinaus, um den Kaffee zu machen.

»Kommt nicht in Frage«, wiederholte ich nuschelnd. »Hier drin stinkt es auch schon nach Klinik, und das kann ich nicht ausstehen.«

»Ich rauche Ihnen eine Pfeife vor, dann geht das weg«, sagte er. »Ich frage mich nur, wie Sie es fertiggebracht haben, noch Auto zu fahren.« Er holte eine Pfeife aus der Tasche und stopfte sie.

»*Savinelli*«, sagte ich, »schönes Modell.« Er hob grinsend die Pfeife hoch. »Von meiner Frau zum letzten Hochzeitstag«, sagte er. »Ich habe mir Ihren Wagen angeguckt. Sie sind zwar mit der Schnauze irgendwo ins Gras gefahren, aber einen schweren Unfall hatten Sie nicht ...«

»Rauchen Sie da *Plumcake*?«

Er nickte. »Lenken Sie nicht ab. Was ist passiert?«

»Ich weiß es nicht genau. Geben Sie mir noch ein paar Minuten. Wieso ist Alfred aufgetaucht?«

Er lächelte. »Na ja, Ihre Bekannte ist mitten in der Nacht gekommen, und Sie waren weg. Also hat sie Nachbarn rausgeklingelt und erfahren, daß Alfred Ihr Vermieter ist. Sie ist also zu Alfred und hat sich den Schlüssel geben lassen. Gegen drei Uhr hat eine Kuh gekalbt, und Alfred mußte helfen. Da hat er gesehen, daß Sie in Schlangenlinien auf den Hof fuhren, und ist sofort hierhergerannt. Sie waren bewußtlos. Er hat Sie hier auf die Matratze geschleppt, dann hat er mich geholt. Ihre Kollegin war erst hysterisch, aber das legte sich. Was ist passiert? Erinnern Sie sich wieder? Sie sollten sich schnell erinnern, sonst muß ich Sie sofort ins Krankenhaus bringen. Mit einem Erinnerungsschock kann man nicht herumalbern.«

Elsa kam mit Kaffee herein.

»Er kriegt eine halbe Tasse mit sehr viel Milch. Alle fünf Minuten ein Schluck, nicht mehr. Sie können innere Verletzungen haben.«

Elsa goß ein, fügte Milch hinzu und sagte aggressiv: »Du mit deinen Scheißmännerspielen. Es war doch ein Männerspiel, oder?«

»Wenn das ein Männerspiel war, gehe ich nach Casablanca und laß mir die Eier entfernen.«

»Wie du redest.«

»Ich kann nicht anders. Kann man denn diese blöden Pflaster am Mund nicht wegmachen?«

»Nein. Ich habe Sie hinter dem linken Ohr nähen müssen«, sagte Naumann. »Böse Platzwunde. Wollen Sie wissen, wieviel Stellen ich verpflastern mußte? Sechzehn. Wenn Sie mich fragen, sind Sie unter die Räuber gefallen. Sie haben böse Schläge bekommen, mindestens zehn bis zwölf massive Körper- und Kopftreffer. Ein paar davon gefallen mir nicht.«

Elsa gab mir zu trinken. Der erste Schluck tat nur weh, ich schmeckte nichts.

»Es war ein Mann«, sagte ich. »Ein schneller, schmieriger Profi.«

»*Ein* Mann nur? Das glaube ich Ihnen nicht.«

»Ein Mann.«

»Niemals«, sagte er. »Wenn Sie die Wahrheit sagen, dann war das vorsätzliche Körperverletzung.«

»Das ist dem Mann Wurscht«, sagte ich.

Naumann wandte sich an Elsa und sagte lächelnd: »Wie Sie merken, will er nichts sagen.«

»Er wird schon reden«, sagte Elsa. »Er ist ja auf uns angewiesen, wir können ihn erpressen, wir stellen einfach jede Hilfeleistung ein.«

»Ihr könnt mich mal.«

»Sie sollten mir etwas sagen.« Naumann war nachdenklich und amüsiert. »Es ist so: Wenn ich als Arzt den Verdacht habe, daß eine kriminelle Handlung vorliegt, muß ich etwas unternehmen.«

»Und die Schweigepflicht?«

»Das muß ich abwägen«, sagte er. »Nehmen wir an, Sie sagen die Wahrheit. Wie sieht der Gegner aus?«

»Gesund und munter, keine Schramme.«

»Dann war es wirklich ein Profi, und Sie haben in Hohbach herumgestöbert.«

Er blies einen dünnen Faden Tabakrauch gegen das Tuch am Fenster und sah mich nicht an. »Also war es wohl dieser Studienrat Doktor Messner.«

Ich sagte nichts und wollte den Kopf zur Seite drehen. Das ging nicht, das tat zu weh.

»War es dieser Messner?« fragte Elsa. Sie zündete sich eine Zigarette an. »Antworte doch, Baumeister. Ich kriege es sowieso raus.«

Irgendwo an Naumann piepste es schrill und heftig. »Das Funkgerät im Wagen«, sagte er und ging rasch hinaus.

»Der Chef hat dich auf eine schlimme Geschichte geschickt, nicht wahr?«

»Ja, aber er hat es nicht wissen können. Wie fühlst du dich in der Eifel?«

»Ganz gut, aber lenk nicht ab. Was ist das für eine Geschichte? Oder ist es eine Männergeschichte, und ich als Frau habe nichts darin zu suchen? Ihr Männer seid schon erschreckend.«

»Du bist ein Suppenhuhn«, sagte ich. »Die Tatsache, daß du hier bist, reicht völlig aus, um dich in die Geschichte zu bringen. Sie werden gerade eine Akte über dich anlegen.«

»Wer, sie?«

»Ich erzähle es dir später.«

Sie murmelte: »Ich erinnere mich an einen Vers.«

»Wie geht der?«

»Du hast eben so dahingesagt, ich sei ein Suppenhuhn. Der Vers geht so: Ein Suppenhuhn, ein Suppenhuhn, das soll man in die Suppe tun.«

»Es tut mir leid.«

Naumann kam zurück und sagte: »Da kommt ein Baby. Hausgeburten sind wieder in Mode. Jetzt passen Sie auf: Ich habe genügend Chemie in Sie reingepumpt, Sie werden schlafen. Ich komme wieder.« Er wandte sich an Elsa. »Wenn irgend etwas komisch ist, rufen Sie die Praxis an, meine Frau ist am Funkgerät und kann mich erreichen.«

Alfred kam die Treppe herauf, stand in der Tür und hatte eine Plastiktasche voll Apothekenkram dabei. Er war sehr unsicher: »Ich hab's dir gesagt, Junge. Ich habe gesagt, du landest im Krankenhaus. Die Dame da hat gesagt, sie wäre deine Freundin. Ich habe gedacht, ich glaube es.«

»Raus hier«, sagte der Arzt. »Er soll schlafen. Falls er verrückt spielt, binden Sie ihn fest.«

»Moment, Moment«, sagte Alfred, und da war nichts mehr vom Clown. »Kann ich was für dich tun?«

»Nur eine Frage«, sagte ich. »Hast du heute nacht irgendwen gesehen oder was gehört?«

»Da war ein Jeep im Dorf. Zweimal. Ich habe dir doch gesagt, daß die alles wasserdicht machen.«

»Raus jetzt hier«, sagte Naumann energisch.

Sie schlossen die Tür hinter sich, und sie mußten mich nicht festbinden, ich schlief sofort ein.

Später konnte ich die Augen nicht öffnen und jammerte. »Deine Augen schleimen sehr stark«, murmelte Elsa und wischte sie mit einem Lappen aus. Das beruhigte mich, und ich fiel in einen Halbschlaf.

Dann sah ich Messner auf mich zukommen und sehr schnell und hart zuschlagen, und ich hatte nicht einmal die Chance, mein Gesicht zu schützen. Da wurde ich endgültig wach.

Nach dem Schatten, den der Fensterrahmen auf den Vorhang warf, war es Mittag.

Elsa sagte fürsorglich: »Es ist ein Uhr, du hast prima geschlafen. Nur zuletzt hast du einmal geschrien. Hast du noch Kopfweh?«

»Es gibt nichts, was mir nicht weh tut, aber es geht. War irgend etwas Besonderes?«

»Ich dachte immer, auf dem Land hätte man seine Ruhe. Kohler hat angerufen, aber er war nur neugierig, und ich habe ihn abfahren lassen. Dann hat die Genossenschaftsbank hier angeläutet. Du hast vergessen, die Briketts zu bezahlen. Dann rief ein Schreibmaschinengeschäft aus Gerolstein an, daß du deine Schreibmaschine abholen kannst. Die Reparatur kostet dreihundert Mark. Irgendein Bundestagsabgeordneter der Grünen rief an. Er tat sehr geheimnisvoll und wollte mir nichts sagen, er ruft noch mal an. Sonst war eigentlich nix. Doktor Naumann kommt gleich. Ich soll dir von Alfred sagen, daß du Brennesseltee trinken sollst. Das sei gut, sagt er. Ich finde Alfred gut.«

»Er ist auch gut. Im Garten hinten an der Mauer stehen Brennesseln. Ich wollte sie stehenlassen, damit wir viel Schmetterlinge haben.«

»Du redest wie ein Körnerfresser.«

»Ich kann Körnerfresser nicht leiden, aber ich mag Schmetterlinge.«

»Mögen und nicht mögen: Da liegt deine gottverdammte Katze und sieht mich so an, als hätte ich vor, dich zu vergiften. Sie hat mich gekratzt, als ich dein Bett gemacht habe.«

»Sie liebt mich.«

»Von einer Katze geliebt zu werden ist dir wahrscheinlich scheußlich angemessen. Es ist so unverbindlich.«

»Nicht so was, nicht so was auf nüchternen Magen. Was darf ich essen?«

»Fleischbrühe. Steht auf dem Herd.«

»Na gut. Und ein Stück Brot.«

»Brot darfst du nicht.« Unten auf dem Hof fuhr jemand vor, Elsa nahm den Vorhang zur Seite. »Es ist Naumann. Und ein Krankenwagen.«

Ich versuchte mich aufzurichten, aber es ging nicht. »Ohne meine Einwilligung läuft da nichts.«

»Stell dich nicht an. Er ist ein guter Mann, er sorgt sich um dich.«

»Ach, hör auf. Sag ihm, er soll samt seinem Krankenwagen abhauen.«

Der Arzt kam allein herein. »Ich werde Sie fürstlich belohnen, wenn Sie sich einen Gefallen tun: Lassen Sie sich schnell zur Klinik in Gerolstein fahren. Nur röntgen. Ich betone: Es ist kein Trick dabei, nur röntgen.«

»Was ist die Belohnung?«

»Ich komme gegen Abend und bringe sie Ihnen.« Er war ganz ernst und in Gedanken versunken. Die beiden jungen Männer mit der Bahre versuchten mich zu schonen, aber auf der steilen, engen Treppe rutschte ich ihnen ab, schlug mit der Schulter gegen das Geländer und wurde ohnmächtig. Im Krankenhaus behauptete der eine von ihnen empört, meine Katze hätte ihm die Pfote in die Wade geschlagen. Aber ich glaubte ihm nicht.

Es ist erstaunlich, in welche Positionen Röntgenologen den menschlichen Körper bringen können. Sie bogen mich, sie winkelten mich, sie legten mich in Falten. Wenn ich vor

Schmerzen schrie, sagten sie zufrieden, das sei prima so, denn offensichtlich funktioniere ich noch richtig. Sie kamen nach langer Konferenz überein, daß ich innerlich intakt sei, nickten ernst, wünschten mir gute Besserung und übergaben mich wieder den beiden jungen Männern.

Ich weigerte mich, erneut die Treppe hinaufgeschleppt zu werden, sie verfrachteten mich auf das Sofa, und ich hatte ein verdammt gutes Gefühl, neben dem Telefon zu liegen.

Elsa setzte sich zu mir und legte mir ein feuchtes Tuch auf die Stirn. »Erzähl mir die Geschichte«, murmelte sie. »Es ist schlimm, dich anschauen zu müssen und keine Ahnung zu haben, was gespielt wird.«

Ich erzählte ihr alles, aber es machte keinen sonderlichen Eindruck auf sie. »Sicher«, sagte sie nur, »das ist eine Geschichte, die paßt. Die paßt in dieses Land. Und was willst du jetzt tun?«

»Ich weiß es nicht, zunächst kann ich gar nichts tun. Die am Depot haben Angst, das ist klar. Sie haben die Hosen voll. Sie haben Angst, daß wir etwas erfahren, und alles wissen sie selbst nicht, denn sonst wären sie nicht so aggressiv. Egal, wo ich anklopfe, egal, wo ich anfange, ich werde wahrscheinlich auf die eine oder andere Art immer verprügelt werden. Oder sie stecken mich einfach in den Knast. Das können sie mit Staatssicherheit begründen, und niemand wird ihnen widersprechen. Du solltest abhauen.«

»Kommt nicht in Frage. Alfred hat keine Zeit, auf dich aufzupassen. Naumann hat gesagt, es wird drei bis vier Tage dauern, ehe du überhaupt kriechen kannst.« Sie kramte in der Apotheken-Plastiktüte. »Du sollst in diese Becher pinkeln. Und groß sollst du in diese Pfanne machen. Du darfst nicht aufstehen. Den Urin muß ich in Naumanns Praxis bringen.«

»Ich werde jede Verdauung verweigern.«

Sie lachte und sah richtig glücklich aus. »Ich hatte vor ein paar Tagen einen Flug nach Griechenland gebucht, weil ich dachte, du wirst dich schofel anstellen. Aber jetzt habe ich storniert, weil du dich nicht wehren kannst.«

Ich mußte grinsen, und es tat weh. »Ich werde dich nicht heiraten.«

»Oh, das will ich nicht. Glück ist begrenzt«, sagte sie leicht. »Heiraten ist mir ein paar Nummern zu groß. Versorgen kann ich mich selbst.«

Mir fiel plötzlich auf, daß ich recht wenig von ihr wußte. Was ich wußte, hatte ich in der Redaktion erfahren, nebenbei und ungefragt. Es gab einige Kollegen, die hinter ihr her waren wie der Teufel hinter der armen Seele. Sie war eine leise, sanfte Person, rund einhundertsechzig Zentimeter groß, sehr schlank, mit einem ovalen, fraulichen Gesicht, halblangen Haaren, in denen ungefärbt silberne Strähnen schimmerten.

Nur selten wurde sie laut, und selbst Beschimpfungen flüsterte sie sicherheitshalber, was aber die Beschimpfung nur schlimmer und eindringlicher machte. Angeblich war sie einmal verheiratet gewesen, angeblich hatte sie keinen Freund, angeblich lebte sie ganz allein, angeblich war sie Mitte Dreißig, angeblich mochte sie Männer nicht sonderlich, nahm sie hin, hatte angeblich auch nichts mit Frauen, angeblich, angeblich, angeblich. Sie hatte ein paar hervorragende subtile Reportagen gemacht, und ihre Schreibe war sehr suchend, sanft und niemals schrill. Wir hatten miteinander geschlafen wie zwei Inseln, die zusammengetrieben werden, um sich dann wieder voneinander zu lösen, und ich erinnerte mich deutlich daran, daß sie anschließend die ganze Nacht Monteverdi gehört hatte, sanft hin- und herschaukelnd und ganz von mir getrennt. Sie hatte, die Knie zwischen die Arme hochgezogen, auf einem großen Plüschkissen gehockt wie ein Kind, das sich selbst Märchen erzählt. Als ich ging, hatte sie gesagt: »Nicht daß du dir etwas ausrechnest ...« Nun war sie da.

Alfred tuckerte mit dem Fendt auf den Hof, kam hinein und rief: »Ich fahre rüber nach Adenau. Braucht ihr was?«

»Ja, einen leichten Tabak. *Pipemakers* heißt der. Und Pfeifenreiniger.«

Er tauchte in der Tür auf. »Du bist nicht kaputtzukriegen, was? Hör mal, da ist was. Ich hab dir doch von dem alten Kumpel in Hohbach erzählt. Der rief an. Da sind Leute von der Bundesanwaltschaft gekommen, irgendwelche Experten. Sie vergattern jeden, und jeder muß unterschreiben, daß er nichts sagt. Die Soldaten und bestimmte Leute aus dem Dorf. Nachrichtensperre.«

»Wenn jemand reden will, wird er reden. Warten wir es ab. Noch eine Leiche?«

Er grinste nicht, er sagte zögerlich: »Bis jetzt nicht«, und ging wieder hinaus.

Elsa lief hinter ihm her, und ich hörte sie munter sagen: »Könnten Sie mir Steaks mitbringen und Tartar? Er muß kräftig essen. Und können wir uns nicht duzen? Das ist doch bequemer.«

Ich schlief ein, und als ich aufwachte, war Naumann da, rauchte eine Pfeife und sah aus dem Fenster in den abendlichen Garten. Im Westen war der Himmel feuerrot. »Das mit der Mauer machen Sie gut«, sagte er. »Haben Sie daran gedacht, obendrauf Farn zu setzen und Zittergras?«

»Schon geplant. Was ist mit meiner Belohnung?«

Er sah mich nicht an, starrte aus dem Fenster, paffte vor sich hin. »Ich bin unheimlich sauer«, murmelte er. »Messner ist tatsächlich ein Profi im Prügeln. Aber: Hätte er sich bei einigen Schlägen um ein paar Zentimeter vertan, wären Sie jetzt tot. Messner kümmert sich in einer Menge Depots hier in der Eifel um die körperliche Ertüchtigung der Leute, Messner ist überall, macht überall seine dreckigen Witze nach dem Motto: Eine Frau kommt zum Arzt ... Messner taucht bei jedem Unfall der Bundeswehr auf, Messner ist bei jeder Prügelei dabei. Haben Sie eine Ahnung, wer er wirklich ist?«

»Ich weiß es nicht. Irgendein Experte vom Geheimdienst

vielleicht. Vielleicht MAD. Die Kripo ist nicht an dem Fall dran, die ist rausgeschmissen worden.«

»Ich weiß«, sagte er. »Ich habe einen Bekannten in der Mordkommission in Trier. Der rief mich an, die sind alle stinksauer.«

»So ist es richtig«, sagte ich. »Ich sammele stinksaure Menschen in der Eifel. Wieso haben Sie so schnell auf Hohbach getippt?«

»Weil die mich gerufen hatten. Die haben im Depot keinen Arzt, nur Sanitäter. Ich war bei den beiden ersten Leichen. Und zu der Frau, die später gefunden wurde, haben sie mich auch geholt. Ich bin nämlich der zuständige amtliche Leichenbeschauer.« Er kratzte sich am Ohr. »Ich will ehrlich sein: Ich wurde nicht angerufen, weil ich als amtlicher Leichenbeschauer zuständig bin, sondern deshalb, weil irgendein Soldat, wahrscheinlich aus Krimis, gewußt hat, daß bei Mord ein Leichenbeschauer hinzugezogen werden muß. Als Messner mich sah, wurde er wütend und schrie mich an, was zum Teufel ich denn wolle. Mit anderen Worten: Die Geheimdienstleute wollten keine Zivilisten dabeihaben. Aber ich war da, und sie mußten mich akzeptieren. Dieser Messner hat mich einen Vordruck unterschreiben lassen. Da steht drin, daß ich niemandem Auskunft gebe, keinem Angehörigen, keinem Pressemenschen. Nicht einmal meinem Praxispersonal.«

»Sie kennen aber die Namen der Opfer. Und Sie haben die untersucht, genau angeguckt.«

»Es war eine Schweinerei.« Er nickte heftig. »Solch ein Tod macht mich hilflos. Und Typen wie Messner machen mich stinksauer.« Er stand auf und legte ein Holzscheit auf das Feuer. »Ich weiß nichts von dem Hintergrund der Geschichte, aber ich weiß, daß sie Leute fast zu Tode prügeln, wenn sie meinen, daß diese Leute sich einmischen. Und da hört mein Verständnis auf. Werden Sie in die Geschichte einsteigen?«

»Ich bin schon drin«, sagte ich.

»Das würde ich mir aber genau überlegen«, gab er zu bedenken. »Sie müssen wissen, daß ich ein geschulter Totenbeschauer bin, eine seltene Spezies. Diese Morde verraten eine unglaubliche Brutalität. Und Sie müssen sich darüber im klaren sein, daß Messner weiterprügeln wird. Messner will nicht, daß man sich einmischt. Und Messner ist mächtig.« Er seufzte. »Es ist nämlich so: Ich habe die Toten fotografiert. Mit Polaroid.«

Da war es ganz still im Haus, nur ein paar Fliegen summten, und Krümel auf meinem Bauch seufzte lang und wohlig und streckte die Pfoten nach vorn.

Der Arzt fuhr fort: »Es war die Nacht von Sonntag auf Montag in der Woche vor Pfingsten. Die Tatzeit muß nach meinen Erkenntnissen ziemlich genau um Mitternacht liegen, weil ...«

»Nicht so schnell«, sagte ich hastig. »Warum um Mitternacht?«

»Das hat etwas mit dem Zustand des Blutes zu tun, und da gab es viel Blut, obwohl es in Strömen gegossen hatte. Als ich dort war und meine Untersuchungen aufnahm, war es etwa acht Uhr. Trotzdem konnte ich bei beiden Leichen im Jeep massive Blutklumpen finden. Und der Zustand läßt ziemlich präzise Schlüsse zu. Es müssen etwa acht bis neun Stunden seit der Tat vergangen sein, also war es Mitternacht oder 23 Uhr. Wir haben ...«

»Verdammt, nicht so schnell. Elsa! Bitte, Elsa!«

Sie kam herein, und ich sagte: »Ich will, daß du das alles genau mitkriegst. Bitte, bleib hier.«

Sie setzte sich und fragte: »Mitschreiben?«

»Nein. Auswendig lernen. Doktor, hat es noch geregnet, als Sie am Tatort ankamen?«

»Als ich am Tatort war, hat es nicht geregnet. Ich habe übrigens mit dem Wetteramt in Trier sehr genau abklären können, wann der Regen einsetzte und wann er aufhörte. Es begann am Sonntag abend um 20 Uhr zu regnen und hörte etwa am Montag morgen gegen fünf Uhr auf. Dauerregen.«

»Wie sah denn dieser Tatort aus?« fragte Elsa. Sie sah Naumann nicht an, sie starrte auf den Fußboden. Das tat sie immer, wenn sie sich konzentrierte, und ich konnte sicher sein, daß sie mühelos fast Wort für Wort einer langen Erzählung noch nach Tagen wiederholen konnte.

»Also: Aus dem Depot heraus führt eine schmale Asphaltstraße zur Bundesstraße. Ungefähr zweitausend Meter lang, würde ich schätzen. Sie steigt langsam an. Etwa dreihundert Meter vom Tor des Depots entfernt führt nach links ein Waldweg in ein Gehölz. Buchen, sehr hohe Stämme rechts, Ginster, Birken und Erlen links. Dieser Weg ist der Tatort. Und zwar ziemlich genau hundert Meter von der Straße entfernt. Der Jeep stand offen auf dem Weg ...«

»Offen?« fragte ich.

»Ja, das ist verrückt, ich weiß. Der Jeep war offen, er war bei dem Regen eine Art Badewanne. Der Mann saß links am Steuer, die Frau neben ihm. Beide hatten keine Köpfe mehr, oder nur noch sehr wenig davon ...«

»Sind die in diesem Jeep erschossen worden?« fragte Elsa.

»Das kann ich nicht beschwören, aber ich würde sagen, daß die Waffenlage, wie Kriminalisten das zuweilen nennen, den Todesschuß im Jeep ausschließt. Sehen Sie: Eine Schrotflinte ist relativ lang, und die Hintersitze eines Jeeps sind schmal wie ein Brett. Außerdem habe ich neben dem Wagen wohl die Stelle gefunden, wo die beiden erschossen wurden: von hinten. Sie sind erst danach in den Wagen gesetzt worden. Als ich ankam, waren etwa achtzig Menschen dort. Es waren drei Hubschrauber des Heeres aus Bonn gekommen. Alles Leute in Zivil. Vom MAD, vom Verfassungsschutz und vom BND. Zu diesem Zeitpunkt war der Tatort, also der Jeep, nicht einmal abgesperrt. Die Soldaten liefen herum wie aufgescheuchte Hühner, sie trampelten buchstäblich herum. Und einige von ihnen fotografierten wie Touristen. Niemand hat darauf geachtet, daß ich auch fotografierte. Außerdem hat jeder mich für einen Geheimdienstler gehalten, denn ich fotografierte und trug bestimmte Spuren und Körperzustände der Ermordeten in eine Liste ein. Das sieht amtlich aus. Ich sage Ihnen, Baumeister: Wenn jemand bei der Bundeswehr erfährt, daß Sie die Fotos und die Personalien und die Todesursache und die wahrscheinliche Tatwaffe haben, dann werden Sie nicht verprügelt, dann schickt Sie jeder Bundesermittlungsrichter ohne Übergang in den Bau. Und mich mit Ihnen.«

»Warum geben Sie das alles raus?«

»Weil ich diese Methoden hasse, weil mir das nach Faschismus stinkt, weil ...«

Er wedelte ein wenig hilflos mit den Armen. »Ich habe nachgedacht. Ich habe ein paar Ihrer Geschichten gelesen. Sie fangen doch jetzt erst an, ich kann Sie nicht aufhalten. Und Sie würden auch erfahren, daß ich die Totenscheine ausgestellt habe, oder?«

»Ja. Aber Sie riskieren Ihre Existenz.«

»Ich weiß das«, sagte er. »Ich habe darüber nachgedacht, was geschehen wäre, wenn Messner Sie totgeschlagen hätte ... Nichts wäre passiert. Der Leutnant ist ja auch als bedauerliches Verkehrsopfer beerdigt worden.«

»Und die Frau? Ich meine, die Frau Nummer eins.«

»Die haben sie noch in der Anatomie in Bonn. Die hat keine Verwandten, keinen Hahn, der nach ihr kräht. Wird behauptet.«

»Und die andere Frau, die später entdeckt wurde?«

»Sie hatte Papiere bei sich. Ist aus Köln. Keine Verwandten. Die Leiche ist auch noch in Bonn.«

»Diese zweite Frau, die dritte Leiche, die Tage später entdeckt wurde – ist die zusammen mit den beiden Leuten im Jeep getötet worden?« fragte Elsa.

»Mit absoluter Sicherheit, ja«, sagte er.

»Wird denn nicht gemunkelt, wer sie war?« fragte ich.

»Natürlich«, murmelte er. »Es heißt, sie ist die Freundin der anderen getöteten Frau gewesen.«

Dann war es sehr still.

Elsa zündete sich eine Zigarette an. »Baumeister hat von diesem DDR-Lastwagen gesprochen, dessen Fahrer zuerst am Mittwoch in Hohbach übernachtete, dann mitsamt dem Laster verschwand, dann am Samstag wieder auftauchte, bis Sonntag abend blieb. Dann verschwindet er, und drei Menschen werden fast zeitgleich ein paar hundert Meter entfernt erschossen. Was wissen Sie darüber?«

Er zündete seine Pfeife an, eine *Spitfire* von Lorenzo. »Es ist sicher, daß Messner und all die anderen Männer von den Geheimdiensten die Affäre als Spionagegeschichte betrachten. Irgend etwas ist da passiert, irgendwie spielt der DDR-Laster mit, aber es gibt ja keine Zeugen, und ich weiß nur, was alle munkeln. Krieg der Agenten, wenn Sie wissen, was ich meine, und wenn Sie ...«

»Sie haben aber doch gesagt, daß die offizielle Version so ist, daß dieser Lorenz getötet wurde ... bei einem Unfall«, sagte sie hell. »Das paßt doch alles nicht.«

»Doch, doch«, entgegnete er, »das paßt durchaus. Die beiden getöteten Frauen haben keine Anverwandten, also braucht niemand informiert zu werden. Nur der Bundeswehrmann hat welche. Um ungestört die Spionageaffäre aufklären zu können, macht man offiziell einen Unfall draus.«

»Ich mache erst mal einen Kaffee«, sagte Elsa sehr blaß und ging hinaus.

»Ich will alles wissen«, sagte ich. »Aber mir muß etwas einfallen, um Sie abzusichern. Sie müssen die Fotos behalten, Sie müssen jederzeit beweisen können, daß Sie die Fotos nach wie vor in Besitz haben und daß niemand sie hatte ... Ich habe eine Nikon hier ... Elsa! Komm mal rein. Da hinten im Regal liegt die Nikon. Mach sie auf und nimm den Film raus. Leg einen neuen Film ein. Hochempfindlich, 36 DIN. Wo haben Sie das Zeug, Doktor? Ach, gut, in einem

Umschlag. Nehmen Sie jetzt Ihre Tasche, und lassen Sie dabei Ihren Umschlag fallen. Jetzt gehen Sie raus und fahren vom Hof. Unten in der Kneipe bei Manni trinken Sie etwas. Dann merken Sie, daß – Sie etwas verloren haben. Und das müssen Sie laut und deutlich in der Kneipe sagen. Dann kommen Sie hierher zurück. Das Ganze muß ein richtiger, ordnungsgemäßer Vorgang mit Zeugen sein. Alles klar? Gehen Sie, Doktor.«

Er ging, der Umschlag lag auf dem Boden.

»Elsa, hast du den Film drin? Gut. Nimm jetzt diesen Umschlag hier, mach ihn auf, und hol alles raus, was drin ist. Mach am Schreibtisch sämtliche Lampen an, das sind rund vierhundert Watt, das muß reichen. Leg die Bilder nebeneinander hin.«

Draußen startete der Arzt seinen Wagen und fuhr weg.

»Jetzt gehst du mit den ersten Aufnahmen total auf das ganze Sammelsurium.«

»Da ist auch ein Zettel mit Schreibmaschinenschrift«, sagte Elsa. »Aber die Polaroids glänzen so, die reflektieren das Licht, das geht so nicht, o Gott ...« Sie neigte sich zur Seite, war schneeweiß und übergab sich.

»Verdammt noch mal«, sagte ich, »das ist schrecklich, ich weiß. Nimm das ganze Zeug, und trag es her zum Sofa. Alles, mach schnell. Und bring die Tischlampe mit, und dann gehst du raus.«

Sie keuchte und murmelte: »Tut mir leid, Baumeister, tut mir so leid.« Sie brachte die Polaroids und den Zettel und zitterte.

»Leg alles nebeneinander auf den Boden, und gib mir die Kamera. Schließ die Lampe an. O.k. Gut so. Und jetzt geh raus.«

»Ich wisch das auf«, murmelte sie zittrig. »O Gott, ich bin nicht hart genug für so was Furchtbares.«

Es dauerte sicherlich eine Minute, bis ich mich auf die Seite in die richtige Position gedreht hatte. Ich fotografierte jedes Polaroid und den Zettel. Alles dreimal, um ganz sicherzugehen. Dann steckte ich das Material zurück in den Umschlag. Als der Arzt hereinkam, gab ich ihm den Umschlag und bedankte mich. »Steht auf dem Zettel alles, was ich wissen muß?«

»Eigentlich ja. Alles, bis auf den Hinweis auf die Tatwaffe. Ich habe keinerlei praktische Erfahrung mit so etwas, aber es war in allen drei Fällen wohl eine Schrotflinte. Gefeuert wurde aus nächster Nähe, deshalb haben die fast keinen Kopf mehr. Ich gehe jetzt. Morgen früh komme ich wieder. Wenn Sie nicht schlafen können, quälen Sie sich nicht, nehmen Sie zwei von den Beruhigungskapseln und zwei Schlafpillen. Seien Sie rücksichtslos, Sie müssen schlafen.«

»Ich danke Ihnen«, sagte ich.

Er hatte nicht nur die Leichen fotografiert, er hatte die ganze Szenerie aufgenommen: den Jeep auf dem Waldweg mit den beiden Toten drin und den ratlosen, verwirrten Soldatengesichtern drum herum. Und die Leiche der Frau im Farnkraut mit Soldaten in Tarnanzügen und ihren hilflosen Kindergesichtern.

»Das sieht wie eine Hinrichtung aus«, sagte er.

»Ja«, sagte ich, »da ist ein Verrückter hingegangen und hat lieber Gott gespielt. Wie geht es Elsa?«

»Ganz gut. Sie hockt in der Küche und trinkt einen Magentee. Machen Sie es gut.«

Später, als wir die Tagesschau gesehen hatten, murmelte Elsa: »Du mußt schon entschuldigen, aber ich kriege so etwas nicht auf die Reihe. Ich möchte auch nie eine Reporterin werden, die solche Bilder anschauen kann, ohne daß ihr schlecht wird. Du mußt aussteigen aus dieser Sache, du mußt einfach aussteigen.«

»O nein«, sagte ich. »Zuviel Geld.«

»Ich schenk es dir«, sagte sie heftig. »Du kannst meine Sparbücher haben.«

»Das ist es nicht. Es ist diese gottverdammte Selbstherrlichkeit der Krieger und all der Leute, die sich Messner nennen. Viel Brutalität zum Besten des Vaterlandes. Du mußt die Filme entwickeln, Kopien ziehen und die Filme in Sicherheit bringen. Du fährst in meine Wohnung nach Köln, da ist alles vorhanden. Du machst eine Serie vierundzwanzig mal sechsunddreißig schwarzweiß. Den Film steckst du in einen Umschlag und schickst ihn per Einschreiben und Eilboten an den Chef privat. Fahr jetzt.«

»Paß auf dich auf und nimm Tabletten, damit du schläfst.«

»Ich will nicht schlafen, ich will nachdenken.«

»Ich komme schnell zurück.«

»Moment! Wenn jemand dich verfolgt, was ja sein kann, aber vielleicht habe ich schon eine Paranoia, dann fährst du schlichtweg weiter. Einfach bis zu einem Punkt, an dem du wenden kannst. Dann fährst du stur hierher zurück. Falls sie dich anhalten und alles durchsuchen ... du mußt den Film gut verstecken. Wenn sie den finden, sind wir erledigt.«

»Ich verstecke ihn da, wo niemand mich durchsuchen wird.«

»Du kennst die modernen Durchsuchungsmethoden nicht. Ein richtig moderner Staat macht vor nichts halt.«

»Egal, ich fahre jetzt. Haben die meine Autonummer schon?«

»Na sicher. Die Jeeps waren hier und haben nachgesehen, ob ich nach Hause gekommen bin. Dein Wagen steht auf dem Hof, die Nummer wird automatisch notiert.«

Sie nickte, ging zum Telefon und rief Alfred an. »Kann ich mal deinen Wagen haben? Nur ein paar Stunden. Oh, danke, du bist ein netter Mensch.«

»Du hast wirklich Ideen«, sagte ich. »Und ich bin ein kleiner Mann in einer großen Welt, und mein Haar wird schnell grau.«

»Das ist sehr gut«, sagte sie hell.

»Das ist von Raymond Chandler.«

DRITTES KAPITEL

Anfangs schlief ich, oder genauer gesagt, ich döste. Dann wurden die Schmerzen stärker, und ich mußte einige dieser Pillen nehmen, die schlimmer sein sollen als Alkohol und deren Liste an Nebenwirkungen endlos ist. Ich machte den Fernseher an, aber die Pillen wirkten sehr rasch, und nach kurzer Zeit starrte ich in das platte bunte Bild und sah und hörte nichts.

Mir fiel undeutlich ein, daß der Chef nicht wissen würde, was er mit den Filmen anfangen sollte. Er würde sie in das Labor geben, und mit Sicherheit würden sofort zwanzig oder dreißig Leute über diese grausamen Fotos tuscheln. Ich mußte telefonieren, aber ich riskierte es nicht. Ich machte mir einen Zettel, um das nicht zu vergessen, weil es immer Kleinigkeiten sind, an denen Geschichten scheitern.

Dann geriet ich an Messner, aber dabei kam nichts heraus außer einem wilden, heißen, vollkommen unvernünftigen Zorn. Ich hatte Mühe, ihn in den Hintergrund zu schieben. Ich sprach zu ihm, drohte und fluchte, versprach ihm einen eiskalten Tod. Es war kindisch, aber es war notwendig. Krümel kam herein, sah mich an und maunzte vorwurfsvoll. Ich vermutete, daß Elsa ihr nichts zu fressen gegeben hatte, Elsa hatte keine Katze. »Hau ab, ich bin ein Invalide«, gab ich Anweisung. »Töte uns eine Maus.«

Ich schlief ein und jagte durch den Alptraum, in dem Messner mich mit großen, silbernen Nägeln an eine Holzwand nagelte, wobei das Durchtreiben der Nägel nicht die geringsten Schmerzen verursachte. Dann sagte er zischend irgend etwas, das ich nicht verstand, und schlug zu. Dabei lachte er freundlich. Ich wurde sofort wieder wach und versuchte mich auf den Fernseher zu konzentrieren. Krümel hockte auf dem Teppich, hielt den Kopf sehr tief und starrte mich aus hellen Augen an. Vielleicht hatte ich wieder geschrien.

Ich nahm zwei Schlafpillen und wurde erst wieder wach, als Elsa hereinkam und brummelte: »Ich möchte nie wieder solche Fotos entwickeln.« Es war vier Uhr morgens, durch das schräg gestellte Fenster kam das sanfte Rauschen eines Sommerregens.

»War irgend etwas Besonderes?«

»Nein. Es ging alles glatt. Auf der Rückfahrt war die Autobahn gesperrt. Da war eine Kontrolle, aber ich wurde nicht angehalten.«

»Was für eine Kontrolle?«

»Na ja, irgendeine Routinekontrolle der Polizei. Das Übliche: ob Alkohol mitfährt, ob die Scheinwerfer funktionieren und die Bremsleuchten und so etwas, denke ich. Das war auf dem letzten Parkplatz vor dem Ende der Autobahn. Aber ich hatte ja Alfreds Wagen.«

»Sie haben dich nicht kontrolliert?«

»Nein. Vor mir haben sie zwei Laster eingewinkt und hinter mir alle PKWs. Alle, nur mich nicht.« Sie starrte mich an. »Oh, meinst du etwa ...« Sie biß sich auf den rechten Zeigefinger und war erschrocken.

»Sie machen es immer so. Sie halten alle an, sie lassen nur dich durch. So können keine Verwechslungen entstehen, die Kontrolle wird perfekt, verstehst du?«

»Die sind ziemlich raffiniert, was?«

»Oh, nein, nur gründlich. Wie kommen die Bilder?«

»Grausam gut. Ich habe zwei Sätze gemacht, einen für dich und einen für mich ...«

»Du wirst keine Bilder haben.«

»O doch, Baumeister. Ich will sie ansehen, wenn es mir gut genug geht, das auszuhalten. Und ich will darüber nachdenken.«

»Es reicht, wenn wir einen Satz hier haben. Wieviel Polaroids hat Naumann eigentlich gemacht?«

»Rund dreißig. Davon sind sechs verwischt. In der Nähe der Frau, die im Farnkraut lag, ist ein Gewehr zu sehen. Ich habe das herausvergrößert, so gut es ging. Schau her.«

Es war deutlich eine zweiläufige Schrotflinte. Ich fragte mich, ob der Arzt sie überhaupt entdeckt hatte. Unterhalb des Schlosses waren Metallziselierungen zu sehen. Es war eine schöne Waffe, wenn eine Waffe schön sein kann. »Den zweiten Satz kannst du in einen Kunstband stecken. In den Ägyptenband.«

Sie zog den Ägyptenband aus dem Regal und legte die Bilder hinein. Sie sagte sehr nachdenklich: »Hilf mir ein bißchen, Baumeister, du hast mehr Erfahrung in diesen schrecklichen Dingen. Diese Geschichte ist so neblig, irgendwie unwirklich. Da werden drei Leute erschossen, und du wirst halb totgeprügelt und offiziell ist das alles nicht passiert. Haben wir denn überhaupt eine Chance?«

»Vielleicht haben wir keine Chance auf eine richtige Lösung, aber wir haben die Chance, zu beschreiben, wie verdeckt diese Brutalität abläuft. Das ist unsere Geschichte. Und wir werden kaum Helfer haben, der Arzt wird eine Ausnahme bleiben. Der Gastwirt in Hohbach mußte dulden, daß ich verprügelt wurde. Duldet er es nicht, genügt ein Wink von Messner, und kein Soldat wird mehr die Kneipe betreten. Wir könnten im Notfall nicht einmal die Polizei rufen.«

»Das ist nicht dein Ernst«, sagte sie empört.

»Doch, doch«, sagte ich. »Kennst du den berühmten Hitchcock-Film *Notorious*? Der läuft bei uns im Fernsehen unter dem Titel *Berüchtigt*. Cary Grant und Ingrid Bergman, ah, meine geliebte Bergman. Da gibt es ganz zu Anfang eine Szene über die Macht von Geheimdiensten: Die Bergman fährt total betrunken Auto. Cary Grant neben ihr als Geheimagent. Ein Polizist stoppt sie. Normalerweise müßte er sie verhaften, statt dessen zeigt Grant seinen Ausweis, und der Polizist läßt die total besoffene Bergman weiterfahren.

Das beschreibt unsere Realität sehr gut, wir können nicht hoffen, daß irgendwer hilft.«

»Wir brauchen aber trotzdem Hilfe, oder? Die Redaktion muß her, oder? Wozu ist die da?« Sie war aufgeregt. »Du im Bett, ich in solchen Dingen nicht erfahren. Oder willst du aussteigen?«

Sie hockte da, blaß und müde nach all den Aufregungen, und starrte auf den Teppich. Krümel schnürte sich seitlich heran und rieb ihren Kopf an Elsas Beinen. Elsa zuckte hoch und lächelte, und ich sagte: »Du hast jetzt eine neue Freundin. Nein, ich steige nicht aus, ich kann gar nicht aussteigen. Selbst wenn die Geschichte irgendwo bei der Konkurrenz erscheint, werden Messner und seine Kumpane denken, ich stecke dahinter. So ist das bei diesen Leuten. Aber die Redaktion bleibt draußen. Das sind mir zu viele Leute, die dauernd über die eigene Bedeutung nachdenken. Und dann reden sie drüber. Ich stehe bald auf, kein Widerwort. Du mußt den Chef anrufen, oder hast du ihm Instruktionen geschickt?«

»Nur die Filme, ohne Informationen.«

»Dann ruf ihn an.«

»Aber doch nicht jetzt.«

»Jetzt.«

»Es ist mitten in der Nacht. Er wird mich totschlagen und mich entlassen und in mein Zeugnis schreiben, ich hätte seine Kugelschreiber geklaut.«

»Das wird er nicht. Sag ihm nur, er soll den Film von einer Vertrauensperson entwickeln lassen, und er soll daneben stehenbleiben. Los, mach schon.«

»Warum sagst du ihm das nicht selbst? Dich kann er nicht entlassen.«

»Weil ich krank bin. Quatsch, er soll wissen, daß du dabei bist. Dein Urlaub läuft, und die Verwaltung muß den Urlaub streichen.«

»Und wenn sie dich wieder verprügeln?«

»Das war Messners Fehler, ein gewaltiger Fehler. Etwas Dümmeres hätte er nicht machen können. So dumm werden sie nicht mehr sein.«

»Aber sie müssen doch etwas unternehmen«, sagte sie müde.

»Telefonier jetzt«, sagte ich.

Was sie dem Chef berichtete, verstand ich nicht, weil ich überlegte, was Messner und Konsorten jetzt unternehmen könnten. Es war eine sehr nutzlose Überlegung, denn ich wußte nicht genau, wie Messner und Leute wie er denken.

Dann passierte es, es war wohl sehr unvermeidlich. Elsa hockte am Schreibtisch und sagte grinsend: »Der Chef ist sehr aufgeregt, aber ich habe ihm nichts gesagt. Er klang so, als würde er gern herkommen.«

»Nur das nicht«, sagte ich. »Kannst du mal rausgehen?«

»Wieso?« Sie sah mich beunruhigt an.

»Es ist ... O Gott. Ich muß auf den Topf.«

»Macht doch nix. Ich hol die Bettpfanne.«

»O nein, ich gehe ins Bad.«

Sie stand auf und lachte und kicherte und war die Inkarnation aller Schadenfreude seit Christi Geburt. Sie sah mir lachend zu, wie ich versuchte, vom Sofa herunterzukommen, was damit endete, daß ich auf dem Teppich saß, mich scheußlich fühlte, überall Schmerzen hatte und mich nur noch entschließen konnte, alles um mich herum scheißegal zu finden.

Sie lief hinaus, trug die Bettpfanne herein wie ein Oberkellner einen geschmückten, flambierten Kapaun. Sie kicherte und sagte zufrieden: »Muß mein Pämpermännchen auf den Topf? Hat er schöne Verdauung? Das freut die Mami aber. Im Ernst, wenn dein Darm funktioniert, bist du auf dem Weg der Besserung.«

»Gib mir das Ding und geh raus.«

Sie ging hinaus, während ich mich in dieser Kleinkinderübung versuchte und dabei samt Pfanne umkippte. Es war sehr entwürdigend.

Später kam sie in einem sehr eleganten dunkelblauen Morgenmantel herunter, ließ ihn wie ein Küchentuch zu Boden fallen und sagte: »Mach Platz, ich will dich wärmen.«

»Aber es ist doch nicht kalt.«

»Du bist still und gehorchst und bekämpfst deine Furcht. Hast du eine Ahnung, was kommen wird?«

»Nein. Verdammt, meine Hüfte ist nicht Teil des Sofas. Und du bist nackt.«

»Ich wurde so geboren«, sagte sie zufrieden.

Exakt um zehn Uhr schreckten wir hoch, weil einige Tornados und Phantom, F-IS und F-16 der Amerikaner und Deutschen, der Holländer, Engländer und Belgier über uns Krieg spielten. Es waren nicht viele, höchstens dreißig oder vierzig Maschinen. Jeder Pilot hatte offensichtlich den Ehrgeiz, meine Fernsehantenne zu untersuchen.

Krümel stieg steil an der Tür hoch, drückte die Klinke im Fallen auf und verschwand panisch.

»Sie versteckt sich unter der Treppe.«

Elsa sagte: »Diese Fliegerei ist wahnsinnig. Krümel hat auf meinem Bauch geschlafen, das war ein gutes Gefühl. Ist das hier immer so? Hast du Schmerzen?«

»Die Sonne scheint, da üben sie besonders gern. Ich habe keine Schmerzen, aber ich bin auch noch nicht wach. Der Minister hat gesagt, er habe die Tieffliegerei drastisch eingeschränkt, um die Zivilbevölkerung zu schonen. Er hat nicht ganz die Wahrheit gesagt, weil der Spritverbrauch der Jetstaffeln ständig steigt und weil der Minister allen Freunden aus der NATO erlaubt hat, über der Eifel zu üben. Es ist herrlich und beruhigend, wie niedrig unsere Jungens fliegen können. Neulich soll einer vom Himmel gefallen sein, weil er versucht hat, der Frau seines Geschwaderkommodores Blumen vor die Badewanne zu werfen. Nur die Lerchen schaffen sie nicht, die Lerchen jubilieren weiter.«

»Warten die im Krieg auch immer auf Sonnenschein? Ich mache uns einen Kaffee. Ach du lieber Gott, da kommt der

Arzt.« Sie rannte nackt hinaus, die Treppe hoch. Naumann stiefelte herein, grüßte verschlossen, sagte nichts weiter, nahm meinen Puls, horchte mich ab, war schweigsam und abwesend.

»Sind Sie schlecht gelaunt?« fragte ich.

»Etwas. Ich habe meiner Frau alles sagen müssen. Jetzt hat sie Angst, daß ich uns um Kopf und Kragen rede. Wir haben Kinder, ein Haus gekauft, Sparverträge und so weiter. Das wird aber vorbeigehen. Sie machen einen guten Eindruck, Sie sollten aufstehen.«

»Jetzt? Ich kann mich kaum rühren.«

»Sie müssen hoch«, sagte er. Er machte die Tür auf. »Können Sie da oben Wasser in die Wanne laufen lassen? Lauwarm.«

»Mach ich«, schrie Elsa.

»Langsam. Stellen Sie sich mal hin und versuchen Sie, gleichmäßig zu atmen. Nicht so verkrampft. Haben Sie jetzt das Gefühl unbegrenzter Freiheit?« Er grinste.

»Sie haben übrigens die Tatwaffe fotografiert«, sagte ich zwischen den Zähnen hindurch. »Eine Schrotflinte. Wußten Sie das?«

»Nein. Das kann doch nicht wahr sein, so etwas kann ich doch nicht übersehen. Auf welchem Foto?«

»Elsa hat die Flinte herausvergrößert. Sie lag neben der Leiche Nummer drei, der zweiten Frau. Rund zwei Meter weg. Übrigens, wurden alle drei erschossen?«

»Ja«, sagte er. »In dieser Beziehung lassen die Untersuchungen keinen Zweifel. Die beiden ersten im Jeep wurden von hinten erschossen. Die zweite Frau, also Leiche Nummer drei, allerdings von vorn. Und auch aus kürzester Distanz. Machen Sie kleine Schritte mit Pausen. Schmerzt es sehr?«

»Es geht schon. Es beißt ungefähr so, als läge ich mit nacktem Arsch in einem Haufen großer roter Waldameisen. Glauben Sie, daß man auf der Waffe Fingerabdrücke festgestellt hat?«

Er schüttelte den Kopf. »Vorsicht, jetzt die erste Stufe. Halten Sie sich an meiner Schulter fest. Das Fett von Fingerabdrücken ist zwar sehr hartnäckig, aber wir hatten zuviel Regen. Der liebe Gott hat die Deutschen bestraft, er hat die erste Hälfte des Sommers versaut. Nein, da werden keine Fingerabdrücke mehr gewesen sein.«

»Und im Jeep?«

»Der Jeep war offen. Er stand voll Wasser. Das hat mich übrigens nachdenklich gemacht. So, jetzt Stufe Nummer zwei.«

»Das sind elf Stufen, das halte ich nicht durch.«

»Wir haben Zeit«, sagte er.

»Aber mir ist schwindlig.«

»Dann setzen Sie sich. Langsam.«

Wir saßen da auf der Treppe in der Kühle des Hauses, und er stopfte sich eine Pfeife. Krümel saß vor uns auf den Fliesen und war mißtrauisch.

»Haben Sie überhaupt eine Erklärung für den offenen Jeep?«

»Doch, habe ich. Aber ich tauge nicht viel als Kriminalist, und als Amateurspion bin ich eine Niete. Geheimdienstleute haben für mich eine pathologische Struktur. Na ja, aber das Fernsehen und die Boulevardblätter leben davon. Nehmen wir einmal an, der Lastwagenfahrer aus Dresden war nicht nur Lastwagenfahrer, sondern ein sehr agiler Spion mit Schrotflinte. Nehmen wir ferner an, er hatte den Auftrag Ostberlins, den Leutnant im Jeep, die Frau daneben und die Frau im Farnkraut zu erschießen. Nehmen wir an, die drei haben für Ostberlin gearbeitet, sind von unseren Geheimdiensten entdeckt worden, wollten aussagen, mußten also aus der Welt geschafft werden. Was liegt also näher, als sie zu erschießen, in den Jeep zu setzen und das Verdeck hochzuschlagen?«

»Aber warum das Ganze?«

»Weil der Täter damit den Tatort einfach verändert, weil er den Regen systematisch nutzt, um alle Spuren zu verwischen, weil nicht rekonstruierbar ist, wie der Tatort zur Tatzeit tatsächlich aussah.«

»Hatte dieser Leutnant eigentlich Dienst im Depot?«

»Nein. Und dieser Punkt ist sehr komisch. Er hat keinen Dienst, müßte eigentlich in seiner Wohnung sein. Sitzt aber mit zerschossenem Schädel in einem Bundeswehrjeep im Wald.«

»Und wie kam er an den Jeep?«

»Das weiß ich nicht«, sagte er, »mir sagt niemand etwas. Die dritte Leiche übrigens, die Frau Nummer zwei, wies leichten Tierfraß auf. Das ist ein Indiz dafür, daß sie nicht transportiert wurde und starb, wo sie lag.«

»Es wird immer unappetitlicher. Könnten Sie mir eine Pfeife stopfen? Mit *Pipemakers*. Alfred hat den besorgt.«

»Tabak für Softies«, sagte er gutmütig, aber er stopfte mir meine geliebte *Royal Rouge* von Stanwell.

»Denken Sie daran, Alfred nicht reinzuziehen?«

»Ich verrate nie einen Informanten«, sagte ich wütend. »Ich möchte jetzt weiterklettern.«

»Tut mir leid«, murmelte er betreten.

Wir brauchten für die Treppe ungefähr zwanzig Minuten, dann noch einmal fünf Minuten, bis ich in der Wanne saß. Anfangs hatte ich starke Schmerzen, aber dann war es gut.

Naumann ging, und Elsa hielt mir ihren Kosmetikspiegel vor das Gesicht. Das war nicht mein Gesicht, das war eine vollkommen grün und blau geschlagene Fläche, durchsetzt mit blutigen Rissen.

»Reg dich nicht auf«, sagte sie schnell. »Ich zieh dir die Pflaster ab, wenn sie aufgeweicht sind.«

»Dieses Schwein«, sagte ich, »dieses unglaubliche Schwein.«

»Ich bin gespannt, was die sich jetzt einfallen lassen«, quirlte sie munter. »Die müssen sich doch irgend etwas ausdenken.«

»Sie müssen gar nicht, aber das wissen sie nicht. Neulich hat es bei Trier zwei tote amerikanische Soldaten und einen schwerverletzten Bundeswehrhauptmann gegeben. Die Leute da waren clever, sie haben sich nichts einfallen lassen, einfach den Mund gehalten. Jetzt mischen sehr viele mit, der MAD, der Verfassungsschutz. Vielleicht werden sie im Übereifer nicht clever sein.«

»Kannst du aufstehen? Ich trockne dich ab.«

Sie verpflasterte mich neu, und ich trat die Expedition zurück in das Wohnzimmer an. Das Fernsehen beglückte sein Publikum mit der Wiederholung einer Sendung. Irgendeine Sauberfrau erklärte einem hocherfreuten Publikum, sie werde in kurzen, ja knappen Lederhosen auftreten, wenn irgend etwas in der Sendung nicht klappe, wie sie sich das vorgestellt habe. Das Publikum gröhlte, als habe sie versprochen, vor den Deutschen zu masturbieren. Als sie schließlich, wie geplant, in kurzen Lederhosen auftrat, schaltete ich ab. Es war so die Art Unterhaltung, die wir zu verdienen scheinen.

»Laß uns Bilanz ziehen«, sagte ich. »Zuerst die Opfer. Da haben wir Lorenz Monning, 26 Jahre alt, Beruf Soldat, Leutnant der Bundeswehr, verheiratet, zwei Kinder, Heimatdorf Kalkdorf im Münsterland, hier stationiert seit 1986. Dann Susanne Kleiber, 29 Jahre alt, gemeldet am Ort der Tat in Hohbach seit einem Jahr. Geboren in Ostberlin, von Beruf Hausfrau, Serviererin in der Hohbacher Kneipe. Nicht verheiratet, nicht geschieden, Angehörige keine feststellbar. Dann die zweite Frau: Marianne Rebeisen, 25 Jahre alt, zu Hause in Köln in der Bruderstraße 23. Von Beruf Verkäuferin, ledig, nicht geschieden. Angehörige keine feststellbar. Merkwürdig. Die Frage ist, was die drei miteinander verbindet, ob sie überhaupt in Verbindung standen. Man kann annehmen, daß der Leutnant einer der vielen Soldaten war, die von der Susanne Kleiber in der Kneipe in Hohbach bedient wurden. Möglicherweise hat sich die Kleiber durch freischaffendes Bumsen ein Zubrot verdient. Das liegt nahe, aber wir wissen es nicht. Die Soldaten werden es wissen. Da nicht einmal gerüchteweise bekannt ist, wer die Rebeisen war, können wir an sie nur durch den Leutnant oder die Kleiber herankommen. Und an die kommen wir nur durch Soldaten heran. Die Hohbacher werden nicht reden.«

»Einspruch«, sagte sie sanft, und es klang ein bißchen so, als zerbreche Glas. »Es geht um zwei Frauen. Und die erste Frau, Susanne Kleiber, bediente in der Dorfkneipe. Also werden die Dorffrauen etwas wissen. Und sie werden es mir sagen, wenn ich durchblicken lasse, daß die Kleiber kein Engel war.«

»Einverstanden, aber wie willst du an diese Frauen herankommen?«

»Jemanden aufs Korn nehmen und warten, bis er Hohbach verläßt. Werden denn die Soldaten reden?«

»Im Rudel sicher nicht, einzeln vielleicht.«

»Soldaten sind in der Regel pleite«, sagte sie, »vielleicht können wir kaufen, was wir nicht wissen.«

»Auf keinen Fall«, sagte ich heftig. »Brieftaschenjournalismus irritiert mich. Geld macht die besten Geschichten kaputt.«

»Soll ich zuerst nach Köln fahren und herausfinden, wer die Marianne Rebeisen war?«

»Das ist gut. Tu das. Die Recherchen müssen anlaufen, und ich kann noch nicht aufstehen. Und bitte, bring bei den Fragen die Rebeisen nicht mit der Eifel in Verbindung.«

»Bin ich bei BILD?«

»Nimm meinen Wagen, der ist etwas schneller. Keine klugen Ratschläge, aber trotzdem ein Hinweis. Fahr in Köln nicht dorthin, wo die Rebeisen wohnte. Fahr in die Innenstadt, parke in einem Hochhaus und streune herum. Dann springst du in ein Taxi und fährst hin.«

»Das ist gut, das mache ich. Und ich rufe dich alle zwei Stunden an. Sag mal, glaubst du wirklich, daß dieses Telefon abgehört wird?«

»Aber sicher. Die wären verrückt, wenn sie es nicht täten.«

»Die müssen aber doch nach den Vorschriften gehen. Die brauchen doch eine richterliche Genehmigung.«

»Brauchen sie nicht. Es gibt amerikanische Geheimdienste, die sich einen Dreck um unsere Gesetze kümmern. Es ist bewiesen, daß Leute aus der Friedensbewegung laufend abgehört wurden, ohne daß ein deutscher Richter es erlaubt hatte. In Bremen zum Beispiel. Die Amerikaner haben auch personenbezogene Akten angelegt. Die deutschen Dienste bitten die amerikanischen Freunde, doch mal kurz in meine Leitung hineinzuhorchen, mit wem ich telefoniere und was ich so sage. So einfach ist das, technisch kein Problem. Kannst du mir die Pflaster am Mund abnehmen? Das ist ekelhaft.«

Sie nahm mir die Pflaster ab und verschwand trällernd im Badezimmer, um sich für die Fahrt nach Köln zurechtzumachen. Ich glaube, sie war glücklich.

Sie war kaum vom Hof herunter, als Alfred kam und sich auf mein Sofa setzte. Er war rot im Gesicht und verschwitzt und außer Atem. »Wenn das Wetter hält, kriege ich die Silos voll. Hast du ein Bier?«

»Im Eisschrank muß eins sein.«

Er ging in die Küche, und ich hörte ihn herumklappern. »Irgend etwas Neues?«

»Ich könnte dir die Namen der Opfer geben, aber das tue ich nicht. Ich könnte dir auch Fotos von den Toten zeigen und vom Tatort, aber das tue ich auch nicht.«

»Du bist ein Angeber. Alle Pressemenschen sind Angeber.«

»Gieß dir ein und lang mal da in das Bücherregal. Die Fotos sind in dem Bildband über Ägypten.«

Er hockte da im Sessel, trank bedächtig einen Schluck, sah das erste Foto an, dann das zweite, dann, schnell hintereinander, die nächsten fünf. »Das darf nicht wahr sein, Baumeister. Wer hat die gemacht?«

»Ein Soldat. Er hat sie mir verkauft.«

»Es gibt doch überall Schweine«, sagte er heftig. »Aber das kannst du doch nicht drucken, oder?« Er sah weiter die Bilder durch.

»Da ist eine Knarre, eine Mauser. Ein uraltes Modell, aber beliebt. Mein Vater hatte auch so eins.«

»Tu die Fotos zurück und vergiß sie«, sagte ich. »Sag mir bitte, was die Leute über diese Spionagegeschichte erzählen.«

»Och«, murmelte er, um klarzumachen, daß er von Spionagegeschichten nichts hielt. »Ab und zu fährt hier ein DDR-Laster durch die Gegend. Ist ja klar, weil die wirtschaftlichen Beziehungen zur DDR enger werden. Glaubst du, daß alle die Brummifahrer aus dem Osten Spione sind?«

»Weiß ich nicht, ist mir auch egal. Todsicher werden sie von Zeit zu Zeit vom Staatssicherheitsdienst ausgequetscht, was sie so sehen und erleben. Und als Kuriere werden sie sicher auch benutzt. Spione sind Idioten, ob sie aus Ost oder West sind.«

»Etwas ist schon komisch an diesem Brummi aus Dresden, der in Hohbach war. Die Straße von Hohbach zum Depot und weiter zur Bundesstraße war ja nur ein Feldweg. Die wurde vom Verteidigungsministerium extra ausgebaut, ist aber gesperrt für Durchgangsverkehr und Lastwagen. Die fahren die andere Straße aus Hohbach raus zur Bundesstraße. Der LKW aus Dresden ist am Sonntag abend, als die Schweinerei passierte, über die gesperrte Straße zum Depot gefahren.«

»Ist das ganz sicher?«

»Ja. Da sind zwei Leute von der Freiwilligen Feuerwehr Hohbach aus der Kneipe gekommen und sahen, wie er die Straße zum Depot hochzog.«

Er trank sein Bier, und wir sprachen über Belanglosigkeiten, und hinterher war mir ein wenig elend, weil ich ihn belogen hatte. Er war jemand, der Lügen eigentlich nicht verdient, gleichgültig, aus welchem Grund.

In der Tür drehte er sich um. »Hat Naumann gesagt, wann du aufstehen darfst?«

»Ich darf aufstehen, aber ich kann nur kriechen und kann doch so nicht unter Leute.«

Er grinste. »Du siehst wirklich aus wie Dracula. Ich hab da was gehört, weiß aber nicht, ob was dran ist. Dieser Leutnant, der Tote, der soll was gehabt haben mit einer Frau aus einer Boutique in Blankenheim. Ich weiß nicht, wie die heißt, ich weiß nur, die ist groß und blond und war angeblich mal Mannequin. Mit der soll er schon lange was gehabt haben, sagen die Leute.«

»Die Leute sagen viel.«

»Ich sag's dir doch nur.« Er war beleidigt.

»Danke, ich werde es nicht vergessen. Weiß deine Mutter eine Heilsalbe für Schwellungen?«

»Die weiß alles und hat alles. Ich bringe es dir. Was hast du dem Soldaten für die Bilder bezahlt?«

»Für welche Bilder?«

»Schon gut.« Er wedelte mit den Armen, stapfte hinaus, warf den Trecker an und tuckerte vom Hof.

Die Schmerzen meldeten sich wieder, aber ich wollte keine Pillen mehr schlucken. Ich schluckte welche, als mir die Tränen in die Augen traten.

Dann läutete das Telefon, und der Chef trompetete mit geradezu widerwärtiger Munterkeit: »Ich bin in Bonn auf dem Flughafen, wie komme ich denn zu Ihnen?«

Es hatte keinen Sinn, sich aufzuregen, es hatte noch viel weniger Sinn, ihm zu sagen, er solle hingehen, wo der Pfeffer wächst.

Ich beschrieb ihm den Weg.

Alfred kam erneut und brachte einem Topf mit Salbe, die nach ranziger Butter aussah und auch so roch. Ich solle sie sehr dick auftragen, ließ seine Mutter ausrichten. Anschließend fühlte ich mich wie ein Indianer beim Kriegstanz, genauso wütend.

Als das Telefon klingelte, war ich eingeschlafen, warf den Apparat vom Hocker und angelte verzweifelt nach dem Hörer.

»Ja, bitte?«

»Sie werden es nicht glauben – Messner.«

»Aha.«

»Ich hoffe, es geht Ihnen einigermaßen.«

»Danke, ganz gut.«

»Sie verstehen, daß ich überrascht war, als Sie hier eintrudelten. Ich weiß nicht mehr genau, wie das alles kam und was wir geredet haben und ...«

»Wir haben nicht geredet, Sie haben nur geprügelt.«

Er schwieg, er schwieg sehr lange. Wahrscheinlich versuchte er, meinen Worten nachzulauschen und herauszubekommen, was ich dachte. Dann sagte er: »Der Fall ist gelöst. Ich rufe Sie nur an, um Ihnen fairerweise zu sagen, daß nachmittags in Bonn eine Presseverlautbarung herauskommt. Vom Verteidigungsministerium. Ehrlich gestanden, haben wir zunächst gedacht, so etwas wie einen Spionagefall zu haben. Aber das war es nicht. Es war nix als eine miese Eifersuchtstragödie. Hören Sie noch?«

»Ja.«

»Also, ich schicke Ihnen einen Kurier mit der Pressenotiz. Da kommt ein Leutnant Wannenmacher zu Ihnen, jetzt sofort.«

»Haben Sie denn die Waffe und den Täter?«

»Haben wir. Der Täter ist die dritte Leiche. Diese Frau, die später gefunden wurde. Sie hat Selbstmord begangen. Die Waffe ist eine Schrotflinte. Sie gehörte dem toten Leutnant. Peinlich der Fall, aber ganz simpel und zivil.«

»Wie heißen Sie eigentlich wirklich?«

»Wieso?«

»Ich brauche Ihren echten Namen, um Ihnen die Arzt- und Krankenhausrechnungen zuschicken zu können.«

»Dr. Messner heiße ich. Das mit den Rechnungen ist doch wohl nicht Ihr Ernst.«

»Ich werde noch viel ernster, Sie mieses kleines Schwein!« Ich hängte ein und wartete auf den Leutnant namens Wannenmacher. Als er kam, schrie ich: »Hereinspaziert, die Tür ist offen.«

Es gibt Leute, die gibt es nicht. Er war jung und dunkelhaarig, sah blendend und braungebrannt aus, zeigte eine Reihe schneeweißer Zähne, trug seine Ausgehuniform und lächelte strahlend wie ein windschlüpfriger Werbegag für ein Herrenparfüm. Er roch auch so.

Er war sehr zackig, er sagte: »Wenn Sie Herr Baumeister sind, habe ich etwas für Sie. Oh, Pardon, hatten Sie einen Unfall?«

»Nein. Das ist nur die Grundlage für mein Abend-Make-up. Geben Sie her!«

»Nein, Pardon. Ich brauche erst Ihren Ausweis, damit ich sehen kann, ob Sie wirklich der genannte Herr Baumeister sind.«

»Geben Sie her, Sie Pfeife!« schrie ich. »Das ist doch nicht zu fassen. Da wird man halb totgeschlagen, dann kommt so ein Pimpf daher und fragt …«

Er warf den großen braunen Umschlag mit einer hastigen Handbewegung auf die Wolldecke, unter der ich lag, schlug die Hacken zusammen und quirlte: »Alles klar! Keine Aufregung! Wiedersehen!«

»Grüßen Sie Herrn Doktor Messner von mir«, schrie ich.

»Messner? Verzeihung, ein Herr dieses Namens ist mir nicht bekannt.« Sein Gesicht geriet ihm außer Kontrolle, und er stürmte davon, als sei die große Mobilmachung ausgerufen.

»Hah!« sagte ich zu Krümel. »Dieses Gesicht werden wir nicht vergessen. Dieses Gesicht gehört Wannenmacher.«

Dann riß ich den Umschlag auf.

TÖTUNG UND SELBSTTÖTUNG

Der Bundesminister für Verteidigung teilt mit, daß es im Gebiet der Eifel zu einem bedauerlichen Vorfall gekommen ist. Offensichtlich unter starkem Alkoholeinfluß hat die 25jährige Verkäuferin Marianne R. aus dem Raum Köln den in der Eifel stationierten

Leutnant der Bundeswehr Lorenz M. (26) aus dem Münsterland mit einem Schrotgewehr erschossen. Marianne R. tötete auch Susanne K. (29), die Lorenz M. auf einem morgendlichen Spaziergang begleitete. Wie die zuständige Behörde ermittelte, richtete sich Marianne R. nach der Tat selbst. Sie galt in ihrem Freundeskreis als krankhaft eifersüchtig und war mehrere Male Patientin in psychiatrischen Landeskrankenhäusern. Mit Lorenz M. verliert die Bundeswehr einen sehr couragierten, sehr befähigten jungen Offizier, dem eine aussichtsreiche Karriere sicher war. Der Minister dankt allen Beteiligten für die schnelle und präzise Aufklärung des Vorfalls.

Später habe ich diesen Tag den Tag der tausend Zungen genannt, obwohl ich keinen Indianer kenne und auch keiner zu Besuch kam.

Ich rief Naumann an und sagte, ich hätte sehr massive Schmerzen. Auf seine Frage, wo, antwortete ich, das sei nicht genau auszumachen: am Kopf, aber streckenweise auch wohl an den Füßen.

Das verstand er und murmelte: »Ich muß sowieso in die Gegend, ich komme vorbei. Ist Ihre Freundin im Haus? Sie sollte Ihnen noch einmal lauwarmes Wasser einlassen. Die Muskeln müssen gelockert werden.«

»Sie ist nicht da, und sie ist nicht meine Freundin.«

»Aber sie ist doch sehr nett. Warum werden Sie so wütend?«

Ich antwortete nicht, ich vergewisserte mich meines Körpers, ich fühlte nach, ob alles funktionierte, alles am Platz war.

Dann schlug ich die Wolldecke zurück. Die Naht hinter meinem Ohr begann ekelhaft zu pochen, die gesamte Bauchmuskulatur streikte. Aber ich war gelassen. Ich ließ die Beine baumeln und hatte zum ersten Mal in meinem Leben das Gefühl, daß es sehr gut ist, die Beine baumeln lassen zu können.

Die Salbenschicht auf meinem Gesicht war hart geworden. Ich blätterte sie geduldig ab und stand vorsichtig auf. Dann beugte ich sanft die Knie, die Beine trugen mich. Ich teilte Krümel mit, daß der vom Schicksal schwer geprüfte Held wieder zum Leben erwache, und sie strich liebevoll um meine Beine, obwohl ich weiß, daß sie auf nichts anderes aus war als auf einen gefüllten Freßnapf.

Das Hänflingspaar kam zu Besuch. Wie grün-gelbe Striche schoß das Pärchen aus der Hecke auf den mit Wasser gefüllten Aschenbecher zu, den ich auf die Fensterbank gestellt hatte.

»Guten Tag, geliebte Schnabbeldönse!« brüllte ich. Dann ging es glatt, aber zittrig zur Tür.

Als das Telefon schellte, war ich gut drei Meter von dem verdammten Ding entfernt, aber immerhin erreichte ich es. Es war Jan, mein Patenkind, fünf Jahre alt, strohblond, mit einem glucksenden Lachen gesegnet.

»Ich war mit Mami in einem Kaufbaus, Siggi. Da gab es einen ferngelenkten Jeep. Da muß man mit einem Kasten lenken. Der Jeep fährt, wie ich will. Linksrum, rechtsrum und rückwärts. Und abends kann man die Batterie rausnehmen, in einen Stecker stecken, und morgens fährt das Auto wieder.«

»Wie geht es dir denn?«

»Gut. Und der Jeep kann sich selbst an einem Seil über Felsen ziehen, und ...«

»Wie geht es denn Mami und Papi?«

»Gut. Und der Jeep kann auch umkippen. Der hat so ein Drahtding obendrauf. Und wenn er umkippt, macht das Drahtding, daß er wieder richtig fährt. Und er kann langsam fahren und ...«

»Und dann hat Mami den gekauft.«

»Nein. Sie hat gesagt, der wäre zu teuer.«

»Was kostet der denn?«

»Oh, hundert Mark, oder viele hundert Mark.«

»Dann ziehe ich Krümel etwas Putenragout ab.«

»Häh?«

»Du willst doch den Jeep, oder?«

Dann kam es leise und besorgt und berechnend und abgewogen und scheu: »Ich wünsch mir den so arg.«

In das Badezimmer brauchte ich nur zehn Minuten, nachdem ich Jans zögerlicher Mutter behutsam beigebracht hatte, daß von hunderttausend Träumen doch einer wahr werden muß. Schwieriger war es, ohne Hilfe in die Wanne zu steigen, aber es gelang.

»Hallo?« hörte ich den Arzt unten rufen. Er kam die Treppe herauf und schimpfte wie ein Rohrspatz. »Wie können Sie so einen Blödsinn ohne Hilfe machen? Ich habe keine Zeit für Helden. Was, glauben Sie, passiert, wenn Ihnen der Kreislauf durchsackt!«

»Ich habe zwei Fragen. Erstens: Stimmt es, daß die dritte Leiche, also die junge Frau aus Köln, betrunken war? Und zweitens: Stimmt es, daß sie sich selbst mit der Schrotflinte erschossen hat?«

»Also darauf wollen die hinaus.«

»Ja. Unten auf dem Sofa liegt eine Verlautbarung des Verteidigungsministers. Grimms Märchen.«

»Ich habe keinen Alkohol entdeckt. Und ich müßte ihn entdeckt haben. Die Frau war stocknüchtern. Auch keine Spur von Tabletten oder ähnlichen Chemikalien. Selbstmord? Ausgeschlossen. Ich habe forensische Medizin gemacht. Da lernt man sehr einfache Dinge. Sie ist zwar aus kürzester Entfernung erschossen worden und von vorn. Aber ich habe keinen Pulverschmauch entdeckt, keine Streuung der Schrotkörner in der Weise, daß sie zum Beispiel das Gewehr mit dem Kolben auf den Boden gestellt, den Lauf gegen das Gesicht gehalten und abgedrückt hätte, was allen Erfahrungen nach bei einer Frau fast undenkbar ist. Der Nachweis der Entfernung vom Täter zum Opfer ist wegen der Partikel beim Verschuß von Schrotmunition sehr leicht zu berechnen. Der Täter stand rund drei Meter bis drei Meter fünfzig entfernt. Soso! Aha! Jetzt muß ich aber. Steigen Sie aus dem Pool.«

»Das kann ich selbst.«

»Das können Sie selbst, aber wenn Sie umfallen, ist niemand da, der Ihnen hilft.«

Er bugsierte mich aus der Wanne und geleitete mich hinunter ins Wohnzimmer. Er las die Mitteilung des Ministeriums und schüttelte den Kopf. »Die sind wirklich frech.«

»Die können es sich erlauben. Hat sich Ihre Frau beruhigt?«

Er lächelte. »Ich habe ihr gesagt, daß Sie absolut verschwiegen sind. Und sie glaubt es jetzt jedenfalls ein bißchen. Ich habe übrigens auch so eine Steinmauer wie Sie. Heute morgen war eine Kröte da.«

»Grüßen Sie sie von mir.«

Als er gegangen war, sang ich das selbstgefertigte Volkslied *Ein Suppenhuhn, ein Suppenhuhn, das soll man in die Suppe tun* nach der Melodie *Der Theodor im Fußballtor.*

Dann rief Elsa an und sprudelte los: »Hallo, mein Lieber. Ich bin fertig mit den Einkäufen. Ich habe eine traumhafte Bluse gekauft und eine schneeweiße Hose. Schneeweiß wie meine Seele. Und eine alte Freundin habe ich getroffen, oder ich habe vielmehr gehört, daß sie ... Na ja, sie war mal eine richtig nette Verkäuferin, aber dann ist sie Nutte geworden. Das liegt schwer auf meiner Seele. Ich mache mich jetzt auf den Heimweg. Weißt du, es ist schlimm, wenn man plötzlich an alten Freunden zweifelt. Ich glaube, die war nie eine Verkäuferin. Ich glaube, die war immer Nutte.«

»Der werfe den ersten Stein.«

»Du mit deiner Halbbildung.«

Ich schmierte mir wieder ein Viertelpfund von der Bauernsalbe ins Gesicht, weil zu sehen und zu spüren war, daß die Heilkunde von Alfreds Mutter besser funktionierte als die Medizin des Doktor Naumann.

Der Chef rollte auf den Hof, ich hörte ihn lärmen. Er kann nicht, ohne zu lärmen. »Das ist ja am Arsch der Welt, ist das hier.«

VIERTES KAPITEL

Er war nicht allein, er ist nie allein. Ich sah durch das Fenster, daß ein weibliches Wesen in seinem Kielwasser schwamm.

Elsa würde jetzt wahrscheinlich giftig bemerken, daß ich fünf Mark in die Chauvikasse tun müsste, aber dieser Chef hat nun mal ein Kielwasser, das anders zu formulieren wäre gelogen. Also, das Wesen in seinem Kielwasser wirkte auf den ersten kurzen Blick biblisch, oder was wir – von Hollywood erzogen – so biblisch nennen. Sie trug ein langes Tuch um Kopf und Schultern, wahrscheinlich weil in der Eifel immer ein frisches Lüftchen weht, das die schnieken Friseure hassen, von dem sie sagen, es zerstöre den Typ. Das Tuch war durchsichtig und lindgrün.

Unter dem erneuten Stoßseufzer »Das ist ja hier am Arsch der Welt« kam der Chef den Flur entlanggesegelt. Dann brüllte er: »Baumeister? Wirtschaft? Wo ist hier ein menschliches Wesen?« Er füllte den Türrahmen. Der Chef ist groß und massig, sein Haar ist schmutziggrau wie altes Eis, seine Augenfarbe hat noch kein Mensch feststellen können, Sekretärinnen sagen entzückt: »Die changieren!« Er hat aber, dies ist verbürgt, strahlende Augen über einer starken Hakennase. Die wiederum thront über einem starklippigen Mund, den Psychologen verletzlich nennen würden. Mit dem Kinn ist nicht viel los, es ist ein wenig schlaff, hängt bedröppelt herunter, ist der negative Teil, die Verkörperung der Erkenntnis, daß seine Reporter immer ein wenig schlechter sind als er selbst, wäre er je Reporter gewesen.

Er stemmte sich mit beiden Armen in den Türrahmen, als wolle er ihn sprengen. Dann dröhnte er: »Liegt im Bett! Auf der faulen Haut! Antriebslos und phantasiegeschwächt! Wo, mein Gott, sind die alten Zeiten, als die Reporter noch so fickerig waren, daß die Stoffe schneller liefen als ihre Gedanken?«

Das alles sagte er und sah mich an. Dann fiel ihm etwas auf, und er wurde schmal in der Tür und atmete ein wenig laut und hastig. »Mein Gott, Junge, hast du einen Unfall gehabt?« Er glitt neben das Sofa, bekam theatralisch schmale Augen und fragte streng: »War der Arzt schon hier?«

Das mag ich so an ihm, er ist wirklich eine Art Übervater. Wenn es gelingt, seinen voluminösen Baßbariton zu stoppen, ist er so sanft und zart, daß man Angst bekommt.

»Was ist passiert? Hast du einen Arzt?«

»Der Arzt geht aus und ein. Und ich bin verprügelt worden.«

Die biblische Frau mit dem lindgrünen Tuch glitt am Rand meines Blickfeldes vorbei und setzte sich gekonnt in einen Sessel.

»In dieser Sache?«

»In dieser Sache.«

»Du siehst zum Fürchten aus. Hast du Schmerzen? Ist das hinter dem Ohr eine Naht?« Seine Stimme hatte das Dröhnen verloren, er schien auch kleiner geworden zu sein.

Ich erzählte ihm sehr genau, was geschehen war, und reichte ihm die Mitteilung des Ministers. »Die Geschichte ist keine Geschichte, die Geschichte ist zu Ende, wenn Sie dem Minister glauben.«

Er las und sagte: »Hah!«, und fing an zu lachen.

Er war wieder laut, zuckte unvermittelt zusammen, erinnerte sich. »Das ist übrigens Patricia. Patricia will die Praxis kennenlernen.«

Das war auch nicht neu. Es gab sehr viele junge Damen, denen er unsere Praxis beibringen wollte. Er strafte jedoch alle Schandmäuler Lügen, denn niemals hatte jemand verifizieren können, sie seien seine Freundinnen. Es war wohl so, daß er ihre jugendlich bewundernden Blicke brauchte und sich damit zufriedengab.

»Guten Tag, Patricia«, sagte ich artig.

Sie murmelte irgend etwas und versank wieder in Bedeutungslosigkeit.

»Darf ich mal deinen Garten anschauen?« fragte der Chef.

»Na sicher. Patricia, machen Sie uns einen Kaffee? Und, Chef, achten Sie auf meine Mauer. Aus Bruchsteinen, ohne Mörtel. Eine Zuflucht für Weinbergschnecken, große rote und schwarze Wegschnecken, Kerbtiere, Spinnen, Erdkröten, Frösche. Ich warte auf den ersten Feuersalamander.«

»Ja, ja«, sagte er und verschwand. Er hatte gar nicht zugehört, er hört nie zu. Ich hatte ihm die Bilder gegeben und kurz darauf sah ich ihn in der Sonne im Gras sitzen und kopfschüttelnd die Fotos betrachten. Das Mädchen namens Patricia kam ein paarmal herein und fragte schüchtern nach dem Standort des Kaffees, des Zuckers, der Tassen, der Milch. Dann sah ich sie mit einem kleinen Tablett den Flur entlanggehen, wie sie durch das Gras lief, das Tablett neben den Chef stellte, rührend wortlos. Er hockte da und schien nicht von dieser Welt.

Patricia brachte auch mir einen Kaffee. Sie hatte das lindgrüne Madonnentuch irgendwo deponiert und sah nicht mehr so biblisch aus.

»Hatten Sie Angst, als dieser Messner Sie schlug?«

»O ja, ich hatte die Hosen voll.«

»Und Sie werden es ihm heimzahlen?«

»Rache? Ich träume davon.«

»Wenn Sie ihn beschreiben und nennen, schaffen Sie sich einen Feind fürs Leben, nicht wahr?«

»Das hoffe ich«, sagte ich. »Wann machen Sie die erste Reportage?«

Sie lächelte und schürzte ein wenig den Mund. »Wenn er mich läßt, morgen«, sagte sie. »Aber er wird mich nicht lassen. Er wird mich in irgendeine dieser trostlosen Abteilungen stecken für Spesenabrechnungen oder Druckkosten, oder so.«

»Wenn Sie eine Reportage machen wollen, darf niemand Sie aufhalten«, sagte ich. Das klang widerlich begütigend, väterlich, wohlwollend.

»Glauben Sie das wirklich?« fragte sie.

»Na sicher«, sagte ich. »Sie nehmen sich ein Thema, sagen niemandem etwas und machen es.«

Sie schien nie daran gedacht zu haben, sie lächelte und ging hinaus. Wenig später sah ich sie unter einem blühenden Holunder hocken, zehn Meter ab von ihrem Herrn und Meister. Der Chef sah sie nicht einmal.

Alfred kam auf den Hof, ließ den Trecker laufen, kam in die Tür. »Ist was?«

»Nichts. Es ist nur der Chefredakteur.«

»Ich dachte, ich guck mal.«

»Du bist mein Schutzheiliger.«

Es wurde Abend, weitab im Süden über dem Moseltal türmten sich Quellwolken hoch und bildeten bizarre schneeweiße Ränder und fast schwarze Flächen aus. John Dos Passos hat das einmal »die weiße Wolkenkappe über dem Gewitter« genannt. Irgendwo westlich tobten bereits Gewitter, das Dorf war sehr still, der Chef hockte noch immer im Gras.

Das Telefon läutete, es war Elsa. »Ich bin in einer Zelle. Ich bin am Hof vorbeigefahren. Als ich das fremde Auto sah, bin ich einfach weitergefahren. Du brauchst nur mit Ja und Nein zu antworten.«

»Komm her. Es ist der Chef.«

»Na gut, ich dachte nur.«

»Du hast richtig gedacht. Du machst überhaupt alles richtig.«

»Das ist ja ein Kompliment, Baumeister.«

»Ja, ja. Komm endlich her.«

Ich hatte das Gefühl, daß die Welt trotz dreier versteckter, verlogener Leichen sehr still war, sehr zufrieden und desinteressiert. Vielleicht war ich nur ungeduldig, vielleicht stimmte beides.

Ich hörte, wie Elsa auf den Hof rollte und gleich in den Garten ging. Wenn ich meinen Hals reckte, konnte ich sehen, wie sie beim Chef im Gras hockte und ernst auf ihn einredete. Dann standen beide auf, er legte den Arm um ihre Schulter und sprach mit ihr. Sie wanderten vor meinem Fenster hin und her. Sie sahen aus wie Psychiater, die sich über den Fall Baumeister unterhielten. Und Patricia hockte noch immer unter dem blühenden Holunder. Endlich kamen sie herein. Der Chef sagte munter: »Ich habe die Kleine losgeschickt. Sie soll in einem Gasthaus was Anständiges zu futtern holen. Tja, mein Lieber, ich denke, wir machen hier so etwas wie eine Kommandozentrale und ziehen die Geschichte durch. Schnell und hart.«

»O Scheiße«, sagte ich, weil mir nichts anderes einfiel und weil ich genau das erwartet hatte.

»Keine Widerrede«, sagte er schnell. »Es bleibt deine Geschichte, und du sollst sie auch schreiben. Aber wir machen es schnell und hart. Wenn wir nämlich langsam und betulich vorgehen, kommt irgendein Heini vom Verteidigungsministerium, alarmiert die Geheimdienste, und die lassen uns dann richterlich verbieten zu recherchieren. Sehen Sie das auch so?«

»Das sehe ich auch so. Aber das ist nicht entscheidend. Die können uns das noch verbieten, wenn wir schon im Druck sind. Und sie werden es erfahren, und sie werden es tun.«

»Aber die haben doch keine Ahnung, wieviel wir wissen. Also: sechs oder acht Rechercheure ran, die besten Jungens, die ich habe. Jeder auf eine Spur. Und du sitzt hier wie die Spinne im Netz und nimmst alles entgegen.«

»Und wann wollen Sie fertig sein?«

»In einer Woche.«

Ich sah Elsa an, die ernst und ein wenig bedrückt auf einem Stuhl hockte. Aber sie gab mir kein Zeichen, sagte nichts, schüttelte nicht den Kopf, nickte nicht, sah nicht ergeben zur Decke, nichts.

»Das geht nicht«, sagte ich. »Das ist mir ein paar Nummern zu groß und ein paar Nummern zu schnell. Was ist, wenn wir auf Barrieren stoßen? Auf Informanten, die nicht erzählen wollen, weil sie irgendwie verstrickt sind?«

»Die kaufen wir«, entschied er lapidar. »Geld spielt keine Rolle. Das ist ein dickes Ding, das will ich im Blatt haben.«

»Dann machen Sie es ohne mich«, sagte ich. »Das ist mein letztes Wort. Ich will nichts schreiben, was andere recherchieren. Ich kann das auch nicht. Ich kann nur schreiben, was ich selbst erfahren habe. Und ich will keinen Menschen kaufen.« Ich grinste. »Ich weiß schon: Ihr wollt es schnell und hart machen, um zu verhindern, daß ich erneut verprügelt werde. Richtige Heilige seid ihr. Sie haben mir die Geschichte gegeben, ich gebe sie also zurück. Die Bilder teilen wir. Ich mache die Sache auf meine Weise oder gar nicht. Mit anderen Worten: Ich mache sie leise, oder es ist nicht meine Geschichte.« Ich glaubte, in den Augen von Elsa ein Lachen zu sehen.

Patricia hatte sich an meinen Schreibtisch gehockt und starrte sicherheitshalber ins Nichts. Der Chef schwieg, es war sehr still. Krümel ahnte etwas und schnürte schmal und nervös hinaus.

»Sie sollten das Geld bedenken«, sagte er schließlich. »Ich zahle Ihnen achttausend für jeden Monat, die ersten achttausend sind unterwegs. Aber es geht weiter: Wir werden in dieser Sache Rechte und Nachrichten verkaufen. Und vielleicht wird es eine Fernsehproduktion. Ich gebe Ihnen fünfzig Prozent der Rechte. Wir machen es schnell und hart mit vereinten Kräften.«

»Sie zahlen mir die ersten achttausend. Sie zahlen die Kosten für den Arzt und das Krankenhaus, und ich bin mit der Hälfte der Bilder draußen. Schluß.«

»Aber allein die ersten Nebenrechte werden zwanzigtausend bringen.«

»Es ist nicht das Geld«, sagte ich. »Geld ist es nicht. Es ist eine brutale, verdeckte Geschichte, die Geduld verlangt.«

»Kann ich denn Ihr Haus als Kommandozentrale benutzen?«

»Nein.«

»Seit wann sind Sie kleinkariert und engstirnig?«

Ich war zornig, wütend und enttäuscht, und ich mochte seine Art Journalismus nicht. Ich schrie ihn an: »Verdammt noch mal, dies ist eine brutale Geschichte, und die Gegenseite ist Vater Staat! Und wenn die Gegenseite merkt, daß Sie schnell und hart mit Ihren blöden Rechercheuren einsteigen, wird Vater Staat dieses Haus stürmen und jeden Stein umdrehen. Von diesem Haus wird nichts mehr bleiben, und sie werden auch meinen Garten zertrampeln. Ich habe an dem Garten vier Jahre gefummelt. Da steckt Zen-Buddhismus drin und Taoismus, und es ist mir scheißegal, ob Sie mir glauben oder nicht. Dies ist mein Zuhause und Sie kriegen es nicht für Ihre schnelle, harte Geschichte. Die Gegenseite wird merken, daß Sie loslegen, und sie wird alles wasserdicht machen, alles. Und ich traue Ihren Rechercheuren nicht. Die werden viele Dinge übersehen, weil der Chef einen schnellen Erfolg will. Der Chef braucht eine höhere Auflage, der Chef will in den Nachrichten von ZDF und ARD erwähnt werden. Nehmen Sie Ihre Geschichte und hauen Sie ab!«

Er war blaß, und ich war nahe dran, irgendeine Entschuldigung zu murmeln, daß ich ihn begreifen könne, daß er aber auch mich begreifen müsse und dergleichen mehr. »Geht nicht so miteinander um«, murmelte Elsa. »Du mußt zugeben, Baumeister, daß man ein paar Informanten auch kaufen kann.«

»Natürlich kannst du Informanten kaufen. Jeder Tausendmarkschein wird aus einem Furz einen Taifun machen. Ich habe hier jeden Stein ausgesucht, nach Farbe und Fossilien …«

»Ich weiß doch, daß du das hier liebst«, sagte sie. »Aber geht denn nicht ein Kompromiß?«

Der Chef nahm das rechte Knie hoch, stützte die Arme drauf und legte sein Gesicht in die Hände. »Du hast ja recht, wir brauchen eine gute Geschichte, wir brauchen hundert gute Geschichten, wir brauchen Auflage. Und ich brauche sie schnell, weil mein Aufsichtsrat ... ach, Baumeister, scheiß drauf, du verstehst nix von meinen Sorgen.«

»Wie kann er das, wenn er sie nicht kennt?« fragte Elsa empört. »Außerdem hat er ständig Schmerzen und sagt nichts, der Indianer.«

»Raus hier«, sagte ich. »Ich habe die Schnauze voll von harten, schnellen Geschichten, die sich hinterher so lesen, als spielten nur Roboter mit.«

Der Chef stand auf. »Nein, Baumeister, ich flehe dich nicht an, ich schmeiße dich aus der Geschichte raus und mache sie selbst. Wir sind geschiedene Leute. Ich habe es nicht nötig ... ach, verdammt noch mal, du könntest dir eine goldene Nase verdienen.«

»Mit einer goldenen Nase kann ich nicht mehr riechen«, sagte ich giftig. »Und nun nehmen Sie Ihren Troß und verschwinden Sie.«

»Sie sind ein Sturkopf mit heiligen Regeln über edlen Journalismus. Wir sind zivilisierte Leute ... Lassen Sie mich es anders sagen: Es wird einen Mann oder eine Frau geben, die genau weiß, was geschah, und die den gesamten Hintergrund kennt. Und den oder die kaufen wir. Notfalls gegen ein Einfamilienhaus ...«

»Ja, leider. Haut ab.«

Elsa beugte sich vor. »Dir geht es doch schlecht, Baumeister, du wirst ...«

Das Läuten des Telefons unterbrach unser Bauerntheater. »Herr Baumeister«, sagte Alfreds Mutter, »ich hätte da eine Bitte. Der Steuersachverständige ist gekommen, und Alfred wußte das, aber Alfred ist nicht da. Ich weiß auch nicht, was der sich so denkt. Oben hinter dem Sportplatz will er Heu machen, und da kann ich ihn ja nicht erreichen. Nicht daß ich was von Ihnen will, aber Alfred muß ja herkommen, es geht ja um die Jahressteuer. Und Alfred vergißt doch so was nie, und ich weiß nicht ... Ob vielleicht Ihre Bekannte mal zum Sportplatz rauffahren kann, und ob sie Alfred das sagt, weil ich ja weiß, daß Sie flachliegen. Wie geht es Ihnen denn?«

»Mir geht es gut, Mutter Melzer. Sie machen sich Sorgen, nicht wahr?«

»Na ja, ein bißchen.«

»Ich erledige das schon«, sagte ich und legte auf.

»Ist was mit Alfred?« fragte Elsa.

»Nein, nein«, sagte ich schnell. »Ich möchte mal in den Garten. Holst du mir Jeans und ein Hemd?«

Sie sah mich mißtrauisch an und rührte sich nicht.

»Ich soll trainieren, mich zu bewegen, hat der Arzt gesagt.« Ich schlug die Wolldecke zurück und lag da nackt und zugepflastert.

»O weia«, sagte der Chef genüßlich, »das müssen wir fotografieren.«

»Aber nur gegen Honorar«, sagte ich. »Ich bin jetzt ein Spitzenmodell.« Es ging einigermaßen, ich stand, die ersten Schritte liefen flott.

»Ich hol dir die Sachen«, sagte Elsa hastig.

Patricia stand mit einem Paket in Alufolie in der Tür und murmelte zaghaft: »Sie hatten nix Vernünftiges außer Wildschweinbraten mit Bratkartoffeln und rote Bete.«

»Dann eßt mal schön«, sagte ich. Ich war so wütend, daß ich schmerzlos über die beiden ersten Treppenstufen kam.

Elsa sagte scharf hinter mir: »Es ist nicht notwendig, die Menschheit zu verfluchen, nur weil der Chef eine andere Meinung hat. Ich hole dir die Sachen, und hör auf, den Helden zu spielen. Da ist doch was mit Alfred, oder?«

»Da ist nichts, ich brauche nur frische Luft. Und der Chef

ist nicht mein Chef.« Ich hockte mich auf die Treppe und ließ sie vorbei.

Patricia blieb auf dem Weg in die Küche vor mir stehen und sagte: »Ich weiß nicht, ich mag diese alten, verwundeten, faltigen Krieger.«

»Er ist kein Krieger, er ist nur ein irregeleiteter Macho«, sagte Elsa über mir auf der Treppe. Sie war sehr wütend.

Dann wurde sie unvermittelt ein wenig sanfter. »Hör mal, du Sturkopf. Laß dir wenigstens kurz erklären, was mit dieser zweiten Toten ist, dieser Marianne Rebeisen. Ich sagte dir am Telefon, sie sei eine Nutte. Sie war Vollprofi. Die Bruderstraße Nummer 23 in Köln, in der sie gemeldet ist, ist ein Puff. Sie arbeitete in einem Zimmer im ersten Stock und hat oben unter dem Dach eine kleine Wohnung. Die Puffmutter ist ein Mann. Ich habe ihm gesagt, die Rebeisen sei eine alte Freundin von mir. Er wußte wenig von ihr, erzählte aber, daß Männer da waren, die alles über sie wissen wollten. Sie schaffte gut an, eine Spitzenkraft, sagt er, mit sehr viel Stammkundschaft. Ihre privaten Freunde sind Zuhälter und andere Nutten, die meisten kennt er. Er behauptet, daß sie mit ihrem Zuhälter nichts hatte, daß er nicht weiß, wie ihr Freund heißt. Er vermißt sie, hat aber keine Ahnung, wo sie ist. Kannst du dir vorstellen, wie eine Profinutte nachts zu dem Depot in Hohbach kommt und dort mir nichts, dir nichts erschossen wird, achtzig Kilometer vom Puff entfernt?«

»Das ist der Punkt«, sagte ich. »Wir müssen herausfinden, wie sie nach Hohbach kam. Da gibt es keinen Bus und keine Eisenbahn. Wie ist die Nutte Rebeisen in den Wald gekommen? Mir fällt ein, daß der Doktor erwähnte, die Rebeisen sei die Freundin der Kleiber gewesen, also ist es vielleicht normal, daß sie in Hohbach war. Vielleicht wurde sie zufällig umgebracht, weil sei zufällig beim großen Schlamassel anwesend war. Und jetzt laß mir meine frische Luft.«

Ich zog mühsam die Jeans an und ein Hemd, dann noch Sandalen. Ich kroch langsam durch den Flur vor die Tür und sagte: »Nun eßt mal schön, ich komme gleich.« Elsa war zu wütend, um hinter mir herzukommen. Sie hatte den Schlüssel stecken lassen. Ich ließ den Wagen an und gab Gas. Es war ein gutes Gefühl, nicht mehr hilflos auf einem Sofa zu liegen, und die Schmerzen hielten sich in Grenzen.

Ich fuhr in das Unterdorf hinunter, am Dorfbrunnen vorbei, auf eine alte, schmale Landstraße. Nach sechshundert Metern bog ich in einen Feldweg ab, fuhr am Dorfrand vorbei zurück und bog dann auf die schmale Betonpiste ein, die zum Sportplatz hochführte. Überall waren die Bauern im Heu und grüßten freundlich, wie sie es immer tun.

Auf den ersten Blick war mit Alfred alles in Ordnung. Sein Trecker stand vor dem Heubinder am Waldrand und lief. Lerchen waren über mir.

Alfred reparierte irgend etwas am Hinterrad des Treckers, er schien gebückt an der Achse zu fummeln. Ich konnte nicht näher heran als etwa achtzig Meter.

»Hallo, Landmann!« schrie ich.

Aber dann begriff ich, daß er sich gar nicht bewegte. Er rührte sich einfach nicht.

Ich gab Gas und wurde fast ohnmächtig, als der Wagen auf einer Graswelle hochsprang und zurückfiel, aber ich schaffte es bis zu ihm.

Er konnte nicht fallen, weil er den rechten Arm bis zur Achsel über die Antriebswelle des Heubinders gelegt hatte. Er kniete auf dem linken Knie, das rechte Bein lag bizarr ausgestreckt. Er mußte so ausharren – selbst wenn er tot war.

Da war Blut an seinem Kopf und sehr viel Blut auf seinem hellgraukarierten Hemd.

Er bewegte den Kopf träge zur Seite und lallte etwas. Er hob die Lider mit unendlicher Mühe, aber es wurde kein Blick daraus.

»Alter Mann, hilf uns jetzt«, sagte ich laut. Ich drehte den Treckermotor ab und kniete mich dann vor Alfred. »Was ist denn, verdammt noch mal? Hast du mal wieder im Fahren die Kerzen ausgewechselt?«

Er grinste, es war nicht zu fassen, er versuchte zu grinsen. Aber es blieb ein Versuch, und wahrscheinlich wurde er vor lauter Erleichterung ohnmächtig. Er hatte das Gesicht voller Platzwunden.

Ich machte meine rechte Wagentür auf, schob den Sitz ganz nach vorn und legte ihn flach.

»Komm jetzt«, sagte ich matt. »Ich bin selbst kein Herkules in diesem Moment. Wir müssen dich irgendwie in die Karre kriegen. Los, komm schon.« Aber er kam nicht, er war ohne Bewußtsein.

Ich griff ihn unter den Achseln und hob ihn von der Antriebswelle herunter. Dann konnte ich ihn nicht mehr halten, weil meine Bauchmuskeln nicht mitspielten, und er fiel flach auf den Rücken. Er lallte etwas, aber er war nicht zu verstehen.

»Du mußt das jetzt aushalten«, keuchte ich. »Wir haben hier schließlich kein Telefon.«

Er versuchte wieder zu grinsen und sah einen Augenblick lang tatsächlich so aus, als sei er nur total betrunken. Ich zog ihn langsam Zentimeter um Zentimeter an den Wagen heran. Dann hob ich ihn an den Schultern hoch, so daß sein Kopf in den Wagen pendelte. Es war mühsam, und ich redete ununterbrochen auf ihn ein. Ich weiß nicht mehr, was ich sagte und dachte. Endlich lag er mit dem Kopf auf der Sitzfläche und dem Hintern vor dem Sitz.

»Scheiß drauf, Liebling«, sagte ich, »es geht nicht besser, dein Arsch ist mir zu schwer.«

Ich fuhr von der Wiese herunter und nahm dann den Weg vom Sportplatz hinunter in das Dorf. Es war etwas weiter, aber der Weg war asphaltiert. Ich mußte am Hof vorbei, weil es eine andere Möglichkeit nicht gibt, und sah sie erregt gestikulierend und wild winkend vor der Tür stehen: Elsa, den Chef und die biblische Patricia. Am Dorfausgang gab ich Vollgas in Richtung Gerolstein. Ich sah, wie Alfreds Hand sich in die Polsterung krallte, und schrie: »Bleib ruhig, Junge, gleich sind wir da.« Ich hatte rund sechzehn Kilometer vor mir, und die Straße schien ein Treffpunkt aller Eifelbauern zu sein, die gemütlich mit ihren Treckern des Weges zogen, zufrieden mit des Tages Arbeit.

Ich fluchte lang und anhaltend und versuchte, so zu fahren, daß ich scharfes Bremsen vermeiden konnte. Aber die schnellen Laster mit dem Gerolsteiner Sprudel, die mir in Richtung Ruhrgebiet entgegenzogen, schienen sich einen Sport daraus zu machen, mich zu behindern. Ich schaltete alle Lichter an, die Notbefeuerung eingeschlossen, und ging nicht mehr von der Hupe. Ich spürte, wie Alfred sich neben mir bewegte, und dann hörte ich ihn unflätig fluchen, und immerhin verstand ich ihn jetzt. »Sei ganz ruhig«, brüllte ich. »Wir sind gleich in Gerolstein. Wer war es?«

»Bbbunnnesweeer«, lallte er. »Sssiemlich viele, vier, sechs, weisss nich.« Sein Kopf klappte zur Seite ab.

»Einfach so? Oder haben die was gesagt?«

»Biller«, lallte er, und ich wußte nicht, was er meinte.

»Noch mal.«

»Bbbilllerbbbillller.«

»Die Bilder. Du meinst, die Fotos.«

Er nickte.

»Laß es gut sein, macht nix. Wir müssen erst mal wissen, was mit dir ist.«

Ich kam jetzt in das Industriegebiet, in dem der Verkehr erheblich dichter war. Ich mußte mit der Geschwindigkeit heruntergehen. Ich fuhr eine lange Einbahnstraße in die verkehrte Richtung, um abzukürzen. Ich weiß nicht, wie lange ich brauchte, ich weiß nur, daß ich an der Notaufnahme des Krankenhauses zu spät auf die Bremse ging und voll in das hohe geschlossene Rolltor krachte. Rechts von mir sah ich schemenhafte Bewegungen, und ein Mann schrie dauernd: »Der ist doch besoffen, der ist doch besoffen ...«

Links von mir erschien ein Gesicht, das ich kannte. Es war der Arzt, der mich geröntgt hatte.

»Sieh mal an«, sagte er munter und gut gelaunt, »wen haben wir denn da schon wieder?«

»Der da braucht Sie«, sagte ich, »ich bin o.k.«

»Schafft den Beifahrer raus und in die Ambulanz!« schrie er. Dann bückte er sich erneut zu mir. »Kommen Sie mal mit«, sagte er. »Sie sind so blaß um die Nase. Ist das jetzt eine Fortsetzung?«

Neben mir nahmen sie Alfred behutsam heraus, legten ihn auf eine Bahre und trugen ihn im Laufschritt davon.

»Was ist mit ihm? Unfall?«

»Verprügelt«, sagte ich. »Wie ich.«

»Steigen Sie mal aus«, sagte er und grinste.

»Ich bleib sitzen, mir geht es gut.«

»Das denke ich mir. Sie sehen ja auch blendend aus.«

»Ich bin vollkommen in Ordnung.«

»Na gut«, sagte er gemütlich und riß die Tür ohne Vorwarnung auf. Ich verlor den Halt und kippte aus dem Wagen. Ich hörte noch, wie er befriedigt »Siehste!« schnaufte.

Als ich erwachte, lag ich auf einer harten dunkelgrünen Liege in einem Raum, der vollkommen gefliest war. Jemand dicht über meinem Kopf sagte mit Genuß: »Der Mann hat tatsächlich nichts. Ist bloß vollkommen überarbeitet, total verprügelt und ansonsten total im Eimer.«

»Was ist mit Alfred?«

»Wer ist denn Alfred?«

Mein Blickfeld wurde klarer, es war ein Arzt. »Was ist mit dem Mann, den ich hergebracht habe?«

»Na ja, wie das so ist bei Prügeleien ohne Handschuhe. In welcher Kneipe war das denn?«

»Das sage ich nicht.«

»Schade«, grinste er. »Fühlen Sie sich o.k.?«

Ich kam hoch und setzte mich hin. »Es geht schon. Was ist mit dem Mann?«

»Eigentlich nichts weiter. Schwere Gehirnerschütterung, zwei bis drei Dutzend Platzwunden. Habt ihr einen Profi in eurer Gegend?«

»Ja. Wie komme ich zu Alfred?«

»Geht nicht. Wird unter Narkose versorgt.«

»Dann warte ich eben.«

»Helden wie in einem Wildwestfilm«, schnaufte er und schüttelte den Kopf. »Bleiben Sie noch eine Weile liegen. Es ist doch noch gar nicht so lange her, daß ich Sie verbunden habe, oder?«

»Und es geht ihm gut? Nicht gefährlich?«

»Im Prinzip alles in Ordnung«, sagte er und ging hinaus. Dann kam eine unförmig dicke Frau in einem pinkfarbenen Pullover, grauen Rock und diesen entsetzlichen weißen Krankenhaus-Gesundheitsschluffen. Sie sah mich nicht an, hockte sich mit einem Formular auf einen Stuhl und fragte: »Name? Vorname? Kasse? Betriebsunfall?«

»Moment mal«, stotterte ich.

»Sie liegen aber doch bei uns.«

»Nicht freiwillig«, sagte ich.

Sie lächelte böse und murmelte: »Wer liegt hier schon freiwillig? Also gehen Sie wieder? Ich muß den Arzt fragen. Na ja, fangen wir mal an. Behandelnder Arzt?«

»Ihr seid hier schlimmer als das Finanzamt«, sagte ich. »Ich verschwinde.« Ich ließ mich vorsichtig von der Liege herunter und ging hinaus.

Draußen auf dem Krankenhausflur war niemand zu sehen. Ich wanderte eine Weile und richtete mich nach einem grünen Pfeil. Ich erreichte so etwas wie eine trostlose Halle mit Gummibäumen, die so aussahen, als hätten sie die Intensivstation nötig. Da waren sie einträchtig versammelt: Elsa, der Chef, die biblische Patricia und Dr. Naumann.

»Ich habe Dr. Naumann verständigt«, sagte Elsa süßsauer. »Wir dachten, du seist ausgeflippt und wolltest ein Autorennen veranstalten.«

»Ist Alfred irgendwo?«

Naumann sagte: »Ja, aber der schläft noch. Ich bringe ihn nach Hause, wenn er entlassen wird.« Er sah so aus, als sei er entnervt. »Sie sollten sich heimfahren lassen.« Er zog mich beiseite. »Was war denn eigentlich?«

»Bundeswehr.«

»Aber Soldaten prügeln doch nicht.« Er hatte ein graues Gesicht. »Diese Brutalität macht mich ganz krank, die müssen eine Menge zu verbergen haben. Sind die aufgehetzt worden?«

»Sicher. Aber das wird nicht zu beweisen sein. Wer melkt Alfreds Kühe?«

»Ich kümmere mich darum, ich finde jemanden im Dorf. Sie sollten jetzt wirklich nach Hause fahren. Was ist da bloß gelaufen? Gehen Sie heim und schlafen Sie.« Er ging davon und verschwand hinter einer Tür.

Elsa fragte: »Fahren wir jetzt?«

»Ja«, sagte ich.

Der Chef stand da und hielt sein Kinn fest. »Machen Sie die Geschichte, wie Sie wollen«, sagte er matt. »Wenn Sie Geld brauchen, ist das kein Problem. Unterrichten Sie mich privat und passen Sie auf sich auf.«

»Danke«, sagte ich.

Er ging davon auf den Ausgang zu, die biblische Patricia im Schlepptau.

»Er hatte richtig Angst«, sagte Elsa leise.

»Ich auch«, sagte ich. »Und du auch. Laß uns fahren.«

FÜNFTES KAPITEL

Es herrschte ein verbissenes Schweigen. Schließlich fuhr sie in einen Waldweg, stoppte, sah auf ihrer Seite aus dem Fenster und sagte: »Ich steige aus der Geschichte aus, Baumeister. Ich ertrage diese sinnlose, fürchterliche Gewalt nicht.

Das erinnert mich an das furchtbare Geschwätz meines Vaters über die wunderbare Kameradschaft an der Ostfront. Und außerdem bescheißt du mich, und das macht mir am meisten zu schaffen.«

»Ich bin abgehauen, um Alfred zu helfen.«

»Ja. Und das wird sich wiederholen. Du wirst zwar anschließend immer so gnädig sein, mich darüber zu informieren, was vorgefallen ist, aber zuerst wirst du mich übers Ohr hauen. Du wirst sagen, du gehst an die frische Luft, und du wirst verschwinden und verprügelt werden oder jemanden verprügeln. Das ist nichts für mich.«

Sie stieg aus, ging ein paar Schritte, reckte sich, pflückte einen langen Grashalm und weinte ganz still wie ein kleiner Clown, dem die Pointe vermiest wurde.

»Ich möchte von hier aus zu Fuß gehen«, sagte sie endlich. »Ich möchte allein sein.«

Ich fühlte mich elend, rutschte hinter das Steuer und fuhr langsam nach Hause.

Ich erledigte Post, rief ein paar Leute an, die um Rückruf gebeten hatten, aber ich war unkonzentriert und muffig und war auch nicht an ihnen interessiert. Als Elsa kam, trödelte sie wortlos hinauf in das Zimmer, das ich für Gäste bereithalte, und packte ihre Koffer. Es war schmerzlich, es war so, als lebten wir in zwei Welten. Ich hörte, wie sie langsam und wohl antriebslos umherging. Dann kam sie herunter, stand mit ihren Siebensachen in der Tür und sagte lapidar: »Ich haue jetzt ab.«

»Es tut mir leid«, sagte ich. »Ich bin ein schlimmer Eigenbrötler.«

»Ich habe dich nur besucht, ich bin nur in die Geschichte reingeschliddert, ich habe nichts gewollt. Ich wollte nur etwas für mich herausfinden.«

Auf dem Dach sang die Amsel. Sie hockt an jedem Sommerabend seit drei Jahren auf dem verrosteten Antennenmast und erzählt dem Dorf, wie schön der Tag war.

»Du kannst doch bleiben«, sagte ich. »Es wird nicht wieder passieren.«

Sie stellte die Reisetasche neben sich. »Sieh mal, Baumeister, ich mag dich einfach. Ich bin doch hierhergekommen, um dir das zu sagen. Und dann ist da diese eklige Bundeswehrsache, und du benutzt die erste Gelegenheit, mich übers Ohr zu hauen. Ohne Grund, Baumeister, ohne Grund. Na klar, ich bin nur eine Frau und habe nicht soviel Erfahrung in diesen Sachen. Und eine Frau haut man bedenkenloser übers Ohr, so ganz nebenbei.« Sie nahm die Reisetasche hoch und ging hinaus. Ich hörte, wie sie alles in ihr Auto kramte und dann vom Hof fuhr.

Ich hatte plötzlich die unangenehme Vorstellung, Messner würde kommen und mich verprügeln. Ich war vollkommen hilflos, ich würde nicht einmal schnell genug die Arme hochkriegen. Ich rappelte mich also auf und krauchte behutsam in den ersten Stock ins Badezimmer und ließ mir Wasser einlaufen. Ich hatte Schwierigkeiten, die Pflaster abzulösen und durch neue zu ersetzen. Als ich wieder auf dem Sofa anlangte, war ich erschöpft. Ich hatte mich so gefreut auf ein paar einsame Sommerwochen voller Arbeit, und nun war dies geschehen.

Krümel sprang zu mir hoch und legte sich auf meinem Bauch zurecht. »Das ist alles nicht schön«, sagte ich, »das geht uns alles gegen den Strich. Jeder anständige Deutsche hat ein Recht auf Urlaub.« Ich stopfte mir die *Valsesia* von Lorenzo, schmauchte vor mich hin und beobachtete das letzte Licht des Abends. Mir war elend, und ich dachte nicht an diesen verzwickten Fall, sondern nur an Elsa, die ich verscheucht hatte. Es war merkwürdig und bedrohlich: Sie kam mir älter, klüger, alles in allem viel erwachsener vor, als ich jemals sein konnte. In diesen Sekunden wäre ich fähig gewesen, ihr das zu sagen, und auch, wie leid es mir tat. Aber sie war nicht da, fuhr sicherlich wütend und verkrampft nach Norden und fluchte auf den Baumeister.

Ich brauchte zehn Minuten, um mir das Radio an das Sofa zu schaffen. Ich schob *Warm Valley* mit dem Art-Farmer-Quartett ein. Das Flügelhorn besänftigte mich, und der wirklich kolossale Bassist Ray Drummond löste den kalten Ball in meinem Bauch auf. Krümel kam und versuchte, meine Nase zu lecken, aber da war ein Pflaster, und sie zuckte zurück.

»Wir armen, alten Krieger«, seufzte ich. Dann gönnte ich mir noch eine Aufnahme von 1927: Duke Ellington im Cotton Club mit *Misty Morning*. Es gibt Dinge, bei denen Aspirin nicht hilft ...

Es gab eine Frage, die ich dem toten Leutnant Lorenz Monning gern gestellt hätte: Wieso haben Sie dienstfrei und werden an Ihrer Arbeitsstelle bei strömendem Regen neben einem Jeep erschossen? Wie sind Sie dahin gekommen, und wie kamen Sie an den Jeep?

Es machte keinen Sinn, Theorien darüber zu erstellen. Es gab tausend Möglichkeiten, und sie alle würden letztlich der Wirklichkeit nicht gerecht werden. Und wir wußten nicht einmal, wo dieser Lorenz gewohnt hatte. Wir kannten nicht einmal sein Gesicht.

Ich hörte mich selbst seufzen.

Die biblische Patricia hatte die ungeheuren Mengen Abendessen in den Eisschrank gestellt. Ich machte mir etwas davon warm, als Dr. Naumann hereinkam, auf einen Stuhl plumpste, scharf ausatmete und erklärte: »Ich möchte Ihren Beruf nicht haben. Das ist ja ekelhaft.«

»Das habe ich mir nicht ausgesucht«, sagte ich. »Die meisten Geschichten verlaufen sehr friedlich. Wie geht es Alfred?«

»Ich habe ihn nach Hause fahren können. Es geht ihm, wie es Ihnen ging. Er flucht und ist sauer auf Sie, weil Sie ihm gesagt haben, Sie hätten die Fotos von einem Bundeswehrsoldaten gekauft.«

»Das war sehr richtig, und ich habe das sehr überlegt getan. Auf diese Weise schütze ich Informanten.«

»Das dachte ich mir. Ich habe ihm gesagt, daß ich die Fotos gemacht habe. Er ist einfach sauer, weil er glaubt, daß Sie ihm nicht vertrauen. Er wollte also gerade nach Hause fahren, als sechs Bundeswehrsoldaten aus dem Wald kamen. Anfangs waren sie noch friedlich und stichelten nur. Sie sagten, Sie und Alfred seien ja dicke Freunde, und sicher hätte Alfred Ihnen alles gesagt, was er von den Vorfällen am Depot wüßte. Und außerdem sei es ja schon soweit, daß Alfred Ihrer Freundin sein Auto pumpe, damit die recherchieren kann. Alfred hat geantwortet, daß er Ihnen nichts gesagt hätte, was Sie nicht schon wußten. Er glaubt, daß mindestens drei der Soldaten ziemlich betrunken waren. Ein Wort gab das andere, und plötzlich gab es Stunk, weil die Soldaten ihm vorwarfen, er habe die Bundeswehr verraten, obwohl er doch selbst einmal bei der Bundeswehr gewesen sei. Alfred verlor die Nerven und schrie, ein verdammter Kamerad von ihnen habe Bilder von den Tatorten an Sie verkauft, und die Bundeswehr solle gefälligst vor der eigenen Tür kehren. Dann haben sie ihn verprügelt und ihm gesagt, er solle in Zukunft den Mund halten. Er ist so wütend, daß er sich am liebsten auf den Trecker setzen würde, um das Depot plattzuwalzen.«

»Ich werde ihm das mit den Fotos erklären, ich hoffe, daß er mich versteht. Wollen Sie Wildschwein?«

»Ein wenig. Wäre es nicht besser, ganz aus der Geschichte auszusteigen? Ich meine, Recherchen sind bei dieser gewalttätigen Horde doch Selbstmord. Wo ist denn eigentlich Ihre Bekannte?«

»Abgefahren. Sie hat die Gewalt nicht ausgehalten, und sie war sauer auf mich.«

»Komisch, das habe ich erwartet.« Er lächelte etwas bitter. »Hier, ich habe Ihnen Vitamine mitgebracht. Futtern Sie davon, bis es Ihnen zu den Ohren heraushängt. Was werden Sie jetzt unternehmen?«

»Das weiß ich nicht. Erfahrungsgemäß ist man nach einer

gewissen Zeit so sehr Bestandteil einer Geschichte, daß man von anderen Beteiligten eingeweiht wird. Aussteigen kann ich nicht und will ich nicht, nachdem ich von Ihnen weiß, daß die zweite Frau keine Selbstmörderin war, nicht getrunken hatte und sich auch nicht mit Tabletten abgab. Wie kommt eine Prostituierte aus Köln nachts in die Eifel? Das ist eine der vielen Fragen. Es ist kaum zwei Tage her, wir haben drei Leichen, zwei halb totgeschlagene Männer, und eigentlich wissen wir nichts, absolut nichts. Sie sollten mir schnell die Rechnung machen.«

»Warum schnell? Glauben Sie, Sie werden keine Zeit mehr haben, mich zu bezahlen?« Er grinste.

»Nein, das ist es nicht. Nehmen Sie bitte einen Satz der Bilder mit und deponieren Sie ihn an einem sicheren Ort.«

Wir aßen etwas, dann verabschiedete er sich und nahm die Bilder mit. Den zweiten Satz verpackte ich in einen Aktenordner, den ich dick mit mehreren Lagen Tesafilm umwikkelte. Dann nahm ich eine Taschenlampe und kletterte in der Garage durch die Dachluke in das Stroh, das Alfred dort lagerte. Ich kroch flachliegend bis zur Stirnwand und legte den Ordner mit den Bildern auf einen Balken.

Zwei Bilder hatte ich zurückgehalten und offen auf meinen Schreibtisch gelegt: eine Gesamtansicht des Tatortes Nummer eins mit den zwei schemenhaft erkennbaren Leichen im Jeep sowie eine Aufnahme des Tatortes Nummer zwei mit der zweiten Frauenleiche und einigen Bundeswehrsoldaten des Depots als Zuschauern. Die Tatwaffe war auf diesem Bild nicht zu sehen.

Ich hörte durch die dicke Mauer das Telefon läuten, aber es war sinnlos zu versuchen, es rechtzeitig zu erreichen. Es war heiß und muffig im Stroh, und ich legte mich eine Weile auf den Rücken und schloß die Augen. Der Geruch erinnerte mich an meine Kinderzeit. Süße Träume.

Krümel kam die Leiter heraufgeklettert und keckerte laut, weil sie mich suchte.

»Ich bin hier, meine Schöne, ich gehe dir nicht verloren.«

Beim Hinunterklettern hockte sie auf meiner Schulter, und als wir im Wohnzimmer ankamen, schellte das Telefon erneut. Es war Elsa: »Ich will dir nur Glück wünschen und dir sagen, daß ich dich ein bißchen verstehe.«

»Danke. Mir tut es wirklich leid, daß du gegangen bist.« Sie hatte schon wieder eingehängt. Ich legte mich auf das Sofa, draußen war es jetzt dunkle Nacht. Im Fernsehen zeigten sie noch einmal de Sicas *Fahrraddiebe*, und ich schaltete hastig aus, als sei der Film eine Bedrohung. Er war eine Bedrohung.

»Verdammt, meine Schöne, wir müssen resolut sein, wir müssen morgen aufstehen und arbeiten, und deshalb nehmen wir Pillen.« Ich nahm zwei Schlaftabletten, und Krümel benahm sich so, als sei sie beleidigt, daß ich nicht mit ihr teilte.

Als sie an die Haustür donnerten, weil meine Klingel selten funktioniert, dachte ich anfangs, es sei Elsa, reumütig zurückgekehrt oder so ähnlich. Es war zwei Uhr morgens.

»Ja, ja«, schrie ich und stand auf.

Sie donnerten wieder an die Tür, und ich schrie erneut. Mir fiel auf, daß ich nackt war, aber ich sagte laut »Wurscht« und schlurfte durch den Flur zur Tür. Ich schaltete sämtliche Lichter ein, auch die draußen auf dem Hof. Dann öffnete ich.

Der Mann war klein und kugelrund und trug trotz der warmen Witterung einen ekelhaft kackbraunen Trenchcoat. Er war so der Typ Papa, der mit offenen und ehrlichen Augen und gutgelaunt, immer guten Willens und alles verstehend sein Gegenüber ansieht und dann sagt: »In dieser Woche gibt es kein Taschengeld.«

Hinter ihm stand Messner und lächelte bescheiden. Hinter Messner stand ein Jeep, und vorne saßen zwei Bundeswehrler drin.

»Es ist so«, sagte der kleine Kugelrunde gemütlich lächelnd, »daß ich Sie kurz sprechen muß. Mein Name ist

Doktor Falk Herrmann mit zwei ›r‹ und zwei ›n‹. Bundesanwaltschaft. Kann ich zu Ihnen hereinkommen?«

»Mir hat schon einmal jemand gesagt, er heiße Doktor Sowieso, und anschließend hat er mich durch die Mangel gedreht.«

»Sie erkälten sich, Herr Baumeister«, sagte der kleine Kugelrunde freundlich.

»Sie werden schon einmal einen Pimmel gesehen haben«, sagte ich. »Sie können rein, aber dieser Schläger hinter Ihnen nicht.«

»Ich möchte aber zwischen den Kontrahenten vermitteln«, bat er, »Streit ist nicht nötig.«

»Ich will mich ja entschuldigen«, sagte Messner.

»Sie allein, der Schläger hinter Ihnen nicht.«

»Ich könnte aber einen Durchsuchungsbefehl für dieses Haus haben«, murmelte er.

»Wie goldig!« sagte ich. »Aber dann dürften Sie diesen Vogel hinter Ihnen auch nicht mit reinnehmen. Es ist ohnehin merkwürdig und verstößt gegen alle möglichen guten Sitten, daß Sie ausgerechnet mit einem Bundeswehrjeep und diesem Affen da anrücken.«

»Das ist, abgesehen von dem Affen, richtig«, gab er zu. Er drehte erstaunlich schnell seinen kugelrunden Kopf und seufzte: »Wie Sie sehen, Messner, weiß der Mann genau, was er will.« Dann schlüpfte er an mir vorbei in den Flur.

»Rauchen Sie inzwischen eine«, sagte ich in Messners Gesicht und machte die Tür zu.

»Sie sind schlimm zugerichtet«, murmelte der Kugelrunde. Er war etwa fünfzig Jahre alt.

»Messner ist eben gründlich«, sagte ich.

»Er behauptet, sich an nichts mehr zu erinnern. Er weiß gar nicht mehr, was passiert ist.« Ich antwortete nicht.

Erst jetzt sah ich, daß er dünne Lederhandschuhe trug. Er zog sie bedächtig aus und legte sie sorgsam gefaltet über sein rechtes Knie.

»Was ist mit den Bildern?«

»Sie liegen dort auf dem Schreibtisch«, sagte ich. »Ich habe Sie erwartet.«

Er stand auf und ging an den Tisch. Er sah die Bilder sehr aufmerksam an. »Soweit ich informiert bin, hat die ein Bundeswehrsoldat gemacht und Ihnen verkauft.«

»Das ist richtig. Das habe ich gesagt. Und der, zu dem ich es sagte, wurde heute abend auf seinem Acker fast zu Tode geprügelt.«

»Alfred Melzer, ich weiß. Peinlich die Sache. Sie sagten gerade, Sie hätten den Bilderkauf nur behauptet. Also ist es nicht so, also haben Sie die Bilder von einer anderen Person?«

»O nein, ein Soldat hat sie mir verkauft.«

»Wie hieß der Soldat?«

»Keine Antwort. Informantenschutz.«

»Was haben Sie dafür bezahlt?«

»Keine Antwort. Ebenfalls mit Hinweis auf den Schutz, den ein Informant zu Recht erwarten kann.«

»Dies ist aber eine Sache, die Sicherheitsbelange des Staates berührt.« Er sprach jetzt nicht mehr sanft, er war auch nicht mehr klein und kugelig und gemütlich.

»Sicherheitsbelange des Staates? Das kann nicht Ihr Ernst sein. Der Minister hat mitgeteilt, daß es eine miese Eifersuchtstragödie war.«

»Darf ich die Bilder haben? Und war es ein ganzer Film oder nur diese beiden Aufnahmen?«

»Nur diese zwei Bilder. So, wie Sie sie in der Hand halten.«

»Und Sie haben bereits weitere Kopien gezogen und die Negative irgendwo deponiert?« Er kam zu dem Sessel zurück.

»Richtig. Aber ich sage nicht, wo.«

»Ich hätte die Möglichkeit, Sie durch gewisse Maßnahmen auf Ihre Pflichten als Staatsbürger aufmerksam zu machen.«

»Das haben Sie. Nur zu. Im Knast kann ich mich endlich ausruhen. Ich treffe keine hirnlosen Idioten wie Messner mehr, und andere Leute schreiben die Geschichte.«

»Sie sind wütend, nicht wahr?«

»O ja, ich bin wütend. Und ich werde nichts sagen. Nicht ein Wort. Es ist ein mieses Eifersuchtsdrama gewesen und aus damit.«

»Sie können sich aber doch denken, daß die Mitteilung des Ministers nur dazu diente, den Behörden die Möglichkeit zu geben, in Ruhe weiterzuermitteln.«

»Sicher weiß ich das. Und ich bin auch wütend, weil ich für dumm verkauft werde, weil man mich für dämlich genug hält, dem Geschwätz des Ministers zu glauben. Ich bin aber auch wütend, weil dieser Staat Typen wie Messner die Rente zahlt. Also ist es eine Spionageaffäre?«

»Das kann ich Ihnen nicht beantworten. Zunächst untersage ich Ihnen kraft meiner Befugnis, in dieser Sache weitere Recherchen anzustellen, in dieser Sache journalistisch weiter zu ermitteln und die Ermittlungen zu veröffentlichen.«

»Machen Sie man«, sagte ich obenhin.

»Ich werde das der Redaktion mitteilen, und Sie bekommen ein Protokoll.«

»Welcher Redaktion? Ich arbeite für mindestens vier Blätter. Und wenn Sie denen Bescheid geben, kommen andere und bieten viel Geld, um die Geschichte zu bekommen.«

»Aber heute nachmittag hatten Sie doch Besuch von einem Chefredakteur.«

»Das ist richtig, das haben Messners Spürhunde richtig erkannt. Aber er war nicht in dieser Sache hier, er weiß absolut nichts davon.«

»Ich untersage Ihnen also noch einmal, in dieser Sache gegen die Bundesrepublik Deutschland tätig zu werden. Und ich hoffe, bei Gott, Sie halten sich dran. Sonst werde ich Sie einsperren.«

»Ich nehme es zur Kenntnis. Würden Sie so nett sein und mir Ihre Adresse, Ihren Namen und Ihren Titel auf ein Blatt Papier schreiben?«

»Natürlich«, murmelte er und schrieb es auf. Dann nickte

er mir kurz und ernst zu und ging. Irgendwie tat er mir leid, denn er ging als jemand, der absolut sicher wußte, daß ich ihm nicht folgen würde.

Ich konnte nicht mehr einschlafen und überlegte herum. Als gegen fünf Uhr morgens Elsa auf den Hof fuhr und todmüde, blaß und wütend sagte: »Ich bin auf halbem Weg umgekehrt, ich kann dich doch nicht allein lassen in all dem Wirrwarr«, war ich richtig glücklich und nahm sie in den Arm. Ich war eingeschlafen, als sie aus dem Bad kam.

Wir wurden erst gegen Mittag wach, ich konnte mich bereits besser bewegen und hatte kaum noch Schmerzen. Alfred rief an und wußte natürlich längst, daß ich nächtlichen Besuch gehabt hatte.

»Kannst du mich mal besuchen?«

»Später, gegen Abend.«

»Hat sich etwas Neues getan?«

»Noch nicht viel. Aber wir werden etwas tun, und dann wird sich etwas tun.«

»Wenn ich die Bundeswehrler erwische, mische ich die auf. Noch besser wäre es, man würde mit den Jungens von der Freiwilligen Feuerwehr ausschwärmen.«

»Laß das sein. Und sei am Telefon nicht so gesprächig.«

»Ach so«, sagte er.

»Aber ich habe noch eine Bitte: Du mußt unbedingt die ganze Sache aufschreiben. Versuchst du das mal?«

Er sicherte zu, er würde das versuchen, und hängte ein.

Elsa rannte im Bikini im Garten herum. Es war ein sehr knapper Bikini.

»An der Mauer, da wohnen Fritz und Fritzi und Friedbert und Friedrich. Frösche und Kröten. Wenn du dich langsam bewegst, hauen sie nicht ab, bestaunen dich nur. Und wenn du dich vorgestellt hast, zieh dir etwas an. Wir fahren spazieren.«

»Bin ich zu nackt für dein Dorf?«

»Das ist das Problem meiner Nachbarn, meines nicht. Komm jetzt und nimm die Kamera mit. Vor allem das vierhunderter Rohr. Und heute abend sprechen wir die ersten Recherchenergebnisse auf Band und schicken sie dem Chef.«

»Hast du noch Schmerzen?«

»Nein, keine mehr. Aber mein linkes Knie ist kaputt. Wenn ich es zu stark belaste, trägt es mich nicht.«

»Das ist das Alter«, sagte sie. »Komm, wir machen dich schön.«

Ich mußte mich still auf den Küchenstuhl hocken, und sie bearbeitete mich kichernd mit Make-up, bis ich halbwegs menschlich aussah. Ihre Hände waren sehr sanft und erinnerten mich an die meiner Mutter, oder vielleicht ist das auch übertrieben, vielleicht erinnerten sie mich nur an die sanften Hände der Elsa.

Ehe wir losfuhren, kam Mutter Melzer mit dem Moped. Mit ihrem strahlenden, von tausend Falten durchzogenen Gesicht lächelte sie scheu und sagte: »Es ist ja so, Herr Baumeister, daß ein Gefallen einen anderen wert ist. Ich habe Ihnen hier ein paar Pfund Butter mitgebracht.« Etwas linkisch, aber sehr feierlich überreichte sie mir einen mindestens fünf Pfund schweren, in Pergament eingehüllten Klumpen Butter, und ich stotterte: »Danke, aber das kriege ich nicht aufgegessen.«

»Dann frieren wir es eben ein«, sagte Elsa schnell. Sie strahlte Mutter Melzer an. »Ich bin Elsa, eine Kollegin von dem. Ihren Sohn kenne ich schon.«

»Sie sind zum erstenmal hier, oder?« stellte Mutter Melzer leicht spitz fest. »Und dann wollte ich noch fragen, wieviel Benzingeld ich zahlen muß, Sie haben doch Alfred ins Krankenhaus gefahren.«

»Sie kriegen auf Ihre alten Tage noch mal Prügel von mir«, sagte ich.

Sie lachte und murmelte: »Prügel gibt's ja viel in letzter Zeit.« Dann zog sie knatternd mit ihrem Moped ab.

»Es ist sonst so still hier im Dorf. Jetzt ist alle Ruhe dahin«, knötterte ich.

Wir fuhren nach Hohbach. Ich zeigte Elsa das Depot, indem ich sehr langsam daran vorbeifuhr.

Wir sahen, wie die Soldaten auf ihren Wachtürmen die Ferngläser auf uns richteten. Dann blieb ich vor einer der zahlreichen Tafeln stehen, auf denen zu lesen steht, daß Fotografieren verboten ist, daß man sich dem Zaun nicht nähern darf, daß man offenes Feuer in mindestens 50 Metern Abstand vom Zaun halten muß, daß man nicht campen darf, daß das militärischer Schutzbereich ist und daß scharf geschossen wird.

»Sie geben jetzt Alarm«, sagte ich. »Aber ich weiß nicht genau, was dann passiert.«

Dann sahen wir uns den Waldweg an, auf dem es geschehen war. Es war ein schöner Weg mit sehr vielen Wildblumen, und das Verbrechen war nicht vorstellbar, weil böse Träume nicht in einen Sommerwald passen.

In der nächsten Kurve war hinter uns ein Jeep. Elsa wurde nervös und sagte: »Ich habe keine Papiere bei mir.«

»Macht nichts. Sie werden nicht riskieren, uns anzuhalten, weil sie wissen, wer wir sind, und daß wir wissen, daß sie keinerlei Vollmacht haben.«

Der Jeep folgte uns in einem Abstand von einhundert Metern und verließ uns nach einem Kilometer.

»Wir fahren jetzt nach Hohbach, ich gehe in die Kneipe. Du steigst aus. Du gehst auf diesem Feldweg da entlang bis zu einer Stelle, die hoch über dem Dorf liegt. Da stehen wilde Rosen, die Stelle ist nicht zu verfehlen. Du siehst genau auf den Eingang der Kneipe. Wenn ich aus der Kneipe herauskomme, mußt du fotografieren, mit dem vierhunderter Rohr draufhalten, klar? Und falls dich jemand beobachtet, pfeifst du, guckst in die Luft oder fotografierst Blumen, oder irgend so etwas.«

»Und wenn sie dich verprügeln?«

»So dumm sind die nicht. Das werden sie nicht tun, nachdem der Bundesanwalt da war. Und noch etwas: Nimm jeden belichteten Film aus der Kamera und versteck ihn im Büstenhalter.«

»Ich trage aber keinen.«

»Dann sonstwo. Und jetzt mach es gut.«

Ich sah ihr nach, wie sie den Feldweg zwischen blühendem Mohn und Raps entlangging und dabei tänzelnde Schritte machte.

Dann ließ ich den Wagen ins Dorf hinunterrollen und hielt vor der Kneipe. Messner stand in der Tür, was mich nicht im geringsten verwunderte. Er hatte wohl Funkkontakt zum Depot.

Ich sah ihn nicht an und ging dicht an ihm vorbei. Drinnen war es dämmrig und angenehm kühl, und außer mir war niemand da. Der Wirt kam aus der Schiebetür hinter dem Tresen, sah mich und zuckte zusammen und wußte nicht, was er sagen sollte. In der Verlegenheit fingen seine Hände zu flattern an.

»Ich will nur eine Cola«, sagte ich. »Und Sie brauchen nicht zu versuchen, irgend etwas zu erklären.«

Er hüstelte und sagte: »Ein Cola, jawohl«, und sah mich nicht an, während er versuchte, die Flasche Cola mit einem Kugelschreiber zu öffnen. Dabei hatte er ein sehr verbissenes Gesicht.

Messner kam herein und baute sich zwei Meter entfernt auf. »Ich hoffe, wir vertragen uns wieder.«

»Warum nicht?« sagte ich leichthin. »Ich mache Urlaub. Im Urlaub bin ich friedlich.«

Elsa mußte jetzt den Punkt erreicht haben.

»Das ist schön«, sagte Messner. Er wirkte sehr angespannt.

»Ich bin hier, um das Zimmer zu bezahlen.«

Der Wirt geriet ins Stottern. »Oh, o nein, das ist schon erledigt, ist das.«

»Es waren dreißig Mark«, sagte ich. »Ich brauche eine Quittung.«

»Nicht doch«, sagte Messner sanft.

»Eine Quittung, bitte«, sagte ich.

»Mach ihm eine«, murmelte Messner. Es war deutlich, daß er daran herumkaute, was ich damit bezweckte.

»Für die Steuer«, erklärte ich freundlich. Ich nahm die Quittung und legte das Geld für das Zimmer und die Cola auf den Tresen. »Habe die Ehre. Beißen denn die Fische auch gut?«

»Ich kann nicht klagen«, sagte Messner fast eifrig. »Wollen Sie mitgehen? Morgens um sechs, wenn noch Nebel über dem Wasser ist?«

»Warum nicht?« sagte ich, und ich achtete darauf, daß ich mich sehr langsam und selbstverständlich auf die Tür zubewegte. Schritt und Schritt. In der Tür blieb ich stehen und sah einen Augenblick lang, wie sich die Sonne in der Linse von Elsas Nikon brach.

»Wann würde es denn passen?« Ein, zwei Schritte, ich stand draußen.

Messner kam sehr schnell heran und stellte sich neben mich. »Sie wollen mich jetzt verscheißern, nicht wahr?«

»Nicht unbedingt«, sagte ich. »Der Bundesanwalt hat mir untersagt zu recherchieren, und ich mache jetzt wirklich Urlaub.« Noch zwei Schritte aus dem Schatten des Eingangs hinaus in die Sonne. Sonne ist besser für Elsa. Dann noch ein Schritt in Richtung Auto. »Sie können mich ja anrufen.«

»Das tue ich«, sagte er und machte drei Schritte auf mich zu. »Warum nicht gleich einen Termin machen? Morgen früh? Übermorgen früh?«

»Morgen früh. Um sechs Uhr hier vor der Kneipe.«

»Das ist ein Wort«, sagte er. »Sie können mir glauben, daß es mir wirklich leid tut.«

»Das glaube ich Ihnen sogar«, sagte ich und nickte ihm zu.

Ich fuhr sehr schnell, bog auf den Feldweg ab und nahm Elsa auf. Diese Feldwege in der Eifel sind praktisch: Niemand von den Städtern traut sich, sie zu benutzen, obwohl sie ausgezeichnet sind und immer zur nächsten Straße führen.

»Alles in Ordnung?«

»Blendend. Das ist also Messner. Und jetzt?«

»Nimm den Film raus.«

»Aber wieso? Hier ist doch kein Mensch.«

»Bitte, nimm ihn raus!«

Sie erwarteten uns hinter einer jungen Lärchenschonung, und sie sagten nichts. Sie standen einfach mit ihrem Jeep quer auf unserem Weg. Zwei standen an den Jeep gelehnt, die anderen saßen hintendrin.

»Machen Sie bitte Platz?« Ich fand meinen Ton widerwärtig devot, aber unsere Chancen waren gleich Null. Sie waren jung, und sie waren unsicher, aber sie wußten genau, was sie wollten. Sie hatten einen von ihnen zum Sprecher gemacht, und es war klar, daß niemand ihnen einen Befehl gegeben hatte.

Es wirkte so lächerlich wie in jedem amerikanischen B-Film, wie in all den kreischenden, rumpelnden, polternden und schrillenden Streifen, die die Privatsender in nicht enden wollender Freundlichkeit über ihren Zuschauern auskippen: Der Anführer hatte sich drei Schritte vor den anderen in der Mitte des Weges aufgestellt. Er war fast zwei Meter groß, stand leicht breitbeinig in Kampfstiefeln und einem Tarnanzug mit hochgerollten Ärmeln in der Sonne und hielt den Kopf starr gegen uns gerichtet. Er hatte kurzes rotes Haar wie einen Heiligenschein über abstehenden Ohren und ein sehr rundes, rotes, gutmütiges Gesicht. Der Mund war schmal über einem sehr massiven, eckigen Kinn, der Mund wischte alle Gutmütigkeit hinweg.

Es war schwer herauszufinden, weshalb er so gefährlich aussah. Wahrscheinlich lag es an den tiefliegenden Augen hinter weit vorspringenden Jochbögen, unter dichten, wulstigen Augenbrauen. Er hatte nicht vor, eine Diskussion zu führen, er hatte die Aufgabe, etwas festzustellen, etwas zu fordern. Irgend jemand mußte ihm gesagt haben: Laß dich auf keine Diskussion ein!

»Sie sind Journalisten. Sie haben von der Sache bei uns erfahren. Das geht nur unsere Einheit an, wir wollen nicht, daß darüber geschrieben wird. Sie haben fotografiert.«

»Haben wir nicht«, sagte ich. Wenn sie Elsa beobachtet hatten, war alles für die Katz. »Wir sind aus der Geschichte ausgestiegen. Wir haben eine Mitteilung vom Verteidigungsministerium bekommen, daß es ein Eifersuchtsdrama war. Es ist uns auch von der Bundesanwaltschaft verboten worden, zu recherchieren. Wir haben nicht fotografiert.« Ich stieg aus, nachdem ich den Motor ausgeschaltet hatte. »Mein Name ist Baumeister, aber das wissen Sie wohl schon.« Reden, Junge, du mußt reden. Reden stoppt sie, Reden hält sie auf, Reden macht sie unsicher. Rede, Junge, rede! »Der Name der Frau da ist Elsa Meinecke, und sie ist meine Freundin. Elsa, sei so lieb und steig aus.«

Sie stieg aus und blieb sehr verkrampft stehen. Es war zu sehen, daß sie vor Angst zitterte.

»Ich habe das nicht nötig, aber ich will Ihnen beweisen, daß wir nicht fotografiert haben. Wir haben drei Nikon hier. Schauen Sie her.«

Ich nahm die Tasche aus dem Wagen und stellte sie auf die Motorhaube. »Wir haben die Apparate immer bei uns, aber die Kameras enthalten keine Filme, sie sind leer.« Ich wirbelte alle drei Nikons auf und legte sie offen auf die Motorhaube. »Und falls Sie das nicht glauben, falls Sie immer noch mißtrauisch sind, dürfen Sie den Wagen durchsuchen. Sie haben zwar keinerlei polizeiliche Befugnis, aber ich erlaube es Ihnen. Und dann möchte ich nicht, daß das noch mal passiert.«

Bis zu diesem Punkt war es offensichtlich nach ihren Vorstellungen gelaufen, aber das alles war nur ein Vorspiel gewesen. Jetzt kam der Punkt, er sammelte Kraft. »Da ist eine andere Sache«, sagte er irgendwie tonlos. »Wir haben erfahren, daß ein Kamerad von uns ... daß einer von der Bundeswehr Ihnen Bilder verkauft hat.«

Links von mir stand eine wilde, samtrosafarbene Malve, an der drei Hummeln hingen. Sie summten sehr laut.

»Das ist richtig«, sagte ich. »Das habe ich auch dem Bundesanwalt gesagt und ihm die Fotos gegeben. Es war aber nicht viel drauf zu sehen. Die Leichen im Jeep sehr unscharf und ein paar Soldaten.«

Er räusperte sich. »Der Bundesanwalt hat aber nur Abzüge gekriegt, nicht die Negative. Und die wollen wir unbedingt haben.«

»Die bekommen Sie nicht. Es ist ein Grundrecht unserer Demokratie ...«

»Wir wollen die Negative, damit das klar ist.«

»Ich habe die Negative nicht in der Tasche ...«

Er lächelte schmal. »Wir glauben Ihnen schon, wenn Sie sagen, daß wir sie kriegen. Und wir wollen den Namen des Soldaten, der Ihnen die Bilder verkauft hat.«

Die Szenerie blieb. Der Jeep, die zwei Soldaten drin, die sich so lümmelten, als seien sie Statisten in einem Wildwestfilm. Der dritte Soldat, ein kleiner, hagerer schwarzer Typ an der Motorhaube, und der Sprecher mit leicht gespreizten Beinen.

»Den Namen gebe ich nicht preis, die Negative bekommen Sie nicht.«

Elsa atmete scharf ein. Ich wußte, daß sie sagen wollte: »Gib ihnen doch die Negative, wir haben genug Bilder, wir können sie neu machen«, aber sie sagte nichts. Ich griff an, weil mir nichts anderes blieb. »Was wollen Sie jetzt machen? Wollen Sie uns totschlagen, wie der Doktor Messner das bei mir versucht hat?«

»Wer ist das? Ich kenne keinen Doktor Messner.«

»Es ist doch sehr einfach«, sagte ich. »Die Kameradschaft bei der Bundeswehr ist lebenswichtig. In meinem Beruf ist lebenswichtig, daß ich Menschen, die mir Informationen geben, niemals verrate. Ich denke, Sie verstehen das sehr genau.«

»Einer hat Ihnen Bilder verkauft und uns verpfiffen.« Er hatte jetzt ein Problem und wurde nicht damit fertig.

»Das ist doch ein leichtes. Sie können doch herausfinden, wer fotografiert hat. Soviel können das doch nicht gewesen sein.«

»Achtundzwanzig«, sagte er schnell.

Die Sonne war sehr intensiv, ein paar Vögel machten netten Lärm, die Hummeln an der wilden Malve arbeiteten weiter, Elsa bewegte sich unruhig.

»Wir fahren jetzt«, sagte ich. »Sie wissen, wo ich wohne. Wir können in Ruhe darüber reden, wenn Sie wollen.« Er nickte langsam und vollkommen in sich gekehrt. »Wir kommen demnächst mal vorbei. Los, fahr die Karre zur Seite.«

»Wie heißen Sie?«

»Norbert Lenz«, sagte er mehr zu sich selbst. »Gute Fahrt.« Er drehte sich ab und ging in einem merkwürdig weiten Bogen um den eigenen Jeep herum. Er ging wie ein Mensch, der in zwei Teile gespalten ist. Die langen, starken Beine staksten kräftig mit nach innen gerichteten Füßen vorwärts. Das wirkte so, als wolle er jemanden angreifen. Von der Hüfte an aber war er nach vorn geneigt, sein Rücken war gekrümmt, und sein Nacken verstärkte die Krümmung, und es schien, als sei ihm sein Kopf zu schwer. Er hielt inne, wandte sie langsam nach links, drehte sich, richtete sich auf, sah uns an, machte eine sehr linkische Verbeugung und sagte scharf: »Fahr die Scheißkarre aus dem Weg!« Dann stand er stocksteif, und sein Kopf knickte ein wenig nach vorn.

Wir stiegen ein, ich fuhr ganz langsam an ihnen vorbei.

»Du lieber Himmel!« Elsa hatte ein schneeweißes Gesicht. »Jetzt verstehe ich, warum ich den Film rausnehmen sollte. Der kneift ja furchtbar.« Sie holte ihn aus der Tiefe ihrer Jeans. »Das war knapp, oder? Du siehst aus wie Frankfurter Handkäs.«

»Ich rieche aber besser. Sie waren stocknüchtern, und sie wollten die Sache schnell und mit Gewalt ausmachen. Das war gefährlicher als zehn Messners zusammen, sie hatten so einen messianischen Blick. Du hast uns gerettet. Du bist eine Frau, und das hat sie gestoppt. Nur das.«

Wir fuhren durch das Tal hinunter zur Bundesstraße und bogen nach Blankenheim ab, das sich mit uralten Fachwerkhäusern aus einem Talkessel die Hänge hochwindet. Wir ließen den Wagen auf einem der großen Parkplätze stehen und stiegen dann die engen Gassen hinauf. Elsa lief neben mir her, starrte auf das Kopfsteinpflaster, überlegte etwas und murmelte dann und griff dabei nach meiner Hand: »Wenn ich diese jungen Soldaten so sehe und die Aggressivität in ihren Augen, dann möchte ich rennen, dann ist das nicht mein Land. Und als wir weiterfahren konnten, hatte ich nur einen Wunsch.« Sie hielt inne, blieb stehen und tippte mit dem rechten Zeigefinger gegen eine Schaufensterscheibe. Dahinter war nichts, nur ein Schild, auf dem zu lesen stand, daß das Sarglager Schmitz jede Art von Bestattung schnell und diskret und zu günstigsten Preisen erledige.

»Ich hatte nur den einen Wunsch«, murmelte sie, »mit dir auf eine Waldlichtung zu fahren und nackt zu sein und zu schlafen und deinen Samen in mir zu spüren.« Sie lächelte. »Das ist blöd, nicht wahr?«

»Das ist gut«, sagte ich.

Es gab vier Boutiquen, aber nur eine war wirklich gut, und nur in einer arbeitete eine blonde Frau, die so aussah, als könne sie Mannequin gewesen sein. Die Boutique hieß *Maritas Laden*.

Elsa sagte aufgeregt: »Das ist ein Witz! Ich suche seit Monaten so ein Kleidchen, wie die es hat. Ausgerechnet in der Eifel.«

Wir gingen hinein. »Sind Sie die Chefin, sind Sie Marita?«

Die Blonde drehte sich herum und lächelte mit einer Batterie schneeweißer Zähne wie eine große Modebrosche.

»Allerdings«, sagte sie.

»Meine Frau hat da ein Kleid in der Auslage gesehen.«

Sie roch sehr aufdringlich nach etwas, was auf Anhieb *Der große Aufriß* oder *Hasch mich* heißen konnte, und sie hatte beachtlich lange Beine. Sie stelzte an mir vorbei, lächelte Elsa bezaubernd an und fragte: »Zeigen Sie mir, was ich holen soll?«

Elsa sagte resolut: »Das da!«, und deutete auf einen superkurzen Rock aus Strippen oder Schnüren. Eigentlich war es kein Rock, eigentlich war es so etwas wie ein Rundumvorhang mit der Möglichkeit, hindurchzuschauen.

»Kurz, hübsch und gewagt«, sagte Marita lobend. »Wollen Sie es anprobieren?«

»O ja«, hauchte Elsa genießerisch, nahm den Fummel und verschwand damit in einer Kabine. Nach einer Weile kam sie heraus und drehte sich und kicherte und war nicht einmal verlegen.

»Billig ist es aber nicht«, sagte Marita. »Dreihundert.«

»Dreihundert für diese gefärbten Wäscheleinen?«

»Ja, mein Herr. Dazu ein schwarzer Slip. Das wäre mörderisch gut.«

»Oh, bitte, Liebling«, hauchte Elsa.

Ich bezahlte langsam, betulich und reuig und sagte: »Ich brauche eine Quittung. Und wir müssen mit Ihnen sprechen. Über Lorenz Monning.«

Sie stand gebückt über dem Quittungsblock und schluckte es. Sie schaute nicht einmal auf, sie zuckte nicht zusammen, ihre Stimme veränderte sich kaum. »Irgendwann mußte das ja kommen. Ich habe damit gerechnet. Aber Sie brauchen doch nicht das Kleid zu kaufen, nur um mit mir zu sprechen. Staatsanwaltschaft? Oder MAD? Oder BND? Oder Verfassungsschutz? Ich kenne mich da nicht aus.« Sie schaute noch immer auf den Quittungsblock.

»Das mit dem Kleid geht schon in Ordnung«, sagte ich.

»Können Sie sich hier vertreten lassen?«

»Ja, ich kann nebenan ein Mädchen rufen. Ich wohne hier über dem Laden.«

»Wie praktisch«, sagte Elsa.

SECHSTES KAPITEL

Die kleine Wohnung war ein Alptraum aus steifem Brokat, sehr, sehr echten Teppichen und dem, was in deutschen Möbelhäusern als altdeutscher Stil, antik, echt Eiche, an die Familie gebracht wird. Nicht einmal die *Betenden Hände* des Albrecht Dürer fehlten, und sein Karnickel lümmelte sich an der Wand. An den schneeweißen Tüllgardinen konnte man sicherlich ein Streichholz anreiben.

»Kaffee, Tee, irgend etwas anderes?«

Wir schüttelten dankend die Köpfe.

»Ich brauche jetzt einen großen Schnaps«, sagte Marita. Und dann sehr selbstsicher: »Kann ich Ihre Legitimation sehen?«

Ich reichte ihr meinen internationalen Presseausweis und sagte: »Nicht Staatsanwaltschaft, nicht BND, nicht MAD, nicht Verfassungsschutz und so weiter.«

Sie gab mir den Ausweis zurück und sagte: »Ich habe aber was dagegen, durch die Presse gezogen zu werden.«

»Ich auch«, murmelte ich, »aber sehen Sie mich an. Ich bin verprügelt worden, nur weil ich mich erkundigen wollte, was am Depot in Hohbach geschehen ist. Die ganze Eifel spricht leise darüber, aber wenn man danach fragt, wird man verprügelt. Der Minister hat erklärt, das Ganze sei nix als eine miese Eifersuchtstragödie gewesen.«

Sie verzog den Mund. »Das war es natürlich nicht.«

Sie trank von dem Schnaps und zündete sich eine Zigarette an, nachdem sie Elsa eine angeboten hatte. Ich stopfte mir die *Neuilly* von Jeantet. Es war sehr still, nur eine Fliege summte verzweifelt im Tüll.

»Können wir uns einigen, daß Sie nur antworten, wenn Sie wollen?« fragte Elsa freundlich.

»Ich weiß nicht, was Sie bisher herausgefunden haben«, sagte sie. »Aber es scheint ja wohl unvermeidlich, daß mein Privatleben durch den Dreck gezogen wird, oder?«

»Das ist vermeidbar«, sagte ich und lehnte mich zurück. »Sie scheinen vorauszusetzen, daß es uns Spaß macht, Dreck anzurühren. Das ist nicht so. Das einzig Unvermeidbare bei der Angelegenheit ist wohl die Tatsache, daß wir in den nächsten Tagen alles über diese Affäre herausfinden werden, auch dann, wenn einige Beteiligte schweigen.«

»Sie sind also nicht auf irgend etwas Knalliges aus? Wer schlief mit wem? Oder wer bezahlte wen?«

»Das interessiert mich überhaupt nicht, es sei denn, es ist tatauslösend.«

»Was wissen Sie denn schon?«

»Zu wenig«, sagte ich. »Ich möchte Ihnen nur eine Frage stellen. Wenn Sie die beantworten können, besitzen Sie den Schlüssel zu dem Verbrechen. Wieso meldet sich ein Soldat aus dem Münsterland, hier in der Eifel stationiert, zu einem Heimaturlaub ab und wird Stunden später hundert Meter vor dem Depot bei strömendem Regen in einem offenen Jeep erschossen? Das ist die Frage. Und ich sage Ihnen, warum wir eigentlich hier sind: Wir bekamen von einem Freund die Information, daß Sie eine Frau sind, die den toten Lorenz Monning gut kannte. Aber wir wissen nicht, wie gut.«

Sie sah aus dem Fenster, und ihre Augen wurden schmal.

»Was wird mir das bringen?« fragte sie.

»Sie meinen Geld?«

»Ich meine Geld.«

»Ich bezahle nichts«, sagte ich. »Ich bezahle meine Informanten nie, es sei denn, sie haben kein Geld, sich das Mittagessen zu kaufen.«

»Geld versüßt das Leben, nicht wahr?« fragte Elsa.

Sehr klar und eiskalt kam die Geschäftsfrau. »Liebe Frau, ich lebe hier sehr isoliert. Mit Geld kann ich der Isolation etwas ausweichen. Ich sehe das ganz cool.«

»Wenn Sie Geld zur Bedingung machen, gehen wir«, sagte ich. »Dann bin ich hier falsch.«

»Das ist aber seltsam«, sagte Marita. »Ich habe Bekannte, die damit angeben, daß sie große Informationshonorare von Zeitungen bekommen haben.«

»Aber nicht von Baumeister«, sagte Elsa.

»Angenommen, ich gehe nicht darauf ein?«

»Dann gehen wir, aber es ist eine peinliche Frage«, sagte ich. »Sehen Sie, soweit ich weiß, hat Hohbach sechshundert Einwohner, das Depot verfügt über rund hundert Bundeswehrsoldaten, Lorenz Monning hat Verwandte im Münsterland. Glauben Sie denn im Ernst, daß die alle eisern schweigen? Was ist mit dem Soldaten Lenz, was ist mit dem Leutnant Wannenmacher?«

»Wannenmacher ist dumm, Lenz sagt niemals etwas gegen die Bundeswehr«, sagte sie schnell, aber sie wirkte jetzt unsicher.

»Sie werden letztlich alle reden«, sagte Elsa. »Sie sind doch sehr lebenspraktisch, Sie wissen das. Und die Verwandten von Monning sind sauer. Sie werden reden, wenn sie erfahren, daß der Mann nicht bei einem Unfall umkam, sondern erschossen wurde.«

»O ja«, lächelte Marita bitter. »Die werden reden, aber die wissen nichts.«

»Wir verschwenden Zeit«, sagte ich unwirsch. »Sie sind also nicht gewillt, uns etwas zu erzählen. Dann gehen wir besser.«

Ich erwartete, daß Elsa protestieren würde, aber sie durchschaute es und sagte beiläufig: »Ich denke, du hast recht. Tja, dann wollen wir mal.«

Damit stand sie auf, führte den Angriff schnell und resolut. Ich lächelte Marita an und spielte den Trumpf sehr genießerisch aus. »Nichts für ungut, dürfen wir Ihnen denn das Manuskript zeigen, wenn es fertig ist? Vielleicht würden Sie uns bei den Korrekturen helfen?«

Marita war sehr verwundert, und sie bemühte sich, das nicht zu zeigen. Sie lächelte schief. »Natürlich dürfen Sie mir das zeigen. Tun Sie das immer?«

Ich stand auf, trat an das Fenster und schaute auf die malerische Gasse hinunter. Eine graugetigerte Katze strich um einen uralten Türstein und schloß in der grellen, steilen Sonne genießerisch die Augen. »Das tue ich immer«, sagte ich. »Ich gebe meinen Hauptinformanten gewöhnlich schriftlich, daß sie das Manuskript lesen können, bevor ich es einer Redaktion auf den Tisch lege.«

»In der Beziehung ist er ein bißchen meschugge«, lächelte Elsa. »Aber er hat den Vorteil, dadurch besser zu sein. Nur reich wird er dabei nicht.«

»Das geht dich nichts an«, sagte ich muffig.

»Irgendwie bewundere ich das ja«, murmelte Elsa, »aber es macht deine Arbeit so zäh und langwierig. Und wohlhabend wirst du dabei wirklich nicht.«

»Es dauert länger, aber es hat den Vorteil, präziser, subtiler und nicht so fehlerhaft zu sein wie das Geschmiere gewisser anderer Leute«, sagte ich wütend.

»Sie sehen, er ist unverbesserlich«, plauderte Elsa. »Tja, dann wollen wir mal. Und falls Ihnen etwas einfällt, was Sie uns erzählen könnten, dann rufen Sie uns einfach an. Wir wohnen ja ganz in der Nähe, zwanzig Minuten weg.«

»Ich denke, Sie kommen aus Hamburg.«

»Die Zentralredaktion ist in Hamburg«, sagte ich. »Ich wohne seit fünf Jahren hier in der Eifel. Ich lebe in einem alten Bauernhof, ich gebe Ihnen die Telefonnummer.«

Ich stand nach wie vor am Fenster, Elsa stand zwei Schritte vom Sofa entfernt auf dem Weg zur Treppe in den Laden. Marita stand ebenfalls, wirkte isoliert und ließ die Arme seltsam leblos hängen. Es war eine Pattsituation.

»Sie haben ja nicht einmal gefragt, wie ich zu Lorenz stand.« Sie klang enttäuscht und hilflos.

»Warum sollen wir das?« fragte ich. »Ich kaufe grundsätzlich nie Informationen. Der Informant muß mir vertrauen und darauf hoffen, daß irgend etwas an seiner Situation klarer wird und daß er die Chance hat, die Affäre mit eigenen Worten zu erklären, oder ...«

»Er war mein Geliebter, wir wollten heiraten«, sagte sie schnell.

Elsa drehte sich zu mir herum, ließ ihre Augen wie ein Leuchtfeuer blitzen, ging zurück zum Sofa und setzte sich. Ich drehte mich erneut zum Fenster und sah auf die Gasse hinaus. Die Katze war verschwunden.

»Er war aber doch verheiratet«, sagte ich.

»Ja, das war er«, sagte sie. »Aber er hatte die Scheidung eingereicht. Der Termin war in vier Wochen.«

Die Katze war wieder da, hatte sich auf den Stein gesetzt und beobachtete einen Papierfetzen, den der Wind langsam über das Kopfsteinpflaster trieb. Als sie zusprang, drehte ich mich herum und sagte: »Er hatte also am Freitag mittag gar nicht vor, ins Münsterland zu fahren?«

»Nein«, sagte sie. »Ich dachte, das wüßten Sie. Er machte Freitag mittag Schluß und kam hierher. Wie immer.« Dann begann sie zu weinen und sagte: »Verdammt, das ist alles so schlimm. Ich hab nicht mal sein Grab gesehen, ich konnte nicht mal zur Beerdigung.« Sie stand schnüffelnd auf und suchte irgend etwas.

»Ich habe sogar daran gedacht, heimlich ins Münsterland zu fahren und auf den Friedhof zu gehen und sein Grab zu suchen. Und dann stehe ich da und weiß nicht ... Was soll ich ihm sagen? ... Es ist ja nur sein Grab.«

»Hier ist ein Tempo«, murmelte Elsa matt.

»Ich kriege das nicht geregelt«, sagte sie und schniefte in das Tuch. »Ich bin so was von fertig, daß ich mich kaum noch auf den Beinen halten kann.«

»Haben Sie denn keine Freunde?« Elsa sah zu Boden.

»Doch, ein paar, nicht viele. Meine Freundinnen sind alle verheiratet und haben wenig Zeit. Das sagen sie immer. Das ist ein Scheißkaff, ist das hier. So verlogen und so bigott. Ich habe sogenannte Bekannte, die nur über den Hinterhof zu mir kommen. So ist das.«

Ich setzte mich und sagte: »Vielleicht ist es gut, wenn wir einen Kaffee trinken.«

Sie nickte und verschwand mit Elsa in der Küche. Ich starrte in das grelle Licht der Sonne, das sich in den Schlieren der Fensterscheibe bündelte. Ich hörte, wie sie in der Küche miteinander sprachen, einmal schluchzte Marita laut und brüllte: »Scheißbundeswehr!« Dann kam die beruhigende Stimme von Elsa und das Klappern von Geschirr. Ich stopfte mir die *Commodore* von Oldenkott und zündete sie bedachtsam an. Sie zog nicht. In Zeiten der Hektik werden die Pfeifen vernachlässigt. Sie kamen herein, deckten den Tisch, und Elsa sagte: »Stell dir vor, Baumeister, es gibt italienischen Kaffee.«

»Toll«, sagte ich höflich. »Marita, seien Sie mir nicht böse, aber gibt es Beweise dafür, daß Lorenz Monning Sie wirklich heiraten wollte?«

»Ja«, sagte sie. Sie stand auf und ging zu einem Schrank. Sie kam mit zwei kleinen grünen und einem kleinen blauen Heft zurück und legte sie vor mich hin. Es waren Sparbücher, ausgestellt zugunsten Marita Heims und Lorenz Monnings. Und die Gesamtsumme belief sich auf etwa dreißigtausend Mark.

»Das ist aber kein Beweis für eine Scheidung«, sagte ich freundlich.

»Ich habe noch etwas«, sagte sie eifrig und ging wieder zu dem Schrank. »Hier ist ein Schreiben von Lorenz an seine Frau. Eine Kopie. Da steht drin, daß er nichts von den Höfen haben will. Lorenz war Hoferbe. Seiner Frau gehört auch ein Hof.« Sie legte das Schreiben vor mich hin. Sie murmelte: »Und all seine Unterwäsche ist auch hier.«

»Das reicht aber doch«, murmelte Elsa. »Oder?«

»Das reicht«, sagte ich. »Haben Sie denn nun eine Ahnung, was in der Sonntagnacht beim Depot geschehen ist?«

»Nicht die geringste«, sagte sie, und sie begann wieder zu weinen. Über die Tischdecke kroch eine Fliege, unten im Laden waren irgendwelche Kunden und sprachen murmelnd miteinander, eine Kirchturmuhr schlug, es war vier, ein Radio heulte auf und wurde abgedreht.

»Es muß mit dieser Frau zu tun haben, die in der Hohbacher Kneipe bediente. Ich meine diese Susanne Kleiber. Sie war schließlich eine Kollegin von Lorenz.«

»Eine was?« fragte Elsa scharf.

»Ich dachte, das wüßten Sie«, sagte Marita wieder. »Lorenz war Leutnant bei der Bundeswehr. Er war Trainer, Sportlehrer. Aber er war ein verdeckter MAD-Mann. Und die Susanne Kleiber war ebenfalls beim MAD. Ich dachte, Sie wüßten das. Übrigens: Lassen Sie ein Tonbandgerät mitlaufen?«

»Wir haben keins bei uns«, sagte ich. »War diese Frau aus Köln, die erst nach drei Tagen gefunden wurde, auch beim MAD?«

»Das weiß ich nicht. Ich weiß es nur von der Susanne.«

»Eine weitere Frage: War jemand von der Bundeswehr oder irgendeiner anderen Behörde nach den Todesfällen hier bei Ihnen?«

»Ja. Der Hartkopf. Er kam am Montag, nachdem Lorenz und Susanne erschossen worden waren. Ich hatte wie wahnsinnig telefoniert, aber nur Gerüchte gehört. Dann rief mittags jemand vom Depot an. Ich kannte seine Stimme nicht. Er sagte, Lorenz sei tödlich verunglückt. Gleichzeitig riefen Bekannte an und sagten, er sei erschossen worden. Hartkopf kam dann und sagte, Lorenz sei bei einem Verkehrsunfall umgekommen. Ich sagte ihm: Das glaube ich nicht, aber er beharrte darauf. Und er sagte, ich soll schweigen, dann könne er mich da raushalten. Ich sagte, ich wollte ja gar nicht rausgehalten werden. Der wollte nur, daß ich den Mund halte, sonst nichts.«

»Wer ist Hartkopf?«

»Auch ein MAD-Mann. Er ist zuständig für viele Depots in der Eifel. Wenn ich mit dem rede, kriege ich jedesmal Gänsehaut. Ich habe jedesmal das Gefühl, der will mir nur an die Wäsche.«

»Er ist ungefähr einen Kopf kleiner als ich, schmales asketisches Gesicht, dunkelbraune Augen wie Steine. Er wirkt arrogant.«

»Genau«, sagte sie, »das ist Hartkopf.«

»Wir kennen ihn als Doktor Messner«, sagte Elsa. »Macht ja nix.«

»Es gefällt mir hier nicht«, sagte ich. »Ich kann es nicht begründen. Mir wäre es lieber, wir könnten woanders weitersprechen. Spaziergang?«

»Frische Luft wäre gut«, sagte Marita.

Wir gingen also hinaus und nahmen ihren großen Mercedes und ließen sie fahren, wohin sie wollte. »Das ist ein Weg, den wir immer gegangen sind. Da ist nie ein Mensch.«

Sie parkte den Wagen in der Mündung eines Waldweges. Wir schlenderten los, zur Rechten einen sehr alten Eichen-Buchen-Bestand, zur Linken einen Bach in einer Wiese, den man im Dickicht von wildem Rhabarber nicht sehen konnte.

»Hier muß es Grasfrösche geben.«

»Er ist ein Froschfreak«, erklärte Elsa, »überhaupt ein Tierfreak. Sollte ein Grizzly durch die Eifel ziehen, wird er ihm Asyl anbieten.«

»Lorenz mochte Tiere auch gern. Das war ganz komisch. Er konnte sehr streng und ruppig sein, und dann kam ein kleiner Hund, und seine Stimme wurde sofort weich und verständnisvoll. Ja also, ich bin 29 Jahre alt. Abitur in einem Internat in Trier ...«

»Moment, Moment«, unterbrach ich. »Bevor wir zu den großen Lebenserinnerungen kommen, hätte ich gern gewußt, wie dieser Sonntag verlaufen ist, der Tag, an dem Lorenz Monning starb.«

»Eigentlich war nichts Besonderes. Oder doch. Na ja. Er hatte am Freitag abend Schluß und meldete sich ab und kam hierher. Die meisten wußten, er war im Münsterland zu Hause, und die meisten dachten wohl auch, er führe dorthin. Aber er fuhr schon seit Monaten nicht dorthin. Er kam zu mir, hier war sein Zuhause. Freitag abend gingen wir auf ein Bier in eine Kneipe. Wir schliefen lange am Samstag und fuhren dann nach Monschau zum Kaffeetrinken. Dann gammelten wir hier. Am Sonntag dasselbe. Er war gutgelaunt, er lief nach dem Aufstehen im Handstand die Treppe runter. So was konnte er mit links ...«

»Das geht mir zu schnell«, murmelte Elsa und biß sich auf die Lippen. »Erzählte er nichts aus dem Dienst?«

»Also anfangs an diesem Sonntag nichts. Dann mittags hatte er plötzlich Hunger ... also Hunger auf mich, und wir schliefen zusammen. Ist das wichtig? Vielleicht ist das wichtig ...«

»Das ist immer wichtig«, sagte Elsa. »Wir wollen ja nicht wissen, ob Sie die Missionarsstellung geprobt haben oder das, was prüde Deutsche französisch nennen. Da Männer aber beim Bumsen oder nachher gern reden, also die Frage: Hat er was gesagt?«

»Ich möchte so formulieren können wie Sie.« Marita lächelte. »Ja, er hat was gesagt, aber ich weiß nicht, ob ich überhaupt verstanden habe, um was es ging. Also, wir ... wir aalten uns im Bett und sprachen davon, daß wir Pfingsten nach Texel wollten. Plötzlich sagte er ganz leise: Ich glaube, ich werde mißbraucht. Das sagte er zwei- oder dreimal. Er sagte es nicht wütend, er war auch nicht traurig. Das klang so, als hätte er das jetzt erst begriffen und ...«

»Sie haben doch bestimmt nachgehakt«, sagte Elsa.

»Ich habe gefragt: Was soll denn das? Und er antwortete, er würde mir das später erzählen. Es sei so neu, daß er das noch gar nicht richtig begriffen habe. Aber: Er würde mißbraucht.«

»Von wem denn?« stieß ich nach.

»Das habe ich auch gefragt. Er sagte: Wahrscheinlich von zwei Menschen. Von meiner Frau und meinem Vorgesetzten.«

»Also auch von Hartkopf, den wir als Doktor Messner kennen?«

»Richtig. Aber ich habe bis heute nicht kapiert, was er meinte. Und bis Sie kamen, habe ich das auch nicht in Verbindung, in Verbindung, in ... mit seinem Tod gebracht.«

Sie tat ein paar Schritte in altes Laub und starrte in den Wald. »Wir haben dann aufgehört, davon zu sprechen. Ich ging in die Küche und machte Kaffee. Als ich zurückkam, saß er an seinem Schreibtisch und lachte leise. Er hatte sich etwas auf ein Blatt Papier geschrieben. Das Papier knüllte er zusammen und verbrannte es in einem Aschenbecher. In diesen Dingen war er pingelig: Nie blieb etwas Schriftliches zurück. Er sagte: Das Schwein hat die Aktenlage ausgenutzt. Das sagte er zweimal. Ich war fröhlich und fragte: Was sollen alle diese dunklen Andeutungen? Und er antwortete: Es geht nur um Macht für einzelne Menschen. Was anderes haben die nie gewollt. Aber er sagte nicht, wen er meinte, wer diese Macht wollte. Es war Spätnachmittag, als die Susanne Kleiber anrief. Das weiß ich genau, weil ich am Telefon war. Sie sagte: Gib mir mal den Lorenz ...«

»Mit welcher Stimme?« fragte Elsa schnell.

»Mit normaler Stimme. Lorenz ging ran, und sie redeten kurz miteinander. Dann legte er auf und sagte: Ich muß um neun rauf ins Depot. Wir wollen uns einen LKW-Fahrer aus der DDR ansehen ...«

»Moment mal«, sagte ich. »Genau das waren seine Worte?«

»Genau das«, sagte sie. »Aber weiter nichts. Nur: Wir wollen uns einen DDR-LKW-Fahrer ansehen. Um halb neun abends ist er dann raufgefahren. Dann nichts mehr.«

»Das habe ich jetzt verstanden«, sagte ich. »Nun weiter zu Ihnen. Sie waren also bis zum Abitur in einem Internat in Trier.«

»Dann wollte ich studieren, aber daraus wurde nichts, weil mein Aussehen dazwischenkam. Ich wurde Model, ich verdiente eine Menge Geld, aber ich war nicht diszipliniert genug. Ich fraß zuviel, und wahrscheinlich habe ich auch zuviel getrunken. Mit 24 war ich unten und bekam plötzlich Angebote für Pornofilme. Das machte ich nicht. Ich wollte zwar nicht zurück zu meiner Familie, aber ich mußte, weil ich pleite war. Dann kam ein Fabrikant daher, verheiratet und mit einem Stall voll Kinder. Der Mann hatte eine grauenhafte Angst vor Impotenz, was dazu führte, daß er impotent war. Der richtete mir den Laden hier ein, und ich befreite ihn von seiner Angst, so gut es ging. Zwei Jahre ging das so. Dann begriff ich, daß ganz Blankenheim Bescheid wußte und mich insgeheim verachtete. Also zahlte ich dem Fabrikanten Pfennig für Pfennig zurück. Harte Zeiten waren das. Der Laden gehört jetzt seit drei Jahren mir. Vor zwei Jahren lernte ich Lorenz Monning kennen. Das war bei einer Fete in Bad Münstereifel, dort war er stationiert. Wir, na ja ... es war Liebe auf den ersten Blick. Er sagte mir sofort, er sei unglücklich verheiratet, zwei Kinder seien da, und er wolle sich scheiden lassen.«

Sie lächelte in der Erinnerung. »Er sagte eigentlich das, was eine Bardame jede Nacht hört. Und ich dachte: Scheiße! Wieder so ein Typ, der sich bloß an meinen Titten festhalten will! Entschuldigung, aber ich bin so wütend. Mit Lorenz war das anders. Er war in seiner Ehe wirklich unglücklich und wollte da raus. Er bereitete also alles vor und reichte dann die Scheidung ein.«

Sie sah Elsa um Hilfe bittend an. »Wir Frauen haben ja oft mit Männern zu tun, die behaupten, unglücklich zu sein, und die nur bumsen wollen. Na ja, Lorenz war ehrlich. Dann ließ er sich nach Hohbach versetzen, weil das auch näher zu mir war. Aber ich war nicht der wirkliche Grund. Lorenz ließ sich hierherversetzen, weil er zusammen mit Susanne Kleiber hinter einem dicken Fisch her war. Die sind seit zwei Jahren hinter irgend etwas hergewesen. Fragen Sie mich nicht, was das war. Das weiß ich nicht.«

»Was ist in Hohbach eigentlich gelagert?«

»Kampfgas«, sagte sie. »Die Leute reden immer von Atomsprengköpfen und solchen Sachen. Aber es ist Kampfgas. Susanne Kleiber war seit Jahren mit Lorenz zusammen. Erst waren sie zusammen in der Gegend von Bitburg, dann kamen sie für kurze Zeit nach Bad Münstereifel, dann hierher. Sie hat immer in einem Hotel bedient, es war immer dasselbe Schema wie hier in Hohbach.«

Sie lächelte. »Es ist möglich, daß Sie Leute treffen, die behaupten, Lorenz und Susanne hätten etwas miteinander gehabt. Die waren auch dick befreundet. Aber sie hatten nichts miteinander, absolut nichts.«

Elsa kniete sich nieder und pflückte Zittergras. »Waren Sie glücklich mit Lorenz?«

»O ja, sehr glücklich. Es war schön mit ihm. Über die meisten Dinge waren wir gleicher Ansicht, und es gab Dinge, in denen wir verschiedener Ansicht waren. Aber Krach gab es nicht. Er hat mir beigebracht, den anderen und seine Meinung zu akzeptieren. Mir ist das zum erstenmal im Leben passiert.«

»Ist es wahr«, fragte ich, »daß Lorenz in diesem Dorf im Münsterland als Verkehrsopfer beerdigt wurde?«

»Das ist wahr. Ein Chefarzt von einer der Kliniken hier hat einen ausführlichen Bericht für die Eltern gefälscht. Und ein Polizeichef hat einen ebenso ausführlichen Unfallhergang erfunden und ebenfalls den Eltern zugeleitet. Das wußte ich zunächst durch Gerüchte, inzwischen weiß ich es sicher. Die Eltern und die Frau konnten ihn ja nicht mehr sehen, er hatte ja ... er hatte kein Gesicht mehr.« Sie trödelte ein wenig aus der Reihe, wahrscheinlich sah sie gar nichts, war ganz versunken in ihrem Gram. Dann stolperte sie in altem Laub und schreckte zusammen.

»Hat Ihnen Lorenz eigentlich viel von seinem Beruf erzählt?«

»Anfangs nicht, und ich war auch nicht neugierig. Irgendwann habe ich gemerkt, daß er kein normaler Soldat ist. Erstens konnte er sich gewissermaßen selbst versetzen, wenn es ihm notwendig schien. Zweitens konnte er sehr viel zwischen den Depots pendeln, und er selbst bestimmte das. Drittens hatte er niemals Wachdienst oder Bereitschaftsdienst. So etwas fällt mit der Zeit auf. Erst habe ich mich nicht getraut zu fragen, aber dann wollte ich es wissen. Er sagte, er wäre beim MAD. Einzelheiten allerdings sagte er mir nie. Ich weiß nur, daß er bestimmte Akten oder Teilakten niemals im Depot aufbewahrte, sondern immer in der Zentrale des MAD in Köln. Wenn er sich Notizen machte, lernte er sie auswendig und verbrannte die Zettel. Er war auch häufig im Ministerium in Bonn.«

»War er denn in der letzten Zeit anders? Aufgeregt? Gespannt?«

»Ja. In den Wochen vor seinem Tod war er unheimlich nervös. Und er sagte: Wenn das klappt, werde ich befördert. Susanne wird auch befördert. Und dann können wir noch mehr Geld sparen. Und dann, sagte er, mache ich dir das Geschenk deines Lebens.«

»Wissen Sie, was das sein sollte?«

»Ich weiß es nicht, ich weiß es wirklich nicht.«

»Was wäre denn das Geschenk Ihres Lebens gewesen?«

»Daß er die Bundeswehr verläßt.«

»Wieso das?«

»Ich weiß nicht, ich denke, wir brauchen Frieden und keine Soldaten.«

»Hat er denn einen Hinweis darauf geliefert, weshalb er befördert werden würde?«

»Hartkopf wird es wissen, ich weiß es nicht.«

»War Hartkopf sein Vorgesetzter?«

»Ja, leider. Das war das, was ihn am meisten störte. Hartkopf ist ein mieser Typ. Lorenz sagte, daß hundert Hartkopfs die ganze Bundeswehr versauen könnten.«

»Wieso ließ er sich nicht versetzen, wenn Hartkopf so mies war?«

Sie lachte. »Weil ich da war. Lorenz war ein Geheimniskrämer. Es kann sein, daß seine Beförderung damit zu tun hatte, daß er selbst Hartkopfs Vorgesetzter wurde. Aber gesagt hat er das nicht. Hartkopf ist ein Typ, der auf Kameradschaft macht, der aber kein Kamerad ist.«

»In Hohbach hat Hartkopf eine Frau bei sich, die er als seine Frau ausgibt«, sagte ich.

»Das kann sein«, sagte sie matt und uninteressiert. »Hartkopf ist ledig, und wenn er sagt, sie ist seine Frau, bedeutet das nur, daß sie ebenfalls beim Dienst ist und mit ihm bumst. Sonst nichts. Hat Hartkopf Sie verprügelt?«

»Ja. Und er ließ mir keine Chance.«

»Das ist Hartkopf. Deshalb ist er bei der Truppe auch so beliebt. Er gibt sich als knallharter Einzelkämpfer, macht Karate und so. Er spielt sich als Beschützer der Bundeswehr auf.«

»Was mochte Lorenz am wenigsten an Hartkopf?«

»Lorenz sagte, Hartkopf wäre ein Schauspieler, man wisse nie, woran man bei ihm ist. Warum reiten wir dauernd auf Hartkopf herum?«

»Weil Hartkopf ihn verprügelt hat«, sagte Elsa. »Und seinen Freund hat er verprügeln lassen.«

»Und Sie haben wirklich keine Ahnung, wer die zweite Frauenleiche war?« fragte ich.

»Nicht die geringste. Ich weiß nicht einmal, wie sie hieß. Lorenz hat mir auch nie etwas von einer zweiten Frau erzählt. Und er hätte es bestimmt, wenn es sie gegeben hätte.«

»Eigentlich hat er Ihnen doch ziemlich viel erzählt«, sagte ich.

»Eigentlich schon. Aber eben keine Einzelheiten. Er war verschwiegen. Ich habe anfangs gedacht, sein Job wäre gefährlich, ich hatte Angst um ihn. Aber er sagte, Gefahr wäre kaum vorhanden. Seine Pistole zum Beispiel lag immer bei mir rum. Er mochte Waffen einfach nicht.«

»Aber er hatte eine Schrotflinte«, warf ich ein.

»Ja. Aber er hat nie damit geschossen. Sein Vater wollte, daß er ein Jäger wird. Er hat sie ihm geschenkt, aber Lorenz wollte mit Jagd nichts zu tun haben.«

In der Ferne kläffte ein Hund, ein sanfter Wind fuhr durch die Baumkronen.

»Er ist mit dieser Flinte erschossen worden«, murmelte ich.

Sie stand augenblicklich vollkommen starr. »Das ist ganz unmöglich«, sagte sie dann und drehte sich schnell mit erschreckten Augen zu mir herum.

»Doch, doch«, sagte Elsa. »Wir haben sogar ein Foto von dem Ding. Es lag bei Leiche Nummer drei.«

»Moment mal«, sagte sie erregt. »Ich muß sofort umkehren, lassen Sie uns umkehren. Das will ich wissen.« Sie ging mit großen Schritten voran zurück zum Wagen. Sie fuhr sehr schnell und verkrampft und sagte kein Wort. Sie stürmte die zwei Stufen zu ihrem Laden hoch, schaute nicht rechts noch links, nahm sehr schnell die Treppe nach oben.

Elsa und ich keuchten hinterher. Sie nahm einen Stock mit einem Metallhaken und zog eine Bodenklappe herunter. Als es nicht sofort funktionierte, fluchte sie: »Das Scheißding klemmt immer!« Endlich rollte die Bodentreppe aus, und sie stieg hoch. Sie kramte irgendwo außerhalb unseres Gesichtsfeldes herum, sagte dumpf triumphierend »Ha!« und reichte dann ein sehr langes, schweres Lederfutteral herunter.

Ich zog den Reißverschluß auf und nahm die Waffe heraus. Es war eine zweiläufige Schrotflinte mit sehr schönen Metallziselierungen.

Marita kam heruntergeklettert. »Ich wußte doch, daß er

das Ding nicht wollte. Er war absolut nicht daran interessiert. Er sagte immer: Stell dir vor, ich müßte damit ein Reh abknallen. Da kriege ich doch das Zittern. Das sagte er immer. Sein Vater hat ihm das Ding geschenkt, er gab es mir, und seitdem liegt es da oben rum. Ich selbst habe es auf den Dachboden gebracht.«

»Das ist ja mehr als merkwürdig«, sagte ich. »Elsa, lauf bitte runter zum Wagen, wir brauchen eine Fotografie von dem Ding.«

»Aber das Ding läuft doch nicht weg«, murrte sie.

»Ich gehe selbst«, sagte ich.

»O nein, o nein, ich kann ja gehen.«

»Ist schon o.k.«, sagte ich.

Im Laden war ein junges Pärchen, das Mädchen flüsterte hastig: »Mama wird aber fragen, woher ich das Geld habe.«

»Dann sagst du: von mir«, erklärte der junge Mann.

»Als ob das geht«, antwortete das Mädchen empört.

Die Gassen lagen jetzt unter einem schrägen Sonnenlicht, das das Fachwerk der alten Häuser sehr deutlich akzentuierte. Ich schlenderte.

Als ich zurückkehrte, machte ich einen Film Aufnahmen von Marita mit der Schrotflinte im Arm. Dann fotografierte ich die Sparbücher und den Scheidungsbrief.

»Haben Sie Fotografien von Lorenz?«

»O ja, eine Menge.« Sie kicherte albern. »Sogar unanständige auch.« Sie blickte schnell zu Elsa, und Elsa lächelte. »Wir haben uns sogar im Bett fotografiert. Nur so zum Spaß.«

»Sicher ein sehr schöner intimer Spaß«, murmelte ich, »aber eigentlich suche ich Bilder, die ich veröffentlichen kann.«

»Ja, ich weiß«, murmelte sie verlegen. »Ich suche sie, etwas Geduld.«

»Können Sie sich vorstellen, daß es von der Susanne ein Foto gibt?« fragte Elsa.

»Das kann ich. Wir haben mal in der Kneipe in Hohbach fotografiert. Nicht die Susanne, aber sie ist draufgeraten.«

»Her damit«, sagte ich. »Ist Hartkopf auch drauf?«

»Nein. Der achtet wie ein Luchs darauf, daß er nicht fotografiert wird. Aber beim MAD tut das eigentlich jeder. Brauchen Sie Aufnahmen in Uniform oder Zivil?«

»Alles«, sagte Elsa schnell.

»Sehen Sie, hier ist auch Susanne. Da, mit dem Essenstablett im Hintergrund. Und hier von der Seite. Und da ganz groß. Sie war nett, sie war eine unheimlich starke Frau.«

»Wir gehen jetzt, aber wir kommen wieder. Wir müssen weiterreden.«

»Und Sie werden nicht sofort schreiben, und ich lese es irgendwo und habe keine Ahnung?«

»Ich gebe Ihnen mein Wort«, sagte ich. »Und rufen Sie uns an. Jederzeit, wenn Ihnen danach zumute ist.«

»Ich finde Sie sehr in Ordnung«, sagte Elsa, und Marita sagte verlegen: »Sie sind so nett.« Und dann weinte sie, brachte uns aber trotzdem auf die Gasse hinaus. Sie stand in der Sonne in der Ladentür, und Elsa fragte: »Es wird gesagt, daß die dritte Tote eine Freundin der Susanne Kleiber war. Sie hieß Marianne Rebeisen und war aus Köln. Was wissen Sie von dieser Freundschaft?«

»Lorenz hat mal erwähnt, daß Susanne eine Freundin hat, die immer am Wochenende herkommt. Lorenz hat sein Privatleben streng vom Dienst getrennt. Ich weiß nicht mehr. Es war wohl die übliche Freundschaft unter Frauen.«

»Ich habe auch noch eine Frage«, murmelte ich. »Wie ist das eigentlich in der Eifel mit Spionen?«

Ein Lächeln kam sehr schnell und war wieder verschwunden. »Das ist ja das, was wir ... also ich meine ... Zivilisten überhaupt nicht verstehen. Die jagen dauernd irgendwelche Agenten und Spione. Wenn man dann so nach ein paar Wochen oder Monaten nachfragt, dann erfährt man, daß es gar keine gab. Aber, das ist ja deren Beruf, nicht wahr?«

Als wir im Wagen saßen, bemerkte Elsa nachdenklich: »Ich gebe zu, ich hätte ihr Geld geboten.«

»Aber du hast sie unglaublich gut ganz ohne eine müde Mark zum Reden gebracht.«

»Ich bin gut, Baumeister, nicht wahr? Sag, daß ich gut bin.« Sie lehnte sich gegen meine Schulter, und ich sagte: »Ich muß mir so einen Knieschützer für Fußballtorwarte kaufen. Ich mißtraue dem Knie. Das ist im Eimer.«

»Du solltest das Naumann untersuchen lassen, vielleicht muß Messner dir eine Rente zahlen. Jetzt laß uns heimfahren.«

Als wir heimkamen, verschwand sie in der Küche und schloß mich aus. »Ich mache uns ein Essen.«

Ich legte mich auf das Sofa und schaute eine Weile der Werbung im Fernsehen zu und fragte mich, für wie dämlich Werbetexter deutsche Hausfrauen halten. Dann sah ich die Bilder durch, die Marita Heims uns mitgegeben hatte.

Eine unheimlich starke Frau hatte Marita Susanne Kleiber genannt. Sie hatte ein schmales, ernstes Gesicht, sehr dunkle Augen, einen sehr sanften, breiten, stark konturierten Mund. Ein energisches Gesicht unter einer dunklen, kurzen Pagenfrisur.

Lorenz Monning war ein strohblonder Typ, einer, der aus der hohlen Hand Werbung für Ostfriesland oder Sylt hätte machen können. Er hatte ein breites, gutmütiges Gesicht, und es gab kein Foto, auf dem er nicht lachte. Aber die Augen wirkten flach, als habe er Angst, jemand könne etwas in ihm entdecken. Ein ausgesprochen gutaussehender Mann, nicht mehr, nicht weniger.

Weil ich sichergehen wollte und immer noch die Befürchtung hatte, die Bundesanwaltschaft könne das Haus durchsuchen lassen, machte ich eine Aufnahme von jedem Foto, nahm den Film heraus und steckte ihn in eine Packtasche, in die ich die anderen Filme getan hatte. Das Material konnte an den Chef in Hamburg gehen.

Dann begann ich zu diktieren, was wir bis jetzt erfahren hatten. Es war sehr viel Material, aber es sah nicht so aus, als könne man daraus eine gute Reportage machen: Uns fehlte jeder Hauch einer Erklärung für alle diese Vorfälle.

Elsa hatte den Tisch liebevoll gedeckt. Kerzen brannten. »Ich habe die Wildsau aus dem Eisschrank veredelt«, sagte sie.

»Du mußt nach Köln«, sagte ich. »Ich brauche die Fotos von Messner oder Hartkopf, oder wie er auch immer heißen mag.«

»Was willst du heute nacht damit? Du siehst ihn doch morgen früh beim Angeln.«

»Du wirst es erleben«, sagte ich. »Wann kannst du fahren?«

»Ich bin todmüde. Wäre es nicht besser, das Laborzeugs hierherzuholen?«

»Das ist eine gute Idee«, sagte ich. »Wann fährst du?«

»Du bist ein Irrer. Schon gut, ich fahre gleich. Und was machst du?«

»Ich werde zu Alfred spazieren. Er wollte aufschreiben, was ihm widerfahren ist. Dann diktiere ich das Material zu Ende, mache die Sendung fertig und bringe sie zur Post.« So geschah es. Gegen elf Uhr fuhr ich durch die Nacht nach Adenau und warf die Umschläge mit den Filmen, den Tonbändern und Alfreds Bericht in den Briefkasten. Als ich zurückkehrte, war Elsa gerade dabei und schleppte keuchend den Vergrößerungsapparat ins Haus.

»Und wo können wir entwickeln?«

»Im Badezimmer. Das ist leicht zu verdunkeln. Bist du müde?«

»Todmüde«, sagte sie. »Ich habe deine Post mitgebracht. Glaubst du, daß wir irgendwann herausfinden, wer sie getötet hat?«

»Ich weiß nicht, ich hoffe es. Gib mir den Film mit den Aufnahmen von Messner. Ich will ihn noch entwickeln.«

»Du bist wahnsinnig. Du arbeitest nicht, du baggerst.«

»Laß mich, ich kann nicht anders.«

Sie legte mir die Arme um den Hals. »Gib einmal nach, mach einmal Pause. Nur für heute. Du mußt um fünf raus, um sechs triffst du Messner in Hohbach.«

»Gut«, sagte ich, aber ich fand es nicht gut.

Ich zog um auf meine geliebte Matratze im Obergeschoß und war schon eingeschlafen, als Elsa frisch gebadet und wohlriechend aus dem Bad kam.

Als das Telefon schrillte, war sie schneller hoch als ich und lief nackt auf bloßen Füßen hinunter in das Wohnzimmer. Ich hörte, wie sie laut »Nein!« sagte, dann verstand ich nichts mehr und döste schon wieder ein. Plötzlich war Licht, und Elsa stand vor dem Bett und sagte atemlos: »Aufstehen, Mensch, aufstehen. Marita ist verunglückt.«

»Wie bitte?«

»Erinnerst du dich an das Mädchen, das Marita im Laden vertreten hat, als wir mit ihr sprachen? Die war am Telefon. Marita ist spätabends irgendwohin gefahren. Sie ist auf einer schmalen Straße irgendwie abgekommen und wurde dann gefunden. Das Mädchen sagt, es wäre vor einer Stunde passiert. Wir müssen das sehen, wir müssen das angucken.«

»Zieh dich an und mach die Kameras klar«, sagte ich. Dann drehte ich mich auf den Bauch und schlug auf die Matratze ein. »Ich Arschloch hätte daran denken sollen. Ich Trottel! Und ich habe daran gedacht. Und ich habe die Schnauze gehalten, weil ich dachte, ich mache mich lächerlich.«

»Komm jetzt. Sei nicht traurig. Laß uns fahren«, sagte sie. »Vielleicht war es ja wirklich ein Unfall.«

»Wie heißt das Mädchen?«

»Ingrid«, sagte sie. »Ich habe ihr gesagt, sie soll mit niemandem sprechen, bis wir da sind.«

Draußen dämmerte schon die Ahnung eines neuen Tages und auf den Hügeln waren die ersten Lerchen schon in die Luft gestiegen.

SIEBTES KAPITEL

Elsa hatte sich hinter das Steuer meines Wagens gesetzt und sagte: »Das wird sicher ein schöner Sonnenaufgang.«

»Sonnenaufgang, Sonnenuntergang, die Eifel ist einfach wunderbar. Rutsch zur Seite, ich fahre. Wo ist das passiert?«

»Nonnenheim oder Nonnenburg oder so. Ich will fahren, du rast immer so.«

»Rutsch beiseite. Das heißt Nonnenbach, ich kenne die Straße. Ich rase nicht, ich rase nie.«

Sie rutschte zur Seite, und noch auf der Dorfstraße gab ich Vollgas. »Hast du die Kameras?«

»Sicher. Vorsicht! Kurve.«

»Ich wollte eigentlich geradeaus fahren. Was immer passiert: Du fotografierst, nimmst jeden vollen Film raus und verstaust ihn da, wo du den Messner-Film verstaut hast. Ich lasse dich vor der Unglücksstelle raus. Auf diese Weise bist du abgedeckt.«

»In welchem Krankenhaus wird sie liegen?«

»Das kann uns jetzt egal sein. Wenn das passiert ist, was ich glaube, kommen wir sowieso nicht an die heran.«

»Jawoll, Sir. Kannst du nicht etwas langsamer fahren. Du bist schon bei einhundertsechzig, und ich bin ein junges, blühendes Leben.«

»Morgen«, sagte ich, »morgen.«

»Dann mache ich die Augen zu«, sagte sie.

»Das ist gut, das ist sehr gut.«

Ich schaffte es in zwanzig Minuten, und es war nicht zu übersehen, wo es passiert war. Ich schaltete die Scheinwerfer aus.

Marita mußte mit dem schweren Wagen in einer Kurve einfach geradeaus gefahren sein. Da standen zwei Streifenwagen mit eingeschalteten Blaulichtern.

Von Maritas Wagen oder dem, was davon geblieben war, keine Spur. »Du springst hier raus und gehst in diesem Wald bis runter auf die Talsohle. Dann wirst du irgendwo rechts von dir das Wrack sehen. Ich fahre zu den Beamten und spiele den Neugierigen.«

Sie stieg aus und kletterte den Abhang hinunter. Ich wartete, bis sie im Wald verschwunden war, und ließ dann den Wagen den Berg hinunterrollen.

Marita hatte gebremst, die schwarzen Striemen auf dem Asphalt waren deutlich zu sehen.

»Guten Morgen, die Herren«, sagte ich. »Kann ich helfen? Was ist denn passiert?«

»Sieh da, ein Frühaufsteher«, sagte einer der Beamten freundlich. »Danke, aber Sie können nicht mehr helfen. Das ist schon mehr als eine Stunde vorbei.«

»Da ist einer den Abhang runter, was?« fragte ich und stieg aus.

»Das kann man wohl sagen«, sagte er. »War 'ne Frau aus Blankenheim.«

Das Wrack hatte sich vor zwei alten Buchen quergelegt, zwanzig Meter tiefer.

»Hat die geschlafen?« fragte ich.

»Möglich«, sagte der Beamte. »Besoffen war sie jedenfalls nicht. Das hätte ich gerochen. Sag mal, Josef, wer holt die Karre da unten eigentlich raus? Kromschröder?«

»Ja sicher«, sagte der andere mürrisch. »Aber die sind vor neun Uhr morgens nicht zu erreichen. Der Blechhaufen da unten stört doch niemand.«

»Junge Frau, alte Frau?« fragte ich.

»Jung«, sagte der erste Beamte. »Viel zu jung für so einen Scheiß.«

»Gute Verrichtung«, sagte ich und ging zum Wagen zurück.

Dreihundert Meter unterhalb bog ich in einen Waldweg nach links und folgte ihm so weit wie möglich. Elsa lag auf dem Bauch auf einer Lichtung hinter einem Eichenstrauch rund zwanzig Meter vom Wrack entfernt.

»Glaubst du, daß da etwas nicht stimmt?« fragte sie.

»Das kann sein, das muß nicht sein. Ich habe nur so ein bestimmtes Gefühl, du kennst das ja.«

Nach einer Weile zogen die Streifenwagen ab, und wir hockten uns hin und rauchten.

»Wolltest du sie wirklich warnen?«

»Ja, eigentlich schon. Überleg einmal: Wenn jemand außerhalb des Depots überhaupt irgend etwas weiß, dann sie. Wahrscheinlich weiß sie sogar viel mehr, als ihr selbst bewußt ist. Hätten wir vierzehn Tage Zeit mit ihr, hätten wir mit Sicherheit die Lösung.«

»Fahren wir zu dieser Ingrid?«

»Du fährst dorthin. Ich muß Messner anrufen, daß ich nicht komme. Und dann will ich noch etwas. Laß uns abhauen hier.«

In Nonnenbach gab es eine Telefonzelle. Ich versuchte ohne jede Hoffnung, die Kneipe in Hohbach zu erwischen, und geriet sofort an Messner. Er war so, als habe er auf den Anruf gewartet.

»Es geht nicht«, sagte ich. »Tut mir leid. Können wir es auf morgen verschieben?«

»Aber sicher«, sagte er. »Natürlich. Anderweitig beschäftigt?«

»Das kann man wohl sagen. Ich muß noch einmal geröntgt werden.«

»Alles Gute«, sagte er. »Bis morgen früh.«

Bei Alfred meldete sich seine Mutter.

»Mutter Melzer. Ich muß mich entschuldigen wegen der Uhrzeit, aber ich brauche dringend den Alfred.«

»Der kann sowieso nicht schlafen«, sagte sie freundlich. »Wir spielen schon die ganze Nacht *Mensch ärgere Dich nicht*. Ich gebe ihn Ihnen.«

»Hör zu. Kannst du was mit Nonnenbach anfangen?«

»Sicher.«

»Hat Brettschneider seinen Tieflader bei euch auf dem Hof?«

»Um was geht es denn?«

»Schwing dich auf die Hufe. Nimm den Unimog und den Tieflader und fahre von der Bundesstraße aus links weg nach Nonnenbach hoch. Du wirst uns sehen. Kannst du überhaupt aufstehen?«

»Aufstehen nicht«, kicherte er, »aber Tieflader fahren. Was willste denn, Junge?«

»Komm schnell«, sagte ich, »wir müssen ein Autowrack klauen.« Ich hängte ein.

»Baumeister, du bist wahnsinnig«, sagte Elsa aufgeregt. »Das kannst du nicht machen, das ist kriminell. Und das am hellichten Tag!«

»Es ist unsere einzige Chance«, sagte ich. »Und du weißt, daß ich recht habe.«

Sie überlegte eine Sekunde und sagte dann einfach »Ja«.

»Wir sollten uns trennen«, sagte ich. »Es reicht, wenn ich in diese Autogeschichte reingezogen werde. Fahre bitte nach Blankenheim und besuche diese Ingrid. Wenn sie nachts um vier bei uns anruft, wird sie jetzt nicht schlafen. Laß dir genau erzählen, was war. Dann nimmst du den schnellsten Weg direkt nach Hause. Ist das o.k.?«

»Gut«, murmelte sie. »Was soll ich diese Ingrid fragen? Ich meine, ach Scheiße, ich lasse dich so ungern zurück.«

»Du wirst keine Frage vergessen«, sagte ich.

»Ich mag dich schon sehr gern, Baumeister.«

»Übertreib es nicht«, sagte ich.

»Angsthase«, sagte sie und fuhr ab.

Ich schlenderte gemächlich die Straße entlang, niemand war auf den Beinen, niemand befuhr die Straße. Die aus Nonnenbach zur Arbeit fuhren waren durch, und für die Touristen war es zu früh.

An dem Punkt, an dem Marita aus der Kurve geflogen

war, kletterte ich zu dem Wrack hinunter. Auf beiden Vordersitzen waren sehr viele Blutflecken. Ich kletterte wieder hinauf und hockte mich zweihundert Meter abwärts an den Rand der Straße auf einen Findling. Alfred kam nach einer Stunde. Es sah imposant aus, wie er mit dem schweren Gerät die Kurven hochkam. Er fuhr Vollgas. Er stieg aus, ging seltsam krumm und hatte ein vollkommen verpflastertes Gesicht.

»Frag mich nicht«, sagte er. »Fahren kann ich.«

Wir fuhren an den Punkt, an dem Marita von der Straße gekommen war.

»Von hier oben geht das nicht, außer mit schwerem Bergegerät«, entschied er. »Das haben wir nicht. Wie kommen wir näher ran? Ist da unten ein Weg? Wir können es nur vom Tal aus versuchen.«

Es machte sehr viel Mühe, aber schließlich brachte er es fertig, den Tieflader durch das Tal auf ungefähr zwanzig Meter an das Wrack heranzubringen. »Von hier aus geht es mit der Frontwinde. Stell dich oben an die Straße. Wenn einer kommt, hebst du einfach die Hand. Dann höre ich auf. Die Winde macht einen Riesenlärm.«

Vierzig wunderbare Minuten hindurch kamen nur zwei PKWs durch, deren Fahrer sich absolut nicht für uns interessierten. Vierzig wunderbare Minuten konnten wir ungehindert arbeiten, das Wrack kreischend auf den Tieflader ziehen. Ich dachte dauernd, das muß man auf dem Domplatz in Köln hören.

Strahlend zogen wir heimwärts, strahlend pfiffen wir einen Schlager mit, der aus dem Radio dröhnte, strahlend sagte ich: »Das wird uns kein Schwein glauben«, strahlend und stolz brüllte er: »Du brauchst bloß in die Eifel kommen, da ist was los!« Und um unser kleines Glück vollkommen zu machen, sang im Radio die höchst wunderbare Ella Fitzgerald *Sunny, Yesterday my Life was Filled with Rain ...*«

Wir fuhren das Wrack in seine große Scheune.

»Ich weiß nicht, was ich suche«, sagte ich. »Falls du jemand kennst, der beim TÜV ist und Ahnung hat und den Mund halten kann, ruf ihn an. Irgend etwas an der Karre muß nicht in Ordnung gewesen sein. Und leg dich wieder ins Bett.«

»Ich weiß einen«, sagte er. »Aber ins Bett gehe ich nicht mehr.«

»Da ist noch etwas zu klären«, sagte ich. »Wegen deiner Prügelei und der Fotos.«

Er sah mich an und grinste schief. »Ich habe das schon verstanden. Aber wenn ich gewußt hätte, wer die Fotos gemacht hat, hätte ich den Mund gehalten.«

»Es ist so«, sagte ich, »eigentlich war es ganz gut, daß du das gesagt hast. Das hat sie unsicher gemacht. Sie suchen jetzt nach einem Bilderverkäufer, den es gar nicht gibt.«

»Ich verstehe schon«, sagte er. »Du bist ein Hund.«

»Ja, ja«, murmelte ich lahm, drehte mich herum und wollte gehen, als er protestierte: »Hör mal, was machen wir denn mit dem Blechhaufen? Ich brauche die Scheune doch fürs Heu.«

»Es wird mir schon etwas einfallen«, sagte ich und ging nach Hause. Elsa war noch nicht da, ich legte mich auf das Sofa und dachte nach. Erfolgreich kann es nicht gewesen sein, ich döste ein.

Elsa kam erst zwei Stunden später, zog bedrückt wie ein kleiner Clown durch den Flur, blieb in der Tür stehen und seufzte: »Ach, Baumeister, das ist alles so traurig. Entschuldige, daß das alles so lange gedauert hat, aber das Mädchen hatte nur eine Freundin: Marita. Und sie war völlig aus dem Leim. Ich habe ihr gesagt, sie solle die Boutique weitermachen und bei irgendwelchen Fragen mich anrufen.«

»Weiß sie irgend etwas von Bedeutung? Und wie geht es Marita?«

»Ja, sie weiß etwas, und sie hat etwas, aber wir wissen nicht, was es bedeutet. Hier ist ein DIN-A4-Blatt. Marita hat sich gestern nach Geschäftsschluß hingesetzt und etwas aufgeschrieben. Da steht: Heute waren zwei Leute von der Presse bei mir, ein Pärchen. Sie machen den Eindruck, als könnten sie herausfinden, wer Lorenz und die anderen getötet hat ... An dieser Stelle bricht der Text ab. Und untendrunter steht in großen Buchstaben mit Bleistift: SCHAFE! Ausrufezeichen. Spät am Abend, so gegen elf Uhr, hat Marita das Mädchen angerufen und einigermaßen aufgeregt gesagt, ihr wäre ein Gedanke gekommen, aber sie wisse nicht, ob der etwas tauge. Dann hat sie gesagt, sie müsse wegfahren und nachschauen, ob sie recht habe. Das Mädchen hat dann nichts mehr gehört, bis Maritas Mutter sie anrief und gesagt hat, Marita sei verunglückt. Marita wird noch versorgt, die Ärzte geben keine genaue Auskunft, nicht einmal der Mutter. Aber sie schwebt nicht in Lebensgefahr. Das ist alles.«

Ich nahm das Papier. »Schafe. Was um Himmels willen heißt Schafe?«

»Schafe heißt Schafe«, sagte Elsa.

»Du willst sagen, daß die Lösung einfach ist.«

»Das denke ich«, sagte sie. »Hast du etwas dagegen, wenn ich mich mit einer Decke in die Sonne lege?«

»Tu das. Ich werde die Bilder von Messner entwickeln.«

»Sind deine Geschichten immer so ... so voll von Anstrengung und atemlos?«

»Ein bißchen, aber dies ist die dreckigste meiner Geschichten«, sagte ich. »Wenn wir fertig sind, werden wir so müde sein, daß wir sie nicht schreiben können. Und wir werden Mühe haben, die Tage und Nächte zu unterscheiden.«

Sie sah mich an, lächelte zaghaft und ging hinaus in die Sonne. Das Hänflingspärchen flog die Fensterbank an, an der Mauer quakte ein Frosch. Es war deutlich auszumachen, daß es Friedbert war. Nur Friedbert klingt so gleichmäßig arrogant.

Elsa hatte Messner und mich gut getroffen. Ich vergrößerte ein besonders klares Bild von ihm heraus und zog es fünfmal ab. Dann ging ich an die Maschine und schrieb einen Brief, der folgendermaßen lautete:

Sehr geehrte Damen und Herren!
Beiliegendes Foto zeigt einen Mann, der sich mir als der Kölner Studienrat Dr. Messner vorstellte. Ort der Handlung: die Eifelgemeinde Hohbach, dort die Dorfkneipe. Ich wurde in Ausübung meines Berufes von Herrn Dr. Messner, der sicherlich anders heißt, verprügelt – und zwar dermaßen, daß ich sowohl im Krankenhaus als auch ambulant versorgt werden mußte. Da ich weiß, daß dieser Herr Dr. Messner einem Geheimdienst angehört, da ich aber nicht präzise weiß, welchem, erlaube ich mir, dieses Schreiben mit Kopie dem Bundesnachrichtendienst in Pullach bei München, dem Bundesverfassungsschutz in Köln, dem Militärischen Abschirmdienst im Verteidigungsministerium sowie den Dienstherrn der beiden größten Dienste, dem Herrn Bundesinnenminister und dem Herrn Bundesminister im Bundeskanzleramt, zuzuschikken. In der Hoffnung, daß eine der angeschriebenen Stellen mir Auskunft erteilen wird, verbleibe ich hochachtungsvoll …
P.S.: Selbstverständlich reiche ich Kopien dieses Schreibens bei den Chefredaktionen aller Blätter ein, für die ich tätig bin, sowie bei meinem Anwalt und Notar. Noch ein Hinweis: Zuweilen nennt sich Messner auch Hartkopf.

Das war gut, das gefiel mir, das würde Wirkung haben. Das Haus war unwirklich still, im Dorf waren ein paar Trecker zu hören. Maria, die Postbotin, zog ihre Runde, an der Kreuzung vor dem Haus sprachen zwei Nachbarinnen lebhaft miteinander.

Vor dem halboffenen Fenster flüsterte jemand: »Das hältste im Kopf nicht aus, die ist nackt!« Dann kicherte jemand sehr hoch und sehr kindlich.

Ich sah vier blonde Schöpfe am Fenster vorbeiziehen, mußte mich zusammennehmen, um nicht laut zu lachen, ging an die Rückfront des Zimmers und sah Elsa in paradiesischer Nacktheit unter dem Pflaumenbaum liegen.

Während ich überlegte, ob ich was tun sollte, bauten sich die Kinder der Nachbarn in stummer Reihe auf und hielten den Mund zu, um das Prusten zu unterdrücken.

Dann wurde Elsa unruhig, fuhr mit einem spitzen Schrei hoch, fuhrwerkte nach ihren Kleidern, und die Kinder rannten davon.

Binnen einer Stunde würde nun jeder Interessierte wissen, was da in meinem Garten zu finden sei. Wahrscheinlich würde ich sehr viel Besuch haben, nur mal eben schnell fragen, wie es den Fröschen geht.

Elsa kam herein, war rot im Gesicht und murmelte: »Ich habe wohl gegen die guten Sitten verstoßen.«

»Bereue und bete! Nimm bitte die Briefe und schicke sie per Einschreiben und Express los.«

Sie las den Text, überlegte und fragte: »Du willst Messner verbrennen, nicht wahr? Aber warum?«

»Wir wissen, daß er beim MAD ist. Sämtliche Dienste werden nach meinem Brief wissen, wie er sich nennt, wie er aussieht. Also muß er schleunigst abgezogen werden. Wenn er abgezogen ist, werden wir weiter recherchieren können. Aber noch etwas: Im Verteidigungsministerium wird man sich überlegen, ob es nicht angebracht ist, mich schleunigst zu einem Gespräch zu bitten. Und dieses Gespräch könnte von großem Nutzen sein, oder?«

»Darf ich darüber nachdenken?« fragte sie.

»Nicht zu lange«, sagte ich, »nicht zu lange. Wenn du ungestört in der Sonne liegen willst, mußt du hinter das Regenfaß gehen. Da sieht dich keiner.«

»Kommst du mit?«

»Nein. Ich habe ein bißchen Angst vor dir.«

»Ich weiß, aber ich nutze es nicht aus«, sagte sie ernst.

Als das Telefon schellte, nahm sie ab. »Ja bitte, bei Baumeister.«

»Wie? Ach, der Herr Messner. Guten Tag. Sie wollen sicher Herrn Baumeister. Warten Sie.« Sie gab mir den Hörer.

»Wieso waren Sie denn in aller Herrgottsfrüh in Nonnenbach?« fragte er aufgeräumt.

»Ich? In Nonnenbach? Wo, bitte, ist denn Nonnenbach?«

»Hier in der Nähe. Man hat mir berichtet, Sie seien dort gesehen worden. Feind hört mit, Sie wissen schon. Im Ernst, waren Sie beim Röntgen?«

»Ja«, sagte ich. »Sie können beruhigt sein, voraussichtlich wird nichts zurückbleiben.«

»Gott sei Dank«, sagte er beiläufig. »Also waren Sie nicht in Nonnenbach?«

»Wann, um Gottes willen, soll ich denn in diesem Nonnenbach gewesen sein?«

»So um fünf, sechs Uhr herum«, sagte er, und er schien vor Spannung ganz flach zu atmen.

»Um fünf, sechs? Ist das Ihr Ernst? Um die Zeit hat mein Wecker geklingelt. Ich habe Sie angerufen, daß ich nicht kommen kann.« Ich machte eine Pause. »Auf was wollen Sie denn hinaus? Mich kann niemand gesehen haben, ich war hier in meinem Bett. Was soll das?« Ich war richtig empört.

»Nur so. Ist ja auch nicht wichtig. Jemand glaubt, er habe Sie gesehen. Bleibt es bei morgen früh?«

»Nein«, sagte ich. »Mir geht es mies. Kommen Sie doch hierher, ich bin meistens da. Bis dann.« Ich legte den Hörer auf die Gabel. »Er hätte nicht anrufen sollen. Das war dumm, das war sehr dumm.«

»Wieso hat er denn angerufen? Also hat man doch deinen Wagen gesehen.«

»Das mag sein, aber zu beweisen wird es nicht sein. Er hat natürlich angerufen, weil ihm jemand das Wrack des Mercedes geklaut hat. Und damit gibt er zu, daß es kein Unfall war.«

»Der Mann hat eben Pech«, sagte sie, »und er ist ein bißchen dumm.«

»Laß uns zu Alfred gehen. Der wird etwas wissen, der ist ein fixer Junge.«

»Ruf doch einfach an«, sagte sie.

»Das Telefon ist nicht sauber«, erinnerte ich sie. Also spazierten wir zu Alfred runter. Er hatte es sich in der Scheune auf drei Heuballen bequem gemacht, war allein und sah das Wrack des Mercedes beinahe liebevoll an.

»Die Frau sollte umgebracht werden, oder so. Der Kumpel vom TÜV war da und hat nicht mal eine halbe Stunde gebraucht. Verstehst du was von Bremsen?«

»So gut wie nichts.«

»Das ist ganz einfach. Bei den meisten Wagen funktionieren die Bremssysteme mit Hilfe einer Flüssigkeit. Die Flüssigkeit ist in einem Behälter. Der Behälter wurde durchlöchert. Mit einem Nagel oder mit einem Schraubenzieher. Da liegt er. Der Wagen bremst zwar noch, aber höchstens mit dreißig Prozent. Wenn du also bremsen willst, macht das anfangs so den Eindruck, daß das auch geht. Aber dann merkst du, daß die Bremswirkung nicht kommt, und dann ist es zu spät.«

»Sagt der TÜV-Mann denn auch, was das heißt?«

»Der TÜV-Mann sagt: Das war ein Mordversuch. Und der TÜV-Mann sagt auch, daß er nicht lange darüber die Schnauze halten kann. Was machen wir jetzt?«

»Wir behalten den Flüssigkeitsbehälter. Das Wrack bringen wir zurück.«

»Bist du verrückt?«

»O nein, das ist er nicht«, kicherte Elsa.

Auf dem Rückweg sagte sie plötzlich: »Ich würde an deiner Stelle den Brief über Messner/Hartkopf nicht abschikken. Das kannst du immer noch, wenn der Fall gelaufen ist. Messner ist mies, klar. Aber wen werden sie an seiner Stelle schicken? Das wird jemand sein, den wir nicht kennen, den wir erst identifizieren müssen. Messner/Hartkopf hat doch den Vorteil, daß wir ihn kennen und daß er nicht sonderlich intelligent ist.«

»Du wirst mir unheimlich«, sagte ich.

»Ich verlange Honorar«, murmelte sie.

»Honorar gibt es erst nach Druck. Trotzdem liegst du falsch. Wenn Messner abgelöst wird, entsteht zwischen ihm und seinem Nachfolger ein Vakuum, in dem wir gut recherchieren können. Und noch etwas: Das Verteidigungsministerium wird uns sprechen wollen, um sicherzugehen, daß sie erfahren, was wir wissen. Um uns zu beschwichtigen. Nein, die Briefe gehen gleich per Expreß ab.«

»Nie Privatleben!« maulte sie.

»Hör zu, laß uns die Geschichte machen. Bitte nicht in irgendwelchen Gefühlsdingen versaufen.«

»Das ist ja krankhaft«, murmelte sie. »Was machen wir mit dem Rest des Tages?«

»Bring bitte die Briefe weg«, sagte ich. »Wir sollten versuchen, ein paar Stunden vorzuschlafen. Ich zumindest bin hundemüde.«

Ich ging sofort hoch auf meine Lieblingsmatratze und verlor Elsa aus den Augen. Ich hörte, wie sie mit dem Wagen vom Hof fuhr, und wurde erst wach, als sie mit einem Knieschützer vor mir stand.

»Schau her, mein Held, für deine Gesundheit.«

Es war ein sehr schöner Knieschützer, schneeweiß aus prima Baumwolle. Und die Elsa dahinter war nackt.

»Du bist irre«, sagte ich.

»Gott sei Dank«, antwortete sie.

Ich wurde gegen Mitternacht wach, weil das offene Fenster schlug. Wind war aufgekommen, es roch nach Gewitter. Krümel lag auf dem Bauch von Elsa und starrte hellwach auf das Fenster. Elsa schlief wie ein Kind. Eine Amsel schlug sehr hoch an, fast grell. Kein Zweifel, sie warnte vor Sturm und Regen.

Ich schloß das Fenster, zog mir den Bademantel an und ging leise hinunter. Ich schob eine Kassette in den Recorder und hörte *Nobody Does It Better* in voller Lautstärke, dann *Sergeant Peppers Lonely Heart*, später wesentlich leiser *Doldinger in Südamerika*, noch später, noch leiser *Every Day I Have the Blues*.

Dann kamen drei Donnerschläge kurz hintereinander, scharf akzentuiert.

Elsa stand in der Tür und fragte gähnend: »Überlegst du an dem Wort Schafe herum? Ich hab etwas Angst vor Gewitter.«

»Laß uns aufschreiben, was uns bei dem Wort einfällt«, sagte ich, »vielleicht kommen wir drauf. Aber zieh dir was an, es wird kühl.«

Sie verschwand und kam in Jeans und einem Pullover zurück. Sie sagte nicht sonderlich interessiert: »Also Schafe, Einzahl, Mehrzahl, Schafstall, Schafhirte, Schafpferch, Schafschur, Schafwolle, Schäferhund, was noch?«

»Ich weiß es nicht«, sagte ich, »und doch ist es ganz einfach.«

»Ich habe mir eine Frage aufgespart«, sagte sie. »Die beiden Toten im Jeep müssen total ahnungslos gewesen sein, denn sie wurden aus kurzer Entfernung von hinten erschossen. Also müssen sie von dem Mörder eine derartige Lebensgefahr nicht erwartet haben, oder? Und die Rebeisen wurde rund zweihundert Meter entfernt erschossen. Aber diesmal von vorn. Kann es sein, daß sie den ersten Mord erlebte und in panischer Angst davonrannte?«

»Nicht nur das. Es kann auch sein, daß sie zeitversetzt getötet wurde. Der Mord an Lorenz und der Kleiber war offensichtlich etwas anderes als der an der Rebeisen. Es kann wirklich sein, daß die Rebeisen starb, weil sie da war. Daß es sonst keinen Grund gegeben hat, sie auch zu ermorden.«

»Warum hast du mir das nicht gesagt?«

»Es war doch selbstverständlich.«

»Aber nicht für mich«, sagte sie wütend. »Mir mußt du so etwas erklären. Gibt es noch weitere Selbstverständlichkeiten in diesem Fall?«

»Nein, soweit ich sehe, nicht. Jetzt erneut zum Problem Schafe. Schafe, Schafe, Schafe. Ich darf mich da nicht verrennen, ich muß geduldig sein, aber mir kommt nichts, absolut nichts.«

Es blitzte grell im Süden, und die Landschaft war blau und windgepeitscht und hatte etwas von einem aufregenden Traum.

Elsa überlegte. »Vielleicht hat sich Marita daran erinnert, daß Schafe auf manchen Kleidungsstücken abgebildet sind, aufgenäht, eingestickt, weiß der Himmel was. Das Schmusewolle-Schäfchen als Werbefigur? Wieso schreibt sie Schafe und fährt dann weg, um das zu klären? Mitten in der Nacht. Das ist doch der Vorgang.«

»Also war sie in der Lage, nachts abzuklären, was irgend etwas mit Schafen zu tun hat. War sie bei Freunden oder Bekannten?«

Sie murmelte: »Einmal anders: Sag mir, was Schafe hier in der Eifel bedeuten?« Sie zuckte zusammen, als es kurz und trocken knallte.

»Das war ein Einschlag in einen Hochspannungsmast. Die Eifel ist immer ein karges Land gewesen, die Böden sind nicht sonderlich ergiebig. Also hat die Schafzucht Jahrhunderte lang die wichtigste Rolle gespielt. Schafe haben hier sogar Landschaften entstehen lassen, die sogenannten Wacholderheiden. Schafe sind genügsam, Schafe fressen alles kahl, nur eines können sie nicht fressen: Wachholdersprossen. Die sind hart und harzig und bitter. So entstehen Wacholderheiden, heute unter Naturschutz. Schafherden waren hier alltäglich, bis Kunstdünger eingesetzt werden konnte. Noch heute gibt es ein paar große Schafherden ... Großer Gott, natürlich! Du bist phantastisch. Laß uns fahren, ich muß das wissen. Da reichen Taschenlampen.«

»Flipp nicht aus. Was meinst du und wieso reichen da Taschenlampen? Und bei diesem unheimlichen Wetter.«

»Man kann auf einer Wiese genau unterscheiden, ob da Kühe gegrast haben oder Schafe. Und wenn ein Hirte mit einer Herde in der Gegend war, als sie erschossen wurden, dann hat sich Marita aus irgendeinem Grund daran erinnert. Vielleicht hat sie gehofft, daß der Hirte etwas gesehen hat ... wenn ich nicht spinne, wenn ich nicht total spinne. Komm her, das Wetter ist gut für uns.«

»Aber das ist mehr als zwei Wochen her. Das Gras ist nachgewachsen. Ich habe Angst vor Gewitter.«

»Jaja, das Gras ist nachgewachsen, aber ich denke, wir finden Schafkot. Wir müßten auch Wolle an den Zäunen finden.«

»Baumeister, du bist verrückt. Ein Blitz wird uns treffen, die Götter werden zürnen. Im Ernst, ich habe Schiß.«

»Es gibt kein schlechtes Wetter, sagen wir Bauern. Bei Gewitter sind die Leute auf den Wachtürmen auch nicht sonderlich aufmerksam.«

Als wir auf den Hof gingen, fing es an zu regnen, und die große Linde sah im starken Wind wie eine silbriggrüne stark bewegte Fläche aus. Es knallte scharf, und ich zählte mit. Nach drei Sekunden kam der Donner, lang und hallend. »Das Zentrum liegt einen Kilometer nordwärts. Wir müssen mittenrein.«

»Du sagst das so, als machte dir das Spaß.«

»Es macht mir Spaß.«

Als ich aus dem Dorf hinausfuhr, war der Regen schon so stark, daß die Scheiben beschlugen und die Scheibenwischer ihre Mühe hatten. Blitz und Donner folgten sehr schnell aufeinander. Nach vier Kilometern hatten wir das Zentrum hinter uns, und der Regen wurde zu schrägen, regelmäßigen Strichen.

»Irgendwie romantisch ist es ja schon«, sagte sie blaß. »Und woran erkennst du, daß Schafe auf den Weiden waren?«

»Sie weiden gründlicher, bis zu den Wurzeln herunter«, sagte ich.

»Was machen wir, wenn Marita stirbt?«

»Wir wissen alles von ihr, und wir haben ihre Unterlagen. Aber sie ist nicht in Lebensgefahr.«

Ich bog nach links in die Hügel ab und fuhr einen vermatschten Feldweg entlang auf das Depot zu. Dann schaltete ich die Lichter aus.

»Wir müssen die Straße finden, die der Schäfer zog. Er vermeidet Wald und pachtet Wiesen an. Und diese Wiesen ergeben eine Straße. In diesem Fall also wahrscheinlich von Norden nach Süden am Depot vorbei. Zieh die Schuhe aus, es wird naß.«

Beim dritten Stacheldraht riß ich mir die Hose auf, und Elsa sackte in einen Graben und verstauchte sich den linken Fuß. Sie hockte da klatschnaß im Regen und seufzte: »Komm in die Eifel, da ist was los!«

»Bleib hier, ich suche weiter«, sagte ich und ging auf den nächsten Zaun zu.

»Hier ist Schafkot!« schrie ich. »Jede Menge.«

»Und hier ist Wolle am Stacheldraht!« rief sie. »Wunderbare pure Schafwolle.«

»Nach Hause«, brüllte ich.

»Lieber alter Mann«, sagte sie und hielt dem Regen ihr Gesicht hin, »denk bitte nicht, daß wir meschugge sind. Wir suchen nichts als Schafscheiße und danken dir, daß wir sie finden durften.«

Ich zerquetschte mit Genuß eine Handvoll des köstlichen Fundes. Es regnete jetzt sanfter. Vor uns lag das Depot.

Es sah so hell und friedlich aus wie ein gut erleuchtetes Sarglager.

ACHTES KAPITEL

»Marita ist also wahrscheinlich zu dem Schäfer gefahren«, sagte ich. »Er wird bei seiner Herde in einem Karren sein, wir müssen ihn finden.«

»Ist das schwierig?«

»Nein, überhaupt nicht. Das Problem ist nur, daß Messner uns dabei nicht erwischen darf.«

»Glaubst du, er wird uns besuchen?«

»Keine Frage. Wir haben noch zwei Reisen vor uns: die Mordkommission in Trier und das Dorf der Monnings im Münsterland. Und wahrscheinlich noch einmal Köln. Diese Rebeisen ist mir ein Rätsel.«

»Ich werde erst einmal im Krankenhaus anrufen, wie es Marita geht.« Das tat sie, als wir auf dem Hof waren. Sie erfuhr, daß Besuche nicht gestattet seien, daß es Marita aber den Umständen entsprechend gut gehe.

»Ob sie bewacht wird?«

»Das ist doch egal«, sagte ich.

Sie schüttelte den Kopf. »Das ist durchaus nicht egal. Stell dir vor, wir können ein Foto schießen, wie ein Bulle vor ihrem Zimmer sitzt.«

»Du hast wie immer recht«, seufzte ich.

»Mir geht der unheimliche Anblick des Depots nicht aus dem Kopf. Mich erschreckt das. Was weiß man eigentlich von diesen Dingern?«

»Eine Menge«, sagte ich, »und das meiste davon hat die Friedensbewegung herausgefunden. Es gibt im Rahmen der NATO rund 500 Militärdepots in der BRD. Das ist Weltrekord. Die wichtigsten Depots werden direkt von Militär bewacht, die weniger wichtigen von Privatfirmen, die Rentner mit Schäferhunden einsetzen und so ihre Gewinne maximieren. Dann gibt es eine Unmenge von Depots, die gar nicht bewacht werden. Das sind die sogenannten Sprengmittelhäuser, die man mitten in den Wald gesetzt hat oder um die herum man Schonungen anlegte. Die Sprengmittelhäuser sind mit den Ladungen gefüllt, die man braucht, um Brükken und Dämme in die Luft zu jagen, wenn der böse Feind kommt. Alle Depots sind wie eine Zwiebel gebaut. Gewissermaßen hinter der letzten Schale lagern die Munition, die Sprengstoffe, die Raketenköpfe. Jedes Depot ist über eine Alarmeinrichtung direkt mit dem nächsten großen Polizeirevier verbunden. Niemand hat eine Chance, unbemerkt an das Zeug heranzukommen. Vom Depot in Hohbach zum Beispiel ist nur ein Viertel zu sehen, der Rest liegt hinter meterdickem Beton und Stahl tief in der Erde.«

»Und wenn mal ein Flugzeug auf so ein Ding stürzt?«

»Dann gute Nacht, Marie. Darüber laß uns besser nicht spekulieren. Was machen wir jetzt? Ich weiß: frühstücken und eine Runde schlafen.«

»Du bringst mein ganzes ordentliches Leben durcheinander, Baumeister.«

»Sieh mal, wie schön das Land nach Regen und Gewitter aussieht.«

Gegen elf Uhr kam Naumann vorbei und warf uns aus dem Bett. Er besah sich die Naht hinter dem Ohr, zog behutsam die Fäden und murmelte etwas von »sehr gutem Heilfleisch«.

»Wann können wir bei der Mordkommission in Trier eintrudeln?«

Er grinste. »Sie brauchen nicht hin. Da gibt es den Kriminalrat Rodenstock. Der läßt anfragen, wann er kommen darf. Er ist ganz wild auf Sie.«

»Ist er gut für uns?«

»Mit Sicherheit. Er ist stinkwütend, daß der MAD die Mordkommission aus dem Rennen geworfen hat.«

»Sagen Sie ihm bitte, er kann jederzeit kommen. Ich habe noch eine Frage nach den ersten beiden Leichen. Aus welcher Entfernung sind Monning und Kleiber erschossen worden?«

»Höchstens zwei bis drei Meter, schätze ich. Ich habe übrigens noch einen sehr wichtigen Hinweis: Die dritte Leiche, Marianne Rebeisen, war schwanger. Im zweiten Monat. Meine Kollegen aus Bonn haben mir das gesagt.«

»Es wird immer verrückter«, sagte Elsa. »Ob Monning der Vater ist?«

»Monning wird nicht dreißigtausend Mark mit Marita Heims sparen und von einer Kölner Prostituierten ein Kind bekommen«, gab ich zu bedenken.

»Lehr mich die Menschen kennen«, sagte sie leise.

»Wie lange werden Sie noch brauchen, um das alles zu entwirren?« fragte der Arzt.

»Keine Voraussage«, sagte ich. »Im Grunde wartet man bei so einem Fall immer auf den Menschen, der einfach sagt: Ich kann das alles erklären. Aber in der Regel muß man sich die Dinge selbst zusammenreimen, weil ein solcher Mensch nie auftaucht.«

»Aber der Mörder weiß alles«, sagte Elsa schnell.

»Ganz falsch«, sagte ich. »Es ist durchaus vorstellbar, daß der Mörder auch nur einen Ausschnitt kennt. Es ist vorstellbar, daß er aus gewissen Einzelheiten die falschen Schlüsse zog, daß gar kein Grund bestand zu morden.«

Sie überlegte das und war erschreckt. »Also kann der Mörder gedacht haben, daß Monning etwas wußte, weil einiges darauf hindeutete, daß er etwas wußte. Und tatsächlich wußte Monning nichts.«

»Das geht noch weiter«, sagte ich.

»Es kann sein, daß Susanne Kleiber und Marianne Rebeisen nur ermordet worden sind, weil sie zufällig am Tatort waren. Es kann aber auch sein, daß es Monning zufällig erwischt hat. Und so weiter und so fort in allen Kombinationen. Und dann kommt die schlimmste Möglichkeit: Ein Irrer, absolut ohne erkennbares Motiv, wohnt in der Gegend um Hohbach und will nur einmal ausprobieren, wie seine Schrotflinte funktioniert.«

Der Arzt protestierte. »Warum wurden Sie und Alfred dann verprügelt?«

»Ich habe darüber nachgedacht. Sie spielen auf unseren geliebten Messner an. Es gibt eine sehr einfache Antwort: Messner glaubt, daß hier eine Spionagegeschichte läuft, von der er nichts weiß. Er benimmt sich also wie jeder Platzhirsch, schmettert alles ab, was in sein Revier vorstößt. Und sei es auch nur, um den Überblick zu behalten und die Kontrolle nicht zu verlieren. Auf gut deutsch wurden Alfred und ich einfach verprügelt, um aus der Szene herausgehalten zu werden.«

Naumann nickte langsam. »Und ein Typ wie Messner würde anschließend auch noch einen Orden kriegen.«

»So sind Ordensträger«, sagte Elsa. »Ich leg mich in den Garten und schlafe.«

Ich ging mit Naumann auf den Hof.

»Was geschieht eigentlich, wenn mit Elsa etwas geschieht?« fragte er.

»Dann drehe ich durch«, sagte ich.

Er lächelte bitter und ging zu seinem Wagen. »So fangen Kriege an«, murmelte er.

»Können Sie mir einen Gefallen tun? Wir haben da eine Dame ausgegraben. Marita Heims heißt sie. Sie liegt schwerverletzt in der Klinik in Blankenheim. Können Sie sich erkundigen, was medizinisch mit der los ist?«

Er schüttelte bedächtig den Kopf. »Nein, Sir. Ich stecke ohnehin bis zum Hals drin. Ich könnte nicht einmal glaubwürdig begründen, weshalb ich nach dieser Dame frage. Nichts für ungut.«

»Schon gut«, sagte ich, »schon gut. Ich werde auch schlafen gehen.«

»Was tun Sie eigentlich nachts?« Er verzichtete auf eine Antwort und fuhr davon.

Ich legte mich unter den Holunder in das Gras und war gleich darauf eingeschlafen. Bevor mein Geist sich in den kleinen Tod fügte, dachte ich darüber nach, wem wohl die Mordwaffe gehörte. Ich hatte sie vollkommen vergessen.

Elsa stupste mich irgendwann und sagte leise: »Baumeister, dein Intimfeind Messner ist hier.«

»Sage ihm, ich empfange zur Zeit nicht. Ich dachte immer, die Eifel sei einsam.«

»Aber er hat ganz traurige Augen.«

»Er ahnt seinen Tod.«

Messner saß in einem Sessel, hielt ein Glas Bier fest und sagte: »Schön haben Sie's hier.«

»Ja. Aber bevor wir in Höflichkeiten versinken, möchte ich Sie fragen, was Monning gewußt hat?«

»Wie bitte?« Er war offensichtlich irritiert und hielt den Atem an.

In diesem Augenblick fuhr Elsa mit Vollgas vom Hof, und ich hatte Mühe, so zu tun, als sei das nicht von Wichtigkeit.

»Monning wurde erschossen. Sicherlich nicht grundlos. Er war MAD-Mann, streiten Sie das nicht ab. Sie sind auch einer, abstreiten hat auch keinen Zweck. Also hat er etwas gewußt, was er nicht wissen sollte.«

»Ach so«, sagte Messner. »Das ist ja äußerst interessant. Und sicherlich wissen Sie ungefähr, was er wußte und was andere nicht wissen dürfen.«

»So fragt man kleine Jungen aus. Ich dachte, Sie würden es mir sagen.«

»Ich weiß nichts dergleichen. Es war halt eine Eifersuchtssache.« Sein Gesicht war ähnlich ausdrucksvoll wie das eines Weihnachtskarpfens.

»Übrigens Eifersucht. Wie geht es Marita?«

»Hm.« Er trank einen Schluck Bier. »Sie war eine Tussi, die hinter Monning her war, nichts sonst. Sicher hat er sie ein paarmal beschlafen, ist ja auch einsam in der Eifel.«

Ich sagte nichts auf diese Rede, ich fand ihn nur widerwärtig.

»Na ja, sie war hinter ihm her wie so viele«, setzte er erklärend hinzu. »Ich denke, Sie recherchieren nicht mehr.«

»Das wußten wir schon vorher«, murmelte ich. »Also, wie geht es Marita?«

»Den Umständen entsprechend. Sie wird ohne große Narben aufstehen.«

»Das freut mich aber«, murmelte ich und setzte mich auf die Sofalehne. »Wir haben rein gedanklich gewisse Probleme mit der dritten Leiche, der zweiten Frau. Wie hieß die doch gleich?«

Er lachte kurz. »Sie wollen doch nicht mit mir in ein Verhör gehen, oder? Das war eine Frau, die ebenfalls Monning über den Weg gelaufen ist. Er nahm sie eben kurz mit, der Weiberheld.« Er sagte das so, als sei er stolz auf Monning.

»Diese zweite Frau wurde zweihundert Meter entfernt erschossen. Vor den Morden an Lorenz und Kleiber oder nachher? Und noch etwas: Wo ist dieser LKW-Fahrer aus Dresden abgeblieben?«

Seine Stimme veränderte sich nicht. »Der Reihe nach. Wie Sie wissen, war die zweite Tote eine Freundin der Kleiber. Und ich weiß nur: Sie war nicht astrein. Ich bin aber nicht berechtigt, das weiter auszuführen. Der LKW-Fahrer ist ein entschieden wichtiger Punkt. Er zog kurz nach zehn Uhr an dem Sonntag abend von Hohbach Richtung Depot los, obwohl die Straße für jeden Durchgangsverkehr gesperrt ist. Was wollte der am Depot? Sie sollten sich darüber Gedanken machen, sehr dringend sogar, denn vorher sprach der Mann mit der Kleiber – in der Kneipe. Eine Verabredung, ein Treff? Ich weiß es nicht. Glauben Sie denn zu wissen, daß Monning etwas wußte, das seinen Tod wert war?«

»Na sicher«, sagte ich. »Er war hinter jemandem her, und wir ahnen auch, hinter wem.«

»Das sollten Sie mir aber sagen«, seine Stimme wurde scharf.

»Das behalten wir lieber für uns«, sagte ich sanft. »Wir recherchieren sowieso nicht weiter. Ist rein privates Interesse.«

»Aber die Staatssicherheit könnte berührt sein«, dachte er laut.

»Aha«, sagte ich und lächelte ihn freundlich an. Ich suchte nach einer Möglichkeit, ihn zu verunsichern. Und als ich sie gefunden hatte, atmete ich tief durch. »Wissen Sie denn«, fragte ich langsam, »was die Mitarbeiterin Susanne Kleiber gewußt hat?«

Seine Schultern bewegten sich einige Zentimeter nach vorn, und die Haut rechts und links vom Mund wurde straff. »Wieso Mitarbeiterin?« fragte er.

»Es kursieren viele Gerüchte in der Eifel«, sagte ich, und ich genoß es. »Sie wissen doch, wie das hier so geht. Die Leute sind dankbar für jedes kleine Schwätzchen. Aber wenn Sie nicht wissen, was Lorenz Monning wußte, werden Sie auch nichts wissen, was die Susanne Kleiber betrifft. Mich interessiert da noch eine Frage privat am Rande: Diese Marianne Rebeisen, die angebliche Verkäuferin aus Köln, diese Profinutte, ich meine die, die von vorne erschossen wurde, die im zweiten Monat schwanger war, wie unsere Informanten sagen, also die, deren Namen Sie nicht sagen mögen ... Ich fange besser von vorne an, es wird zu kompliziert.« Ich lächelte offen in sein versteinertes Gesicht, wie das so meine Art ist. »Die Frage ist ganz einfach, für wen hat die gearbeitet? Für den MAD oder den Verfassungsschutz? Die Frage liegt doch nahe, nicht wahr?«

»Finden Sie?« fragte er und hielt den Kopf über sein Bierglas gesenkt. »Ich fange an zu begreifen, warum deutsche Journalisten soviel spinnen. Sie wissen doch in Wirklichkeit gar nichts.«

»Also, das würde ich nicht sagen, und Sie wissen das.« Ich lachte. »Mögen Sie noch ein Bier?«

»Danke, es ist zu heiß. Was wissen Sie denn wirklich? Ich meine, von Lorenz Monning?«

»Ich bin der Meinung, Sie verschwinden jetzt besser«, sagte ich. »Ich bin ein netter, höflicher Mensch, aber wenn Leute wie Sie mich verarschen wollen, fühle ich mich unbehaglich. Und Angeln ist nichts, mein Bester. Ich hätte ständig Angst, Sie würden mich ersäufen.« Ich sah ihn an und bemühte mich, ein warmes, menschliches Gefühl in die Augen zu bekommen. Aber er achtete wohl nicht darauf.

Er stand auf und stellte das Bierglas so heftig auf die Kupferplatte des kleinen Tisches, daß es zerbrach. Er ging hinaus, und nach den Bewegungen seiner Hüften zu urteilen, litt er an drohendem Durchfall.

Ich mußte eine volle Stunde warten, ehe Elsa wieder auf den Hof gefahren kam. Sie hatte ein seltsam erregtes Gesicht. Sie ging an mir vorbei und sagte: »Ich habe in der Küche eine Flasche Pernod gesehen, so ein Lakritzwasser wird mir jetzt guttun. Und schimpf nicht, Baumeister. Als ich Messner so sah, hatte ich die Idee: Wenn der nicht in Hohbach ist, kann ich mal nach Hohbach fahren.« Sie ging vor mir her in die Küche und machte sich einen Pernod zurecht. »In Hohbach gibt es einen schönen Tante-Emma-Laden, da war ich drin. Ich habe ein Vermögen ausgegeben. Du hast sechs Tüten voll Zeugs im Auto, das wir irgendwann mal gebrauchen können. Vom Toilettenpapier bis Haarspray. Je mehr ich einkaufte, um so mehr hat die Frau im Laden erzählt. Eine richtig gute Zeitung, die Frau.« Sie trank den Pernod, als sei es Sprudel. »Natürlich kam es mir auf die Susanne Kleiber an. Die war mit Sicherheit die bestgehaßte Frau in Hohbach. Alle Weiber glauben, daß ihre Männer es mit ihr trieben. Ja, ja, wir beide wissen, daß das wohl nicht so war, aber gegen Eifersucht ist wenig zu machen. Sie war in der Kneipe nicht nur Bedienung, sie hat auch in der Küche gearbeitet. Und sie ging dauernd mit Soldaten spazieren. Mal mit ganzen Trupps, mal mit einem allein. Und sie hatte keinen Freund, was die Hohbacher Frauen natürlich besonders mißtrauisch gemacht hat. Ich habe gesagt, ich wäre eine

Frau vom Campingplatz, das machte sich ganz gut. Gerüchteweise haben die Frauen gehört, Susanne Kleiber wollte in der Kneipe aufhören und abhauen. Sie erzählen auch empört, die Kleiber habe was mit dem Monning gehabt, obwohl der doch die Marita Heims hatte. Und sie haben immer wieder gehört, in Hohbach hätten sich Spione aus der DDR herumgetrieben. Das war es.«

»Das war Klasse, das war sehr gut.«

»Und wie war Messner?«

»Messner muß jetzt glauben, daß wir sehr viel mehr wissen, als wir eigentlich wissen dürfen. Und morgen haben die Ministerien mein Schreiben und dann wird er beruflich für den Rest seines Lebens ein sehr toter Mann sein.«

Sie trank den Rest ihres Pernods. »Messner wäre so himmlisch als der große geheimnisvolle Spion, der hinter allem steckt. Und ich träume davon, daß du ihn mit der Messerschärfe deines Verstandes zur Strecke bringst.«

»Du wirst mir unsympathisch«, sagte ich.

Sie stand da und starrte auf die Fliesen. »Die Frau in dem Tante-Emma-Laden in Hohbach findet übrigens den Lastwagenfahrer aus Dresden sehr nett. Der kommt jedes Jahr mal vorbei und kauft bei ihr Kinderspielzeug und Sachen für seine Frau und so.«

»Ja und?«

»Nichts weiter. Nur so. Sie mag ihn. Sie sagt, er ist ein netter Kerl und lacht dauernd und macht Späße.«

»Zieh mich nicht auf, da ist noch was.«

»Richtig«, sagte sie. »Sie haben ihn nicht mehr erwischt. Er ist losgefahren, ist in Herleshausen über die Grenze in die DDR und verschwunden. Er ist Messner und Konsorten durch die Lappen gegangen.«

»Das kann doch gar nicht sein«, sagte ich. »Die Kleiber hat Lorenz Monning bestellt, weil sie sich den Lastwagen ansehen wollten. Der ist bis zur DDR-Grenze fünf bis acht Stunden unterwegs. Wieso konnte er ihnen entkommen?«

»Das ist die Frage«, murmelte sie. »Liebe Hausfrau, ergänzen Sie: Ohne Flei- kein Prei-.«

Ich rief Alfred an und fragte, wie man herausfinden könne, wo der Schäfer sei. Er sagte, ich solle es in der Staatlichen Domäne versuchen, der die Herde gehöre. Aber dort wußten sie nur, daß der Schäfer in den großen Steinbrüchen am Ostrand der Kalkmulde sei, irgendwo in der Gegend. Als ungefähre Richtung reichte das.

Wir fuhren nach Westen und ließen den Wagen oberhalb des ersten kleinen Steinbruchs stehen. »Wenn wir Glück haben, sind es zwei, drei Kilometer, wenn wir Pech haben, das Dreifache.«

»Sieh mal, die Farbe der Steine ist phantastisch«, sagte Elsa begeistert.

»Die meisten Steinbrüche hier liegen still, und ein paar Idioten warten darauf, daß sie voll Wasser laufen. Sie träumen von Bratwurstbuden und Colaverkauf an Leute, die auf zweihundert Quadratmetern surfen wollen. Das nennt man Strukturwandel, nachdem es gelungen ist, die bäuerliche Kultur kaputtzumachen.«

Nach zwei Kilometern hörten wir die Klarinette.

Der Schäfer hatte seinen Karren auf die erste Sohle eines dreistufigen Steinkraters gestellt. Er hockte vor einem mattblau rauchenden Feuer, über dem ein Kessel hing. Und er spielte den *Basin Street Blues*.

»Das glaubt uns keiner«, sagte Elsa atemlos, und sie schraubte das vierhunderter Rohr auf die Kamera und fotografierte den Mann. »Wie gehen wir vor?«

»Harmlos wie immer«, sagte ich. »Am besten als Leute, die hier rumkraxeln und keine Ahnung haben.«

Die Klarinette schraubte sich in schnellen Sprüngen hoch, ging dann *Blue Velvet* an, wenig später den *Trumpin Blues*. Als wir nach dem Abstieg suchten, verlor sie sich im *St. Louis Blues*. Kein Zweifel, der Mann spielte sehr leicht und gekonnt, die Läufe perlten wie ein Gebirgsbach.

»Kann sein, daß das unser Waterloo wird«, sagte ich. »Jemand, der so spielt, ist einfach zu gut. Und Schafhirte ist der auch nicht.«

Dann sahen wir die Herde in einer großen Wiese liegen. Ein schwarzer großer Hund kam schnell wie ein Strich heran.

Ich sagte hastig: »Streichel ihn nicht!«, aber sie war starr vor Angst und bewegte sich überhaupt nicht. »Du sollst dich natürlich verhalten«, sagte ich. »Das ist doch kein Horrorfilm.«

»Ich benehme mich ja natürlich«, sagte sie. »Ich hab Angst, und der guckt so heimtückisch.«

Der Hund trollte sich, als habe er etwas gehört, das wesentlich interessanter war als wir. Dann fanden wir den Abstieg und gingen auf den Hirten zu, der uns entgegensah und dabei eine Zigarette drehte. Die Klarinette hatte er auf einen großen rötlichweißen Bruchstein neben sich gelegt.

»Ich hoffe, Sie haben einen Schnaps bei sich«, sagte er fröhlich. »Wir haben Sonntag.«

»Aber es ist nicht Sonntag«, sagte Elsa irritiert.

»Es ist so«, erklärte er, »die Gewerkschaft hat festgestellt, daß Schafe auch einen Sonntag brauchen. Wir haben durchgesetzt, daß wir selbst bestimmen können, wann Sonntag ist. Also: Heute ist Sonntag.«

Er war ein Mann Ende Dreißig, mit dichtem dunkelbraunem Vollbart, einer roten Zinkennase und in vielen Lachfalten versunkenen Augen.

»Wir streunen hier herum«, sagte ich. »Und leider haben wir keinen Schnaps, aber beim nächsten Mal denken wir daran. Lohnt sich denn die Schäferei noch?«

Er trug das, was wir in grauer Vorzeit ein Buschhemd genannt hätten, darunter Lederhosen, die über die Knie reichten, und schwere Schuhe mit dicken roten Wollstrümpfen – so, als friere er untenrum, als sei ihm obenrum zu warm.

Er deutete auf eine Weide. »Dahinter ist ein Tümpel, das ist mein Eisschrank. Da steht ein Träger Bier. Bedienen Sie sich.«

»Das mache ich schon«, sagte Elsa.

Er sah ihr nach und murmelte ungeniert mit seinen klaren Augen: »Ein schönes, munteres Reh ist das aber. Ihre Frau?«

Elsa kam mit drei Flaschen Bier zurück und teilte sie aus.

»Wieviel Köpfe hat die Herde?« fragte ich.

»Etwas über vierhundert«, sagte er. »Und es lohnt sich kaum noch.«

»Sie leben ja direkt bei Mutter Natur!« Elsa strahlte ihn an.

Er nickte bedächtig. »Messner hat mir genau erklärt, wie Sie sich benehmen würden«, murmelte er. »Und er hatte recht. So benehmen Sie sich auch. Sie machen so ein bißchen auf deppert, wie man in Bayern sagt.«

»O Scheiße!« sagte ich, fand es aber nicht angebracht, unhöflich zu sein. Ich öffnete meine Flasche und gab sie ihm. »Ich lebe alkoholfrei. Was hat Messner sonst noch gesagt?«

Er grinste. »Eigentlich nur, daß Sie kommen würden.«

»Ein präpariertes Mannsbild also«, murmelte Elsa.

»Dieser Messner geht mir auf die Nerven«, sagte ich.

»Das kann ich verstehen, aber er arbeitet eben für Vater Staat«, sagte er. »Und Staatsdiener sind gründlich.«

»Ich habe eine Bitte«, sagte ich. »Spielen Sie uns ein bißchen auf der Klarinette?«

Er lachte, und das sah beängstigend echt aus. »Man geht dem Künstler um den Bart.«

»So nicht«, murmelte ich abwehrend. »Sie haben so eine Art sauberen Ackerbilk-Sound, wenn Sie den Vergleich erlauben. Ich weiß ja Ihren Namen nicht.«

»Den glauben Sie mir nicht«, lächelte er. »Ich heiße Meier.«

»Wie schön für Sie«, sagte Elsa.

»Im Ernst. Sebastian Meier. Das mit der Klarinette erklär ich Ihnen noch. Was wollen Sie denn hören?«

»Kennen Sie die Klarinettenversion von Sinatras *My Way*? Das wäre jetzt gut, ich bin so schön wütend.«

Er nickte, spielte es lang und gut. Dann verlor er sich in einer Bachschen Fuge, und Elsa hauchte: »Toll.«

»Die Herde ist ruhig, wenn ich spiele«, sagte er.
»Sind Sie ein Berufsklarinettist?« Vielleicht gefiel ihm die Frage.

Er sah mich an, nahm einen kleinen Stein und warf ihn in das Feuer. »Ich bin Lehrer. Kunstgeschichte und Musik. Ich sage Ihnen das nur, weil Sie das sowieso rauskriegen würden. Mein Vater hat diese Domäne gepachtet, ich habe nie einen guten Job gekriegt und bin dann auf eine agrarwissenschaftliche Schule gegangen. Umgeschult also. Ich bin Schäfer mit Diplom. Was die andere Sache betrifft, wegen der Sie hier sind: Ich kann nichts sagen, weil ich unterschrieben habe, nichts zu sagen. Das geht einfach nicht, ich rede mich nicht um Kopf und Kragen.«

»Also haben Sie etwas gesehen?« fragte ich. »Oder anders gefragt: Sie sind der einzige Zeuge? Sie waren da, das wissen wir mit Sicherheit.«

»Woher wissen Sie das?«

»Ich habe Weiden gefunden, auf denen Schafe gezogen sind. Ich habe mit Vergnügen Schafscheiße entdeckt und Wolle auf den Zäunen. Und außerdem hatten Sie bereits Besuch von einer blonden Frau namens Marita Heims aus Blankenheim. Das war in der letzten Nacht.«

»Pressemenschen sind irgendwie verrückt«, sagte er. Es lag widerwillige Anerkennung darin. »Aber das darf ich wohl sagen: Ich bin der einzige Zeuge. Aber: Was ich gesehen habe, habe ich nicht verstanden.«

»War der Jeep geschlossen oder auf?«

»Ich sage nichts.«

»Sie sind ein Schofel«, sagte Elsa hell.

»Nicht doch!« wehrte er sich beleidigt. »Ich sitze auf einer ABM-Stelle, das Arbeitsamt finanziert mich, und die EG finanziert meine Herde. Ich kann mich doch nicht um meine Existenz reden.« Er grinste.

»Sie möchten das aber«, sagte ich schnell.

»Wie bitte?« fragte er irritiert.

Dann sah er mich an, und ich sah das Verständnis in seinen Augen.

»Also: War der Jeep geschlossen oder offen?«

»Oh, Mann, Sie bringen mich in Verlegenheit. Können Sie etwas damit anfangen, wenn ich sage: beides?«

»O ja, damit kann er etwas anfangen«, sagte Elsa zufrieden. »Vielen Dank.«

»Aber mehr sage ich nicht.«

»Eines können Sie aber sagen: ob es eine Spionagegeschichte ist.«

Er sah mich an und lächelte. »Glauben Sie, die Kameraden von der Bundeswehr würden um eine Eifersuchtsgeschichte soviel Wirbel machen?«

»War der Täter ein Mann oder eine Frau?«

»Und wenn Sie mich totschlagen: beides!«

»Heißt das zwei Täter?«

Er schüttelte den Kopf. »Es heißt: beides.«

Er war sehr belustigt. »Jetzt mache ich Sie vollkommen verrückt, was?«

»Es ist eher komisch«, sagte ich. »Und es wäre sicher sehr komisch, wenn nicht soviel Brutalität dabei wäre.«

»Ja, das ist schlimm.« Er schüttelte den Kopf. »Sie haben aber einen interessanten Beruf.«

Ich weiß nicht, was sich die Menschen unter dem Beruf des Journalisten vorstellen. Wahrscheinlich unentwegte Reisen in die hintersten Winkel dieser Erde, unglaublich interessante Menschen in nicht zu verdauender Schnelligkeit kennenlernen, das Wahnsinnsabenteuer in einer gleichförmigen Welt.

»Ich dachte immer, daß kluge Menschen eine solche Bemerkung nicht machen«, sagte ich.

»Ich bin ja nicht klug«, sagte er sanft. »Ich bin nur ein neugieriger Eifelbauer. Sie sind sauer, nicht wahr?«

»Ziemlich. Aber das hat weniger mit Ihnen zu tun als vielmehr mit diesem Messner. Er hat mich verprügelt.«

»Das hat er mir aber nicht gesagt.«

»Sie sollten ihn nackt sehen«, sagte Elsa empört. »Er hat immer noch ein Dutzend Pflaster!«

»Warum hat er Sie denn verprügelt?« fragte er.

»Weil ich Journalist bin und weil er die Hosen sehr voll hat«, sagte ich. »Wissen Sie etwas über die dritte Leiche, die Marianne Rebeisen?«

»Jetzt weiß ich endlich, wie sie heißt«, sagte er. »Vor zehn Sekunden wußte ich das noch nicht. Ich weiß nichts über die, absolut nichts. Sie war eben da.«

»Zu welcher Uhrzeit war das eigentlich?«

»Das war ziemlich genau um 23.45 Uhr.«

»Und ein alter Bauer hat die Toten entdeckt?«

»Ein Bauer hat sie gar nicht entdeckt«, grinste er. »Der Bauer ist eine Erfindung. Ich war das.«

»Hat es zu diesem Zeitpunkt geregnet?«

»Bindfäden. Aber jetzt sage ich nichts mehr, sonst macht mir Messner das Leben schwer. Er hat übrigens gesagt, es wäre Ihnen von der Bundesanwaltschaft verboten worden, die Sache zu untersuchen.«

»Das ist richtig«, sagte ich. »Das ist sehr richtig. Eine Frage noch: Als Sie die Toten entdeckten, war da alles passiert? Oder haben Sie zugeschaut, als es passierte?«

»Sie sind pingelig, was?« Er lächelte. »Das zweite, das zweite. Und ich würde an Ihrer Stelle vorsichtig sein. Die Jungens in dem Depot sind stinksauer. Messner hat ihnen gesagt, wenn ein schiefes Licht auf die fällt, ist das Schuld der Presse.«

»Immer dieselbe Leier«, sagte Elsa zornig. »Ein Vogel scheißt ins Nest, wir schreiben drüber und sind anschließend die Scheißer. Verzeihung. Rufen Sie uns denn an, wenn Ihre Schweigsamkeit vorbei ist?«

»Eine Frage noch«, sagte ich. »Die Marita Heims hat Sie heute nacht besucht. Auf dem Nachhauseweg ist sie schwer verunglückt. Wußten Sie das?«

»Ich hab gehört, sie ist aus einer Kurve geflogen. Sie wollte dasselbe wissen wie Sie. Aber ihr habe ich nichts gesagt, nichts angedeutet. Sie war ja wohl hinter dem toten Leutnant her.«

»Diese Geheimdienste sind einfach beschissen«, sagte ich. »Erinnern Sie sich an den schwulen General Kießling, der nie schwul war. Die Schwulität war eine Erkenntnis unserer teuren Nachrichtendienste. Und in diesem Fall hören wir dauernd, daß die Marita Heims geil auf den Lorenz Monning war. Tatsächlich war er aber genauso geil auf sie. Er hatte nämlich die Scheidung eingereicht, um die Heims zu heiraten. Das ist beweisbar.«

Das traf ihn, das machte ihn nachdenklich. Er blinzelte in die Sonne und murmelte vage: »Na ja, alles können die bei der Bundeswehr ja auch nicht wissen.«

»Das ist aber doch sehr wichtig, verdammt noch mal«, sagte ich heftig. »Damit steht und fällt doch ein Motiv für den Massenmord. Na, ist ja Wurscht. Sie erwischen mich hier in der Eifel.« Ich gab ihm die Karte.

»Wieso? Ich denke, die Redaktion ist in Hamburg.«

»Ich sitze hier und bereite mich auf die Rente vor. Dann will ich vier Heidschnucken und ein Dutzend Zwergziegen.«

Er wollte einen Witz machen, aber er sah, daß ich das ernst meinte. »Das habe ich nicht gewußt.«

»Macht ja nichts. Ist ja nur ein paar Minuten von hier. Und zu Hause haben wir auch einen Schnaps.«

»Ich komme mal vorbei«, murmelte er. »Und schönen Dank auch für den Besuch.«

»Moment, Moment«, sagte Elsa mit ganz weißem Gesicht. »Sie kommen mir nicht so leicht davon. Auf die Frage, ob der Täter eine Frau oder ein Mann war, antworteten Sie: beides. Heißt das auf gut deutsch, daß das nicht erkennbar war, weil es in Strömen regnete?«

»Richtig«, sagte er.

»Dann noch etwas: Ich traue Ihnen nicht, es kann sein,

daß Sie lügen. Es gibt aber eine Möglichkeit, zu beweisen, daß Sie die Wahrheit sagen. Ungefähr zur Tatzeit ist ein Laster die Straße entlanggefahren. Vor den Morden oder nach den Morden?«

»Sehr gute Frage. Aber das können Sie ja überall in Hohbach erfahren. Es war vor den Morden, ziemlich genau fünfzehn Minuten vor den Morden.«

Elsa lächelte schnell. »Sie sind schon sehr nett«, murmelte sie.

»Jetzt bin ich noch einmal dran«, sagte ich. »Der Laster fuhr also kurz vor den Morden durch. Wie weit waren Sie entfernt?«

»Etwa zweihundert Meter nördlich auf einer Koppel.«

»Gut. Sie sind sicherlich technisch versiert. Hätten Sie gehört, wenn der Laster stoppt, anhält?«

»Sicher, hat er aber nicht.« Er verzog sehr ernst das Gesicht. Das war ein Punkt, der ihm Kummer machte. »Messner schwört, der hat gehalten, und ich sage, er hat nicht gehalten. Na ja, ist ja wohl Wurscht.«

Wir schlenderten zum Wagen zurück. »Kannst du dir einen Reim darauf machen?«

»Nicht ganz. Zuerst war der Jeep geschlossen, dann offen. Den Mörder konnte er bei dem strömenden Regen nicht erkennen. Der Lastwagen kam vorher durch und stoppte nicht. Herzlichen Glückwunsch übrigens, deine Fragen sind hervorragend.«

»Keine Lobessprüche, bitte«, sagte sie. »Ich hätte den Dank gern in Naturalien.«

»Wie schön«, murmelte ich. »Bring mich bitte nach Hause. Fahr in die Klinik und stell fest, ob Marita Heims' Zimmer bewacht wird. Ich muß mich hinlegen, ich habe Schmerzen.«

Sie setzte mich ab und fuhr weiter, ich hockte mich an das Fenster zum Garten. Es war ein gutes Gefühl, Elsa in der Geschichte neben mir zu haben.

Krümel räkelte sich im Gras und wurde von zwei wütenden Rauchschwalben attackiert, die wie Sturzkampfbomber anflogen. Sie bemühte sich um Gelassenheit und putzte sich betulich beide Vorderläufe. Dann brachte sie irgend etwas durcheinander, und sie fiel um, weil sie das Gleichgewicht verlor.

NEUNTES KAPITEL

Elsa war nach einer Stunde wieder da und sagte aufgeräumt: »Es war wie erwartet. Vor Maritas Krankenzimmer hockt ein Mann in Zivil auf einem Stuhl und langweilt sich zu Tode. Ich habe ihn aus der Hüfte mit dem Superweitwinkel abgeschossen. Und was nun?«

»Denkpause«, sagte ich. »Ich meine nicht eine Pause, in der wir denken, sondern eine Pause, um das Hirn zu entspannen. Ruh dich aus, du hast es verdient.«

»Können wir nicht etwas Gutbürgerliches machen? Ein Eis essen gehen oder so was?«

»Laß mich noch ein Band diktieren und postfertig machen, dann können wir dergleichen Luxuriöses machen. Wie wäre es mit Eifelforelle statt Eis?«

»Du bist ein himmlischer Liebhaber. Wenn es wirklich eine Spionagegeschichte ist, haben wir keine Chance, jemals die Lösung zu finden, oder? Weil wir das, was in geheimen Akten steht, niemals erfahren.«

»Das ist auch nicht mein Thema. Thema ist die Spionagegeschichte nicht, auch nicht der dreifache Mord in einer Spionagegeschichte. Thema ist dreimal Mord, einmal Mordversuch und zweimal schwere Prügelei, wobei die ganze Eifel gezwungen wird, so zu tun, als wäre das alles nicht geschehen. Das ist eine sehr verdeckte, brutale Geschichte. Und diese Geschichte können wir teilweise schon schreiben.«

Sie überlegte und sagte dann: »Danke für die Aufklärung,

Sir. Ich war ganz mutlos, als ich begriff, daß wir die Spionagegeschichte niemals klären werden. Weißt du, Baumeister, es ist eigentlich grotesk, wieviel Macht der Staat besitzt.«

»Es ist nicht der Staat, es sind Menschen, die das im Namen des Staates behaupten. Es gibt groteskere Beispiele. Die heilige Maria hat was mit dem heiligen Josef und bleibt dabei Jungfrau. Nach neun Monaten gebärt sie einen Jungen namens Jesus und bleibt Jungfrau. Das mußt du glauben. Glaubst du es nicht, bist du kein rechter Katholik. Das ist Macht, das ist Ausnutzung von Macht.«

»Du wirst ja richtig elegisch.«

»Jungfernhäutchen machen mich an und hin. Die Menschen fallen immer wieder auf alte Dinge rein und denken immer wieder alte Gedanken. Sie ducken sich, wenn jemand droht. Und wenn jemand wie Messner mit Gewalt winkt, ducken sie sich so tief, daß ihre eigene Meinung auf der Strecke bleibt.«

Sie starrte aus dem Fenster. »Die Menschen ducken sich und denken alte Dinge. Weißt du, ich habe mal sehr viel getrunken. Ich weiß nicht mehr genau, es war ein mieses Stück in meinem Leben. Zehn Jahre später, als ich nicht mehr trank, hat mir eine Tante erklärt, jemand, der zuviel trinkt, habe einen massiven Charakterfehler. Ich denke, daß die Tante zu denen gehört, die an Leute wie Messner glauben. Und sie gehört zu denen, die im Dritten Reich duldeten, daß sechs Millionen Juden umgebracht wurden. Und wahrscheinlich denkt sie, daß jemand, der Aids hat, auch einen ekelhaften Charakter haben muß. Jeder hat so eine Tante. Ich trau mich bloß nie, so etwas zu sagen, geschweige denn zu schreiben. Aber eigentlich müßte ich es tun.«

»Deine Elegien passen nicht. Wir müssen in unserem Fall einfache Denkmuster herausfinden, die dazu führen, daß jemand mit einer Schrotflinte drei Leute erschießt. Wir sollten ein bißchen Schach spielen.«

Ich nahm ein DIN-A4-Blatt und zeichnete einen Kasten.

»Das ist der Jeep. Er steht auf einem Waldweg. Entfernung zum Depot ungefähr einhundertfünfzig Meter. Rechts eine Schonung mit Weißtannen, Birken, Erlen, links alter Buchenbestand. Geradeaus sieht man auf die Wiesen, über die der Schäfer Meier zog. Entfernung rund einhundert Meter. Wir haben drei Tote. Im Jeep der Lorenz Monning und die Susanne Kleiber. Wahrscheinlich außerhalb des Jeeps getötet und dann hineingesetzt. Zweihundert Meter weiter östlich dicht vor der Bundesstraße die Leiche der Marianne Rebeisen. Jetzt laß uns mit den Figuren spielen. Wahrscheinlich ist doch, daß der Monning und die Kleiber zusammen waren, daß die Rebeisen dazukam. Aber wieso ist das wahrscheinlich? Nehmen wir an, die drei waren ursprünglich zusammen. Also etwa hier neben dem Jeep. Kann es also sein, daß die Rebeisen erlebte, wie die Kleiber und der Monning erschossen wurden, daß sie in panischer Angst wegrannte und eingeholt wurde, um auch erschossen zu werden? Und warum rannte sie dann in Richtung Bundesstraße anstatt in Richtung Depot?«

»Es kann aber auch sein, daß ursprünglich die beiden Frauen zusammen waren. Daß Monning hinzukam. Daß eine der beiden Frauen Monning erschoß. Daß dann dieselbe Frau die andere Frau erschoß ... Baumeister, das macht keinen Sinn, das führt zu nichts. Wir wissen, daß Monning und die Kleiber denselben Beruf hatten, wir wissen auch, daß die Rebeisen eine Prostituierte war. Aber was wollte die da? Das macht mich ganz kribbelig.«

»Und noch etwas: Prostituierte sind clever, die bekommen keine Kinder. Und die Rebeisen war schwanger. Sie wollte also schwanger sein, sie wollte das Kind. Aber du merkst, wie gefährlich Denkspiele sind. Es hat keinen Sinn.«

Ich rief Alfred an, und er sagte, es gehe ihm besser. Dann beschwerte er sich lauthals, daß er zuwenig wisse, daß wir Geheimniskrämer seien, und ich versprach ihm, alles zu sagen, was wir wissen.

»Wann, glaubst du, sollen wir es machen? Wie sieht der Wetterbericht aus?«

»Das Fernsehen sagt was von Gewittern und Schwüle. Das heißt, wir machen es am besten morgens gegen drei Uhr. Da ist Ruhe.«

»Wir kommen um drei«, sagte ich.

»Was heißt das?« fragte Elsa.

Dann schellte es, und ich brüllte: »Reinkommen, Tür ist offen!«

Jemand öffnete die Tür sehr zögerlich, schlurfte langsam durch den Flur, als lauerten dort zahlreiche Feinde, und klopfte an die offenstehende Tür. Dann sagte er schüchtern: »Bin ich hier richtig bei Herrn Baumeister?«

Er war ein kleiner, dürrer Mensch mit einer erstaunlich tiefen Stimme, schütterem, fast gelbem Haar über einem griesgrämigen Gesicht. Er trug einen dunkelblauen Anzug mit feinen hellen Streifen, als sei dies eine höchst feierliche Sache. Er konnte fünfzig Jahre alt sein, aber durchaus auch siebzig.

»Sie müssen der Kriminalrat Rodenstock sein«, sagte ich.

»Ganz recht«, nickte er und gab mir die Hand. »Herr Dr. Naumann war so freundlich, uns zusammenzubringen. Privat gewissermaßen.«

»Privat ist mir auch recht«, sagte ich. »Mein Kumpel Elsa. Möchten Sie etwas? Einen Kaffee vielleicht?«

»Ein Kaffee wäre sehr gut«, sagte er bescheiden. »Und vielleicht einen Kognak dazu? Bei nachdenklichen Gesprächen mag ich einen Kaffee, einen Kognak und einen Riegel bittere Schokolade. Es wird doch hoffentlich nachdenklich?«

Ich starrte das erstaunliche Wesen an. »Bei der Schokolade muß ich aber passen.«

Er lächelte und murmelte: »Macht nichts, ich habe immer eine Tafel im Auto und erlaube mir, die zu holen.«

Damit schlurfte er hinaus.

»Den gibt es gar nicht«, sagte Elsa entzückt.

»Phantastisch«, sagte ich. »Wir hatten schon mal Glück mit meinem Arzt. Aber vielleicht weiß er noch weniger als wir.«

Rodenstock kam zurück und übernahm sofort das Kommando. »Wenn Sie mir vielleicht einen Teller geben würden, gnädige Frau? Dann breche ich die Schokolade, und wir ersparen uns klebrige Finger.«

Elsa sagte nichts, Elsa konnte nichts sagen, Elsa verschwand, um das Tellerchen zu holen.

Rodenstock sagte nichts, Rodenstock hatte offenbar Zeit. Er zerbrach die Tafel Schokolade mit spitzen, kräftigen Fingern und schaute sich aufmerksam um. Er nahm dankbar das Tellerchen von Elsa entgegen und legte die Schokolade darauf. Dann griff er in die Innentasche seines Jacketts, holte ein Lederetui heraus, entnahm ihm eine beachtlich dicke Brasil, kramte umständlich nach einem kleinen Taschenmesser, spitzte den Mund, machte die Zigarre naß und schnitt sie so behutsam ab, als sei das eine lebensbestimmende Operation. Die Zigarre legte er auf den Aschenbecher, ohne sie anzuzünden.

Es war nahezu peinlich, aber Elsa und ich starrten ihn beide fasziniert und wortlos an. Er lächelte uns an, sagte nichts, schaute sich nur um.

»Der Kognak steht auf dem Küchenschrank, falls Alfred ihn nicht entdeckt hat«, sagte ich.

Er blinzelte. »Aha, Alfred Melzer«, sagte er dann und nickte gedankenschwer. »Ich habe davon erfahren.« Dann zog er ein Knie hoch, betrachtete gedankenverloren das Schnürband in seinem schwarzen glänzenden Halbschuh, zog es auf und verschnürte es neu – betulich und gewissenhaft, als sei es ein Kletterseil, an dem sein Leben hängen könnte.

Ich begriff plötzlich, daß dieser Mann jeden Verdächtigen im Verhör allein durch seine Rituale wahnsinnig machen mußte.

Elsa löste sich und ging den Kognak holen. Krümel schnürte herein und blinzelte Rodenstock an.

»Hallo, Dame«, sagte er.

»Sie ist tatsächlich ein Weibchen«, sagte ich.

»Man sieht es«, murmelte er. »Na, meine Kleine, bist du zufrieden mit deiner Herrschaft?«

Krümel kam zwischen seine Beine und ließ sich kraulen. Das sah nach Verrat aus.

Dann kam Bewegung in die Szene. Elsa brachte den Kaffee, goß ein und setzte sich, Rodenstock zündete seine Zigarre an. Ich goß ihm Kognak ein. Als die Zigarre brannte, deutete er auf die Schokolade und murmelte: »Bedienen Sie sich.« Er nahm ein Stückchen, lutschte darauf herum, trank einen Schluck Kaffee, wälzte den im Mund, dann eine Winzigkeit Kognak, dann ein langsamer Zug an der Zigarre. Und dann seufzte er. Wenn er jetzt den Rücken wohlig an der Sessellehne geschubbert hätte, um Ungeziefer zu entfernen, hätte ich es geglaubt.

»Ich nehme an«, sagte er, »daß Sie sehr viel wissen. Aber Sie werden nicht in der Lage sein, bestimmte lose Fäden miteinander zu verknüpfen. Machen Sie sich keine Vorwürfe, das kann ich auch nicht. Können wir uns austauschen?«

»Was haben Sie zu tauschen«, fragte ich.

»Einen Brief«, sagte er. »Einen Brief, den eine gewisse Marianne Rebeisen an den Vater ihres Kindes schrieb. Zwei Tage, bevor sie ermordet wurde.«

»Lieber Himmel!« hauchte Elsa.

Er sah sie freundlich-väterlich an. »Keine Sensation, gnädige Frau, nur Ermittlungsarbeit. Aber ich muß wohl erklären, wie die Dinge stehen, sonst verstehen Sie die Zusammenhänge nicht. Wir, also die Staatsanwaltschaft Trier, wurden aus den Ermittlungen ausgeschlossen. Die Begründung war einfach, es gehe um die Staatssicherheit, und da sei allein die Bundesanwaltschaft zuständig. Mein leitender Oberstaatsanwalt ist wegen der Tötung zweier Zivilisten nun durchaus anderer Meinung. Es wird ein Nachspiel geben. Dr. Naumann ist der Ansicht, ich könne mich Ihnen anvertrauen. Ist das so?«

»Ja, das ist so. Ich verpflichte mich, Ihnen das Manuskript zu zeigen, bevor ich es abliefere.«

Er schüttelte den Kopf. »Das ist durchaus nicht nötig, mein Sohn. Im allgemeinen sind meine Erfahrungen mit Ihrem Berufsstand nicht sehr gut, aber ich bin durchaus lernfähig. Zur Sache: Erwarten Sie von mir keine Wunder, aber immerhin habe ich den Brief und eine vage Vorstellung davon, wie die Tat verlaufen ist. Wären Sie also bereit, all Ihr Wissen an mich weiterzugeben?«

»O ja«, sagte Elsa begeistert.

»Vorab allerdings eine Korrektur«, sagte ich schnell, um nicht den Eindruck zu erwecken, wir hätten nur auf ihn gewartet. »Sie sagten eben, zwei Zivilistinnen seien getötet worden. Das ist falsch, vollkommen falsch. Die Susanne Kleiber nämlich arbeitete im Auftrag des MAD. Und wenn ich das richtig einschätze, so hat man der Mordkommission, als sie noch arbeitete, diese Tatsache verschwiegen. Ich weiß nicht, welche Funktion sie genau hatte, aber sie gehörte dieser Truppe an.«

»Ist das gesichert?« fragte er verstört.

»Aber ja«, strahlte Elsa.

Er nahm einen winzigen Schluck Kognak, sog bedächtig an der Zigarre, dann ein Stückchen Schokolade, darauf einen Schluck Kaffee.

»Soso, sieh mal einer an«, sagte er tiefsinnig und starrte in eine unbekannte Ferne. »Nun gut«, sagte er dann rasch und lächelte etwas bitter. »Zur Sache, also zu dem Brief. Wenn Behörden einen Irrtum korrigieren, tun sie das gewöhnlich zu spät. Geheimdienste übrigens auch. Als die Mordkommission aus den Ermittlungen ... äh ... hinausgeworfen wurde, liefen die bereits und waren nicht mehr aufzuhalten. Als die dritte Leiche also gefunden wurde, waren unsere

Ermittlungen gestoppt, aber sämtliche Informationsstränge liefen weiter. Natürlich haben wir uns, wie vermutlich auch Sie, die Frage gestellt, wieso eine Prostituierte aus Köln morgens um vier Uhr auf einem schmutzigen Waldweg in der Eifel vor einem Bundeswehrdepot erschossen wird. Nun, wie Sie sehen werden, hatte das seinen Grund. Sie gab zwei Tage vor ihrem Tod einer Kollegin einen Brief. Die Kollegin sollte diesen Brief in den Briefkasten werfen, vergaß das aber. Der Brief kam zu uns, Sie bekommen eine Kopie. Darf ich vorlesen?«

»Selbstverständlich, lesen Sie.«

Er setzte sehr umständlich seine Brille auf und las vor: »Mein Herz! Ich bin sehr glücklich. Ich war heute noch einmal beim Arzt, und er hat die Schwangerschaft bestätigt und gesagt, daß alles vollkommen in Ordnung ist. Ich bin ein bißchen selig und freue mich darauf, daß wir nun bald einen Teil unserer Träume in die Tat umsetzen können. Dein gefährliches Leben wird damit zu Ende sein, und mein Leben, von dem ich geglaubt habe, daß es sinnlos ist, bekommt einen Sinn. Ich sehe Dich bald, und ich küsse Dich innig. In Liebe Deine Marianne.«

Er sah uns über den Rand seiner Brille an. »Wie Sie sehen, war diese Frau gebildet, wußte sich durchaus auszudrücken. Lyrisch, sehr lyrisch.«

»Darf ich den Brief fotografieren?« fragte Elsa erregt.

»Aber ja«, sagte er.

Elsa nahm den Brief und legte ihn auf den Schreibtisch unter eine Lampe.

»An wen war der Brief gerichtet?« fragte ich.

»An Lorenz Monning«, sagte er.

Elsa begann zu fotografieren, und das Klicken der Kamera kam mir sehr laut vor.

»Eindeutig an Monning?«

»Eindeutig«, sagte er und gab mir den Umschlag. »Wie Sie sehen, schrieb die Tote an das Bundeswehrdepot. Wir denken, daß Monning ein übler Typ war. Er hatte ja auch etwas mit der Marita Heims aus Blankenheim. Und er hatte wohl auch etwas mit der Serviererin Susanne Kleiber aus Hohbach ... Das heißt, wenn Sie sagen, daß auch die Kleiber beim MAD war ... Darf ich fragen, woher Sie diese Information haben?«

»Wir wissen es von der Marita Heims. Und die weiß es mit Bestimmtheit.«

»Die Heims haben wir nicht vernehmen dürfen. Soso, das ist ja erstaunlich, das zwingt zum Umdenken.«

»Wir haben daran gedacht, daß auch die Prostituierte irgendeinem Geheimdienst angehörte.«

»Möglich ist alles.«

»Vielleicht ein bißchen mehr als möglich«, sagte ich. »Der MAD wird durch einen Mann namens Messner vertreten, der auch Hartkopf heißt. Aber wahrscheinlich sind beide Namen falsch ...«

»Richtig«, sagte der erstaunliche Rodenstock. »Beide Namen sind genehmigte Legenden, also offizielle Decknamen mit jeweils komplettem Lebenslauf. Eigentlich heißt er Herrmann-Josef Schmitz, aber das hat er wahrscheinlich längst vergessen. Aber ich habe Sie unterbrochen.«

»Sehen Sie, nicht nur der MAD ist vertreten, sondern auch der Verfassungsschutz, obwohl wir keinen Vertreter dieser Organisation identifiziert haben. Der Verfassungsschutz hat, wie der MAD, seinen Sitz in Köln, und die Marianne Rebeisen kam aus Köln ...«

»Ach so«, murmelte er, »erstaunlich, dieser Gedankengang. Und sehr überzeugend. Aber dieser Brief an Monning legt rein private Motive offen ...«

»Ja, ich gebe zu, daß es so aussieht. Aber wie kommt der Monning an die Rebeisen?«

»Monning war oft in Köln und Bonn. Was haben Sie zum Tatverlauf herausgefunden?«

»Eigentlich nichts. Wir wissen, daß es einen Zeugen gibt,

den Schäfer Meier. Aber der wurde zum Schweigen verdonnert, wie alle anderen auch.«

»Wir haben ihn vernomm... äh, gefragt. Zugegeben, ein etwas delikater Vorgang. Meier sagt folgendes aus: Er ist um zehn Uhr aus seinem Karren herausgekommen. Es regnete in Strömen, die Herde war in einem engen Pferch, die Hunde lagen ruhig unter dem Karren. Zunächst zog dann der in aller Munde befindliche Laster aus Dresden vorbei, zugegeben auf einer Straße, die für ihn gesperrt war. Nach Angaben Meiers hielt der Laster nicht an, sondern fuhr durch ...«

»Einwand, Euer Ehren«, murmelte Elsa. »Wieso ist Meier aus dem Schäferkarren gekommen, wenn alles in Ordnung war?«

»Sehr gründlich«, murmelte er. »Ganz einfach: Er hatte ein paar hochtragende Mutterschafe in der Herde, und er ist ja ein bißchen wie der Papa, nicht wahr? Er war vom Tatort etwa einhundert Meter weg. Er ging in den Pferch, suchte die Mutterschafe heraus und betastete ihre Bäuche. Dann kam der Jeep in den Waldweg gefahren. Er hatte abgeblendete Lichter. Die Lichter gehen aus, drei Personen steigen aus. Meier ist nicht sicher, wer sie waren. Er erkannte nur einen: Lorenz Monning. Der hatte nämlich keine Regenpelerine an wie die anderen beiden, und Meier kennt ihn persönlich gut. Dann gibt es einen oder mehrere scharfe Knallgeräusche. Die Lichter des Jeeps gehen an, er setzt zurück, wendet und verschwindet wieder. Meier denkt sich dabei nichts, denn es können auch Auspuffgeräusche gewesen sein. Dann allerdings passiert Seltsames.« Er nippte an dem Kaffee, streifte die Asche seiner Zigarre ab, nahm ein Stückchen Schokolade, eine Winzigkeit Kognak, strahlte uns an, nuschelte: »Ein Genuß!«, trank Kaffee.

»Das Seltsamste war, daß der Jeep nach etwa zehn Minuten erneut kam, an derselben Stelle hielt. Der Schäfer Meier war nicht allzu konzentriert, denn eines seiner Mutterschafe bekam nun ein Junges. Er sah, wie die Person, die rechts vom Fahrer saß, ausstieg und nach links in den Wald rannte. Die Person, die am Steuer gesessen hatte, rannte mit einem Knüppel in der Hand hinter ihr her. Die beiden kamen übrigens nie wieder. Erst jetzt kam dem Schäfer die Idee, da sei etwas faul. Er rannte zu dem Jeep und fand zwei Leichen. Er rannte aber nicht hinter den beiden Figuren her ...«

»Hörte er denn nicht den Schuß?« fragte ich.

»Nein, eben nicht. Aber wir wissen, daß bei besonderen Windrichtungen Schußgeräusche buchstäblich verschluckt werden. Meier findet also die Leichen und rennt zum Depot und meldet das.«

»Einspruch. Ungereimtheit«, sagte Elsa scharf. »Meier sagt also den Leuten von der Bundeswehr, er habe zwei Figuren weglaufen sehen, als der Jeep das zweite Mal kam. Wieso haben die nicht in dieser Richtung gesucht? Sie hätten die tote Marianne Rebeisen sofort gefunden.«

»Richtig«, sagte er bedächtig. »Aber vom ersten Anruf nach Bonn an durfte niemand mehr suchen und ermitteln, bis diese Geheimdienstexperten kamen. Irgendwie ist das untergegangen. Übrigens ist etwas sehr kurios: Auf dem Lenkrad fand man keine Fingerabdrücke, aber die Schleifspuren, mit denen Abdrücke abgewischt worden waren. Dasselbe übrigens an der Waffe bei der Leiche der Rebeisen.«

»Und die Tatwaffe?«

»In diesem Punkt folgen wir den Ermittlungen der Bundesanwaltschaft in vollem Umfang. Wir haben natürlich nur gerüchteweise davon gehört, aber die Tatwaffe gehörte Monning. Er nahm sie einmal ins Depot mit, um sie seinen Kameraden zu zeigen.«

»Die Tatwaffe war nicht Monnings Gewehr«, sagte ich. »Monnings Schrotflinte lag bei Marita Heims auf dem Dachboden. Nicht gebraucht und von uns fotografiert.«

»Heiliger Strohsack!« sagte er hastig und fuchtelte wild mit der Zigarre. »Haben Sie es nicht sichergestellt?«

Ich grinste. »Das kann ich nicht, ich bin kein Staatsanwalt. Es ist wohl noch immer auf dem Dachboden. Wenn Sie es wollen ...«

»Wenn Sie mir das besorgen, spreche ich Sie heilig«, sagte er begeistert und sog an seinem Glimmstengel.

»Ich werde das Ding holen«, sagte Elsa ruhig. »Und zwar jetzt. Wenn Marita im Krankenhaus redet, weil sie reden muß, ist es weg.«

»Tu das«, sagte ich.

»Bringen Sie es hierher«, murmelte Rodenstock. »Wenn Sie es haben, rufen Sie mich an, Tag und Nacht. Ich muß jetzt denken gehen. Es war mir ein Vergnügen.«

»Moment, Moment«, sagte ich. »Sie wirken wie ein skurriler, netter Opa, und das wissen Sie auch. Sie sollten aber nicht versuchen, etwas zu verbergen und ...«

»Ich verberge nichts«, sagte er schnell und böse.

»Doch, doch, die Spionagegeschichte, diesen Laster aus Dresden, der in Hohbach Station machte und nach der Tat spurlos verschwand. Sie wissen schon ...«

Er stand auf und murmelte: »Junger Mann, nun behalten Sie die Nerven. Durch die Eifel kurven dauernd LKWs aus der DDR, und vornehmlich meine Kollegen von den Geheimdiensten reden dauernd von Spionage, das ist schon krankhaft. Könnte es nicht sein, daß dieses Gerede etwas verbergen soll? Das wahre Motiv zum Beispiel?«

»Wie denn, verdammt noch mal? Marita Heims sagt klar aus, daß Lorenz Monning am Sonntag vor seinem Tod zum Depot gerufen wurde. Und zwar mit dem Ziel, genau diesen DDR-Laster anzugucken, zu überprüfen, was auch immer.«

Er warf die Arme heftig nach vorn, setzte sich wieder, rief wieder seinen Strohsack an und murmelte: »Wir konnten nicht genau vernehmen, wir mußten alles schnell und nebenbei machen. Ist das sicher?«

»Todsicher«, sagte Elsa.

»Dann muß ich anfangen, alles neu zu bedenken«, murmelte er. Er verabschiedete sich freundlich und sehr höflich, und er nickte ernst, als ich ihm »Gute Rache!« wünschte.

Ich begleitete ihn zu seinem Auto und stellte eine letzte Frage: »Lorenz Monning hat die Wohnung der Marita Heims ungefähr um halb neun Uhr abends am Sonntag verlassen, Ziel war das Depot. Haben Sie rekonstruieren können, was er zwischen halb neun und dem Todeszeitpunkt vor Mitternacht getan hat?«

Er starrte auf einen Grasfleck zwischen uralten Pflastersteinen. »Junger Freund, wissen Sie, was es heißt, aus einer Morduntersuchung hinausgeschmissen zu werden? Wir haben zwar bestimmte Fragen gehabt, haben sie aber so stellen müssen, als interessiere uns die Antwort eigentlich gar nicht. Wir dachten, Monning schlief mit der Kleiber, wir dachten, daß plötzlich die Rebeisen auftaucht, wir dachten, wir dachten. Und jetzt ist alles falsch, alles Käse. Grau, Freund, ist alle Theorie, sehr grau.« Er starrte irgendwohin, er seufzte, er sagte: »Wir sehen uns. Ich werde nachdenken. Und seien Sie vorsichtig bei Ihren Recherchen. Die Stimmung im Depot ist kriegerisch.«

»Messner hat die aufgehetzt«, sagte ich.

»Tja, Messner«, sagte er. »Wir sagen immer: Geheimdienstler sind Leute, die es nicht ganz schaffen, Kriminalist zu werden.« Er lächelte um Verzeihung bittend.

»Eine Sekunde noch«, sagte ich. »Wahrscheinlich haben Sie es gehört: Die Marita Heims ist verunglückt.«

»Ja, ja«, er kicherte hoch und beglückt, »und das Autowrack wurde geklaut. Man stelle sich das vor!«

»Richtig«, murmelte ich. »Ich habe hier in der Garage einen Behälter für Bremsflüssigkeit. Aus einem Mercedes, wie die Heims ihn fuhr.« Ich drehte mich herum, holte den Plastikbehälter, der auf der Mülltonne lag, und reichte ihm den beiläufig an. »Wenn Sie sich den mal anschauen würden, bitte sehr. Es könnte ja die Möglichkeit von Fingerabdrükken bestehen, nicht wahr?«

Er hatte große, kugelrunde Augen, und er kicherte wieder unnatürlich hoch.

»Mann«, prustete er, »das hältste im Kopf nicht aus, wenn du einen hast. Sie sind mir unheimlich.« Er barg das kostbare Gut auf seinem Schoß, strahlte mich an, schüttelte den Kopf und fuhr davon.

Ich diktierte die Unterhaltung mit Rodenstock auf ein Band, verpackte das Material und fuhr es zum Briefkasten. Als ich auf den Hof zurückkehrte, war der Chef am Telefon und sagte euphorisch: »Ihre ersten Ergebnisse sind wirklich gut. Wann werden Sie fertig sein?«

»Ich weiß es nicht, ich melde mich.«

Wenig später kam Elsa und trug das Gewehr wie eine Trophäe im Arm. »Hier ist unsere Bezahlung für viele Mühe. Es war ganz einfach, ich habe dem Mädchen gesagt, ich hätte was vergessen, und hab so lange auf dem Boden herumgewühlt, bis ich es fand. Und jetzt?«

»Jetzt wird zwei Stunden vorgeschlafen, wir haben Nachtarbeit vor uns. Mir gefällt nicht, daß Monning ein Kind mit einer Prostituierten hatte.«

»Er hatte es ja noch nicht«, warnte sie sanft.

»Ich weiß, aber irgend etwas stimmt da nicht. Wieso spart er dann mit der Marita so einen Haufen Geld?«

»Weil es ganz ungefährlich war, weil Marita ihm keine Fesseln anlegte, denke ich. Er konnte seinen Anteil nehmen und gehen. Und wahrscheinlich wollte er das auch.«

»Kann Marita sich dermaßen in dem Mann geirrt haben?«

»Aber ja, das kann jeder Frau passieren und jedem Mann. Darf ich bei dir schlafen?«

»Ich wollte dich gerade darum bitten.«

Der Wecker rasselte um halb drei, und ich war schon rasiert, ehe ich richtig wach war. Wir trabten auf Alfreds Hof unter einem sehr hellen Himmel, an dem schneeweiße Wolken im Licht eines halben Mondes segelten.

Alfred hatte im Schein der Bogenlampen den Unimog vor

den Tieflader gespannt, auf dem das Wrack lag. Er war schweigsam.

»Fotografier das alles noch einmal«, sagte ich zu Elsa. »Samt Alfred und mir. Die Großwildjäger mit der erlegten Beute.«

»So 'n Scheiß!« murmelte Alfred.

»Laß sie doch«, sagte ich. »Ist ja auch was für das Familienalbum.«

»Ich bin nicht rasiert.«

»Was ist dir denn über die Leber gelaufen?«

»Die Milchration«, sagte er wütend. »Erst sollen wir Kühe abschaffen. Dann sollen wir Kühe anschaffen, größere Ställe, mehr Milch. Dann sollen wir wieder abschaffen, dann schaffen wir ab. Und dann kriegst du erzählt, deine Milch wäre zu fett, also zu gut. Und dann kriegst du dafür, daß du gut warst, zwölf Prozent abgezogen. Es ist zum Kotzen.«

»Lacht doch mal«, sagte Elsa.

»Lach doch selbst«, sagte Alfred.

Er fuhr sehr geschickt über Nebenstraßen und näherte sich der Unfallstelle über einen asphaltierten Wirtschaftsweg. »Und wo legen wir den Blechhaufen hin?«

»An den Straßenrand«, entschied ich. »Genau an die Stelle, wo sie von der Straße abgekommen ist. Wir sichern das durch Warndreiecke.«

»Und was ist, wenn Bullen kommen?«

»Betriebsunfall. Dann hilft nur noch beten.«

Es machte einen Höllenlärm, als er das Wrack vom Tieflader zog. Er nahm die Mütze ab und kratzte sich. »Ist schon verrückt, das Ganze«, sagte er.

»Paß auf«, sagte ich zu Elsa. »Du baust die Kamera da oben hinter den Büschen auf. Du stellst sie auf das Stativ und hältst einfach drauf. Und du selbst läßt dich nicht sehen. Wenn alles gelaufen ist, ziehst du ab und besorgst dir ein Taxi. Jeden belichteten Film versteckst du so, daß ich ihn finden kann, wenn sie dich festnehmen. Also am besten ...

Warte mal, da ist links von dem Gebüsch ein alter Baumstamm. Verbuddel die Filme da, solange du weiter fotografierst. O.k.?«

»Schon gut«, sagte sie und machte sich auf den Weg. Wir markierten das Wrack straßauf, straßab mit einem Warndreieck und zogen unseres Weges.

Unterwegs berichtete ich Alfred alles, was er noch nicht wußte, und auf halbem Weg fing es an zu regnen. Alfred fluchte und sagte, jetzt sei es aus mit dem Heumachen. »Nichts klappt mehr beim Bauern, nicht mal das Wetter.«

Wir trennten uns, und auch ich war muffig, obwohl die Geschichte Konturen bekam und wir schon erstaunlich viel wußten. Ich schlenderte durch das schlafende Dorf und fragte mich, ob meine Nachbarn etwas gegen mich haben würden, weil die Bundeswehr in meiner Geschichte nicht gut aussehen würde.

Wie üblich stand meine Garage offen, und ich achtete überhaupt nicht darauf.

Als er aus dem Dunkel leise sagte: »Guten Morgen, Sie Schwein«, zuckte ich nicht einmal zusammen.

Ich kann bis heute nicht erklären, warum ich freundlich »Ja, bitte« fragend in das Dunkel ging. Ich habe nicht den Hauch einer Entschuldigung, es sei denn den fraglichen Satz, daß mein Beruf zur Neugier verpflichtet. Ich kann nicht einmal behaupten, nicht begriffen zu haben, daß er mich Schwein nannte.

Ich sagte zum zweitenmal »Ja, bitte?«, als ich neben meinem Wagen stand.

Dann sagte ich jovial: »Sieh an, der Angehörige unserer Streitkräfte Norbert Lenz. Was machen Sie hier am frühen Morgen?« Nichts kann meine Friedfertigkeit besser beweisen als die Tatsache, daß ich noch immer nichts roch. Ich rieche Gefahr grundsätzlich nicht. Meine Augen hatten sich an das Dunkel gewöhnt. Er stand da vor mir, groß und massiv und jung. Er trug etwas, was wohl Kampfanzug genannt wird, und seine furchtbar klobigen hohen Stiefel deuteten an, daß er sie auch gebrauchen wollte. Er starrte mich nur an.

Er war nicht allein. Hinter ihm hatten sich zwei weitere junge Krieger aufgebaut. Ihre Augen waren sehr groß vor Erregung.

»Sie sind ein Schwein«, sagte er leise.

»Können Sie mir das erklären?«

»Kann ich. Sie sollten sich da raushalten. Sie haben neulich gesagt, Sie hätten nicht fotografiert. Glaube ich nicht. Sie schnüffeln weiter rum. Sie waren bei Marita Heims, sie waren bei Schäfer Meier, und Sie hatten Besuch von einem Herrn der Mordkommission, obwohl die sich auch raushalten soll. Sie machen dauernd weiter, Sie schnüffeln. Und Sie verarschen Hauptmann Hartkopf.«

»Sieh an, nun isser auch noch Hauptmann. Bei mir nennt er sich immer Dr. Messner. Aber seien Sie beruhigt. Nach meinen Feststellungen trägt er den schönen Namen Schmitz.«

»Was soll das alles? Hartkopf ist ein Klassemann, Baumeister. Hartkopf ist ein echter Kamerad, Hartkopf hat uns zu einer echten Truppe zusammengeschmiedet. Gegen uns sind Sie schmierig.«

Dann traf er mich über dem linken Auge, und ich konnte nichts mehr sehen, weil da sofort Blut war. Seltsamerweise fühlte sich das kühl an. Heiß rinnendes Blut gibt es wahrscheinlich nur in südlichen Ländern.

Ich stolperte nach rechts und wollte irgend etwas sagen, um ihn zu besänftigen. Aber dann trat er mir gegen den rechten Oberschenkel, und ich knickte ein und mußte meine Brille festhalten. Ich sah immer noch nichts – oder nur schemenhaft.

»In den Eingang«, sagte er scharf.

Ich brabbelte irgend etwas, weil ich dachte, er meine mich. Aber er meinte seine beiden Freunde, die an mir vorbei in das Tor der Garage glitten.

»Hör zu, Baumeister, du wirst dich da raushalten, hörst

du? Wir sind ein echter Kumpelverein, und wir mischen dich jedesmal auf, wenn du wieder schnüffelst. Und du wirst nichts tun, daß wir Hartkopf verlieren, hörst du? Wir …«

Er traf mich mit dem Stiefel irgendwo an der linken Hüfte, aber es schmerzte nicht sonderlich, unterbrach nicht einmal meine Gedanken. Dann schlug er wieder mit den bloßen Fäusten, und die Wunde hinter dem Ohr riß auf. Das tat sehr weh, und ich bekam keine Luft.

»Hartkopf hat uns gezeigt, was Kampf ist, und du wirst deine Schnauze halten. Du hältst dich da raus, Opa, ist das klar? Die Bundeswehr hat nämlich was gegen Schweine wie dich.«

»Ja, ja«, sagte ich, aber ich glaube, ich brachte keinen Ton heraus. Ich drehte mich mit dem Rücken in das Dunkel der Garage und hatte ihn jetzt in der Einfahrt seitlich vor mir. Und seltsamerweise wußte ich plötzlich, was ich wollte.

Da hing eine Egge, jeweils zweiunddreißig Eisenzähne auf vier Feldern. Alfred hatte gesagt: »Altes Modell. Wird nicht mehr gebaut.« Und wir hatten sie an die Wand gehängt.

Jetzt stand dieser junge Mann genau vor dem Ding, und ich duckte mich schnell. Er machte das, was ich erwartete. Er nahm hastig beide Hände hoch und trat einen schnellen geduckten Schritt zurück. Er kam mit der Schulter unter die erste Eisenzahnreihe, zuckte mit dem ganzen Gewicht hoch, und die Egge kam von der Wand. Sie fiel auf ihn herunter, schwer und mit kreischendem Scheppern. Norbert Lenz fiel mit einem Schrei vornüber, und die Egge klebte an ihm wie eine riesige Distel.

»O Scheiße!« hauchte einer seiner beiden Freunde atemlos.

»Sie sollten einen Sanitäter holen oder so was«, sagte ich keuchend. »Es ist Krieg, Freunde.«

Sie standen da und sagten nichts, sie hatten ihren Anführer verloren.

Ich holte eine Taschenlampe aus dem Wagen und wischte mir mit einem Papiertuch das Blut aus dem Gesicht. Ich leuchtete auf Lenz nieder. Er lag vollkommen still und blutete stark aus Wunden am Hinterkopf und auf der ganzen Schulter.

»Nehmt die Egge runter«, sagte ich. »Dalli. Und tragt ihn schnell rein.« Ich ging auf den Hof und sah meine Nachbarin in der Tür stehen und neugierig herblicken.

»Morgen, Frau Bietig. Wir hatten einen Unfall. Könnten Sie Dr. Naumann anrufen? Er soll dringend kommen.«

»Mach ich doch, Siggi«, rief sie und verschwand.

»Vorsichtig, stoßt nicht an. Zweite Tür links. Legt ihn auf das Sofa.«

»Aber das mit dem Arzt geht doch nicht. Das ist Bundeswehrsache.« Der junge Mann war leichenblaß.

»Ja, ja, ihr Arschlöcher. Und wenn er krepiert, ist die Beerdigung auch Bundeswehrsache, oder?«

Er zuckte zurück, stieß mit den Kniekehlen gegen einen Sessel und setzte sich. Er sagte matt: »Sie bluten doch selbst wie ein Schwein.«

»Scheiß drauf«, sagte ich. »Helfen Sie mir, dem das Hemd auszuziehen.«

Er stand wieder auf, aber seine Hände zitterten so, daß er nicht zugreifen konnte. »Geht nicht«, hauchte er.

Ein Auto kam auf den Hof, und ich sagte: »Das ist der Arzt.«

Aber es war Elsa. Sie sagte im Flur: »Ich habe mir ein Taxi genommen. Alles klar. Baumeister? Wo bist du denn?«

»Na hier«, sagte ich. Ich kriegte das Koppelschloß von Lenz nicht auf und sah sie an und sagte: »Er hat sich verletzt, aber Naumann ist schon unterwegs.«

Sie ließ die Tasche mit den Kameras fallen und sagte erstickt: »Nein! Wer hat das gemacht?«

»Eine Egge. In der Garage.«

»Nein, ich meine dein Gesicht.«

»Na, der hier. Ist bewußtlos oder so. Sie haben in der Garage auf mich gelauert. Lenz hier bekam eine Egge auf den Kopf. Die Egge, mein Partner.«

»Das ist ja rohes Fleisch, das über deinem Auge. Und hinter dem Ohr ... und, oh, mein Lieber!«

»Das ist nur ein bißchen geplatzt«, sagte ich. »Schon gut, ich habe nicht mal Kopfschmerzen. Hilf mir doch mal mit diesem blöden Gürtel. Wir müssen dem Jungen diese modische Bluse ausziehen und das Hemd.«

»Herrje!« sagte sie, und dann erst sah sie die beiden taubstummen Soldaten hinter sich. »Ist das die Sanitätskompanie?« Dann begann sie zu weinen, und ich sagte hastig: »Werd bloß nicht ohnmächtig. Wir haben nur ein Sofa.«

Es gab eine Reihe solcher flapsiger Bemerkungen von meiner Seite, bis Naumann den Flur entlangkam und fragte: »Was hat er jetzt wieder angestellt?«

»Mit mir ist nichts Besonderes, aber der hier hat eine Egge auf Kopf und Schultern gekriegt.«

Naumann hatte die beiden Soldaten in ihren Sesseln bemerkt und sagte nichts mehr, murmelte nur: »Laß mich mal!« Er drehte Lenz sehr energisch hin und her, dann auf den Bauch und sagte scharf: »Los, ihr beiden, bewegt euch, die Klamotten müssen runter. Dalli, dalli!«

Lenz sah nicht gut aus, und irgendwann hatte ich es satt, ihn anzustarren. Zuweilen habe ich mich ohnehin im Verdacht, mit dem Anblick von Blut nicht männlich-kernig verfahren zu können. Ich verschwand still in die Küche und hockte mich an den Tisch. Mir war schlecht.

Es dauerte eine ganze Weile, bis Naumann hinüberkam und sagte: »Elsa redet dauernd von rohem Fleisch und kann Sie nicht ansehen. Was ist denn mit Ihnen? Prügel gekriegt?« Er grinste und murmelte etwas von Nähen. Also nähte er meine Augenbraue und die alte Wunde hinter dem Ohr, die jetzt wieder neu war. Er hielt meinen lädierten Schenkel für wert, einen anständigen Druckverband zu bekommen.

»Was war denn?«

»Sie haben mir in der Garage aufgelauert.«

»Von Messner geschickt?«

»Das weiß ich nicht. Ich möchte, verdammt noch mal, wissen, wie es diesem Messner gelingt, diese Truppe dermaßen anzuheizen, daß sie wie die Teufel sind, brutal und ohne jede Idee von Freundlichkeit.«

»Dann sollten Sie mal an Goebbels oder an seinen Meister denken. Die haben es nahtlos geschafft, aus Biedermännern menschliche Schweine zu zimmern – nur durch Reden. Seien Sie doch nicht so naiv, Baumeister.«

»Scheiß drauf. Die reden ja doch nicht. Lassen wir sie laufen.«

»Sind Sie verrückt?« Er steckte seine Utensilien in die Tasche zurück, winkte mir zu und ging hinüber in das Wohnzimmer. Er sagte großartig: »Herr Baumeister sieht zunächst von einer Anzeige ab. Ich hole jetzt einen Bundeswehrsani. Lenz muß ins Krankenhaus.«

Elsa saß hinter meinem Schreibtisch, rauchte abwesend eine Zigarette und sah mich so an, als hätte sie mich eben erst kennengelernt.

Ich sprach mit Naumann über Erdkröten, hier über eine spezifisch dicke grünlichbraune, die angeblich ihre Kinder monatelang auf dem Rücken spazierenträgt. Wir sprachen auch über die Möglichkeit, Feuersalamander von Zoos zu beziehen und wieder an Mutter Natur zu gewöhnen.

Die ganze Zeit über, in der wir auf das Sanitätsauto warteten, sagten die beiden Soldaten kein Wort, starrten auf den Teppich und zündeten eine Zigarette an der vorhergehenden an. Lenz schlief, weil Naumann ihm eine Spritze gegeben hatte.

Naumann, das war sehr deutlich, wurde immer nervöser, zupfte sich am Hemdkragen, sah auf die Uhr, stopfte sich eine Pfeife, vergaß sie anzustecken. Dann platzte er. Er drehte sich zu den beiden Soldaten herum und fauchte: »Also ich mache diesen Unsinn nicht länger mit. Sie kommen mit Ihrem Kameraden Lenz hierher. Lenz versucht, Herrn Baumeister zu verprügeln. Das mißlingt. Und Sie haben die ungeheure Frechheit, sich hierherzusetzen und einfach den Mund zu halten, als ginge Sie das alles nichts an. Sie sind einfach brutal, und wenn es schiefgeht, halten Sie die Schnauze. Können Sie mir endlich einmal sagen, was da denn für eine Spionagegeschichte laufen soll?«

Der kleinere, bleichere sagte mit schnellem Blick auf seinen Kumpel: »Hauptmann Hartkopf hat uns dringend geraten, vor Zivilisten nichts auszusagen.«

Naumann stand auf und ging zwischen Tür und Kamin hin und her. »Hören Sie zu. Hier werden Zivilisten am laufenden Band von Soldaten verprügelt. Ich sehe das, ich muß die Patienten versorgen. Und kein Mensch weiß, warum das alles geschieht. Machen Sie das Maul auf, was ist mit Spionage?«

»Es geht wirklich um Spionage«, sagte der Bleiche. Er hatte Angst, und er zitterte. »DDR-Leute spionieren die Depots aus, und sie kriegen hier Hilfe von irgendwelchen Agenten. Der DDR-Laster war hier, um Verbindungen aufzunehmen und Nachrichten abzuliefern. Und dann muß es Zoff gegeben haben, irgendwie. Wir wissen noch nicht, wie. Jedenfalls haben die unsere Leute abgeknallt, oder es war anders ...«

Er merkte, daß er etwas sagte, was er nicht sagen durfte, und er versiegte wie ein Wassertropfen auf einem heißen Stein.

»Das ist alles geheim.«

Sein Kumpel war ein sehr bleicher Weißhaariger. Er sagte quälend langsam: »Mehr wissen wir auch nicht, ehrlich. Wirklich ehrlich.«

»Lieber Himmel, also war Monning eventuell ein Spion aus dem Osten?«

Er hielt den Kopf gesenkt, starrte irgendwohin auf die Dielenbretter, hob dann das Gesicht und fragte ruppig: »Warum nicht?«

Sie atmeten beide aus, hatten genug gearbeitet, waren offensichtlich erleichtert und sanken erneut in dumpfes Brüten.

Diesmal platzte ich, diesmal hatte ich eine Idee, steuerte

mein Platzen, dosierte es. »Ich denke, Doktor Naumann, ich zeige Lenz und die beiden an.«

Naumann sah mich an, kniff die Augen zusammen und sagte dann: »Sie wissen, ich kann Sie nicht davon abhalten. Vielleicht ist es unvermeidlich.«

»Das ist es.«

»Was schreiben wir denn in der Anzeige?« fragte Elsa mit leicht belustigter Stimme.

»Na, Mordversuch natürlich«, sagte ich. »Was sonst?«

Dann war es sehr still. Ich stand auf und ignorierte die Soldaten vollkommen. »Wir wissen, was geschah. Sie versuchten, Marita Heims auszuschalten, sie stachen den Flüssigkeitsbehälter an. Elsa, stell ihre Personalien fest.«

»Geben Sie mir bitte Ihre Ausweise und Dienstausweise!« bat Elsa sanft.

Ich stopfte mir eine Pfeife, ich nahm die *Punto d'oro*, die so arrogant wirkt.

»Wir waren das nicht«, sagte der Bleiche. »Wir waren das – Ehrenwort – nicht.«

»Mitwisserschaft reicht auch«, sagte Elsa.

Der Weißblonde murmelte: »Das hat Lenz gemacht. Aber allein.«

»Weil Hauptmann Hartkopf das wollte«, sagte ich.

»Nee«, sagte der Weißblonde. »Hartkopf macht so was nicht. Hauptmann Hartkopf sagt niemals so was. Auf so was kommen wir selber, weil: Wir werden richtig trainiert, damit wir beim Denken auf so was selber kommen.«

»O Gott«, murmelte Elsa. »Warum diese Frau?«

»Sie sollte ja nicht tot sein«, flüsterte der Bleiche, »sie sollte nur nicht mehr reden können.«

Auf dem Hof war ein wischendes blaues Licht. Sie fuhren mit Lenz davon. Naumann schüttelte schweigend den Kopf und verschwand. Elsa sagte: »Das ist ja ein Irrenhaus hier!«

»Was war los? Haben sie das Wrack entdeckt, konntest du fotografieren?«

»Es lag keine halbe Stunde da, dann kam ein Streifenwagen, dann der zweite, dann der dritte. Und dann kam Messner persönlich, dann andere Zivilisten, die ich nicht kenne. Im wesentlichen war es eine Versammlung von Männern, die kopfschüttelnd um ein kaputtes Auto herumliefen. Dann kam ein großer LKW der Bundeswehr mit einem Kran drauf und holte das Wrack ab. Sie haben die Straße die ganze Zeit über abgesperrt, und ich habe alles und jeden fotografiert, wie auf dem Schießstand.«

»Du bist ein As, vielen Dank.«

»Und du bist ein ganz verrückter, blöder Kerl, und ich habe so Angst um dich.«

ZEHNTES KAPITEL

Es war Mittag geworden, die Sonne schien intensiv. Elsa lag unter dem Pflaumenbaum in einer einzigen Winzigkeit, die man Tanga nennt, und dachte vor sich hin. Ich wollte nicht einmal wissen, was sie dachte. Ich war heilfroh, daß ich keine Kopfschmerzen hatte und die Wunden nicht brannten. Ich hatte mich vor meine geliebte Mauer gelegt und beobachtete Fritz. Fritz hockte in einer Steinspalte fünf Zentimeter über der Erde und betrachtete mich oder die Welt oder das Spinnennetz drei Zentimeter vor seinen lustigen trägen Glubschaugen. Sein Kehlsack pumpte regelmäßig und gelassen, und zuweilen sah er aus, als mache er sich über mich lustig. Vielleicht amüsierte ihn auch meine Sonnenbrille, die ich tragen mußte, weil mein Blick ständig flackerte. Naumann hatte gesagt, eine Sonnenbrille sei notwendig, damit das angeschlagene Auge geschont werde. Die Sonnenbrille gehörte Elsa, ich habe nie eine besessen. Das Telefon und einen Radioapparat hatte ich auf den Gartentisch gestellt. Ich hörte meinen Lieblingssender WDR 2, in dem man noch denken und das Gedachte sagen darf, wenn man einwandfrei meschugge ist. Irgendwer sprach mit irgendwem über die drohende Überalterung der Lehrer an den Schulen Nordrhein-Westfalens, und ich war von Herzen froh, daß ich nicht bei Greisen in die Schule gehen mußte. So tropfte der Tag unendlich langsam aus der Sonne, und Fritz war glücklich, weil er von all dem nichts wußte.

Krümel kam in wilder Lust herangefegt, sprang an den Stamm des großen Pflaumenbaums und kletterte blitzschnell in die oberste Spitze. Sie stand mit vier Pfoten schwankend auf vier bleistiftdünnen Ästen und sah arrogant zu mir herunter. Ich klatschte ihr Beifall, und sie schloß gelangweilt die Augen und putzte sich.

Fritz entschloß sich zu einem Bad und sprang kühn an meiner qualmenden Dunhill vorbei in das kleine Plastikbekken, das ich ihm eingerichtet hatte, um seine Wohnverhältnisse den meinen anzupassen.

»Hast du endlich entschieden, was wir jetzt machen?«

»Noch nicht ganz. Sag mal, glaubst du der Marita Heims, daß sie mit Lorenz Monning glücklich war?«

»O ja«, sagte Elsa. »Frauen lügen zwar besser als Männer, aber in dem Punkt hat sie die Wahrheit gesagt.«

»Dann möchte ich nach Köln und von dort ins Münsterland.«

»Köln kann ich begreifen, das Münsterland nicht. Die Verwandten von Monning haben doch keine Ahnung.«

»Das halte ich für schlicht ausgeschlossen. Außerdem müssen wir seine Heimat kennenlernen. Was willst du schreiben, wenn du Monning beschreibst? Daß er auf einem feudalen Bauernhof im Münsterland groß wurde?«

»Ich verstehe schon. Also ziehen wir uns an und fahren?«

»O nein. Nicht vor morgen in aller Frühe.«

»Es ist nicht zu fassen, Baumeister verringert die Geschwindigkeit. Hast du den Kriminalisten angerufen? Der wollte die Schrotflinte haben.«

»Ich habe es vergessen. Ruf ihn an.«

»Was machst du eigentlich, wenn wir die Sache geschrieben haben?«

»Urlaub, was sonst?«

Fritz schwamm mit langen Stößen durch seinen Pool und tauchte unter einen Stein.

»Glaubst du an Spionage oder an privates Drama?«

»An beides«, sagte ich.

»Es ist sehr logisch«, sagte sie.

»Was ist logisch?«

»Daß Monning so etwas wie ein Spion war, daß er ausgeschaltet wurde von diesem Brummifahrer aus Dresden. Weil ich eine Spießerin bin, ist das zwar undenkbar, aber ich kann es mir vorstellen.«

»Aber was ist mit den beiden Frauen?«

»Vielleicht waren sie Helferinnen von Monning, vielleicht sind sie auch nur als dekoratives Beiwerk gestorben.«

»Du vergißt, daß Monning Gegner hatte, daß er irgend etwas entdeckt hatte. Daß er sich ausgenutzt fühlte ...«

»Ja, eben. Vielleicht wurde er von seinen Auftraggebern aus der DDR ausgenutzt. Er hat auch gesagt, alles wäre nur eine Frage der Macht. Das paßt doch, oder?« Sie stand auf und rief Rodenstock an und sagte freundlich, sie habe etwas für ihn, das er sich abholen könne. Dann ging sie zurück auf ihre Decke und begann sich mit irgend etwas einzureiben, das stark nach Anis duftete. »Und Messner paßt als Mörder.«

»Niemals«, widersprach ich. »Der Mann ist viel zu intelligent für drei dermaßen brutale Hinrichtungen.«

Fritz ließ sich nun an die Oberfläche treiben, schnappte nach einer Fliege, erwischte sie, kroch auf einen Stein und sah sehr dekorativ aus.

Rodenstock stand neben mir und starrte Fritz an. »Reden Sie manchmal mit dem?«

»Das kommt vor.«

»Ein freundlicher Bursche.« Elsa hatte ihm das Gewehr gegeben, und er hielt es im Arm wie ein Baby. »Dieser Fall wird wahrscheinlich viele unserer Denkschablonen umstoßen, nicht wahr?« Er drehte sich herum und stapfte über die Wiese davon.

»Ja, ja«, sagte ich vage, ich hatte keine Ahnung, was er meinte.

Ich wünschte mir sehnlichst den Schäfer Meier mit seiner Klarinette. Vielleicht noch ein paar tanzende Elfen malerisch verstreut über meinen vom Mondlicht überfluteten Garten, nichts sonst. Ja, und Elsa, wohlriechend, sinnlich und voll Verlangen.

Als ich dachte, ich würde in der Sonne einschlafen, rief Naumann an und sagte widerlich lebendig: »Schwingen Sie sich ins Auto, ich habe durch Zufall etwas Merkwürdiges erfahren. Susanne Kleiber hat ein halbes Jahr vor ihrem Tod eine Kneipe gekauft. Und zwar eine alte Mühle Richtung Adenau in einem Seitental der Ahr. Sie hat bar bezahlt, angeblich vierhunderttausend bar auf den Tisch des Hauses. Sie müssen wissen, woher ich das weiß. Der jetzige Pächter hat die Kneipe zugrunde gerichtet, ist total verschuldet. Dieser Mann ist heute verunglückt, nicht allzu schwer. Seine Frau erzählte mir die ganze Geschichte, als ich ihn versorgte. Das ist nun wirklich komisch: eine Tote mit Kneipe ohne Erben. Sie können sich auf mich berufen.«

»Danke, wir fahren. Wie heißt das Ding?«

»Ausgerechnet Zum Kühlen Grund.«

»Es gibt wieder Arbeit«, sagte ich.

»Das hat etwas mit dir zu tun«, sagte Elsa.

Ich fuhr sehr schnell durch die grellrote Sonne des Spätnachmittags, und Elsa jammerte: »Sonst fährst du langsam, sonst erklärst du Bäume und Blumen. Und was machst du jetzt? Du rast.«

»Mich hat die Hektik gepackt und damit die Blindheit. Ich bin fahrig und umtriebig, weil die Geschichte mich verrückt macht. Spionage? Bürgerliches Drama?«

»Kann es denn nicht wirklich sein, daß Messner irgendeinen Spionagering aufdeckte und dieser Brummifahrer aus Dresden kam, um alle totzuschießen?«

»Seit Barschel kann alles sein. Aber das ist nicht wichtig. Wichtig ist nur, daß wir es irgendwann erklären können.«

»Muß man Leichen erklären?«

»Hierzulande ja, hier werden nur ordentliche Leichen mit schriftlichem Werdegang akzeptiert.«

»Stell dir vor, wir könnten auf einer Lichtung in der Sonne hocken und etwas miteinander haben.«

»Was denn?«

»Körperliches, rein Körperliches.«

»Geh nicht in Details.«

»Du hast wieder Furcht.«

»Nein, das regt mich auf. Ich kenne nämlich eine Lichtung mit roten Lichtnelken, die jetzt noch blühen.«

Die alte Mühle war ein Traumhaus unter Eichen. Man fuhr von der schmalen Straße einen Weg rechts hinein, rumpelte über eine uralte Brücke, deren Schlußstein vor zweihundert Jahren gesetzt sein mochte, und konnte dann unter einer Eichen- und Kastaniengruppe parken.

Das Haus war aus Bruchsteinmauern gefügt, und an seiner Westwand lief ein breiter Bach über ein verwittertes, verfaultes Holzrad. Es war eine Antiquität, wie es sie in der Eifel zuhauf gibt und von der alle Leute fürchten, daß andere Leute sie entdecken.

Die Schankstube war leer und sah trostlos und vergammelt aus, keine Spur von Gelächter und Fröhlichkeit.

»Hier ein kleines Hotel aufmachen, hier Gäste haben«, hauchte Elsa. »Ich würde denen Frühstück ans Bett anbieten und so zärtliche Sachen.«

»Hallo Wirtschaft«, schrie ich. »Du brauchst eine Million, um dieses Haus auszubauen, und sechzehn Stunden am Tag, um es in Schuß zu halten. Dein Traum hat in der Eifel mehr Pleiten verursacht, als die Amtsblättchen veröffentlichen können.«

Dann kam die Frau aus einer dunklen Tür hinter dem Tresen. Sie war jung, vielleicht zwanzig, vielleicht fünfundzwanzig, und sie war unförmig dick, sie watschelte und sie kaute auf etwas herum. Ihr Gesicht war groß und rund und rot und rosig und außen an den Wangen fast violett. Ihr Haar klebte unordentlich, strähnig hellblond um den Kopf, und vorn an der Stirn hatte sie einen Lockenwickler vergessen. Sie trug ein kurzärmliges Kleid, etwas, das meine Mutter wohl Kattunkleid genannt hätte, etwas Weißblaues. Darüber eine weiße Schürze, die vollkommen verschmiert war. Sie sah uns nicht an, sie griff nach einem Lappen und wischte unter den Bierhähnen durch. »Bier? Oder was? Essen gibt es erst abends. Nur Tiefgekühltes.«

»Zwei Kaffee. Doktor Naumann ist ein Freund von uns. Er hat uns von Ihrem Pech erzählt, vom Verkauf hier.«

Jetzt hob sie den Kopf, sie hatte wässrige blaue Augen. Sie griff in den Glasschrank hinter sich, riß einen Snack-Streifen auf und schob sich den Riegel in den Mund. »Das kannste sagen, daß wir hier Pech haben. Sind vor einem Jahr aus Euskirchen gekommen, mein Mann und ich. Anfangs lief es gut. Die Kollegen von der Freiwilligen Feuerwehr kamen, und Skatklubs und so. Aber dann? Ich weiß auch nicht. Am Arsch der Welt ist das hier. Eigentlich ist es ja ganz schön. Aber, mein Gott, ich gehe hier ein in dem Kaff. Nee, wir wollen weg. Wir haben verkauft.«

Ich bugsierte Elsa an das nächste Tischchen, wischte den Staub von der Platte, und wir setzten uns.

»Ich mach mal den Kaffee«, sagte sie und verschwand.

Ich stopfte mir die *Straight Grain* von Jeantet und paffte vor mich hin.

Sie kehrte zurück, stellte die Tassen vor uns hin, goß aus einer uralten Kanne ein und setzte sich zu uns. »Haben Sie was mit Doktor Naumann zu tun?«

»Nein, nein. Er sagte bloß, Sie hätten Pech mit dem Verkauf hier, weil ja die neue Besitzerin nicht mehr lebt.«

»Ja, ja. Mit der is was. Irgendwie ein Unglück oder so. Erschossen, sagen die Leute. Na ja, sie hat bezahlt, ist mir egal. Wir gehen nach Dortmund, mein Mann hat eine Stelle als Fahrer. Bezahlt hat sie ja, diese Rebeisen.«

»Rebeisen?« Elsas Stimme war hoch.

»Na ja, sie hat beim Notar den Namen gegeben. Ich weiß ja nicht, wer das Geld hatte, diese Rebeisen oder diese Kleiber. Kann ja auch sein, der Mimmig oder Mommig, dieser Blonde von der Bundeswehr jedenfalls, mit dem sie mal hier waren.«

»Wer hat denn nun gekauft? Die Kleiber oder die Rebeisen?« fragte ich.

»Die Rebeisen war beim Notar mit. Die hat den Namen gegeben. Komische Frauen. Dieser Mommig war auch komisch. Wollte der vielleicht mit zwei Frauen …?« Sie lachte. »Es gibt heute Sachen, die hältste nicht aus.« Sie hatte verfaulte Backenzähne.

»Aber bezahlt ist alles?« fragte Elsa.

»Ja, sicher. Also, die müssen viel an die Füße haben. Die haben unsere laufenden Konten übernommen und die Hypotheken. Und den Rest haben sie auf den Tisch gelegt. Bar. Richtig wie im Film.«

»Und wann wollten sie einziehen?«

»Die beiden Frauen? Ende des Jahres. Sie haben gesagt, sie machen eine richtig gemütliche Kneipe mit Hotel. Die hätten sich vielleicht gewundert. Und sie haben auch gesagt, sie legten keinen Wert auf die Bundeswehr. Ha! sage ich nur.«

»Ist viel Bundeswehr bei Ihnen?« fragte ich.

»Na ja, nicht allzuviel. Aber wenn Messner mit seiner Clique kommt, ist schon was geboten. Also im Sommer kommt der dauernd. Meistens am Wochenende, wenn die Jungens freihaben und auf Ritt gehen. Auf Ritt gehen, sagen sie immer. Messner ist ja vornehm und zurückhaltend und sitzt nur da und hat sie im Griff. Mann, das hältste nich aus, wie der die Kameradschaftsabende macht. Mit Kabarett im Saal, wir haben hinten einen kleinen Saal mit Bühne. Als Weiber sind die aufgetreten mit Damenwahl und so. Mann, haben wir gelacht. Und Messner immer schön ganz hinten und nur lächeln. Der hat die gut im Griff.«

Der Kaffee war umwerfend schlecht.

»Die Frauen sind tot, das Haus ist bezahlt. Was passiert denn jetzt?« Elsa sah mich an.

»Ich weiß es nicht, ich kenne die Rechtslage nicht.«

»Messner war schon hier«, sagte die Wirtin. »Er sagte, wir sollen uns keine Sorgen machen, das schaukelt er schon. Wir gehen jedenfalls raus und hauen ab. Nichts wie weg hier.«

Im Wagen sagte Elsa: »Laß mich zusammenfassen, was Monning tat: Er hat zwei Höfe im Münsterland, eine Frau und zwei Kinder. Das alles läßt er im Stich. Er hat hier eine Freundin namens Heims, mit der er dreißigtausend Mark spart und der er die Ehe verspricht. Er hat eine feste Verbindung zu seiner Kollegin Susanne Kleiber. Über diese Verbindung wissen wir nichts. Aber die Freundin der Kleiber, die Marianne Rebeisen, ist in Köln eine berufsmäßige Nutte. Und die kriegt ein Kind von eben diesem Monning. Es sieht so aus, als hätten wir es mit einem Monster zu tun.«

»Wir gehen jetzt nach Niederehe Forellen essen«, bestimmte ich. »Und du wirst mir erzählen, wie dein Leben in Hamburg aussieht und wen du haßt und wen du liebst und welche Kollegin dir auf die Nerven geht und welcher Macho dir in den Hintern kneift und dergleichen Sachen mehr.«

Wir aßen Forellen und unterhielten uns anderthalb Stunden darüber, ob Monning ein Schwein gewesen sei oder ein Heiliger oder beides oder nichts von allem. Dann kamen wir auf die Idee, daß Puffs besonders abends gut verdienen und daß dieser Abend eben erst angefangen habe. Also fuhren wir nach Köln.

Das Wetter über der Kölner Bucht war wie üblich stickig, die Luft enorm wasser- und dreckgeschwängert. Die Bruderstraße ist eine langweilige Straße, das Haus Nummer 23 ist das langweiligste von allen. Wir blieben eine Weile davor stehen und beobachteten, wie Männer vorbeischlenderten, sich kurz und intensiv mit Habichtsaugen umsahen und dann mit einem Satz im Haus verschwanden, als biete es Rettung vor einer gefräßigen Welt.

Der Besitzer, Verwalter und Puffvater war nicht da, aber eine ältere, ausgemergelte Frau, die den Fußboden im Erdgeschoß schrubbte, schickte uns zu Tania. Tania arbeite im ersten Stock, und wenn sie gerade keine Freier habe, dann könne sie uns bestimmt Auskunft geben, denn Tania sei die Beste von allen und wisse schlichtweg alles.

Wir warteten eine Weile mit anderen Männern, die auf Tania oder andere warteten, und ich bemerkte mit Unruhe, wie die meisten von ihnen Elsa mit schnellen erfahrenen Blicken abschätzten. Ich ärgerte mich, daß ich nicht lauthals verkünden konnte, wir seien eigentlich hier, um den Grund für ein Massaker in der Eifel aufzudecken.

Endlich war Tania frei, und als ich mit Elsa im Schlepptau zu ihr ins Zimmer ging, das so heimelig wirkte wie eine Bahnhofsmission, sagte sie schnell und rauh und endgültig: »Tut mir leid, für ein Trio mit Ehefrau bin ich nicht zuständig. Das macht Mady im dritten Stock. Und Mady ist wirklich Klasse.«

Elsa machte die Tür sehr energisch hinter sich zu und fragte: »Junge Frau, was kriegste denn für eine Nummer?«

»Na ja.« Sie war rothaarig und hatte ein großporiges Gesicht unter einer hennaroten Mähne. Sie trug ein schwarzes Kleidchen, das kaum ihren Hintern bedeckte. Ihre Augen waren kalt und gut. »Das kommt eben drauf an. Von fuffzig bis hundert.«

»Baumeister, wir mieten drei Luxusnummern. Gib ihr dreihundert.«

»Ich brauche aber eine Quittung«, sagte ich.

»Kannste haben. Was soll ich schreiben? Ihr wollt doch bloß reden, oder?«

»Schreib Getränke«, sagte ich.

»Die Mama macht doch alles«, sagte sie und sah mich an, als wolle sie fragen, was ich koste. »Also, erst die Piepen her, dann kommt die Quittung. Und dann sagt ihr mal, was wirklich Sache ist. Presse, häh?«

»Presse«, bestätigte Elsa. »Wieviel Zeit haben wir jetzt?«

»Fuffzehn Minuten, aber ich gebe fünf drauf. Dann wird wieder gelöhnt.«

»Es geht um Marianne Rebeisen«, sagte ich und wollte mich auf einen Sessel setzen. Aber ich war unsicher, und Tania kicherte und sagte: »Hier ist alles sauber, Junge. Kein Aids. Willste meinen Schein sehen? Also die Mari, gut. Was ist eigentlich mit der? Daß sie einfach abhaut, paßt eigentlich nicht zu der.«

»Wir suchen sie«, sagte ich schnell. »Deswegen sind wir hier. Es geht nicht darum, daß sie was ausgefressen hat, sondern darum, daß ihr jemand was schuldet und es nicht loswird, solange wir sie nicht auftreiben.«

»Der Alte hat mir gesagt, daß irgendwelche Leute von den Geheimbullen da waren und nach ihr gefragt haben. Aber gesagt haben die auch nichts, bloß ihre Wohnung oben durchsucht. Also sagen wir mal, die Mari ist ein Profi. So was merkt man ja. Nicht so hippelig wie die Hausfrauen, die sich mal was dazuverdienen wollen. Sie hat auch Abitur, das weiß ich, das hat sie mir mal gesagt. Aber viele, die anschaffen gehen, haben Abitur. Sie hat oben eine kleine Zwei-Zimmer-Wohnung neben mir. Sie hat dieselben Freunde wie ich, also Bimbo, Köln-Josef, Koks-Frenzi, Dom-Bomber und alles diese Macker. Sie hat aber keinen festen Draufgänger, das wüßte ich.«

»Wie ist sie denn so?« fragte Elsa.

»Nett. Sie ist ein wirklich starker Typ. Und soweit sie mal gesagt hat, hat sie auch keine Verwandten. Jedenfalls keine, mit denen sie was zu tun haben will.« Sie lachte. »Wer will schon was mit Verwandten zu tun haben?«

»Ist sie hier auf irgend etwas spezialisiert?«

»Nein. Nur Standards, aber die gut. Hin und wieder auch mal 'ne Gruppe, wenn zuviele Kunden da sind. Aber sie ist in Ordnung.«

Elsa seufzte. »Sie muß aber doch privaten Besuch gehabt haben. Ganz ohne geht doch nicht.«

»Nein, hatte sie nicht. Viele von uns sind im Privatleben ziemlich allein.«

»Aber sie muß doch einen Lui gehabt haben, einen Beschützer, einen, der abkassierte.«

»Hat sie auch. Das ist unser Chef. Der hat nur Prozente kassiert, glatt und kalt und nix sonst. Ja, und ehe ich es vergesse: Gespart hat sie, wie wild gespart.«

»Was kann man denn in diesem Beruf pro Monat sparen?« fragte ich.

»Wenn du nix am Kopp hast mit Saufen und anderen Sachen, dann können da locker drei bis vier Mille aufs Sparbuch gehen.«

Ich stopfte mir die *Orly* von Butz-Choquin. »Wenn ich das richtig kapiere, kann man im Jahr vierzigtausend auf die Seite schaffen.«

»Das ist richtig. Es gibt welche, die schaffen auch mehr. Aber dann kommt irgendwann ein Macker, und der fährt plötzlich einen Prachtwagen, und du bist pleite. Na ja, die Mari war so eine, die sagte: Ich schaffe an und spare, und dann habe ich alles und mach Schluß. Ja, ja und ein Kind wollte sie. Wir haben so gelacht, als die das erzählte. Damals sagte sie nämlich: Ich will ein Kind, aber nicht mit einem Kerl zusammen. Sie war schon ein Schätzchen, die Mari. Hat sie denn Zaster zu erwarten?«

»Vielleicht können wir ein Suchfoto veröffentlichen«, sagte ich. »Aber du hast wahrscheinlich keins, oder?«

»Na sicher habe ich eines«, sagte sie. »Wenn die Macker da sind und Mari ist dabei, dann wird auch schon mal fotografiert. Was bringt das?«

»Eine Nummer«, seufzte ich und legte einen Hundertmarkschein auf den Tisch. »Aber nicht ohne Quittung.«

»Für Getränke?« Sie lachte schallend und ging hinaus, um das Foto zu holen.

»Mir will das alles nicht in den Kopf«, sagte Elsa. »Sie würde doch etwas sagen, wenn sie etwas weiß.«

»Vielleicht weiß sie etwas, wenn wir richtig fragen.«

Tania kam zurück und gab mir ein Foto, sechs mal neun, schwarzweiß. Marianne Rebeisen war auf den ersten Blick ein unscheinbares Blondchen. Auf den zweiten Blick kurzes, blondes Haar, ein gelangweiltes Gesicht ohne erkennbare Besonderheiten. Wenn man es allerdings länger betrachtete, hatte man den Wunsch, mit ihr zu sprechen, sie kennenzulernen, einfach zu fragen: Wer sind Sie eigentlich? Das Kinn war ausgeprägt, die Nase klein und gerade, dazwischen ein empfindsamer Mund, dessen Winkel leicht herabhingen. Die Augen waren groß und dunkel und sagten nichts.

»Ist die denn nie in Urlaub gefahren?« fragte ich.

»Nicht daß ich wüßte«, sagte Tania. »Kann sein, daß sie im Urlaub war, wenn ich im Winter in Mallorca Rentner abgestaubt habe. Aber das hätte sie mir gesagt.«

Elsa steckte das Foto in ihre Handtasche und murmelte: »Ich verstehe das nicht, Baumeister. Sie muß doch irgendwelche Anbindungen gehabt haben. Jeder Mensch hat Anbindungen an Menschen. Wie hat sie gearbeitet?«

»Montag bis Freitag Doppelschicht, etwas mehr, als die Gewerkschaft erlaubt. Samstag, Sonntag Pause.«

»Was war samstags, sonntags? Ging sie nie aus?«

Tania überlegte und wollte es genau machen. »Sie gehörte irgendwie nicht zu unserer Clique, und sie war auch nicht der Typ, der ausgeht. Ich meine, mal ins Kino oder mal Kolleginnen besuchen oder mal essen beim Griechen und so. Jetzt, wo ihr fragt, fällt mir das besonders auf. Freitag nachmittags verschwand sie und kam Montag morgens wieder. Jedes Wochenende, obwohl am Wochenende wegen des stillen Ficks, wie ich das nenne, manchmal der große Reibach ist. Wir haben sie aufgezogen, wir haben gesagt, sie hätte irgendwo einen Macker. Sie lachte nur. Einmal hat sie mir gesagt, sie ging in der Eifel wandern.«

»Da lachen wir aber gar nicht«, sagte ich. »Und das war an jedem Wochenende?«

»Ja.«

»Und du hast keine Ahnung, wo sie war, ich meine, wo in der Eifel? Und wen sie traf?«

»Null Ahnung. Die zwanzig Minuten sind übrigens um, also entweder oder.« Sie grinste sehr sympathisch.

Elsa sagte hastig: »Das reicht, das reicht.«

»Noch eine Nummer«, bestimmte ich. »Wie kam sie in die Eifel? Bundesbahn, Bus, Auto?«

»Weiß ich nicht, weiß ich wirklich nicht. Ein Auto hat sie nicht, das ist jedenfalls sicher. Sie packte so eine große pinkfarbene Reisetasche und huschte aus dem Haus. Sie ging immer rechts runter, dann links rein in die Merowinger Straße, dann war sie weg. Das habe ich x-mal aus dem Fenster gesehen. Also, wenn ich abgeholt werden sollte, würde ich an der Ampel an der Volksgartenstraße zusteigen.«

»Seit wann arbeitete sie hier im Haus?« fragte Elsa.

»Seit drei Jahren. Das weiß ich genau, weil ich ein Jahr hier war, als sie kam.«

Elsa starrte aus dem Fenster. »Und woher kam sie?«

»Tja, woher kam sie?« Sie griff unter ihr Röckchen und schob sich den Slip zurecht, der nicht mehr Volumen hatte als ein Bindfaden.

»Irgendwoher vom Land – aus der Provinz sozusagen. Warte mal, ich hab's. Sie sagte, sie hätte viel mit Amis zu tun gehabt. Aus Bitburg.«

»Paß auf«, sagte ich, »ich will mir nicht den Vorwurf machen, dich beschissen zu haben. Wir haben dich belogen. Die Mari ist tot, sie wurde erschossen. In der Eifel.«

»Scheiße!« sagte sie mit grotesk schrägem Mund. »Ich hab

so was geahnt.« Sie sah uns an und setzte schnell hinzu: »Nicht daß ich was gewußt hätte, so meine ich das nicht. Warum habt ihr mir das nicht gleich gesagt?« Da war ein sanfter Vorwurf.

»Wenn jemand hört, die ist tot, denkt er darüber nach und kann nicht mehr antworten«, sagte ich. »Kannst du dir vorstellen, daß die Mari zu irgendeinem Geheimdienst gehörte?«

»Wenn ich das so überlege, muß ich sagen, daß ich mir das gut vorstellen kann. Schon deswegen, weil wir ja alle nichts von ihr gewußt haben. Sieh mal, ich weiß alles von den anderen und nix von Mari. Und das ist doch komisch, oder? Und wenn gesoffen wurde, soff sie nicht mit. Und wenn wir mal ein bißchen Koks probiert haben, dann ohne sie. Und wenn wir mit den Mackern Quatsch machten, ging sie rüber in ihre Wohnung. Ja, Geheimdienst kann ich mir vorstellen.«

»Kann ich mir die Wohnung von ihr ansehen?« fragte Elsa. »Nur mal so.«

»Sicher«, murmelte Tania und verlangte keine Nummer dafür. »Der Alte hat mir den Zweitschlüssel gegeben, weil es sein konnte, daß Mari ihren Schlüssel verloren hat. Nun taucht sie wohl nicht mehr auf. Kann ich das Grab sehen?«

Elsa nahm den Schlüssel. »Welche Wohnung ist es?« Tania beschrieb es ihr, und Elsa ging hinaus.

»Mari hat kein Grab«, sagte ich. »Sie ist noch in der Anatomie in Bonn. Sie hat ja wohl keine Verwandten.«

»Doch, doch«, murmelte Tania. »Sie hat ja ein bißchen uns. Ich mach ihr eine Beerdigung. Da kommen alle Loddel und alle aus dem Betrieb und die Taxifahrer und die Masseusen von nebenan und andere aus der Südstadt. Sie soll eine Beerdigung haben. Kannst du mir helfen, daß wir ihre ... also, daß wir sie kriegen? Und wie ist das passiert?«

»Wir wissen es eben nicht. Drei Leute wurden erschossen. Außer ihr ein Bundeswehrleutnant und eine Serviererin. Wir wissen nicht, was Mari mit denen zu tun hatte. Alle drei wurden mit einer Schrotflinte umgelegt. Einfach so. Und wir haben durch Zufall davon erfahren und wissen eigentlich noch wenig.«

»Vielleicht waren das die Leute, mit denen sie in der Eifel gewandert ist?«

»Das kann sein. Aber ein bißchen mehr als wandern wird gewesen sein. Was für Kundschaft hatte sie denn?«

»Normale, würde ich sagen. Aber die Kundschaft ist heilig. Wir wissen manchmal, wie die mit Vornamen heißen, aber mehr wissen wir nicht.«

»Was würde es kosten, wenn du versuchst, herauszufinden, was das für Kunden sind?«

»Einen satten Tausender«, sagte sie schnell. »Ich übernehme Maris Kundschaft und versuche es.«

»Tausend sind mir zuviel, sagen wir achthundert.«

»Gut. Achthundert. Bar und jetzt.«

»Vierhundert jetzt, den Rest, wenn du rüberkommst mit den Informationen.«

»Sechshundert jetzt, den Rest, wenn ich dich anrufe.«

»In Ordnung. Hier ist meine Telefonnummer in der Eifel. Und beeil dich.«

»Hör mal, ich glaube, du hast das nicht mitgekriegt. Ich will, daß wir die Mari kriegen, damit sie eine Beerdigung hat.«

»Ich glaube, du mußt einen Antrag bei der Staatsanwaltschaft stellen.«

»Mach du das für mich«, sage sie, und ich sagte Ja, weil sie anfing zu weinen.

Es gibt Fragen, die bei Frauen so erheblich sind, daß man sie erst dann stellt, wenn man einen Rauswurf riskieren kann, wenn man das Wichtigste schon weiß.

»Hör zu«, sagte ich. »Du hast selbst gesagt, daß die Mari gesagt hat, sie will irgendwann ein Kind. Tania, Mari war schwanger.«

Sie stand da, und ruckartig hörte das leise Weinen auf. Sie schniefte zweimal. Die Tränen hatten die schwarze, tintige

Umrandung der Augen aufgelöst und in scharfen Strichen links und rechts auf die Mundwinkel zufließen lassen. »Nein«, sagte sie grell und ihr Clownsmund wurde größer. »Mach keinen Quatsch, verscheißer mich nicht. Sie war schwanger?«

»Ja. Im zweiten Monat. Hast du eine Ahnung, von wem?«

»Keine Ahnung.«

»Sie hat keinen Ton gesagt?«

»Nein. Aber warte mal, sie hat in der letzten Zeit davon geredet, daß sie fertig ist mit diesem Beruf und bald aufhört. Weißt du denn, wer der Vater ist? Sie hat es doch so sehr gewollt.«

»Ich weiß es nicht.«

Ich ging hinunter auf die Straße, setzte mich in den Wagen und hörte ein Band mit Haydn-Quartetten. Der Fall sah trostlos aus.

Nach einer Weile kam Elsa, setzte sich neben mich und sagte: »Laß uns fahren, das ist eine schäbige Welt. Irgendwer hat die Wohnung auf den Kopf gestellt. Das sieht grauenhaft aus. Sie hatte viele Plüschtiere, unheimlich viele Plüschtiere, einen ganzen Zoo.«

»Und sonst?«

»Nichts. Billigste Einheitsmöbel. Aber sechs Kugelschreiber und zwei Füllfederhalter. Keine Unterlagen, nichts. Nur die Plüschtiere. Wie wenig doch von einem Menschen bleibt.«

»Kleidung?«

»Normal. Nichts Besonderes. Eher bieder. Jeans und Blusen. Lieber Himmel, wir werden nie herausfinden, was da gelaufen ist.«

Ich sagte nichts darauf, weil ich dasselbe Gefühl hatte, weil ich enttäuscht und wütend war.

»Sie kam also aus Bitburg, sie kam daher, wo auch Lorenz Monning und die Susanne Kleiber herkamen. Sag mal, Baumeister, ist das nicht ein perfektes Spionage-Trio?«

»Perfekt ist das richtige Wort. Monning und die Kleiber

arbeiten im Auftrag des MAD draußen an den Depots. Wenn sie bereit waren, und alles sieht so aus, etwas über die Lage der Depots und ihren Inhalt zu verraten, dann ist ein potentieller Feind in der Lage, allen Nachschub im Fall des Krieges abzuschneiden und zu zerstören. Sie liefern ... du lieber Himmel, ich bin kein Spion, aber es ist ja kinderleicht ... sie liefern ihre Erkenntnisse weiter an die Marianne Rebeisen. Die wird von irgendeinem Kunden besucht, dem sie das Material übergibt oder nur einfach weiterberichtet. Genau das hat Messner entdeckt, genau das hat er recherchiert, das ist der Spionagefall. Und die Leute in der DDR oder beim KGB haben begriffen, was da lief. Sie schickten den Lastwagenfahrer aus Dresden, und der räumte auf.«

»Aber der Schäfer Meier hat ihn nicht halten sehen. Er sagte, der LKW-Fahrer fuhr vorbei, er stoppte nicht.«

»Das ist die Frage, über die ich nachgedacht habe. Der Fahrer hat sehr leicht hinter der nächsten Kurve halten und zurücklaufen können. Vollkommen ohne Risiko. Ich will wissen, wie die Rebeisen an jedem Wochenende in die Eifel kam.«

»Marita Heims«, sagte Elsa schnell.

»Wir versuchen es«, entschied ich.

»Ich möchte jetzt ins Kino«, sagte sie träumerisch. »Oder Chick Corea hören oder die *West Side Story* von Bernstein. Erlebst du das oft bei Geschichten? Ich meine, daß man total den Mut verliert?«

»Das kommt vor.«

Wir fuhren in den Nachthimmel über der Eifel, unterhielten uns kaum. Nur einmal sagte sie: »Es muß doch, verdammt noch mal, den Menschen geben, der alles weiß.«

»Sicher, den Menschen gibt es. Er hieß Monning, oder Kleiber oder Rebeisen.«

»Ob Messner mehr weiß?«

»Gewiß, aber er wird nichts sagen. Wo liegt Marita eigentlich?«

»Zweiter Stock, privat. Chirurgie Frauen. Das kannst du aber doch telefonisch machen.«

»Sie werden ihre Leitung überwachen.«

»Eigentlich mache ich doch lieber Modethemen«, murmelte sie.

Dann lachten wir, und es war wie eine kleine Befreiung.

Die Klinik in Blankenheim lag am Hang und sah wie eine uneinnehmbare Festung aus. Ich rief aus einer Telefonzelle an und verlangte die Nachtschwester der Station. Ich sagte: »Ich bin ein alter Freund von Frau Heims. Ich weiß, sie darf keinen Besuch haben, ich weiß auch, daß sich da einer wichtig tut, der sie bewacht. Kann man denn eine Minute zu ihr?«

Die Schwester lachte und sagte: »Da müssen Sie aber durch die Küche kommen. Und nicht lange. Der Zerberus, der sie bewacht, kriegt gerade sein Essen im Schwesternzimmer.«

»Sie sind nicht ein Engel, sondern eine Engelschar.« Ich ging also durch den Eingang, über dem *Lieferanten* stand, und stieg ein trostloses Treppenhaus empor. Hinter einer Schwingtür lief ich einer drallen Krankenschwester in die Arme, die flüsterte: »Drittes Zimmer links. Und in zwei Minuten sind Sie wieder draußen. O.k.?«

Marita sah sehr gut und sehr gesund aus. Verbände sah ich nicht. Sie sagte erfreut: »Das ist aber eine Überraschung. Haben Sie schon gehört, daß irgendwer mein Auto geklaut hat?«

»Ich habe es schon wieder zurückgebracht.«

Sie kicherte und griff automatisch nach einem kleinen Spiegel, um sich zu schminken. »Das dachte ich mir. Ich habe gebremst und es funktionierte nicht. Der Bulle vor meiner Tür ist wohl bestechlich?«

»Der Bulle ist wohl MAD und weiß von nichts. Wir haben keine Zeit, also konzentrieren Sie sich. Wir wissen jetzt, daß Lorenz Monning erst in Bitburg stationiert war. Dort war auch Susanne Kleiber. Wir haben erfahren, daß die Marianne Rebeisen ebenfalls in Bitburg gewesen ist. Monning und Kleiber kamen dann nach Münstereifel. War die Rebeisen auch in Münstereifel?«

»Nein. Die war in Köln. Aber Münstereifel dauerte ja nur ein paar Monate. Dann kamen die nach Hohbach.«

»Zweite Frage: Marianne Rebeisen war eine Freundin der Susanne Kleiber und kam jedes Wochenende nach Hohbach. Wissen Sie, auf welchem Weg?«

»Aber ja. Lorenz hat erwähnt, daß Susanne die Marianne immer Freitagabend abholte. Und einmal waren wir in Köln und haben sie sogar mitgenommen zum Depot.«

»Wissen Sie, daß Marianne Rebeisen im zweiten Monat schwanger war? Und haben Sie eine Ahnung, wer der Vater sein könnte?«

»Das weiß ich nicht, keine Ahnung, wirklich nicht.«

»Wissen Sie, daß Marianne Rebeisen und die Susanne Kleiber hier in der Gegend für sich eine Kneipe, eine alte Mühle gekauft haben?«

»Lorenz hat das erwähnt, er war ja mit Susanne Kleiber befreundet. Ja, das weiß ich.«

»Marita«, sagte ich, »dann müßten Sie eigentlich auch wissen, daß die Susanne Kleiber beim MAD gekündigt hat, weil sie am Jahresende die Kneipe zusammen mit Marianne Rebeisen machen wollte.«

»Ja, das wußte ich.«

»Warum haben Sie das nicht gesagt?«

Sie zog den Kopf zwischen die Schultern. »Ich habe einfach nur an Lorenz gedacht. Das ist doch alles nicht wichtig, dieses Gerede über die anderen.«

»Das verstehe ich nicht. Nächste Frage: Sie haben erwähnt, Lorenz würde Ihnen das schönste Geschenk Ihres Lebens machen, wenn er bei der Bundeswehr kündigt.«

»Ja.«

Alter Mann, dachte ich, gib mir Erfolg bei diesem Gelüge,

gib mir einen guten Bluff. Draußen ging einer über den Gang, und jemand rief: »Hallo, Schwester.«

»Marita. Sie wollen doch, daß wir den Fall aufklären, oder? Warum haben Sie mir denn nicht gesagt, daß Lorenz auch zum Jahresende gekündigt hat?«

Sie sah mich sehr starr an, schloß die Augen und begann zu weinen. »Das sollte doch geheim bleiben. Er wollte doch nicht, daß ich darüber spreche.«

»Und warum das Gerede von der beruflichen Beförderung vom Lorenz?«

»Die Leute sollten es nicht wissen. Ja, er hat zum Jahresende gekündigt.«

»Wann war das genau?«

»Das ist ein paar Wochen her.«

»Die letzte Frage: Sie liebten Lorenz Monning. Sie wollten ihn heiraten. Was wollte er beruflich machen?«

Sie schluchzte und lachte und konnte sich für keines entscheiden. »Wir wollten eine Kneipe und ein kleines Hotel machen. Wir haben in der Walsdorfer Gegend einen alten Bahnhof gekauft. Wir wollten im kommenden Frühjahr umbauen und anfangen.«

»Eine Kneipe und ein Hotel für Susanne und Marianne und eines für Lorenz und Marita. Erstens: Wie wurde das alles finanziert? Zweitens: Was hielt denn der Lorenz von der Friedensbewegung?«

»Wir haben alles aus Ersparnissen finanziert, die Susanne und Marianne auch. Wir wollten keine Kredite – wir verdienten ja alle gut. Von der Friedensbewegung hielt Lorenz viel. Sehr viel, möchte ich mal sagen. Er hat sie in Köln und in Bonn und in der Eifel kennengelernt. Er sagte immer, sie hätte ihm seine Angst vor dem Ostblock gründlich genommen. Er hatte manchmal Zoff mit Messner, weil der immer auf den bösen Russen rumritt und auf der Gefahr aus dem Osten. Lorenz sagte, die Russen hätten viel weniger Interesse an einem Krieg als alle im Westen zusammen.«

»Sah er denn eine Möglichkeit, diese Gefahr irgendwie einzudämmen?«

»Na sicher. Abrüstung und so. Er sagte, wenn die Großmächte alles Wissen über Waffen austauschten, die Waffen wegschafften, dann könne keiner mehr Krieg machen.«

»Machen Sie es gut, ich muß gehen. Wir sehen uns wieder.« Ich rannte den Flur entlang und erreichte das trostlose Treppenhaus, ohne daß jemand mich sah.

»Lorenz und Kleiber haben gekündigt, sie wollten die Bundeswehr verlassen, sie wollten Hotelier spielen. Monning mochte die Friedensbewegung, und es sieht so aus, als hätten wir einen klassischen Fall von Spionage. Es paßt, es paßt alles.«

»Hat Marita eine Ahnung?«

»Keine. Und sie soll auch vorläufig keine haben.« Ich berichtete genau, was Marita gesagt hatte.

»Das ist eigentlich eine sehr kleinliche Geschichte«, sagte Elsa mutlos. »Kleine Leute überwältigt die Idee des Friedens, sie verraten alles und jeden und werden getötet. Einfach so.«

»Es ist einleuchtend«, murmelte ich. »Es ist alles viel zu einleuchtend. Laß uns fahren.«

Wir fuhren auf den Hof, Krümel schwatzte um uns herum und wollte uns erzählen, wie der Tag war und was an Aufregung sie bewältigen mußte, aber wir hörten nicht zu. Ich ging unter die Dusche und legte mich auf die Matratze.

»Ich möchte mit dir schlafen«, sagte sie leise.

»Und ich mit dir«, sagte ich.

Krümel konnte sich später nicht entschließen, auf welchem Bauch sie schlafen wollte. Sie huschte und nörgelte zwischen uns her und maunzte zuweilen so laut, als sei das Leben grundsätzlich nicht zu ertragen.

Um sechs Uhr trafen wir uns vor dem Badezimmer.

»Wir müssen es irgendwie zu Ende bringen«, sagte ich.

»Ja«, sagte sie. »Laß uns auf den Bauernhof der Monnings

fahren. Vielleicht fällt uns beim Anblick einer Münsterländer Kuh ein, was wir bisher übersehen haben. Glaubst du, daß wir an den Brummifahrer aus Dresden herankommen?« fragte sie.

»Ich weiß es nicht, ich glaube es nicht. Welcher Mörder gibt ein Interview?«

»Ob Messner etwas sagt?«

»Kein Wort. Er genießt die Macht des Wissens, er wird befördert, er wird für das Vaterland schweigen.«

»Du sagst so kluge Sachen«, murmelte sie.

ELFTES KAPITEL

Udo Lindenberg sang, es ginge hinter dem Horizont weiter. Ein paar Zeilen des Textes hatte er wohl aus dem Mülleimer geholt.

Krümel kam gerannt und schubberte sich an meinen Beinen. Natürlich ahnte sie, daß wir fahren würden, aber sie wußte nicht, ob ich sie mitnahm.

»Es geht nicht«, sagte ich. Und dann nur scharf: »Nein!« Das verstand sie, trollte sich und ging in eine dunkle Ecke, um zu trauern. Ich hatte mir das so zurechtgelegt, viel wahrscheinlicher war, daß sie sich mit einer Horde wüster Bauernkater verabreden würde, um oben auf den Hügel Spitzmäuse zu jagen.

Elsa trödelte herum und konnte sich nicht entschließen, ob Hosen oder Kleid.

»Ich nehme das weiße Kleid und Pumps. Werden wir übernachten?«

»Man sagt, Münsterländer Bauern seien stur. Nimm also die Zahnbürste mit.«

»Wir können nicht sagen, wer wir sind und was wir schon wissen. Wie wollen wir vorgehen?«

»Ich bin gegen Tricks und gegen Türken. Ganz ohne geht

es aber nicht. Schau: Ein weißes Kleid und blaue Schuhe und blauer Gürtel, das ist doch gut.«

»Aber dann brauche ich ein blaues Hemd drüber, ein Männerhemd.«

»Es fängt immer sehr harmlos an. Im Schrank sind blaue Hemden.«

»Findest du meine Brüste noch in Ordnung?«

»Ja, sehr. Jedenfalls sind sie makellos gegenüber meinem Bauch.«

»Was ist mit der Naht über dem Auge und hinter dem Ohr?«

»Es pocht, aber es schmückt mich. So in der Richtung schwer angeschlagener, aber standhafter Held.«

»Trotzdem siehst du aus wie ein Strauß Feldblumen.«

Wir fuhren schnell, auf dem ersten Autobahnstück aus der Eifel nach Köln rauschte ich mit einhundertsechzig zu Tal, an Köln vorbei und wurde aufgehalten, wo alle immer aufgehalten werden. Die A1 zwischen Köln und Dortmund scheint vernagelt, ist immer im Bau, immer kaputt, feiert Triumphe bei der Staubildung und läßt Straßenbauer in einem miesen Licht erscheinen.

Chet Atkins dröhnte auf WDR 2 *Like a Crystal in the Night*. Eine klare, gute Gitarre, nicht verschwommen durch elektronische Schleifereien.

Jemand referierte über Glücksreisen, was immer das sein mag, und Elsa fragte: »Können wir nicht zusammen in Urlaub fahren, wenn wir die Geschichte hinter uns haben?«

»Bitte, nein«, sagte ich erschreckt.

Sie war ein bißchen beleidigt, und ich setzte schnell hinzu: »Erst die Geschichte, dann sehen wir weiter.«

»Du bleibst also der Alleinunterhalter?«

»Das ist zu befürchten«, sagte ich. »Ich bin nämlich der einzige, dem ich traue.«

»Du tust mir manchmal ganz schön weh.«

»Das ändert nichts an den Tatsachen.«

Erst weit hinter Dortmund war die Strecke frei, und ich konnte mich wieder beeilen.

Wir erreichten Kalkdorf gegen zehn Uhr. Es war ein sehr ordentliches, schmuckes Dorf, die Kneipe hieß *Zur Linde* und hatte ein Schild in den Butzenscheiben hängen: *Schinkenbutterbrote*. Es war alles so sauber, daß man die Schinkenbutterbrote vom Gehsteig essen konnte. »Zweites Frühstück«, sagte ich. »Sei nett zu mir, wir sind irgendwie verwandt.«

»Du trickst.«

»Uns bleibt nichts anderes«, sagte ich.

Irgend jemand im Radio dröhnte die zweihundertste Version von *King of the Road*, ich drehte ab. »Zurückhaltung und sanfte, aber wilde Trauer ist angesagt«, sagte ich.

»Scheiße«, sagte sie.

Die Kneipe war urgemütlich, wenn man das Bemühen bedenkt, sie so aussehen zu lassen, als lebten wir knapp nach dem Dreißigjährigen Krieg. Niemand war zu sehen, wir waren die einzigen lebenden Wesen.

»Ein Tisch nahe an der Theke«, flüsterte ich.

Die Wirtin erschien, wünschte ungeheuer forsch: »Schönen Tach auch«, und fragte: »Soll's was Alkoholisches sein?«

»Nein danke«, sagte Elsa. »Wir möchten gern frühstükken, geht das?«

»Würstchen, Eier auf Speck, ein bißchen Mettwurst, Marmelade selbstgemacht, Brötchen?« haspelte sie herunter. Sie war blond und unnötig dick und scheinbar ganz und gar von dem Gedanken beseelt, die Menschen seien eigentlich gut. Sie strahlte unentwegt.

»Ein bißchen von allem«, sagte ich. »Können Sie uns sagen, wo der Friedhof ist?«

»Aber es ist doch gar keine Beerdigung heute«, sagte sie irritiert.

»Das ist es nicht«, sagte ich und trat Elsa leicht auf den Fuß.

»Mein Mann besucht das Grab eines Kameraden«, plauderte Elsa. »Lorenz Monning, wissen Sie. Zur Beerdigung konnten wir nicht kommen.«

Das Lachen glitt von ihrem Gesicht wie ein Wassertropfen. »Der Lorenz«, sagte sie langsam. »So ein guter Kerl, und dann der Unfall.«

»Es trifft immer die Besten«, sagte ich.

»Ich zeige Ihnen den Friedhof«, sagte sie. Dann war sie wieder um Munterkeit bemüht: »Aber erst mal gibt es Frühstück.«

Wir waren unserer Rolle gemäß sehr schweigsam, während sie mit Bienenemsigkeit den Tisch deckte und uns eine kleine Vase mit Blumen hinstellte.

»Der alte Monning ist völlig von der Rolle«, sagte sie. »Und Lorenz' Frau, die Gabriele, mußte sogar zu einem Nervenarzt, damit sie nicht durchdreht, sagen die Leute. Kennen Sie die Gaby?«

Ich schüttelte den Kopf und Elsa sagte: »Nein.«

»Lorenz wollte ja aufhören beim Bund«, sagte sie. »Der wollte zurück zur Frau und den Kindern und die Höfe machen. Gaby hat mir gesagt, er wollte sich auf Kälbermast spezialisieren. Da ist ja noch was zu holen. Es war ja auch die Rede davon, daß er eine Großschlächterei aufmacht. So Wurst aus dem Münsterland. Und nächstes Jahr sollte er Schützenkönig sein.« Sie arrangierte die Butter, die Milch, das Salz, den Pfeffer. »So nette Kinder, so eine nette Frau. Den alten Monning hat das geschmissen. Na ja, was Wunder.« Dann ruckte sie hoch und schrie durchdringend: »Oma, mach mal ein bißchen schneller, die Leute verhungern mir ja.« Dann vertraulich: »In der Küche herrscht unsere Oma. Bleiben Sie länger?«

»Wir hätten gern ein Zimmer«, sagte ich. »Ich weiß noch nicht, wie lange wir bleiben.«

»Ein Zimmer, jawoll. Ich gebe Ihnen eins nach hinten raus, weil heute abend der Gesangverein im Saal ist, und da ist es etwas laut.«

Das Frühstück war gut, die Wirtin rührend besorgt, wir fühlten uns unbehaglich.

»Waren Sie also ein Kollege vom Lorenz?«

»Ja. Eine andere Einheit, aber ich kannte ihn. Panzergrenadiere.« Das war das einzige, was ich locker dahinsagen konnte.

»Ach so«, sagte sie. »Lorenz war ja auch Ehrenmitglied im Kriegerverein. Es war eine schöne Beerdigung, obwohl die Familie ihn ja nicht mehr ansehen konnte. Muß ja ein furchtbarer Unfall gewesen sein.«

»Furchtbar«, sagte ich.

»Aber gelitten hat er nicht«, sagte Elsa.

»Wollen Sie noch Kaffee?«

Wir wollten keinen mehr, rauchten in Ruhe und warteten auf das Stichwort.

Endlich sagte sie: »Sie gehen also die Dorfstraße runter bis zur Volksbank. Dann links, und dann sehen Sie den Friedhof schon liegen. Lorenz' Grab ist im Familiengrab von Monnings, das größte und erste linker Hand. So ein trauriger Fall.«

Als ich die Tür hinter uns schloß, sah ich sie den Telefonhörer abnehmen.

»Ich finde diese Art der Recherche nicht gut«, sagte Elsa.

Wir gingen ordentlich untergehakt durch die Sonne, und die Leute, die uns begegneten, grüßten freundlich. Der Friedhof war zweigeteilt in einen sehr alten und einen sehr neuen Teil. Das Familiengrab der Monnings war so groß wie eine Vier-Zimmer-Wohnung und besetzt mit Findlingen, auf denen ohne kirchliche Sprüche die Namen der Toten, ihre Geburtstage und Sterbedaten in einfachen Bronzelettern eingelassen waren. Unwillkürlich dachte ich an ein Hünengrab, heidnische Rituale. »Das ist der Adel dieser Gegend«, sagte Elsa. »Die großen Bauern sind schweigsam, gottesfürchtig, sauflüstern und geil.«

»Heh, das ist ja ein gewaltiger Spruch.«

»Na ja, ich weiß, wovon ich rede. Ich hatte mal einen Freund, der von einem der großen Höfe hier stammte. Zuletzt ging es ihm so schlecht, daß er sich pro Tag nur einen grünen Hering erlauben konnte. Aber den servierte er sich bei Kerzenlicht auf einem alten Silbertablett.«

Eine Frau auf einem Fahrrad fuhr zwischen den Gräbern durch und sah uns mit hochgerecktem Hals sehr intensiv zu, wie wir da in der Sonne standen, fuhr dann gegen einen Begrenzungsstein und fiel unendlich langsam um.

Elsa kicherte grell, und ich sagte schnell: »Reiß dich zusammen, lach in der Eifel.«

»Es ist aber so grotesk«, murmelte sie.

Wir blieben eine halbe Stunde, dann gingen wir zurück, und die Art der Leute auf den Dorfstraßen hatte sich kaum merklich verändert. Sie grüßten herzlicher, uns verbunden. Sie wußten alle, weswegen wir gekommen waren, sie verstanden es alle, und sie fanden es gut. Wir ließen uns das Zimmer geben, und ich sagte kein Wort, während Elsa munter plapperte und der Wirtin Komplimente der Art machte, daß sie das Dorf toll fand und das Frühstück toll und den Friedhof toll und die Landschaft toll.

»Du übertreibst etwas«, sagte ich.

»Laß mich und versink in deiner Trauer.«

»Lach mich nicht aus, aber ich glaube, ich hätte diesen Lorenz Monning gern gekannt.«

»Er war sicher ein seltsamer Mann«, sagte sie. »Und ich weiß immer noch nicht, ob er eine Sau oder ein Heiliger war. Was glaubst du, wer wird als erster kommen?«

»Keine Wetten, wir warten.«

Um ein Uhr gingen wir hinunter in den Schankraum. Ein paar Männer standen am Tresen, sprachen miteinander und tranken ihr Bier. Die Tische waren unbesetzt. Es herrschte sekundenlang vollkommene Stille, als wir eintraten. Dann grüßten sie freundlich und wir setzten uns.

Die Wirtin kam verschwörerisch heran. »Die Gabriele

Monning, die Frau vom Lorenz, hat gehört, daß Sie hier sind. Und sie bedankt sich auch schön für Ihr Kommen und läßt fragen, ob sie mit Ihnen sprechen kann.«

»Selbstverständlich«, sagte ich kurz angebunden. »Wo und wann?«

»Vier Uhr zum Kaffee bei Meier zum Hofe. Das ist ihr Mädchenname. Ich würde Ihnen dicke Bohnen in weißer Soße anbieten. Kartoffeln dazu und ein Schnitzel natur.«

»Toll«, sagte Elsa schon wieder. »Die Gabriele wohnt nicht bei den Schwiegereltern?«

»Nein, nein, die haben sich den alten Hof von ihren Eltern eingerichtet. Der war ja eigentlich ein kleiner Bauer, ein kleiner Krauter, wie man so sagt. Ein bißchen Vieh noch, aber sonst nur das, was man braucht, ein paar Hühner und so. Lorenz hat für Gabriele ihr Elternhaus neu ausgebaut, für sie und die Kinder. Lorenz' Hof soll ja stark vergrößert werden, und sie brauchen das Wohnhaus da ja nicht mehr. Soll wohl ein Wirtschaftsgebäude werden, wenn sie das mit der Großschlachterei machen ...«

»Lorenz wollte wieder hier anfangen?« fragte Elsa schnell.

»Ja sicher. Das war der Plan, und die Gabriele hatte das alles ja fest in der Hand. Die ist tüchtig, die ist das, was die Leute clever nennen, die wollte was Neues anfangen, die hat ja auch Managerkurse in Hamburg belegt und alles so was. Na ja, ich verstehe ja nix davon, aber die war dahinterher und die Gemeinde hat sich gefreut, von wegen Gewerbesteuer und so und neue Arbeitsplätze. Sieht ja hier beschissen aus mit den Arbeitsplätzen. Mein Gott, das war damals eine Hochzeit bei den beiden.«

Die Schnitzel hatten den Umfang einer mittelgroßen Bratpfanne, die Kartoffeln schmeckten nach Kartoffeln, die dicken Bohnen waren ein Genuß, nur die weiße Soße war des Guten zuviel.

»Ich würde hier in einer Woche fett«, sagte ich. »Ich frage mich die ganze Zeit, ob die Geheimdienste hier waren. Es spricht einiges dafür, daß sie die Angehörigen völlig rausgelassen haben, weil Lorenz Monning so gut wie nie hier war.«

»Und was bedeutet das für uns?«

»Das bedeutet, daß sie tatsächlich nichts wissen. Aber vorstellbar ist mir das noch immer nicht.«

»Ich bin auf die Frau gespannt«, flüsterte Elsa. »Wahnsinnig gespannt.«

»Ich bin überhaupt nicht gespannt auf die Dame. Sie wird eine der Hausfrauen sein, die alles für sich und die Kinder und den Mann wollen: liebevolle deutsche Mutter, Geschäftsgründung und die erste Million möglichst schnell. Und sie ist gescheitert. Aber dieser Lorenz Monning wird meinem Hirn immer unerträglicher. Er läßt sich von der Frau scheiden, oder er will das tun. Er verspricht einer zweiten Frau die Heirat und kauft mit ihr einen alten Bahnhof, um eine Kneipe und ein Hotel zu machen. Er kriegt von einer dritten Frau ein Kind, deren Freundin eine Mitspionin ist. Gleichzeitig wartet dieses ganze Dorf darauf, daß er demnächst zurückkommt. Und zwar, weil er nicht nur Schützenkönig werden soll, sondern nebenbei auch noch eine Großschlächterei gründen will. Dieser Mann hat etwa vier Karrieren parallel machen wollen, dieser Mann muß schizophren gewesen sein.«

»Vielleicht war er das«, murmelte sie.

Nach dem Essen gingen wir zwei Stunden spazieren, sahen in der Ferne große Höfe, trödelten herum auf Sandwegen, auf denen stahlblaue Mistkäfer herumtorkelten, lagen unter einer Eichengruppe im samtweichen Gras und wurden immer ungeduldiger.

Wir gingen zu Fuß, nachdem wir uns um einige Schattierungen dunkler angezogen hatten. Die Wirtin hatte mir drei Teerosen aus dem eigenen Garten spendiert, weil es einen Blumenladen nicht gab. Elsa hatte auf Make-up verzichtet und sah bleich und edel aus.

Die Hofanlage sah von weitem gut aus, hatte etwas von deutscher Romantik, lag in einer Eichengruppe. Als wir näherkamen, sahen wir den Verfall. Kein Gerät ohne Rost, der landwirtschaftliche Betrieb offensichtlich aufgegeben, in einem nach vorn offenen Bretterverschlag rosteten zwei Traktoren. Das Wohnhaus war neu, sehr aufwendig aus roten Klinkern hochgezogen. Das roch nach Geld.

Es war offensichtlich die Uroma, die uns empfing, eine Frau mit einem schmalen, zerfurchten Ledergesicht auf unglaublich krummen Beinen. Sie murmelte etwas Burschikoses wie »Kommt man rein« und ging vor uns her.

Sie hatten wohl versucht, das Haus so zu bauen, wie man sich vorstellte, daß die Herren dieses Landes einst gehaust hatten: pompös und überladen. Hinter der kleinen Diele lag ein hallenähnlicher Raum, der bis in den Dachstuhl reichte: von dunklen Eichenbalken durchzogene Klinkerflächen. Sechs Türenfenster ließen viel Licht einfallen, dahinter ein Garten, gepflegt, sehr sauber. An der Innenwand ein Kamin aus dunklem Stein. Darin ein Feuer und davor eine Sitzgruppe aus schwarzem Leder.

Gabriele Monning war eine schmale, zierliche Frau um die Dreißig. Sie trug das dunkelbraune Haar lang herunterhängend ohne Schnörkel, und sie war sehr hübsch in einem dezenten, streng englischen Hosenanzug mit einem einfachen Männerhemd aus weißem Leinen. Ihr Schmuck war von Cartier, was nichts sagt außer über den Preis. Sie hockte in einem der Ledersessel, stand auf, drehte sich zu uns und sagte leise und affig: »Ich danke von Herzen für Ihren Besuch. Setzen wir uns.«

»Wir wollten Ihnen unser Beileid aussprechen«, sagte Elsa. »Er war ein feiner Kerl, mein Mann kannte ihn.«

»Ja, ja«, murmelte sie schnell. Ihr Lächeln kam und ging sehr schnell, als habe sie die Kontrolle über diesen Mechanismus verloren. »Es ist still im Haus. Meine Eltern sind mit den Kindern und Oma Monning nach Sylt gefahren. Hier ... hier ist es zu still und bedrückend. Tee? Kaffee?« Sie hatte plötzlich rote Flecken im Gesicht.

»Wir nehmen Tee«, sagte Elsa.

»Waren Sie in der Kompanie meines Mannes?«

»Nein, nein. Nachbarkompanie, Panzergrenadiere. Wir hatten manchmal dienstlich miteinander zu tun.«

»Lorenz ist in der Arbeit für die Bundeswehr ja völlig aufgegangen«, sagte sie hohl. »Aber gegen Jahresende wollte er zurückkommen. Wir wollten neu anfangen.«

»Wir hörten: eine Großschlachterei«, sagte Elsa lächelnd.

»Nicht nur das«, sagte sie schnell, und sie wirkte plötzlich erstaunlich sicher. »Auch Verarbeitung. Wurst und so. Wir dachten an eine Fünf-Millionen-Investition.«

»Das ist ja wohl zu Ende jetzt«, murmelte ich.

»Durchaus nicht«, sagte sie schnell, »durchaus nicht. Jetzt ziehe ich es allein durch, die Bank will es auch so.«

Elsa warf mir einen warnenden Blick zu, und ich verstand das nicht. »Wenn Sie die Bank hinter sich haben und es sich zutrauen«, murmelte ich, »dann wird es klappen.«

»Die Bank steht hinter mir, die Deutsche Bank. Sie haben mich sogar in die hausinterne Management-Schulung aufgenommen. Bullenmast, Schlachterei, Verarbeitung. Die Bank steht hinter mir, voll und ganz. Das ... das war ...« Da waren wieder die roten Flecken. »Das war ja wohl ein schlimmer Unfall mit Lorenz.«

»Ja«, sagte ich knapp. »Aber er hat nichts gemerkt, es ging so schnell.«

»Das sagte man mir«, sie geriet ins Stottern, wollte eigentlich nicht darüber sprechen.

»Sie müssen sich Zeit nehmen, um den Verlust zu überwinden«, murmelte Elsa schnell. »Vielleicht eine Reise.«

»Wir wollten am Jahresanfang mit den Kindern in die Staaten«, sagte sie. »Lorenz und ich. Um Kraft zu tanken für den Start hier.«

»Er sollte der Praktiker sein und Sie der Manager«, sagte ich, nur um etwas zu sagen.

»Ja, genau so«, sagte sie eifrig. Das war etwas, was sie sicher machte. »Arbeitsteilung, verstehen Sie? Er wußte alles über Mast und Verarbeitung. Ich komme mit Management und Marketingsachen.«

»Ein Traumpaar«, sagte Elsa leise.

Die Uroma kam herein und sah uns nicht an. Sie hatte nur Augen für Gabriele Monning, und sie mochte sie nicht. Sie stellte das Tablett aus Sterlingsilber auf den Tisch und sagte muffig: »Ich geh im Garten Unkraut jäten.«

»Mach man, Oma«, sagte Gabriele Monning. Sie wartete eine Weile. »Sie ist auch noch ganz benommen von Lorenz' Tod.«

»Die Leute im Dorf auch«, sagte Elsa. »Richtig benommen.«

Gabriele Monning goß uns Tee ein, ihre Hände waren vollkommen ruhig. »Meinen Schwiegervater hat es besonders schlimm erwischt. Der läuft wie ein Traumtänzer rum und erzählt überall Sachen, daß man glauben könnte, der Lorenz kommt morgen zurück. Er trinkt wie verrückt.«

»Väter sind immer hilflos«, sagte Elsa seufzend und machte mich wütend mit diesem Gefasel. Aber dann ging sie zum Angriff über und ihre Schnelligkeit und Brutalität erschreckten mich.

»Sagen Sie, waren eigentlich die Marita Heims, die Susanne Kleiber und die Marianne Rebeisen bei der Beerdigung?«

Eine unendliche Weile lang war es ganz still.

Die Flecken in ihrem Gesicht wurden größer und intensiver. »Verzeihung«, sagte sie unnatürlich ruhig, »wer ist das?«

»Verwaltungsangestellte der Bundeswehr«, sagte Elsa freundlich. »Freundinnen von mir. Ich frage nur.«

»Ja, ja, aber ich kenne sie nicht. Damen waren nie hier.« Spätestens jetzt mußte sie wissen, daß irgend etwas mit uns nicht stimmte, aber sie reagierte nicht.

»Es war wohl nur Herr Hauptmann Hartkopf mit dem Ehrenzug der Bundeswehr«, sagte ich lächelnd.

»O ja. Der ist ein treuer Freund, ohne den wäre alles viel schlimmer gewesen, viel schlimmer. Ein treuer Freund. Er kam immer, und er kommt immer noch, wenn der Dienst ihm Zeit läßt, meist am Wochenende. Er ist uns eine riesige Hilfe.« Sie drehte das Armband ihrer Cartier-Uhr hin und her und sah darauf und runzelte die Stirn.

»Wir müssen, glaube ich, gehen«, murmelte Elsa. »Wir danken Ihnen und wünschen Ihnen Kraft und viel Glück.«

Sie gab uns die Hand, sie brachte uns vor das Haus, sie lächelte hektisch mit den roten Flecken im Gesicht.

»Leben Sie wohl«, sagte sie.

Elsa starrte auf die Haustür und murmelte: »Jetzt telefoniert sie mit Hartkopf/Messner. Was wird der tun?«

»Ich weiß es nicht, und es ist mir auch egal. Vielleicht schickt er ein paar Schläger, vielleicht macht er den Fehler noch einmal. Die Monning hat uns erwartet, sie wußte, wer wir sind und wie wir aussehen, und sie hat keine Sekunde geglaubt, daß ich bei den Panzergrenadieren bin. Ich habe Kopfschmerzen.«

»Psychosomatisch, denke ich.«

»Na sicher. Mich macht das verrückt. Da wird ein kleiner Bundeswehrspion erschossen, und sein Chef kümmert sich rührend um die Witwe. Mich macht das alles krank.«

Dann trödelten wir durch die Sonne zurück.

Auf den Vater des Lorenz Monning brauchten wir nicht zu warten, der war schon da. Er saß an der Theke, ein grauhaariger Mann wie ein Schrank, und stützte den Kopf in beide Hände. Leicht seitlich von ihm hinter dem Tresen stand die Wirtin und nickte uns freundlich zu, sagte aber nichts.

»Wir gehen uns ausruhen«, sagte Elsa.

»Nicht doch, nicht doch«, lärmte der Mann plötzlich. Er hatte eine rauhe Stimme. »Die Herrschaften sollten mit mir reden, jawoll.« Er drehte sich zu uns und sah uns aus sehr wässrigen Augen in einem roten Gesicht an. »Gestatten, Monning, Rittergutsbesitzer.« Und dann neigte er den Kopf und kicherte sehr hoch. Er war betrunken.

»Herr Monning hat heute gute Laune«, sagte die Wirtin so laut, als stünden wir einen Kilometer entfernt.

»Gute Laune ist wichtig«, sagte Elsa schnell. »Kommen Sie mit auf unser Zimmer, Herr Monning?«

»Das tue ich gern, gnädige Frau«, bellte er. »Das tue ich verdammt gern. Hier in diesem Kaff trifft man ja keinen vernünftigen Menschen. Gestatten, Monning, Rittergutsbesitzer.« Dann neigte er wieder den Kopf, schüttelte ihn langsam hin und her, als könne er diese Welt nicht fassen, und kicherte.

Dann kippte er langsam vornüber, offensichtlich nicht gewillt, sich irgendwo festzuhalten. Ich griff ihn und sagte: »Baumeister. Panzergrenadiere.«

»Ich war nur beim Volkssturm«, lallte er an meiner Brust.

Er war ein Zwei-Meter-Mann, ich hatte meine Schwierigkeiten mit ihm. Er roch sehr intensiv nach Pils und Korn und schweren Zigarren, und er war so an die 65 Jahre alt, gemessen am Alter seines Sohnes und am Volkssturm. Im Treppenhaus sagte er, es sei ihm wesentlich lieber, zu ihm auf den Hof zu gehen. »Da kann ich baden und mir den Scheißalkohol von der Seele waschen.«

Elsa stand oben an der Treppe und nickte heftig.

»Gut, dann lassen Sie uns zu Ihnen gehen«, sagte ich.

»Haben Sie ein Auto?«

»Na, sicher doch«, sagte er.

Es war ein Mercedes-Geländewagen, forstgrün mit einem Drei-Liter-Diesel. Monning hatte eine sympathische Art, den Weg zu weisen. Er sprach kein Wort, wedelte mit gewaltigen Pranken in die gewünschte Richtung, und ich ließ den Wagen rollen. – Der Hof der Monnings war ein nach vorn offenes Geviert, ein Bilderbuchhof. Das Haupthaus im Hintergrund stand unter vier gewaltigen Eichen, die das uralte Ziegelfachwerk im Dämmer hielten.

»Wir haben alles allein für uns«, sagte er müde. »Meine Frau ist weg mit den Enkeln und den Schwiegereltern von

Lorenz. Den Leuten habe ich freigegeben.« Dann lächelte er. »Sie können sich wie zu Hause fühlen.« Er stand neben dem Wagen. Sein englischer Pfeffer-und-Salz-Anzug sah so aus, als habe er eine Woche darin geschlafen. »Im Kirchspiel wird dieser Besitz bereits vor sechzehnhundert erwähnt.« Er war jetzt erstaunlich klar, sprach aber über Dinge, an die er wohl nicht dachte. »Wenn Sie mir folgen wollen, setzen Sie sich. Ich gehe mich umziehen und duschen.« Damit stapfte er davon, wütend und entschlossen, das Zwielicht des Alkohols beiseite zu fegen.

»Ein Bullenkerl«, flüsterte Elsa. »Ein Bullenkerl in einem Traumhaus. Davon werde ich noch als Rentnerin träumen. Was ist mit dir? Du bist schon seit Stunden so maulfaul.«

»Ich saufe Milieu«, sagte ich. »Ist dir das mit der Bank aufgefallen, das mit der Deutschen Bank bei Gabriele Monning?«

»Ja, ja, sie war ganz wild darauf, uns mitzuteilen, daß die Bank hinter ihr steht und verlangt, die fünf Millionen auch zu verbrauchen ... Meinst du etwa ...?«

»Ja, das meine ich. Wir werden telefonieren müssen.«

Monning hatte im großen, grünen hölzernen Rundbogen der Heueinfahrt eine kleine, schmale Tür offengelassen. Wir kamen in die alte Diele, und es roch nach Sommer und Heu und geräuchertem Schinken. Es ging durch eine sehr große Küche mit einem riesigen Herd in der Mitte. Über diesem Herd hingen an hölzernen Stangen tatsächlich Würste und Schinken.

»Wie für einen Film«, sagte Elsa entzückt.

Wir kamen in ein Zimmer, das links hinaus in einen Blumengarten führte, rechts an der Wand stand ein großes, grünes Ledersofa vor einem kleinen Tisch, geschnitten aus einer einzigen eichenen Baumscheibe. Dazu dunkelgrüne Ledersessel. An der gegenüberliegenden Wand ein Schrank mit aufgereihten Gewehren. Das alles auf rötlichbraunen Fellen, Damwild wahrscheinlich.

»Das gibt es gar nicht«, sagte Elsa erneut.

Offensichtlich hatte Monning in diesem Raum in den letzten Tagen gelebt und geschlafen. Da lagen zerknüllte Wolldecken auf dem Fußboden, die Aschenbecher waren ungeleert, dreckige Eßteller standen auf einer alten Anrichte. Irgendwo im Haus lärmte Monning herum und sang *Gaudeamus igitur*, immer einen viertel Ton zu hoch. Dann drehte er ein Radio auf, eine aggressive, nachdenkliche schwarze Stimme kam mit *Moon over Bourbon Street.*

»Das ist doch wie im Märchen«, murmelte Elsa.

Draußen vor der ersten Tür in den Garten war ein Beet mit blühendem Rittersporn. Das Unkraut war hochgeschossen und bildete einen dichten grünen Grundteppich. Hinter den Blumenbeeten stand ein Backhaus, dann ging es hinab in eine Senke, aus der sich vier große Pappeln reckten.

»Ich habe vergessen, das Gras in meiner Mauer zu gießen«, sagte ich. Ich stopfte mir die *Punto d'oro* von Savinelli, sie schien mir angemessen.

Monning kam eine knarrende Treppe hinunter, stapfte hinein und murmelte: »Entschuldigen Sie bitte meine Entgleisung«, und stellte sich neben mich an das Fenster und sah hinaus in den Garten. Er hatte einen anderen Anzug angezogen. »Wollen wir uns eine Vesper machen? Mettwurst, Schinken, Schwarzbrot? Ich könnte was vertragen.«

»Das klingt gut«, sagte ich. »Mein Name ist Baumeister.«

»Habe ich nicht vergessen«, sagte er knapp. Dann drehte er sich zu Elsa. »Wenn Sie einen Kaffee machen, richte ich die Platte. Sie sind bei den Panzergrenadieren?«

»Ja. Bei Bitburg.« Ich wußte nicht, ob bei Bitburg Panzergrenadiere standen, aber plötzlich war mir das auch ganz egal.

»Kann es sein, daß Lorenz mal Ihren Namen erwähnt hat?«

»Das kann sein.«

»Wie war eigentlich dieser Unfall. Erzählen Sie mal, jetzt werde ich es durchstehen.«

»Ich weiß es nicht, ich war nicht dabei. Ich habe nur von seinem Tod gehört.«

»Ist ja auch egal«, sagte er schnell. »Kommen Sie, wir machen uns was zu essen.«

Während er mit Elsa hinausging, setzte ich mich in einen der Sessel und rauchte. Elsa kam mit Geschirr und dem Kaffee, und Monning legte Holzbretter vor uns hin. In die Mitte des Tisches kam eine große Holzplatte mit Schinken, Mettwurst und schwarzem Brot.

»Wie fanden Sie meinen Sohn?«

»Ich mochte ihn«, sagte ich.

»Guter Junge«, murmelte er. Er legte die Handteller flach auf den Tisch und lächelte uns an. »Sie müssen nicht auf das Geschwätz der Leute hier hören, und schon gar nicht auf das Geschwätz meiner Schwiegertochter. Lorenz wollte nicht hierher zurückkehren, er war kein Bauer, er war nie ein Bauer. Die ganze Gegend träumt davon, daß er Bullenmast macht und eine Großschlachterei aufzieht. So ein Quatsch! Was man auch sagt, keiner will den großen Traum aufgeben.«

»Moment mal«, sagte ich heftig, »es geht uns ja nichts an, aber die Leute können doch nicht alle verrückt sein. Die reden doch von Tatsachen. Ihr Sohn wollte zurückkommen und was Neues aufziehen.«

»Das war ursprünglich so. Vor mehr als einem Jahr«, lächelte er. »Stimmt ja auch. Er hat mit Banken verhandelt, damals, die wollten auch einsteigen. Aber dann hat er sich entschieden, weil die Ehe kaputt war und weil er letztlich kein Bauer ist und kein Bullenmäster und kein Großschlachter. Man kann es ihm ja nicht übelnehmen, daß er mal geglaubt hat, er könne die Ehe noch retten, oder? Nein, wir haben geredet, er wollte nicht zurück.«

»Und seine Frau hat die Investition von fünf Millionen für sich allein gekriegt?« fragte ich.

»Sie hat das gedeichselt, und ich will sie nicht stoppen, und sie ... sie ist ... sie ist mir unheimlich. Sie war mir immer schon unheimlich. Es ist ... irgendwie ist es für sie so, als wäre Lorenz nie dagewesen.«

»Eine harte Frau, nicht wahr?« fragte Elsa.

»Hart? Hart ist gar kein Ausdruck«, sagte er. »Sie war schon immer so, und eigentlich habe ich Lorenz nie verstehen können. Sie ist der Typ, der beim Bumsen, Entschuldigung, der beim Bumsen bemerkt, er hätte nicht genug Bargeld bei sich.«

»Das muß doch eine große Enttäuschung für Sie gewesen sein«, murmelte Elsa.

»Das war es, das war es wirklich«, sagte er. Er wandte sich zu mir: »Worin bestand eigentlich Ihrer Meinung nach seine Stärke?«

»Erst mal war er ein guter Soldat«, sagte ich. Zum erstenmal dachte ich flüchtig daran, daß es ein gutes Gefühl sein müsse, jederzeit ohnmächtig werden zu können. »Als Mensch war er einfach verläßlich und sehr freundlich. Kein Muffelkopf, kein Kriegertyp.«

»Das denke ich auch«, sagte er langsam, als sei er allein. »Als Vater sieht man ja leicht an der Wirklichkeit vorbei, aber für seine Freunde war er immer da – egal, wie der Hase lief.«

Elsa sah mich kurz an und fragte dann: »War er denn auch Ihr Freund?«

Er lächelte. »Das ist eine berechtigte Frage.« Er räusperte sich. »Ja, wir waren Freunde, Gott sei Dank, ich weiß, daß das selten ist. Ich habe ja seit Jahren gemerkt, daß er kein Bauer war und auch nie einer sein würde. Wir haben in der letzten Zeit viel darüber geredet. Sehr viel. Wir haben uns auch mal angebrüllt. Und zuletzt habe ich ihn verstanden. Er hatte zwar die Höfe hier, aber er brachte es nicht, wie man so sagt. Er sagte immer: Vater, wenn es dir ganz beschissen gehen sollte, komme ich und helfe dir. Das sagte er immer wieder, und darauf war Verlaß. Er wußte schließlich auch, daß unser Berufsstand in die Binsen geht. Das machte ihm Kummer.«

»Ihnen denn nicht?« fragte ich.

»Und wie!« sagte er. »Ich kann mich bei meinem großen Betrieb noch eine Weile halten, aber auf Dauer bleibt nichts beim alten. Die kleinen Bauern hier sind längst kaputt, und manchmal erlebst du, daß einer sich drei oder vier Kühe hält, nur um nicht zu vergessen, wer sein Vater war. Diese Scheißpolitik hat uns kaputtgemacht. Wenn ich ein Altenheim für Bauern aufmache, kann ich massig Geld verdienen. Aber dann bin ich von Depressiven umgeben und gehe selbst ein. Ich bin zu alt, um noch was Neues anzufangen. Ich habe also der Gaby den Hof gegeben, sie will diese Mastindustrie aufbauen, und auf diese Weise kriegen meine Enkel, was sie sowieso gekriegt hätten. Hat Lorenz mit Ihnen darüber gesprochen?«

»Nein«, sagte ich. »Er war zu zurückhaltend.«

»Ja, er war kein Plappermaul.«

»Da sind aber viele Träume in den Arsch gegangen«, sagte ich mehr zu mir selbst.

»Das kannste laut sagen«, murmelte er. »Trinken wir ein Bierchen und einen Klaren? Ich sehe, Sie rauchen Pfeife, das gefällt mir.«

»Für mich einen Sprudel oder so was, ich trinke keinen Alkohol. War Lorenz nie mit den Kameraden seiner Einheit hier?«

»O doch. Er brachte seine Truppe zum erstenmal vor anderthalb Jahren hierher. Dieser Hartkopf war auch dauernd dabei, der sich um meine Schwiegertochter kümmert. Na ja, ich mag den Kerl nicht, aalglatt, Sie kennen ihn ja. Die Truppe ging damals immer in die Sandgrube saufen. Das war tierisch, war das. Aber Lorenz war bloß höflich, der mochte den Hartkopf nicht. Wissen Sie, warum?«

»Keine Ahnung, vielleicht berufliche Konkurrenz?«

»Glaube ich nicht, dazu war mein Sohn viel zu selbstbewußt. Aber ich muß ja auch nicht alles kapieren.«

»Hartkopf kam immer mit der Truppe?«

»Anfangs ja, später kam er allein. Schon seit einem Jahr oder so, kam er immer allein. Eigentlich finde ich das ja rührend. Da gibt mein Sohn langsam seine Frau und seine Familie dran, und sein Kumpel springt ein. Hat sich wirklich doll um Gabriele bemüht, hat ihr auch später manchmal bei der Projektplanung geholfen, ist auch mit den Kindern spazierengefahren und so. Irgendwie gut. Aber ich kann ihn nicht ausstehen.« Er stand auf, klapperte nebenan in der Küche herum und stellte Bier und Schnaps und Sprudel auf den Tisch. Unser Gespräch wurde seltsam flach, weil wir flache Gedanken austauschten und alle an Lorenz Monning dachten.

Ich sah Elsa und Monning wie Lebewesen in einem Aquarium. Sie hatten nichts mehr mit meiner Welt zu tun. Ich hörte ihn sagen: »Mein Lorenz war in vollem Umfang für diesen Staat ...«, ich hörte Elsa sagen: »Vielleicht konnte er einfach mit dieser Frau nicht leben ...« Aber ganze Sequenzen ihres Gespräches hörte ich gar nicht, sah nur, wie sie den Mund bewegten. Bilder überschnitten sich. Ich sah, wie Susanne Kleiber in strömendem Regen den Mund vor Entsetzen aufriß, ich sah, wie Marianne Rebeisen in panischer Angst in den Wald rannte, ich sah den Schäfer Meier geschockt auf zwei Leichen ohne Kopf in dem Jeep starren, ich sah, wie Messner das Gewehr langsam anlegte. Dann hatte plötzlich Gabriele Monning das Gewehr in der Hand und zielte irgendwohin, dann war es der Schäfer Meier, der schoß, dann wieder hatte Lorenz Monning das Gewehr auf Messner/Hartkopf gerichtet.

Ich öffnete die Augen, und Elsa sagte erstickt: »Mein Gott, ich bin vollkommen blau.« Sie versuchte aufzustehen, aber es klappte nicht. Sie sah mich schuldbewußt lächelnd an, und ich sagte schnell: »Macht doch nichts.«

»Das tut mir aber leid«, dröhnte Monning und lachte. Wir packten Elsa auf das Sofa, und sie jammerte, alles um sie herum drehe sich, aber dann schlief sie ein und atmete schwer.

»Gehen wir an die frische Luft«, sagte Monning, nahm die Schnapsflasche und steckte sie in die Jackentasche. »Kommen Sie mal, ich zeige Ihnen was.« Er wirkte verschmitzt wie ein kleiner Junge und war jetzt sehr betrunken.

Er ging durch die Diele auf den Hof, dann durch die Sonne in den Stall.

»Hier waren mal Schweine drin«, sagte er und hielt sich an einer von der Decke baumelnden rostigen Kette fest. »Schweinekoben aus Stein, noch ganz im Original. Und es riecht noch immer nach Schwein, obwohl fünfzig Jahre vorbei sind.« Er stapfte nach vorn auf ein riesiges Paket zu, das mit einer groben Sackleinwand verhüllt war, und zog daran. Eine Staubwolke flog auf.

Es war ein schwarz-grauer Wanderer, ein wunderschönes altes Auto.

»Toll, was?« Er lachte, und seine Augen funkelten vor Vergnügen. »Baujahr vierunddreißig. Reiselimousine. Die stand bei einem Kollegen oben in Husum, aber die Maschine war verreckt. Und in Berlin sitzt jemand, der die Motoren nachbaut. Ich habe einen bestellt und einbauen lassen. Ein Vermögen, sage ich dir, ein Vermögen. Aber ist es nicht ein Traum? Das waren noch Autos, was? Alles Originalteile. Und alles für meinen Lorenz, der jetzt endlich zurückkommen wollte.«

Er machte die Tür an der Fahrerseite auf und ließ sich seitlich in den Sitz fallen. Er nahm die Schnapsflasche und trank eine unglaubliche Menge. Dann verschluckte er sich, hielt sich an der Tür fest und ließ seinen Kopf auf den Arm sinken.

»Lorenz hat sich so was sein Leben lang gewünscht, und jetzt sollte er es kriegen.«

Da war plötzlich Wut in mir, und ich sagte laut und ganz ohne Beherrschung: »Verdammt noch mal, Bauer. Irgendeiner hier muß doch auf dem Teppich bleiben. Dein Sohn wollte nicht zurückkommen. Nie!«

Sein Kopf kam hoch, er sah mich verschwiemelt an und versuchte zu lächeln, aber es wurde nur ein Zähnefletschen. »Doch, doch«, sagte er schwer. »Wort ist Wort. Ist ja gut, Junge, daß deine Frau besoffen ist. Ist auch nix für Weiber, was ich dir zu sagen habe. Lorenz wollte kommen, nachdem die Sache mit dem Krankenhaus war, weißt du? Guck mal, guck dir das mal an!« Er kam mühsam schnaufend hoch, machte den Gürtel seiner Hose auf, ließ die Hosen auf die Füße sacken, hob das Hemd und deutete theatralisch auf eine kleine rote, quer über seinen Unterbauch laufende Narbe. »Die haben mich aufgemacht, verstehst du? Diesen Frühling. Sie haben mich wieder zugemacht und gesagt, alles wäre in Ordnung. Aber ich habe den Doktor an den Kanthaken genommen und gesagt: Mit mir nicht, Doktor, mit mir nicht. Was ist los? Und dann hat er zugegeben, daß ich Krebs habe und daß eigentlich nichts mehr zu machen ist. So ist das.« Er versuchte sich die Hosen hochzuziehen, und als das nicht klappte, half ich ihm. Er sank in den Sitz zurück und keuchte.

Es war sehr still im Stall, nur ein paar Schmeißfliegen hatten sich verirrt und machten ihren Lärm.

»Und du bist zu deinem Lorenz und hast ihm das gesagt. Und er hat geglaubt, du wolltest ihn erpressen. Er hat gesagt: Ich komme nicht! Und dann hast du es getan!«

Sein Kopf kam hoch, und sein ganzes Gesicht fiel in Falten, als er sich quälend bemühte zu verstehen, was ich gesagt hatte. Er verstand es nicht. »Ich bin sechsmal zu Lorenz in die Eifel. Also nicht zum Depot oder so, mal in Bonn, mal in Gerolstein, mal in Adenau, mal in Köln. Wir haben uns getroffen, verstehst du? Wir haben geredet wie Freunde, verstehst du? Ach so, ach so, jetzt verstehe ich das mit der Erpressung. Nix Erpressung. Er hat es verstanden, er hat gesagt: Unter diesen Umständen komme ich für ein paar Monate und helfe bei der Übergabe. Ich habe ihm, na ja, ich habe ihm vorgeschlagen, er soll doch diese Hotelidee mit dem

Scheißbahnhof in Walsdorf sein lassen, er kann doch mit der Marita hierherkommen und die Sache hier aufziehen. Er konnte doch drauf bestehen, daß die Gaby mit den Kindern verschwindet, denn ohne sein Erbe, verstehst du, ohne sein Erbe, ohne meinen Hof und mein Land ...«

»Ohne das alles kann sie nichts machen«, sagte ich.

»Richtig. Und ich glaube, er hat daran rumüberlegt. Auf jeden Fall wollte er ab Januar helfen, daß alles in die richtigen Bahnen kommt, verstehst du?«

»Wer wußte das?«

»Ich weiß nicht, die Familie weiß das, ich hab ja drüber geredet, ganz offen drüber geredet. Und ich kann die Gaby nicht ab, ich ... na ja, sie hat die Kinder. Meine Enkel, verstehst du? Für meine Enkel ...«

Sein Kopf fiel vornüber, und er begann zu weinen. Da war kein Geräusch außer diesem erstickten, grauenhaft hilflosen Weinen.

Nach einer Weile kam er mit einem ganz grauen Gesicht zu sich, ließ sich von mir aus dem Auto helfen, und dann deckten wir die staubige Plane wieder über sein Geschenk.

Er ging steif wie ein Ladestock vor mir her aus dem Stall und setzte sich auf die Bank unter der Eiche. Ich setzte mich neben ihn, und wir sahen zu, wie die Sonne vom Himmel kam.

»Ich habe in der letzten Zeit dauernd Angst vor der Nacht. Vor jeder Nacht.« Er preßte die Lippen aufeinander und blies die Luft aus sich heraus. »Deshalb saufe ich soviel, deshalb quatsche ich auch soviel. Die Angst macht mich verrückt. Man sagt doch immer, die Münsterländer sind schweigsam. Sind sie nicht. Nicht, wenn sie Angst haben. Lorenz hätte dieses Weib nicht heiraten dürfen, niemals. Die wollte nur den Hof, die hatte nur diese Scheißgroßschlachterei im Kopf, von Anfang an. Die hat die Kinder gekriegt wie eine Pflichtübung. Und als Lorenz das begriff, ist er weggeblieben. Klar, wäre ich auch, wäre ich verdammt auch.« Er schluchzte und sagte: »O Scheiße, o Scheiße, o Scheiße!«

»Und dir fehlt jetzt ein Gewehr, nicht wahr? Eine zweiläufige Mauser Schrot, nicht wahr?«

»Ja, aber ist doch nicht wichtig, ist doch alles nicht mehr wichtig. Es ist so schwer, mitansehen zu müssen, wie hier alles vor die Hunde geht. Ich kann nichts mehr machen, ich bin ein alter Mann, und ich bin müde. Wenn ich könnte, würde ich sie alle umlegen, einfach alle.« Dann weinte er wieder lautlos und wiegte sich in seinem Schmerz hin und her.

ZWÖLFTES KAPITEL

Ich weiß nicht genau, wie lange wir da wortlos unter der Eiche hockten. Als die Sonne sich groß und rot unter den Horizont senkte, sagte er: »Du kannst meinen Wagen nehmen, ich kann sowieso nicht mehr fahren. Ich hole ihn mir morgen an der Kneipe ab. Rede nicht über das, was ich sagte, es ist ja doch alles zu spät. Komm mal wieder, wenn du Zeit hast.« Er wirkte nicht betrunken, er wirkte so, als habe man ihn in einer öligen Lösung erstarren lassen.

»Ich will dir nicht länger was vormachen«, murmelte ich. »Du wirst es irgendwann erfahren, und du wirst dich fragen, warum ich dir so einen Stuß erzählt habe. Ich heiße Baumeister, aber ich bin nicht bei den Panzergrenadieren. Und dein Lorenz ist nicht bei einem Unfall umgekommen, dein Lorenz wurde erschossen.«

Er hockte neben mir und rührte sich nicht. Er saß vornübergebeugt, die Hände auf den Knien, und starrte in einen Grasflecken vor der Bank. »Du redest einen Scheiß«, sagte er endlich ohne Atem.

»Ich sage die Wahrheit. Ich bin Journalist und will nur wissen, was passiert ist. Irgendwie geht es mir unheimlich an die

Nerven, dich übers Ohr zu hauen. Lorenz ist erschossen worden, mit einer Schrotflinte. Es hat nie einen Unfall gegeben.«

»Aber der Verteidigungsminister hat uns geschrieben ... ach so, so ist das.« Er stand auf und machte ein paar seltsam lächerliche Trippelschritte. Dann drehte er sich abrupt zu mir herum und brüllte: »Wenn das jetzt auch nicht die Wahrheit ist, bringe ich dich um!« Er setzte sich unvermittelt in einen Sandfleck im Gras, beugte sich weit vornüber, und sein Atem ging immer hastiger. Er flüsterte immer wieder: »Lorenz, ach Gott, Lorenz!« Er wiegte sich vor und zurück in seinem Schmerz. Dann wurde sein Gesicht dunkel, und er rang nach Atem.

»Leg dich lang«, sagte ich fiebrig, packte ihn an den Schultern und drückte ihn flach in das Gras. Sein Mund stand halb offen, und etwas Speichel lief über sein Kinn. »Bleib ganz ruhig liegen und bewege dich nicht!«

Ich rannte in das Haus. Elsa lag auf dem Ledersofa und schlief fest. Ich rüttelte sie und sagte: »Monning geht es sehr schlecht. Hol einen Arzt ran, aber schnell.« Dann rannte ich wieder hinaus.

Er lag so, wie ich ihn verlassen hatte, und sein Atem ging mühsam und angestrengt, und seine Hände krallten sich in das Gras. Er flüsterte mit geschlossenen Augen: »Ist doch eigentlich scheißegal, oder? Tot ist tot.«

»Er ist tot«, sagte ich. »Hast du Schmerzen?«

Er schüttelte den Kopf. »Du hast keine Ahnung, wie schwer ich mich fühle. Wie Blei. Wieso erschossen?«

»Das weiß ich nicht genau. Ich habe durch Zufall davon erfahren.«

»Aber es gibt doch einen Polizeibericht. Und das Schreiben vom Krankenhaus.«

»Gefälscht, alles gefälscht.«

»Aber der Staat kann doch so was mit mir nicht machen ... doch, er kann, Mann, bin ich schwer, ich kann die Arme nicht bewegen.«

»Bleib ruhig liegen. Ich habe schon gedacht, du hättest ihn erschossen.«

»Ach so ist das. Jetzt verstehe ich das erst.« Er mühte sich zu lächeln. »Jetzt verstehe ich das, ach so.« Er war kaum noch zu verstehen, sein Gesicht war grau, und sein Atem ging mühsam.

Ich hockte da im Sand und spürte mich nicht. Ich dachte trotzig, daß es trotz allem gut gewesen sei, ihm die Wahrheit zu sagen. Ich mochte ihn.

Der Arzt war ein alter, kleiner, dürrer Mann mit einem sehr unordentlichen gelben Schnurrbart und einem Hut auf dem Kopf, der schon die Bauernkriege überlebt haben mußte.

»Was ist?« fragte er ganz knapp mit schmalen Augen und stellte seine Tasche in das Gras.

»Er hat einen schweren seelischen Schock erlitten.«

»Tja, dann holen Sie mir mal Wasser, junger Mann. Was war in der Flasche da?«

»Schnaps.«

»Na ja, es war wohl alles zuviel. Zuviel Tod, zuviel Kummer, zuviel Schnaps.«

Er begann zielstrebig zu arbeiten, nahm eine Ampulle aus der Tasche, brach die Spitze ab und zog den Inhalt auf eine Spritze.

Ich rannte in das Haus. Elsa hockte mit angezogenen Beinen auf einer Truhe. Erst jetzt fiel mir auf, daß sie nicht aus dem Haus gekommen war.

»Du hast ihm die Wahrheit gesagt, nicht wahr?«

»Ja. Er ist verdammt zu schade für Lügen. Ich brauche Wasser.« Ich rannte mit einem Topf Wasser hinaus und stellte ihn neben den Arzt.

Der Arzt nahm den Topf hoch und goß das Wasser Monning einfach ins Gesicht. »Das wirkt bei Mensch und Tier«, sagte er resolut. »Es muß ein schwerer Schock gewesen sein. Konnten Sie ihm den nicht ersparen?«

»Nein. Wird er wieder?«

»Der wird wieder. Ist eben beste Qualität. Ich habe gehört, Sie waren ein Kollege von Lorenz.«

»Nein. Ich bin Journalist, ich habe Lorenz gar nicht gekannt.«

»Oh!« sagte er erschreckt.

»Der Schock war, daß Lorenz Monning erschossen worden ist. Aber Sie sollten nicht darüber sprechen.«

»Hannes redet nie über Patienten«, murmelte Monning mit geschlossenen Augen.

»Hör mal, du Suffkopp«, sagte der Arzt liebevoll, »bleib noch eine Weile liegen, und hör uns Erwachsenen zu. Du wirst in den nächsten Tagen kommen und dir Vitaminspritzen holen.«

»Scheiß drauf. Lorenz ist tot, und ich gehe sowieso ein.« Das klang sehr wütend, und er hatte die Augen geöffnet, und deren Grund war ein Feuer.

Der Arzt lachte, er lachte überzeugend. »Natürlich wirst du irgendwann eingehen. Ja, ja, du und dein verdammter kleiner Krebs. Ich habe Leute wie dich noch fuffzehn und zwanzig Jahre leben sehen. Ehrlich. Ich kenne deinen Befund, für eine Tragödie reicht das nicht. Du solltest was tun, spuck in die Hände.«

»Und warum haben die mich nicht operiert?« Er blinzelte, weil das Licht wohl immer noch zu grell für ihn war.

Der Arzt warf fluchend die Arme in die Luft. »Weil sie verantwortungsvolle Ärzte sind, weil sie nicht gleich jeden Klacks operieren, weil sie damit rechnen, daß du leben willst, du Hornochse!« Er war richtig böse.

»Alter Gauner«, sagte Monning seufzend. Es war zu spüren, daß es ihm besserging, daß es ihm gutgetan hatte, angepfiffen zu werden.

»Ich will aufstehen«, sagte er und sah mich an. »Ich habe eine Menge mit Ihnen zu bereden, junger Mann. Sieh an, da ist ja auch Madame.«

Elsa kam etwas zerzaust über den Hof und fragte: »Ist es drin denn nicht besser?«

»Sie sind wahrscheinlich auch gar nicht seine Frau, oder?« fragte Monning. Er stand jetzt wieder, er war wieder zwei Meter groß.

Elsa schüttelte den gesenkten Kopf wie ein Schulmädchen, das beim Mogeln ertappt worden ist.

»Ihr seid mir Genossen«, sagte er und ging ganz vorsichtig und langsam auf sein Haus zu.

»Du mußt dich aber schonen«, rief der Arzt im Ton einer Kindergärtnerin. Dann schüttelte er den Kopf und setzte hinzu: »Hat ja doch keinen Zweck.«

»Darf ich mal telefonieren?« fragte ich.

»Nur zu«, sagte Monning. »Ich leg mich auf das Sofa. Bedien dich.«

»Noch eine Frage vorher: Seit wann genau vermißt du die Schrotflinte?«

»Genau seit dem Donnerstag vor Pfingsten.«

»Und du hast keine Ahnung, wo sie ist?«

»Hier kann jeder rein, jeder kann sie nehmen.«

Es war spät, und die Bereitschaft der Kripo in Trier wollte mir die Privatnummer des Rodenstock nicht geben. Erst als ich brüllte: »Ich bin ein Kollege, verdammt noch mal«, ließen sie sich herab.

Rodenstock schien irgend etwas zu essen, wahrscheinlich bittere Schokolade, Kaffee und Kognak.

»Wir sind im Münsterland«, sagte ich. »Wir sind bei Lorenz Monnings Vater. Ich habe ihm die Wahrheit gesagt.«

»Wie reagierte er?«

»Mit schwerem Schock. Haben Sie den Soldaten Lenz verhaftet?«

»Ja, natürlich. Im Krankenhaus. Der Mann ist geständig. Er packt aus. Prügeleien, Nötigungen. Aber es ist nicht zu beweisen, daß Messner ihm das alles befahl.«

»Was ist mit Messner?«

»Der MAD hat ihn kassiert, sie lassen uns nicht an ihn heran. Die haben übrigens angedeutet, daß Sie Messner verbrannt haben. Stimmt das?«

»O ja. Ich habe an alle Geheimdienste geschrieben, ob sie Messner kennen. Und daß er sich Hartkopf nennt. Ein Bild habe ich beigefügt.«

Er kicherte hoch und belustigt, brach dann plötzlich ab und fragte ratlos: »Und was machen wir mit der Spionageaffäre?«

»Es gab gar keine«, murmelte ich.

»Wie bitte? Und der Brummifahrer aus Dresden?«

»Ich verstehe das auch alles noch nicht. Kommen Sie her, ich habe jemand für Sie. Eine Dame mit Gewehr.«

»Wen?«

»Gabriele Monning.«

»Was soll sie getan haben?«

»Sie brachte Messner die Schrotflinte.«

»Beweise?«

»Nun ja, sie hat es beim Schwiegervater geklaut.«

»Aha. Und wer schoß?«

»Messner/Hartkopf, ihr neuer Kronprinz und Kompagnon.«

»Beweisbar?«

»Indirekt, das gehörte zum Plan.«

»Leuchtet ein. Es gab nie Spione in diesem Fall?«

»Wahrscheinlich nicht.«

»Beweise?«

»Der Beweis liegt in der Tatsache, daß ein Lastwagen aus Dresden in Hohbach vor Anker ging. Dann fuhr der Lastwagen über die falsche Straße davon und wurde auf seinem vielstündigen Weg an die Grenze bei Herleshausen nicht angehalten, nicht gestoppt, obwohl Messner und Konsorten von den Geheimdiensten behaupteten, der Fahrer sei der Mörder.«

»Beweis genehmigt.« Er lachte. »Und die Monning?«

»Brachte das Gewehr und verschwand wieder.«

»Also wußte sie, was Messner vorhatte?«

»Sie wußte es, sie kann nicht so ahnungslos sein.«

»Und ich soll jetzt kommen und die Monning kassieren.«

»Wenn Sie so nett sein wollen.«

»Und was war mit den Frauen? Mit der Rebeisen, mit der Kleiber?«

»Das weiß ich nicht, aber vielleicht ist das alles auch sehr einfach.«

Elsa trat zwei Schritte vor, nahm mir den Hörer aus der Hand und sagte: »Ich bin's, die Elsa. Ich weiß, was mit den Frauen war. Also, ich versuche das mal: Es war ein Lesbenpaar, ganz einfach. Wenn die Rebeisen an den Lorenz Monning schrieb, dann nahm der den Brief und gab ihn der Kleiber. Wenn man darüber nachdenkt, ist das alles ganz einfach.«

»Verblüffend«, sagte ich, und Rodenstock muß das gleiche gesagt haben, denn Elsa begann zu lachen und murmelte: »Kommen Sie her, holen Sie sich die Monning, und trinken Sie mit uns einen Kaffee mit bitterer Schokolade und eine Zigarre.« Sie hörte noch eine Weile zu und legte dann auf. »Er bestellt sich einen Hubschrauber, er möchte schnell sein. Wie bist du drauf gekommen?«

»Sag mir erst, wie du auf das Lesbenpaar gekommen bist. Das ist mir zu schrill, das ist mir zu vulgär, das glaubt uns kein Mensch.«

»Es ist aber doch so einfach«, widersprach sie. »Und es ist wie im wirklichen Leben.«

»Und woher kam das Kind in der Rebeisen?«

»Nicht von Monning, so geschmacklos wäre der nie gewesen. Von irgendeinem Freund, vielleicht werden wir es nie erfahren. Sieh mal, wir wissen, daß die Marianne Rebeisen die Susanne Kleiber besuchte. An jedem Wochenende. Nun gut, die Morde geschahen an einem Wochenende. Also war sie in Hohbach bei der Kleiber. Sie ist erschossen worden, weil sie ...«

»Weil sie da war. Sonst gibt es keinen Grund.«

»Ja. Deshalb. Wie bist du darauf gekommen, daß es keine Spionage gab?«

»Das war genauso simpel. Du kriegst nur Licht in den Fall, wenn du bereit bist, abwechselnd entweder die Spionage oder das miese bürgerliche Drama beiseite zu schieben. Dann wird auch klar, was logischer ist. Die Spionage bleibt dabei auf der Strecke, weil ein Punkt gänzlich idiotisch ist. Und wenn ...«

»Welcher Punkt?«

»Na, stell dir vor: Die DDR schickt einen Brummifahrer mit Schrotbüchse in den Westen, um hier drei Leute nachts bei strömendem Regen abzuschießen und ...«

»Du bist mein Held«, flüsterte sie.

»Wir sind überhaupt gut«, murmelte ich.

»Kann mich mal jemand aufklären?« fragte Monning dröhnend.

»Ich verstehe einfach nicht«, murmelte Elsa, »wie Messner diese unglaubliche Spionagegeschichte durchdrücken konnte.«

»Ich muß schlafen, ich erkläre es später.«

»Ich will es wissen.«

»Ich bin müde.«

»Ich will jetzt Aufklärung«, schrie Monning. »Ihr könnt mich doch nicht einfach vergessen.«

»Klär ihn auf«, sagte sie, »er ist so ein netter Kerl.«

Ich hockte mich neben ihn, ich berichtete. Ich versuchte, es einfach zu machen, aber ich konnte ihn nicht schonen. Ich wollte, daß er die Geschichte verstand und daß er anfing, diese Leute zu hassen. Haß kann ein Heilmittel sein, denke ich.

Sein Gesicht zuckte, wurde kantig und hart. Dann begann er zu weinen. Sehr langsam begann er zu begreifen. Endlich schlief er ein.

Die Nacht war gekommen, der Mond dreiviertel voll, Wolken jagten, wir würden Regen kriegen. Dann schrie ein Käuzchen. Elsa zuckte heftig zusammen.

»Früher war das der Todesvogel«, erklärte ich. »Die Leute sagten, wenn ein Käuzchen am Haus schreit, stirbt ein Mensch. Tatsächlich ist das leicht zu erklären. Die Tiere jagen nachts und werden vom Lichtschein angelockt. Und Lichtschein war nachts nur in Häusern, in denen jemand schwer krank war.«

»Trotz deiner wortreichen Erklärung ist es mir unheimlich«, sagte sie und fuhr fort: »Glaubst du, daß du die Unsinnigkeit dieser Spionage-Erfindung klären kannst?«

»Ich bin sicher, daß ich die Lösung im Hirn habe, ich weiß nur nicht, welche Schublade ich öffnen muß.«

Sie hockte sich in eine Decke gewickelt in ihrem Sessel zurecht und starrte auf den schlafenden Monning.

»Der muß unglaublich viel Kraft haben, daß er das alles durchsteht.«

»Ich habe gezittert. Ich dachte, er nimmt ein Schießgewehr und geht rüber und legt seine Schwiegertochter um.«

»Glaubst du, daß er das könnte?«

»Er ist sehr erschöpft.«

Dann herrschte Stille, Elsa schlief ein, und ich starrte in den dunklen Garten. Ich döste ein, wachte aber immer wieder auf. Marita Heims hatte etwas gesagt, das mit Akten zu tun hatte. Die Aktenlage, etwas mit dieser Aktenlage stimmte nicht. Aktenlage, ein Zauberwort in Bonn.

Ich stieg einfach in die oberen Räume und suchte mir ein Schlafzimmer, das so aussah, als würden darin gelegentlich Gäste beherbergt. Ich schlief sofort ein.

Ich verpaßte, wie Rodenstock einflog, ich verpaßte, wie Monning wach wurde, ich verpaßte, wie Rodenstock Gabriele Monning verhaftete. Aber tatsächlich verpaßte ich nichts, denn Elsa war dabei und fotografierte. Sie hatte entschieden, mich nicht zu wecken.

Als ich erwachte, schien die Sonne. Ich fühlte mich ausgeruht. Irgendwo im Haus waren Stimmen, aber ich hatte keine Lust auf Menschen. Ich suchte ein Badezimmer, fand eines und badete ausgiebig. Erst dann ging ich hinunter. Es war hoher Mittag, es war drei Uhr.

Im Wohnzimmer hockte Rodenstock mit verkniffener Miene am Tisch, hatte eine Unzahl farbiger Zettel vor sich liegen und schimpfte in das Telefon. Er sah mich an, lächelte und deutete mit dem Kugelschreiber in den Garten. Elsa saß mit Monning an einem Tisch in der Sonne, und Monning sagte gerade: »Ich habe diesen Messner oder wie er heißt nie leiden können. Hallo, der Herr Redakteur.«

»Was hat die Gabriele gesagt, als man sie verhaftete?«

Elsa biß sich auf die Unterlippe. »Ich war zum erstenmal bei einer Verhaftung. Es ging schnell, und eigentlich war es nicht die Spur aufregend. Rodenstock ist ein As. Er verhaftete sie und fragte dann ganz nebenbei: Warum waren Sie eigentlich so dumm, Herrn Hauptmann Hartkopf das Gewehr zu bringen? Da antwortete sie ebenso selbstverständlich: Weil er es haben wollte.«

»Und Messner?«

»Rodenstock hat ihn. Das Ministerium hat ihn zur Vernehmung freigegeben.«

»Und was telefoniert er da drin so wild?«

»Sie haben immer noch irgendwelche Zuständigkeitsfragen zu klären. Willst du Kaffee? Es gibt hier einen phantastischen Streuselkuchen.«

»Wie geht es dir denn, Rittergutsbesitzer?«

»Ein bißchen besser.« Monning lächelte. »Elsa ist streng. Ich darf kein Bier und ich darf keinen Schnaps. Ich habe ihr die falschen Berichte von der Verkehrspolizei und der chirurgischen Unfallstation gegeben.«

»Und wie geht es deinem Bauch und deiner Seele?«

»Na ja, es geht so, es wird sich weisen. Ich leide wie ein Hund, aber was willst du machen?« Sein Gesicht zuckte heftig, als habe er keine Kontrolle mehr. Er stand hastig auf und verschwand an der Hauswand entlang um die Ecke. »Er weint noch oft«, murmelte Elsa. Sie sah blaß aus. »Dann geht er in seinen Schießstand. Er hat so eine kleine Maschine, die Wildschweine aus Blech auf einer Kette transportiert. Auf die schießt er wie verrückt. Er hat mir erzählt, er schießt mit einer Vierundvierziger Winchester, die ihm Lorenz einmal geschenkt hat. Manchmal weint er auch und feuert wie wild in die Gegend.«

Ich ging, um Monning zu suchen. Der Schießstand lag an der Rückseite des alten Schweinestalles. Monning stand an einen senkrechten schweren Holzbalken gestützt und schoß auf die Wildschweine, die in zwanzig Metern Entfernung monoton ihre Runden drehten. Er schoß traumhaft sicher, die Blechtiere kippten der Reihe nach um.

»Versuch's mal.« Er hielt mir das Gewehr hin.

»Ich nicht. Ich schieße nicht mal Blumen auf der Kirmes.«

»Ich muß mich irgendwie abreagieren. Ich denke, du schreibst schon an der Skandalgeschichte.«

»Es ist keine Skandalgeschichte, es ist eine bösartige, verdeckte, brutale Sache. Und ich verstehe sie immer noch nicht.«

»Was verstehst du denn nicht? Lorenz wurde umgebracht, weil es um eine Menge Geld ging ...«

»Und um Macht, viel mehr noch um Macht. Wieso hat sich die Bank bereit erklärt, deiner Schwiegertochter fünf Millionen zur Verfügung zu stellen? Ist sie wirklich so gut?«

»So einfach war das nicht«, brummte er. »Anfangs, als Lorenz noch dachte, er könnte die Familie retten, da hat er auch mit der Bank gesprochen, und es gab keine Schwierigkeiten. Als dann die Gabriele plötzlich allein stand, wollte die Bank nicht mehr. Sie verlangte einen erfahrenen Partner oder sehr starke Mitspracherechte. Na ja, und dann fand sie den Partner und kriegte die Zusage.«

»Messner, genannt Hartkopf.«

»Richtig. Messner wollte irgendwann in den nächsten Jahren beim Bund aufhören und hier fest einsteigen. Bis dahin sollte er gutbezahlter Berater sein.«

»Mithaftend?«

Er schüttelte den Kopf.

»Hast du denn nicht gerochen, daß da etwas faul ist?«

»Nein.« Er lachte trocken. »Ich habe wirklich an so etwas wie Kameradschaft und Hilfsbereitschaft geglaubt. Sie hätte Messner dann geheiratet, nicht?«

»Sicherlich. Aber erst mußte Lorenz weg.«

»Warum denn eigentlich?«

»Weil er für dich zurückkommen wollte, weil ihr alle Felle wegschwimmen würden, wenn ihr ehemaliger Mann auftauchte, um das Schiff flottzumachen.«

»Ja, ja«, sagte er zu sich selbst. Dann feuerte er wieder wahnsinnig schnell.

Ich ging zurück an den Gartentisch und hockte mich in die Sonne. Rodenstock telefonierte noch immer, und Elsa hatte einen Zettel hingelegt, auf dem stand: *Ich suche mir ein Bett.*

Ich bin nicht der Typ, der vor einem Schachbrett hockt und darüber nachdenken kann, wie der Gegner zu erledigen ist. Mag sein, daß das eindrucksvoll ist, ich kann es nicht. Ich bin gezwungen, etwas zu tun, damit die Sachlage sich bewegt. Ich erwischte Landauer im Bonner Büro der Deutschen Presse-Agentur. Landauer hatte Spätdienst und war deshalb mürrisch.

»Ich brauche deine Hilfe. Ich recherchiere eine Sache, in der ich nicht weiterkomme. Wie legt ihr bei dpa die Mitteilungen der Ministerien ab?«

»Normal eben, der Reihe nach, dem Datum nach. Und nach Ministerium.«

»Kannst du also leicht herausfinden, wann die Bundeswehr einen Unfall meldete?«

»Nichts leichter als das. Das haben wir zuerst unter dem Ministerium, dann unter dem Datum, dann unter Unfall.«

»Paß auf. Vor sechs Tagen etwa meldete die Bundeswehr einen Fall von Tötung und Selbsttötung in der Eifel. Suchst du mir das bitte heraus?«

»Warte, ich hole es.« Er legte den Hörer ab. Nach einer Weile kam er zurück. »Eine solche Pressenotiz hat es nie gegeben.«

Ich hängte ein, sagte nicht mal danke, ich war so wütend.

»Was ist denn?«, fragte Rodenstock in der Tür. Er sah mich irritiert an.

»Ich weiß es noch nicht«, sagte ich. Dann wählte ich das Verteidigungsministerium und verlangte die Presseabteilung.

»Da ist aber niemand mehr«, sagte die Frau in der Zentrale.

»Dann den Nachtdienst«, sagte ich.

Jemand meldete sich mit einem Räuspern und sagte sanft: »Hauptmann Feller.«

»Baumeister hier, Siggi Baumeister. Ich bin der Journalist, der sich erkundigt hat, wer denn der Hauptmann Hartkopf oder Messner im Depot Hohbach/Eifel ist. Mit Foto. Sind Sie auf dem laufenden?«

»Wie bitte?« fragte er irritiert.

»Kennen Sie den Fall Monning?«

»Ja, ist mir bekannt.«

»Dann kennen Sie mich auch.«

»Baumeister? Sagten Sie Baumeister? Schrieben Sie uns die Anfrage nach Herrn Hauptmann Hartkopf?«

»Richtig.«

»Sie sind hier willkommen. Kommen Sie doch mal in den nächsten Tagen vorbei, wir würden gern mit Ihnen sprechen. Vertraulich, versteht sich.«

»Ich möchte gleich mit Ihnen sprechen.«

»Wann?«

»In zwei, drei Stunden.«

»Ist das nicht ein bißchen eilig?«

»Lieber Herr Feller. Ihr Messner hat ein Massaker angerichtet, und Sie erlauben mir, in den nächsten Tagen mal vorbeizuschauen. In drei Stunden, sagen wir um neun.« Dann hängte ich ein.

»Was wirbeln Sie denn so?« fragte Rodenstock irritiert. In

der rechten Hand hielt er eine Tasse Kaffee, in der linken eine schwergewichtige Brasil. Und er kaute auf etwas herum, auf Bitterschokolade, dachte ich.

»Ich fahre mal eben nach Bonn. Ihr Kognak fehlt.«

»Ich habe keinen gefunden.«

»In der Küche auf dem Regal neben dem Herd. Ins Verteidigungsministerium. Ist Messner an Sie überstellt?«

Er schüttelte den Kopf. »Mein Oberstaatsanwalt hatte bisher keinen Erfolg. Das Ministerium behauptet, die Sache sei geheim. Und damit können die machen, was sie wollen – sie behalten immer recht. Was wollen Sie dort? Und Elsa?«

»Elsa soll ausschlafen. Ich habe einen Verdacht und fahre hin. Und wenn ich recht habe, bin ich ein Held und kann mich ausruhen.«

»Sie sind verrückt«, sagte er bekümmert.

»Gott sei Dank«, sagte ich.

DREIZEHNTES KAPITEL

Rodenstock fuhr mich zu meinem Wagen, der bei der Dorfkneipe stand, und er moserte widerwillig herum. Er sagte Sätze wie: »Was wollen Sie denn nachts im Verteidigungsministerium? – Das können Sie auch morgen erledigen! – Entscheidungsträger sind doch nachts im Bett! – Sie sind doch erschöpft! – Warum sind Sie eigentlich so verbissen und schweigsam?«

Aber ich gab keine Auskunft, ich war einfach wütend auf mich selbst.

Das Wetter spielte mit, zumindest regnete es nicht, und der Wind ging sanft. Ich fuhr so schnell ich konnte und brauchte wenig mehr als drei Stunden.

Das Beeindruckendste am Verteidigungsministerium ist seine Fassade – soviel Macht und Herrlichkeit.

Ich sagte dem Mann in dem Glaskasten, wer ich sei und

daß ich zu einem Mann namens Feller wolle, Hauptmann Feller. Er schloß sehr demonstrativ die Sprechluke und begann mit wichtigem Gesicht zu telefonieren. Danach öffnete er wieder und teilte mit, Hauptmann Feller werde mich persönlich abholen.

Es dauerte nicht lange, und er kam aus dem Hauptportal herausgewieselt. Er war etwa fünfzig Jahre alt, klein und schmal und trug in seinem Sonnenbankgesicht einen richtig militärischen Schnauzer wie zu Willems Zeiten. Wenn er diesen Schnauzer zwirbelte – und er zwirbelte ihn andauernd –, tat er es mit der linken Hand und spreizte dabei den kleinen Finger weit ab. An dem Finger trug er einen Ring mit einem Wappenschnitt, ein zierliches goldiges Etwas.

Er eröffnete mit einem wieselflinken: »Das scheint mir aber eine ungewöhnliche Sache zu einer ungewöhnlichen Zeit. Ich weiß nicht, ob ich helfen kann. Sie sind mit unserem Kollegen Hartkopf nicht gerade zurückhaltend umgegangen, Sie haben wohl kein Verständnis für die Sicherheitsbelange des Landes, wie?«

»Nicht die Spur«, murmelte ich.

Er blieb stehen. »Und was, wenn ich fragen darf, war das mit der Massage von Hauptmann Hartkopf?«

»Mit was, bitte? Ach so. Nicht Massage, Sir, Massaker. Aber ich gebe zu, es ist fast identisch.«

»Ich verstehe nicht, ich …«

»Tja, also doch nicht gerade hier, oder? Vielleicht könnten wir …«

»Selbstverständlich. Darf ich vorgehen?« Er tanzte vor mir her und drehte sich ab und zu um und lächelte. Er ging zu einem Lift, dann zwei Geschosse in die Höhe, dann einen beängstigend endlosen Gang entlang, schließlich in einen gemütlich wirkenden Raum, in dem vor dem Schreibtisch ein Mann in Zivil in einem Sessel saß und uns entgegenblickte. Nur auf dem Schreibtisch brannte eine Lampe, es wirkte intim.

»Das ist mein Kollege Damrow«, sagte das Wiesel munter. »Sie verstehen, ich zog ihn zu. Er hat etwas mit der Sicherheitsseite zu tun, mit den Sicherheitsbelangen des Falles, wenn ich so sagen darf. Und noch etwas muß ich sagen: Dies ist sozusagen ein Vorabtreff. Morgen müssen wir den Leiter des Presseamtes zuziehen.«

»Selbstverständlich«, murmelte ich und setzte mich in den zweiten Sessel vor dem Schreibtisch. »Sie sind also beim MAD?« fragte ich den Mann namens Damrow.

Er nickte, aber er sagte nichts.

Das Wiesel setzte sich hinter den Schreibtisch und faltete betulich die Hände. »Wir müssen feststellen, Herr Baumeister, daß wir sehr befremdet sind. Sie als Journalist müssen doch von der Labilität der Sicherheitslage im Bereich der Bundeswehr wissen. Sie mußten doch wissen, daß Sie Hauptmann Hartkopf verbrennen, wenn Sie derartigeSchriftstükke mit Fotos verschicken.«

»Er hat mich verprügelt, das kostet Geld, das Geld will ich vom Bund zurückhaben, deshalb schrieb ich.«

»Und was ist das Massaker, wenn ich fragen darf, das Massaker, das Herr Hauptmann Hartkopf angerichtet haben soll?« Er war sichtlich erheitert.

»Nun ja, die Sachlage ist die, daß Hartkopf/Messner, oder Herrmann-Josef Schmitz, wie er in der Geburtsurkunde stehen hat, drei Menschen mit einer Schrotflinte erschoß: den Leutnant Lorenz Monning, die Serviererin und Mitarbeiterin des MAD Susanne Kleiber sowie die Prostituierte Marianne Rebeisen aus Köln.«

»Beweise dafür?« fragte der Mann namens Damrow ruhig. Er hatte ein schmales, sanftes Gesicht unter einem dichten, schwarzen Haarschopf, er war ungefähr vierzig Jahre alt. Er saß sehr entspannt in seinem Sessel.

»Ja, die Beweise hätten wir gern«, gluckste das Wiesel. Aus irgendeinem Grund wurde er immer heiterer.

»Ich vermute, daß Sie beide jetzt mit Inbrunst an den

Fahrer eines LKW aus Dresden denken«, murmelte ich. »Aber der war es nicht. Die Stasi in Ostberlin spielt gar nicht mit. Ich habe mich gefragt, weshalb denn dieser Fahrer nicht irgendwo zwischen hier und Herleshausen gestoppt wurde. Und damit begannen eigentlich meine Zweifel.«

»Wir wollten ihn nicht stoppen, das ist alltägliche Praxis«, sagte Damrow. »Sie können sicher sein, daß wir den Mann unter Beobachtung haben.«

»Ich habe eine Verlautbarung des Ministeriums bekommen, in der es heißt, die Prostituierte Rebeisen habe Monning und die Kleiber erschossen und sich dann selbst gerichtet. Ich denke, Sie wollen nicht daran festhalten, oder?«

»Offiziell wohl«, sagte Damrow.

»Geht aber nicht«, widersprach ich und legte ihm das Foto vor. »Sehen Sie, die Leiche der Rebeisen und das Gewehr liegen etwa zwei Meter fünfzig voneinander entfernt. Sie kann sich aber nicht den Kopf weggeblasen haben, um das Gewehr anschließend wegzuwerfen, oder?«

Damrow sah sich das Foto an und fragte: »Woher ist das?«

»Ein Bundeswehrangehöriger machte es. Weitere Informationen gebe ich nicht.«

»Worauf wollen Sie hinaus?« fragte Damrow.

»Nun, sehen Sie, das Ministerium hat über die drei Todesfälle keine Information an die Presse gegeben – nur an mich und nur, um meine Recherchen zu stoppen.«

»Richtig«, sagte Damrow. »Hauptmann Hartkopf hat das mit mir abgesprochen, die Pressemitteilung verfaßte er. Ich verstehe immer noch nicht genau: Sie wollen also behaupten, Hartkopf hat die drei erschossen.«

»Nicht nur das. Ich behaupte auch, daß es nie einen Spionagefall gab. Den Eltern des Monning wurde eine Unfallversion gegeben, mir wurde eine Spionageversion gegeben, offiziell war es eine miese Eifersuchtsgeschichte. Finden Sie nicht, daß das eine erstaunliche Geschichte ist, zumal keine der drei Versionen stimmt?«

Ich stopfte mir die *Valsesia* von Lorenzo, diese Beschäftigung macht ruhig.

»Unter Hinweis auf strengste Geheimhaltung, Herr Baumeister, müssen wir darauf bestehen, daß diese Sache unter uns bleibt. Sie haben mit Ihrer Wahnsinnsanfrage genug Wirbel gemacht.« Das Wiesel war streng.

»Na ja, Sie haben außerdem einen veritablen Unfallchirurgen dazu gebracht, einen Todesfall zu erfinden, und irgendein Polizeichef hat einen Unfall erfunden. Alles im Dienste des Vaterlandes und eines Massenmörders.«

»Wir haben Beweise für Spionage«, sagte Damrow.

Die *Valsesia* brannte nicht gut. Ich kratzte sie aus und stopfte sie neu. Ich fragte mich, ob ich auf der falschen Spur sei. Dann erinnerte ich mich daran, mit welcher Unverfrorenheit in dieser Stadt Politiker vom Wohl des Bürgers sprechen.

Ich sagte: »Ich bin bereit, den Mund zu halten und nicht zu schreiben, wenn Sie mir einen einzigen Beweis vorlegen. Ich glaube, Sie haben keinen.«

Das Wiesel warf Damrow einen abbittenden Blick zu. »Sie sind aber sehr unverschämt«, murmelte er.

Damrow saß da und sagte nichts. Schließlich meinte er: »Was wissen Sie eigentlich?«

Ich sagte nichts.

»Kaffee?« fragte das Wiesel. Als wir nickten, stand er auf und verschwand im Nebenraum.

»Sie haben Ihren wirklichen Trumpf nicht rausgelassen«, murmelte Damrow.

»Sicher nicht«, bestätigte ich. »Ich frage mich, was geschehen wird, wenn diese Geschichte erscheint.«

»Ich kenne die Geschichte nicht.« Er war ein harter Mann.

»Weiß Ihr Minister davon?«

»Er wurde routinemäßig informiert.«

»Also im Sinne des Hauptmann Hartkopf?«

»Es gibt keinen anderen Sinn in diesem Fall.« Er zupfte an

seiner Hose über dem rechten Knie, und wie ein Wasserfall kam das Wiesel hereingefegt. »Der Kaffee.«

Damrow ließ sich Zeit, trank einen Schluck und sah das Wiesel streng an, als sei der Kaffee schlecht. Er war schlecht. »Sehen Sie, Herr Baumeister, Monning war ein schwieriger Mann. Ursprünglich war er ein vielversprechender Offizier, bis er sich mit der Friedensbewegung einließ. Und dann wurde er leichtsinnig, leichtfertig, geradezu messianisch. Er fing an, geheime Dinge auszuplaudern. Es ist beweisbar: Er sammelte diese Dinge, er gab sie konzentriert an Susanne Kleiber weiter, die wiederum gab sie weiter an Marianne Rebeisen. Hauptmann Hartkopf begriff das und bekam den offiziellen Auftrag, zu ermitteln. Er ist ein blendender Mann, er hatte Erfolg. Leider kam die Gegenseite ihm zuvor: Das Trio wurde erschossen. Es ist richtig, wir haben sozusagen zivile Gründe für den Tod des Lorenz Monning vorgeschoben, aber im Sinne der Eltern war das sicher richtig. Sie hatten keine Ahnung von den Umtrieben des Sohnes, sie sind brave Menschen.«

»Also war Monning ein Spion für Ostberlin?«

»Diese Unterredung ist selbstverständlich vertraulich«, sagte das Wiesel schnell.

»Sicher«, sagte Damrow.

»Wo ist Hauptmann Hartkopf jetzt?«

»Hier im Hause. Wir sprechen seine Aussagen ab, er darf die Sicherheitsbelange nicht antasten. Wir haben gestattet, daß er dem Oberstaatsanwalt als Zeuge überstellt wird.«

»So ist das also«, sagte ich. »Und wie immer, wenn die Staatssicherheit mitspielt, braucht er nur auf die Fragen zu antworten, die ihm passen.«

»Keine Ideologie, bitte«, sagte Damrow. »Wie sieht Ihr Trumpf aus?«

»Moment bitte. Wie sah denn dieses Trio aus, diese Monning-Kleiber-Rebeisen-Connection?«

»Die Aktenlage sagt, daß Monning der Verführte war. Die

Kleiber stammte aus Ostberlin, sie war eine Schläferin, wurde also erst aufgeweckt, nachdem sie am idealen Einsatzort war. Sie machte Monning abhängig, die Rebeisen half ihr dabei.«

»Also sehr einfach«, murmelte ich. Es gibt eine Zeit für Stoßgebete. Und meine Zeit war gekommen.

»Etwas an meinen Begegnungen mit Messner war merkwürdig«, begann ich. »Ich habe nie verstanden, woher er seine Sicherheit nahm. Er war immer so ... so unverschämt sicher, fast arrogant.« Lieber Himmel, Baumeister, laß dir etwas einfallen. Alter Mann, du kannst doch nicht immer von Versprechungen leben. Tu ein Wunder! Tu es jetzt!

»Ich wußte, Messner war auf einem totalen Erfolgstrip. Er war wie jemand, der nach einer quälend langen Zeit endlich Land sieht ...«

Alter Mann, tu es jetzt, oder du siehst mich nie wieder!

»Phantastisch beschrieben!« sagte das Wiesel fast ehrfürchtig. »Genau, wie es in der Akte Eichhörnchen steht ...«

Damrow beugte sich schnell weit nach vorn, und die Eleganz und Geschwindigkeit, mit der das geschah, waren erschreckend.

»Die Akte heißt also Eichhörnchen«, sagte ich kühl. »Ich kann überhaupt nicht begreifen, daß sowohl Messner wie Monning beim MAD waren. Das begreife ich nicht.«

Damrow legte den Kopf nach hinten. »Feller, gießen Sie mir noch einen Kaffee ein?«

»Aber ja doch, selbstverständlich«, sagte das Wiesel. Er war der perfekte Oberkellner, und Damrow hätte ihn am liebsten erwürgt. Aber er merkte nichts, er gehörte zu den Selbstgerechten dieser Erde.

»Wenn ich diesen Spionagefall richtig begreife, war das doch sicher ein sehr langer Vorgang mit langen Untersuchungen und Beobachtungen des Herrn Messner/Hartkopf?«

»Richtig«, sagte Damrow. »Sehr lange. Und wir wurden laufend informiert.«

»Und wenn ich es richtig begreife, dann kamen Lorenz Monning und Susanne Kleiber von Bitburg über Bad Münstereifel nach Hohbach, also langsam immer näher in den Einzugsbereich des Hauptmann Hartkopf?«

»Auch richtig. Das war beabsichtigt, sie sind von uns unmerklich genauso plaziert worden.«

»Was würde denn passieren, wenn ein Mann wie Monning oder die Susanne Kleiber merken würde, was geschieht?«

Damrow starrte durch das dunkle Fenster. »Vermutlich haben wir zwei Möglichkeiten: Entweder sie setzen sich in einem solchen Fall blitzschnell ab, oder aber sie fallen in den Schlaf zurück, das heißt, sie rühren sich nicht mehr. Wo bleibt Ihr Trumpf?«

»Monning hat es gemerkt«, sagte ich.

Das Wiesel atmete heftig ein, und Damrows Kopf ruckte nach vorn. »Gibt es dafür einen Beweis?«

»Sicher. Marita Heims, die Freundin von Lorenz, wußte, daß Lorenz etwas wußte. Aber sie weiß nicht, was er wußte, sie weiß nur, daß das mit der Aktenlage zu tun hatte.«

»Sprach Monning wirklich von Aktenlage?«

»Ja, die Heims hat es so berichtet. Nun weiter: Monning wußte also, daß da ein Spielchen gegen ihn lief. Ob das Spiel zu Recht oder zu Unrecht gespielt wurde, sei dahingestellt, Tatsache ist, er wußte es. Anders formuliert: Er ist brav wie ein Schaf zur Schlachtbank gelatscht.«

Ich ließ sie damit allein, zündete meine Pfeife an und paffte vor mich hin.

»Sprechen Sie bitte weiter«, murmelte Damrow.

Lieber alter Mann, hilf mir!

»Es kommt nicht nur hinzu, daß Monning und Rebeisen und Kleiber brav zu ihrer eigenen Hinrichtung marschieren, sondern der Staatssicherheitsdienst in Ostberlin oder der KGB so grandios dämlich ist, zur Erledigung eines eigenen kleinen Spionagenetzes einen Brummifahrer mit Schrotbüchse zu schicken. Und spätestens an diesem Punkt muß man aufmerksam werden. Das scheint zwar alles zu passen, aber tatsächlich paßt nichts.«

»Weiter«, sagte Damrow ungeduldig.

»Wußten Sie, daß Ihr Hauptmann Hartkopf der Geschäftspartner und wahrscheinlich auch Geliebte der Witwe Gabriele Monning ist?«

»Wie bitte?« fragte das Wiesel irritiert.

»Noch etwas am Rande: Gabriele Monning klaute ihrem Schwiegervater die Schrotbüchse, die angeblich Lorenz Monning gehörte. Monnings Gewehr lag die ganze Zeit unbenutzt auf dem Dachboden der Marita Heims. Die Monning brachte das Gewehr dem Messner/Hartkopf. Und der trat in Aktion.«

»Beweisbar?« fragte Damrow.

»Die Monning hat gestanden, also beweisbar. Sie wollte mit Messner/Hartkopf eine Bullenmast mit Wursterei aufmachen.«

»Beweisbar?« fragte Damrow.

»Beweisbar durch Zeugnis der Deutschen Bank.«

»Mit anderen Worten: Sie haben ... Sie glauben, recherchiert zu haben, daß weder Monning noch die Kleiber noch die Rebeisen Agenten waren.«

»Richtig. Und die Lösung des ganzen Komplexes liegt hier im Haus, in der Akte Eichhörnchen. Messner/Hartkopf hat Sie geleimt. Und Sie sollten darüber nachdenken, warum Sie so leicht zu leimen sind. Wer nahm denn eigentlich Hartkopfs Berichte hier entgegen?«

»Ich«, sagte das Wiesel, »deshalb sitze ich hier mit Ihnen.«

Damrow war verwirrt. »Was soll das jetzt?«

»Warten Sie bitte eine Weile«, sagte ich. »Ich denke nach, und ich bin müde und nicht mehr so schnell wie am Morgen.« Dann war es wieder still.

Damrow suchte in den Taschen seines dunkelblauen Anzugs herum, und das Wiesel kramte in einer Schublade, fand eine Schachtel Zigaretten, rannte um den Schreibtisch herum und bot Damrow eine an. Der verzog den Mund verächtlich und zündete sie an. Er paffte.

»Es ist wie beim Schach«, murmelte das Wiesel, wieder hinter seinen Schreibtisch zurückgekehrt. »Der Meister überlegt seinen nächsten Zug.«

»Es ist gar kein Spiel«, sagte ich. »Es ist so verdammt blutig. Sagen Sie, Hauptmann Feller, wie gut kannten Sie Lorenz Monning?«

»Oh, ich denke, einigermaßen. Er kam manchmal hier in das Büro.«

»Hatten Sie dienstlich viel mit ihm zu tun?«

»Nein. Er lief hier seine Dienststelle an, und normalerweise habe ich mit den Leuten nichts zu schaffen.«

»Als die geheimen Untersuchungen gegen Monning liefen, kam er da auch noch zu Ihnen? So auf eine Tasse Kaffee hier ins Büro?«

»Einmal, zweimal vielleicht. Dann nicht mehr. Wir waren ja nicht ... nicht intim, wir waren ja keine Freunde.«

»Können Sie klarmachen, auf was Sie hinauswollen?« fragte Damrow scharf. Er ahnte wohl, daß ich ihm Verdruß machen würde, und seine Schärfe war seine Art, es zu quittieren.

»Ich weiß noch nicht präzise, auf was ich hinauswill«, sagte ich ebenso scharf. »Drei Leute werden bestialisch mit einer Schrotflinte erschossen. Plötzlich ist alles das Verdienst eines Superagenten, eines Retters der Nation, eines Heiligen. Himmel, Arsch und Zwirn, das geht mir aufs Gemüt.«

»Starke Worte!« murmelte das Wiesel.

»Sie haben recherchiert und wußten nichts von der Akte Eichhörnchen«, sagte Damrow gelassen, als sei jede Gefahr vorbei.

Was hatte Marita Heims gesagt? Lorenz hat auf irgend etwas gewartet! Er war sehr aufgeregt! Er war sicher, daß er Erfolg haben würde! »Hauptmann Feller, Sie verschweigen etwas. Sie verschweigen die zweite Akte.«

»Moment«, sagte Damrow scharf, »was meinen Sie mit der zweiten Akte?«

»Darf ich Hauptmann Feller dazu ein paar Fragen stellen?«

Feller wollte ablehnen, aber Damrow sagte scharf: »Nur zu!«

»Danke«, sagte ich. »Hauptmann Feller, mochten Sie Messner? Oder mögen Sie Hauptmann Hartkopf?«

»Na ja, nicht mehr als alle anderen auch. So ist das nun mal in einem so großen Haus. Und Messner, wie Sie ihn nennen, ist ja ein harter, erfolgreicher Mann. Wir alle wissen das und bewundern seine Art, Sachen knallhart durchzuziehen.«

»Er ist also ein Held. Sie sagten auch, daß Monning zuweilen herkam und mit Ihnen eine Tasse Kaffee trank.«

»Na ja, mein Kaffee ist berühmt. Ich mache ihn ohne Filter, ich gieße ihn richtig auf ...«

»Und Messner kam auch her, nicht wahr?«

»Ja, natürlich. Schließlich kegeln wir einmal im Monat zusammen. Hier in Bonn. Manchmal brachte er ein paar von seiner Truppe mit. Mann, waren das Sausewinds!«

»Was waren das?«

Er wurde verlegen, fing sich aber sofort. »Sausewinds. So sage ich manchmal.«

»Messner war also hier und trank ebenfalls von Ihrem Kaffee?«

»Na sicher. Er konnte wahnsinnig gut Witze erzählen. Richtig mit Pfeffer. Na ja, er hockte hier, trank einen Kaffee, einen guten Kognak dazu, dann zog er wieder in seine Wälder. Ich sagte immer zu ihm: Jetzt kehrt der Recke wieder in seine Wälder zurück.«

»O Gott!« flüsterte Damrow leise.

»Hauptmann Feller, kurz bevor Monning erschossen wurde, war er hier in diesem Büro?«

»Ich weiß nicht mehr, wann er zum letzten Mal hier war. Ich führe kein Tagebuch.«

»Aber Sie können das doch unmöglich vergessen haben! Er war kurz vor seiner Ermordung hier. Wieviel Tage vor seiner Ermordung?«

»Drei, vier Tage, ich weiß es nicht mehr genau.«

»Und Sie haben ihm selbstverständlich nichts davon gesagt, daß gegen ihn ermittelt wurde?«

»Kein Wort. Das ist geheim, streng geheim.«

»Gut.«

Lieber alter Mann, laß mich jetzt keinen Fehler machen. Ich sah aus den Augenwinkeln, wie Damrows Schultern nach vorn kamen, als warte er auf den Dolchstoß.

»Sie sagten ihm kein Wort. Aber er sagte Ihnen etwas. Oder genauer: Er gab Ihnen etwas!«

»Nicht daß ich wüßte.« Da war ein Zögern in seiner Stimme, da flatterte er leicht.

»Herr Hauptmann Feller, er gab Ihnen etwas. Ich weiß das genau, ich kann das beweisen!«

Lieber alter Mann, verzeih mir den Bluff.

»Aber wieso denn das?« Seine Stimme wurde sehr schrill und quengelig.

»Weil er längst von der Akte Eichhörnchen gegen sich selbst wußte. Er hatte längst eine eigene Akte angelegt. Über miese Praktiken des Herrn Messner. Er ist hierhergekommen, er hat Ihnen diese Akte übergeben. So ist das.«

»O Scheiße«, sagte Damrow leise.

»Es war keine Akte, es war ein langer Brief. Es war Quatsch, reiner blödsinniger Quatsch, der reinste hysterische Irrsinn. Ich habe diesen Brief gar nicht beachtet.«

»Sie haben ihn aber gelesen«, sagte Damrow eisig.

»Ja«, sagte das Wiesel.

»Was stand drin?«

»Es war wirklich Irrsinn. Er hatte von den Ermittlungen Wind gekriegt und versuchte nun, das Ganze aus seiner Sicht darzustellen. Irgendwie kindlich, völlig hilflos.«

»Was stand drin?« wiederholte Damrow.

»Also es stand drin, daß er und die Kleiber und die Rebeisen genau wüßten, was Major Hartkopf seit zwei Jahren mit ihnen vorhabe. Daß Hartkopf ein mieses Schwein sei mit maßlosem Machtstreben, daß er unter Verfolgungswahn leide und vorgebe, Monning, die Kleiber und die Rebeisen seien ein Agentenring. Jetzt seien sie gewillt auszupacken. Hartkopf hätte eine Art Männerclique aufgemacht, die er hart und unmerklich und geschickt steuere. Mit Prügeleien und allem Drum und Dran. Hartkopf, stand in dem Wisch, mache Soldaten abhängig, sei faschistisch. Und er habe seine Laufbahn mit einem Agentenring krönen wollen, den es gar nicht gebe, und all solcher widerlicher Blödsinn. Achtzig Seiten, man stelle sich das vor, achtzig Seiten! Und unterschrieben von Monning und von der Kleiber und sogar von der Rebeisen, mit der wir doch hier im Amt rein gar nichts zu tun haben. Und dann noch die Kündigungen zum Jahresende von Monning und Kleiber. Nein, also wirklich, das war zu dick, das mochte ich auch nicht zu Ende lesen. Ich habe den Brief kopiert und nach Vorschrift behandelt. Zu den Akten.«

»O Gott, nein«, seufzte Damrow.

»Und dann kam Messner, nicht wahr?«

»Wie bitte?« Das Wiesel zuckte zusammen.

»Und dann, als Monning das abgeliefert hatte, kam Hartkopf/Messner hierher, nicht wahr? Oder riefen Sie ihn an und erzählten ihm von dem Brief?«

»Ich rief ihn an, natürlich rief ich ihn an. Solche Drecksudeleien kann man doch nicht so stehenlassen.«

»Und er kam?«

»Er wollte sich das Geschmeiß durchlesen.«

»Holen Sie Monnings Brief«, sagte Damrow tonlos.

»Er hat ihn nicht mehr«, sagte ich.

»Wie?«

»Er hat ihn nicht mehr«, sagte ich. »Hartkopf hat ihn sich unter den Nagel gerissen. Deshalb ist er so sicher.« »Hat er etwa die Kopie und das Original?« schrie Damrow.

Das Wiesel zuckte zusammen. »Ich kriege jede Woche derartige obszöne, widerliche Schreiben von irgendwelchen Verrückten.« Er wedelte hilflos mit den Armen. »Hartkopf hat die Kopie und das Original.«

»Na also«, sagte ich. Ich stand auf und ging hinaus, und sie merkten es nicht, weil sie sich anstarrten.

An meinem Wagen lehnte Elsa.

»Wie zum Teufel kommst du hierher?«

»Mit dem teuersten Taxi meines Lebens. Warum bist du heimlich abgehauen?«

»Bin ich nicht, du hast geschlafen. Du warst wirklich Klasse in diesem Fall, und du warst todmüde.«

»Weißt du jetzt alles?«

»Fast alles. Bist du fit, kannst du mich heimfahren?«

»Ich habe unsere Sachen mitgebracht, ich fahre dich.«

Sie nahm den Weg über die A 565 zum Autobahnkreuz Meckenheim und von dort nach Altenahr. Sie fuhr sehr langsam, steuerte mit einer Hand und war verkrampft.

»Es war eine miese, brutale Geschichte, die nur zu verstehen ist, wenn man bedenkt, daß die Menschen auf der Reise sind, nicht stillstehen, sich entwickeln. Monning begriff wohl die Idee des Friedens, konnte sich aber lange nicht entscheiden. Messner roch die Macht und wollte sie immer mehr. Die Gabriele Monning scheint noch die Stabilste: Sie wollte nach oben, möglichst hoch, und sie wollte das immer schon. Warum diese Spionagegeschichte sich in allen Köpfen festsetzen konnte, ist einfach zu begründen: Depots sind tatsächlich Ziele von Agenten, und die Bewacher dieser Lagerstätten leben ein endlos eintöniges Leben, in dem nichts geschieht. Wenn man die Geschichte verstehen will, muß man Messner zu verstehen suchen, alles andere ist nicht so wichtig. Messner war MAD-Mann, Außenmann, nicht sonderlich wichtig, aber von brennendem Ehrgeiz. Er sammelte junge Krieger um sich, beeinflußte sie unmerklich, aber so beeindruckend, daß sie ihm kaum widerstehen konnten. Der

Soldat Lenz, der durch Sabotage am Auto fast die Marita Heims tötete, ist so ein Beispiel. Allmählich wurde das Wochenende mit Messner für diese Soldaten wichtiger als der Dienst, wichtiger wohl auch als ihre Privatsphäre. Messner gelang damit wohl ein Meisterstück: Er trieb ihnen den Frust aus. Periodisch tritt in der Eifel das Gerücht von Spionen auf, und meistens ist absolut nichts dran. Als das wieder einmal der Fall war, begriff Messner seine Chance. Im Zuge irgendwelcher Sicherheitsüberprüfungen fielen nun Monning und die Kleiber durch irgendeinen Umstand auf. Wahrscheinlich war es Monnings allmähliche Annäherung an die Friedensbewegung, wahrscheinlich war es die Tatsache, daß die Kleiber vor Jahren aus Ostberlin kam. Wie auch immer: Der MAD beschloß, sich dieses Duo anzusehen, und lancierte sie sehr langsam von Bitburg nach Bad Münstereifel und dann nach Hohbach. Diesen Auftrag bekam Messner, denn Messner war ein eiskalter Krieger, Messner war einfach gut. Man entdeckte die Freundin der Kleiber, die Nutte Rebeisen in Köln. Und siehe da, alles schien zu stimmen, die Bedingungen für Geheimnisverrat schienen bei dem Trio geradezu ideal zu sein...«

»Aber es war doch gar nichts dran«, sagte sie unwillig.

»Das soll dich nicht stören, das ist in Bonn und der Bundeswehr so. Wer unter einem so kontinuierlichen Zwang von Aggression lebt, denkt so etwas. Und er denkt es auch dann konsequent weiter, wenn nicht der geringste Verdacht besteht. Dinge machen sich selbständig.«

»Aber die Beweise ...«

»Vergiß die Beweise, wenn es um Spionage geht. Die sind nicht wichtig, wichtig ist nur, daß man Spionage voraussetzt. Messner fing also an, seine Untergebenen Monning und Kleiber auszuforschen, schrieb Berichte. Dabei benutzte er natürlich sowohl sein Amt wie sein Privatleben, denn er arbeitete mit den Verdächtigen zusammen und ließ sich vom Hauptverdächtigen, einem Bauernsohn aus dem Münsterland, sogar nach Hause einladen. Und dabei hat er sein Paradies gefunden, er entdeckte nämlich Gabriele Monning, die Ehefrau des Hauptverdächtigen. Er wußte: Die Ehe ist kaputt, nicht mehr zu reparieren. Er sah zwei Bauernhöfe und den Plan der Gabriele Monning, eine Industrie zu gründen. Und weil er sich zweifellos mit der Frau geradezu ideal verstand, war der Plan ziemlich simpel: die Stelle des Lorenz Monning einzunehmen. Aber Monnings Verhalten stiftete Unruhe, denn auf der einen Seite wollte er sich für immer aus dem Münsterland verabschieden, auf der anderen Seite aber wollte er noch ein letztes Mal seinem Vater helfen. Außerdem hatte er längst begriffen, daß Messner ein wirklicher kalter Krieger war, ein faschistisch denkender Mensch. Er hatte auch begriffen, daß Messner in sein Bett steigen wollte. Und weil er wohl um seine Kinder fürchtete, war das ein zusätzlicher Grund, noch einmal nach Hause zurückzukehren. Möglicherweise für kurze Zeit, möglicherweise aber auch mit Marita für immer. Und genau das war etwas, was Gabriele Monning nicht gebrauchen konnte, denn sie wäre neben ihrem ehemaligen Ehemann zur Bedeutungslosigkeit geschrumpft. Und Messner paßte das alles wunderbar in den Kram. Wir wissen noch nicht, ob er den Mord mit Gabriele Monning besprach oder ob er nur Andeutungen machte, aber das ist nicht wichtig. Sie wird gewußt haben, was er vorhatte, als sie ihm die Schrotflinte brachte. Messner entdeckte den DDR-Brummi aus Dresden am Mittwoch vor Pfingsten in Hohbach. Er sprach mit dem Fahrer, wie wir rekonstruieren werden. Er erfuhr, der Fahrer werde irgendwo laden und dann das Wochenende vor der Rückfahrt erneut in Hohbach verbringen. Erinnere dich, der Fahrer aus Dresden war immer in Hohbach, wenn er durch die Eifel fuhr. Messner wußte genau, was passiert. Er ließ sich also das Gewehr bringen. Am Sonntag abend ließ er durch die Kleiber Monning holen. Und zwar mit dem Auftrag, sich diesen Laster aus Dresden genau anzugucken, immer mit der wahnwitzigen Idee, da sitze ein Spion am Steuer. Ungefähr um die Zeit, als der Brummifahrer losfuhr, ging Messner mit Monning und der Kleiber in das Gelände vor dem Depot. Ich weiß nicht, mit welcher Begründung, aber das spielt keine Rolle. Er erschoß sie und klappte das Verdeck des Jeeps zurück und setzte die Toten hinein. Dann ging er zurück und holte unter irgendeinem Vorwand die Marianne Rebeisen, die in der Wohnung der Kleiber war wie an jedem Wochenende. Wahrscheinlich begriff die Rebeisen, was gespielt wurde, wahrscheinlich rannte sie noch weg, aber sie hatte keine Chance. Im Grunde war der Plan einfach, brutal und gut. Es war nur Pech, daß ich auftauchte. Und dann machte Messner Fehler, er verprügelte mich. Er ließ Alfred verprügeln, er ließ Marita Heims fast töten …«

»Wenn du nicht in die Geschichte eingestiegen wärst, hätte also Messner nichts befürchten müssen?«

»Ich glaube, doch. Denn da waren der tote Monning, die Kleiber und die Rebeisen. Die haben etwas gerochen, die haben zunächst vage, dann immer klarer verstanden, um was es ging. Und sie haben begonnen, nun Messner zu beobachten. Dann, als sie begriffen, daß es eine Akte über sie als mögliche Spione gab, schrieben sie einen langen Brief, der alles erklärte. Ich bin ziemlich sicher, daß eines Tages ein Mensch diesen Brief sehr aufmerksam gelesen hätte. Ich glaube nicht, daß er davongekommen wäre.«

»Du bist ein Romantiker.«

»Nicht doch, ich glaube nur an die Neugierde im Menschen.«

Wir fuhren auf den Hof, und ich ging nicht einmal mehr unter die Dusche. Ich spürte noch, wie Krümel versuchte, es sich in meiner Armbeuge bequem zu machen, dann war ich schon eingeschlafen.

Als ich aufwachte, war die Sonne ein schmaler, greller Strich an einem blutroten Horizont. Elsa war schon aufgestanden, das Haus anheimelnd ruhig.

Sie hatte mir einen Zettel geschrieben und ihn auf den Küchentisch gelegt.

Liebster Baumeister!
Ich bin auf dem Weg nach Hamburg. Einer muß sich um das Bild- und Dokumentationsmaterial kümmern und die Produktion der Geschichte in Hamburg überwachen. Ach Scheiße, das ist es nicht. Ich habe Angst, mich in dir zu verlieren und bald verloren zu sein. Wahrscheinlich hast du recht, wahrscheinlich sind wir beschädigt. Auf jeden Fall sind wir mißtrauische alte Krähen.
Elsa.

»Wir sollten hinter ihr herfahren und ihr den Arsch versohlen«, sagte ich zu Krümel. Aber ich blieb und holte Zittergras für meine Mauer.

Eifel-Gold

Für Petra und Arno Sommer,
für die Crew von Roland Crump in Stroheich.

An diesem Roman ist alles erfunden – sagen wir: fast alles.

»O du mein schönes Heimatland,
wo man das Sauerkraut erfand.
Wir preisen Dich und singen laut:
Frieden – Freiheit – Sauerkraut!«

Helme Heine / Gisela von Radowitz

ERSTES KAPITEL

Es war Samstagmorgen, der Sommer war heiß. Alle wichtigen Geschäfte vor dem Wochenende hatte ich erledigt: Brot gekauft, Margarine, Kaffee, zwei tellergroße Schnitzel, ein Glas Essiggurken, zwei Tafeln bittere Schokolade, eine Tüte Kekse. Ich lag im Garten unter der Birke und unterhielt mich mit meiner Katze Krümel, die dicht am Stamm auf dem Rücken lag und müde nach einer Fliege haschte, die ihr auf der Nase tanzen wollte. »Wir werden heute mit dem Wagen zum Steinbruch fahren und dort auf den Uhu warten. Er hat zwei Meter zwanzig Spannweite, und er braucht eine zehntel Sekunde, um dich fertigzumachen.«

Krümel drehte sich auf den Bauch, starrte gelangweilt in eine winzige Glockenblume, wandte sich ab und stellte sich mühsam auf die Beine wie eine Rentnerin am Ende ihrer Tage.

»Du könntest wenigstens Begeisterung zeigen. Oder so etwas wie Dankbarkeit, daß ich dich durchfüttere. Sie säen nicht, sie ernten nicht; ich finde dich mies.«

Sie schlich um die Ecke und war verschwunden, wahrscheinlich wartete irgendwo einer ihrer räudigen Lover auf sie. Ich stopfte mir die Ulivo von Morena und paffte in den heißen Himmel.

Ich mußte eingedöst sein, denn ich wurde wach, weil Krümel dicht neben meinem Ohr einen zärtlichen Heulton vom Stapel ließ.

»Es ist Wochenende, ich habe frei!« schnauzte ich.

Sie tänzelte ein paar Schritte ins tiefere Gras hinein, fuhrwerkte dort wild brummend herum, schüttelte irgend etwas sehr Blutiges wütend hin und her, kam dann erneut angelaufen und maunzte laut um Hilfe.

»Friß deine Maus gefälligst selbst«, erklärte ich. »Dauernd

schleppst du die Leichen an, und ich soll sie auch noch mit dir teilen.«

Sie bewegte sich mit starren Katzenaugen rückwärts auf die Beute zu, sprang dann elegant auf sie drauf und legte mit hocherhobenem Maul eines meiner beiden Schnitzel dicht neben meinen Kopf.

»Bist du verrückt?« schrie ich empört. Empörung machte keinen Sinn, weil wir eine Absprache haben: Ich teile mit ihr meine Käsebrote. Also war es vollkommen logisch, daß sie mein Schnitzel mit mir teilte.

»Mach dich vom Acker. Ich kann betrügerische Katzen nicht leiden!« Ich döste wieder ein.

Als sie mich dann zum zweiten Mal wachmiaute, schon wieder eng neben meinem unschuldigen Ohr, hatte sie das zweite Schnitzel im Maul.

Das gab mir zu denken: Warum hatte ich die Schnitzel *auf* den Eisschrank gelegt, anstatt sie ordentlich in der Kälte zu deponieren?

Das Klingeln des Telefons riß mich aus meinen Gedanken. Lange überlegte ich, ob ich mich bewegen sollte. Schließlich stand ich doch auf, trottete ins Haus und nahm den Hörer ab: »Sie sprechen mit dem automatischen Siggi Baumeister. Ich bin zur Zeit in Hollywood, nähere Auskunft erteilt Philip Marlowe. Wenn Sie allerdings ...«

»Jetzt hör schon mit dem Scheiß auf«, schimpfte jemand außer Atem. »Nimm deinen Fotoapparat und fahr mit Vollgas nach Wiesbaum. Von Wiesbaum aus nach Flesten rüber. Mitten auf der Waldstrecke, dicht an der Straße hat irgendwer zwei Männer an zwei Bäume gebunden, Sack überm Kopf ...«

»Wer ist denn da?«

»Spielt doch keine Rolle«, erwiderte der Anrufer gutmütig und hängte ein.

In solchen Fällen bleibt nichts anderes, als sich auf die Ehrlichkeit der Menschen zu verlassen. Natürlich konnte es sein, daß irgendeiner der meist jugendlich gutgelaunten Gäste bei Ben im *Teller* mich leimen oder irgendein grinsender Bauer mich in den April schicken wollte.

Doch ich hatte die Ahnung, daß diese Nachricht echt sein könnte. Folgerichtig geriet ich in Hektik. Ich nahm die Nikon-Automatic aus der Schreibtischschublade heraus und schob dabei die Schublade eher wieder zu, als die Hand mit dem Apparat sie verlassen hatte. Ich fluchte, krümmte mich vor Schmerzen, trat auf meine Katze Krümel und stieß den Schreibtischstuhl um, der gegen mein Schienbein knallte. Es war nicht mein Tag.

Ich setzte mich in den Jeep und gab Vollgas. Zwei Männer an Bäumen festgebunden? Ich wich mit Mühe meinem Bürgermeister aus, der langsam um eine Ecke schlich.

Mit Säcken über den Köpfen? Ich wollte auf die Bremse treten und aufgeben. Das roch eigentlich doch nach massiver Verulkung. Wessen Stimme war das gewesen? Ich kannte die Stimme, aber ich konnte sie niemandem zuordnen.

Am Golfplatz war viel Betrieb. Die Leute schlenderten mit ihren Schlägerwagen durch meine Eifel, als hätten sie vor, alles zwischen dem Nürburgring und dem Kylltal aufzukaufen. Aus dem Ruhrgebiet wälzten sich die Kurzurlauber heran, Menschen in Dosen, die sich irgendwann fragen würden, was sie eigentlich hier wollten, und die todsicher muffig irgendwelche Bedienungen anmachen würden, weil das Jägerschnitzel in Köln in drei Minuten auf dem Tisch war und nicht erst in zwanzig.

Lieber Himmel, wem gehörte diese Stimme?

Ich bog links nach Wiesbaum ab, fuhr schnell durch das Dorf am anderen Ende hinaus in Richtung Flesten, durch das Neubaugebiet, dann auf die Waldstrecke. Zuerst kam die breite Trasse, die der Sturm mit dem schönen Namen Wiebke gerissen hatte. Es folgte der Hochwald zur Rechten mit wunderschön gewachsenen Buchen über moosigen Teppichen.

Zwei Kilometer hinter Wiesbaum sah ich die Szene. Sie

wirkte grotesk und völlig unglaublich, so, als habe ein vollkommen nervenkranker Regisseur einen vollkommen neurotischen Film zu drehen.

Der sehr verehrte Leser möge sich vorstellen, auf einer ziemlich breiten, hervorragend asphaltierten Straße durch sonnendurchfluteten deutschen Hochwald zu gleiten. Teilen wir dann den Blick voraus in drei Sektionen. Sektion eins zur Linken: Da war, außer Sonne und flirrender Hitze, nichts zu sehen. Sektion geradeaus: Die Straße. Darauf kam ein Streifenwagen der Dauner Polizei herangerollt. Die beiden Beamten sahen mich nicht, weil sie von keines Gedankens Blässe gestreift auf Sektor drei, also nach rechts starrten. Ich muß betonen: Intelligenter als die beiden Uniformierten sah ich auf keinen Fall aus.

Ich bremste und blieb regungslos sitzen.

Da waren zwei umfangreiche Kartoffelsäcke an zwei wunderschön gewachsene Buchen mittleren Alters gebunden. Beide Säcke bewegten sich heftig, als bestehe ihr Inhalt aus Anakondas oder Ähnlichem. Aus beiden Säcken ragte unten je ein Beinpaar. Erkennbar waren dunkelgraue, sehr ordentliche Hosen sowie blitzblank gewienerte schwarze Halbschuhe.

Beide Säcke waren jeweils in Brusthöhe mit kräftigen Paketschnüren an die Bäume gebunden, eine zweite Schnur hielt sie in Höhe der Waden eng am deutschen Holz.

Die Polizisten stiegen aus und machten ein paar sehr hilflos wirkende Schritte auf die Säcke zu. Dann stoppten sie, weil ein Beamter etwas Bedrohendes niemals direkt und schnell angeht.

Der, der den Streifenwagen gesteuert hatte, nahm die Mütze vom Kopf und kratzte sich ausgiebig. Endlich sagte er entschlossen: »Das glaubt uns kein Mensch, das fotografiere ich erst mal.« Der andere Beamte antwortete: »Hm.«

Der Mutigere von beiden ging zum Streifenwagen und kam mit einer Kamera wieder zum Vorschein. Er richtete das Objektiv auf die beiden Säcke, die immer noch sehr heftig zuckten. Zwischendurch war aus den Säcken eine Folge unbeschreiblicher Laute zu vernehmen. Nun stieg ich aus und begann ebenfalls zu fotografieren.

Während der eine Polizist in die Knie ging, um die Szene besser mit der Kamera festhalten zu können, wandte sich der andere blitzschnell zum Streifenwagen um, tauchte in dessen Inneres, und augenblicklich begann sich das Blaulicht zu drehen. Dann fragte er kummervoll: »Sag mal, sollen wir die nicht langsam losbinden? Die kriegen doch einen Herzschlag, oder was?«

»Sofort, sofort«, antwortete der andere. »Ich wußte, daß irgendwas passiert, mein Kaffee heute morgen war schon nicht in Ordnung.«

Ich ging knipsend in die Szene hinein, und der Blaulicht-Polizist seufzte: »Der schon wieder! Sie können doch nicht einfach so fotografieren!«

»Wieso denn nicht?« fragte ich. »Was sind das für Säcke?«

Der Fotograf-Polizist stöhnte: »Das wissen wir noch nicht.« Er machte den Eindruck, als wolle er übergangslos einen Nervenzusammenbruch hinlegen. Er brachte die Kamera zum Streifenwagen zurück und sagte dann gönnerhaft: »Du kannst sie jetzt losschneiden. Sonst kriegen die echt noch 'nen Herzinfarkt.« Dann wandte er sich mir zu: »Wer hat Sie bestellt?«

»Ein anonymer Anrufer.«

»Wollen Sie uns verarschen?«

»Es war so«, versicherte ich.

»Wann war das?«

»Vor fünf Minuten, schätze ich. Und Sie?«

»Wir sind zufällig hier, obwohl uns das kein Mensch glauben wird. Wirklich zufällig. Mensch, Karl, steh nicht rum, schneid die los.« Der, der Karl hieß, ging auf den linken Sack zu und durchtrennte zuerst die Beinfessel.

Der Sack gab eine wirre Serie von Lauten von sich.

Dann die Brustfessel. Schließlich faßte der Polizist den Sack unten und zog ihn nach oben. Heraus kam eine merkwürdige Erscheinung. Dunkelgraue Tuchhose, blaue, uniformähnliche Jacke, dunkelblaues Hemd, schwarze Krawatte. Ein puterrotes Gesicht, dessen Mund mit Paketband verschlossen war. Um den Kopf, auf den Ohren, ein paar Schallschützer. Knallrot, was sehr lustig aussah.

Der eben noch Eingepackte griff sich an den Mund, zog das Paketband ab und jaulte. Dann nahm er die Schallschützer vom Kopf und schrie: »Wo ist unsere Karre?«

»Wo ist was?« fragte der Polizist, der ihn losgebunden hatte.

»Die Karre!« schrie der Mann wieder. »Der Wagen, der Transporter! Wir sind ein Geldtransporter!«

»Das sehe ich nicht so«, murmelte der Polizist. »Oder sehen Sie hier irgendwo einen Transporter?«

»Emil«, regte sich der Mann auf, »unser Transporter ist geklaut!« Der zweite Kartoffelsack reagierte nicht.

»Nun schneide den endlich los!« schnauzte der Polizist neben mir seinen Kollegen an.

Es herrschte eine angespannte Stille, während der Mann, der Emil hieß, von seinem Kostüm befreit wurde.

»Wieviel Uhr ist es jetzt?« rief Emil dann.

»Genau elf Uhr vierzig«, antwortete ich.

»Dann sind wir ungefähr eine halbe Stunde angebunden gewesen!« schrie er. »Du lieber Himmel, Ringfahndung! Ringfahndung!«

»Wieso denn das?« fragte der Polizist neben mir.

»Das darf nicht wahr sein«, hauchte der erste Wachmann. Dann brüllte er: »Wir fahren einen Geldtransporter! Wir kamen aus Hillesheim. Wir kamen hier strikt nach Fahrzeit um zehn nach elf durch. Hier war ein Unfall. Viel Blut. Wir stiegen aus, wir hatten plötzlich diese Scheißsäcke überm Kopf. Kapieren Sie? Unser Geldtransporter ist weg.«

»Wieviel war denn da drin?« erkundigte sich der Polizist neben mir gemütlich.

Es herrschte wieder Stille.

»Genau wissen wir das nicht«, erkärte Emil dann. »Es waren zweiundzwanzig Geldsäcke. Nicht besonders viel, ganz normal. Irgendwas um zehn bis zwölf Millionen Mark würde ich mal sagen.«

Darauf war es sehr still, und niemand moserte, weil ich dauernd fotografierte.

»Ringfahndung«, krächzte der Polizist, der die Wachmänner losgebunden hatte. »Los, gib es durch. Ringfahndung. Verdammt schnell, Mann. Zwölf Millionen? Ich werd wahnsinnig. Wieso bin ich eigentlich Polizist geworden?«

Der neben mir bewegte sich und hastete zum Streifenwagen. Er hockte sich hinein, nahm den Hörer und begann wie wild zu sprechen. Wir konnten ihn nicht verstehen, er sah aus wie ein Karpfen, der verzweifelt nach Sauerstoff giert.

»Jonny, Junge, ich wußte, heute geht was schief«, sagte Emil. Er sagte das ganz ruhig und hockte sich auf einen Moosfleck.

Jonny setzte sich neben ihn. »Gib mir eine Zigarette! Hast du was mitgekriegt?«

»Nicht die Bohne«, murmelte Emil.

Ich gesellte mich zu ihnen. »Sie haben nichts mitgekriegt?« fragte ich nach. »Gar nichts?«

»Wie denn?« entgegnete Emil.

»Nicht schlecht«, meinte ich. »Was ist denn eigentlich genau passiert?«

»Sind Sie von der Presse?« erkundigte sich nun Emil.

»Ja, so ähnlich«, gab ich zu.

»Also, es war so: Wir holen jeden Samstagmorgen Bargeld in Hillesheim ab. Wird da gesammelt von den umliegenden Banken, also von Gillenfeld, Daun, Wittlich, Gerolstein, Kylltal und so. Wir holen es immer um elf Uhr samstags und fahren es in die Landeszentralbank nach Düsseldorf. Ruhiger Job, nichts Besonderes, wird gut bezahlt, weil Samstag ist. Und jetzt das!«

Sie schwiegen.

»Ja, was? Was ist passiert?«

Jonny rauchte und flüsterte: »Paß auf, ich wette, irgendein Bulle kommt auf die Idee und behauptet, wir wären es gewesen!« Er zitterte.

Emil stimmte ihm mit einem müden Nicken zu.

»Also, was war los?« versuchte ich es erneut.

»Wir fuhren normal nach Plan los. Als wir hier ankamen, lagen drei auf der Straße, also drei Menschen. Ziemlich viel Blut. Normalerweise dürfen wir nicht anhalten, egal, was passiert. Aber wir hielten an, weil hier in der Eifel sowieso nie was los ist. Da lagen die drei, und da lag das total kaputte Motorrad.«

»Moment mal, drei Mann und ein Motorrad?« fragte ich.

»Ja, ja, später ist mir das auch aufgefallen, aber zuerst denkst du ja nichts Schlechtes. Ich bremse, ich ziehe die Handbremse und sage zu Emil: Laß uns helfen. Wir steigen also aus und bücken uns, und schon ist es passiert, schon hatten wir die Säcke über den Köpfen und ...«

»Hat denn keiner von den dreien etwas gesagt?«

Jonny schüttelte den Kopf. »Kein Wort, nicht einen Muckser. Außerdem brauchten sie ja auch nicht zu reden. Weil, na ja, es war ja alles klar. Sie griffen sich unsere Colts. Was braucht man da zu reden? Halt, wo sind denn eigentlich unsere Colts?« Er stand auf und rannte zu den Bäumen, an denen sie festgebunden worden waren. »Sie haben sie hier ins Gras gelegt. Na, gründlich waren sie ja. Komisch, ich hätte die Dinger mitgenommen. Tja, also, wir kriegten Paketband aufs Maul und die Ohrenschützer, dann die Säcke und an die Bäume. Das war es.«

»Und es waren wirklich zwölf Millionen im Wagen?«

Emil antwortete: »Ja, ja, so um den Dreh. Genau wissen wir das ja nicht, wir zählen das Scheißzeug nicht, ist ja nicht unsere Aufgabe. Aber da kann keiner ran. Der Wagen ist wie ein Panzerschrank. Mit Zeitschloß, verstehst du? Das Ding kriegen die erst nach achtzehn Uhr auf, keine Minute eher. Moment mal, haben die unsere Schlüssel?«

Jonny nickte. »Na sicher, die waren gründlich. Ich weiß nicht, wie ich das meiner Frau sagen soll. Der Job ist weg.«

»Wer weiß von diesem Geldtransport?« fragte ich weiter.

»Also, ich würde mal sagen, der, der in der Bank in Hillesheim dafür verantwortlich ist. Dann unser Einsatzleiter in Düsseldorf und wir. Sonst? Sonst glaube ich niemand.«

»Und das ist jeden Samstag das gleiche?«

»So isses«, nickte Emil.

»Wie lange schon?«

»Die Tour läuft seit Januar«, sagte Jonny. »War eine gute Tour, richtig gemütlich.«

»Mit anderen Worten: Es muß Leute gegeben haben, die das genau wußten. Und die danach geplant haben.«

»Das sehe ich auch so«, stimmte Emil zu. »Das können nur Profis gewesen sein. Das mußt du dir mal vorstellen! Sie reden kein Wort, sie schlagen uns nicht einmal nieder, sie binden uns einfach an einen Baum, und das war es dann.« Seine Stimme schwankte. »Und wir sind unseren Job los.«

»Scheiße!« sagte Jonny. »Die kannten unsere Route, die wußten alles. Zu dritt, unglaublich!«

»Sie konnten es auch zu acht machen, oder mit zwanzig Leuten«, murmelte ich.

»Wieso das?« fragte Emil.

»Ganz einfach«, entgegnete ich. »Seht euch da auf der anderen Straßenseite den Wall an. Dahinter konnten sie eine ganze Kompanie verstecken.«

»Das ist richtig«, nickte Jonny, »aber das ist jetzt egal.«

»War es ein richtig zerdeppertes Motorrad? Neu oder alt?«

»Weiß ich nicht. Doch stop, ich weiß es wieder. Es war ziemlich neu, es war eine ...«

»Ich habe erst eine Honda gesehen«, fiel ihm Emil ins Wort, »aber es kann auch eine Suzuki gewesen sein. Es war eine Suzuki.«

»Richtig gut«, fand ich. »Wer immer diese Truppe war, sie war richtig gut.« Die beiden Polizisten saßen im Wagen, reichten sich immer noch abwechselnd den Hörer, sprachen, sahen sehr kränklich aus und waren nicht im Weg.

Ich versuchte es sicherheitshalber noch einmal: »Sie sagen, es waren ungefähr zwölf Millionen Mark im Wagen?«

Emil erwiderte beschwichtigend wie ein Irrenwärter: »So ernst solltest du das nicht nehmen, wir kriegen es ja, wie gesagt, nicht zum Zählen. Wenn ich sage zwölf Millionen, können es achtzehn Millionen sein oder zweiundzwanzig. Ihr Pressefritzen wollt es wohl immer genau.«

»Und zu siezen brauchst du uns auch nicht«, meinte Jonny mürrisch.

»Also, noch einmal: Ihr ladet also in Hillesheim das Geld. Wo da genau?«

»Kreissparkasse.«

»Wie geht das vor sich? Geht ihr da rein?«

Emil nickte. »Na sicher. Wir fahren hinters Haus. Dann kommen wir hinten durch eine Tür in das Treppenhaus. Da steht jemand von der Bank, und der geht …«

»Wer war das heute?«

»Eine Frau, eine junge Frau. Den Namen kennen wir nicht. Ich würde mal sagen, dreißig oder so. Ganz schnuckelig. Sie geht mit uns runter in den Tresorraum. Dann schließt sie auf, denn der Kies liegt in Säcken im Tresor. Wir nehmen die Säcke und schleppen sie in den Wagen. Das ist alles.«

»Sonst war kein Mensch dabei?«

Er schüttelte den Kopf, Jonny schüttelte den Kopf.

»Kann man das beobachten?«

»Na ja«, gab Jonny zurück, »warum soll man das nicht beobachten können?«

»Weil man daraus lernen kann«, erwiderte ich. »Ihr seid dann also losgefahren. Hier war der Unfall, der keiner war, und dann schlug das Schicksal zu. Diese Straßenszene, könnt ihr die noch einmal beschreiben?«

Emil nickte, er war offensichtlich dankbar, daß jemand ihn davon abhielt, nachzudenken. »Also wir kommen da hinten von Wiesbaum her. Wir sehen drei Mann auf der Straße liegen, mittendrin ein Motorrad, ein kaputtes Motorrad.«

»Wie lagen die? Kannst du mir das zeigen?«

»Na schön«, sagte er ergeben und marschierte die fünf Schritte auf die Straße. »Einer lag hier, also parallel zur Straße. Die beiden anderen lagen rechts von ihm quer auf der Straße. Das Motorrad lag hinter den dreien. Wir bremsen, halten an, steigen aus und laufen hin ...«

»Wie weit entfernt habt ihr gehalten?«

»Höchstens vier oder fünf Meter.«

»Ihr habt also Blut gesehen?«

»Ja, eindeutig«, bestätigte Jonny von seinem Ruheplatz im Moos aus. »Wir sind zu denen hin und haben uns über die gebeugt.«

»Ihr beugt euch über die und habt sie also erkannt?!«

»Nein. Die trugen Motorradhauben ...«

»Handschuhe?«

»Handschuhe auch«, sagte Jonny. »Weiß ich noch genau. Der, über den ich mich beugte, griff sofort nach meiner Waffe, nach dem Colt und hielt ihn mir an den Bauch. Da sehe ich die Handschuhe ... Arbeitshandschuhe.«

»Bei mir war das genauso«, murmelte Emil.

»Und die sagten kein Wort?«

»Kein Wort«, nickte Emil. »Nicht mal ›Hände hoch‹ oder so was. Wir hoben die Hände, weil wir das eingetrichtert bekommen haben auf der Schulung. Wir sollen zu unserem Schutz sofort die Hände hochheben.«

»Und dann?«

Es war einen Augenblick lang still. Die Polizisten saßen im Streifenwagen, die Vögel zwitscherten, die Sonne stand steil und heiß, und ein Pärchen Eichelhäher jagte sich wild schimpfend durch die Bäume.

»Na ja, der, der mich bedrohte, stülpte mir erst die Kopfhörer über, also diese Schallschützer, dann den Sack. Dann ein paar Schritte, dann rückwärts an die Eiche da, dann ...«

»Buche«, verbesserte ich.

»Von mir aus Buche«, sagte er mürrisch. »Dann waren wir auch schon festgebunden. Das war es wirklich.«

»Sie sprachen also kein Wort, richtig?«

»Richtig«, antwortete Emil. Er sah zu Jonny hinüber: »Ich wette mit dir, wir sind dran.«

»Schnell deinen Namen und Anschrift. Schreib es auf, hier, oder nein, sprech es schnell ins Mikro. Es gibt Zoff.« Ich hielt ihm das Aufnahmegerät vor das Gesicht. Er nickte, war plötzlich ganz kühl, als er sagte: »Ruf unsere Frauen an und treib irgendeinen Anwalt auf, machst du das? Und ... also Emil Kratkowiak, Köln-Ehrenfeld, Lange Straße 16. Telefonnummer, Telefonnummer auch? Ja, also, null, zwo, zwo, eins, sechs, sieben, vier, drei, sechs, zwei, acht. – Na Jungens, macht ihr die Ringfahndung?«

»Die Ringfahndung steht schon«, entgegnete der, der sie fotografiert hatte. »Sie kommen mit einem Hubschrauber. Wir haben die Weisung, daß Sie am Tatort bleiben sollen. Alle drei.«

Der zweite Polizist fragte betulich und nebenbei: »Könnte ich die beiden Colts haben?« Er versuchte ein Lächeln. »Jetzt braucht ihr sie ja nicht mehr.« Er kam zu Emil und ließ sich die Waffe geben, dann ging er hinüber zu Jonny, der die Waffe wortlos und ohne aufzustehen am gespreizten Daumen baumeln ließ.

Auf einmal kam Jupp des Weges. Er lärmte mit seinem uralten Lanz heran – ich mußte nicht einmal den Kopf drehen, um zu wissen, daß er es war. Jupp ist ein Unikum, Jupp hat keine Landwirtschaft mehr, aber immer noch den Trecker und einen kleinen Hänger. Er hat nichts zu tun, aber er rumpelt fröhlich durch die Vulkaneifel und bekennt grinsend, das sei besser, als still auf die Rente zu warten. Er ist ein lauter, freundlicher alter Mann im hellblauen Drillich, immer bereit zu helfen, immer bereit, mit den Augen zu zwinkern und seine Standardfrage zu stellen: »Meinst du das ernst, oder willst du mich verarschen?«

Langsam und quietschend bremste er, sah auf die Szene und fragte: »Irgendwas passiert?«

»Nichts passiert«, log einer der Beamten. »Nur Routinekram. Sie können weiterfahren.«

»Die beiden da sehen aus wie die aus dem Geldtransporter«, stellte Jupp fest. »Haben ja auch so Uniformen an. Sind die das?«

»Wir sind das«, bestätigte Emil freundlich.

»Keine Aussage«, sagte der Blaulicht-Polizist scharf.

Jupp nickte und stellte den Motor seines Treckers ab. »Ich habe drauf gewartet«, meinte er ungerührt. »Einmal mußte das kommen. Sieh an, der Siggi ist natürlich auch schon da.«

»Wieso hast du darauf gewartet?« fragte ich.

»Seit Januar fahren die hier jeden Samstag durch. Jeden Samstag zwischen fünf nach elf und zehn nach elf. Immer mit dem Geld aus Hillesheim. Irgendwann mußte das mal so kommen. Wieviel?«

»Zwölf Millionen. – Wer weiß das außer dir?«

Er sah mich an und ließ die Zunge in seinem halbgeöffneten Mund spielen. »Also, wenn du mich so fragst: Ich kenne keinen hier, der das nicht weiß.«

»Das hätte mich auch gewundert«, murmelte ich. »Also weiß es wie üblich jeder.«

Jupp grinste. »Du weißt doch wie das ist: Ein Eifler Junge macht erst mit sechs Monaten die Augen auf, aber dann sieht er alles.«

»Wieso eigentlich diese Strecke?« überlegte ich laut. »Wieso erst Richtung Ahrhütte? Wieso nicht direkt zur Autobahn?«

»Wir nehmen in Ahrhütte auch noch Geld auf«, erklärte Jonny. »Nicht viel, aber wir haben es auf dem Plan.«

»Wir haben Anweisung, daß nicht gesprochen werden soll«, griff der Polizist unglücklich ein.

»Das ist doch lächerlich«, platzte ich. »Und Sie wissen das!«

Er sah mich an und nickte. »Da machste was mit.«

»Wie schwer ist eigentlich dieser Transporter?« fragte ich.

»Er wiegt genau dreieinhalb Tonnen, also siebzig Zentner. Das Kennzeichen ist K-BZ 6000«, wußte Emil.

»Wie schnell ist das Ding, wenn man Vollgas fährt?«

»Ziemlich schnell«, sagte Jonny. »Du kannst mühelos hundertvierzig fahren.«

»Dann könnten die theoretisch schon fast in Köln sein«, rechnete ich.

»Mindestens«, bestätigte Jonny, »wenn nicht weiter.«

»Die Autobahn ist aber dicht«, belehrte uns der ältere Polizist. »Die haben jede Straße abgesperrt.«

Ich ging die Straße entlang, sehr langsam, sehr genau den Straßenbelag beobachtend. »War das hier? Lagen hier die Männer?«

Jonny nickte.

»Wenn sie blutig waren, muß das Blut Farbe gewesen sein. Hier ist nicht ein Tupfer Farbe.«

»Fiel mir auch schon auf«, sagte Emil trübe. »Es roch nach Tomaten.«

»Hm«, murmelte Jonny. »Als die drei da lagen und ich an sie ranging, bin ich auf was getreten. Ich glaube, es war eine Plane oder so was.«

»Sieh mal an«, sagte ich.

Ich ging weiter die Straße hinauf, fand nichts, entdeckte im Asphalt nicht einmal einen Kratzer neuesten Datums. Also bewegte ich mich im rechten Straßengraben weiter und erreichte den ersten Waldweg. Er war zerfurcht, einige Spuren waren neu, andere uralt. Auf der gegenüberliegenden Seite das gleiche. Etwa sechzig Meter weiter mündete ein weiterer Weg. Auch hier Reifen aller Breiten, neue Spuren, alte Spuren. Vermutlich rührte das daher, daß sie immer noch ohne Unterlaß die Reste der 40.000 Kubikmeter Holz abtransportierten, die »Wiebke« hier umgelegt hatte. Selbst für indianische Scouts schien das aussichtslos.

»Hauen Sie bloß nicht ab«, rief der ältere Polizist. Ich antwortete nicht, sondern hockte mich auf einen Buchenkloben und starrte in den Wald.

Ich stopfte mir die Valsesia von Lorenzo und schmauchte vor mich hin. Du lieber Himmel, zwölf Millionen Mark!

Die beiden Polizisten waren jetzt bemüht, eine rotweiße Plastikleine erst quer über die Straße und dann mindestens zwanzig Meter tief zwischen die Bäume zu spannen. Nach einigen Minuten stellte der Jüngere fest: »Die Strippe reicht nicht, es ist zuwenig.«

»Ach leck mich doch am Arsch«, schimpfte der Ältere.

Jupp kam herangeschlendert. »Schreibst du drüber?«

»Weiß ich noch nicht.«

»Mußt du aber doch, ist doch dein Beruf.«

»Muß ich nicht, muß ich überhaupt nicht.«

Er legte den Kopf schief wie ein Dackel und grinste. »Ha, ha, ha, zwölf Millionen. Du bist als erster hier und schreibst kein Wort. Ha, ha, ha.«

»Ach Jupp, sag die Wahrheit. Meintest du das eben ernst, als du behauptet hast, jeder weiß von den Geldtransporten?«

Er kniff die Augen zusammen und lächelte strahlend. »Natürlich. Du weißt doch, wie das hier ist. Du kannst nicht im Januar anfangen, jeden Samstag die Strecke Hillesheim, Wiesbaum, Flesten, Ahrhütte, Ahrtal und so weiter zu fahren, ohne daß es auffällt. Jeder hier kriegt das mit, jedenfalls jeder, der abends irgendwo sein Bier trinkt. Heimlichtuerei funktioniert hier doch nicht mal im Beichtstuhl. Oh, Junge, das waren richtige Gangster. Schreibst du nun drüber?«

»Weiß ich nicht, weiß ich wirklich nicht. Hast du niemanden gesehen? Kein Auto, das wie ein Geldtransporter aussieht?«

»Die Strecke bis Flesten rüber kein Auto. Junge, das ist ein Ding!« Seine Stimme war vor lauter Hochachtung heiser.

»Was würdest du mit zwölf Millionen machen?« fragte ich.

»Weiß ich nicht. Vielleicht mal nach Lourdes oder vielleicht nach Köln, einen draufmachen. Da kenne ich eine Kneipe, in der ... na ja, die gibt es nicht mehr. Und du, was würdest du machen?«

»Das ist mir zu dämlich, das überlege ich nicht.«

»Glaubst du, die beiden Wachmänner haben damit zu tun?«

»Haben sie nicht, aber sie werden heute abend arbeitslos sein. Diese Typen aus dem Revier kenne ich, die waren es nicht.«

»Bei zwölf Millionen wäre ich nicht sicher«, argwöhnte Jupp. »Du kannst bei so 'nem Wetter so einen Transporter überallhin fahren. Irgendwo in den Wald, zwanzig, dreißig Kilometer nur durch den Wald. Du räumst ihn aus und läßt ihn stehen. Ehe die den finden, ist es Weihnachten.« Er hob seinen knolligen, dreckigen Zeigefinger: »Von hier bis Adenau und weiter über den Nürburgring ist nix als Wald. Wer will dich da finden?«

Ich antwortete nicht, weil ich wußte, daß er recht hatte. Ich nahm den Film heraus, spannte einen neuen ein, fotografierte sicherheitshalber alles noch einmal und schlenderte herum.

»Das war Spitzenarbeit«, verkündete ich laut.

»Das bewundern Sie, nicht wahr?« fragte der jüngere Polizist aggressiv.

»Irgendwie schon«, gestand ich. »Einfach so und schwuppdiwupp sind zwölf Millionen verschwunden. Da muß irgendwer Köpfchen haben.«

»Die Bullen werden meinen Kohlenkeller filzen, in dem keine Kohlen sind«, klagte Emil müde. »Eigentlich bin ich ja dankbar, daß die mir keine Beule geschlagen haben. Aber alle werden sagen: Na klar, Komplizen schlagen sich nicht die Köpfe ein. Ich wette, das genau werden alle sagen.«

»Also, ich nicht«, versprach der ältere Polizist.

»Kann ich das schriftlich haben?« fragte Jonny.

»Wie lange dauert das denn, bis die Spezialisten hier sind?« erkundigte ich mich.

»Wissen wir nicht«, entgegnete der jüngere Polizist. »Warum?«

»Ganz einfach«, erklärte ich. »Ihr habt nicht einmal genügend Plastikstrippe, um diesen sogenannten Tatort abzusperren. Ich wette, daß jetzt, um sechs Minuten vor zwölf, mindestens dreihundert Leute bereits wissen, daß hier zwölf Millionen geklaut wurden. Sie werden gleich aus den Wäldern kommen. Scharenweise.«

Sie kamen fünf Minuten später, und sie kamen wirklich scharenweise, mit allem Denkbaren, was vier Räder hat: Sportlich getunte Golfs, Mantas, niedrig wie Flundern, uralte Unimogs, Trecker, Jeeps. Sie schoben sich etwa auf einhundert Meter heran, stiegen dann aus und schlenderten unendlich langsam auf uns zu. Hätten sie alle in die Luft geguckt und ein Liedchen gepfiffen, hätte es mich auch nicht gewundert.

»Heh, Leute«, klärte der jüngere Polizist sie jovial auf, »bis hierher, bis zu dieser Linie. Nicht weiter. Das ist ein Tatort!«

Sie blieben alle an dieser nicht existierenden Linie stehen, und Gabi fragte laut: »Siggi, stimmt das, daß der ganze Zaster futsch ist?«

»Ja«, nickte ich, »alles verschwunden.«

Traurig klang ich nicht. Alle lachten mit frischgewaschenen Samstagsgesichtern. Ein paar rückten weiter nach vorn, und der jüngere Polizist bat inständig: »Leute, denkt an die Linie.«

Ich schlenderte zu ihnen hin und winkte Gabi zu. Sie war gerade über zwanzig und hatte den Vorzug, vor fast nichts Angst zu haben. »Tu mir einen Gefallen. Nimm die Filme, die ich dir gebe. Laß sie entwickeln. Sofort und egal, was es kostet. Geht das klar?«

»Was ist denn hier passiert?« wollte sie wissen.

»Bitte, ich erzähl dir später alles. Mach dich erst einmal auf die Socken.«

»Ich brettere durch die Äcker«, versprach sie und verschwand. Es war sicher, daß sie tatsächlich brettern würde. Langsam ging ich zu der Stelle zurück, die sie den Tatort nannten. Ich legte mich neben Emil und Jonny in das Gras und paffte vor mich hin.

Um Punkt ein Uhr kam der Hubschrauber. Es war eine Riesenbiene aus den Beständen des Bundesgrenzschutzes, und sie ging etwa zweihundert Meter entfernt auf einer großen Lichtung nieder. Zwanzig Männer und eine Frau kletterten heraus, die alle wie eine etwas zögerliche Prozession auf uns zukamen, als bestehe die Gefahr, daß wir wie eine Erscheinung wieder verschwinden könnten.

Vorneweg ging ein Mann in meinem Alter, mit Schnäuzer und einer lächerlich hellblauen, irisierenden Krawatte auf einem dunkelblau gestreiften Hemd. Er redete ununterbrochen mit weit ausholender Gestik, und die Leute um ihn herum sagten dauernd: »Jawohl, Herr Oberstaatsanwalt« oder »Natürlich, Herr Oberstaatsanwalt.«

Als er uns erreicht hatte, machte er drei schnelle Schritte nach vorn, wandte sich zu den Polizisten und rief: »Rapport, meine Herren, Rapport!«

Der Oberstaatsanwalt bewegte sich mit den beiden Polizisten ein paar Schritte zur Seite und hörte angestrengt zu. Das dauerte ein paar Minuten. Dann drehte er sich abrupt herum und sagte in unsere Richtung: »Ich brauche Sie erst später, meine Herren, also warten Sie.«

»Das geht nicht«, widersprach ich.

Er war irritiert, und einige aus seinem Troß waren es auch. Er räusperte sich: »Am Tatort hier tanzen Sie nach meiner Pfeife, ist das klar? Sie sind der Pressemensch?«

»Richtig.«

»Sie werden warten müssen.«

»Muß ich nicht«, erklärte ich. »Ich wohne zweitausend Meter weg, und ich habe zu arbeiten.« Ich mochte ihn nicht.

»Sie warten. Sie haben Fotos gemacht?! Ich sperre diese Fotos!«

»Sie sperren gar nichts«, gab ich zurück. Den zehnten Film hatte ich längst in der Tasche. »Ich schenke Ihnen meine Kamera.« Ich hielt sie ihm hin.

Er nahm und öffnete sie; er kannte sich aus und schaffte es auf Anhieb. »Wo ist der Film?« fragte er.

Ich reichte ihm das Gewünschte. »Kann ich jetzt gehen?«

»Nein.« Er nahm den Film und steckte ihn in die Tasche. Dann rief er: »Fräulein Eggendorf, Fräulein Eggendorf!«

Die, die Eggendorf hieß, kam heran und sagte: »Ja, bitte?«

»Ihr Fall. Ein Mann der Lokalpresse. Ein bißchen aufmüpfig.«

Sie nahm mich am Ellenbogen: »Nun kommen Sie schon, Herr Kollege. Das hier ist sowieso eine Nummer zu groß für Sie.« Sie zerrte an mir.

»Ich bin nicht Ihr Kollege«, schimpfte ich. »Wieso zerren Sie an meinem Hemd herum? In sechs Stunden habt ihr den Fall doch sowieso nicht mehr! Was soll der ganze Aufstand?«

Es war still.

»Darf ich fragen, was das schon wieder heißen soll?« bellte der Oberstaatsanwalt.

»Sicher dürfen Sie das. Hier wurden rund zwölf Millionen Mark samt Transporter geklaut. Soweit ich weiß, ist das der schnellste, sauberste und größte Geldraub seit dem Zweiten Weltkrieg. Die Bundesanwaltschaft winkt, Herr Oberstaatsanwalt.«

»Sie sind ja verrückt«, sagte die, die Eggendorf hieß und immer noch mein Hemd zwischen Daumen und Zeigefinger hatte.

»Also verrückt ist der wirklich nicht«, widersprach der ältere Polizist und zuckte zusammen, weil der Oberstaatsanwalt ihn so ansah, als wolle er ihn als Nachspeise bestellen.

»Sie arbeiten lokal?« fragte der Oberstaatsanwalt.

»Nie«, gab ich Auskunft.

Das irritierte ihn, das irritierte auch die Eggendorf, die mein Hemd losließ.

»Zunächst schnell die Lage. Meine Herren, kurze Besprechung!« wandte sich der Oberermittler unvermittelt von mir ab und versammelte alle um sich. Etwa dreißig Schritt abseits dozierte er irgend etwas.

Dann schwärmten sie aus. Sie öffneten ihre Koffer, fotografierten, maßen, nahmen Emil und Jonny beiseite und begannen, sie auszufragen. Ein paar Männer blieben untätig abseits stehen und sahen gelangweilt aus. Das waren die wirklich Wichtigen, und sie gehörten sicher nicht zum Troß des Oberstaatsanwaltes. Nun sah ich, wie der ältere Streifenbeamte sich mit dem Oberstaatsanwalt unterhielt und dabei mit dem Kopf zu mir hindeutete.

Der Oberstaatsanwalt winkte daraufhin die Eggendorf zu sich und sagte ihr irgend etwas. Die Frau atmete tief durch und kam sehr langsam auf mich zu. »Wir verhängen eine Nachrichtensperre«, teilte sie mir mit.

»Kennen Sie die rechtlichen Grundzüge einer Nachrichtensperre?« fragte ich grinsend.

»Ich denke, ja«, sagte sie spitz.

»Ich denke, nein«, erwiderte ich. »Ich war vor Ihnen hier. Alles, was bis dato zu meiner Kenntnis gelangt ist, darf ich verwenden. Sie können mir das nicht verbieten. Die Nachrichtensperre bedeutet, daß *Sie* sich bemühen müssen, den Mund zu halten.«

»Ich möchte Sie aber bitten …«

»Bitten Sie mich nicht, das hat keinen Sinn. In spätestens drei Stunden muß Ihr Herr und Meister sowieso eine Pressekonferenz einberufen. Es bleibt ihm gar nichts anderes übrig. Meine Kollegen werden aus allen Himmelsrichtungen einfallen. Wollen Sie denen etwa zu verschweigen versuchen, daß Ihnen zwölf Millionen abhanden gekommen sind?«

»Sie arbeiten doch manchmal auch für ... na ja, für ...« Es wollte ihr nicht über die Lippen.

»Für das Magazin in Hamburg«, half ich aus. »Das tue ich nicht nur manchmal. Natürlich werde ich Sie lobend erwähnen.«

»Wie bitte?« fragte sie schrill.

Plötzlich kam Bewegung in die Szene. Die beiden Uniformierten rannten zu ihrem Streifenwagen, der Ältere nahm den Hörer und hörte eine Weile zu. Dann rief er aufgeregt: »Herr Oberstaatsanwalt, Herr Oberstaatsanwalt!«

Der Oberstaatsanwalt ließ sich Zeit, solche Leute lassen sich immer Zeit. Er nahm den Hörer mit ganz spitzen Fingern.

»Sie sind aus dem Rennen«, gluckste ich die an, die Eggendorf hieß.

»Quatsch«, widersprach sie heftig.

»Wollen wir wetten?« fragte ich. »Ein Pfeffersteak im *Teller*?«

Der Oberstaatsanwalt beugte sich weit nach vorn, es sah beängstigend nach einem Sturz auf den Waldboden aus. Dann straffte er sich, schluckte den Schlag und winkte den vier Männern zu, die schweigend abseits standen, weil sie das Ganze bisher nichts anging. Die vier setzten sich in Bewegung und bildeten einen engen Kreis um den Oberstaatsanwalt, der sie informierte: »Wir gehen raus aus dem Fall. Das war das Innenministerium in Mainz.«

»Na also«, sagte ich.

»Wir sehen uns noch«, versprach er mir giftig.

»Ich verkehre nicht in Ihren Kreisen«, gab ich muffig zurück.

Einer der vier kam zu mir und sagte höflich: »Sie können selbstverständlich nach Hause gehen, Herr Baumeister. Irgendwann schicke ich einen Beamten vorbei.« Er machte eine kurze Pause. »Besser, ich komme selbst. Mal ehrlich: Haben Sie schon einmal einen so perfekt abgeräumten Tatort gesehen?«

»Noch nie«, gab ich zu.

Er seufzte: »Scheißprofis« und ging von uns weg. Dann drehte er sich unvermittelt um. »Ich werde die beiden Wachmänner nicht festnehmen.«

»Das finde ich gut«, sagte ich. Ich fand das wirklich gut. »Darf ich fragen, welcher Organisation Sie angehören? Bundesnachrichtendienst oder Bundeskriminalamt?«

Er lächelte leicht. »Bundeskriminalamt.«

»Noch etwas: Wissen Sie, ob es schon mal einen vergleichbaren Fall gegeben hat?«

»Nein, ich habe noch nie von einem Fall dieser Art gehört. Aber vielleicht steht die Karre mit den Millionen ja drei Waldstücke weiter?«

»Wohl kaum«, murmelte ich. »Und wenn sie da steht, ist sie leer, und drin liegt ein Zettel: Schönen Dank!«

»Das glaube ich nicht«, sagte er. »Das Ding ist mit einem Zeitschloß versehen, quarzgesteuert. Man kann es vor achtzehn Uhr nicht aufmachen, ganz unmöglich. Nicht einmal mit einem panzerbrechenden Geschoß. Wir haben also noch mehr als sechs Stunden.«

»Gott mit Ihnen«, flüsterte Jupp ganz fromm.

ZWEITES KAPITEL

Irgendwann flog der Hubschrauber mit dem Oberstaatsanwalt und seiner Mannschaft davon, die Vertreter des Bundeskriminalamtes tummelten sich, sprachen mit Zeugen, fotografierten, vermaßen und taten sicherheitshalber all das, was ohnehin kein Ergebnis bringen würde. Sie arbeiteten lustlos, und in ihren Gesichtern stand die wütende Erklärung: Ich tue es, damit hinterher niemand sagen kann, ich hätte es nicht wenigstens versucht.

»Das ist ein Ding«, sagte Jupp. Es klang wie die endgültige Feststellung eines Sachverständigen. »Wie geht es jetzt eigentlich weiter?«

»Das weiß ich nicht. Vermutlich bilden sie eine Sonderkommission oder so etwas«, spekulierte ich.

»Du schreibst also doch drüber?!«

»Noch nicht. Bis heute abend werden erst mal alle Sender und Zeitungen einfallen.«

»Und dann schreibst du, was passiert ist, und kassierst, häh?« Er sah mich listig an.

»Ich weiß ja nicht, was passiert ist.«

»Na ja, aber du kannst doch so tun, als wie wenn ...« Er grinste. »Ich würde es jedenfalls nicht umsonst machen. Ich muß weiter, sonst bestraft mich das Leben.« Seit Gorbatschow das gesagt hatte, zitierte er ihn ständig.

Der Mann vom Bundeskriminalamt kam erneut, zog mich beiseite und fragte: »Was für Fotos haben Sie?« Er lächelte und fügte hinzu: »Ich weiß, daß Sie sie haben. Wir zahlen nicht gut, aber wir zahlen.«

»Kein Problem. Sie bekommen einen kompletten Satz, jedes Motiv. Ungefähr sechzig bis zweihundert«, versprach ich.

»Was kostet das?«

»Sie zahlen die Entwicklung, also pro Abzug hundert Prozent dessen, was ich zahle.«

»Wieviel wird das sein?«

»Fünf Mark pro Bild oder so.«

»Sie sind ein echter Freund«, grinste der BKA-Mann.

»Ich bin echt freundlich, wenn ich erfahre, wie Sie heißen.«

»Marker.« Er fummelte in der Brusttasche seines Jacketts herum und reichte mir seine Visitenkarte. »Das sieht nach organisierter Kriminalität aus.«

»Das denke ich auch«, nickte ich. »So perfekt, so glatt, so schnell, so spurlos.«

»Sie schwärmen ja richtig«, mahnte er.

»Sie müssen zugeben, daß es unwirklich gut geklappt hat«, verteidigte ich mich. »Ich mag Dinge, die gut klappen ... Wenn es wirklich okay war, stehen Ihre Chancen ganz schön schlecht. Das bedeutet, Sie werden auf die Mitarbeiter unterer Behörden angewiesen sein, die hier zu Hause sind. Und die, na ja ...« – ich wußte nicht, ob ich die Frechheit riskieren konnte, aber ich riskierte sie – »... untere Behörden in regional eng begrenzten Räumen verhalten sich immer wie beim Beamtenmikado.«

»Was ist denn das?«

»Das ist eine Regel: Wer sich zuerst bewegt, hat verloren.«

Da scheint eine starke, heiße Sonne durch die Bäume, und du gehst über weiches, langhalmiges Gras. Du riechst etwas, das dich an deine Jugend erinnert, an deine Kindheit: heiße Sonne auf Gras, auf Heu, Scheunengeruch, irgend etwas wie ein Zuhause. Ein paar Meter entfernt haben vor nicht einmal zwei Stunden Unbekannte zwölf Millionen geklaut. Wenn du aufmerksam hinguckst, dann siehst du die Geldtransportbegleiter trübsinnig im Gras hocken und die Kriminalbeamten sinnlose Gespräche führen. Du siehst Leute, mit denen du seit Jahren zusammenlebst, ein wenig ratlos rauchend, miteinander kichern und flüstern. Und du denkst: Wenn ich jetzt aufwache, war es zumindest ein spannender Traum.

Ich ließ den Wagen stehen und schlenderte die Straße hinauf Richtung Flesten. Es waren circa einhundert Zuschauer, die, erregt debattierend, in Grüppchen herumstanden.

Zweihundert Meter weiter befand sich eine Jungtannenpflanzung mit sehr dichtem, sonnendurchtränktem Gras, irgendeine Blauschwingelart. Hier hörte die eine Welt auf, und die andere begann. Ich hockte mich neben eine kleine mannshohe Birke, die in der Sonne träumte. Im Gras zogen Ameisen ihre Bahn, ein stahlblauer kleiner Käfer torkelte durch die Halme, drohte dauernd zu kippen, kippte aber nicht. Eine Hummel machte einen mörderischen Krach, eine Blaumeise kam sehr schnell heran, hockte sich einen Meter über meinem Kopf auf einen dünnen Ast, spürte mich und zuckte blitzschnell davon. Aus irgendeinem Grund summte ich *Yesterday* von den Beatles.

Jupp tuckerte auf seinem Trecker heran, anscheinend fand er es doch zu spannend, um heimzufahren. Er bremste quietschend, stellte den Motor ab, kletterte herunter, kam zu mir und fragte: »Glaubst du, daß das Rechtsradikale waren?«

»Wieso das?«

»Na ja, die brauchen doch Geld, um alles zu finanzieren: Parteien gründen, Bier ausgeben, jede Menge Bier, Säle mieten und so. Das würde doch passen.«

»Das war eine kalte, klare, schnelle Sache. Rechtsradikale haben nicht genug im Hirn.«

»Wir haben hier ja auch keine. Nicht in der Eifel!« gab er mir recht.

»Hör doch auf«, erwiderte ich wütend. »Natürlich haben wir welche. Vor ein paar Tagen sind morgens um drei Uhr Skinheads in der Disco erschienen, haben ›Sieg heil‹ geschrien und wollten sich prügeln.«

»Die waren sicher betrunken«, sagte er schnell.

»Die SA- und SS-Leute konnten anfangs ihre eigenen Schweinereien auch nur besoffen ertragen«, murrte ich.

Er sah mich an, wandte sich ab und kletterte durch den flachen Graben, warf seinen Trecker an und fuhr langsam los. Ich wollte ihm zurufen, es täte mir leid, aber eigentlich tat es mir nicht leid.

Ich schlenderte zurück, stieg in den Jeep und fuhr langsam nach Hause. Plötzlich wußte ich, wer mich angerufen hatte. Ich grinste, schob ein Band der neuen Kölner Gruppe LSE ein und ließ den Tommy Engels in einem sanften Swing ersaufen. »Isch bin der Saunaboy ...« Ich gab Gas.

Krümel hockte in der Haustür und sah mir vorwurfsvoll entgegen. »Wir haben einen Geldraub«, informierte ich sie. »Hören Sie zu, Watson: Stellen Sie fest, wer es war, und wir kassieren die Hälfte.« Ich wollte mich bücken, um sie zu kraulen, aber sie schlug nach mir. »Das ist die Hitze«, mutmaßte ich.

Ich rief Mutter Melzer an: »Ist denn der Alfred da?«
»Irgendwo im Stall«, antwortete sie.
»Kann er mich zurückrufen?«
»Kann er. – Moment, da ist er.« Der Hörer wurde gewechselt, und mein Freund Alfred sagte: »Na, bist du schon reich?«
»Du bist ein Sausack«, schimpfte ich. »Wieso rufst du mich an und weißt etwas von zwei Männern, zwei Säcken und zwei Buchen?«
»Ich? Ich doch nicht.«
»Doch, du. Du kommst jetzt her und beichtest.«
Er kicherte sehr hoch und erheitert und hängte ein.
Ich hatte noch nicht meinen Tee mit Eis und Zitrone in den Garten getragen, da kam er, schmal, drahtig und fuchsig grinsend, um die Ecke. Er hockte sich auf einen Stein am Kräuterbeet, und seine Augen ertranken in Heiterkeit.
»Bist du da vorbeigekommen?« begann ich das Verhör.
»Wieso?«
»Hör mal, du Gauner, das ist gar nicht spaßig. Die beiden, die an den Bäumen festgebunden waren, gehörten zu einem Geldtransporter. Der Transporter hat sich in Luft aufgelöst, die zwölf Millionen, die drin waren, auch ...«
»Ich bin nicht dort vorbeigekommen«, sagte er, und plötzlich war das Lachen in seinen Augen erloschen. »Ich war oben auf dem Hügel oberhalb vom Eichengrund. Ich habe da drei Eichenstämme gekauft, die habe ich rausgezogen. Plötzlich denke ich: Das darf nicht wahr sein. Da sah ich sie. Sie strampelten wie verrückt. Ich hatte das Glas im Trecker, ich konnte sie genau sehen. Ich rauf auf die Maschine und Gas gegeben und ab. Und dann bin ich im Dorf in die Zelle und habe dich angerufen. Was war los?«
»Du hast sie also gesehen, wie sie an den Bäumen zappelten?«
»Richtig. Wirklich zwölf Millionen?«
»Wirklich.«

Er hielt den Kopf schräg: »Wieso ist mir das nicht eingefallen?«

»Stimmt es, daß jeder von diesem Transport am Samstag wußte?«

»*Jeder* weiß ich nicht. Ist denen was passiert?«

»Nicht mal eine Schramme, das war perfekt, das war geradezu verrückt perfekt. Kennst du jemanden, der so was kann?«

»Bin ich Al Capone?« Er lächelte. »Nein, ich kenne keinen.«

»Hast du zufällig auf die Uhr gesehen?«

»Nicht zufällig. Es war genau dreiundzwanzig Minuten nach elf. Auf die Sekunde genau«, erklärte er.

»Wenn sie um zehn nach elf den Punkt erreichten, hatten die Täter also ganze dreizehn Minuten. Hast du außer den Säcken an den Bäumen irgend etwas anderes gesehen?«

»Nichts. Kein Mensch, kein Auto, keine Maschine, keinen Trecker, nichts. In dreizehn Minuten kannst du so einen Transporter so verstecken, daß kein Mensch ihn findet.«

»Jupp meinte das auch«, murmelte ich. »Wie würdest du so etwas anstellen?«

Ein Zitronenfalter tanzte vor Krümels Nase, sie schlug nach ihm, traf nicht, und ich bildete mir ein, der Falter kicherte.

»Wie groß ist so ein Transporter?«

»Na ja, zwei Meter dreißig breit, ungefähr fünf Meter lang, vielleicht sechs, rund zwei Meter hoch.«

Alfred überlegte eine Weile und sagte dann: »Wenn du Zeit hast, zeige ich es dir eben. Wann geht der Rummel los?«

»Ich schätze mal gegen vier bis fünf Uhr heute nachmittag. Also gut, wohin?«

»Komm mit.«

Wir kletterten auf seinen 100-PS Case, und er fuhr zum Sportplatz hoch, durch die Windbrüche, dann auf den breiten Forstweg für die Holztransporte.

»Da oben von der Kuppe aus kannst du sehen, wo sie die Männer angebunden haben«, schrie er. »Ich würde den Transporter hier rausfahren. Ich zeige es dir.« Er bog sehr hart und ohne das Gas wegzunehmen in einen steil ansteigenden Weg ein, der vollkommen überwuchert war. Der Anstieg war ungefähr dreihundert Meter lang, dann flachte das Gelände ab. Er fuhr nach rechts zwischen die Tannen und stellte die Maschine ab.

»Ich würde die Karre hierherfahren, dann da vorne in den Graben. Siehst du, wo das Wasser steht? Da hinein. Dann müßte noch etwa ein halber Meter in der Höhe abgedeckt werden. Ich würde also vom Holzverladeplatz den Caterpillar holen und Baumstämme draufschieben. Und zwar so, daß die Stämme quer zum Fahrzeug liegen, also parallel zu den Achsen. Zehn Stämme, und du siehst nichts mehr ... Du könntest aber auch folgendes machen: Du nimmst den Komatsu mit der Ramme und schiebst den ganzen Erdwall quer über den Transporter. Ich wette mit dir: Ich schaffe das in zehn Minuten.«

»Ja, aber du hinterläßt frische Spuren.«

»Kein Problem«, erwiderte er sehr ernsthaft. »Ich hebe da vorn die Krüppeltannen mitsamt den Erdballen raus und pflanze sie drauf. Von mir aus eine Stunde. Der Überfall ist jetzt rund zweieinhalb Stunden her. Du hättest also mindestens eine Stunde satt Zeit, das Ding einzubuddeln. Überhaupt kein Kunststück.«

»Aber Werner als oberster Waldarbeiter würde den Wagen doch sofort finden.«

»Werner ist niemals am Wochenende hier. Du hättest Zeit bis Montagmorgen, wahrscheinlich sogar viel länger, denn der Forst hier wird nicht mehr abgefahren, hier liegt kein Holz mehr. Jetzt im Sommer ist hier Totenstille.«

»Und die Jäger?«

Alfred kniff die Lippen zusammen. »Wenn du es geschickt machst, merkt das nicht mal der Jagdherr. Der hat andere Probleme.«

»Glaubst du, daß Menschen aus der Stadt auf diese Idee kommen können?«

Er kratzte sich an der Stirn. »Niemals, die sind viel zu doof.« Dann grinste er: »Im Ernst, sie kommen nicht auf so eine Idee. Ist der Transporter wirklich spurlos weg?«

»Spurlos weg. Jemand konnte sich reinsetzen und starten. Er hatte, bis die Polizei auftauchte, circa 25 Minuten Zeit.«

»In 25 Minuten bist du weit.«

»Aber niemals weit genug, um einer Ringfahndung zu entkommen. Die machen die Autobahn dicht. Am Anfang, am Ende, an jeder Ausfahrt. Jede Bundesstraße, jede Landstraße ...«

»Wenn die so ein Ding klauen, dann wissen sie doch vorher, wohin damit. Oder?«

»Na sicher, der Logistiker, der das gedreht hat, sollte sich sein Hirn vergolden lassen.«

»Wie lange brauchen die, um das Ding aufzukriegen?«

»Zeitschloß. Um achtzehn Uhr kannst du einen Schlüssel drehen und bist reich.«

»Die hätten bei mir auf dem Hof parken sollen«, erklärte er. »Ich hätte nicht einmal Gebühren kassiert.«

Wir kletterten wieder auf seine Maschine. Er schrie: »Was ist, wenn die das Ding mit einem Hubschrauber geklaut haben?«

Zu Hause setzte er mich ab. »Also, ich werde 'n bißchen rumhorchen.«

Ich ging wieder in den Garten und legte mich unter die Birke.

Nach einer Weile kam Gabi um die Ecke, mit einer großen, braunen Tüte unter dem Arm. Sie sagte: »Die Fotos sind alle gut, ich habe zwei Sätze machen lassen. Das ist ja irre, die zwei Säcke an den Bäumen. Ob die das waren? Ich meine, wenn die und die Räuber unter einer Decke steckten?«

»Könnte sein«, erwiderte ich, »glaub ich aber nicht. – Paß auf, du nimmst einen Satz und bringst ihn zu einem Mann am Tatort. Er heißt Marker und ist einer der nettesten. Bestell ihm schöne Grüße. Den anderen Satz nimm mit zu dir nach Hause. Erzähl bitte keinem davon. Hast du die Negative? Gut. Nimm die auch mit zu dir. Gibt's aus Hillesheim was Neues?«

»Nein«, sagte sie. »Außer, daß alle drüber reden, eigentlich nichts. Ich habe das ausgelegt.«

»Im Schreibtisch in der Schublade. Nimm dir, was du brauchst, und einen Hunderter mehr.«

»Das will ich nicht.«

»Sei still, ehre das Alter, zolle ihm Respekt und nimm einen Hunderter mehr. Was machen die Männer?«

Sie lächelte leicht. »Ich bin sozusagen auf Warteposition. Aber viel Vernünftiges läuft nicht rum.«

»Nimm niemals einen Typen aus dem Sonderangebot«, mahnte ich väterlich.

Gabi trollte sich samt ihrer langen Beine und murmelte im Weggehen: »Man muß nehmen, was man kriegt, aber ich will keinen Runderneuerten.«

Ein Pärchen Rauchschwalben jagte sich dicht über mir, Krümel kam um die Ecke und maunzte, als sei ich zwei Jahre weggewesen. Sie interessierte der Geldraub überhaupt nicht. Aber wen interessieren schon zwölf Millionen, wenn er den Wanst voll Schnitzel hat? So ließen wir eben den Tag aus der Sonne tropfen, und irgendwann schliefen wir ein, ihr Kopf dicht neben meinem.

Der Rummel begann um fünf Uhr. Es fing damit an, daß ich hörte, wie jemand in scheinbar heller Verzweiflung gegen meine Haustür donnerte. Gleichzeitig schellte das Telefon.

An der Haustür war Helmuth Huth: »Ich brauch mal eben eine zweite Schubkarre.«

»In der Garage«, sagte ich.

»Und? Biste jetzt reich?«

»Ich war nicht beteiligt, Ehrenwort«, versicherte ich.

»'n Ehrenwort taugt nichts mehr«, sagte er.

Am Telefon war Willi, mein Ortsbürgermeister, und fragte: »Haste mal zwei Minuten Zeit?«

»Für dich immer«, sagte ich. »Und? Biste jetzt reich?«

Er lachte schallend, wurde dann plötzlich sehr ernst und sagte: »Das Ding war von langer Hand vorbereitet, oder?«

»Sieht so aus. Womit kann ich dienen?«

»Es geht um, na ja, um Klärchen, also um die Witwe Bolte. Also, es ist so, daß sie hinter jedem Busch die Jungfrau Maria und den Erzengel Michael sieht. Nun ist das so, daß sie in ein Altenheim oder aber in eine Klinik soll, wenn ... na ja, wenn die Jungfrau Maria nicht verschwindet. Und da wollte ich fragen, ob du jemanden weißt, der vielleicht ihr Haus kaufen will. Wenn ich das verkauft kriege, braucht die Gemeinde nicht so viel beizubuttern, wenn sie gepflegt werden muß.«

»Ich weiß keinen, und mein Taschengeld für diese Woche ist verbraucht. Was wird die Pflege kosten?«

»Also, ich denke mal, bis zu viereinhalbtausend im Altenheim. Die Klinik wird teurer.«

»Hat sie keine Rente?«

»Ja, aber nur Minimalrente. Sie hat gespart, rund hunderttausend. Aber die sind im Nu futsch.«

»Ich weiß wirklich niemanden, Willi. Will nicht jemand vom Golfclub das Haus kaufen?«

»Vielleicht«, überlegte er, »aber das kann dauern, bis man mit einem von denen handelseinig geworden ist. Und es müßte schnell gehen.« Wenn er Sorgen hatte, und die hatte er dauernd, zog er die Vokale in die Länge.

»Sie hat doch diese Anfälle jedes Jahr ...«, begann ich.

»Jedes Jahr zweimal«, verbesserte er schnell. »Einmal im Sommer, einmal zu Weihnachten.«

»Wie alt ist Klärchen eigentlich?«

»Sechsundachtzig. Na ja, hör dich mal um.« Er hängte ein.

Krümel tauchte auf, lief in die Küche, stellte sich vor ihren leeren Napf und maunzte wie das heulende Elend. Da schellte das Telefon erneut.

»Mein Name ist Karmann«, sagte ein Mann mit einer gutgeölten Stimme. »Guten Tag, Herr Kollege. Ich vermute, Sie wissen, weshalb ich mich melde?«

»Vermutlich wollen Sie etwas von dem Zaster abstauben.«

»Das wäre schön«, seufzte er. »Nein, nein, ich rufe an, weil wir den Titel rausschmeißen und mit dem Geldraub aufmachen wollen. Was haben Sie?«

»Sie können einen Satz Fotos vom Tatort mit den beiden Fahrern haben. Kostet zweitausend. Die Summe des geklauten Geldes ist nicht klar, aber Sie können davon ausgehen, daß es um die zwölf Millionen sind.«

»Wer ermittelt?«

»Der Bundesanwalt mit dringendem Verdacht auf organisierte Kriminalität und/oder Terrorismus-Szene.«

»Konkrete Verdächtige?«

»Nicht der Hauch davon. Wer sind Sie?«

»Bild am Sonntag. Unsere Reporter sind unterwegs. Beschreiben Sie bitte den Tatort? Ich muß diesen gottverdammten Text machen. Reuter meldet nur den Raub ohne Einzelheiten. Helfen Sie mir?«

»Ich helfe. Soll ich den Text faxen? Und machen wir einen Gesamtpreis? Sagen wir viertausend, und Sie haben in zwei Stunden alles. Wie kommen Sie an die Fotos?«

»Wir schicken einen Kurier. Ist das okay?«

»Das ist okay. Können Sie den Preis bestätigen?«

»Einverstanden. Danke. Da ist noch etwas, Herr Kollege. In der nahen Vergangenheit gab es das häufiger, daß ein Geldtransporter überfallen wurde und sich dann herausstellte, daß die Wachleute beteiligt waren. Auf eine andere Weise hätte der Coup auch gar nicht klappen können. Nun halte ich es für leichtsinnig, von Beginn an zu sagen: Deren Weste ist rein, die waren es nicht! Wie, um Gottes willen, ist es denn möglich gewesen, die mattzusetzen?« Er suchte nach möglichen Schuldigen für die Schlagzeile.

Ich erklärte es ihm. Nachdem er aufgelegt hatte, rief ich

Gabi an und bat: »Tut mir leid, aber könntest du schnell nach Hillesheim fahren? Sag Bescheid, daß das Wochenende ausfällt. Ich brauche noch acht Sätze Fotos. Und paß bitte genau auf: Es gibt ein paar Bilder mit den beiden Transportbegleitern als Säcken an den Bäumen. Die nimmst du erst gar nicht mit.«

»Gut«, sagte sie. »Eigentlich wollte ich baden.«

»Das tut mir leid. Wenn du jemanden weißt, der für dich einspringen kann ...«

»So war das nicht gemeint. Endlich ist was los ...«

In den nächsten zwei Stunden riefen sechs Redaktionen an, und ich tanzte mit Krümel auf dem Arm um den Küchentisch und jubelte: »Zweimal im Jahr so ein Ding, und ich habe eine Rente.«

Krümel sah mich sehr mißtrauisch an, und ich beruhigte sie hastig: »Na ja, bis jetzt sind das ungefähr sechzehn Tonnen Whiskas.«

Ich gab jeder Redaktion über Fax mit leichten Änderungen einen vier Seiten langen Text durch. Eigentlich stand nichts drin. Es war eine hervorragende Übungsaufgabe, aus Nichts etwas zu machen. Gegen sieben Uhr kam der Anruf, auf den ich schon den ganzen Tag gewartet hatte.

Er lärmte, er lärmt immer: »Ich weiß, ich weiß, du hast viel zu tun, du bist überlastet. Jemand hat zwölf Millionen geklaut, und du hast Hochkonjunktur. Sag mal, mein Lieber, was hast du den anderen verkauft?«

»Texte und Fotos.«

»Und welche Fotos hast du nicht verkauft?«

»Ein paar von den beiden Fahrern.«

»Sind die hübsch?«

»Sehr hübsch, würde ich sagen.«

»Kann ich die haben? Und habe ich sie allein?«

»Ja!«

Er machte mir ein gutes Angebot und informierte mich: »Ich lege dir einen jungen Mann namens Unger ans Herz. Er kommt irgendwann in der Nacht an, er wird sich melden. Unger, Herbert Unger.«

»Die Blaskapelle meines Musikvereins wird spielen, wenn er einläuft«, erwiderte ich.

Wenig später teilte mir Freddie Seiters von der Polizei mit, die Pressekonferenz werde gegen 22 Uhr in der Bank sein.

»Habt ihr schon einen Verdacht?« erkundigte ich mich.

»Nicht den geringsten«, seufzte er. »Nicht mal die Transportbegleiter geben was her. Familienväter, wenig Schulden, keine boshaften Bekannten, keine habgierigen Ehefrauen. Nichts, verstehst du, einfach gar nichts.«

»Wie schön!«

»Hast du *schön* gesagt?« fragte er wütend.

»Das habe ich gesagt«, gab ich zu. »Das hält mein Geschäft am laufen.«

»Du bist ein Abstauber!«

»Für so viel Bares bin ich alles, was du möchtest«, erwiderte ich brav.

Ich hatte den Hörer kaum wieder eingehängt, da ging es weiter. Diesmal war es eine Stimme, die schwache Erinnerungen in mir weckte und die ungefähr nach meinem Opa klang, wenn er gut gelaunt gewesen war.

»Ich grüße Sie, Herr Baumeister«, sagte die Stimme einleitend. »Jetzt hat das internationale Gangstertum auch Ihre verträumte Hütte erreicht. Was halten Sie davon?«

»Was halte ich wovon?« fragte ich vorsichtig.

Mein Gesprächspartner am anderen Ende lachte sanft. »Sie wissen nicht, wer ich bin, nicht wahr? Ich bin der Rodenstock.«

Rodenstock, Rodenstock? Rodenstock! »Etwa der Kripomensch aus Trier?«

»So ist es.«

»Wie geht es Ihnen?«

»Ich bin pensioniert, ich ...«

»Aber Sie trinken noch Kaffee, essen Bitterschokoloade, trinken Cognac und rauchen dazu eine Zigarre?«

»Ja, das ist mir geblieben. Wer ermittelt in dem Fall?«

»Der Generalbundesanwalt, es riecht nach Organisiertem Verbrechen. Leben Sie noch in Trier?«

»Nein, ich lebe jetzt in Cochem an der Mosel. Ich weiß nicht einmal, warum. Es ergab sich so ...«

»Wenn Sie Lust haben, kommen Sie her. Wenn Ihre berufliche Neugier ...«

»Ja, ja, deswegen rufe ich an. Ich meine, falls ich Ihre Familie nicht störe.«

»Ich habe keine Familie, immer noch nur eine Katze.«

»Könnte ich, ich meine, macht es Ihnen ehrlich nichts aus ... Ich würde morgen gegen Mittag vielleicht ..., ich interessiere mich für den Fall, ich denke, da muß man dabeisein.«

»Kommen Sie ruhig her«, sagte ich. »Haben Sie keine Hemmungen.«

»Das ist sehr liebenswürdig«, stelzte er.

Schließlich kam der Kurier der Bild am Sonntag, tat geschäftig, sah sich um und murmelte verachtend: »Komisch, das ist hier doch am Arsch der Welt. Woher kommen denn hier zwölf Millionen her?«

»Langsam angespart«, schlug ich vor und drückte ihm den Umschlag in die Hand.

Nachdem wieder etwas Ruhe eingekehrt war, ließ ich die Badewanne vollaufen, um mich für die Pressekonferenz auf Vordermann zu bringen. Sicherheitshalber nahm ich das Telefon mit. Gerade als ich mich im Schaum suhlte und langsam wieder atmen konnte, schrillte das Ding, und eine muntere Stimme parlierte: »Baumeister, ich hörte gerade im Fernsehen, daß irgendwer in deiner Gegend ein paar Millionen geklaut hat. Da dachte ich an dich. Wie hast du das gedreht?«

»Ganz einfach: Ich habe den Transporter angehalten, habe mich hinter das Lenkrad gesetzt, und die ganze Kiste voll Geld steht jetzt in meiner Garage und wartet auf mich. Wer bist du?«

»Eine Frau.«

»Das ist keine erschöpfende Auskunft, das höre ich.«

»Die Bettina.«

»Aha.« Bettina? Bettina? Ihrem Ton nach zu urteilen, hatte ich augenblicklich zu wissen, wer Bettina war. Ich wußte es nicht.

»Wir haben im letzten Sommer ... also wir haben uns in München getroffen, und du hast mir eine Stunde lang erklärt, wieso und warum du so gern allein lebst.«

»Aha.« Ich erinnerte mich immer noch nicht. »Und jetzt?«

»Jetzt dachte ich, ich rufe mal an. Wie geht es dir denn so?«

»Gut, ausgesprochen gut, aber ich muß gleich weg. Pressekonferenz, weißt du?«

»Ja. Ich dachte, ich komme mal vorbei.«

»Das ist jetzt schlecht, es ist ...«

»Ich bin hier in Daun, oder wie das heißt. Ich könnte ja mal reinschauen.«

»Aber nicht vor elf abends, bitte.«

»Also, um elf dann«, sagte sie erleichtert.

»Es war jemand, den ich nicht kenne«, erklärte ich meiner Katze, während ich das Telefon wieder beiseite stellte. »Du brauchst gar nicht beleidigt zu sein.«

Aber natürlich war sie beleidigt und schlich hinaus, als sei ich tätlich geworden.

Ich war sauber, ich roch gut, ich fühlte mich sehr gelassen, hockte mich in den Jeep und fuhr nach Hillesheim zur Bank. Der abendliche Sommerhimmel bot alle Rottöne an, die man sich vorstellen kann, und ein paar Kameraleute drehten munter mitten in den Kitsch hinein. Es waren mehr Kolleginnen und Kollegen da, als normalerweise Presseausweise in der ganzen Eifel zu finden sind. Sie waren alle gutgelaunt, und ein paar von ihnen grinsten mich freundlich an, weil sie wohl wußten, daß ich als erster am Tatort gewesen war. Sicherheitshalber rief ich laut: »Ich weiß rein gar nichts.«

Der Kundenraum der Bank war zu einem kleinen Vortragssaal umfunktioniert worden. Es standen zwanzig Stühle vor zwei erhöht aufgebauten blanken Tischen mit vier Stühlen dahinter. Jemand mit Sinn für Humor hatte eine winzige Vase mit drei oder vier Gänseblümchen daraufgestellt.

Neben mir sagte jemand: »Unger. Ich soll Ihnen herzliche Grüße vom Chef bestellen, und selbstverständlich bestimmen Sie den Preis.«

»Wie bitte?« fragte ich verblüfft. Mein Gegenüber hatte ein blasses, schmales, langgezogenes Gesicht, er sah ein bißchen aus wie der Gaul von Lucky Luke.

»Na ja, wenn Sie für uns arbeiten würden, wäre das von Vorteil.« Er runzelte die Stirn. »Man erzählte mir, Sie seien ziemlich gut im Recherchieren. Was glauben Sie, steckt dahinter?«

»Dahinter steckt jemand, der dringend Bargeld braucht«, meinte ich.

Er sah mich an, versuchte ein Grinsen, schaffte es dann auch. »Im Ernst, wie schätzen Sie das ein? War das nicht perfekt?«

»Nicht sehr perfekt«, behauptete ich. »Es ist eine etwa vier Kilometer lange, prima ausgebaute Nebenstraße mit garantiert kaum Verkehr. Aber die Täter haben die Straße nicht dichtgemacht. Das hätten sie aber um ihrer Sicherheit willen mit zwei Trucks erledigen können. Das gibt mir Rätsel auf.«

Er starrte über meine Schulter und fragte keck: »Woher wollen wir denn wissen, ob die Täter nicht für die Viertelstunde, die sie brauchten, die Straße dichtmachten? Das weiß doch keiner, oder?«

»Hallelujah, Bruder«, murmelte ich. »Wir sollten das aber niemandem sagen, oder?«

»Niemals nicht. Gibt es hier eine Disco?«

»Ja. In Bitburg oder Trier oder Gerolstein. Warum?«

»Weil ich lange nicht mehr getanzt habe«, erwiderte der erstaunliche Mensch.

»Und beim Tanzen treffen Sie die Gangster?« fragte ich.

»Nein ...«, er schüttelte energisch den Kopf.

Unser durchaus konstruktives Gespräch wurde unterbrochen durch den Eintritt dreier Männer und einer Dame. Letztere war die Dame namens Eggendorf mit einem herrlich verkniffenen Mund.

Die drei Männer setzten sich, die Dame auch. Der Mann der Bank, einer mit einem militärisch korrekten, dichten Schnäuzer, einer wirksamen Sonnenbräune aus der Dose und einem grellfarbenen Seidenschlips zu grauem Anzug mit dem genau passenden Alter von etwa vierzig Jahren, ergriff das Wort. Während er nach dem Mikrophon fischte und es zu sich heranzog, begann er: »Ich bin für dieses Haus verantwortlich, mein Name ist Schuhmacher, ich bin der Leiter dieses Institutes. Von hier aus wurde der Transport wie jeden Samstag auf die Reise geschickt und ...«

»Wer wußte denn von diesen Geldtransporten?« fragte ein Kollege aus den hinteren Reihen.

Die Frage hatte sie wahrscheinlich aus dem Fahrplan geworfen, sie sahen sich alle etwas ratlos an. Schließlich ergriff Marker das Wort: »Können wir uns einigen, meine Damen und Herren, daß Wolfgang Schuhmacher die Ereignisse zunächst aus Sicht des Bankhauses schildert? Dann ich aus der Sicht der Kriminalisten und der Bundesanwaltschaft. Dann Ihre Fragen. Ist das okay so?« Er nickte Schuhmacher zu.

Schuhmacher räusperte sich mehrmals, dann fuhr er fort: »Wir führen diese Transporte seit vielen Monaten durch, noch niemals ist irgendwas passiert. Wir haben einen möglichst rationellen Transportweg gewählt. Wir, das sind Volksbanken, Sparkassen, Kreissparkassen. Einmal in der Woche werfen wir sozusagen unser Geld zusammen und transportieren es von hier aus zur nordrhein-westfälischen Landeszentralbank nach Düsseldorf. Im Wagen waren heute morgen genau achtzehnkommasechs Millionen Mark in Scheinen, kein Münzgeld.«

Es war so still, daß die berühmte Stecknadel einen ohrenbetäubenden Lärm verursacht hätte. Dann ging ein Raunen durch die Pressekonferenz.

»Waren die Transportbegleiter immer dieselben?« fragte eine Frauenstimme.

Er nickte. »Immer dieselben«, antwortete er stolz.

Jemand rief laut: »Peinlich, peinlich.«

Eine Kollegin begann unterdrückt zu lachen, Schuhmacher wurde unsicher. Er hastete weiter: »Nun ja, wir waren mit den beiden Herren total zufrieden. Sie arbeiteten schnell und absolut zuverlässig ...«

»Und sie hatten viel Zeit, das Ding auszubaldowern«, sagte ein Mann links von mir.

Marker grinste und reagierte schnell: »Das ist nicht Sache von Herrn Schuhmacher.«

»Richtig«, stimmte Schuhmacher erleichert zu. »Brauchen Sie noch weitere Einzelheiten?« Er starrte in die Runde, als wolle er sagen: Falls jemand eine Einzelheit will, kriegt er Prügel.

Eine Kollegin seufzte: »Sie verkennen die Lage, Teuerster: Wir sind hier, um Ihnen zu Ihrer Kohle zu verhelfen, und nicht, um Sie zu streicheln. Wieviel wiegen denn so achtzehnkommasechs Millionen Mark? Und was ist das überhaupt für Geld? Ist es numeriert, sind die Nummern irgendwo aufgeschrieben?«

»Es ist nicht numeriertes Geld«, gab Schuhmacher hektisch Auskunft. »Es kommt aus Daun, aus Gillenfeld, aus Bitburg, aus Prüm, aus dem oberen Kylltal und aus Gerolstein. Es fließt hier im Laufe jeden Freitagabends zusammen.«

»Es ist also Mischgeld?« fragte jemand.

Schuhmacher nickte. »Klassisches Mischgeld. Die Banken bündeln es, damit die Zählung in Düsseldorf leichter ist. Es sind also alle Sorten Banknoten, vom Zehnmarkschein bis hin zum Tausender. Was es wiegt, weiß ich nicht, aber ich kann Ihnen sagen, was die einzelnen Banknoten gebündelt wiegen: Also: Fünf Bündel Zehnmarkscheine sind 5.000 Mark und wiegen 330 Gramm. Fünf Bündel Zwanzigmarkscheine sind 10.000 Mark, und sie wiegen 360 Gramm. 25.000 Mark in Fünfzigmarkscheinen wiegen nicht einmal ein Pfund, genau 440 Gramm ...«

Er schien stolz, daß er derartige Dinge wußte, und blickte um sich wie ein Champion.

»Mein Gott«, stöhnte ein Kollege erbost, »hören Sie doch auf mit dem Pipifax. War der Transporter voller Geld?«

»Ja«, antwortete Schuhmacher beleidigt. »Er war randvoll. Das Geld war in Säcken, wie immer.«

»War am heutigen Transport irgendwas anders als sonst?« erkundigte sich eine Frau.

»Nein«, sagte Schuhmacher ernsthaft.

Alle lachten schallend.

»Sie hocken da vorn und scheinen uns klarmachen zu wollen, daß Sie nicht im geringsten an irgendwas Schuld tragen«, brachte eine sehr aggressive, jugendliche Stimme die Sache auf den Punkt. »Ihnen sind achtzehnkommasechs Millionen geklaut worden, und Sie atmen nicht einmal schneller. Stehen Sie auf dem Standpunkt, daß Sie das nichts angeht? Ich meine, beim Bauernsterben sind die Banken doch auch die einzigen Gewinner gewesen. Ist das Ihrer Meinung nach normal?«

Es lag wenig Sinn in dieser Frage, sie drückte eigentlich nur Wut aus. Aber Schuhmachers Reaktion war verblüffend. Er stand auf, warf einen mörderischen Blick in Richtung des fragenden jungen Journalisten und wollte die Versammlung demonstrativ verlassen.

Marker, der Mann vom Bundeskriminalamt, legte ihm besänftigend die Hand auf den Arm.

Jemand schrie: »Sitzen bleiben! Wir haben hier keinen Kredit beantragt, Herr Schuhmacher.«

Alle lachten erneut. Wie alle Beleidigten dieser Welt beschloß Schuhmacher, die Frage zu ignorieren. Er wiederholte: »Es war in meinen Augen ein ganz normaler Samstag.«

»Wo waren Sie, als der Transporter hier beladen wurde?«

»Was soll das?« Schuhmacher geriet ins Stottern und sah Marker hilfesuchend an. Marker nickte beruhigend.

»Ich war einkaufen«, flüsterte Schuhmacher. »Ich glaube, ich war beim Metzger.«

Marker sah mich jetzt an und zwinkerte mir zu.

Ein älterer Kollege stand auf und sagte freundlich: »Ich denke, der Herr Schuhmacher hat uns nichts Erhellendes mitzuteilen, falls man nicht den Metzger als erhellend bezeichnen will. Herr Marker, was ist aus kriminalistischer Sicht zu sagen?«

»Können wir die Kameras ausblenden?« bat Marker. »Ich möchte erst einmal etwas feststellen.«

Er wartete einige Sekunden, bis die Kameras abgestellt waren, dann legte er die Handflächen zusammen. »Wir haben nicht die Spur einer Spur. Selbstverständlich haben wir uns eingehend mit den beiden Transportbegleitern befaßt. Freundlich, wie ich betonen will. Sie wissen so gut wie ich, daß das in einigen bisherigen Fällen zum Erfolg führte. Aber in diesem Fall haben wir es mit zwei Familienvätern zu tun, deren dienstliches und privates Leben nach einigen Stunden intensivster Prüfung auf nichts anderes schließen läßt, als daß sie damit nichts zu tun haben können. Wenn Sie nun Fragen haben, dann los, aber denken Sie bei Ihrer Arbeit daran: Wir haben nur einen Schlüssel zu einem möglichen Erfolg – das sind Ihre Veröffentlichungen und Filme.«

»Na gut«, ließ sich jetzt eine gemütliche Stimme vernehmen. »Fangen wir also an: Wer wußte von den Transporten?«

»In jeder Bank grundsätzlich zwei Leute. Der Filialleiter und der für den Transport Verantwortliche. Dann hier im Haus, in dem das Geld zusammenlief, waren es Herr Schuhmacher als Filialleiter und eine junge Dame, die samstags morgens die beiden Transporteure erwartete und das Geld einladen half. Alles in allem sind das etwa zwanzig Leute.« Marker machte ein unglückliches Gesicht.

Schuhmacher sagte schnell: »Aber Sie wissen ja, meine Damen und Herren: Wir deutschen Banken sind für unsere Diskretion berühmt. Ich würde mal sagen, daß zwar zwanzig Leute von den beteiligten Banken davon wußten, aber niemals von diesem Wissen Gebrauch machen würden. Das halte ich für unmöglich. Ich sage Ihnen: Niemand wußte von diesen Transporten!«

Marker kniff beinahe gewaltsam die Augen zusammen.

Nun konnte ich mich nicht mehr zurückhalten: »Ich bin Siggi Baumeister, ich lebe hier, Herr Schuhmacher, ich bin nicht hierhergekommen, um von Ihnen verscheißert zu werden. Sie werden zwischen Hillesheim, Wiesbaum, Ahrhütte und anderen Dörfern garantiert Hunderte von Zeugen finden, die ihre Uhr an jedem Samstag danach stellen konnten, wann der Geldtransporter durchfuhr. Die wußten alle, daß der Zaster aus Hillesheim vorbeikam.« Ich setzte mich wieder.

Schuhmacher schien zu überlegen, Marker nickte bedächtig und sagte: »Ich fürchte, es ist so, wie Herr Baumeister ausführt: In dieser Gegend war allgemein bekannt, daß an jedem Samstagmorgen der Geldtransport lief!«

Es war mir klar, daß Schuhmacher mir nun nie mehr einen Kleinkredit anbieten würde, also sagte ich zu Unger: »Passen Sie genau auf, was gesagt wird. Vor allem auf das, was nicht gesagt wird. Und kommen Sie nachher zu mir. Okay?« Dann drängelte ich mich hinaus.

Durch die Menschenmenge ging ich zum Jeep. Da stand Alfred, grinste mich an und fragte: »Sag mal, Onkel Siggi, kennst du einen Wassi?«

»Nein, Onkel Alfred. Wer ist Wassi?«

»Na ja«, erklärte er, »ich weiß nicht genau. Jemand aus Kerpen. Ein Russe.«

»Und was macht ein Russe in Kerpen?«

»Er lebt da. Er heißt nicht Wassi, die nennen ihn nur so. Er heißt Wassiliew oder so.«

»Was ist mit diesem Wassi?«

»Also, er arbeitet im Wald«, antwortete er lahm.

»Wie schön für ihn«, sagte ich. »Und weil er im Wald arbeitet, hat er wahrscheinlich die achtzehneinhalb Millionen geklaut, oder?«

»Nee, nee, das nicht. Aber die Leute sagen: Wenn einer was weiß, dann Wassi. Weil Wassi jeden Tag im Wald ist, auch wenn nichts zu arbeiten ist.«

»Wer sind die Leute? Wer sagt das?«

»Ich hab das von Kläuschen.«

»Und wer ist Kläuschen?«

»Kläuschen ist Meiers Klaus. Kennst du Meiers Klaus nicht? So 'n Dicker, immer gut drauf.«

»Arbeitet der auch im Wald?«

»Nein, der arbeitet im Zementwerk in Ahütte. Aber er sieht Wassi öfters, und manchmal trinken sie einen zusammen. Kläuschen meint: Wenn einer was gesehen haben könnte, dann Wassi.«

»Also ein Rußlanddeutscher. Also Strumpffabrik Kerpen.«

»Richtig. – Ich geh jetzt auf ein Bier zu Mechthild.«

»Moment. Das Geld ist nicht von einem allein geklaut worden. Hat Wassi denn Freunde, die das mitmachen würden?«

»Weiß ich nicht«, wurde er nun muffig. »Bin ich Moses?«

»Bist du nicht«, beruhigte ich ihn.

Ich fuhr zur Strumpffabrik nach Kerpen. Ich hatte zwar nicht die geringste Hoffnung, daß dieser Deutschrusse namens Wassi irgend etwas wissen oder gar etwas sagen würde. Aber da ich gelernt habe, keine Spur außer acht zu lassen, dachte ich, es sei besser, diese kleine Arbeit sofort hinter mich zu bringen.

Die Strumpffabrik befindet sich linker Hand am Ortsausgang von Kerpen Richtung Leudersdorf und Ahütte. Granitgrau liegt sie schwerfällig am Hang einer großen Mulde, und jedermann, der einige Ahnung von Architektur hat, weiß sofort, daß das Gebäude nur in der Amtsperiode des Größten Feldherrn aller Zeiten entstanden sein kann. Tatsächlich ist es errichtet worden, um als Heim für den Reichsarbeitsdienst zu dienen, genauer: für junge Mädchen, die dort nachts schliefen und tagsüber ringsum auf den Bauernhöfen ihren Dienst taten. Die Feldwege um das Haus herum waren insbesondere der männlichen Jugend bestens bekannt, denn sie dienten dazu, sich im Morgengrauen anzuschleichen, wenn die Mädels auf den Hof gescheucht wurden, um in teutonischer Strenge den Körper zu lockern. Ein Haus ewiger Niederlagen, denn am Ende der tausend Jahre des Dritten Reiches wurde daraus ein Lazarett für angeschossene Landser, dann, nach Ende des Krieges, ein Altenheim, schließlich eine Strumpffabrik, die zu Beginn der achtziger Jahre den Betrieb einstellte. Jetzt hausten dort deutsche Russen aus Kasachstan, von denen nicht wenige begreifen mußten, daß das Land, in dem Milch und Honig fließt, durchweg asphaltiert ist. Übergangswohnheim nennt sich das jetzt.

Das Licht wurde zusehends blau, die Nacht kam, aber es war immer noch sehr warm, ein Abend, der nach Sommerfest und nach Liebesgeflüster am Waldrand roch.

In der Strumpffabrik schlief niemand. Sie hockten im Schein von zwei roten Lampions um einen sehr großen Tisch und diskutierten und lachten miteinander. Auf dem Tisch standen große Teller mit den Resten halber Hähnchen.

Ich stieg aus und ging langsam auf sie zu. Ihre Gesichter glänzten im matten Schein der Lampions, es waren gute, vor Freude erhitzte Gesichter.

»Ich suche jemand«, erklärte ich. »Guten Abend! Ich suche Wassi oder Wassiliew.«

Einige Frauen begannen zu lachen, einige Männer grinsten, einige Kinder fanden das prima. »Er sucht Wassi! He, Wassi!«

Ein Mann mit einem breiten, gutmütigen Gesicht stand auf und war leicht verlegen. Er war absolut viereckig und sah aus wie das Urbild aller Bauern.

»Ich bin Wassi«, gab er sich zu erkennen. Er machte ein paar Schritte auf mich zu.

»Ich bin der Siggi«, gestand ich. »Kann ich Sie einen Augenblick lang sprechen?«

»Ja, ja«, sagte er bereitwillig. Dann wies er auf das Haus und ging vor mir her in die große Halle. Dort gab es eine Sitzecke, und er hockte sich in einen Sessel. »Was wollen Sie?«

»Nichts Besonderes«, sagte ich. »Sie haben gehört von dem Geldraub, dem Geldklau?«

Er hatte kugelrunde Augen, und zum ersten Mal sah ich, daß in seinen Augen das Lachen tanzte. »Sicher habe ich gehört. Jeder hat gehört. So viel Geld!«

»Man sagt, Sie haben gesehen, wie es geklaut wurde. Stimmt das?«

»Ich geklaut? O nein, ich nicht.«

»Nein, nein. Haben Sie gesehen, wie es geklaut wurde? Haben Sie irgendwelche Männer gesehen, die das gemacht haben?«

»Männer gesehen? O nein. Ich war nicht da, ich habe nichts gesehen. Vielleicht Frauen, vielleicht keine Männer?«

Ich sah ihn verblüfft an und dachte dann darüber nach, daß man mit einem Auto von diesem Haus zum Tatort in knapp vier Minuten fahren könnte. »Haben Sie ein Auto?«

Er lächelte. »Ich? Auto? O nein, kein Auto. Zu teuer.«

»Sie arbeiten im Wald. Und Sie sind dauernd im Wald, oder?«

»O ja. Ich arbeite im Wald, ich bin oft im Wald. Ich bin gerne im Wald, ich ... in Kasachstan war ich auch im Wald. Immer.«

»Gefällt es Ihnen in Deutschland?«

»O ja. Deutschland ist gut. Ich ... es ist ... ich bin ja Deutscher.«

»Und Sie suchen eine Wohnung?«

»Ja. Hier in der Eifel. Ich will bleiben. Ich will in der Eifel bleiben.«

»Haben Sie Kinder?«

»Ja, zwei, Helena und Pjotr, also Peter.«

»Arbeitet Ihre Frau?«

»Nein, geht nicht. Die Kinder sind zu klein.«

»Ist sie gerne hier?«

»Nicht so gern. Sie ist Russin, sie ist keine Deutsche. Sie sagt: In Kasachstan war es besser.« Er seufzte, nicht allzu tief. »Aber sie wird begreifen, daß es gut ist hier. Suchen Sie die Klauer, die Diebe, diese Leute, die die Millionen ...«

»Es waren achtzehnkommasechs Millionen.«

»Hui, sehr schön! Viel Geld! Würde reichen.« Er grinste entwaffnend. »Nein, ich weiß nicht, ich war nicht da, ich war im Wald, aber nicht an der Stelle. Ich habe nichts gesehen.« Sein Mund wurde ganz breit. »Und Polizei? Weiß Polizei schon was?«

»Nicht die Spur«, sagte ich. »Falls Sie etwas hören, rufen Sie mich an?«

Wassi hockte da, strahlte, und seine Augen grinsten diabolisch: »Na sicher. Wenn ich was weiß, rufe ich Sie an.« Er nahm meine Visitenkarte, starrte sie betulich an, und die ganze Zeit über dachte ich verkrampft: Der Sauhund weiß etwas!

»Das ist sehr gut«, setzte ich dem Gespräch erst mal ein Ende. »Danke vielmals und schönen Abend!«

»Tschüs«, verabschiedete er sich und lächelte bescheiden.

DRITTES KAPITEL

Ich bog auf den Hof und mußte in die Bremsen gehen, weil sie da auf einem Koffer hockte und den Eindruck machte, als bewache sie mein Haus. Ich hatte sie vergessen, ich erinnerte mich, daß sie angerufen hatte, aber wie sie hieß, wußte ich nicht mehr. Was hatte sie gesagt? Bettina? Bettina? Bettina ...

Sie stand auf: »Grüß dich, ich bin also die Bettina. Du erinnerst dich?«

Zuweilen ist es gut, bei der Wahrheit zu bleiben, zuweilen ist es besser, nicht unbedingt höflich zu sein. Ich gab also zu: »Tut mir leid, ich erinnere mich nicht. Was hast du gesagt, wo haben wir miteinander gesprochen?«

»Beim Sommerfest von Petra. In Gräfelfing. Du hast mir erzählt, daß du ganz allein hier lebst, wie dich das ausfüllt und wie dich das glücklich macht ...«

»Petras Sommerfest ist mir geläufig«, sagte ich vorsichtig. »Wie kommst du in diese Gegend?«

»Ich habe eine alte Mitschülerin besucht. In Daun. Sie hat mit mir zusammen Abitur gemacht und ist da verheiratet. Weil ich sowieso in der Gegend war, da dachte ich ... o Scheiße, ich komme im falschen Augenblick, nicht? Ich bin völlig falsch, du erinnerst dich nicht an mich. Kann ich verstehen, manchmal geht das so, ich geh ja schon wieder, ich störe ja nur ...«

»Mal langsam. Wenn du hier auf den Bus warten willst, stehst du bis Montag morgen um halb acht. Das sind nur rund sechsunddreißig Stunden. Was, sagtest du, habe ich dir erzählt?«

Sie war schmal und dunkelhaarig und hatte große, eindrucksvolle Rehaugen und einen vollen Mund, der dauernd zuckte, als wolle sie zu weinen beginnen.

»Du hast auf diesem Fest bei Petra erzählt, wie du hier wohnst. Wir haben darüber gesprochen, was man im Leben unbedingt lernen sollte. Du hast gesagt: Man muß unter allen Umständen lernen, mit sich allein zu leben. Erst dann ist man gut für das Leben mit anderen. Das ... das habe ich nicht vergessen. Ruf mir ein Taxi, ich bin hier falsch, ich störe doch nur, ich ...«

»Nun komm erst einmal rein«, sagte ich energisch. »Gib mir diesen Koffer, dann kochen wir uns einen Kaffee. Und dann finden wir ein Bett für dich, und morgen sehen wir weiter.«

»Aber wenn ich doch störe, und was sagt deine Familie?«

»Ich habe keine Familie, jedenfalls meistens nicht. Sieh mal, da ist Krümel, das ist meine Katze, das ist meine Familie. Und hinten im Garten gibt es Glockenunken, eine Erdkröte und einen oder mehrere Grasfrösche, und unter der größten Birke liegt ein Haufen alter Äste. Da wohnt ein Igelpaar, die haben Junge, und da gibt es ein Plastikbecken mit einem Haufen Wasserflöhe. Das ist meine Familie. Jetzt steh hier nicht rum ...«

Mein Vortrag wurde massiv gestört durch ein Auto, das mit quietschenden Reifen um die Kurve schoß, auf den Hof donnerte, tiefe Spuren in die Erde riß und schepperte, als es abgebremst wurde. Es war der junge Kollege namens Unger, und er kam aus dem Auto herausgesprungen, als sei der Teufel hinter ihm her. Er stürzte heran, leckte sich die Lippen und keuchte dann: »Wir müssen einen Deutschrussen namens Wassi, also Wassiliew, finden. Der weiß was, ich wette, der weiß was.«

»Er behauptet, daß er nichts weiß«, berichtigte ich. »Das ist Bettina, ein Gast aus München, das ist Herbert Unger, ein Mensch aus Hamburg. Gebt euch die Hand und vertragt euch. Jetzt will ich einen Kaffee.« Ich nahm den Koffer und marschierte ins Haus.

Ich hörte, wie Unger hinter mir höflich fragte: »Sind Sie

auch daran interessiert, die Kohlen zu finden?« Sie antwortete verwirrt: »Welche Kohlen denn?«

Ich öffnete für Krümel eine Dose Thunfischhäppchen und füllte ihr eine Schüssel mit Wasser. Meinen Gästen erklärte ich: »Ich habe ein Problem mit euch. Morgen kommt ein lieber alter Freund. Ich habe aber keine drei Zimmer.«

»Wieviel haben Sie denn?« fragte Unger.

»Zwei«, entgegnete ich wahrheitsgemäß.

»Ich kann doch wieder abhauen«, murmelte Bettina. »Schließlich hast du nicht mit mir gerechnet ...«

»Kommt gar nicht in Frage«, bestimmte Unger. »Irgendwie schaffen wir das schon. Der liebe alte Freund kriegt ein Zimmer, die Bettina kriegt Zimmer Nummer zwei, und ich kann vielleicht irgendwo auf einem Sofa schla...«

»Kommt überhaupt nicht in Frage«, widersprach ich. »Die nächsten Tage werden hektisch. Wenn ich hektisch bin, will ich nicht über fremde Körper stolpern. Haben Sie was dagegen, in einem Schlafsack zu pennen?«

»Oder vielleicht in einem Hotel?« schlug Bettina vor.

»Das geht nicht«, sagte Unger schnell, und er wurde verlegen.

Ich klärte sie auf: »Das geht deswegen nicht, weil sein Chef ihm aufgetragen hat, sich eng an mich zu halten und mich keine Stunde allein zu lassen. Da hilft nur der Schlafsack.«

»So isses«, nickte Unger dumpf. »Was sagt Wassi?«

»Wassi arbeitet im Wald, ist gern im Wald, war schon in Kasachstan im Wald, hat aber nichts gesehen, weil er nicht am Tatort war«, informierte ich ihn.

»Und, glauben Sie das?«

»Nein, das glaube ich nicht«, gab ich zu.

»Sollen wir ihn ein bißchen unter Druck setzen?« fragte er.

»Hier wird niemand unter Druck gesetzt«, verneinte ich resolut. »Er wird reden, wenn er will. Wenn er nicht will, müssen wir ... egal, wir werden sehen. Was war noch auf der Pressekonferenz?«

»Der übliche Schmonzes«, resümierte er. »Kein Mensch weiß etwas, aber alle reden klug daher. Der Banker geht mir auf den Senkel, der redet unentwegt Schmalz und hat Augen wie ein totes Pferd.«

»Wo ist der Kaffee?« fragte Bettina.

»Ich helfe Ihnen«, bot sich Unger schnell an.

»Das ist eine gute Idee«, lobte ich und marschierte hinüber in mein Arbeitszimmer. Einigermaßen verzweifelt ließ ich mich in meinen Sessel fallen. So viel Besuch! Drei Leute im Haus, das muß man sich mal vorstellen! Krümel strich um meine Beine, und ich tröstete sie: »Wir müssen jetzt hart sein, da müssen wir durch!« Um mir zu beweisen, daß ich nicht der einzige war, der mit akuter Melancholie schwanger ging, legte ich Mahlers *Lied von der Erde* auf, um es dann schleunigst durch die Dutch Swing College Band zu ersetzen, die die Lage jedoch auch nicht in den Griff bekam.

Wie das an superwarmen Wochenenden so sein kann, tauchte plötzlich mein Bürgermeister in der Tür auf. »Falls du eine Flasche Bier im Eisschrank hast, nehme ich dein Angebot an und setze mich fünf Minuten«, lud er sich ein.

»Hast du was erreicht? Gibt's Neues von der Witwe Bolte?«

»Nicht die Spur.« Er schüttelte den Kopf. »Sie hockt zu Hause und kocht nichts mehr. Sie sagt, alles Irdische sei unrein, und singt ununterbrochen Marienlieder. Nein, kein Platz in Sicht. Die vom Altenheim sagen ganz klar: Wir haben in Notfällen Aufnahmepflicht, aber in diesem Fall ist eine Klinik zuständig. Die Kliniken in Daun, Gerolstein und Wittlich wiederum sagen: Wir nehmen akute Psychiatrie-Patienten nur und nur so lange, bis sie durch Medikamente ruhiggestellt sind. Mehr nicht!«

»Und die Kliniken in Andernach, Schleiden oder Neuenahr?« warf ich ein.

Er zündete sich eine Zigarette an: »Geht nicht, das mache

ich nicht. Sie stammt aus unserem Dorf, war ihr Leben lang hier und ist ja meistens auch ganz normal. Wenn ich sie jetzt irgendwo jotwede unterbringe, ist sie im Eimer. Dann wird sie wirklich meschugge. Oh, verdammt, was hat mich bloß dazu gebracht, hier den Bürgermeister zu machen?«

»Hast du jemanden, der sie gelegentlich betreut? Essen kocht und so?«

»Kättchen macht das. Ich gucke auch manchmal, aber das ist doch alles nicht das richtige.«

»Was sagt denn der Arzt?«

»Was soll der sagen, der ist kein Facharzt, der dröhnt sie zu, und das war es dann. Wenn sie die Tabletten verdaut hat, geht alles von vorne los. Was macht der Geldraub?«

»Was soll er machen? Alle reden, keiner weiß etwas. Weißt du etwas? Setzen Sie eine Belohnung aus?«

»Sie wollen achthunderttausend bieten, heißt es. Ganz schönes Taschengeld. Hast du einen Schimmer, wer es gewesen sein könnte?«

»Niemand hat einen Verdächtigen. Hilft es dir, wenn ich zwischendurch der Witwe Bolte auch mal das Essen mache?«

Er nickte und trank von dem Bier. »Ich habe Gäste, ich muß zurück. Vielleicht kannst du zur Witwe Bolte rübergehen und mal mit ihr reden?«

»Mache ich. Und wenn du etwas von dem Zaster erfährst, sagst du es mir?«

Er versprach es mir und ging davon, voller Sorge über die Zukunft der Witwe Bolte.

Unger und die Bettina saßen vorn in der Stube und schienen schon ein Herz und eine Seele zu sein. Ich erklärte ihnen: »Ich muß eine alte kranke Frau besuchen. Unger, Sie legen den Schlafsack am besten hier in die Ecke. Ich habe die Bettwäsche in dem Schrank dort.«

»Ist gut«, murmelte er nicht sonderlich interessiert. »Wir fahren vielleicht noch nach Gerolstein in die Disco. Stört Sie das?«

Bevor ich antworten konnte, brach Bettina in Tränen aus: »Ist doch alles Scheiße«, schluchzte sie. »Ich bin aus meiner Ehe raus, ich wurde langsam verrückt, versteht ihr. Ich wußte nicht, wohin. Ich klapperte alle Mitschülerinnen ab, von denen ich weiß, wo sie leben. Aber die haben mich früher nicht interessiert, und jetzt können sie mit mir nichts anfangen, und ich ... Da dachte ich: Vielleicht kann Baumeister helfen ...«

»Ist schon in Ordnung«, beruhigte sie Unger ganz sanft. »Jetzt gehen wir erst mal in die Disco und sehen uns die Prinzen aus der Provinz an. Schwoofen wird dir guttun, oder?«

Sie schniefte und nickte, und ich sagte: »In der Glasschüssel auf der Garderobe liegt ein Hausschlüssel ... Ich verschwinde jetzt.«

Meiner Schätzung nach war es immer noch zwanzig Grad warm, viele Leute saßen in ihren Gärten, hatten Lichter in Gläsern auf die Tische gestellt und genossen die Friedlichkeit des Sommers. Als sie noch Bauern waren, hatten sie nie die Zeit gehabt, im Sommer nächtelang zu singen und zu feiern. Jetzt, da sie irgendwo arbeiteten und die Trecker verkauft waren, feierten sie gerne und sangen: »Am Brunnen vor dem Tore ...« Es klang immer wie eine Beschwörung. Wenn es warm wird, sind die Nächte von Samstag auf Sonntag endlos, nichts und niemand wartet, außer der Pfarrer am Sonntagmorgen.

Das Haus der Witwe Bolte stand einsam am Ende der schmalen Straße auf der linken Seite. Sie hatte keine unmittelbaren Nachbarn. Nach vorn hinaus sah sie auf das Dorf und die alte Kirche, nach hinten auf die Scheune vom jungen Christian Daun. Witwe Bolte lebte in ihrem kleinen, uralten Haus wie auf einer Insel.

Ich war erleichtert, denn ich sah kein Licht, hörte keinen Laut und wollte schon wieder umkehren, als ihr Lied durch die nur angelehnte Haustür tönte. »Meerstern, ich dich grüße, o Maria hilf ...« Sie sang frisch und klar wie ein sehr junges Mädchen, selbst die hohen Töne kamen deutlich und ohne Fehl.

Ich klopfte gegen die Tür, aber sie hörte mich nicht. Ich trat ein und sah sie in der Küche. Sie hatte das Licht ausgeschaltet, und auf dem Fußboden und dem Küchentisch brannten Teelichter, sicherlich alles in allem mehr als hundert.

Sie kniete auf dem Boden und sang mit sehr rhythmischen Kopfbewegungen. Sie drehte sich leicht zu mir, lächelte und wies einfach hinter sich. Wahrscheinlich wollte sie, daß ich mich hinter sie kniete. Das ließ ich sein, blieb stehen und wartete, bis sie drei Strophen gesungen hatte.

Bevor ich etwas sagen konnte, wandte sie lächelnd den Kopf und fragte: »Guten Abend, Herr Baumeister. Wollen Sie mit uns beten?«

»Das will ich nicht. Ich wollte nach dir sehen, weil man sagt, du bist krank.«

Sie war einen Augenblick lang still, schien nicht einmal zu atmen, dann drückte sie ihren sehr schweren Körper hoch und stand auf. »Ja, ich bin wohl krank. Aber die Leute meinen alle, ich bin verrückt. Dabei bete ich nur zum Erzengel Michael und zur heiligen Jungfrau.«

»Das ist sicherlich gut und schön ...«, meinte ich.

In diesem Augenblick kam Kättchen, die Frau meines Bürgermeisters, aus dem Schlafzimmer, stutzte und sagte dann: »Grüß dich, Siggi. Unser Klärchen hat jetzt ein frischgemachtes Bett. Und du? Kümmerst dich um den Geldlaster?«

»Ein bißchen, Kättchen, ein bißchen. Aber es sieht nicht so aus, als würde jemand damit zum Fundamt gehen.«

Sie lachte. »Damit kann man eine Bank aufmachen.«

»Dafür reicht es wohl nicht, aber die Portokasse wäre gut gefüllt. Sag mal, ist das nicht gefährlich mit den Teelichtern?«

Sie nickte. »Schon. Aber was willst du machen? Kaum bist du draußen, stellt sie neue auf und zündet sie an. Aber eigentlich ist Klärchen ja ganz vernünftig. Nur ißt sie zu wenig.«

Ich knipste das Licht in der Küche an. Die Witwe Bolte trug einen alten, verwaschenen Bademantel über einem weißen Nachthemd. »Wann hast du denn zum letzten Mal gegessen?« fragte ich.

»Ich brauche doch nichts essen, der Herr ernährt mich schon irgendwie«, antwortete sie zuversichtlich. Ihr Gesicht war schwer und glänzte ein wenig fettig, ihre Augen strahlten.

»Laß mal sehen«, meinte Kättchen. Auf dem Herd standen zwei zugedeckte Töpfe. In einem war Soße mit einer Art Krautwickel, im anderen Kartoffeln. »Das ist doch schon was«, erklärte das praktische Kättchen. »In zehn Minuten gibt es was zu essen.«

»Das kann doch der Siggi mit nach Hause nehmen«, schlug die Witwe Bolte keck vor. »Er ist doch allein.«

»Ich bin aber hier, um aufzupassen, daß du anständig ißt«, sagte ich. »Du hörst jetzt brav auf Kättchen. Mit wem redest du denn die meiste Zeit? Mit Maria? Oder mit dem Erzengel Michael?«

»Das kommt darauf an«, erklärte die Witwe Bolte ernsthaft. »Meistens natürlich mit Mutter Maria. Schließlich ist sie ja auch eine Frau. Manchmal aber auch mit Michael. Es kommt ... es kommt auf das Thema an. Meistens sind es ja Frauenthemen.«

Kättchen, eine deftige Frau in den Vierzigern, stand am Herd und rührte in den Töpfen. »Wo sie schon gerade von Mutter Maria redet. Hast du das von Mater Maria im Altenheim schon gehört?«

»Nein, was?«

»Die muß heute nachmittag richtig blau gewesen sein, richtig besoffen.«

»Mutter Maria? Die? Doch nie!«

»Doch, doch. Sie hat sich doch immer eine neue Küche für das Altenheim gewünscht. Und hatte keine Chance, sie zu kriegen, weil der Neubau soviel Geld verschlungen hat. Das Ding sollte sage und schreibe 130.000 Mark kosten.

Nun hat sie heute irgendeinen Spender gefunden, der ihr das finanziert. Und soweit man hört, ist sie heute abend bei einer Frauengruppe oder so was richtig besoffen aufgetreten und hat alle umarmt und abgeknutscht. Die Gruppe ist ausgefallen, die Frauen haben dann Sekt getrunken. Mater Maria war dun!« Sie kicherte.

Die Witwe Bolte übernahm das Kichern. »Die Jungfrau Maria ist manchmal richtig gut gelaunt. Als ich gesagt habe, unser Pfarrer hätte es nicht so gern, wenn ich mit ihr rede, hat sie gesagt, der wär nur neidisch.«

»Wie lange darfst du schon mit Maria und Michael sprechen?« fragte ich grinsend.

»Na ja, so zehn Jahre, denke ich. Das war viel Arbeit, weil man es sich durch Gebete verdienen muß. – Die Gabeln sind da in der Schublade. – Wenn ich viel gebetet habe, schlafe ich glatt zwölf Stunden. – Die Teller sind oben im Schrank, nicht unten. Wollt ihr ein Schnäpschen? Einen selbstgemachten Schlehenschnaps?«

»Hast du selbst Schlehen gepflückt?«

»Na sicher, nach den ersten Frösten im Dezember. Es gab diesmal unheimlich viele. Du glaubst auch nicht, daß ich mit der Jungfrau rede und dem Erzengel, nicht wahr?«

»O nein, im Gegenteil. Ich wette, du sprichst wirklich mit ihnen, und ich wette, niemand außer dir kann sie wirklich verstehen.«

Die Witwe Bolte schwieg. Dann murmelte sie: »Das ist nett von dir. Oh, Kättchen, tu nicht zu viel auf den Teller!«

»So«, befahl Kättchen, »der Teller wird aber leergegessen!« Dann grinste sie mich an und hatte den Schalk im Nacken. Harmlos versprach sie: »Der Siggi kann doch so gut Geschichten erzählen. Wenn du brav ißt, Klärchen, erzählt er dir sicher eine Gute-Nacht-Geschichte.«

»Das ist aber toll!« strahlte die Witwe Bolte, und ich dachte über irgendeine brutale Todesart für Kättchen nach.

»Na gut.« Ich streckte die Waffen. Insgeheim beschloß

ich, mich furchtbar zu rächen, hatte aber noch keine Ahnung, wie das aussehen könnte.

»Komm her, Klärchen«, sagte Kättchen. »Ab ins Bett! Und nicht mehr aufstehen und nicht mehr rumlaufen. Und auch nicht mehr beten. Hörst du?«

»Ich bin ja ein braves Mädchen.« Sie kicherte, sie war eine wirklich fröhliche Verrückte.

Kättchen geleitete sie ins Schlafzimmer und zog ihr den scheußlichen Bademantel aus. Dann legte sich die Witwe Bolte hin, wurde zugedeckt, und ich bekam einen Hocker neben das Bett gestellt.

Da sitzt man gegen Mitternacht neben dem Bett einer alten Frau, und es fällt einem nichts, absolut nichts ein. Sie liegt wie ein Kind auf dem Kissen und strahlt in Erwartung dessen, was kommen wird. Ich druckste herum und sagte: »Ja, äh, ähem« und Ähnliches mehr. Plötzlich erinnerte ich mich an eine kitschige, honigsüße Fünf-Minuten-Geschichte von dem wundersamen Igel namens Murkel, der nachts die Kinder in den Betten besucht und sie tröstet, wenn sie unglücklich sind. Die erzählte ich ihr. In meiner Geschichte tröstete Murkel erfolgreich einen kleinen Jungen, der steif und fest behauptete, den Heiligen Antonius gesehen zu haben.

Ich brachte die Geschichte nicht zu Ende, denn entweder war sie so einschläfernd schlecht, daß die Witwe Bolte zu schnarchen begann, oder sie war das beste Beruhigungsmittel seit Erfindung des Holzhammers.

Kättchen flüsterte erstaunt: »Das wirkt ja Wunder«, was mich nicht gerade tröstete. Wir löschten das Licht und gingen hinaus. Kättchen erklärte: »Ich schließe nicht ab. Kein Mensch kommt auf die Idee, Klärchen zu klauen.« Damit machte sie sich auf den Weg.

Ich schlenderte durch die Nacht und hatte keine Lust zu irgendwas. Nicht, nach Hause zu gehen, ins Bett zu steigen und zu schlafen. Also kletterte ich in den Jeep und fuhr zu dem, was sie lapidar Tatort nannten. Ich stellte den Wagen zwischen die Bäume, stopfte mir die Prato von Lorenzo, schmauchte vor mich hin und betrachtete diese zweihundert Quadratmeter, auf denen sich alles abgespielt haben sollte. Dabei stellte ich mir vor, ich hätte herauszufinden, wohin der Transporter fuhr, wer ihn steuerte, wie die Wachleute überlistet worden waren. Angenommen, das war zu schaffen. Wohin jetzt mit dem Wagen? Wieviel Zeit hatte ich, wieviel Zeit sah meine Planung vor? Zwanzig Minuten, sechzig Minuten, zwei, drei, vier Stunden. Konnte ich das überhaupt planen? Wenn ich wußte, wann dieser Wagen durchkam, wenn ich wußte, mit welchem Trick ich die zwei Transportbegleiter herauslocken konnte, dann mußte ich auch wissen, daß der Wagen ein Zeitschloß hatte, eines, das erst um achtzehn Uhr den Zugang zu den Millionen freigeben würde. Also mußte meine Planung vorsehen, mir mindestens bis zu diesem Zeitpunkt den Rücken freizuhalten. Erst danach könnte ich den Wagen leeren, das Geld verladen. Und dann? Dann mußte ich mit dem Geld in ein absolut sicheres Versteck abtauchen können. Ich hatte den Wagen seit kurz nach elf, ich mußte ihn absichern bis achtzehn Uhr dreißig. Das waren sieben Stunden, das war schier unmöglich. Trotzdem mußte genau diese Möglichkeit bestehen. Wer hatte das gedreht, wer hatte das geplant, wer hatte so viel Grips im Kopf?

Samstagmorgen, bestes Wetter, Hochsommer. Wie lange fuhr um kurz nach elf niemand auf dieser Straße? Ein Unding, anzunehmen, daß alle Wochenendtouristen ausgerechnet diese Straße meiden würden.

Wie lange würde der Geldtransporter brauchen, um entweder in Wiesbaum oder in Flesten die nächste, schnelle, durchgehende Straße zu erreichen? Zehn Minuten? Zehn Minuten, wenn er langsam fuhr. Also fünf Minuten. Unnütze Überlegung, denn auf diesen vielbefahrenen Straßen konnte der Geldtransporter nicht verschwinden: Zu viele würden ihn sehen, er würde irgend jemandem mit Sicherheit auffallen, denn ein Geldtransporter am Wochenende fällt auf.

Daraus konnte man schließen, daß die Täter ein Versteck für den Wagen in unmittelbarer Nähe gefunden haben mußten. Aber, was bedeutete *unmittelbare Nähe*? Vier Kilometer? Acht Kilometer? Sie hatten durchaus Zeit, zwanzig Kilometer zu fahren. Sie konnten, wenn sie über Meßtischblätter der Gegend verfügten, die in jedem Papierladen zu kaufen waren, mühelos alle belebten Straßen vermeiden. Von meinem Standpunkt bis etwa in Höhe des Nürburgrings gab es auf einer Strecke von rund dreißig Kilometern endlose Wälder, in die man bei guter Vorbereitung eintauchen konnte wie ein Frosch in ein Schlammloch: unauffindbar.

Sie konnten, natürlich, durch Anhängen einfacher Blenden in Wagengröße aus dem Geldtransporter mühelos einen Lkw mit Tiefkühlkost machen, sie konnten plötzlich ein Wäschereifahrzeug fahren, ein Postauto sogar, wenn auch eines mit absonderlichen Formen. Aber das würde niemandem auffallen.

Ich hockte mich in den Jeep und fuhr heim. Dort legte ich ein Klavierstück von Brahms auf, fand es aber fade, wechselte zu Miles Davis, ließ mich beruhigen und beschloß, ins Bett zu gehen, nachdem Krümel eine zusätzliche Portion Herz abgestaubt hatte.

Es war gegen drei Uhr, als ich sie hörte.

Unger sagte dauernd »Pst, pst« und zischte dabei so laut wie ein Feldwebel. Bettina gluckste vor Lachen, und schließlich fragte Unger drängend: »Also, verdammt noch mal, wo ist denn dieser Scheißschlafsack?«

Dann war es eine Weile still, bis es zaghaft klopfte, und noch ehe ich mich geräuspert hatte, stand Unger schwankend vor meinem Bett und verkündete nuschelnd: »Wir melln uns zurück, Chef.«

»Ist ja gut«, nörgelte ich.

»Da is aber noch was«, sagte er drohend.

Ich öffnete die Augen, stützte mich hoch, sah ihn an und hatte allen Whisky der Welt um die Nase.

»Es ist nämlich so, daß die Bettina einen echten, tiefen Kummer hat!« trompetete er.

»Aha.«

»Jawoll!« betonte er. »Also, sie ist eigentlich hergekommen, weil sie hoffte ... weil sie hoffte, daß Sie ihr irgendwie helfen würden. Weil: Sie hat einen tiefen Kummer.«

»Lieber Mann«, erklärte ich, »Sie sind hier, um einen äußerst delikaten Geldraub zu beschreiben, und nicht, um die Kümmernisse der Bettina zu untersuchen.«

»Hah!« rief er triumphierend. »Hah! Sind nicht gerade wir Journalisten gefragt, wenn Menschen in Not sind?«

»Richtig«, bestätigte ich. »Zerschossene Kinder aus dem ehemaligen Jugoslawien, Kinder aus Somalia auch, Unterhosen für die Kurden von mir aus auch noch. Aber die Tränen von Bettina?« Langsam wurde ich wütend.

»Hah!« begann er erneut. »Müssen nicht gerade wir hinhören, wenn Tränen fließen? Gerade wir, die wir dazu in der Lage sind, auch mehrgleisig zu denken, zwei oder drei Probleme gleich... gleichzeit...«

»Gleichzeitig«, half ich.

»Also gleichzeitig zu behandeln. Müssen wir das nicht?«

»Hock dich mal aufs Bett«, sagte ich. Man soll Betrunkene nicht unnötig am Elend der Welt verzweifeln lassen. »Was hat sie denn, die Bettina?«

Er atmete mit dicken Backen aus wie ein Pferd. »Ihr Mann schlägt sie.«

»Ist das sicher? Das ist schlimm.«

»Sage ich doch«, sagte er. »Und was tun wir? Wir hören weg!«

»Wir hören nicht weg. Sie sollten aber jetzt schlafen«, beruhigte ich ihn.

»Aber wir müssen auch Bettina helfen, klar?«

»Klar.«

Hinter mir stand Krümel auf der Fensterbank und fauchte ihn an.

»Schon gut«, nuschelte Unger würdevoll. »Ich wünsche eine angenehme Nacht.«

Ich hatte keine angenehme Nacht, ich konnte nicht mehr einschlafen. Ich nahm nach Sonnenaufgang um sechs Uhr eine Decke und trollte mich in den Garten unter die Birke. Irgendwie bin ich in meinem Haus nicht mehr zu Hause, wenn sich in jedem Zimmer ein anderer Mensch räkelt. Gastfreundschaft ist gut, aber zuviel davon macht mir angst.

Punkt zehn Uhr schlurfte jemand um die Ecke, und ehe ich ihn identifiziert hatte, sagte dieser Jemand: »So schön kann es nur in der Eifel sein.«

Ich hatte natürlich vergessen, daß er sich angesagt hatte, und erwiderte: »Ach, der Herr Rodenstock. Herzlich willkommen!« Es klang verdächtig matt.

»Ich bin etwas früher«, deutete er eine Entschuldigung an. »Ich muß eben noch das Taxi bezahlen.« Damit ging er wieder.

Höflich wie ich bin, folgte ich ihm. Es war ein Taxi aus Cochem.

»Ich habe die Fahrpläne studiert«, erklärte er. »Die Verbindungen hierher sind gleich Null. Da habe ich einen Sondertarif für Rentner ausgehandelt.« Während er das schnell sagte, sah er mich nicht an, ließ sich zwei kleine Koffer anreichen und bezahlte fahrig.

Er war nicht mehr der alte, sehnige, auf Mord spezialisierte Kriminalist, er wirkte müde, abgemagert und hatte Falten im Gesicht, die grau und schlaff hingen.

»Sie wollen sich sicher die Hände waschen?«

»Das wäre gut. Wie geht es der Dame von damals, dieser Elsa?«

»Ich weiß es nicht. Wir telefonierten vor einem Jahr, da ging es ihr nicht gut. Sie hatte irgend etwas hinter sich, eine miese Erfahrung oder so ...«

Ich nahm schnell seine beiden Koffer, ging vor ihm her ins Haus und stellte sie ihm in das Gästezimmer. »Da ist das Bad«, informierte ich ihn. »Ich habe zwei junge Leute zu Gast, einen Kollegen und ein weinendes Herz. Nette Leute. Ich mache uns jetzt einen Kaffee.«

Rodenstock nickte, er bewegte sich sehr langsam.

Ich kochte Kaffee und suchte nach einem Rest Cognac, der sich in irgendeiner Flasche verbergen mußte. Dann trug ich alles um das Haus herum in den Garten und wartete. Fritz, mein Frosch, hockte blinzelnd neben dem kleinen Wasserbassin und feierte den Sonntag.

Schließlich kam er. Er hatte die widerlich melancholische dunkelbraune Krawatte abgelegt und ein lichtblaues Hemd mit kurzen Armen angezogen. »Wie geht es Ihnen?« fragte er.

»Ganz gut. Die Zeit vergeht, und ich sehe ihr dabei zu. Und Ihnen?«

»Man schlägt sich so durch.« Er setzte sich wie jemand, der Rheuma hat.

»Wieso leben Sie in Cochem? Ihre Stadt war doch Trier.«

»Das ist richtig, aber ich hatte keine Lust mehr, dort zu wohnen. – Erzählen Sie mir, was geschehen ist?«

Ich sah ihm zu, wie er die Schokolade zerbrach, sich Kaffee einschenkte, einen kleinen Schluck Cognac eingoß, dann die Brasil anschnitt und sie bedachtsam anzündete. Ich berichtete ihm, was geschehen war, das Wenige, das bekannt war.

»Da verschwinden also mehr als achtzehn Millionen, und niemand weiß und ahnt etwas?«

»So ist es.«

»Das glaube ich nicht«, meinte er nach einer Weile.

»Ich auch nicht. Aber das hilft uns nicht weiter.«

»Wohnen hier in der Gegend Menschen, denen so etwas zuzutrauen wäre?«

»Mit Sicherheit nicht. Für mich riecht der Geldraub nach Profis mit langer Vorbereitung. Was sagt der Spezialist?«

»Ein Moment macht mich nachdenklich. Da legen drei Männer – nehmen wir einmal an, daß es drei waren – eine Plane auf die Straße, darauf ein zerdeppertes Motorrad. Dann legen sie sich daneben. Der Wagen kommt, die beiden Fahrer steigen aus, um zu helfen. Und jetzt kommen die Sekunden, die merkwürdig sind: Die Täter schlagen nicht zu, bedrohen offensichtlich nicht einmal. Sie haben nach Aussage der Wachleute auch nicht die Spur einer Waffe. Nicht einmal einen Knüppel, so lächerlich diese Vorstellung auch ist. Weiter: Die Täter sagen nach Aussage der Wachleute kein Wort. Gewiß, sie haben Motorradmasken an. Aber wieso, um Gottes willen, versuchen die Wachleute nicht wenigstens Gegenwehr?«

»Ich glaube, die Fahrer sind nicht von der Sorte der harten Cowboys. Man hat ihnen bei der Schulung beigebracht, jede Gewalt zu vermeiden. Man hat ihnen gesagt: Seid unter allen Umständen passiv, geht auf die Täter in jeder Weise ein! Vielleicht liegt die Professionalität der Täter genau in diesem Punkt: vollkommen wortlos und vollkommen ohne Gewalt. Vermuten Sie denn unter den Tätern irgendwelche Bekannte der Wachleute?«

»Nicht unbedingt. Aber vielleicht ist doch einer darunter?«

»Glaube ich nicht.«

Unger kam um die Ecke und trug meinen Bademantel. Er räkelte sich und sagte unternehmungslustig: »Guten Morgen! Sie haben Besuch?«

Ich stellte sie einander vor: »Herr Rodenstock ist Mordspezialist.«

»War, war«, verbesserte Rodenstock schnell.

»Machen Sie sich alleine einen Kaffee«, bestimmte ich. »Wir müssen überlegen.«

»Was ist mit diesem Wassi?« fragte Unger.

Rodenstock spürte einem Stück Bitterschokolade und einem Schluck Cognac nach. Er sagte langgezogen: »Hhhmmm! Wassi ist nach meiner Einschätzung ein Schlitzohr. Wie er mir geschildert wurde, ist er jemand, der durchaus dabeigewesen sein könnte – aber: Er verfügt über null Logistik, er kann es nicht durchziehen.«

»Bettina geht es immer noch schlecht«, wechselte Unger das Thema.

»Lieber Gott«, explodierte ich, »dann kümmern Sie sich um sie! Wir haben einen der größten Geldraubfälle der letzten Jahrzehnte auf dem Hals, und Sie streicheln ihr Seelchen.«

Rodenstock grinste verstohlen.

»Schon gut, schon gut«, muffelte Unger.

»Und ziehen Sie einen anderen Bademantel an«, ergänzte ich bissig.

Der Kollege aus Hamburg antwortete nicht, marschierte wütend davon und trat mitten in ein Büschel blühendes Seifenkraut.

»Schonen Sie die Blumen und Gräser«, murmelte Rodenstock seidenweich. Dann sah er mich an, kniff die Lippen zusammen und setzte hinzu: »Wir sind zwei alte miese Knakker, nicht wahr?«

»Was ist mit Ihnen passiert?« fragte ich.

Er beugte sich mit einem Ruck nach vorn, wollte nach der Kaffeetasse greifen, aber er begann zu zittern.

»Meine Frau ist tot«, erklärte er.

»Scheiße.«

»Ich tauge nichts mehr, ich bin eben alt.«

»Sie sind nicht hierhergekommen, um gequirlten Blödsinn zu erzählen. Wir haben einen Fall zu klären!«

»Aber niemand ist an unserer Meinung interessiert«, wandte er ein.

»Da pfeif ich drauf«, sagte ich. »Wir brauchen einen Ansatz. Haben wir einen Ansatz? Wir haben keinen. Also machen wir beide einen Ausflug.«

»Wohin?«

»Nach Dernau ins Ahrtal.«

»Hocken dort die Gauner und zählen ihr Geld?« Er lächelte.

Wir machten uns auf den Weg. Unger stand vor dem Haus und fragte mißtrauisch: »Recherchieren Sie etwas Wichtiges?«

»Wir recherchieren nicht, wir fahren ein wenig spazieren«, entgegnete ich abweisend.

Langsam fuhren wir durch die Gegend.

Rodenstock drückte sich in die Ecke des Beifahrersitzes und lutschte an seiner erloschenen Zigarre herum. »Es war so, daß sie gar nicht krank war. Wenn ich genau überlege, war sie nie im Leben krank. Sie war immer gut gelaunt. Ich wurde pensioniert und dachte: Du hast eine gute Lebensarbeit geleistet, du kannst stolz sein. Die Kinder sind aus dem Gröbsten heraus, sie haben studiert, sie sind was. Dann kam das Landeskriminalamt und bat mich um eine Studie über Schwerverbrechen in Rheinland-Pfalz. Aha, dachte ich, du bist noch wer, man braucht dich noch! Ich war ... ich war richtig glücklich. Dann liegt sie morgens neben mir und ist tot. Einfach so.«

»Was sagen Ihre Kinder?«

»Der Junge trauerte nur, sagte nichts, war schweigsam. Er war immer schon schweigsam. Meine Tochter machte mir Vorwürfe, ich hätte wie ein Parasit gelebt. Auf Kosten meiner Frau. Ich hätte ihr Leben gestohlen. Es war furchtbar ... Sie ist verheiratet, hat zwei kleine Kinder, einen guten Mann. Ich habe sie angestarrt und nichts sagen können. Was soll man da sagen?« Er begann zu weinen, kramte umständlich ein Taschentuch heraus und preßte es sich ins Gesicht.

Ich fuhr durch Ahütte hindurch die kleinen Serpentinen hinauf auf die Straße zwischen Nohn und Adenau. Zwei Bussarde hingen in der Luft und schwankten leicht im Wind wie betrunkene Wächter.

»Deshalb sind Sie also nach Cochem gezogen?«

»Ja, ich habe Trier plötzlich gehaßt. Es ist eine schöne Stadt, aber ich hatte nichts mehr mit ihr zu tun. Ich pendelte zwischen meiner Wohnung und ihrem Grab. Ich stand da und redete mit ihr und wußte, das ist irgendwie abartig. Aber ich redete trotzdem mit ihr, denn ich hatte ihr so verdammt viel zu sagen und ...«

»Es ist nicht abartig, das ist normal. Sie müssen aufhören, sich zu bestrafen.«

»Ich wollte mich dann wirklich bestrafen, ich ... ich habe es versucht.«

»Wie lange ist das jetzt her?«

»Ein Jahr.«

»Und ... wie wollten Sie sich umbringen?«

»Zuerst wollte ich mich erschießen.«

»Hatten Sie denn Ihre Dienstwaffe noch?«

»Nein. Ich hatte von irgendeinem zwanzig Jahre zurückliegenden Fall eine Waffe im Haus. Ich bin nie ein Waffennarr gewesen, habe in meiner ganzen Dienstzeit meine Waffe nur einmal gebraucht, da habe ich in die Luft geschossen. Ich konnte das nicht.«

»Was geschah dann?« Ich mußte ihn treiben, er mußte es auf sich nehmen zu reden.

»Dann habe ich mich quer durch die Hausapotheke gefressen. Schmerzmittel, Schlafmittel, Herzmittel, Magenmittel. Ich weiß es nicht, hundert bis dreihundert Tabletten. Vor ihrem Grab bin ich umgefallen.«

»Und dann in die psychiatrische Klinik?«

»Nein, sie pumpten mich leer und überwiesen mich in die ambulante Behandlung. Der Psychiater war ein Arschloch, er redete ununterbrochen über sich selbst und merkte es nicht. Auf diese Weise hat er mich gründlich geheilt.«

»Dann nach Cochem. Warum Cochem?«

»Cochem ist eine sehr schöne Stadt. Ich habe da einen Winzer, bei dem ich mein Leben lang Wein kaufte.«

»Sonst niemanden?«

»Nur noch einen alten Pfarrer, einen witzigen Mann. Sonst niemanden.«

»Denken Sie noch an Selbstmord?«

»Manchmal, aber nicht allzu intensiv.«

»Und der Geldraub? Dieser Fall hier?«

»Interessiert mich eigentlich nicht. Ich wollte wohl reden, sonst nichts. Wahrscheinlich steckt gar kein Genie dahinter, wahrscheinlich ist es irgendeine dubiose Geschichte zwischen den Wachleuten und irgendwelchen geldgeilen Leuten ...«

»... aber mehr als achtzehn Millionen?«

»Was ist, wenn die Täter keinen Schimmer hatten, wieviel da in dem Wagen war?«

»Das ist gut«, sagte ich, »das ist sehr gut.«

In Adenau bog ich nach links in die Talstraße ein. Es waren viele Leute unterwegs, wir schlichen dahin.

»Wie würde ich das Ding schaukeln?« überlegte Rodenstock laut.

»Ja, wie denn?«

»An welche Informationen kann ich kommen? Ich meine in Kneipen, bei Handwerkern und bei Bauern?«

»An alle, die Sie brauchen. Das ist so gottverdammt verlogen in diesen konservativen Regionen. Eigentlich weiß man offiziell nichts, aber trotzdem weiß jeder alles. Dafür gibt es ein witziges Beispiel: Hier in den kleinen Dörfern gibt es die sogenannten Junggesellenvereine. In einem dieser Dörfer beschloß der Verein, einen Puff zu besuchen. Machten sie auch und zahlten mit Schecks. Natürlich ausgestellt auf den Namen der Puffmutter. Diese Schecks wurden ordnungsgemäß eingelöst, und plötzlich wußte die ganze Vulkaneifel, wer wieviel im Puff gelassen hatte.

Also kennen Sie zuerst einmal die genauen Zeiten, in denen der Geldtransporter irgendwo durchkommt. Ferner kennen Sie die Strecke genau, weil die sich nie verändert. Sie wissen wahrscheinlich, wer die Fahrer sind, wie sie reagieren werden, denn es ist überhaupt kein Kunststück, die Wohnungen der Fahrer ausfindig zu machen. Man muß ihnen nur vorsichtig genug folgen. Sie können leicht erfahren, daß das Fahrzeug ein Zeitschloß hat, das jeweils samstags um 18 Uhr freigegeben wird.«

»Warum sind die Täter das Risiko eingegangen, den Wagen mitten auf der Straße abzufangen?« fragte Rodenstock weiter.

»Sie müssen zugeben, das ist wirklich ein Risiko.«

»Ist es. Habe ich auch schon drüber nachgedacht. Es wäre einfacher gewesen, zur Bank zu fahren, dann abzuwarten, bis die beiden Transportbegleiter in dem Hintereingang der Bank verschwunden sind, ihnen nachzugehen, sie und diese junge Bankangestellte lahmzulegen, einzuschließen und mit dem Geldtransporter zu verschwinden. Die Frage ist also: Warum haben die Täter das nicht so durchgezogen?«

»Vielleicht haben sie gedacht, daß sie dabei nicht ohne Gewalt auskommen werden.«

»Wenn sie auf der Straße gewaltlos vorgehen konnten, warum nicht in der Bank?« entgegnete ich.

»Das stimmt, und ich weiß keine Antwort.« Er schwieg eine Weile. »Vielleicht sagt das etwas über die Psychologie der Sache, der Täter, des Umfeldes.«

»Verstehe ich nicht.«

»Nun ja, die Täter haben die für die Tat wesentlich sicherere Bank nicht benutzt, wohl aber die Straße durch den höchst unsicheren Wald. Das heißt: Aus irgendeinem Grund erschien ihnen dieser Tatort sicherer.«

»Das deutet auf Typen wie Wassi.«

»Richtig«, bestätigte er. »Haben Sie schon gefragt, ob dort irgendwelche Campingwagen gesehen worden sind?«

»Nein, habe ich nicht. Aber das ist aussichtslos. Ganze Heerscharen von deutschen, belgischen, niederländischen, französischen Campingbussen ziehen 24 Stunden lang bei diesem strahlenden Wetter durch die Eifel. Es ist zwar völlig sinnlos, aber wir können uns ja mal erkundigen.«

Ich hielt in Niederadenau an einer Telefonzelle und rief mich selbst an. Bettina meldete sich.

»Gib mir mal den Unger«, bat ich.

»Wann kommst du wieder? Ich will nämlich weg.«

»Nutz die Chance, bleib bei mir.«

»Aber ich gehe jedem auf den Wecker«, schluchzte sie.

»Dir geht es beschissen. Ich kenne keine Landschaft, die bei beschissenen Gefühlen so gründlich heilt wie die Vulkaneifel. Gib mir den Unger.«

Er meldete sich: »Sie waren sauer, nicht wahr? Ich entschuldige mich.«

»Schon gut. Die Straße, auf der der Geldraub passiert ist, die zwischen Wiesbaum und Flesten, konnte im Zweifelsfall nicht nur von einem Laster abgesperrt werden, sondern auch von Campingbussen oder Gespannen. Fragen Sie die Leute tot. Und noch etwas: Fragen Sie bitte alle Leute, die Ihnen über den Weg laufen, wieviel Geld ihrer Schätzung nach jeweils am Samstagmorgen transportiert wurde.«

»Aber das ist doch eine idiotische Frage, das weiß doch ohnehin keiner ganz genau.«

»Fragen Sie, das ist ein Befehl. Und noch etwas: Lassen Sie nicht zu, daß Bettina verschwindet. Die braucht Hilfe, keine Vereinsamung.«

Es war eine Weile still. »Sie sind schon ein Typ«, meinte Unger dann, »danke.«

Wir fuhren weiter auf der B 257. In Ahrbrück tankte ich, am Restaurant »Zum Ahrbogen« fragte Rodenstock gepreßt: »Können Sie mal rechts ranfahren?«

Ich tat das, polterte auf den großen Parkplatz, und er machte die Tür auf und übergab sich. »Ich bin einfach im Eimer«, keuchte er.

»Die achtzehneinhalb Millionen werden Sie wieder aufrichten«, versuchte ich lahm, ihn zu trösten.

Es ging weiter. Altenahr, dann abbiegen auf die Talstraße. Aufgereiht wie auf einer Perlenschnur: Reimerzhoven, Laach, Mayschoß. Dann Rech, die Einfahrt nach Dernau, links die Weinberge hinauf nach Grafschaft und Esch.

»Was wollen wir hier eigentlich?« erkundigte sich Rodenstock.

»Nachdenken«, erklärte ich. »Wir besuchen Moses Bär.«

Ich hielt auf der linken Straßenseite vor dem alten Holztor vom Judenfriedhof und stieg aus. Eine Gruppe Wanderer kam die Straße hinabgetrottet und starrte uns neugierig an.

»Auf einem Friedhof?« fragte er. »Ausgerechnet auf einem Friedhof?«

»Es ist ein ganz besonderer Friedhof«, belehrte ich ihn.

»Friedhöfe sind alle gleich.«

»Dieser ist etwas gleicher«, sagte ich und drückte das Holztor auf. »Sie haben dieses winzige Fleckchen seit Jahrhunderten benutzt, alle Juden des Ahrtals. Moses und die Seinen sind die letzten gewesen. Moses kennt mich nicht, aber ich kenne ihn. Sehen Sie mal, zwanzig Grabsteine, meist hebräische Inschriften, nicht mehr leserlich, von Moos überwachsen, halb versunken.«

»Aber irgendeiner pflegt das doch?«

»Ja, ja, die Gemeinde Dernau hält das in Ordnung. Schlechtes Gewissen, würde ich mal sagen.«

Er holte das Taschentuch aus der Jacke und wischte sich den Schweiß vom Gesicht. Er starrte auf den dunklen Marmorstein. »Du lieber Himmel, was ist da passiert?«

»Ein Drama«, erzählte ich. »Kein Mensch wird jemals herausfinden, was im einzelnen passierte. Aber es war ein Drama. Immer, wenn ich ein wirkliches Problem habe, komme ich hierher und rede mit Moses. Vielleicht hört er zu.«

»Was ist passiert?« fragte er tonlos. »Fünf Namen auf einem Grabstein? Und alle 1942 gestorben.«

»Nicht gestorben. Krepiert, verhungert, erschossen. Die Geschichte ist dramatisch und unglaublich. Moses Bär war ein Metzger, ein koscherer. Minna war seine Frau, Emma seine Schwester. Sie wohnten mitten in Dernau und waren sehr beliebt. Die Geschichte fing mit den beiden unten eingemeißelten Söhnen Arthur und Siegfried an. Der Sohn

Siegfried Israel Bär wurde 1941 von einem Dernauer angefallen und belästigt. Er schrieb daraufhin dem Landrat. Der Landrat schrieb wütend zurück, der Vorfall sei erstunken und erlogen, und Siegfried Bär solle ihn gefälligst in Ruhe lassen. Weil genau das der Siegfried Bär nicht tun wollte, ließ der Landrat das Problem auf die damalige, typische Art bereinigen: Beide Söhne wurden behördlich aufgefordert, Dernau zu verlassen und sich in ein Konzentrationslager zu begeben. Später bekam die Gemeinde die Nachricht, Arthur Bär sei auf dem Transport in das Lager verstorben, was schlicht heißt, er ist vergast oder erschossen worden, während sein Bruder Siegfried als ›im Osten verschollen‹ gemeldet wurde. Zurück blieben Moses, seine Frau Minna und seine Schwester Emma. Im Februar 1942 starben sie alle drei innerhalb einer Woche in ihrem Haus. Auf allen drei Totenscheinen steht ›Grippe‹. Aber wahrscheinlich sind sie verhungert, denn dem ganzen Dorf war es verboten, sie zu besuchen, ihnen etwas zu bringen, mit ihnen zu sprechen.«

»Großer Gott«, murmelte Rodenstock betroffen.

»Ich habe die Totenscheine«, fuhr ich fort. »Seit fast zehn Jahren gehe ich hierhin, wenn ich glaube, einen Kummer oder ein Problem zu haben. Wenn ich diesen Friedhof verlasse, habe ich keinen Kummer mehr.«

Er blieb sehr ruhig vor dem Grab stehen, bückte sich dann und suchte im Gras und im alten Laub herum. Als er einen Stein gefunden hatte, trat er vor und legte ihn auf den Grabstein.

»Lassen Sie uns zurückfahren, und versohlen Sie Ihrer Tochter den nackten Arsch. Sie hat es verdient«, schloß ich.

Wir fuhren wieder, wir sprachen nicht miteinander, nur einmal sagte Rodenstock: »Im Sommer soll ich meine Enkel hüten. Ich denke, ich werde mit ihrer Mutter sprechen, ganz ernsthaft sprechen.«

Gegen vierzehn Uhr waren wir zu Hause, der Hof lag verlassen in der Hitze. Unger und Bettina hockten im letzten Winkel des Gartens an der Natursteinmauer. Er saß auf einem Stuhl, vor ihm kauerte Bettina, hatte den Kopf auf seinen Schoß gelegt.

»Du lieber Himmel«, seufzte Rodenstock. »So viel Glück!«

Ich gebe zu, ich wollte Unger anmachen. Ich wollte bissig sagen, er solle gefälligst davon ablassen, Turteltäubchen zu spielen.

Aber dann dachte ich, das sei unfair. Also fragte ich nur danach, was er herausgefunden hatte.

Er hob den Kopf. »Zwei Dinge haben wir rausgefunden.« Er konzentrierte sich, und Bettina rührte sich nicht um einen Zentimeter. »Zum ersten: Ich habe rund dreißig Menschen in Wiesbaum, in Hillesheim, in Daun und Gerolstein auf der Straße befragt, ob sie von dem samstäglichen Geldtransport wußten. Sie hatten fast alle davon gehört. Und es war auch ziemlich genau bekannt, wieviel da transportiert wurde: etwa eine bis höchstens zwei Millionen.«

»Also wußte niemand, wieviel es wirklich war«, sagte Rodenstock zufrieden.

»Der zweite Punkt«, forderte ich.

»Der Wassi, den Sie als eine angenehme, listige Mannsfigur eingestuft haben, ist in Rußland vorbestraft. Er hat drei Jahre in einem russischen Lager gesessen und wurde nur freigelassen, weil er versicherte, er würde Rußland sofort verlassen. Er wurde bestraft wegen gemeinschaftlichen Raubes, wegen Widerstand gegen die Staatsgewalt und wegen räuberischer Erpressung. Im Übergangswohnheim in Kerpen ist er der einzige dieser Art. Aber in den Heimen in Siegburg und Bad Neuenahr gibt es fünf Kumpane von ihm. Sie hocken dauernd zusammen, treffen sich. Es paßt, es paßt so gut, daß es mich erschreckt. Wassi und Kumpane können das Ding gedreht haben. Denn Wassi hat zugegeben, daß er von den Transporten wußte. Und er war zum Zeitpunkt der Tat nicht im Heim. Alle seine Kollegen in Siegburg und Bad

Neuenahr waren auch nicht zu Hause. Und keiner von ihnen hat bis jetzt den Hauch eines guten Alibis.«

VIERTES KAPITEL

»Wo ist Wassi jetzt?« erkundigte ich mich.

»Na, im Heim. Ich habe selbstverständlich verdeckt recherchiert.« Unger klang etwas beleidigt.

»Gut gemacht«, lobte ich. »Also, die meisten dachten, es sind nie mehr als ein oder zwei Millionen, und Wassi könnte es gedreht haben.«

»Was wird er mit achtzehneinhalb Millionen machen?« überlegte Rodenstock.

»Den Verstand verlieren«, meinte Unger lächelnd.

»Sein Verstand wird mit achtzehn Millionen besser zurechtkommen als unserer«, sagte ich. »Unger, Sie fahren zu einer Tankstelle und holen die Sonntagszeitungen. Dann sehen wir fern. Wir müssen herausfinden, was die Kolleginnen und Kollegen von diesem Fall wissen.«

»Ich heiße Herbert«, erwiderte Unger. »Bettina, kommst du mit?«

»Vielleicht könnte uns Bettina lieber was zu essen machen?« widersprach ich.

»Kein Problem«, meinte Bettina brav.

»Ich lege mich etwas hin«, murmelte Rodenstock.

Wir trieben wie Inseln durch die heiße Luft des frühen Abends. Die Sonntagszeitungen hatten groß mit dem Geldraub aufgemacht und baten die Bevölkerung um Mitarbeit. Die ganze Welt schien im dunkeln zu tappen. Im Fernsehen das gleiche Bild. Ein Kommentator der ARD sprach davon, daß man sich daran zu gewöhnen habe, wie in Italien oder den USA mit der Mafia und mafiosen Strukturen zu leben. Er listete auf, wem ein solcher Geldraub zuzutrauen wäre:

Anhänger der kurdischen Freiheitsbewegung könnten ebenso die Täter sein wie Ableger der Mafia. Das Verbrechen zeige die Handschrift hochspezialisierter Gangs aus den Staaten des Kaukasus, die der IRA und die arabischer Terroristen. Auch die Rote-Armee-Fraktion könnte eine neue Gangsterabteilung gebildet haben, es sei jedoch auch denkbar, daß Rechtsextreme auf diese Weise versucht hätten, sich Kapital zu verschaffen. Der Kommentator wirkte sehr kühl, sehr gekonnt und sehr eindrucksvoll.

Lustlos aßen wir und redeten kaum.

Dann tauchte Rodenstock wieder auf und hockte sich an den Gartentisch. »Ich habe diese sogenannten Theorien bedacht. Organisiertes Verbrechen hin, organisiertes Verbrechen her: Die Planung war vor allem deshalb perfekt, weil niemand die Räuber behinderte. Glauben Sie im Ernst, daß bei diesem strahlenden Sommerwetter mehr als fünfzehn Minuten lang kein Tourist diese Straße befährt?«

»O ja, zuweilen vergehen Stunden, in denen dort niemand auftaucht. Was machen wir mit Wassi? Einfach hingehen und ihn fragen?«

Er schüttelte bedächtig den Kopf. »Würde ich nicht befürworten. Ich bin eher dafür, ihn langsam einzukreisen, also festzustellen, welcher seiner Genossen wirklich ohne Alibi ist. Und erst wenn sie alle keines haben, kommt Wassi wirklich in Frage.«

»Aber wie sollen Rußlanddeutsche das drehen? Wie, um Himmels willen, können die einen ganzen Geldtransporter verschwinden lassen?«

Er lachte leise. »Auf genau die gleiche Art und Weise, in der westeuropäische Gangster so etwas drehen würden. Oder glauben Sie etwa, Kasachstan sei in Sachen Verbrechertum eine nachholbedürftige Gegend?«

»Ich würde gern wissen, was Wassi wirklich angestellt hat – daheim in Kasachstan.«

»Das kann ich herausfinden«, erwiderte Rodenstock nicht

sonderlich interessiert. »Ich rufe morgen jemanden an, der es mir sagen kann. Was ist mit diesem Wolfgang Schuhmacher, diesem Bankleiter?«

»Er gilt als arrogant, wenn man über Konten verfügt, die nicht ständig anwachsen. Ich habe nichts mit ihm zu tun und möchte auch nicht in die Lage geraten. Er empfindet sein Management auf eine dubiose Weise als gottgewollt. Das tun viele hier und ersaufen in Mittelmäßigkeit«, erkärte ich.

»Nein, nein, ich meine persönlich. Wie ist er persönlich?«

»Das weiß ich nicht, ich kenne ihn nicht.«

»Ist er Mitglied einer Partei?«

»Glaube ich nicht. Viel zu ängstlich. Er ist eher einer von denen, die nach einer Wahlniederlage behaupten: Ich wußte doch gleich, was los ist. Nein, kein Politkopf, eher einer, der sich niemals festlegen wird, solange es nicht um Zinsen geht. Er würde bestenfalls den Prinzen Karneval machen, wenn ihn die Gemeinde subventioniert, aber auch nur dann.«

»Also bleibt uns nichts anderes übrig, als zu warten, bis ein Hinweis von außen kommt«, sinnierte er.

Als die Sonne ihre stechende Glut verlor, kamen die Anrufe der Tageszeitungen und Presseagenturen. Ich gab Auskunft, so gut ich es vermochte, aber im Grunde konnte ich nicht einmal einen Nebensatz von Bedeutung ablassen. Dann erinnerte ich mich, daß der BKA-Mann Marker kommen wollte, und ich fragte Unger, ob er möglicherweise dagewesen sei, als ich mit Rodenstock im Ahrtal war. Unger wußte von nichts.

»Die werden unermüdlich tagen«, meinte Rodenstock, »und er wird erst kommen, wenn er begreift, daß sie am grünen Tisch nicht weiterkommen.«

Marker kam um neun Uhr. Angriffslustig wie ein Bulle schoß er um die Hausecke und fragte quer durch den Garten: »Habt ihr ein Bier für einen Bundeskriminalisten?«

»Na sicher«, begrüßte ich ihn und stellte ihm meine Gäste vor. »Was ist los, was haben Sie herausgefunden?«

»Nichts! Absolut nichts. Wir haben die Computerauswertung. Nichts deutet auf eine Gruppe hin, die irgendwo in der Welt bereits auf diese Weise gearbeitet hat.«

»Was ist mit den Wachleuten?« hakte ich nach.

Er zuckte mit den Schultern.

»Wir haben sicherheitshalber alle Übungen durchgespielt, weiches Verhör, hartes Verhör. Wir haben die so weichgeklopft, daß sie freiwillig zugaben, mit dreizehn Jahren mal onaniert zu haben. Nichts, absolut nichts. Da existiert nicht einmal eine Querlinie zu einer geldgeilen Kioskbesitzerin in Dortmund, nicht mal eine Bekanntschaft mit einer ehrgeizigen Nutte in Wanne-Eickel, einfach nichts. Ausgehend von der Vorgehensweise, traut der Computer den Deal allenfalls Terroristen aus dem Nahen Osten zu. Aber was sollen die ausgerechnet hier?«

»Na, na«, beschwichtigte ihn Rodenstock, »das ist doch einfach, werter Kollege. Die Gruppe arbeitet hier, weil man hier Samstag für Samstag die Millionen durch die Wälder fährt und sich naiv darauf verläßt, daß nichts passieren wird. Baumeister hat mich überzeugt, daß in dieser Gegend alle, die abends ihre Bierchen in der Kneipe trinken oder mit der Nachbarin tratschen, von den Geldtransporten wissen mußten. Jeder weiß davon, also warum sollte es niemand erfahren, der möglicherweise so ein Ding plant?«

»Das ist richtig«, sagte Marker wütend. »Aber derart spurlos können nur Profis arbeiten, die das Ding tausendfach geübt haben. Wir haben mal im Computer simuliert, in welcher Zeit die das durchgezogen haben. Vom Heranfahren des Geldtransporters bis hin zum Anbinden der beiden Fahrer an die Bäume und dem Wegfahren des Transporters hatten sie nach unseren Berechnungen maximal elf bis sechzehn Minuten. Wenn man davon ausgeht, daß sie ein kaputtes Motorrad auf eine Plane legten, Ketchup als Blutersatz verspritzt haben und das alles samt den achtzehneinhalb Millionen spurlos verschwinden ließen, dann kann ich inoffiziell nur sagen: Hochachtung! Die Truppe würde ich gern kennenlernen.«

»Das heißt: Die Mikrospurensuche hat nichts ergeben?«

»Doch, doch, etwas schon. Es war das amerikanische Heinz-Ketchup, die Plane war graugrün und bestand aus einem sehr harten Gewebe aus Polyester. Das kaputte Motorrad war eindeutig eine Suzuki, denn die Träger ließen die Vorderradgabel über den Asphalt kratzen. Dabei lösten sich Lackspuren. Es ist ein Lack, den in dieser spezifischen Zusammensetzung nur Suzuki verwendet. Aber da das kaputte Motorrad ebenfalls verschwunden ist, nutzt das nicht viel.«

»Sind Sie auf Wassi gestoßen?« fragte Rodenstock hinterhältig.

»Wassi? Wer, bitte, ist das?«

Rodenstock erklärte es kurz und knapp.

»Ein vorbestrafter Rußlanddeutscher aus Kasachstan? Das erscheint mir abenteuerlich«, meinte Marker. »Aber, vielen Dank, ich werde dranbleiben.«

Eine Weile hörte man nur die Natur ihr Lied singen. Dann stöhnte Marker: »Man könnte glatt auf die Idee kommen, daß es eine kleine, hochfeine, elitäre Truppe war, deren Mitglieder im normalen Leben Manager sind und jeden Morgen joggen, deren Firma aufgrund der Rezession plötzlich ins Abseits gleitet und nicht mehr zur retten ist. Das Finanzamt betrügen, bringt auch nichts mehr. Also schult man sich privat um: auf einen einzigen Coup!«

»Heh, das ist wirklich eine Idee, das haut mich um«, war Unger begeistert, »das wäre eine Möglichkeit.« Er stand auf und lief ein paar Schritte. »Na sicher, das ist es! Hochmotivierte junge Manager, körperlich total fit, aber in einer Branche, die hart betroffen ist. Sie fragen sich: Wie können wir den Crash aufhalten? Und sie antworten ganz logisch: Wir klauen genug Geld, um durch jede Durststrecke zu kommen. Heh, das ist irre, das finde ich gut!«

»Dann behalten Sie es für sich«, sagte ich.

»Wieso denn?« fragte er schroff. »Das ist doch mal eine Idee. Ich beobachte einen haushohen Bundeskriminalbeamten beim Lösen einer kniffligen Frage, schildere, was er denkt, mache auf menschlich ...«

»Herr Unger«, unterbrach ihn Rodenstock matt, »ich habe Baumeisters Art zu recherchieren schätzen gelernt. Er läßt jedem seinen Rückzugsraum, und falls er etwas zitieren möchte, fragt er vorher. Das gilt auch für Marker, oder?«

»Und wie das gilt«, bestätigte ich.

»Schon gut«, beschwichtigte Marker, »Unger meint es schon nicht so, er wird fair sein.«

Irgendwo schrillte mein Telefon, und Unger schrak auf: »Ich habe das Ding ins Gras gelegt.«

Alle suchten danach, Bettina fand es schließlich und gab es mir. Jemand verlangte außer Atem: »Herrn Kriminaloberrat Marker, bitte. Dalli.«

Marker nahm den Hörer, hörte zu, verzog das Gesicht und seufzte: »Nicht das auch noch!«

Er drückte auf die Austaste und fragte: »Können Sie mich fahren? Ich habe mich hier absetzen lassen. Ich muß in die Schöne Aussicht sechzehn. Dieser Bankmensch Wolfgang Schuhmacher ist tot.«

»Der Hinweis von außen«, sagte Rodenstock leicht amüsiert.

»Ich fahre Sie«, bot ich mich an. »Unger, Sie fahren nach Hillesheim und gehen in die Schöne Aussicht. Das ist eine Straße oben am Südhang. Sie werden herausfinden, wer dort gesehen worden ist. Rodenstock, kommen Sie mit uns?«

»Aber keine Einmischung«, verlangte Marker scharf.

»Großes Indianerehrenwort«, versicherte Rodenstock.

Wir kletterten in den Jeep.

»Haben Ihre Leute gesagt, wie er umgebracht worden ist?«

»Nein. Nur, daß man ihn in seinem Garten gefunden hat.«

Vor Schuhmachers Haus standen zwei Streifenwagen mit laufendem Blaulicht. Dazu eine Menge anderer Autos mit Leuten, die neugierig auf eine Szene starrten, die nichts hergab.

»Wo?« fragte Marker knapp einen der Uniformierten.

»Hinterm Haus im Garten«, sagte der Mann.

Wir gingen um das Haus herum. Der Garten war eine ansteigende, einhundert Meter tiefe Fläche, die oben an einem Waldrand endete. Rechts von uns lag eine Terrasse.

Jemand rief hastig: »Der Doktor muß der Frau eine Spritze geben. Sie hat ihn gefunden, sie flippt aus!«

Ein bizarres Bild bot sich uns: Wolfgang Schuhmacher hatte an dem langen Zaun vor dem Waldrand Obstbäume setzen wollen. Er hatte, in exaktem Abstand von sechs Metern, sehr tiefe Löcher gegraben. Vier Bäume standen schon. Es waren drei Meter hohe Stämme mit üppigem Wuchs. Im vierten Loch lag er selbst in einem schäbigen grauen Trainingsanzug, mit dem Kopf nach unten, die Beine ragten seltsam obszön über den Grubenrand hinaus.

Ein uniformierter Polizist stand am Rand des Lochs und bewegte keinen Muskel in seinem Gesicht. Neben ihm zappelte ein alter, verhutzelter kleiner Mann, der dauernd stammelte: »Ich bin nur der Nachbar, ich bin nur der Nachbar.«

Der Mörder hatte Wolfgang Schuhmacher einen eisernen Pflanzstock mit aller Gewalt in den Mund gerammt.

Marker starrte den Toten an und fragte dann ganz kühl: »Wo sind die Spurenleute?«

Der Uniformierte antwortete nicht.

Marker brüllte: »Ich habe Sie was gefragt, Mann!«

Seltsam unbeteiligt murmelte der Polizist: »Die Spurenleute müssen längst unterwegs sein, der Fotograf auch.«

»Lieber Himmel«, hauchte Rodenstock neben mir.

Marker sank irgendwie am Rande des Loches ins Gras. Nach einer Weile seufzte er: »Ich habe meine Zigaretten vergessen!«

»Hier, Chef.« Der Uniformierte hielt ihm eine Schachtel hin.

»Von wem kam die Nachricht?« fragte Rodenstock.

»Über eins, eins, null«, antwortete der Polizist tonlos. »Seine Frau. Sie schrie: Er ist tot, er ist tot! Dann hängte sie ein, und Sekunden später rief sie erneut an, wieder eins, eins, null. Sie kreischte: Mein Mann ist tot, helft mir. Dann war sie in der Lage, ihren Namen zu sagen und die Adresse.«

»Wer war im Haus?« erkundigte sich nun Marker.

»Nur er hier und die Frau.«

»Kann die Frau aussagen?«

»Nein. Der Arzt hat Valium gespritzt, jede Menge.«

»Das ist verrückt«, stöhnte Marker. Dann streckte er vorsichtig beide Beine aus, als befinde er sich am Rande eines Sumpfes. Er machte einen Schritt in die Grube und fragte: »Hat jemand eine Lupe da?«

Niemand hatte eine Lupe, und der Uniformierte sagte hastig: »Ich gehe mal suchen.«

Es war, als sei alles, was lebte, mit Eis überzogen.

Der Polizist kam zurück und gab Marker eine große, langstielige Lupe. »Vom Schreibtisch des Toten«, erklärte er.

Marker machte einen weiteren Schritt und prüfte, ob er fest stand. Dann bückte er sich tief über den Toten. Groteskerweise sah es so aus, als wolle er ihn küssen. »Wie lang ist so ein Pflanzeisen?«

»Nach der Größe des Griffes zu urteilen, sechzehn bis zwanzig Zentimeter«, schätzte Rodenstock.

»Das ist doch fast unmöglich«, hauchte Marker matt.

»Also Zungenbeinbruch?« fragte Rodenstock.

»Mit Sicherheit«, nickte Marker. »Soweit ich erkennen kann, ist weder ein Zahn gesplittert, noch sind die Lippen verletzt.«

»Rechts von seinem Körper sind wellenförmige Aufwerfungen in der Erde«, murmelte Rodenstock beiläufig.

Marker kam hoch, sah Rodenstock an. »Was bedeutet das?«

»Ich weiß nicht recht. Vielleicht hat er gebuddelt und dann ein Päuschen gemacht. Vielleicht ist er eingeschlafen? Jemand kommt und treibt ihm den Pflanzstock herein. Er wird schockartig wach und wirft sich herum.«

»Fotografieren Sie das mal, Herr Baumeister?« bat Marker. »Und bitte eine Nahaufnahme von der Mundpartie mit dem Werkzeug.«

»Daß nur er und seine Frau in diesem Haus waren, besagt gar nichts«, meinte Rodenstock. Er sah sich um. »Hier kann vom Wald her jeder hinkommen, ohne gesehen zu werden.«

Ich fotografierte, was Marker haben wollte, und alles, was ich brauchen würde. Dann wurde mir schlecht, und ich bewegte mich schnell ein paar Schritte zum Zaun hin.

Ich sah, wie Unger neugierig durch das Unterholz kam. Ich fragte ihn: »Haben Sie etwas gesehen?«

Er schüttelte den Kopf. »Nichts. Aber an das Haus heranzukommen, ist eine einfache Sache. Ungefähr hundert Meter hinter mir ist eine Joggingstrecke mit Übungsplätzen. Da befindet sich auch ein Parkplatz. Darauf stehen acht Fahrzeuge und …«

»Fotografieren Sie jedes Fahrzeug.«

»Habe ich schon. Kann ich den mal ansehen?«

»Nur zu. Aber dann zurück. Und fragen Sie bitte jeden, den Sie treffen, ob er hier was gesehen hat, was auch immer.«

Er kletterte wendig über den Zaun und besah sich den Toten. Er wurde blaß und dann bleich. Nachdem er ein paarmal tief durchgeatmet hatte, kletterte er zurück in den Wald und sagte: »Irgendwie ist das klar. Er hat mit jemandem zusammengearbeitet. Dann ist Krach ausgebrochen, und sie haben ihn umgelegt. Denken Sie auch so?«

»Ich weiß in dem ganzen Fall überhaupt nicht, was ich denken soll«, erwiderte ich wahrheitsgemäß.

Unger verschwand hinter einer Gruppe Erlen.

Hinter uns zog ein Krankenwagen neben das Haus. Zwei Männer in weißen Anzügen stiegen aus.

Der Uniformierte erklärte: »Sie bringen die Frau ins Krankenhaus. Schock.«

»Ja, ja«, seufzte Marker nicht sonderlich aufmerksam. »Aber, Moment, eine Frage muß sie mir noch beantworten. Ist sie bei Bewußtsein?«

»Ich denke schon«, gab der Uniformierte zurück.

Marker marschierte auf das Haus zu, Rodenstock hinter ihm, ich hinter Rodenstock.

Die Frau lag auf einer Bahre zwischen den beiden Männern vom Roten Kreuz. Sie hatte ein hübsches Gesicht, dunkles Haar und war vielleicht fünfunddreißig Jahre alt.

»Es tut mir leid für Sie«, sagte Marker sanft. »Ich habe nur eine Frage: War irgend jemand zu Besuch? War irgend jemand im Garten?«

Ihre Lippen zuckten, als müsse sie ausprobieren, ob sie sprechen kann. Dann antwortete sie seltsam klar: »Ein Mann, ein fremder Mann.«

»Wie alt ungefähr?«

»Dreißig, vierzig, ich weiß nicht. Nie gesehen.« Es strengte sie an.

»Was trug er?«

»Trainingsanzug. Dunkelblau, Kapuze, Sonnenbrille.«

»Hatte er die Kapuze über dem Kopf?«

Sie nickte, dann schwamm ihr Blick weg.

»Fahndung«, befahl Marker schnell in Richtung des Uniformierten. »Schicken Sie ein Fahndung raus. Und ich will, verdammt noch mal, alles über diesen Toten wissen. In zwei Stunden. Ich will wissen, ob er geblümte Unterhosen trug und in der Öffentlichkeit rülpste. Alles, einfach alles.«

»Alles klar, Chef«, bestätigte der Angesprochene.

Marker wandte sich an mich. »Wieviel Kolleginnen und Kollegen sind in Hillesheim? Wir sollten heute noch eine Pressekonferenz machen!«

»Sie sind noch alle da, in irgendwelchen Hotels. Ich arrangiere das. Jetzt ist es neun. Sagen wir um zehn?«

»Danke. Und wieder in dieser trostlosen Bank, bitte.«

»Sagen Sie mal, werter Kollege«, Rodenstock sah auf die Steinplatten des Gartenweges. »Fällt Ihnen bei dem Toten nicht etwas auf?«

Marker nickte. »Da fällt mir etwas auf, das mir Angst macht. Aber sagen Sie mir zuerst, was Ihnen auffällt.«

»Omerta«, sagte Rodenstock.

»Richtig«, knurrte Marker.

»Könnt ihr das mal für den zweiten kriminalistischen Bildungsweg erklären?« bat ich.

»Oh, natürlich«, meinte Rodenstock. »Omerta bedeutet in der Sprache der Mafiosi das Schweigen. Wenn jemand gegen das Schweigen verstößt, wird er getötet. Normalerweise schneidet man ihm zum Zeichen, daß er geredet hat, den Schwanz und die Eier ab und stopft sie ihm in den Mund. Schuhmacher hat den Pflanzstock im Mund. Ein perfekter Ersatz sozusagen.«

»Also mafiose Strukturen, also organisierte Kriminalität«, stöhnte Marker. »Gnade uns Gott, das Ding wird schwer zu knacken sein. Ich dachte heute nacht daran, daß wir nicht einmal ausschließen können, daß irgendwelche Gruppen aus Ex-Jugoslawien, Moslems, Serben oder Kroaten, sich auf diese Weise Kapital für Waffen beschaffen. Genug, um Hunderttausende abzuschlachten. Nichts ist undenkbar ... Ich versuche jetzt im Haus Fotos des Toten aufzutreiben. Gibt es hier einen Fachmann, der die vervielfältigen kann?«

»Gibt es«, antwortete ich. »Ich sage ihm auch Bescheid.«

Rodenstock und ich setzten uns in den Wagen und fuhren in den *Teller*.

Ich bat Andrea, sie möge alle Hotels anrufen und alle Pressemenschen für zehn Uhr in die Bank laden.

Sie seufzte und lächelte: »Das ist so, als hätte ich gar nichts zu tun.«

»Sei umarmt«, bedankte ich mich. »Aber das viele Geld und der Tote jetzt sind auch ein kleines Geschäft für dich.«

»Leider«, sagte sie, und sie meinte es so.

Als nächstes überredete ich den Besitzer der Drogerie Rosenkranz, sich darauf vorzubereiten, sechzig Abzüge von einem Foto zu machen. Schließlich trieb ich Unger auf, der sich in der *Tasse* herumtrieb, und verdonnerte ihn dazu, schweigend an der Pressekonferenz teilzunehmen. Muffig sagte er, er werde meinem Befehl folgen.

Dann fuhren wir heim. Es war immer noch sehr warm, und Rodenstock war mit seinen Gedanken wieder bei seinen eigenen Problemen: »Wahrscheinlich haben Sie recht, wahrscheinlich sollte ich meiner Tochter den nackten Arsch versohlen. Aber eigentlich bin ich gegen Gewalt.«

»Dann vergessen Sie das fünf Minuten lang«, riet ich weise.

Bettina war in der Küche und begrüßte uns munter: »Meine Mutter sagte immer: Wenn du keine Zeit zum Essen hast, mach Spaghetti. Das stopft.«

»Eine sehr kluge Mutter«, lobte Rodenstock.

»Wirklich ein Mord?« fragte sie.

»Wirklich«, bestätigte ich.

»Und hängt das mit dem geklauten Geld zusammen?«

»Ziemlich sicher. Machst du die Spaghetti al dente?«

»Aber ja«, beteuerte sie. »Baumeister, ich wollte noch sagen, daß mir das hier alles sehr guttut.«

»Das ist fein, genieß es. Und noch etwas: Sag nicht mehr, du gingst mir auf die Nerven. Es tut mir leid, daß ich so wenig Zeit habe, aber im Moment scheint das hier ein Nest für Beladene zu sein.«

»Unger ist auch sehr nett«, bemerkte sie.

Rodenstock hockte auf der Treppe. »Was machen wir denn, wenn wir entdecken, daß Wassi bei diesem Schuhmacher ein Konto hatte?«

»Was sollen wir dann machen? Wir haben hier in der ganzen Gegend praktisch nur zwei Bankhäuser, die logischerweise dieses unverschämte Monopol ausnutzen. Wenn Wassi bei denen sein Konto hat, besagt das nichts, absolut nichts.«

»Auch wahr«, gab er zu.

»Im übrigen ist Wassi nicht der Typ, irgend jemandem einen eisernen Pflanzstock in den Mund zu rammen.«

»Na«, sagte er milde, »das ist aber verdammt schnell geurteilt.«

»Auch wahr«, gab ich zu. »Wie wäre es, sollen wir uns nicht krankschreiben lassen, bis uns jemand die Lösung des Falles auf den Tisch legt?«

Er lachte, antwortete nicht und ging hinauf in sein Zimmer. Aus einem nicht begreiflichen Grund war Rodenstock furchtbar gut gelaunt und trällerte laut und falsch: »Schenkt man sich Rooohsen in Tiroohhl ...«

Krümel rieb sich an meinen Beinen, ich hatte sie arg vernachlässigt.

Ich summte so etwas wie: »Ich liebe dich am meisten«, und sie war zufrieden. Für des Leibes Wohl bekam sie ein Häppchen Seelachs, wie moderne Katzen es lieben.

Unger kam und berichtete, die Pressekonferenz sei stinklangweilig gewesen, und am Ende liefe es darauf hinaus, daß sie immer noch nichts wüßten und die Presse händeringend bäten, so groß wie möglich aufzumachen und die Leser zu fragen, ob sie vielleicht eine Ahnung hätten, wohin das verschwundene Geld geschafft worden sei und was dieser tote Schuhmacher mit all dem zu tun hätte.

Danach marschierte der Nachwuchsjournalist in die Küche und umarmte mit geradezu entwaffnender Zärtlichkeit Bettina, die beim Spaghettirühren war und vor lauter Glück feuerrot anlief.

Jeder bekam einen Teller voll in die Hand gedrückt, und wir trotteten im Gänsemarsch in den Garten. Es war eine tiefblaue, wunderbar warme Nacht, und die Grillen machten ziemlich viel Lärm.

Marker bog zum zweiten Mal an diesem Tag um die Ecke und hockte sich an den weißen Metalltisch. Bettina fragte hastig: »Spaghetti?« Als er nickte, lief sie ins Haus.

»Lieber Gott«, stöhnte er. »Das muß man sich mal reintun. Achtzehn Millionen futsch, und nach anderthalb Tagen nicht der Schimmer einer Spur plus einem Ermordeten.«

»Was ist mit Wassi?« nervte Unger wieder. Er ließ nicht locker.

»Wassi war im Wald«, informierte ihn Marker. »Das ist ihm abzunehmen, weil er dauernd im Wald ist. Und mit seinen Kumpanen aus Neuenahr und aus den anderen Heimen war er nicht zusammen. Die haben ein brauchbares Alibi. Das wäre auch zu schön gewesen.«

»Sagt Wassi auch, wo im Wald er war?« schaltete sich Rodenstock ein.

»Ganz genau«, nickte Marker. »Ich bin mit ihm die Strekke abgefahren. Er sagt, er ist im Wald zu Hause und mag Häuser nicht, egal wie sie aussehen. Da ist nichts zu machen. Er ist ein hinterlistiger, verschlagener Waldschrat – aber ich denke, er hat die Millionen nicht. Kennen Sie die Angelgeschichte? Nein? Also, die geht so: Es gibt hier in der Gegend Teiche mit Forellen. Eines Tages haben die Deutschrussen in Kerpen die entdeckt. Ein paar von ihnen kauften beziehungsweise bastelten sich eine Angel. Dann gingen sie munter fischen. Es war ihnen nicht klarzumachen, daß es in diesem Land so etwas wie Fischrechte gibt. Bei ihnen in Kasachstan war das einfach: Wenn sie von einem Teich oder Fluß wußten, in dem Forellen schwammen, dann durften sie die fischen, niemand hat sie deswegen belästigt. Was sagt uns das? Andere Länder, andere Sitten, aber die achtzehneinhalb Millionen haben die nicht.«

Bettina stellte einen Teller Spaghetti vor Marker hin, und er bedankte sich und begann zu essen. »Mittlerweile treibt die Geschichte vollkommen bescheuerte Blüten«, erzählte er kauend. »Eine Boulevardzeitung hat für sage und schreibe zweitausend Mark in bar eine Wahrsagerin in Hillesheim aufgetrieben. Eine sehr freundliche alte Dame, die fest davon überzeugt ist, daß sie wahrsagen kann. Die hat der Redakteurin erklärt, sie wisse genau, wo sich das Geld befindet: nämlich nach wie vor in den Geldsäcken in einem Kellerraum, der sehr feucht ist. Auch die Täter konnte sie beschreiben: Es seien sehr kluge Männer, ungefähr dreißig Jahre alt, sechs an der Zahl und allesamt Ausländer. Wir brauchen also bloß einen feuchten Keller mit sechs Ausländern drin aufzutreiben.«

»Hm«, machte Rodenstock behaglich. »Wenn Wassi ausfällt, bleibt nur noch das Prinzip Hoffnung. Es sei denn, der ermordete Banker hat irgendwelche Spuren hinterlassen.«

Marker hielt inne. »Der Mann ist irgendwie gläsern. Kein Punkt in seinem Leben ist ungeklärt. Ein vollkommen glatter Lebenslauf ohne erkennbare Schwierigkeiten und Brüche, ständig steigendes persönliches Einkommen. Es ist so, als wäre er als Sechzehnjähriger morgens in die Bank gekommen und hätte verkündet: Was auch immer passiert, in fünfzehn Jahren bin ich euer Chef! Verlobungszeit, Heirat, dann Hausbau, keine Kinder, aber ständige Bewegungen im Aktienan- und -verkauf. Mitglied in einigen Vereinen, keine Spur persönlicher Schwächen. Keine Krankheiten, keine Verbindungen zu irgendwelchen dubiosen Zeitgenossen. Nichts, einfach gar nichts. Leumund erstklassig, obwohl allerdings kein Mensch ihn leiden konnte und er keine wirklichen Freunde besaß. Die Frau ist als junges Mädchen sehr beliebt gewesen. Nach der Heirat hat sie sich systematisch aus jeder Freundschaft zurückgezogen, als habe ihr Mann sie gezwungen, Freundinnen und Freunde aufzugeben. Sie haben in diesem Haus gelebt wie auf einer Insel, so, als gehe sie das Leben draußen nichts an und als seien sie sich vollkommen genug ...«

»Glauben Sie, er hat an dem Ding gedreht?« fragte ich.

Marker nickte: »Ja, das glaube ich. Das Ding ist so perfekt. So konnte es nur an dieser Stelle durchgezogen werden. Und lohnen mußte es sich, und vor allem mußten unbedingt Kenntnisse über die beiden Wachleute im Transporter zur

Verfügung stehen. Das heißt, jemand, der dieses Ding so schnell drehen wollte, mußte sich todsicher darauf verlassen können, daß keiner der Transportbegleiter zur Waffe griff.«

»Aber wenn man ihn umgelegt hat, muß irgend etwas schiefgelaufen sein«, murmelte Unger.

»Nicht unbedingt«, widersprach Rodenstock. »Wir schreiben hier doch kein Fernsehspiel, das ist das Leben und nicht Derrick.« Er lächelte. »Nehmen wir an, dieser Tote hat eine Gruppe oder einen Komplizen mit Wissen versorgt. Nehmen wir weiter an, es ist alles gut gelaufen, der Geldraub ging ganz glatt. Dann gab es eine Schwachstelle: diesen zweifellos sehr provinziell und eng denkenden Banker. Für jeden Profi muß so ein Mann ein Alptraum sein, weil jeder Profi weiß, daß der absolut keinen Druck aushält und bei jeder Verdächtigung sofort umfallen wird. Also kommt jedem Profi, der rücksichtslos genug ist, sofort die Idee: Sobald das Ding gelaufen ist, muß dieser Mann ausgeschaltet werden!«

»Das ist es«, sagte Marker tonlos. »Das ist verdammt einleuchtend.«

»Hatte Schuhmacher wirklich keine Schwachstelle? Frauen zum Beispiel?« fragte Unger.

Der BKA-Mann schüttelte den Kopf. »Undenkbar, er war praktizierender Katholik.«

»Was sagen seine Kolleginnen und Kollegen?« ließ Unger nicht locker.

»Nichts. Sie sind zurückhaltend. Gemocht hat ihn keiner, das ist unübersehbar. Und alle sind der Meinung, daß sie nicht beurteilen können, ob er sich von achtzehneinhalb Millionen in bar überzeugen ließe. Das besagt, daß sie ihm einen solchen Coup zumindest von der Moral eines Raffke her durchaus zutrauen.«

»Und die Spuren am Tatort?« horchte Unger Marker weiter aus.

»Keine. Der Täter trug Handschuhe. Velourleder.«

»Was machen wohl inzwischen die Räuber?« fragte Rodenstock.

»Schulden bezahlen«, mutmaßte ich.

Marker verließ uns gegen Mitternacht. Gerade, als Unger wortreich einen raffinierten Bankraub in Nizza schilderte, schrillte das Telefon. Es war mein Bürgermeister.

»Hör zu«, sagte er mit Grabesstimme, »du mußt noch mal helfen. Die Witwe Bolte rennt wieder nackt draußen rum und singt Kirchenlieder. Ich hab eine Konferenz, Kättchen ist nicht aufzutreiben.«

»Ich bin schon unterwegs«, beruhigte ich ihn. Widerspruch hätte nichts bewirkt, die Dorfgemeinschaft ist eisern: Baumeister darf auf der Kirmes Bier zapfen und irre Tanten zähmen.

Ich war froh, meinem eigenen Haus zu entkommen, und marschierte durch das nächtliche Dorf. Es war sehr still. In einem Zimmer des Hauses der Witwe Bolte brannte Licht, die Hoflampe schien mattgelb. Niemand war zu sehen.

Ich ging auf den Hof und blieb dann stehen, weil sie mir entgegenkam. Sie hatte irgend etwas um ihre unförmige dicke Figur gehängt, etwas, das merkwürdig glänzte. Dann erkannte ich grellrote Rosen darauf. Es war ein Wachstuch, das Tuch von ihrem Küchentisch. Sie hatte es vorne vor den Brüsten mit einer Wäscheklammer zusammengesteckt. Links und rechts trug sie je eine brennende weiße Haushaltskerze in der Hand, und sie war barfuß. Sie sah mich, nickte, weil sie mich erkannte, und lächelte freundlich.

Hell und selbstverständlich rief sie mir zu: »Guten Abend, Herr Baumeister. Kommen Sie, lassen Sie uns beten.« Dann ging sie einfach weiter. Nach vier Schritten erreichte sie die schmale Straße vor dem Haus, drehte sich um und sagte: »Nun seien Sie doch nicht schüchtern, Herr Baumeister. Die Heilige Jungfrau wird Sie segnen, wenn Sie mit mir beten.«

»Moment mal«, stotterte ich und folgte ihr.

Sie drehte sich wieder um, ihre Bewegungen waren sehr

weich und sehr anmutig. Inbrünstig und leise, aber mit klarer Stimme sang sie: »Meerstern, ich dich grüße …«

»Heh«, sagte ich. »Du erkältest dich!«

Sie hielt inne und schüttelte leicht den Kopf. Tadelnd murmelte sie: »Es ist eine heiße Sommernacht, Herr Baumeister. Wie soll ich mich erkälten? Kommen Sie, lassen Sie uns die Jungfrau feiern und ehren. Sehen Sie, sie wartet schon.« Sie ging weiter, querte die Straße, die stracks auf die zweihundert Meter entfernte Scheune von Christian Daun zuführt.

Dann sah ich es.

Die Scheune wurde von einem blauen Licht umflossen, das an den Kanten des Daches und der Steinmauern zu wabern schien. Zuweilen waren gelbe und rote Blitze in diesem Licht.

»Kommen Sie«, wiederholte sie fröhlich, »die Jungfrau erwartet uns!«

Jetzt erlosch das Licht um die Scheune.

»Das geht so nicht«, schimpfte ich energisch. »Du bist nackt, du holst dir den Tod. Das dulde ich nicht.«

Plötzlich waberte das blaue Licht erneut, die Blitze zuckten.

»Ich bin ein ungehöriges Mädchen«, meinte sie. »Nicht wahr?«

»Na ja, in der Kirche ziehst du dich auch anders an.« Ich nahm ihren Arm, drehte sie sanft herum und bestimmte: »Erst einmal ziehst du dich vernünftig an, dann gehen wir beten.«

Wir gingen zurück, und sie summte ein Lied vor sich hin und wehrte sich nicht. Ich brachte sie in die Küche, sah ihre Medikamente und fragte: »Hast du die Pillen genommen?«

»Oje«, sie kicherte, »habe ich vergessen.«

Ich nahm aus der Tavor-Schachtel zwei Tabletten, legte sie vor sie auf den Küchentisch und gab ihr ein halbes Glas Wasser. »Das nimmst du jetzt und läßt mich dabei zusehen. Dann können wir gehen.« Sie lächelte wieder, antwortete nicht und schluckte brav die Tabletten. »Manchmal bin ich ein ungehöriges Mädchen«, gab sie verschämt zu. Plötzlich vergaß sie, wer ich war, und sie murmelte: »Papa, erzählst du mir eine Geschichte?«

»Erst ab ins Bett«, sagte ich freundlich.

Sie fummelte sich das Wachstuch von den Schultern, ließ es einfach zu Boden fallen und ging hinaus in den Flur, dann in das Schlafzimmer. Ich reichte ihr das Nachthemd, und sie zog es über.

Sie beharrte: »Du erzählst immer so schöne Geschichten, Papa.« Dabei legte sie sich hin und zog die Decke hoch an ihr Gesicht. Sie begann am Daumen zu lutschen und war wie ein braver, vollkommen zufriedener Säugling. Ehe ich irgend etwas sagen konnte, schlief sie ein und atmete ruhig und gelassen.

Ich löschte das Licht im Haus, zog die Tür hinter mir zu und starrte auf Christian Dauns große Scheune. Das blaue, wabernde Licht war wieder da. Ich begann zu laufen.

Die Scheune war ein großer viereckiger Klotz auf einem Sockel aus Gasbetonsteinen. Sie war dreißig Meter lang und sicherlich fünfundzwanzig Meter breit. Sie hatte ein leicht geneigtes Flachdach aus wellblechartigem Eternit, durchsetzt mit lichtdurchlässigen Streifen, um die Scheune innen zu beleuchten. Die Scheune, das wußte ich, war voller Heuballen. Der junge Bauer Christian Daun hatte sich darauf spezialisiert, möglichst viel Weiden zu pachten, das Heu zu lagern und besonders an Holländer und Belgier zu verkaufen, die es für ihre riesigen Viehbestände dringend brauchten.

Hinter der Scheune stand das alte Bauernhaus der Dauns. Christians Vater hatte den Hof vor fünfzehn Jahren samt seiner Frau verlassen, um außerhalb des Dorfes neu zu siedeln. Der Sohn hatte sich überraschend entschlossen, den alten Hof allein zu bewirtschaften. Er war ein rotgesichtiger witziger Typ mit Stoppelhaarschnitt, ein Kerl wie ein Kleiderschrank.

Ich keuchte um die Scheune herum und sah ihn auf der anderen Seite mit einem Schweißgerät stehen. Er arbeitete sehr konzentriert, schweißte rundgebogene schwere Eisenhaken an einen großen Heuwender. »Lieber Himmel, ich dachte, es brennt hier. Wieso machst du das nachts?«

Er sah hoch, stellte den Brenner ab, schob die Brille auf die Stirn, grinste und erklärte: »In sechs Tagen kommt ein Holländer. Der will sechzig Tonnen. Ich muß morgen früh, halt, heute früh um vier anfangen, sonst schaffe ich das nicht.«

»Witwe Bolte hält dich für die Jungfrau Maria und den Erzengel Michael«, sagte ich.

Er nahm eine Flasche Bier vom Boden hoch und trank einen Schluck: »Damit kann ich leben«, entgegnete er trocken.

»Sie wollte dich mit brennenden Kerzen besuchen. Nackt.«

Er lachte: »Witwe Bolte? Nackt? Na ja, sie ist verrückt, aber irgendwie ist sie doch eine gute Type!«

»Ist sie«, bestätigte ich. »Willst du nicht wenigstens für zwei, drei Stunden schlafen gehen?«

»Mir geht es doch gut«, erwiderte er bescheiden. In dieser Sekunde war er wie das Salz der Erde. »Du kannst beten, daß das Wetter sich hält«, murmelte er und zündete den Brenner erneut an.

»Mach ich. Aber meine Direktleitung in den Himmel ist vor langer Zeit zusammengebrochen.«

Er grinste.

Ich ging zurück auf den Feldweg und starrte auf den Wallfahrtsort, den die Witwe Bolte an der Scheunenecke eingerichtet hatte. Da stand auf einem großen Haufen Feldsteine eine scheußlich bemalte Madonna aus Gips. Und Hunderte ausgebrannter Teelichter.

FÜNFTES KAPITEL

Da werden mitten im heißen Sommerwald achtzehneinhalb Millionen Mark geklaut, und du denkst: Die Erde muß explodieren. Es geschieht einfach nichts. Dann wird ein Mann bestialisch getötet, und du denkst: Das ist der Einstieg in die Lösung des Falles. Wieder geschieht nichts. Dann bist du froh, wenn eine alte, nette Frau ein bißchen irre wird und das Licht eines Schweißgerätes anbetet.

Ich kam nach Hause, und sie hockten im Garten und sahen mich erwartungsvoll an, als brächte ich ihnen die Täter auf einem silbernen Tablett. »Die Witwe Bolte hat nackt mit der Mutter Gottes gesprochen«, sagte ich. »Es ist nichts weiter passiert.«

Die Luft war feucht geworden, und die Grillen hatten ihr Konzert beendet. Wir gingen schlafen. Ich hörte, wie Unger leichthin sagte: »Du solltest mich in meinem Schlafsack besuchen. Das hat was von Hemingway.«

Bettina antwortete: »Hemingway ist mir scheißegal.«

Baumeister, der äußerst erfolgreiche Kuppler.

Das Haus wurde still, Krümel kam zu mir und legte sich für einige Minuten auf meine Füße, um dann auf die Fensterbank zu springen und hinauszustarren.

Schuhmacher, ein deutscher Kleingärtner mit Liebe zu Obstbäumen. Serben? Moskauer Mafia? Frankfurter Mafia? Abgesandte der Kurden? Moslems, die Waffen kaufen wollten? Wie war diese Szene, wie sah sie aus?

Schuhmacher liegt in einem Trichter, den er selbst für einen Obstbaum gegraben hat. Der Spaten und die Schaufel liegen auf dem Rasen neben dem Loch. Wie eine überdimensionale Blindschleiche liegt ein Wasserschlauch in vielen Windungen im Gras. Natürlich, er muß die jungen Bäume so naß wie möglich setzen, er muß sie einschlämmen. Schuhmacher hat einen stählernen Pflanzstock im Mund, ein widerliches Mordgerät. Jemand hat ihm den Mund damit gestopft.

Der Spaten für das Loch in der Erde, der Gartenschlauch, der Pflanzstock ... Hat er darüber nachgedacht, wann er die ersten Äpfel ernten kann? Vermutlich hat er das alles genau gewußt, vermutlich hat er nur junge Bäume gekauft, die nach zwei Jahren die erste Ernte garantieren. Er ist ein Pedant, er macht niemals Sachen, ohne vorher lange darüber nachzudenken, was dabei herauskommen kann.

Vermutlich hat er alles über die Geldtransporte verraten. Aber an wen? Und wie gerät er an Leute, die dieses Wissen in einen Geldraub umsetzen? Nehmen wir an, er wußte ungefähr, wieviel Geld im Transporter sein wird. Bekommt er zehn Prozent? Zwanzig Prozent? Zehn Prozent sind fast zwei Millionen, genug, um ein Leben ohne Arbeit zu führen. Aber ist er der Typ, der das kann? Der auf so etwas eingeht? Vielleicht hat er den Geldtransporter nicht gezielt verraten, vielleicht bekommt er null Prozent? Vielleicht wurde er mit irgend etwas erpreßt?

Kann jemand, mit dessen Hilfe gerade achtzehn Millionen geraubt wurden, am Sonntag mittag auf einer Obstwiese herumwerkeln? Warum nicht?

Draußen auf dem Flur war ein leises Geräusch. Jemand klopfte behutsam, dann ging die Tür auf, und Rodenstock kam herein. Er trug ein Frühstücksbrett. Darauf standen ein halbgefülltes Cognacglas, ein Aschenbecher mit einer brennenden Zigarre, eine Untertasse mit Schokolade und natürlich ein Becher Kaffee. Er flüsterte: »Ich vermute, Sie können auch nicht schlafen.« Er hockte sich in den Sessel, ich schaltete die Lampe ein, und wir starrten uns an.

»Schuhmacher konnte von einer Beteiligung an dem Geldraub träumen«, sagte er matt. »Aber durchziehen konnte er ihn nicht. Es ist ein bißchen so wie der Traum von Robinson oder Tarzan: Man gefällt sich in der Rolle, aber man versucht gar nicht erst, sie auszufüllen. Und dann ist da noch etwas ...«

»Der Pflanzstock«, sagte ich.

Er nickte. »Genau das. Ich wußte, es würde Ihnen auffallen. Sicher, vom Wald her konnte jeder Spaziergänger an Schuhmacher heran. Die Frau sah, wie ein Mann neben ihrem Mann stand. Auch gut. Aber dieser Pflanzstock ... Der unbekannte Mörder kam also aus dem Wald und ging zu Schuhmacher, der gerade einen Obstbaum setzt. So weit, so gut ...«

»... da sind auch noch die Handschuhe«, unterbrach ich ihn. »Velourleder, erinnern Sie sich?«

»Velourlederhandschuhe hinterlassen für Kriminalisten sichtbare Spuren. Komisch ist das schon. Aber dieser Pflanzstock ...«

»Schuhmacher wird im allgemeinen als sehr arrogant geschildert, als jemand, der für Verlierer nichts als Verachtung übrig hat. Natürlich ist er ein zwanghafter Pedant, jemand, der nichts tut, ohne einen Plan im Kopf zu haben. Spontaneität kommt in seinem Leben nicht vor, und seine Kreativität besteht ausschließlich darin, Bares zu zählen. Sollten wir nicht, ich meine, es ist gleich zwei Uhr, aber trotzdem ...«

»Wo wohnt Marker?« fragte er.

»Ich denke, im *Fasan*«, sagte ich. »Ziehen Sie sich einen Pullover über, es ist kühl.«

Zehn Minuten später fuhren wir los, und wir sprachen nicht mehr miteinander, jeder starrte mehr oder weniger trüb sinnig vor sich hin. Nur einmal knurrte er: »Verdammte Tat!«

Das Hotel *Fasan* war selbstverständlich geschlossen, und wir mußten eine Weile schellen, ehe ein hagerer Mann in einem Bademantel auftauchte und fragte: »Unfall?«

»Nichts dergleichen«, verneinte Rodenstock. »Welches Zimmer hat Herr Marker?«

»Eins sieben«, antwortete der Mann. »Aber er war hundemüde.«

»Wir auch«, sagte ich.

Marker war sofort wach, öffnete und hockte sich auf das Bett, während wir uns im Zimmer verteilten.

»Es ist so«, erklärte Rodenstock. »Da ist uns etwas aufgefallen im Fall des ermordeten Schuhmachers. Der pflanzte Obstbäume. Getötet wurde er mit diesem spitzen Ding, diesem Pflanzstock. Wenn man nun bedenkt, daß …«

Marker schlug sich mit beiden Händen klatschend auf die Oberschenkel.

»Mein Opa war bei der Bundesbahn«, führte er etwas schrill aus. »Der hatte einen Kleingarten in Mainz. Ich wußte doch, daß da irgendwas nicht stimmte.«

»Sie wird schlafen«, meinte Rodenstock behaglich. Er fühlte sich offensichtlich wohl.

»Dann wecken wir sie«, sagte Marker. Er griff nach dem Telefon, wählte eine Nummer, nannte seinen Namen. »Ich hätte gern den Bereitschaftsarzt.« Dann, nach einer halben Minute: »Doktor Wegner? Ich komme jetzt in die Klinik. Machen Sie bitte Frau Schuhmacher wach, geht das? – Okay, dann bis gleich.«

Wenig später waren wir unterwegs nach Daun, und Marker lamentierte: »Ich erinnere mich an einen Spruch meiner Mutter. Junge, du mußt zusehen, daß du so schnell wie möglich verbeamtet wirst. Dann hast du ein sicheres Einkommen, ein ruhiges Leben und kannst alles langsam angehen.«

Dr. Wegner stand blaß und schmal neben dem Nachtportier und sagte etwas flatterig: »Ist das denn notwendig? Die Frau ist total erschöpft. Und ich fürchte, daß sie ausflippt. Schließlich sind wir kein psychiatrisches Krankenhaus.«

»Macht nix«, erwiderte Marker trocken. »Ziehen Sie eine Spritze mit Valium auf oder irgendwas anderes, was beruhigt. Ist sie wach?«

Wegner nickte. »Sie ist wach. Schock, Sie wissen ja.«

Marker stürmte vor uns her durch die matt erleuchteten

Gänge in ein Treppenhaus, dessen Trostlosigkeit etwas von einem Wartesaal in einem alten Bahnhof hatte.

»Aber langsam!« mahnte Rodenstock.

Marker schnaufte: »Auch noch langsam?«

Sie lag attraktiv aufgebaut mit dem Rücken an zwei sehr großen weißen Kissen, und ihr Gesicht war edel bleich. Sie bemühte sich zu lächeln. Sie begrüßte uns: »Das ist aber ungewöhnlich ... zu dieser Zeit.«

»Das stimmt«, sagte Marker freundlich. »Aber leider notwendig.« Er wartete, bis wir uns gesetzt hatten, hockte sich auf die Armlehne eines Sessels. »Haben Sie etwas dagegen, wenn ich Ihnen eine Geschichte erzähle?«

»Nein.« Sie schüttelte den Kopf. »Wenn's der Sache dient.«

»Es dient der Sache«, nickte Rodenstock.

Marker strafte ihn mit einem schnellen Blick. Dann zündete er sich gemächlich eine Zigarette an, und die Frau sagte schnell: »Das dürfen Sie aber nicht, wir sind in einem Krankenhaus.«

»Er darf«, behauptete ich.

»Sagen wir mal so«, begann Marker. »Ich kann gut verstehen, was da gelaufen ist. Sie sind die Tochter einer höchst achtbaren Familie, nicht wahr? Ein Onkel Landrat, ein weiterer Landgerichtsrat, ein dritter ist Abgeordneter in Mainz. Das stimmt doch, nicht wahr?«

Sie nickte und spielte mit einem Zipfel des Kissens, auf dem sie lag.

»Wie lange kannten Sie Ihren Mann vor der Eheschließung?«

»Oh«, sie lächelte matt, »ich kannte ihn seit, seit, na ja, wir kannten uns aus dem Kindergarten.«

»Es war immer klar, daß sie heiraten wollten?«

»Na ja, was heißt immer? Wir dachten daran, dann wollten wir wieder nicht. Er hatte ja auch Freundinnen ... und ich Freunde. Bis wir uns verlobt haben.«

»Aber im Prinzip war es klar, nicht wahr? Er heiratete Sie, und niemand wunderte sich.«

»Das ist richtig«, sagte sie. Sie schloß die Augen.

»Warum haben Sie keine Kinder?« fragte Marker.

»Das wissen wir nicht. Also, ich kann keine bekommen, sagt der Arzt. Aber das ist auch nicht wichtig, denn wir wollten ja keine.« Sie sah niemanden an.

Eine Weile herrschte Schweigen.

»Sie wollten, Ihr Mann wollte nicht«, beharrte Marker etwas störrisch. »Sie hätten durchaus Kinder haben wollen, wie alle Ihre Freundinnen, nicht wahr? Ihr Mann wollte das nicht. Hat er sich auch untersuchen lassen?«

»Nein«, sagte sie. »Hat er nicht. Brauchte er auch nicht. Die Untersuchung bei mir ergab, daß die Eileiter verklebt waren und so, und da ...«

Marker hob die Hand. »Sehen Sie, da ist ein Widerspruch. Sie sagen, daß ein Arzt Sie untersuchte. Sie sagen aber auch, daß Sie gar keine Kinder wollten. Hat Ihr Mann gewußt, daß Sie sich untersuchen ließen?«

Sie preßte die Lippen aufeinander. »Nein, das hat er nicht gewußt.«

Wieder ein belastendes Schweigen.

»Sie wollten wissen, ob Sie Kinder kriegen können«, stellte Marker fest. Er wirkte unbarmherzig. »Sie wollten es einfach wissen. Ist das wahr?«

Sie nickte wieder und fummelte an dem Kissenzipfel herum.

Rodenstock neben mir seufzte unterdrückt.

»Der Arzt sagte, Ihre Eileiter seien verklebt. Waren Sie erleichtert? Dachten Sie: Ich kann sowieso keine Kinder kriegen, also was soll's?«

Sie antwortete nicht. Ihr Mund war sehr breit.

»Das dachten Sie wahrscheinlich nicht«, sagte Marker jetzt behutsam. »Der Arzt sagte nämlich noch etwas. Er sagte Ihnen, daß verklebte Eileiter durchaus zu ... na ja, zu reparieren sind, nicht wahr?« Er ließ beide Hände etwas flattern wie ein Zauberer, der einen Trick vorbereitet. »Ich bin, um Gottes willen, kein Spezialist, aber so viel weiß ich: Verklebte Eileiter sind kein Grund, nicht wahr?«

Ein erneutes Nicken, sehr schnell und sehr heftig.

»Aber Sie sollten kein Kind kriegen«, fuhr Marker fort.

»Er wollte es einfach nicht«, sagte sie tonlos.

Marker schloß die Augen und konzentrierte sich. »Jetzt kommen wir zur Szene, in der Ihr Mann stirbt. Sie sagten, Sie hätten aus dem Fenster gesehen, wie ein Mann in einem blauen Trainingsanzug bei Ihrem Mann stand. Das ist ein sehr einleuchtendes Bild, so muß es wohl gewesen sein. Sagen Sie mal, hatten Sie eigentlich so etwas wie ein selbständiges Leben? Gehörten Sie sich selbst?«

Sie antwortete nicht.

»Es war doch so, daß Ihr Mann bestimmte, wie Sie lebten, was gut für Sie war und was weniger gut, oder?«

»Ich liebe ihn«, sagte sie vage und zittrig.

»Das mag sein«, nickte Marker. »Lassen Sie mich trotzdem eine Geschichte erzählen? Hören Sie mir zu?«

»Natürlich«, stimmte sie höflich zu.

»Nun, Ihr Mann war im Garten. Das war an Sonntagen oft so. Sie waren zusammen in der Kirche gewesen und hatten zusammen gegessen. Dann ging er in den Garten und werkelte herum. Er grub ein Loch aus für einen jungen Apfelbaum, es war sehr heiß. Ich denke, er schlief ein. Sie gingen in die Garage, wo über einer Werkbank alle möglichen Arbeitsgeräte hängen. Sie nahmen den Pflanzstock, und Sie gingen zu ihm. Es kann sein, daß Sie gar nicht wußten, was Sie taten, aber Sie erinnern sich einigermaßen genau. Da lag er in dem Loch in der prallen Sonne und schlief. Wahrscheinlich stand sein Mund ein wenig offen. Und Sie nahmen diesen Stahltrichter und stießen … War es so?«

Sie sah ihn an, sie sah mich an, dann Rodenstock. »Ich liebe meinen Mann«, kam es wieder.

»Das mag sein«, sagte Rodenstock. »Aber Sie töteten ihn. Er machte Ihr Leben kaputt.«

»Da war der Mann im blauen Trainingsanzug«, flüsterte sie.

Ich meinte: »Dieser Mann im blauen Trainingsanzug würde bedeuten, daß Ihr Mann mit dem Geldraub zu tun hatte.«

Ihre Augen wurden sehr schnell, flogen zwischen uns her. »Hat er nicht«, sagte sie. »Dazu ist er viel zu … anständig.«

»Wahrscheinlich auch zu phantasielos«, ergänzte Rodenstock trocken.

»Das auch«, gab sie zu. Dann beugte sie sich weit vor, preßte die Lippen aufeinander, stützte sich rechts und links mit den Händen auf und schrie mörderisch hoch: »Ich war es nicht!«

Die Tür knallte auf. Dr. Wegner kam hereingestürzt und hielt die Spritze mit dem Beruhigungsmittel wie eine Lanze.

»Nicht doch«, sagte Rodenstock amüsiert. »Noch nicht.« Dann wandte er sich der Frau zu, die mit dem Kopf nach vorn auf ihren Oberschenkeln lag. »Wir wissen ziemlich genau, was Sie durchgemacht haben. Er hat Ihnen Ihr Leben gestohlen, nicht wahr?«

Sie bewegte sich nicht, sie hauchte: »Er war nichts anderes als ein bigottes Schwein.« Dann fing sie wieder an zu schreien. »Er war ein Schwein, jawohl, er war ein Schwein. Er hat … er hat …«

Ich war bei ihr und drückte sie zurück, und Wegner keuchte neben mir: »Ziehen Sie ihr das Nachthemd hoch, schnell!«

Viele unendliche Minuten hielten wir sie fest, ehe sie schlaff wurde. Sie wütete ununterbrochen gegen ihren Mann, bis sie keine Luft mehr bekam.

Marker fragte, ob das Krankenhaus über einen vergitterten Raum verfügte, und als Wegner das verneinte, erklärte Marker: »Ich bleibe hier, um alles zu regeln. Sie muß sicher untergebracht werden. Sie können fahren. Und, Baumeister, halten Sie so lange den Mund, bis ich Ihnen Nachricht zukommen lasse.«

»Selbstverständlich«, sagte ich.

Unterwegs fragte Rodenstock: »Ich möchte wissen, ob sie es bewußt getan hat. Oder im Blackout?«

»Das wird die Kardinalfrage des Prozesses sein«, sagte ich. »Langsam werde ich müde.«

»Was werden Sie Unger sagen?«

»Nichts. Er wollte doch Hemingways Schlafsack spielen, da braucht er nichts zu erfahren.«

Rodenstock schlief, als ich vor dem Haus anhielt.

Natürlich war Unger beleidigt, natürlich stand er wie der Vorwurf persönlich im Hausflur und starrte mich feindselig an. »Wahrscheinlich habt ihr irgendwas geklärt. Ohne mich.«

»Wahrscheinlich«, sagte ich.

Rodenstock gähnte. »Sie haben übersehen, daß ein Mann, der einen ausgewachsenen Apfelbaum von drei Metern Höhe pflanzen will, mit einem stählernen Pflanzstock nichts anfangen kann.«

»Das verstehe ich nicht«, erklärte er etwas dümmlich.

»Sollen Sie auch gar nicht«, antwortete Rodenstock gelassen. »Sie werden es rechtzeitig erfahren. Jetzt gehen wir schlafen.«

Er machte einen sehr bedröppelten Eindruck, so daß ich ihn trösten mußte: »Sie haben nichts versäumt, mein Bester. Ich sage Ihnen, was war, wenn Sie mit Ihrer Schlafsackarie fertig sind.«

»So was!« rief er empört.

Da tauchte Bettina, nur mit einem Hauch von Slip bekleidet, auf dem obersten Treppenabsatz auf, machte »Huch!« und verschwand wieder. Das löste die Verklemmung. Wir lachten, und sogar Unger konnte grinsen.

Als ich mich auf meine geliebte Matratze gelegt hatte, hörte ich noch, wie Rodenstock unsäglich falsch »Ein Männlein steht im Walde ...« summte, dann schlief ich ein.

Krümel weckte mich, weil jemand gegen die Tür klopfte. Ich linste auf den Wecker, es war zwei Uhr nachmittags.

Unger stand vor dem Bett und meinte: »Ich weiß, daß ich Ihnen auf den Keks gehe, aber die Redaktion fragt an, ob eine Story drin ist, irgend etwas, was zu schreiben sich lohnt. Weil Rodenstock eisern die Schnauze hält, frage ich Sie. Was war los?«

»Der Banker ist vermutlich von seiner Frau umgebracht worden.«

Weil er so verzweifelt aussah, berichtete ich ihm, was im Krankenhaus geschehen war.

Er gab sofort zu bedenken: »Das ist aber keineswegs ein Geständnis. Wenn sie nicht widerspricht und nur schreit, ihr Mann sei ein Schwein gewesen, dann bedeutet das doch nicht, daß es sich tatsächlich so abgespielt hat. Vielleicht ist sie diesem unbekannten Totschläger nur unglaublich dankbar, daß er etwas erledigte, was sie nicht erledigen konnte.«

»Hm ...« Er hatte den Stachel des Zweifels in mich gesenkt. »Ich muß duschen«, sagte ich. »Ist Rodenstock schon wach?«

»Rodenstock telefoniert herum, um herauszukriegen, welche Verbrechen der Russe Wassiliew begangen hat. Wollen Sie einen Kaffee?«

»Ins Badezimmer, bitte«, bat ich.

Beim Rasieren schnitt ich mich zweimal, der Kaffee schmeckte nicht, und das Badewasser war erst zu heiß, dann zu kalt. Dann schrie Bettina durch die heilige Stille meines kleinen Bauernhauses: »Wir haben keine Butter mehr!« Irgend jemand drehte ein Radio hoch, und der unbeschreibliche Rex Gildo röhrte metallen von einer Fiesta Mexicana. Ich fand meine Haut über dem Bauch bedenklich schrumpelig, die Fettwülste an meiner Hüfte ekelhaft.

Rodenstock klopfte, kam herein, hockte sich auf den Wannenrand und machte Unger Platz, der sich auf dem Lokusdeckel plazierte.

»Wir sind doch nicht bei den Pfadfindern«, protestierte ich milde. »Ich bade, das ist eine Intimhandlung!«

»Haha«, machte Rodenstock und hielt mir den Telefonhörer hin.

»Marker.«

»Sie haben ein Geständnis?« fragte ich begierig.

»Ich habe gar nichts mehr«, murmelte er dumpf. »Die Frau Schuhmacher hat nicht gestanden. Im Gegenteil: Die Gute beharrt auf dem Unbekannten im blauen Trainingsanzug. Wir sind zwei Schritte vor und drei zurück gegangen. Ich gehe erst einmal schlafen.«

»Die Frau von Schuhmacher gibt es nicht zu«, erzählte ich den anderen und legte das Telefon in Ungers Schoß. »Was ist mit Wassi?«

Rodenstock lächelte. »Wassi war wirklich drei Jahre in einem Straflager. In Sibirien, am Ende der Welt. Er hat ... na ja, er war so eine Art Robin Hood. Er hat zusammen mit einer Gruppe von Waldarbeitern systematisch Krieg gegen die Parteibonzen geführt. Wenn die nämlich Lebensmittellieferungen unterschlugen, um das Zeug auf dem Schwarzmarkt zu verhökern, hat Wassi mit seiner Gruppe diese Lebensmittel geklaut und unter der Bevölkerung verteilt. Die Parteibonzen bekamen auch Devisen, meistens US-Dollar. Die hat Wassi ihnen ebenfalls abgenommen und unter der Hand verscherbelt. Er war so eine Art Volksheld.«

»Das besagt gar nichts«, meinte Unger schnell.

Rodenstock sah mich an. »Sie äußerten den Verdacht, daß Wassi mehr weiß, als er sagt.«

»Dabei bleibe ich«, nickte ich. »Er hatte ein Grinsen in den Augen. Aber das wird niemals zu beweisen sein.«

Rodenstock spitzte die Lippen. »Was machen wir jetzt?«

»Baden«, sagte ich energisch.

»Raus hier.«

Unger starrte an die Wand. »Ich werde versuchen, Wassi zu kriegen. Ich habe das Gefühl, daß der drinhängt. Sind eigentlich Gruppen des organisierten Verbrechens jemals hier in der Gegend aufgetaucht?«

»Um Gottes willen«, gab ich schnell zurück. »Die Polizei lebt seit Jahren in einem Notstand. Zwölf Kriminalbeamte für mehr als 60.000 Einwohner. Wenn die etwas von organisiertem Verbrechen hören, machen die sehr schnell die Wende.«

»Es wäre also nicht das Schlechteste, hier zu arbeiten«, murmelte Rodenstock. »Die Serben brauchen Maschinengewehre, die Kurden brauchen Maschinengewehre, die Leute in Somalia brauchen Maschinengewehre, die Leute in Beirut brauchen welche, die Mafia in Moskau braucht Geld für Heroin und so weiter und so fort.«

»Raus jetzt«, wiederholte ich. »Denkt lieber über das Rätsel nach, wie ein tonnenschwerer Geldtransporter spurlos verschwinden kann.«

»Das tue ich unausgesetzt«, sagte Rodenstock. »Ohne Erfolg. Vielleicht war es so, wie BILD schrieb: Ein Hubschrauber hat die Herrlichkeit von achtzehneinhalb Millionen schlicht durch die Lüfte entführt.«

Ich kam zu nichts, denn von 15 bis 16 Uhr riefen sechzehn Redaktionen an und baten um Auskunft wegen des toten Bankers Schuhmacher. Seine Frau erwähnte ich nicht. Als ich durch das Fenster in den Garten blickte und Unger schon wieder mit der reichlich nackten Bettina auf einer Decke liegen sah, begann ich die Welt ein bißchen zu hassen.

Rodenstock saß ganz zusammengefaltet in einem Sessel und las *Lempriers Wörterbuch*.

Später hockte ich mich in den Jeep und fuhr nach Hillesheim, um bei Ben im *Teller* einen Kaffee zu trinken. Gott sei Dank war niemand dort, der mir Fragen stellen würde.

Ben hantierte lustlos hinter dem Tresen herum. »Wer war es denn nun?«

»Ich weiß es nicht, und es ist mir zur Zeit auch wurscht. Kanntest du diesen Schuhmacher, diesen Banker?«

»Kaum. Ich habe da ein Geschäftskonto, aber nichts sonst. Das paßt ja: Erst verrät er alle Einzelheiten des Transportes, dann wird er nicht mehr gebraucht und aus der Welt geschafft.«

»Das paßt«, gab ich zu. »Hattest du jemals Gäste, die wie Profis aussahen?«

Er lachte. »Wie sehen Profis aus? Stimmt das, daß die Frau von dem Schuhmacher in eine Klapsmühle kommt?«

»Kann sein«, sagte ich. »Es war ein richtiger Breakdown. Wie war sie eigentlich?«

»Sehr hübsch und ziemlich scheu. Sie hatte nichts zu sagen. Eben waren Leute von dpa da, die Bilder von Schuhmacher und seiner Frau haben wollten. Ich habe keine, und ich hätte ihnen auch keine gegeben.«

»Gibt es denn welche?«

»Jede Menge. Karnevalssitzungen, Sportvereinsvorstand, Freiwillige Feuerwehr, Tennisclub glaube ich auch. Da gibt es jede Menge Fotos. Und was ist, wenn es Amateure waren?«

»Amateure passen nicht. Nicht bei so einer perfekten Sache.«

»Das will ich nicht sagen«, erklärte er bedächtig. »Kann doch sein, daß es Amateure waren, die einfach Schwein hatten.« Er war einer, der geradeaus denken konnte.

Ich zahlte, ging und trottete gedankenverloren die Hauptstraße entlang.

»Sieh an, der Detektiv«, sagte jemand hinter mir gutgelaunt. Es war H. H., der mit viel Geschick ein Reisebüro aufgemacht hatte, und den jedermann nur H. H. nannte, wobei ich ehrlich gestanden nicht einmal wußte, was H. H. bedeutete. Er grinste ziemlich arrogant.

»Ich sollte eine Reise bei dir buchen und abhauen«, meinte ich.

»Ich habe so viel davon, daß ich sie sogar verkaufe«, sagte er. »Was ist, hat man eine Ahnung?«

»Man hat keine«, sagte ich. »Vielleicht war es irgendein Ortsbürgermeister, dessen Gemeindekasse leer ist.«

»Das wäre mal etwas anderes«, murmelte er versonnen. »Leider sind Ortsbürgermeister nicht so perfekt.«

»Wie läuft dein Geschäft?«

»Nicht schlecht.« Er sah nicht allzu intensiv einer kurzberockten, hüftschwenkenden Schönen nach. »Heute war es ausgesprochen komisch. Ach komm, ich erzähl dir die Geschichte, damit du mal was anderes hörst als nur den Stuß von dem vielen Geld. Da kommt ein Bauer und sagt: Ich möchte gern vier bis sechs Wochen Hawaii buchen! Nichts wie ran, dachte ich. Du weißt ja, wie die Bauern sind: Ab dem ersten Satz muß du für jedes Wort bezahlen. Er sagt, er wolle seiner Frau die Reise schenken. Erste Klasse. Ich denke, ich träume. Er sagt, sie würde auch einen Leihwagen brauchen. Ich kenne den Mann, ich weiß: Der hat Geld genug, bescheiden wie er lebt. Ich sitze also am Computer und rechne, und er sieht mir über die Schulter. Ich sage: Das macht knapp zweiunddreißigtausend, alles erste Klasse. Ich denke, jetzt fängt er an zu grinsen und sagt: April, April! Aber nichts da. Greift in seinen Blaumann, holt seine Brieftasche raus und legt die zweiunddreißigtausend auf den Tisch. Ich denke, mich laust der Affe, aber ich tue ganz cool und gebe ihm die Unterlagen, Rechnungen und Kataloge. Ich sage, was im Moment jeder sagt: Ist das Ihr Anteil am Geldklau? Und er sieht mich an und fängt an zu lachen, sagt: Schön wär's, schön wär's! Damit marschiert er raus. Ich saß da und dachte: Das darf eigentlich nicht wahr sein.«

»Ist doch ein schönes Geschäft«, sagte ich.

»Na ja«, erwiderte H. H., »wie man's nimmt. Heute mittag kommt der Kerl wieder, legt das Paket auf den Tisch und sagt: Gib mir mein Geld zurück, meine Frau will nicht fahren. Moment, sage ich, gekauft ist gekauft. Da sagt er: Wir werden nicht streiten, und marschiert raus und läßt die Tikkets da.«

»Das ist die Eifel«, lachte ich. »Hör mal, H. H., kennst du eine Frau, die gut mit der Frau vom Schuhmacher konnte?«

»Ja, meine Frau. Aber ich weiß nicht, ob sie was sagt. Versuch's mal. Steckt was dahinter?«

»Ich glaube nicht«, log ich. »Aber ein Versuch kostet ja nichts.«

»Ich rufe an, sie macht dir einen Kaffee. Aber du mußt was versprechen: Sag niemandem, daß du irgendwas von uns hast.«

»Niemals nicht«, versicherte ich.

Ich holte den Jeep und fuhr gemächlich in Richtung Jünkerath, wo H. H. sein bescheidenes Zehn-Zimmer-Eigenheim gebaut hatte.

Marion stand in der Tür: »Kaffee ist fertig, aber ich weiß nicht, ob ich dir helfen kann.«

»Das werden wir sehen«, sagte ich.

Sie ging vor mir her und hockte sich auf die Sofakante. »Wenn dieses Geldauto wirklich über sechs Tonnen schwer war, dann kann es doch nicht spurlos verschwinden«, begann sie.

»Kann es nicht«, bestätigte ich. »Was weißt du von Frau Schuhmacher?«

»Stimmt das, was die Zeitungen schreiben, daß ihr Mann etwas damit zu tun hatte?«

Mit dieser Frage brachte sie mich in die Zwickmühle. Wenn Marion die Schuhmacher nicht mochte, konnte es gut sein, eine positive Andeutung in diese Richtung zu machen. Wenn sie eine solidarische Frau war und zur Frau des Bankers hielt, würde sie möglicherweise stumm wie eine Auster werden. Ich druckste herum und entschloß mich zu einem Mittelweg, wenngleich ich in solchen Fällen die Erfahrung gemacht habe, daß Kompromisse eine Niederlage vorbereiten.

»Das sieht so aus. Aber Genaues weiß eben kein Mensch. Schließlich ist er tot, nicht wahr?«

»Ich habe da was gehört«, murmelte sie undeutlich und bemühte sich, mich nicht anzusehen.

»Ich sage dir was.« Ich stopfte mir die 92er Jahrespfeife von Stanwell. »Wahrscheinlich hast du gehört, daß möglicherweise Schuhmacher von seiner eigenen Frau umgebracht wurde, nicht wahr?«

Sie knetete die Hände ineinander. »Ja.«

»Von wem hast du das?«

»Du weißt ja, wie das ist. Irgend jemand im Geschäft sagte, die Leute vom Bundeskriminalamt wären zu ihr ins Krankenhaus gefahren. Sie hat wohl erzählt, es wäre ein Mann im blauen Trainingsanzug gewesen. Hat sie es getan?«

»Vielleicht ja, vielleicht nein. Die Ehe muß die Hölle gewesen sein. Ich will etwas über diese Ehe hören.«

»Sie hat wenig geredet. Wenn man es genau nimmt, hat sie nichts erzählt. Man kann sich einiges zusammenreimen, das schon.«

»Dann reime mir etwas«, forderte ich sie auf.

»Schreibst du darüber?«

»Nein. Und dein Name wird sowieso nicht auftauchen. Also reime mir etwas.«

»Wo soll ich anfangen?«

»Am Anfang. Als du gehört hast, daß sie ihren Mann möglicherweise getötet hat, kam dir das verrückt vor?«

Sie schüttelte den Kopf. »Überhaupt nicht. Ich habe nur ›Aha!‹ gedacht, sonst nichts. Also, wundern würde mich das nicht.«

»Wie lange kennst du sie?«

»Schon ewig. Wir haben zusammen im Sandkasten gespielt, wir waren in der Volksschule zusammen, im Gymnasium in Gerolstein, immer eben.«

»Hat sie viel über sich gesprochen?«

»Eigentlich nie, oder selten. Sie heiratete Schuhmacher, weil das irgendwie zwischen den Eltern feststand. Von unserer Clique hat das keiner kapiert.«

»Warum nicht?«

»Weil Schuhmacher ein Arsch war, ein Bankarsch.« Marion spitzte den Mund, als wolle sie den Mann anspucken. »Er war immer der Beste, der Klassenbeste, der beste Lehrling und so weiter. Sie paßten nicht zusammen. Sie mochte Mozart und er die Hitparade der Volksmusik. Das war wie Feuer und Eis. Und er wollte kein Kind.«

»Sie hat ja auch keins gekriegt«, sagte ich spitz.

»Das ist der Punkt«, sagte sie energisch. »Das genau ist der Punkt! Uschi sagt, sie bekam ein Baby, und Uschi sagt: Sie hat es verloren, weil der Schuhmacher es nicht wollte.«

»Langsam, langsam«, unterbrach ich. »Wann war das?«

»Das war vor einem Jahr, ja, vor einem Jahr im Sommer. Uschi sagt ...«

»Wer ist Uschi?«

»Uschi ist eine aus der Clique, sie wohnt zwei Häuser hinter Schuhmachers. Uschi weiß soviel, weil sie die Schuhmachers öfter traf. Uschi weiß genau, daß Klara die Pille nahm. Sie mußte die Pille nehmen, das war so abgesprochen zwischen ihr und dem Ehemann.

Irgendwann im Frühjahr sagte sie zu Uschi, sie würde die Dinger jetzt nicht mehr nehmen. Angeblich hat sie gelacht und gesagt: Mal sehen, was passiert. Wenig später muß sie dann schwanger geworden sein, denn Uschi flog mit ihrem Mann in Urlaub, und als sie wiederkam, nahm Klara wieder die Pille. Dann hat Klara einmal erwähnt, daß irgend etwas mit ihrem Unterleib nicht stimmt, irgendeine Entzündung. Sie hat gesagt: Da ist was nicht in Ordnung, seit ich das Kind verloren habe.«

»Sie sagte einwandfrei: das Kind verloren?«

»Ja, ja, das weiß Uschi genau. Uschi hat gefragt, wie denn das passiert ist, aber Klara schwieg sich aus und sagte nichts mehr. Später hat Uschi der Klara gesagt, sie könnte es ja noch einmal versuchen, aber Klara hat nur irgendwie traurig gelächelt und geantwortet: Ich werde jedes Kind verlieren.«

»Ich brauche Fakten«, erklärte ich. »Bei wem war Klara in Behandlung, wer ist der Hausarzt?«

»Der alte Mendt. Wir gehen alle zu dem, weil der am nettesten ist. Aber wenn du meinst, daß der alte Mendt ihr ein Baby weggemacht hat, bist du auf dem Holzweg. Der alte Mendt? Niemals.«

»Das ist die Frage«, sagte ich nicht sonderlich klug. »Nehmen wir an, du willst eine Abtreibung. Zu wem gehst du?«

»Klinik in Amsterdam«, antwortete sie schnell.

»Kann man das Datum irgendwie einengen? Wann war sie in Hoffnung, und wann war das Baby nicht mehr da?«

»Das muß genau im Juli des vorigen Jahres gewesen sein. Als Uschi in Urlaub ging, war alles in Ordnung, als sie zurückkehrte, hatte Klara kein Baby mehr.«

»Wie war sonst die Stimmung in dieser Ehe?«

»Ich würde sagen, das war keine Stimmung. Da lebten zwei Fremde zusammen und arrangierten sich, so gut es ging.«

»War Klara unglücklich?«

»Ich würde das Resignation nennen. Du weißt doch, wie das ist, wenn man jung ist. Man träumt sich was zurecht. Bei ihr ist nichts davon geblieben.«

»Ob Mendt mit mir spricht?«

»Versuch es. Und noch etwas. Ich fühle mich dreckig, ich will eigentlich nicht über Klara reden. Ich finde Tratscherei schlimm.«

»Kenne ich. Ich habe mir mal in Gerolstein hundert Mark beim Metzger gepumpt. Und als ich nach Daun kam, um Kartoffeln zu kaufen, sagte jemand neben mir: Reicht es noch? Mach dir keine Sorgen, hier geht es um einen Mord, und ich war nicht hier. Ich riskiere das mit Mendt.«

Ich hockte mich einfach in Mendts Sprechstunde, und als ich an der Reihe war und er fragte: »Wo tut was weh?«, sagte ich: »Ich komme wegen Klara Schuhmacher.«

»Keine Auskunft«, gab er schnell zurück.

»Sie hat ein Baby verloren«, hakte ich ebenso schnell nach. »Ist es richtig, daß sie im vorigen Jahr schwanger war?«

»Das kann ich nicht beantworten.«

»Doktor Mendt, ich verstehe Sie verdammt gut, aber es kann passieren, daß sie wegen Mordes angeklagt wird. Ich sammle Punkte für sie. Also: War sie schwanger?«

»Ich habe erwartet, daß irgendwer in dieser Sache kommt. Ja, sie war schwanger.«

»Und? Was passierte dann?«

»Ich weiß es nicht.«

»Sie wissen es. Lassen Sie mich anders fragen: Halten Sie es für möglich, daß Klara Schuhmacher ihren Mann tötete?«

»Das weiß ich wirklich nicht. Kein Kommentar!« Er war wütend.

»Es war im Juli des vergangenen Jahres. Klara und ihr Mann verließen die Stadt für ein paar Tage. Als sie zurückkehrten, hatte Klara kein Baby mehr im Bauch.«

»Wenn Sie das wissen, warum fragen Sie mich?«

»Weil Sie wahrscheinlich wissen, was geschehen ist.«

Er drehte sich weg, stellte sich ans Fenster und starrte hinaus auf die Straße. »Die beiden erschienen bei einem Kollegen in Aachen. Sie behaupteten, die Frau habe heftige Unterleibsschmerzen. Der Kollege stellte die Standardfrage, ob die Frau schwanger sei. Die Frau machte einen blassen, fast schlafenden Eindruck. Der Ehemann antwortete: Sie ist nicht schwanger! Mein Kollege setzte eine Spritze, um dadurch die Menstruation zu beschleunigen. Ein paar Stunden später kam das Baby. So etwas passiert, niemand hat schuld.«

»Es geht nicht um Schuld, es geht darum, ob sie ein Baby erwartete.«

Er nickte. »Vielleicht wußte Schuhmacher ja gar nicht, daß sie schwanger war.«

»Ich denke, er wußte es.«

»Das ist vermutlich richtig«, sagte er tonlos. »Er wollte es nicht. Hat sie ihn ... hat sie ihn umgebracht?«

»Ich weiß es nicht«, erwiderte ich und ging hinaus.
»Er ist ja nun endlich tot«, rief er hinter mir her.

Im Garten saßen Marker und Rodenstock und knabberten Bitterschokolade zu Cognac und Kaffee. Ich berichtete ihnen, was ich erfahren hatte, und Marker nickte betulich. »Das paßt, das paßt genau.«

»Woher stammen eigentlich die Kartoffelsäcke, die man den beiden Wachleuten über den Körper stülpte? Und woher die Ohrenschützer?«

»Es waren stinknormale Kartoffelsäcke, die jeder hier im Keller hat. Die Ohrenschützer sind Standardware, wie sie bei allen Holzfällerkolonnen benutzt werden. Diese Dinger bringen nicht die geringste Spur.« Marker seufzte.

»Gehen wir erneut auf das Auto los«, schlug Rodenstock etwas überschwenglich vor. »Das Auto muß irgendwo sein.«

»Na, sicher ist es irgendwo«, murmelte Marker. »Aber leer. Irgendwo zwischen Hillesheim und dem Kap der Guten Hoffnung.«

»Was machen eigentlich Menschen, die plötzlich achtzehneinhalb Millionen besitzen?« überlegte ich.

»Sie investieren«, vermutete Rodenstock mit einem feinen Lächeln.

»Aber sie können nur dreckig investieren«, sagte ich. »Sie haben keinen Nachweis über den Kies.«

»Müssen sie nicht haben«, sagte Marker. »Sie machen ein paar Tafelgeschäfte, und schon ist das ganze Moos legal.«

»Was, bitte, sind Tafelgeschäfte?«

Rodenstock sah Marker an, als sei ich nicht ganz bei Trost. »Also«, begann er gemütlich, »lassen Sie sich einweihen. Sie nehmen beispielsweise zwei bis drei Millionen in bar und marschieren in eine Bank. Am günstigsten ist eine Bank, in der man Sie vorher angekündigt hat als irgendeinen schwerreichen Menschen. Sie kaufen für Ihr Bares bestimmte Papiere, Kommunalobligationen, Bundesverschreibungen,

Schatzbriefe oder so. Daran hängen Coupons, Zinsbescheinigungen, die Sie jedes Jahr einlösen können. Wieder gegen Bares.«

»Und was macht die Bank mit meiner Unterschrift?«

Marker lachte leise. »Die Bank will Ihre Unterschrift gar nicht. Sie bekommen die Papiere gegen Bares, das ist alles. Wenn Sie sich anstrengen, können Sie die ganzen achtzehneinhalb Millionen an einem Tag anlegen. Legal, mein Freund, legal.«

»Und wieso heißt das Tafelgeschäft?«

»Na ganz einfach. Weil früher in einer Bank der Tresen nicht Tresen oder Verkaufstisch hieß, sondern eben vornehm Tafel. Allerdings bezweifle ich, daß irgendein Banker, der Sie nicht kennt, Sie rausschmeißen wird, wenn Sie mit so viel Geld erscheinen. Selbst wenn Sie ein Penner sind, wird er Ihren Geruch in Kauf nehmen.«

»Gibt es denn eigentlich nicht inzwischen Hinweise aus der Bevölkerung?«

Marker nuckelte an seiner Zigarette wie ein Kind am Schnuller. »Na sicher kriegen wir Hinweise, noch und nöcher. Schließlich haben wir achthunderttausend Mark als Belohnung ausgesetzt. Aber die Hinweise sind so wirr und beschissen, daß sie nichts taugen, absolut nichts. Da hat sogar einer angerufen und behauptet, er wäre der Pilot von dem Lastenhubschrauber, der den Transporter entführt hat. Eine alte Frau meinte, wir könnten die Täter in ihrem Kartoffelkeller festnehmen. Eine Wahrsagerin sagte, sie sei ganz sicher, daß das Geld mitsamt dem Transporter im Bauch einer Hercules der Bundeswehr verschwunden ist und sich auf dem Flug in die Südsee befindet. Wir haben Bundesgrenzschutz angefordert. Ich jage den morgen früh durch die Wälder. Wir erhoffen nichts, aber selbst eine Kleinigkeit kann bekanntlich nützlich sein.«

Rodenstock räusperte sich: »Gebt dem Rentner eine Stimme. Darf ich noch einmal auf den Tatort kommen?«

»Nur zu«, sagte Marker.

»Da gibt es einen Punkt, der mich irritiert. Die beiden Wachleute hocken auf ihren Millionen und rollen an den Tatort. Sie sehen ein Motorrad und drei Männer herumliegen. Sie halten an, sie werden überrumpelt, an die Bäume gebunden. Als sie gefunden werden, ist der Transporter weg, spurlos verschwunden.

Nun wissen wir, daß die Täter sich in den Geldtransporter setzen konnten, um damit wegzufahren. Aber ich denke, das wäre höchst riskant gewesen. Wahrscheinlicher ist doch, daß der Geldtransporter nur um die Ecke in die Wälder gefahren wurde oder aber mit Hilfe eines anderes Fahrzeuges vom Tatort weggebracht worden ist. Der Geldtransporter ist sehr schwer. Also muß das Transportfahrzeug ein ziemliches Kaliber haben. Die Frage ist: Was haben die Wachleute im Geldtransporter außer dem Motorrad und den drei Männern auf der Straße gesehen?«

»Nichts«, antwortete Marker bestimmt, »absolut nichts. Ich denke, Sie sind an einem wichtigen Punkt der Überlegungen. Wir haben den Tatort aus Sicht der beiden ankommenden Wachmänner mit einer Videokamera gefilmt und diesen Streifen den beiden immer wieder vorgeführt. Dabei haben wir zum Beispiel einen Laster erst an den äußersten rechten und dann linken Bildrand gestellt. Sie sahen den Laster sofort, und sie versicherten sehr glaubwürdig, daß außer den drei Männern auf der Straße neben dem zerdepperten Motorrad nichts in ihrem Blickfeld war. Also auch kein Fahrzeug, in das man den Geldtransporter hätte hineinfahren können.«

»Wie hätte ich diesen Geldtransporter geklaut?« schaltete ich mich wieder ein. »Auf der Strecke zwischen Wiesbaum und Flesten gibt es drei bestens ausgebaute breite Waldwege, über die ich auch mit schwerem Gerät direkt an die Straße herankomme. Und einer dieser Waldwege, auf dem ich sowohl nach Norden wie nach Süden in die Wälder entkommen kann, liegt unmittelbar neben dem sogenannten Tatort. Wie mache ich es also? Ich fahre zum Beispiel einen Tieflader von Süden an die Straße heran und parke ihn an einem Punkt, an dem ich mit dem Fahrzeug nicht gesehen werden kann. Also etwa zweihundert Meter Entfernung von der Straße. Dann nehme ich den Transporter, fahre ihn direkt auf den Tieflader und verschwinde. Das heißt: Als die beiden Wachleute sich dem Tatort näherten, konnten sie den Tieflader nicht sehen. Das Ganze hätte einen zusätzlichen Vorteil: Seit dem großen Sturm wird hier immer noch pausenlos Holz abgefahren, vornehmlich von belgischen Firmen. Mit anderen Worten: Die großen, breiten Waldwege geben absolut keine Spur mehr her, mit der wir etwas anfangen können.«

»Was sagt uns das?« fragte Rodenstock.

»Das sagt uns, daß ich nur ein Gerät wie einen Tieflader brauche, sonst nichts. Ich fahre mit dem Tieflader und dem Geldtransporter, den ich meinetwegen mit einer Plane abdekke, etwa dreitausend bis fünftausend Meter über bestens ausgebaute Waldwege. Dann erreiche ich etwa bei Kerpen oder Nohn oder Walsdorf gut ausgebaute Straßen und kann Gas geben. Ich kann an Walsdorf vorbei Richtung Pelm und Gerolstein ziehen, ich kann aber auch nach Daun abhauen.«

Marker nickte: »Also reicht es, wenn hinter Gerolstein oder vor Daun oder wo auch immer in einem Waldstück ein Truck wartet, der den Geldtransporter übernehmen kann. Das dauert, wenn die Mannschaft gut ist, eine Minute. Muß ich Schwierigkeiten an den Grenzen erwarten?«

»Nicht die geringsten«, sagte ich. »Sie können nach Frankreich, nach Belgien, nach Luxemburg, nach Holland. Auch Holländer, Belgier, Franzosen oder Luxemburger fallen hier nicht auf. Viele von ihnen arbeiten hier. Sie müßten vom Bundeskriminalamt an die Leute heran, die für so einen perfekten Coup in Frage kommen.«

»Das ist aussichtslos«, grinste Marker. »Selbst wenn wir

die Leute hätten, zu deren Denkweise so ein Stück gehört, dann hätten die ein mehr als wasserdichtes Alibi. Während ihre Leute das hier drehen, hocken die Logistiker auf den Bahamas oder Fuerteventura.«

»Kann man einen Tieflader leihen?« fragte Rodenstock.

»Kein Problem«, erklärte ich. »Aber so dämlich werden die Täter nicht gewesen sein.«

»Aber warum nicht?« erkundigte sich Rodenstock ganz ruhig. »Wie will jemand hinterher beweisen, daß ein Geldtransporter transportiert wurde?«

»Trotzdem riskant«, gab ich zurück.

»Versteift euch nicht auf den Tieflader«, mahnte Marker. »Mit einem Vierzigtonner mit geschlossenem Verdeck transportiere ich gleichzeitig zwei Geldtransporter.«

Unger und Bettina bogen um die Ecke. Unger ging seltsam schräg, und Bettina hielt seinen Arm. Er blutete ziemlich wild aus der Nase, und offensichtlich hatte er Schmerzen.

»Hallo«, begrüßte uns Bettina zaghaft.

»Hat Wassi zugeschlagen?« fragte ich.

»So ein Schwein!« nuschelte Unger. »Ich habe ihm auf den Kopf zugesagt, daß er am Samstag was gesehen hat. Ich habe gesagt, er soll es mir erzählen. Er hat mich angeguckt und ganz freundlich erwidert, er hätte keine Lust, mir etwas zu erzählen ...«

»Und dann hat er zugeschlagen«, vollendete Marker.

Unger schniefte und schüttelte den Kopf. »Nee, Wassi hat sich nicht mal bewegt, aber einer seiner Kumpel, der hat ... Also, ich bin der Meinung, Sie sollten Wassi verhaften!«

»Blödsinn«, sagte Marker.

»Dummheit«, sagte Rodenstock.

»Kommt nicht in Frage«, sagte ich. »Im Eisschrank sind Eiswürfel.«

SECHSTES KAPITEL

Unger war ein sehr gründlicher und wohl auch etwas ängstlicher Mensch. Er meldete sich bei einem Zahnarzt an und entschwand – selbstverständlich in Begleitung von Bettina.

Ich schlenderte durch das Dorf und war in der Stimmung, Fußball mit einer Blechdose zu spielen. Aber da ich angeblich erwachsen bin, widerstand ich der Versuchung und lief hinaus zu Alfreds Hof, er mußte irgendwo auf den Wiesen bei den Kühen sein. Dann sah ich ihn jenseits der Straße nach Kerpen auf der großen Koppel. Sein Trecker ratterte und trieb die Melkmaschine an, die Kühe standen in Reih und Glied.

»Hat sich einer gemeldet, um dir Geld zu pumpen?«

Er grinste. »Noch nicht. Wenn aber doch, halte ich den Mund. Was spricht die Bullenschar?«

»Nichts. Sie ist hilflos. Nehmen wir mal an, wir beide wollen einen Geldtransporter klauen. Nehmen wir an, wir brauchen dazu einen Tieflader oder einen geschlossenen Vierzigtonner. Pumpen wir den, oder klauen wir den?«

»Weder klauen noch pumpen«, sagte er, nahm den Hut vom Kopf und kratzte sich die Stirn. »Wir besorgen uns so was kurzfristig.« Dann sah er mich an und meinte: »Gute Frage!«

»Tu nicht so geheimnisvoll. Wie würdest du so ein Gerät besorgen?«

Er schaute über meine Schulter hinweg irgendwohin. Alfred sieht immer gänzlich unschuldig irgendwohin, wenn er etwas Wichtiges mitzuteilen hat. »Also, du stehst vor einem Problem«, resümierte er. »Du braucht einen Tieflader oder Ähnliches. Also etwas, mit dem du einen Geldtransporter ganz schnell wegbringen kannst. Du willst so ein Ding nicht großartig leihen, weil ja dann gefragt wird: Weshalb leiht der sich das? Richtig?«

»Richtig.«

»Vielleicht hast du einen guten Kumpel, der dir das leiht, ohne nachzufragen. Aber wenn der Kumpel spitzkriegt, daß du mit seinem Tieflader fast zwanzig Millionen wegtransportiert hast, könnte es passieren, daß der Kumpel ein Problem wird. Richtig?«

»Richtig.«

»Na gut. Dann würde ich mal durch die Gegend fahren und mich umgucken.« Er grinste, seine Nase legte sich dabei in enorm adrette Falten.

»In welche Himmelsrichtung würdest du denn fahren?« fragte ich und guckte sicherheitshalber auch irgendwohin.

»Versuch's mal im Süden«, meinte er gutmütig. Dann trat er einer Kuh in den Hintern, die unbedingt die Tasche seines Arbeitskittels fressen wollte.

Ich trollte mich.

Über Walsdorf fuhr ich nach Daun. Es folgte Zilsdorf, dann der kleine Berg hoch zur Abfahrt nach Oberehe. Es sind nur lächerliche zweitausend Meter von Zilsdorf bis Oberehe und nur dreitausend Meter von Oberehe an der Nürburg-Quelle vorbei bis Dockweiler, aber auf dieser kurzen Strecke lag links die Lösung meines Rätsels: Ein Holzlagerplatz, auf dem Tausende von Fichtenstämmen ständig von Wasser berieselt werden mußten, um den Befall durch Borkenkäfer zu verhindern. Neben diesem naßglänzenden Riesenberg Holz standen drei Tieflader.

Ich ging auf die Bremsen und rollte den breiten Feldweg zu dem Gebirge aus Fichten, dann würgte ich den Jeep ab und blieb stehen.

Es waren drei Volvo-Intercooler mit belgischer Nummer, und wahrscheinlich waren sie seit mindestens vier Jahren hier im Einsatz, weil belgische Firmen das meiste Holz der beiden großen Stürme aufgekauft hatten: Material für die hungrige Möbelindustrie.

Ich stieg aus und schlenderte um die Zugmaschinen herum. Alle drei waren vollkommen kalt. Das heißt, sie waren an diesem Montag nicht gefahren worden. Das war, wie ich wußte, normal. Denn die Fahrer wurden in der Regel zum Wochenende von ihren Frauen abgeholt und tauchten erst wieder auf, wenn die zuständigen Forstämter die nächsten Stämme zum Abtransport freigaben. Sie ließen die Tieflader einfach stehen – niemand würde auf die Idee kommen, sich diese Monstren unter den Nagel zu reißen.

Alle drei waren abgeschlossen und standen so brav und unschuldig in der Gegend herum, daß ich mir ausgesprochen dämlich vorkam. Die Aufsätze der Tieflader hatten fünf Achsen, der mittlere war zuletzt gefahren worden, denn die zweite Achse von vorn trug einen Innenreifen, der durch nassen Lehm gerollt war. So weit, so gut. Bedeutete das, daß der Fahrer den Schlüssel verliehen hatte?

Ich habe mir im Laufe der Zeit angewöhnt, so zu tun, als hätte ich immens viel Zeit, als seien Hektik und Streß nicht für mich gemacht. Das lernt man in der Eifel. Auf jemanden, der mich beobachtete, mußte ich den Eindruck machen, als sei ich zum Pinkeln in die Felder abgebogen. Ich pinkelte also ausgiebig. Dann stopfte ich mir die Belvedere vom vornehmen Londoner Charatans Make und zündete sie, mächtig paffend, an. Gleichzeitig bewegte ich mich auf meinen Jeep zu, öffnete ihn, holte das Fernglas heraus und hockte mich dann ins tiefe sommerwarme Gras. Ich hatte vier Häuser von Oberehe im Blick, und ich wollte herausfinden, welches Haus auf den Parkplatz und die Tieflader aufpaßte.

Es war ein kleines, graues Haus mit einem großen, doppelflügeligen Fenster nach hinten heraus. Das Fenster stand auf Kippe, und jemand hatte die Gardine beiseite gezogen und starrte zu mir her. Mit einem Fernglas, versteht sich.

Ich schlenderte langsam umher, betrachtete die Berieselung der Stämme, wanderte abseits auf den Platz der Tieflader und bewegte mich hinter sie. Wer immer an dem Fernglas hockte, jetzt war ich für ihn unsichtbar. Ich kletterte auf die Ladefläche des mittleren Trucks und lief sie entlang, bis ich an die hölzerne Hinterwand zum Fahrerhaus kam. Ich hatte Glück, es gab ein kleines Fenster.

Ich bin kein Kfz-Spezialist, aber was ich sah, konnte sogar ich enträtseln: Die Zugmaschine war kurzgeschlossen.

Ich bewegte mich zurück, wußte nicht genau, was jetzt zu tun war. Also schlenderte ich auf den Jeep zu und zündete mir die ausgegangene Pfeife an, alles ganz langsam. Ich hockte mich hinter das Lenkrad und sah noch einmal zu dem kleinen Haus hin. Das Fernglas war noch immer auf mich gerichtet. Ich fuhr gemächlich vom Holzplatz auf die Straße, dann nach links auf Dreis zu. Ich wußte, daß es dort eine Telefonzelle gab. Ich rief mich selbst an.

Rodenstock meldete sich: »Bei Baumeister.«

»Ich habe den Tieflader«, sagte ich. »Jetzt hören Sie mir bitte genau zu. Sie müssen es irgendwie mit Marker deichseln, daß hier nicht zwei Hundertschaften einfallen, bestenfalls zivile Autos, höchstens drei oder vier Leute.«

»Gut, ich arrangiere das mit Marker. Ihr Standort?«

»Haben Sie was zu schreiben? Gut. Hinter meinem Schreibtisch im Regal liegen Meßtischblätter. Nehmen Sie sich das von Kerpen heraus, plus Anschlußblätter Richtung Loogh, Stroheich. Suchen Sie sich Waldwege zum südöstlichen Ausgang des Ortes Oberehe. Wenn Sie dort aus dem Wald kommen, sehen Sie einen Fichtenberieselungsplatz und drei Tieflader. Parken Sie im Wald, kommen Sie zu Fuß. Und noch etwas: Die Tieflader werden bewacht, aus ungefähr vierhundert Metern Entfernung. Ein kleines Haus, darin ein Mann mit einem Fernglas. Sie sollten diese Person vorher nageln.«

»Alles klar«, sagte er und hängte ein.

Ich fuhr langsam zurück nach Oberehe, dann auf den Holzlagerplatz. Ich parkte, stieg aus und hockte mich ins Gras. Sechs Minuten später kam ohne Sirene, aber mit Blaulicht ein Streifenwagen aus Daun. Er fuhr Höchstgeschwindigkeit. Ich sah, wie er in die Seitenstraße zu dem kleinen Haus einbog. Drei Minuten später fuhr er wieder ab, ohne Sirene, ohne Blaulicht. Gut und glatt gemacht, dachte ich. Ein Zitronenfalter taumelte herum, ein Bläuling setzte sich neben mir an den Stengel einer Wegwarte und ruhte sich aus. Zwei Meter entfernt kam eine Spitzmaus eifrig schnüffelnd einen Mäusetrampelpfad entlang, roch mich und wußte nicht recht, ob sie flüchten oder einfach abwarten sollte. Sie entschied sich fürs Warten und starrte mich gelassen an. »Dieser tiefe Frieden täuscht«, warnte ich sie.

Sie bewegte sich noch immer nicht.

»Gleich kommen die Bullen«, sagte ich eindringlich.

Da machte sie kehrt und verschwand.

Es dauerte dreißig Minuten, bis sie da waren.

»Wieso soll das der Tieflader sein?« fragte Marker.

»Der mittlere ist es. Er ist kurzgeschlossen. Komischerweise ist das Fahrerhaus aber abgeschlossen. Wenn Sie durch das hintere kleine Fenster ins Fahrerhaus gucken, werden Sie es sehen. Außerdem ist feuchte Erde an den Reifen.«

Marker stand da und starrte auf die Fahrzeuge. »Kann es denn nicht sein, daß der Fahrer die Schlüssel verloren und einfach selbst die Karre kurzgeschlossen hat?«

»Na sicher kann das sein«, sagte ich. »Aber etwas Besseres habe ich nicht zu bieten.«

»Mir kommt das irgendwie zu einfach vor«, seufzte er.

»Mir auch«, gab ich zu. »Haben Sie Leute mitgebracht?«

»Ja, natürlich.« Er hob die Hand, und kurz darauf kamen zwei Beamte in Zivil mit je einem Metallkoffer aus dem Wald.

»Der mittlere«, sagte Marker. »Beeilt euch. Ist feststellbar, wann das Gerät zum letzten Mal lief?«

»Wir messen die Materialtemperatur«, erwiderte einer der beiden. Dann betrachtete er das linke Türschloß der Fahrerkabine. »Das ist aufgebrochen worden. Ganz einfaches Schloß, da reicht ein Schraubenzieher. Können wir rein?«

»Machen Sie schnell!« wiederholte Marker. Dann sah er mich an, kam zu mir und hockte sich ins Gras. »Na gut, Sie schlauer Mensch. Was ist da passiert, wie haben die Leute das gedreht?«

»Wenn es so war, wie ich annehme, war es einfach. Sie holten mitten in der Nacht von hier den Tieflader, schlossen ihn kurz. Sie brauchten keine Straße zu benutzen, sie konnten direkt über die Wege gehen, über die Sie jetzt hierhergekommen sind. Dann plazierten sie den Tieflader in Deckung an der Straße zwischen Wiesbaum und Flesten. Sie drehten das Ding, fuhren den Geldtransporter auf den Tieflader, was schrecklich einfach ist, denn, wie Sie sehen, hängen da unten zwei stabile Schienen, die man einfach hinten einhängt. Dann ging es dorthin, wo der Geldtransporter von einem anderen Tieflader oder von einem geschlossenen großen Truck erwartet wurde. Anschließend brachten sie den Tieflader wieder hierher zurück.«

»Aber warum gerade dieser belgische Tieflader?« fragte er.

»Das fragen Sie? Schauen Sie sich die stark wulstige Bereifung an. Das Fahrzeug ist spezialgerüstet für diese Waldwege.«

»Das bedeutet aber auch, daß die das Ding sehr lange vorbereitet haben.«

»Na sicher«, meinte ich. »Die hatten alle Zeit der Welt. Sie konnten hier als Rucksacktouristen irgendwo ein Zimmer mieten und in aller Ruhe mit dem Dackel die Wege abgehen, so daß sie jede riskante Stelle kannten.«

»Okay«, nickte er. »Der Mann übrigens, den wir da vorn aus dem kleinen Haus herausgeholt haben, ist ein harmloser Rentner.«

»Ich bin gespannt, was der sagt.«

»Das weiß ich schon. Ich habe unterwegs telefoniert. Der Mann ist am Samstag morgen mit einem Bus nach Daun gefahren. Und zwar morgens um acht Uhr. Er hat nicht mehr zu diesen Tiefladern geschaut. Er schaut überhaupt nur danach, wenn irgendwelche Leute auftauchen, die er nicht kennt. Er kam gegen Mittag wieder und gibt an, er kann sich nicht erinnern, vor dem Abend nach den Fahrzeugen geguckt zu haben. Da standen sie alle drei fein aufgereiht hier, wie jetzt.« Marker seufzte.

»Wir haben nur eine Möglichkeit zu beweisen, daß es dieser Tieflader war«, stellte ich fest.

»Ihr Wort unters Mikroskop«, gab er mißmutig zurück.

Rodenstock kam herangeschlendert und erklärte: »Wenn die es mit diesem Wagen gemacht haben, weiß ich, wie sie es machten.«

»Wie denn?« fragten Marker und ich gleichzeitig.

»Die haben auf der Fläche des Tiefladers links und rechts ein paar massive Stämme übereinander festgebunden, wie eine Brustwehr: Sehen Sie die sechs Stämme da, die abseits liegen? Sehen Sie den Draht, mit dem die Stämme an den Seitenholmen festgebunden waren? Auf dem Tieflader entstand eine Gasse, in die fuhren sie den Transporter hinein. Sie brauchten ihn nur noch nach hinten mit einer Plane abzudecken oder ein paar dichte Tannenäste davorzustopfen. Mit anderen Worten: Wenn auf diesem Fahrzeug der Transporter stand, konnte niemand ihn sehen, denn die Stämme täuschten das vor, was hier Alltag ist: einen Holztransport.«

»Genial«, sagte ich.

»Nicht schlecht«, murrte Marker. »Ist denn herauszufinden, wieviel Leute zu diesem Coup notwendig waren?«

»Drei mit Sicherheit, denn drei Leute lagen neben dem zerdepperten Motorrad«, meinte Rodenstock. »Aber ich denke, das reicht nicht. Es waren mehr.«

»Warum denn mehr?« fragte ich.

»Jemand muß den Tieflader fahren, jemand muß das Motorrad wegbringen, jemand muß den vorgetäuschten Unfall säuberlichst auflösen, jemand muß den Transporter auf dem Tieflader in Empfang nehmen und wegbringen. Nein, nein, das waren mehr als drei.«

Einer der Spurenleute kam und informierte uns: »Der

Tieflader ist am Samstag gefahren worden. Das ist ganz eindeutig. Er muß normale Betriebstemperatur gehabt haben. Die Werte im Motorblock sind drei bis sechs Grad höher als die der nebenstehenden Fahrzeuge. Kein Zweifel: Am Samstag war das Gerät eingesetzt.«

»Fingerspuren?«

»Keine. Das ist ein weiteres Indiz. Deutliche Wischspuren und Schlieren überall im Fahrerhaus. Es ist feststellbar, ohne ins Labor zu gehen, womit gewischt wurde: Arbeitshandschuhe vom üblichen Standard, ein Gemisch aus Baumwolle mit lederartiger Innenfläche. Man kann die Dinger zwischen sechs und acht Mark überall kaufen, in ganz Europa.«

»Die Erdproben?« fragte Marker.

»Da kann ich nichts Endgültiges sagen, das wird zwei Tage im Labor dauern. Aber eines ist sicher: Am Tatort hatten wir eine bestimmte Sorte Mergelton, ganz bestimmte Farbe. Und wir hatten eine ganz bestimmte Sorte feinkörnigen Kies, der vermutlich vom Straßenbau stammt. Beide sind auf den ersten Blick an drei Reifen zu finden. Es kann natürlich sein, daß der Tieflader Stämme in der Nähe des Tatortes geladen hatte, aber ...«

»Schon gut, schon gut. Nicht zwei Tage Labor; vier Stunden«, sagte Marker scharf.

»Sie sind ein ekelhafter Vorgesetzter«, grinste der Spurenmann.

»Zwei Tage Sonderurlaub, wenn du es schaffst.«

»Da ist noch eine private Sache«, murmelte Rodenstock neben mir. »Ich habe meiner Tochter gesagt, sie soll mich besuchen. Für zwei Stunden. Bei Ihnen, gleich um acht.«

»Das macht fast gar nichts«, sagte ich fröhlich. »Die Hauptsache ist, Sie verprügeln sie anständig.«

»Ich werde mich bemühen«, lächelte er.

»Wir sollten diesen Fahrer auftreiben«, riet ich.

Marker nickte. »Machen wir bereits. Es ist ein Kurier unterwegs, der den Mann holt. Es wird wieder mal eine betriebsame Nacht. Der Fall macht mich verrückt. Wir haben kaum einen Ansatz.«

»Wir haben wahrscheinlich den Tieflader«, wandte ich ein.

»Kann mich jemand zum Tatort fahren?« fragte einer der Spurenleute. »Ich möchte wegen des Drecks an den Reifen ganz sicher gehen.«

»Ich fahre«, seufzte Marker.

Ich ging zu dem zweiten Spurenmann, der nach wie vor im Fahrerhaus arbeitete. »Können Sie sagen, ob das Fahrzeug gezielt abgewischt wurde?«

»Einwandfrei«, entgegnete er schwitzend. Er war in einer merkwürdigen Position. Er hockte neben der Lenksäule im Fußraum und versuchte, mit beiden Armen auf den Sitzen zu arbeiten.

»Bei Mikrospuren«, keuchte er, »passen die Brüder nie auf. Sie wischen alles ab, aber das, worauf sie mit dem Arsch gesessen haben, übersehen sie immer.« Er fummelte eine Plastiktüte in einen kleinen Handstaubsauger und fuhr damit über die Sitze. Das Ding heulte.

»Was ist hier mit dem Fußtritt?« schrie ich.

Er stellte den Sauger ab. »Den haben sie abgewischt.«

»Sie haben doch Erfahrung mit international arbeitenden Tätern. Deutet irgend etwas darauf hin, daß wir es mit ausgebufften Jungens zu tun haben?«

»O ja! Und wie! Ich wette, die haben eine Vorstrafenliste so lang wie die Reihe der Ehrendoktorhüte unseres Bundeskanzlers. Das waren Könner, sie haben nämlich nichts Spezielles eingesetzt, also zum Beispiel keine Baumwollhandschuhe. Keine speziellen Schuhe. Alles billigster Standard – und deshalb fast aussichtslos. Sie müssen sich verdammt sicher gefühlt haben: Das Radio haben sie auch laufen lassen.«

»Wie kann man das feststellen?«

»Ziemlich einfach. Aus Restspannung und Temperaturen in bestimmten Teilen.«

»Und welchen Sender haben sie gehört?«

»Radio RPR«, sagte er. Dann ließ er den Staubsauger erneut heulen.

»Haben sie auch geraucht?« schrie ich wieder.

»Ich vermute, ja«, schrie er zurück. »Beide Aschenbecher sind geleert.«

Am Himmel kreiste ein Roter Milan, dicht vor uns flog ein Kleiner Fuchs und glänzte in der Sonne.

»Wenn diese Leute sich auf ländliche Gegenden spezialisieren, in denen einmal die Woche Geldtransporte laufen, gehen wir miesen Zeiten entgegen. Man muß sich sowieso fragen, warum nicht eher jemand auf diese Idee kam«, sinnierte Rodenstock.

»Kamen sie doch«, erwiderte ich. »Sie haben im neuen deutschen Osten laufend Banken überfallen.«

»Aber dies hat eine andere Qualität. Fast zwanzig Millionen am hellichten Tag!«

»Hoch lebe das Spezialistentum. Lassen Sie uns fahren.«

Im Wagen fragte er: »Kann es denn sein, daß meine Frau unter mir gelitten hat?«

»Ich weiß es nicht. Sie sind kein Mensch, unter dem man leidet. Wenn sie unter irgendwas gelitten und nichts gesagt hat, war sie selbst schuld. De mortuis nihil nisi bene, aber die Verantwortung für das, was sie tun, bleibt bei den Toten. Vielleicht waren Sie beide zu schweigsam?«

»Ja, das denke ich zuweilen«, sagte er leise.

»Warum nehmen Sie keinen neuen Job an? Warum fragen Sie nicht im Innenministerium in Mainz, ob die etwas zu tun haben? Die Besetzung der Polizeikräfte in den Landkreisen hier ist eine Katastrophe. Da gibt es viel zu tun.«

»Das geht nicht«, murmelte er. Er stützte den Ellenbogen auf das offene Fenster und sah hinaus. »Ich bin krank.«

»Was heißt das schon? Arbeit tut gut, und Sie wissen das.«

»Ich habe Krebs.«

»... was für welchen?«

»Hodenkrebs.«

»Warum lassen Sie sich nicht operieren, wenn wir den Fall gelöst haben?«

Er wandte mir den Kopf zu. »Sie sind so hoffnungslos optimistisch.«

»Das muß ich auch sein bei den vielen Arschlöchern, die ich kenne.«

Bettina und Unger waren nach wie vor damit beschäftigt, sein lädiertes Antlitz mit Hilfe zweier Eisbeutel auf Normalmaß zu bringen. »Nichts gebrochen«, verkündete er fröhlich.

»Sie sollen eine Geschichte schreiben«, mahnte ich.

»Habe ich«, trompetete er. »Übrigens, es könnte sein, daß wir uns zusammentun, die Bettina und ich.«

»Nicht möglich«, murmelte Rodenstock.

»Wo ist der Text?« fragte ich.

»Auf Ihrem Schreibtisch«, sagte er. »Irgend etwas Neues?«

»Ja. Wir haben den Tieflader entdeckt, auf dem der Geldtransporter verschwand.«

»Und?« krähte er schrill.

»Nichts«, sagte ich. »Nur ein Verdacht, sonst nichts. Bettina, bist du bereit, etwas zum Abendessen zu machen?«

»Wie wäre es mit Kartoffelpüree und einem Haufen Rührei?« fragte sie nicht sonderlich bei der Sache.

»Das ist sehr gut«, lobte ich. »Wenn du dich innerhalb der nächsten drei Tage von diesem Macker lösen könntest, müßten wir nicht verhungern.«

»Du Neidhammel«, zischte sie.

Ich las Ungers Text und fragte mich, ob er nicht zu tief in die mythologische Kiste gegriffen hatte, aber wahrscheinlich hatte er alles in allem recht.

Er begann: Normalerweise würde man sagen, daß der Raub von achtzehneinhalb Millionen barer D-Mark ein Coup ersten Ranges ist. Was allerdings den Coup in den

Rang einer Heldensage hebt, noch ehe er kriminalistisch gelöst werden kann, ist die Tatsache, daß er in der Vulkaneifel stattfand. Wortkarge Menschen in endlosen, geheimnisvoll rauschenden Wäldern voller Rotwild und Wildschweinen. Nicht Asterix und Obelix haben gallisch zugeschlagen, sondern, weitaus eher erkennbar, das geheimnisvolle Internationale Organisierte Verbrechen.

Vulgo: Wer klaute die Millionen am hellichten Tag unter der Eifelsonne? Zweifellos jemand mit Köpfchen. Erheblich blutiger und ungleich drastischer, daß der vielleicht beteiligte Chef einer Minibankfiliale ganz nebenbei in seinem eigenen Garten auf eine höchst brutale Weise um die Ecke gebracht worden ist. Weil er zuviel wußte? Mag sein, aber gemach, der Reihe nach, immer schön Schritt für Schritt.

Eines steht jetzt schon fest: Die Dramaturgen haben sämtliche im deutschen Sprachraum tätige Fernsehspiel-Erfinder in die Tasche gesteckt. Da ist ein Reinecker ebenso schlicht im Eimer wie die ekelhaften Versuche eifriger Nichtskönner, das alltägliche Grauen unter uns im sogenannten true-crime-Verfahren auf den Schirm zu zaubern. Vielleicht sollte man den Tätern raten, nach der Pensionierung einen Kurs an der Volkshochschule zu etablieren: Wie verblüffe ich Deutschland …

Kein Zweifel, Unger hatte Talent, aber möglicherweise hatte die Liebe ihn ein wenig geschwätzig gemacht. Wie auch immer, die Redaktion würde es zunächst danken, dann würde ein leitender Redakteur aus der coolen Periode kommen und sagen: »Ich brauche Fakten und keinen Essay!« So sehr Unger auch kämpfen würde: Sein Text war zum Tode verurteilt und damit ein Schritt zum Ausbau seines Talentes verhindert.

Draußen fuhr ein Wagen vor, jemand strich am Fenster vorbei, es schellte.

Die Frau vor der Tür war für die Eifel durchaus außergewöhnlich. Sie hatte sich in das kleine Schwarze gezwängt und ein jungfräulich weißes Satinband in das germanisch strohblonde Haar geflochten. Sie machte einen sehr zierlichen, gepflegten Eindruck und war von der Sorte, die jeden Augenblick sagen können: »Ja, meine Dritten? Ach Gott, da bin ich pingelig ...«

Artig sagte sie: »Guten Abend. Mein Vater soll hier sein. Kriminalrat a. D. Rodenstock.« Sie sagte tatsächlich a. D.

»Erster Stock, erste Türe links«, murmelte ich im Abdrehen.

Sie stakste auf unendlich hohen Hacken den Flur entlang und dann meine schöne alte Holztreppe hinauf, und ich zuckte im Takt ihrer zierlichen Füßchen.

»Heiliger Strohsack!« Unger stand in der Küchentür. »Was war das denn?«

»Die Zukunft der deutschen Nation«, gab ich Bescheid.

»Du bist frauenfeindlich«, giftete Bettina.

»Ein bißchen«, sagte ich. »Dein Text ist gut, Junge. Wenn du ihn auf die Hälfte kürzt, wird er blendend sein.«

»Auf die Hälfte?« fragte er entsetzt. »Da steckt Herzblut drin!«

»Darf ja auch. Aber nicht gleich zehn Hektoliter.«

Marker kam auf den Hof und fragte noch in der Tür: »Kriege ich hier etwas zu essen? Ich kann mich in kein Lokal setzen, ohne daß irgendein Journalist sich zu mir gesellt.«

»Es gibt Rührei«, bot ihm Bettina an.

»Was ist mit dem Tieflader?« fragte ich.

»Es war der Tieflader«, nickte er. »Ich frage mich nur, ob uns das weiterbringt. Wir haben den Fahrer aufgetrieben, er ist auf dem Weg hierher.«

»Das muß ich in meinen Text einfügen«, sagte Unger.

»Füge du, ich mache die Eier«, meinte seine Bettina.

Ich finde es gut, daß Leute mich mögen, ich habe den Verdacht, daß ich das sogar brauche. Aber wenn mein eigenes Haus mit diesen Leuten dermaßen gefüllt ist, so daß ich nicht mehr weiß, wohin ich mich zurückziehen soll, wird es brenzlig. Ich dachte daran, mir einen Ohrensessel und ein Heißluftgebläse in den alten Gewölbekeller zu stellen. Dann hatte ich die Hoffnung, daß der Garten vielleicht unbenutzt sei, aber da hockte Marker im Gras und depressionierte vor sich hin. Rettung bot vielleicht mein Schlafzimmer. Aber das verbot sich, da war ich zu nahe bei der Auseinandersetzung zwischen Rodenstock und seiner Tochter. Vielleicht mein Arbeitszimmer? Ging nicht, da schrieb Unger. In der Küche lärmte die verliebte Bettina.

Wo war eigentlich meine Katze Krümel? Hatte sie am Ende einen Raum gefunden, in dem sich ungeniert atmen ließ? Natürlich: Alfreds Scheune nebenan mit einem Heuboden so groß wie mein ganzes Haus. Da war sie denn auch, meine geliebte Krümel. Sie lag wie ein nasser Sack auf einem Heuballen und blinzelte mir zu, als wollte sie sagen: »Wenn du mich nicht hättest ...«

Ich dachte sogar daran, aus Sicherheitsgründen die Leiter hochzuziehen, damit keiner auf die Idee kam, mich hier zu suchen. Aber das schien mir dann doch übertrieben.

Ich legte mich nahe an die Luke und konnte weit über das Land schauen, das im Sommer ertrank. Im Süden über der Mosel zogen Gewitterstürme hoch, es würde noch drei bis vier Stunden dauern, dann würde es regnen. Gabi kam aus Jakobs Haus und ging schnurstracks zu mir auf den Hof.

Ich räusperte mich, sie sah nach oben und begann zu grinsen. »Du hast das Haus voll«, stellte sie klug fest.

»Na und wie! Wie geht es dir?«

»Ganz gut. Hör mal, ich habe mir das mit dem Geldraub überlegt. Erinnerst du dich, daß zwei Männer auf Motorrädern eine Bank in Stadtkyll überfallen haben? Zweimal. Und beim zweiten Mal sagte einer von ihnen zu einer Bankangestellten, sie solle sich endlich auf den Boden legen wie im vorigen Jahr ...« Sie strahlte zu mir hoch. »Da dachte ich, das muß doch eigentlich ein witziger Kerl sein. Was ist, wenn es solche Leute waren?«

»Ich habe auch daran gedacht«, nickte ich, »aber solche Leute können es nicht gewesen sein. Die Logistik in diesem Fall ist komplizierter und mußte vorher genau durchdacht sein.«

»Ziemlich pfiffige Typen also, oder?«

»Das macht die Sache so schwierig.«

»Und was machen die mit soviel Geld?«

»Vermutlich Rechnungen bezahlen und im Lotto spielen. Kennst du denn jemanden, zu dem das Ding passen würde?«

Sie überlegte, sie sah zu Boden. »Eigentlich nicht. Oder eigentlich doch.«

Krümel wälzte sich mitten auf dem Hof im Sand. Eine Rauchschwalbe griff sie an. Sie kam von Osten und flog vorher eine elegante Kurve, um sich zu konzentrieren. Dann stürzte sie steil herunter und stieß einen wütenden Schrei aus. Krümel duckte sich, machte sich platt, die Schwalbe zog hoch, wendete und griff erneut an. Sie flog die Katze direkt an und war sicherlich nicht mehr als zehn Zentimeter von ihrem Kopf entfernt. War das wirklich ein Angriff oder reine Lebenslust?

»Das mußt du mir erklären«, sagte ich. »Wieso kennst du solche Leute?«

»Ich meine junge Männer. Nicht die, die dauernd in den Kneipen stehen. Ich meine die, die ziemlich witzige Ideen haben. Da denkt man immer: Okay, warum setzen die diese Ideen nicht um? Verstehst du?«

»Ein wenig. Nenn mir einen Namen.«

»Kann ich nicht. Es ist so ein Gefühl. Manche von denen – aber so viele sind es ja nicht – könnten das gemacht haben. Nicht wegen des Geldes, nur wegen des ... nur einfach so.«

»Wegen des Vergnügens?«

»Na ja, warum eigentlich nicht? Es ist doch niemandem was passiert, oder?«

»Und der Banker?«

Sie nickte. »Es sind zwei Teile, denke ich. Der Geldtransporter und der Banker. Mach's gut.« Sie ging davon.

Krümel kam heran und legte sich quer über meine Beine. Sie schnurrte, fühlte sich wohl.

»Wir sollten vielleicht hier schlafen«, schlug ich vor.

Die Nacht kroch heran, die Landschaft war schon blau und violett, und weit im Westen kam Nebel durch die Täler gekrochen.

Dann geschah etwas Erstaunliches. Die Tochter von Rodenstock erschien in der Haustür und hatte nichts Adrettes mehr an sich. Sogar das weiße Band in ihrem Blondschopf wirkte verwelkt. Sie hatte Schwierigkeiten, die zwei Sandsteinstufen vor dem Haus auf den Hof zu schaffen. Sie stakste, als habe sie motorische Schwierigkeiten. Sie hatte ein sehr zerstörtes Gesicht, in dem nichts mehr stimmte und in dem der Lidstrich schwarze Striemen in das Make-up geschnitten hatte. Sie heulte laut und wußte nicht, wohin mit sich. Sie marschierte auf ihr Auto los, als wolle sie es verprügeln. Schließlich setzte sie sich hinein und verschwand mit viel zuviel Gas.

Dann kam Rodenstock heraus. Er stand in der Tür, blickte sich um, reckte beide Arme genüßlich, gähnte, schniefte in ein großes, weißes Taschentuch und fragte vergnügt über die Schulter zurück: »Wann gibt es denn das Rührei?«

Wahrscheinlich hatte er also seine Welt erfolgreich verteidigt. Wenig später traf ich ihn im Arbeitszimmer vor dem Fernseher und riskierte die Frage: »Na, wie war's?«

Er war aufgeräumt. »Ich habe ihr gesagt, daß ich sie ein Jahr nicht mehr sehen will.«

Marker hockte an meinem Schreibtisch und dachte laut nach. »Was ist, wenn ich versuche, diesen Wassi unter Druck zu setzen?«

»Nicht gut«, sagte Rodenstock schnell. »Er kennt Druck in jeder Form aus Kasachstan. Er wird damit nicht zu öffnen sein.«

»Das sehe ich auch so«, nickte Marker. »Aber ich brauche eine Bewegung, irgend etwas, das irgend etwas auslöst.«

»Was erzählen Sie eigentlich meinen Kollegen?« fragte ich.

»Hoffnungsvolles«, grinste er matt. »Von Spuren, die ich aus verfahrenstechnischen Gründen nicht näher beschreiben kann. Das hätte ich allerdings besser nicht getan. Deswegen bleiben Ihre Kollegen hier.«

»Das ist gut so«, befand ich, »dann lernen sie eine der schönsten Landschaften Deutschlands kennen.«

»Hier ist doch absolut nichts los«, widersprach Unger empört.

»Sie haben hier etwas, was Sie woanders nicht haben«, erwiderte ich giftig. »Die Möglichkeit, zur Ruhe zu kommen, ohne daß Ihnen einer sagt, Sie könnten nur mit einer bestimmten Sorte Margarine glücklich werden!«

Marker und Rodenstock grinsten breit, Unger war verwirrt, Bettina strahlte, und ich wußte nicht, wie ich mich fühlte.

»Sind die Eifler eigentlich fatalistisch?« erkundigte sich Rodenstock hinterhältig.

»Ein bißchen schon. Sie haben über Jahrhunderte sämtliche besitzgeilen Europäer über sich ergehen lassen müssen. Dann waren sie ein Armenhaus, wie man das nannte. Das färbt ab. Die Jungen jetzt sind anders.«

»Explodieren eigentlich Eifler nie?« fragte Rodenstock. Dabei wirkte er so, als habe er sich die Frage selbst gestellt.

»Nur die Zugereisten«, murmelte ich. »Was ist mit dem verdammten Rührei?«

»Ach du mein lieber Vater«, hauchte Bettina.

»Der, der den Tieflader klaute, mußte wissen, daß der Fahrer aus Belgien stammt und am Wochenende nicht erscheinen würde«, meinte Rodenstock.

»Bei guter Planung ein Kinderspiel, das zu erfahren«, sagte Marker.

Das Telefon schellte, jemand wollte Marker sprechen. Der hörte kurz zu, seufzte und stand dann auf. »Der Fahrer aus Belgien ist in Daun. Ich seh ihn mir mal an.«

Niemand hatte Lust, mit ihm zu fahren. Der Rest der Truppe wartete ausgehungert auf Rührei mit Kartoffelbrei.

Wir mampften lustlos, nur Unger behauptete laut und fest, noch nie im Leben so hervorragenden Kartoffelbrei gegessen zu haben.

Dann schellte das Telefon erneut, und mein Bürgermeister meinte mit reichlich viel Schmalz, ich hätte der Witwe Bolte aber eine prima Gute-Nacht-Geschichte erzählt, ob ich das nicht wiederholen könnte.

Man soll Amtspersonen nicht fragen, ob sie vorübergehend im geistigen Abseits leben, aber ich fragte trotzdem: »Heißt das, daß ich eine Umschulung zum Altenpfleger machen soll?«

»Nein, nein, aber Kättchen hat eben gesagt, das hätte die alte Frau prima beruhigt. Kättchen macht ihr gerade eine Suppe, und sie war schon wieder auf dem Marsch zur Heiligen Jungfrau. Sie hat schon wieder dieses blaue Licht um Christian Dauns Scheune gesehen. Kättchen übrigens auch.«

»Na sicher, Christian schweißt seine Wender und Eggen und was weiß der Henker.«

»Kättchen fragt, ob du nicht kommen könntest. Dann hat sie es einfacher.«

»Also gut, ich gehe. Was hast du von dem verschwundenen Zaster gehört?«

»Nichts, rein gar nichts. – Aber Gitta hat ihren Kindergarten. Stell dir das vor!«

»Wie hat sie das gemacht?«

»Ich weiß es nicht. Sie rief heute mittag an und sagte, das Sozialministerium in Mainz könne sie mal kreuzweise. Sie baut aus und fängt mit zwei Kindergruppen und einer Krabbelgruppe an. Weiß der Henker, wie sie das geschafft hat.«

»Wahrscheinlich wütend«, sagte ich, und er lachte. Die

Regierenden in diesem Landstrich behaupten, es seien reichlich Kindergartenplätze vorhanden, was ihnen niemand glaubt. Gitta war eine junge Kindergärtnerin, die sich seit Jahren vergeblich um Zuschüsse für eine private Einrichtung bemühte und dabei im wesentlichen gegen die Regierenden rannte, aber auch gegen die mächtige Caritas, die behauptete, alle sozialen Dienste der Eifel seien nicht nur ausreichend, sondern geradezu himmlisch gut, was ich für leicht übertrieben halte.

Das kleine Gehöft der Witwe Bolte wirkte im blauen Nachthimmel wie ein freundliches Hexenhäuschen, alle Fenster standen offen. Ich konnte in der Küche die beiden Frauen sehen. Kättchen stand am Herd und rührte in einem Topf, die Witwe Bolte stellte Teller auf den Tisch und sah in ihrem weißen Nachthemd wie ein umfangreiches Gespenst aus. Sie sangen »Meerstern, ich dich grüße …«

Ich lehnte mich an das offene Fenster und wartete brav, bis sie ausgesungen hatten.

»Da ist dein Märchenonkel«, sagte Kättchen lächelnd.

»Ihr seid aber spät dran«, stellte ich fest.

»Das kommt daher, weil ich heute vier Andachten gemacht habe«, erwiderte die Witwe Bolte ernsthaft. »Abends hat die Heilige Maria mich erhört, ihr wunderbares Licht kam wieder.«

»Das ist recht«, meinte Kättchen. »Aber jetzt wird erst mal gegessen. Gebete brauchen Kraft.«

»Hat sie ihre Tabletten genommen?« fragte ich.

»Das weiß ich nicht«, antwortete Kättchen. »Sie kriegt sechs Tabletten und Pillen. Aber sie hat damit auf dem Küchentisch gespielt. Jetzt ist in jeder Dose irgendeine Mischung, und kein Mensch weiß mehr, was eigentlich was ist.«

»Vielleicht kann man das rauskriegen«, sagte ich.

»Ich kann die wieder sortieren«, erklärte die Witwe Bolte gutmütig, als seien wir die unartigen Kinder, die ihre Hausapotheke durcheinandergeworfen hatten.

»Das ist prima«, meinte das praktische Kättchen. »Aber erst ißt du!«

Ich ging um das Haus herum und hinein. »Gibt es denn irgendwo die Verpackungen der Medikamente und das Rezept?«

»Vielleicht im Küchenschrank«, murmelte Kättchen. »Man muß eventuell ein neues Rezept vom Doktor holen. Das ist das Sicherste. Sonst futtert sie irgendwas gegen Durchfall, und es ist für die Lunge, oder so.«

»Das weiß ich doch alles«, flötete die Witwe Bolte.

»Setz dich hin und laß das mal den Siggi machen«, befahl Kättchen. »Jetzt steht das Essen auf dem Tisch, jetzt wird gegessen.«

»Ich bin ja ganz brav«, versicherte die Witwe Bolte.

Die Medikamentenverpackungen waren nicht im Küchenschrank, das Rezept auch nicht. Auch im Schlafzimmer fand ich nichts, und die gute Stube war blankgefegt wie eine Tenne.

»Dann fahre ich früh zum Doktor und lasse mir ein neues Rezept ausstellen.«

»Das kostet wieder Geld«, meinte Kättchen.

Die Witwe Bolte strahlte. »Aber das macht doch nichts. Maria, die Jungfrau, hat mir Geld gegeben. Warte mal, wo ist denn das?« Sie stand auf, sie legte einen Zeigefinger theatralisch auf die Stirn. »Ach, ach, ach, ich weiß es wieder. Ich habe es da in die Vase getan.« Sie ging an den Küchenschrank und holte eine große, scheußliche, bauchige Vase heraus. Sie griff hinein, und ihre Hand kam mit einer guten Handvoll Hundertmarkscheine wieder hinaus. Sie legte das Knäuel auf den Küchentisch und sagte entzückt: »Da!«

Kättchen wurde um einiges bleicher. »Wenn Willi das erfährt, kriegt er einen Anfall. Du hast versprochen, du hast kein Bargeld im Haus!«

»Aber die Jungfrau ...«, murmelte die Witwe Bolte verschüchtert.

»Quatsch Jungfrau«, sagte Kättchen. »Du hast gemogelt. Wieviel ist das denn?«

Die Kostbarkeit war zusammengeknüllt, als habe jemand Heringe drin transportiert.

Ich nahm die Scheine und strich sie Stück um Stück glatt. »Es müssen so an die viertausend Mark sein, und ein paar haben im Dreck gelegen oder in einer Pfütze. Das stinkt nach Öl.«

Die Witwe Bolte blickte an die Küchendecke.

»Das hat sie schon ein paarmal gemacht«, erklärte Kättchen halblaut. »Das muß vor fünf Jahren gewesen sein. Da hat sie ein ganzes Bündel von dem Zeug in der Kirche hinter die Heilige Maria gestopft. Jetzt hat sie ja die Maria drüben an der Scheune stehen. Sie steckt das Geld dahinter und sagt, Maria hätte es ihr gegeben.«

»Die Jungfrau hilft mir Armen«, sagte die Witwe Bolte.

»Es sind viertausendzweihundert Mark«, sagte ich. »Wie kommt sie daran?«

»Du weißt doch, wie das hier ist«, erwiderte Kättchen. »Die Alten trauen den Banken nicht. Die haben alles bar zu Hause. Sag mal, wieviel hast du denn noch davon?«

»Nichts«, behauptete die Witwe Bolte. »Das ist von der Jungfrau Maria. Sie warf es ... es lag vor ihr, und sie sagte ... sie hat es mir gegeben.«

»Ich nehme es mit nach Hause«, entschied Kättchen. »Willi kann es auf ihr Konto einzahlen. Man müßte hier mal alles durchsuchen. Der olle Hammes aus Niederehe hat im letzten Frühling sechstausend Mark im Ofen versteckt und vergessen. Es fiel ihm erst im Herbst ein, als er den Ofen anzünden mußte, weil es so kalt war.«

»Ich bin satt«, verkündete die Witwe Bolte. »Seht mal, der Erzengel sendet Zeichen.«

Über Christian Dauns Scheune stand der blaue Schein, und Kättchen fragte: »Findest du nicht auch, daß der es übertreibt? Arbeitet dauernd in der Nacht. Der macht sich doch kaputt.«

»Was soll er machen? Er verkauft sein Heu an die Holländer. Das bedeutet ein paar Wochen fast ohne Schlaf, aber auch, daß er verdammt gut verdient.«

»Ja«, murmelte sie, »sicher, so ist es auch richtig.«

»Er sollte heiraten«, sagte ich.

»Heiraten? Der Christian? Hm. Würde der schon, aber wer heiratet heutzutage einen Bauern?«

»Das alte Elend«, meinte die Witwe Bolte weise. »Was kriege ich denn für eine Gute-Nacht-Geschichte? Irgend etwas mit einem Engel?« Jetzt war sie wieder das kleine Kind, das den Papa überreden wollte.

»Irgendwas mit einem Engel«, bestätigte ich.

Kättchen nahm mit den ihr eigenen resoluten Bewegungen die Teller und Bestecke vom Tisch und spülte sie ab. »Hast du gehört, daß Mirbach ein neues Geläut bekommt? Und Walsdorf auch?« erzählte sie mir dabei. »Ich weiß nicht, ob das sein muß, fast zweihunderttausend jeweils. Erst geht es nicht, weil jahrelang kein Geld da ist, dann geht es doch … na ja, die müssen es wissen. So viel Kredit.«

»Ab ins Bett«, befahl ich der Witwe Bolte. »Und schön einkuscheln.«

»Und schön einkuscheln«, trällerte sie.

Ich erinnerte mich an eine Kurzgeschichte von O'Henry, in der eine junge Frau in New York ihr Haar verkauft, um ihrem Mann ein kleines Weihnachtsgeschenk machen zu können. Ich machte aus der jungen Frau einen Engel, der durch die Straßenschluchten New Yorks schwebt und dem armen, jungen Mann sein Haar schenkt. Irgendwann schlief die Witwe Bolte mit einem seligen Lächeln auf dem Gesicht ein.

Kättchen und ich schlossen die Fenster und machten uns auf den Weg.

»Sie hat ihre Gipsmadonna an Christian Dauns Scheune gestellt«, sagte Kättchen. »Sollten wir nicht besser gucken, ob sie da noch eine Handvoll Geld hingetan hat?«

»Sollten wir vielleicht«, bestätigte ich.

Also marschierten wir über die zweihundert Meter Feldweg zur Scheune, und die ganze Zeit über waberte der blaue Schein, durchzuckt von Blitzen, in den Nachthimmel.

»Das mit dem neuen Geläut«, nahm Kättchen die Unterhaltung wieder auf, »das ist schon merkwürdig.«

»Das kannst du laut sagen«, erwiderte ich. »Vielleicht kaufen die Gemeinden neue Glocken, weil es der Wirtschaft immer mieser geht und weil sie in zwei Jahren gar nichts mehr tun können.«

»Das kann sein«, entgegnete sie. »Hier ist viel los, was Pleiten angeht. Aber darüber redet man nicht.«

»Eine schweigsame Landschaft«, murmelte ich. »Wie bei dem Geldraub. Steckt die Witwe Bolte mit ihrer Spinnerei eigentlich andere an?«

»Ja, ja, ein bißchen schon. Aber noch ist es harmlos. Der Pfarrer hat allerdings gesagt, so fängt es an den Wallfahrtsorten immer an. Und er ist nicht glücklich darüber.«

Wir hatten den monströsen Haufen Feldsteine erreicht, auf dem die Gipsmadonna thronte.

Kättchen kniete sich hin und langte hinter den Haufen. »Hier sind die Belüftungslöcher für das Heu. Da steckt sie das Geld rein. Aber jetzt ist keins da. Rührend, nicht wahr?«

»Das ist großer Glaube«, sagte ich. »Das ist wohl das, was wir Gnade nennen.«

»Guck mal, ein ganzes Bündel Kerzen. So ist das hier mit dem Glauben. Weißt du, hier ist ja so viel kaputtgegangen. Du muß dir mal vorstellen: Nach dem Krieg hatten wir hier weit über sechzig Vollerwerbsbetriebe, jetzt sind es nur noch drei, und zwei davon geben auch auf. Die Frauen, die das erleben, sind ... sie sind einfach voller Trauer. Sie verstehen das nicht. Der ganze Bauernstand ist kaputt. Die Frauen waren ja schon immer für die Gebete zuständig.«

»Gebete sind wichtig, auch wenn man es manchmal anders nennt. So, ich gehe noch was mit Christian schwätzen. Grüß deinen Mann.«

»Ist gut. Bis morgen abend.« Sie ging nach Hause, und ich stand da vor der Gipsmadonna und fühlte mich fehl am Platz.

Christian Daun schweißte zwei kurze T-Träger zusammen. Er grinste mich an. »Da steht ein Bier.«

»Kein Alkohol.« Ich stopfte mir die gebogene Punto oro von Savinelli. »Wieviel Tonnen hast du hier drin?«

»Weiß ich nicht genau. Ich schätze mal zweihundert. Es sind rund fünfzehn Laster mit Hängern voll.«

»Ich habe eben mit Kättchen gesprochen. Wieso heiratet ein Mann wie du nicht?« Ich war jemand, der diese Frage stellen durfte, und ich war stolz darauf.

»Welche junge Frau will morgens um fünf Uhr aufstehen, in den Stall zum Melken und so weiter und so fort? Wer will das?« Er hämmerte auf der Schweißnaht herum und klopfte Schlacke ab. »Anfangs sind sie begeistert, da ist das etwas Besonderes. Aber wenn es Alltag wird, gehen sie alle.« Er wurde sehr ironisch und dann zynisch. »Kennst du die Fernsehserie *Das Erbe der Guldenburgs*, kennst du die? Also, das ist die gequirlte Kacke von so einem Gutshof, der gleichzeitig Brauerei ist. Und immer geht es um Millionen und immer um Weiber, die den Lack kilometerdick auf die Fresse schmieren. Und alle reiten und gehen ins Kasino und schnüffeln in der Post des Mannes. Und wenn sie nicht gerade mit dem Tennislehrer bumsen, unterschreiben sie Schecks. Ich weiß nicht, was die Weiber sich vorstellen. Morgens bringt der Butler das Frühstück, und anschließend sattelt er den Zossen, damit die Gnädige durch die eigenen Felder reiten kann. Ich hatte mal eine hier. Die rannte morgens zwei Stunden lang zu den süßen kleinen Kälbchen, zu den süßen kleinen Kätzchen, zu den süßen kleinen Hündchen. Ich habe sie dann gebeten, ein bißchen Streu wegzugabeln, und sie hat gefragt, wo der Spaten steht.«

»Wie lange wird das gehen? Ich meine, wie lange kannst du dich halten?«

Er hielt inne, er sah zu Boden. »Vielleicht reicht es für mein Leben. Vielleicht muß ich in zehn Jahren Ökologiewirt spielen und nachsehen, ob die Büsche wachsen. Vielleicht gehe ich dann Schmetterlinge zählen und Mistkäfer sammeln. Ich weiß es nicht. Mein Vater sagt, die Politiker haben uns beschissen. Und weil das stimmt, warte ich ab und sage lieber nichts. Gibst du mir mal Feuer?«

»Ich frage mich, wieso wir keinen Bauernaufstand haben?«

Er lachte. »Wir sind zu brav«, murmelte er, »viel zu brav.«

»Was hat euch eigentlich das Genick gebrochen?«

»Die EG«, erklärte er. »Sie haben erst gesagt, zehn Kühe lohnen nicht, du brauchst dreißig. Also hat man sie angeschafft und neue Ställe dazu. Dann waren wieder zehn Kühe gefragt, also hat man abgespeckt. Dann waren sechzig Kühe das mindeste, was du brauchtest, und die Kredite waren billig. Also hast du gebaut und angeschafft. Dann gab es zuviel Milch, dann hast du abgebaut, dann war die Milch gut, dann hast du sie in den Gully geschüttet. Das letzte war die DDR. Als die Wiedervereinigung kam, haben die da drüben ganze Staatsgüter von Vieh geleert. Zu Hunderttausenden abgefahren. Die Preise waren so im Keller, daß du für ein Rind weniger gekriegt hast, als du für das Kalb bezahlen mußtest.«

»Was, verdammt noch mal, sagt denn euer Bundestagsabgeordneter dazu?«

»Er schwafelt rum und behauptet, es tue ihm in der Seele weh, zuzuschauen. Aber ich glaube, es ist ihm scheißegal.« Er warf die Zigarette in eine Pfütze öligen Wassers. »Mein Berufsstand ist im Eimer, und seit Adenauer haben sie alles getan, um das möglichst perfekt hinzukriegen. Sie haben nichts ausgelassen.«

»Du brauchtest jetzt den Geldtransporter.«

Er lachte laut heraus. »Das Geld würde ich nicht anrühren. Verschenken ja, aber nicht anrühren.«

»Und dein Vater? Kriegt der eigentlich später eine Rente?«

»Ja, kriegt er. Aber es ist nicht so, daß er bequem damit leben kann. Er muß schon aufpassen, bei jedem Bier. Hast du die Witwe Bolte ins Bett gebracht?«

»Ja. Paß auf, daß sie deine Scheune nicht anzündet mit ihren Kerzen.«

»Ich gucke jedes Mal nach«, meinte er. »Das fehlt mir noch, daß die mein Heu in die Luft bläst.«

»Kannst du eigentlich nicht umsatteln? Auf Müllwerker oder so was?«

Er sah mich an und schüttelte dann bedächtig den Kopf. »Ich brauche die Zugmaschinen unterm Arsch und die Erde. Das geht nicht.«

»Na denn, ich gehe jetzt. Mach's gut.«

»Mach's besser.«

Ich marschierte schnurstracks nach Hause, ich war müde.

Rodenstock hockte in einem Liegestuhl im Garten, und bei ihm saß eine Frau. Anfangs dachte ich, seine Tochter sei zurückgekehrt, aber dann sagte die Frau: »Hallo, Baumeister.«

Es war Elsa.

»Wo kommst du her?«

»Aus Hamburg.«

»Ich war es«, gestand Rodenstock.

»Freust du dich nicht?« fragte Elsa.

Ich stand stocksteif da und murmelte: »Weiß ich nicht.«

SIEBTES KAPITEL

Es herrschte eine Weile peinliches Schweigen. Ich dachte darüber nach, was ich zu meiner Entschuldigung sagen konnte.

Rodenstock räusperte sich verlegen. »Sehen Sie, Baumeister. Ich erinnerte mich daran, wie gut wir damals zusammengearbeitet haben und wie gut die Zusammenarbeit mit Elsa war. Ich, na ja, ich hatte irgendwie das Gefühl, das zurückholen zu müssen.« Er wedelte verzweifelt mit den Händen. »Ich habe sie angerufen und sie gebeten zu kommen.«

»Ich kann mich wieder ins Auto setzen und gehen«, sagte Elsa tonlos. Sie sah mich nicht an, sie hockte da schmal und verloren auf ihrem Gartenstuhl und kam sich schrecklich überflüssig vor.

»Wo ist denn dein Auto?« fragte ich.

»Um die Ecke. Ich wollte dich überraschen.«

»Hol es her und pack es aus«, sagte ich. »Ich bin so gottverdammt versunken in diesen Fall, ich bin ... ich bin so überrascht. Es ... es tut gut, dich zu sehen. Wie geht es dir?«

»Das weiß ich nicht«, meinte sie und sah mich noch immer nicht an.

»Ich habe noch Rührei«, rief Bettina hinter mir.

»Kollegin!« kam auch noch Unger an und verbeugte sich tief. »Ich habe einen Rosé, der dich entzücken wird.« Er hielt ihr ein Glas hin. »Du mußt Baumeister nicht so ernst nehmen. Er ist ein Einsiedler, und wir haben seine Insel besetzt.«

»Und das kriegt er nicht geregelt«, murmelte Rodenstock.

»Trink einen Schluck«, sagte Unger. »Die Bauern hier sind stur und mies und irgendwie abweisend. Aber Baumeister ist okay, der Geldklau auch, und die Leiche ist prima.«

»Meine Bauern sind nicht stur, mies und abweisend«, widersprach ich.

»Magst du ein Rührei? Bettina macht prima Rührei.«

Elsa schniefte, bevor sie erklärte: »Ich mag kein Rührei mitten in der Nacht, und ich will erst mal dieses Glas Rosé austrinken und meine Karre holen.« Sie trank und fragte dann: »Ist hier alles beim alten?«

»Ja. Fritz der Frosch lebt immer noch zwei Meter hinter dir in der Mauer. Wahrscheinlich ist es bereits der zehnte Fritz. Dann haben sich zwei Glockenunken dazugesellt, die ich Castor und Pollux nenne, weil ich nicht auseinanderhalten kann, wer das Weibchen und wer das Männchen ist.

Über dem Küchenfenster vor dem Rhabarber hat im Frühling eine Starenfamilie genistet. Und Krümel wird dich wiedererkennen.«

»Lebst du immer noch allein?«

»Natürlich. Ich hab's schon schwer genug mit mir selbst. Das muß ich nicht jemandem anders antun.«

»Und Sie, Rodenstock?« Sie hob den Kopf, und sie war schön und wild wie immer.

»Etwas hat sich verändert«, murmelte er. »Ich bin Witwer.«

»Scheiße.«

»Richtig«, nickte er.

»Und man hat wirklich über achtzehn Millionen geklaut?« Sie blickte uns der Reihe nach an.

»Ja«, strahlte Bettina. »Und stellen Sie sich vor: Keiner von diesen klugen Menschen hat auch nur einen Schimmer, wer der Dieb war.«

Elsa biß sich auf die Lippen. »Wirklich keinen Schimmer?«

»Keinen Schimmer«, bestätigte ich.

»Wir haben einen starken Hinweis darauf, daß der Bankfritze beteiligt war«, sagte Unger schnell, als gehe es ihm auf die Nerven, so gänzlich erfolglos zu sein.

»Ich mache Ihnen ein Bett auf dem Sofa im Arbeitszimmer«, bot Bettina an.

»Ich weiß noch gar nicht, ob ich eines brauche«, erwiderte Elsa. »Ich kann mir irgendwo ein Bett kaufen. Ich habe den redaktionellen Auftrag, über diese Sache zu schreiben. Aus Frauensicht.«

»Fotografierst du nicht mehr?«

»Doch, doch, aber ich lerne jetzt auch schreiben. Heh, Krümel!«

Krümel kam um die Ecke geschürt, betrachtete uns und ließ den Schwanz peitschen. Soviel Betriebsamkeit tagein, tagaus machte sie nervös. Sie kam herangetänzelt, Elsa hielt ihr die Hand hin, und Krümel legte ihren Kopf hinein und begann zu schnurren.

Rodenstock fragte sehr direkt: »Sind Sie sauer, Baumeister?«

»Nein, bin ich nicht. Aber man kann alte Zeiten nicht aufwärmen.«

»Das wollte ich nicht«, meinte er. »Ich bin ein Egoist.«

»Ist schon in Ordnung«, sagte ich. »Komm, wir holen deine Karre. Du kannst das Sofa nehmen. Die Geschichte hat etwas für Frauen: Männerspiele und eine sehr wahrscheinliche Mörderin.«

Bevor wir gingen, mahnte ich Unger: »Lieber Unger, Sie sollten vielleicht Ihre große Liebesfähigkeit einschränken, weil Marker gleich im Morgengrauen den Bundesgrenzschutz durch die Wälder hetzen will.«

»Sie sind ein Chauvi«, stellt Unger fest.

»Ja, ja, mag sein. Aber immerhin ein Chauvi, mit dessen Hilfe Sie eine Geschichte machen, oder?«

»Ich gehe mit dir«, tröstete ihn Bettina.

Elsa und ich schlenderten durch die Nacht und sprachen anfangs nicht, bis Krümel zwischen uns auftauchte und maunzte.

»Hat sie noch einmal Kinder bekommen?« fragte Elsa.

»Nein, ich habe sie sterilisieren lassen. Es war zu riskant. Wie geht es dir wirklich?«

»Ganz ehrlich, ich weiß es nicht. Ich war froh, als Rodenstock anrief und fragte, ob ich nicht Lust hätte, den größten Geldraub nach dem Krieg zu beschreiben.«

»Normalerweise machst du doch Mode?«

»Ja, immer noch. Aber das geht mir schon seit Jahren auf die Nerven. Ich habe dich vor einem halben Jahr angerufen, du hast dich nicht gemeldet.«

»War irgendwas?«

»Ich saß in der Tinte. Das hat sich inzwischen geklärt.«

»Wie lebst du so?«

»Wie lebt man so?« fragte sie mit einem schnellen Lächeln zurück.

»Ich verlange keine teutonische Nabelschau«, sagte ich. »Ich will einfach wissen, wie du dich fühlst.« Wir waren an ihrem Auto angelangt, das enthob sie einer Antwort. Wir fuhren die paar Meter auf meinen Hof, und ehe sie den Motor abstellte, knurrte sie wie eine wütende Katze: »Ich bin zwischendurch verheiratet gewesen.«

»Keine Nabelschau«, warnte ich. »So was kann schiefgehen. Ist es schiefgegangen?«

»Darauf antworte ich nicht.«

Wir schleppten ihre Taschen in mein Schlafzimmer, und sie erklärte, sie wolle duschen. Ich ging in mein Arbeitszimmer und hockte mich in einen Sessel. Als sie hinunterkam, trug sie einen wildbunten Hausanzug, warf sich auf das Sofa und forderte: »Erzähl mir alles von dem geklauten Geld.«

Ich berichtete ihr, was es Berichtenswertes gab. »Wie du siehst, wurde das Geld geklaut, und die Täter sind nicht einmal vage in Sicht. Wir haben einfach nichts.«

»Es hört sich so an, als denkt ihr in einer Einbahnstraße.« Sie klopfte den Tabak einer Zigarette fest.

»Wieso das?«

Sie lächelte leicht, ohne mich anzusehen. »Da wird Geld fast genial geklaut, und ihr habt nur eine Idee: Nämlich geniale Logistik, also organisierte Kriminalität auf hohem Niveau.«

»Aber was sonst?« fragte ich verblüfft.

»Die Lust am Klauen«, meinte sie leichthin. »Du redest unentwegt von einer genial perfekten Sache. Vielleicht war das alles Zufall?«

»Zufall? Fast neunzehn Millionen in bar samt dem Laster spurlos verschwinden lassen?«

Sie sagte trocken: »Das ist genauso wahrscheinlich wie eure Mär von einer hochorganisierten Bande. – Und dir? Wie geht es dir?«

»Eigentlich gut.«

»Ich habe ein paar deiner Geschichten gelesen, sie klangen resignativ.«

»Das bleibt nicht aus in dieser Scheißzeit. Im Grunde kriegen wir doch nichts mehr auf die Reihe, wir verpflastern unsere Sünden, wir heilen sie nicht. Wir denken bis zur Erschöpfung in alten Bahnen und wissen, daß wir auf dem falschen Zug sitzen. Bonn brilliert durch Rücktritte statt durch politische Lösungen, und noch immer wird uns eingeredet, ein Mann ohne Funktelefon sei ein Verlierer ...«

»Du lieber Himmel, ein Baumeisterscher Rundschlag. Und was sollte man tun?«

»Das weiß ich auch nicht. Geh schlafen.«

»Und du?«

»Ich schlafe hier.«

»Es war wohl nicht so gut, herzukommen.«

»Doch, doch, es war gut. Rodenstock hat Angst, weißt du. Nicht nur seine Frau ist tot, er selbst hat Krebs. Schlaf dich aus, wir können reden, wenn es ruhiger wird.«

Sie stand auf, dehnte sich, gähnte herzhaft und verschwand. Krümel lief hinter ihr her.

Dann erschien Elsa erneut in der Tür und erklärte: »Ich bin hier, um die Geschichte zu schreiben, nicht um dir auf den Wecker zu gehen.«

»Du gehst mir nicht auf den Wecker, ich selbst gehe mir auf den Wecker.«

»Kannst du das erklären?«

»Sicherlich ... Ich lebe hier in holder Einsamkeit und arrangiere mich mit der Welt, indem ich sie verachte. Dann klaut irgendwer ein bißchen Kleingeld, ich kriege Besuch, und mein Seelchen wimmert, als sei es dem Teufel verschrieben. Jetzt weiß ich, was die katholische Kirche ihren Einsiedlern verdankt: Arroganz und lebensfremde Spielregeln. Ach Scheiße, ich bin sauer.«

»Das war aber eine schöne Rede«, sagte sie ironisch und entschwand ein zweites Mal. Doch sie steckte noch einmal den Kopf durch die Tür und lächelte. »Mir ist eben aufgefallen, daß der beste Rat, den ich dir geben kann, so lautet: Du solltest genausoviel Lust am Leben haben, wie die Leute, die den Geldlaster klauten.«

»Lust am Leben«, erwiderte ich theatralisch. »Hah!«

Als ich mich am nächsten Morgen rasieren wollte, mußte ich fast eine Stunde warten, weil meine Besucher sich geeinigt hatten, in welcher Reihenfolge sie ins Badezimmer durften. Ich war der letzte.

Rodenstock stellte neue Überlegungen an. »Wir sollten erst einmal Möglichkeiten ausschließen«, nörgelte er. »Wahrscheinlich ist das Fell des Bären längst verteilt. Von Lockenwicklern bis Eigenheimbau und Kauf von Bundesschatzbriefen. Also, wen können wir ausschließen?«

Ich starrte ihn an und faßte es nicht. »Wen können wir ausschließen? Wir haben nicht einmal einen einzigen stramm Verdächtigen.«

»Doch«, widersprach er. »Wassi. Und weil Unger und Bettina mit dem Bundesgrenzschutz die Wälder pflügen, wäre es gut, wir würden Wassi jetzt erledigen.«

»Wassi arbeitet irgendwo im Wald.«

»Wir werden ihn auftreiben.« Er ließ sich nicht davon abbringen.

»Wenn wir ihn im Wald nageln, ist er erledigt. Seine Kollegen werden denken, daß irgendwas mit ihm nicht stimmt. Das wäre nicht fair.«

Rodenstock sah mich an, und sein Blick war sehr weit weg. »Das ist richtig«, murmelte er. »Was berichtet Elsa? Wie geht es ihr?«

»Ich weiß es noch nicht«, erwiderte ich. »Wo ist sie eigentlich?«

»Sie liegt auf dem Rücken in der Sonne und hat Krümel auf dem Bauch. Sie sagte mir eben, die Eifel habe ihr sehr gefehlt.«

»Das ist merkwürdig, diese Landschaft fehlt allen, die einmal hier waren. Den meisten. Sie bringt dich auf sich selbst zurück. Hier steht noch kein Spielautomat unter jedem dicken Baum.«

»Merken die Leute hier den wirtschaftlichen Abschwung?«

»Oh ja, und wie. Er wird bloß versteckt. Aber sie sind nicht gut im Verstecken, die Eifler. Sie lügen und werden rot.«

»Und wen erwischt es?«

»Zunächst einmal alle Subunternehmer der großen Industrie. Die Zulieferer, die sich hier gegründet haben. Sie geben ums Verrecken nicht zu, daß sie sterben, sie kaufen das nächstgrößere Auto mit Telefon und können ihr Grinsen nicht mehr abstellen.«

»Phantastische Täter«, sinnierte Rodenstock.

»Phantastische Täter«, gab ich zu. »Aber ob sie so viel Mumm haben, weiß ich nicht. Ich glaube nicht, daß diese Leute hingehen und einen ganzen Geldtransporter klauen. Das ist eine Nummer zu groß.«

»Hm«, nickte er vage.

»Glauben Sie eigentlich, daß das BKA einen Verdacht hat?« fragte ich.

Er schüttelte den Kopf. »Marker ist relativ offen, er hätte das gesagt. Ich habe übrigens einen Kaffee gemacht.«

»Danke. Ich möchte Wassi gegen Abend in die Mangel nehmen.«

»Meinetwegen«, gab er zurück.

Mit meinem Becher Kaffee marschierte ich in den Garten und hockte mich neben Elsa, die in einem winzigen Bikini auf einer Decke in der Sonne hockte.

»Du solltest Schatten suchen. Das Ozonloch dräut.«

»Na gut.« Sie nahm ihre Decke und schleppte sie ein paar Meter abseits unter den Weißdorn. »Erzählst du mir von dieser Frau, die ihren Mann umgebracht haben soll?«

»Ich weiß nicht viel von ihr, ich weiß eigentlich gar nichts. Außer, daß sie irgendwie schrecklich kaputt ist.«

»Was heißt denn schrecklich kaputt?« Sie zündete sich eine Zigarette an und streichelte die Blüte eines verspäteten Seifenkrauts.

»Sie wollte ein Kind, er wollte keines, sie bekam trotzdem eines, und er sorgte dafür, daß es nicht geboren wurde.«

Sie hockte sich hin, stellte sich dann aufrecht, bog den Rücken durch. »Kommst du mit zum Kerpener Steinbruch? Ich will die Farben sehen und den Tümpel riechen.«

»Sicher komme ich mit. Das ist eine gute Idee, das ist eine sehr gute Idee. Ich bin ohnehin vernagelt. Aber zieh dir etwas an, sonst fallen die Bauern vom Trecker.«

»Und Rodenstock?«

»Lassen wir hier, soll das Telefon hüten.«

»Ist er suizi... ist er müde?«

»Ja, ich glaube. Aber langsam kommt er wieder.«

»Er ist zu schade für den Tod«, murmelte sie. »Ich zieh mir etwas an.« Sie kam in Jeans und einem grellroten Shirt wieder und hatte sich ein leuchtend rotes Band in die rote Löwenmähne geflochten, und wir stiefelten los.

»Hat sich hier etwas verändert?«

»Nein. Das Leben fließt gleichmäßig.«

»Sind die Roten Milane noch da?«

»Ja. Wieso hast du die Idee mit der Ehe gehabt? Für so was braucht man einen Waffenschein.«

Sie lachte. »Vielleicht hätte ich dich um Rat fragen sollen. Ich habe es aber nicht.«

»Was war denn das für ein Vogel?«

»Ein ganz netter«, meinte sie nachdenklich. »Eigentlich ein ganz netter.«

»Wie kam es dazu?«

»Sei doch nicht lebensfremd, Baumeister. Wir hatten uns verliebt. Wir hatten beide das Gefühl, etwas schrecklich Normales, Bürgerliches machen zu müssen.«

»Vielleicht hat er dich nicht wirklich geliebt?«

»Oh doch! Er hat mich so sehr geliebt, daß er sein Gehirn an der Garderobe abgab und mich für ihn denken ließ.«

»Und dein Gehirn reagierte wie ein Schweizer Käse?«

»Nein, durchaus nicht. Aber das Vakuum in seinem Kopf machte ihn träge. Seine Karriere funktionierte nicht mehr, und schließlich kam er auf die Idee, mir alles abzunehmen, was mich irgendwie beeinträchtigen könnte. Er machte die Wäsche, er spülte, er bügelte sich seine Hemden, er putzte meine Schuhe, er staubsaugte, er ...«

»Das ist ja furchtbar.«

»Richtig. Das war es auch. Schließlich wollte er Hausmann sein und schlug mir ein Kind vor.«

»Und du bist geflüchtet.«

»Nein, noch nicht. Ich flüchtete erst, als er versuchte, mein ganzes wunderschönes Wohnzimmer mit Nut und Federbrettern auszulegen. Da kam ich mir vor wie bei Mama Ikea persönlich. Erst dann flüchtete ich.«

»Was macht er jetzt?«

»Das weiß ich nicht. Er wollte in eine Therapie gehen, und er wollte sogar, daß ich sicherheitshalber mitgehe.«

»Und wie lange leidest du schon?«

»Das ist ein halbes Jahr her. Jetzt kann ich hin und wieder schon wieder lächeln.«

»Wie schön. – Sieh mal, da tanzt eine Heidelerche«, zeigte ich ihr.

»Du lieber Gott, schlägt die einen Lärm.«

»Ja. Und sie fliegt dabei mit hohem Flügelschlag. Gemessen an menschlichen Kräften, könnten wir diese Leistung nicht einmal zwanzig Sekunden bringen, sie bringt sie stundenlang. Lateinisch heißt das kleine Wunder Lululla arborea. Sie nistet zweimal im Jahr, und gewöhnlich fliegt sie zum Überwintern in den Mittelmeerraum. Aber immer häufiger bleiben sie über den Winter hier. – Was hast du beruflich erlebt?«

»Ich war zwei Monate in Bosnien-Herzegowina.«

»Schlimm?«

»Ein Alptraum. Was ist das da? Dieser violettblühende Strauch?«

»Das ist ein Seidelbast. Aber er blüht nicht. Das ist eine Mogelei. Da hat sich eine Vogelwicke an ihm hochgerankt.«

»Du bist ein guter Biologielehrer«, lächelte sie. »Ist niemand aufgetaucht, der dich haben wollte?«

»Doch schon, aber ich wollte nicht. Es waren Typen, die eher hausfrauliche Beschwerden hatten und so etwas wie eine unverbindliche Abwechslung suchten. Du kennst das ja: Anrufe, bei denen jemand beziehungsvoll seufzt und dann auflegt, um das Schicksal sprechen zu lassen. Bei einem IQ von zehn.«

Eine Weile schwiegen wir.

Dann schlug Elsa vor: »Du kannst das Geld finden und die Belohnung kassieren. Dann pumpst du mir was, und ich mache mich selbständig.«

»Bist du denn pleite?«

»Und wie, Baumeister, und wie! Aus irgendeinem Grund habe ich ihn an mein Sparbuch gelassen. Weißt du, was er angeschafft hat?« Sie lachte strahlend. »Ein Wohnmobil, sechzehn Meter lang, zwillingsbereift mit einer Inneneinrichtung wie für den Schah von Persien.«

»Ach du lieber Gott. War er ein Campingfreund?«

»Nein. Wir haben es uns nur so schön vorgestellt, mit dem Ding durch die Welt zu fahren. Wir waren sehr verrückt, glaube ich.«

»Wie schön«, meinte ich. »Wer von euch kam denn auf die Idee, daß die Konstruktion faul ist?«

»Ich natürlich.«

»Und er?«

»Na ja, er macht seine Therapie und versucht dauernd, mich zu überreden, zurückzukehren.«

»Das darf nicht wahr sein. Morgen steht er auf meinem Hof!«

»Er hat doch keine Ahnung«, sagte sie leichthin. »Und ich liebe ihn nicht mehr.«

»Und was machen wir, wenn er es nicht glaubt?«

Sie lachte nur.

Wir schlenderten in den Wald junger Buchen hinein und kamen auf der obersten Sohle des Steinbruches an.

»Ist der Uhu noch hier?« fragte sie.

»Ja, aber er hat seinen Stammsitz ungefähr vierhundert Meter nach Süden verlegt. Irgend etwas gefällt ihm dort besser. Wirst du Hamburg verlassen?«

»Kann sein, ich weiß es nicht.« Sie starrte hinunter auf den Teich, der sich im Laufe der letzten zehn Jahre auf dem Boden der untersten Sohle gebildet hatte. »Gibt es Molche?«

»Scharenweise. Sieh an, wir sind nicht allein, die Gitta hockt dort. Ich wußte gar nicht, daß die etwas für Natur übrig hat.«

»Wer ist sie?«

»Eine nette junge Frau mit Haaren auf den Zähnen. Macht einen privaten Kindergarten auf, zeigt der Caritas die Zähne. Komm.«

Gitta blieb auf dem großen Stein am Teich hocken und schaute uns lächelnd entgegen. »Ich sage, das ist kein Zufall. Ich wollte auf dem Rückweg zu dir reinkommen, Baumeister.«

»Das ist Elsa, das ist Gitta. Gebt euch die Hand. Mein Bürgermeister sagte mir, du willst den Kindergarten jetzt allein bauen.«

»Ich weiß nicht, ob ich das heute noch will«, erklärte Gitta. Sie trug ein blauschwarzkariertes Cowboyhemd über der Jeans, und sie hatte eine Zigarettenschachtel mit einem Feuerzeug neben sich liegen. Den Kippen nach zu urteilen, rauchte sie Kette.

»Mein Bürgermeister sagte, du hast das Geld aufgetrieben.«

»Das habe ich auch. Aber ich weiß nicht, ob ich es nehmen soll.« Sie hatte ein breites, gutmütig hübsches Gesicht, und ihre Augen waren eisblau und wirkten sehr lebendig.

»Was haben Sie vor?« fragte Elsa.

Gitta sah Elsa an und entschied dann, daß sie reden wollte. Sie sagte mit einer weit ausholenden Bewegung: »Anfangs war das eine verrückte Idee. Ich bin jetzt 28, damals war ich 23. Wir hatten in den Dörfern hier immer schon Schwierigkeiten mit Kindergartenplätzen; vornehmlich mit ganz kleinen Kindern, also Krabbelgruppen. Die Caritas hat auf diese Dinge hier ein totales Monopol. Natürlich habe ich nichts dagegen, solange keine Schwierigkeiten entstehen. Aber es entstehen immer Schwierigkeiten. Die Unterrichtung der jungen Kindergärtnerinnen ist natürlich katholisch, katholisch, katholisch. Mit den Kindern durch das Kirchenjahr. Ich halte das für gefährlich. Also hat eine Gruppe von uns eine private Planung ins Auge gefaßt.

Wir waren sechs junge Frauen. Vier davon sind mittlerweile reuig abgesprungen, weil sie Jobs brauchten, um Geld zu verdienen. Eine wurde geschieden, und geschiedene Frauen beschäftigt die Caritas nicht gerne. Bleiben zwei, meine Freundin Edda in Blankenheim und ich. Natürlich bekamen wir keine Gelder, natürlich hieß es anfangs immer von seiten der Banken: Wir finanzieren euch. Aber dann bekamen die Banken einen Anruf und waren plötzlich nicht mehr so spendabel.«

Sie zuckte die Achseln. »Ich hatte schon aufgegeben. Ich konnte in Köln in einen freien Kindergarten einsteigen. Doch dann ist mein Vater gestorben, meine Mutter hockt allein auf dem Hof und langweilt sich zu Tode. Da fragte sie mich, ob ich den gesamten Hof haben wollte: Für meinen Kindergarten ...«

»Hatten Sie denn genug Anmeldungen?« fragte Elsa.

»Aber ja. Jede Menge, kein Problem. Jetzt hatte ich also einen Bau, denn wir haben eine massive, riesige Scheune, die man nur umbauen muß, um einen erstklassigen Kindergarten zu kriegen. Aber ich bekam kein Geld, ich ...«

»Wieviel hättest du denn gebraucht?« unterbrach ich sie.

»Also, ich habe sparsam gerechnet, aber ich habe alles von Fachleuten machen lassen, weil ich genau weiß: Wenn ich es riskiere, muß jeder Wasserhahn stimmen und jeder Lokus die genaue Kinderhöhe haben, sonst dreht mir einer einen Strick. Wir sind genau auf einhundertzweiunddreißigtausend Mark gekommen.«

»Und das Geld hat Ihnen eine Bank gegeben?« fragte Elsa.

Sie schüttelte den Kopf, stand auf und stieg von dem Stein herunter. Sie stellte sich an das Wasser, und vor ihren Füßen flohen die dicken Quappen der Glockenunken in Scharen.

»Deswegen wollte ich zu dir, Baumeister. Am Sonntag morgen stehe ich auf, gehe mit Mama in die Kirche, und wir kommen zurück. Da sehe ich hinten im Blumengarten hinter dem Haus ein Paket liegen. Es war Zeitungspapier mit einem Gummiband drum herum. Ich mache das Ding auf und denke, ich falle in Ohnmacht. Das war bündelweise Geld, Baumeister. Es waren genau ...«

»Einhundertzweiunddreißigtausend Mark«, rief Elsa und schlug vor Begeisterung ihre Hände auf die Knie.

»Ist das so?« fragte ich.

Gitta nickte.

»Was hast du damit gemacht?«

»In der ersten Begeisterung habe ich laut verkündet: Jetzt baue ich den Kindergarten auf! Ich habe keinem gesagt, daß ich das Geld bar im Haus habe. Ich bin Montag morgen zur Bank und habe ein Bankfach gemietet. Da liegt es jetzt. Aber ich kann das nicht nehmen, das geht doch nicht.«

»Langsam«, sagte ich nervös, »bitte, ganz langsam. Du hast also das Geld im Garten gefunden. In Zeitungspapier eingewickelt. Was für ein Zeitungspapier?«

»Es war der Trierische Volksfreund, Ausgabe vom vergangenen Donnerstag.«

»Hast du deiner Mutter etwas gesagt?«

»Kein Wort. Natürlich hat sie gemerkt, daß irgend etwas los ist, aber sie ist sicher nicht auf die Idee gekommen, daß ich Geld geschenkt bekommen habe.«

»Was passierte dann? Wann haben Sie verkündet, Sie würden den Kindergarten bauen?« mischte sich Elsa ein.

»Abends, am Sonntag abend. Die Clique hockte bei Mechthild – wie immer.«

»Hast du irgend etwas angedeutet?«

Sie schüttelte den Kopf und brach einen kleinen Weidenast ab. Dann kniete sie sich an das Wasser und schlug damit leicht auf die Oberfläche. »Ich habe nichts angedeutet, kein Wort. Ich habe zu verstehen gegeben, daß die Bank mich jetzt doch finanziert.«

»Wer hat denn gewußt, daß der Umbau ziemlich genau einhundertzweiunddreißigtausend Mark kosten würde?«

»Alle wußten das«, erklärte Gitta. »Jeder aus der Clique, einfach jeder, der mich kennt. Das sind verdammt viele.«

Sie starrte vor sich in das Wasser, in dem eine Alge gelbblühende Teppiche gewirkt hatte. Ein Kammolch kam aus der Tiefe geschossen, schnappte Luft, senkte sich und verschwand.

»Das ist doch nicht alles«, sagte Elsa hellsichtig.

»Das ist nicht alles«, bestätigte Gitta. »Das ist längst nicht alles.« Sie hockte sich auf die Fersen. »Als ich das Geld hatte, rief ich sofort Edda in Blankenheim an. Die setzte sich ins Auto und kam zu mir. Wir haben dann gesponnen, und abends war sie mit in Mechthilds Kneipe. Dann fuhr sie nach Hause. Ich wollte gerade ins Bett gehen, da schellt das Telefon, das war nachts um zwei. Edda war dran. Es ist so, daß sie es etwas leichter hat als ich. Ihre Eltern hatten früher mal einen Landhandel, und die große Lagerhalle von denen ist beinahe ein perfekter Kindergarten. Sie brauchte rund siebzigtausend, um es durchzuziehen.« Gitta lachte wirr. »Es war schon irgendwie verrückt: hundertzweiunddreißigtausend für mich, siebzigtausend für Edda. Sie konnte kaum sprechen, sie stotterte. Sie hat vor ihrem Fenster einen Riesenpott mit Fuchsien stehen. Da hatte ihr jemand ein Paket mit Zeitungspapier reingesteckt, siebzigtausend in bar.«

»Wo ist das Geld?« erkundigte ich mich.

»Auch in meinem Bankfach«, antwortete Gitta.

»Hast du mit irgend jemandem außer mit dieser Edda gesprochen?«

»Wir zittern nur noch, wir haben niemandem was gesagt.«

»Aber Sie müssen damit zur Polizei«, sagte Elsa sanft.

»Deswegen wollten wir mit Baumeister sprechen. Das darf keiner erfahren, daß darf wirklich keiner erfahren.« Sie hielt sich die rechte Hand vor den Mund.

»Wieso das?« fragte Elsa.

»Weil es dann unvermeidlich ist, daß die Leute denken, die beiden Frauen hängen in dem Coup drin«, erklärte ich. »So ist das Leben. – Sag mal, Gitta, habt ihr mal versucht, die Runden zu rekonstruieren, die genau wußten, wieviel Geld ihr braucht?«

»Wir haben die Namen aufgeschrieben«, entgegnete sie eifrig. »Aber das ist verdammt aussichtslos. Bei mir sind das circa dreißig Leute, davon gut und gerne zwanzig Männer. Bei Edda sind es genausoviel.«

»Sind es bei Ihnen und Ihrer Freundin dieselben Menschen, oder andere?« fragte Elsa.

»Das haben wir auch überlegt. Bei ihr und mir zusammen sind es ungefähr zwanzig Männer und zwanzig Frauen.«

»Wir haben also in eurer Umgebung rund vierzig Leute, die genau wissen, wieviel Geld ihr braucht«, stellte ich fest. »Richtig?«

»Richtig.«

»Und diese vierzig wissen von beiden, also von dir und Edda?«

»Ja«, nickte sie. »Aber es kann sein, daß wir in der verkehrten Richtung suchen. Daß zum Beispiel jemand durch unsere Eltern davon erfahren hat. Oder durch die Leute bei den Banken. Wir haben eine Riesenauswahl.«

»Moment mal, bitte.« Ich mußte sie unterbrechen, weil ich plötzlich eine Möglichkeit sah. »Also wußte der tote Banker Wolfgang Schuhmacher genau, wieviel Geld du brauchst? Ist es vorstellbar, daß er mit dir verbunden ist? Irgendwie?«

Gitta lächelte. »Nein. Auf keinen Fall. Er wußte natürlich, wieviel Geld ich brauche. Er hat sich anfangs sogar für mich stark machen wollen. Aber sonst war da nichts.«

»Hat er dich angehimmelt oder irgend etwas in der Art?«

»Der? Um Gottes willen, nicht die Spur. Doch auch der Boß der anderen Bank wußte genau, wieviel Geld ich brauche. Schließlich habe ich den auch um Hilfe gebeten. Die wußten auch, wieviel Geld Edda braucht. Denn die hat auch beide gefragt. Wir haben eine Riesenauswahl von Leuten, die unsere Finanzwünsche genau kannten.«

»Wem trauen Sie es denn zu?« erkundigte sich Elsa.

»Das haben wir uns anfangs nicht zu überlegen getraut. Aber eigentlich denken wir beide, daß wir keinen kennen, der das Ding gedreht hat.«

»Was willst du jetzt von mir?« fragte ich.

»Kannst du mit diesen Leuten vom Bundeskriminalamt reden, daß jetzt nichts bekannt wird?«

»Das mache ich.«

»Und schreibst du, bitte, erst einmal nichts?«

»Er schreibt eh nichts, solange nichts klar ist«, lächelte Elsa.

»Okay«, stimmte Gitta zu. »Was ist mit Edda?«

»Sag ihr einfach, sie soll dich besuchen. Sofort. Und wir verschwinden jetzt.«

»Und noch was, Baumeister. Ruf mich bitte nicht zu Hause an. Meine Mutter riecht schon, daß irgendwas faul ist.«

»Sie sollten überlegen, Ihrer Mutter einfach reinen Wein einzuschenken«, riet Elsa. »Das ist einfacher.«

»In diesem Fall nicht«, sagte Gitta bestimmt.

Die Sonne stach, die Luft wurde zunehmend feuchter, es würde ein Gewitter geben.

»Du mußt vollkommen umdenken, nicht wahr?« stellte Elsa fest.

»Ehe wir umdenken, sollte ich vielleicht das mit Wassi erledigen«, entgegnete ich.

»Wenn ich dich richtig verstanden habe, ist Wassi ein sympathisches Schlitzohr«, murmelte sie.

»So isses. Er weiß irgend etwas, aber ich ahne nicht einmal, was es ist. Außerdem müssen wir versuchen, Unger auszuquartieren.«

»Wer hat ihn geschickt?«

»Die Hamburger. Sie verlangen von ihm, daß er mir ständig auf den Fersen ist. Und dafür bezahlen sie mich gut. – Laß uns einen Schritt zulegen. Wir müssen jetzt schnell sein. Immer einen Schritt schneller als das Bundeskriminalamt.«

»Das schaffen wir nie.«

»Oh, doch. Wir haben zehn Schritte Vorsprung.«

»Wer ist denn das da drüben? Da auf der Weide? Die drei Trecker?«

»Das sind die drei Musketiere. Wir nennen sie so, weil sie immer zusammenhängen. Nikolaus und Christian Daun, Vater und Sohn, beide bewirtschaften je einen Hof. Und Peter Blankenheim, der Freund, im Alter des Vaters Daun, Mitte Fünfzig.« Ich winkte ihnen zu, und sie winkten zurück. Sie schwätzten miteinander in der mittäglichen Hitze im Schatten ihrer tuckernden Traktoren.

»Könnten denn nicht solche Leute dieses Ding gedreht haben?« fragte Elsa.

»Wie denn?« fragte ich zurück. »Bauern, die einen Geldtransporter klauen und dabei zwei Wachleute mattsetzen, ohne sie anzurühren? Das hört sich nicht nur unglaublich an, das ist es auch.«

»Aber jemand geht mit segnender Hand über die Eifel und verschenkt Bares!« mahnte sie. »Du kannst nichts ausschließen, absolut nichts.«

Sie machte mich wütend mit dieser sanften Besserwisserei. »Ich führe sie dir vor, verdammt noch mal«, erwiderte ich heftig. »Komm mit.« Ich bog vom Weg ab in die Wiese und marschierte auf die drei Musketiere los, als wolle ich ihre Burg stürmen.

»Heh«, gluckste sie hinter mir, »nicht so schnell.« Sie war hörbar erheitert, sie hörte nicht mehr auf zu glucksen.

»Sieh an, sieh an«, knurrte Vater Daun äußerst freundlich und mit süffisantem Grinsen, »so sieht das also aus, wenn Journalisten arbeiten.«

Er und sein Sohn waren sich sehr ähnlich, irgendwann würde der Zeitpunkt kommen, an dem es unmöglich war, die beiden auseinanderzuhalten. Wie Christian war er ein Schrank von Mann, wie Christian hatte er ein sehr gesundes, rotes Gesicht, das merkwürdigerweise nicht im geringsten dick wirkte. Wie Christian hatte er helle Augen mit einer Unmasse an Lachfältchen. Und wie Christian trug er eine modern geschnittene Brille, die ihn so klug aussehen ließ, wie er wirklich war.

»Das ist Elsa, eine Kollegin«, stellte ich vor. »Also, das ist Nikolaus Daun, der Vater, dann Christian Daun, der Sohn. Der links außen ist Peter Blankenheim. Zusammen ergeben sie ein Trio, das die drei Musketiere genannt wird und wegen seiner beleidigenden Gedankenschärfe berühmt ist.«

»Wieso drei Musketiere?« fragte Elsa und gab ihnen die Hand.

Peter Blankenheim grinste. Er war ein kleiner, viereckiger Mann, dessen Schultern viel Kraft verrieten und dessen Gesicht sehr schmal geschnitten war und wie eine hölzerne Maske wirken konnte, wenn ihm etwas nicht paßte. »Das hat mit Karneval zu tun«, erklärte er. »Wir sind da mal aufgetreten und haben als drei Musketiere Witze gemacht und so. Und Sie wollen den Geldraub aufklären?«

»Warum nicht?« fragte Elsa zurück.

Sie grinsten alle drei, sie hatten harte wettergegerbte Gesichter, und sie waren nicht eine Spur verlegen.

»Wir kommen vorbei«, verkündete ich großartig, »um euch zu fragen, ob ihr zufällig den Geldtransporter geklaut habt.«

Elsa prustete, Christian Daun schaute die älteren Männer

an und fragte: »Also, was ist? Waren wir es nun, oder nicht? Ich meine, wir müßten uns einigen, verdammt noch mal.«

Vater Daun dachte intensiv nach, schüttelte dann den Kopf und erklärte: »Also, ich leugne.«

»Was ist mit dir?« fragte ich Peter Blankenheim.

Er hob beide Hände verschreckt abwehrend gegen das Gesicht. »Ich war es auch nicht, meine Frau hat mir mein Taschengeld schon Anfang der Woche gegeben.«

»Und du Verbrecher?« schnauzte ich Christian an. »Gestehe!«

»Bist du bei zehn Prozent ruhig?« fragte er ernsthaft.

»Fünfzehn!«

»Zehn! Mein letztes Wort.«

»Ach hört auf«, kicherte Elsa. »Das ist einfach zu blöd. Aber im Ernst: Wer kann es denn gewesen sein?«

Alle drei sahen sie mitleidig an.

Vater Daun murmelte: »Wenn ich es wüßte, würde ich es wohl nicht sagen.«

»Warum nicht?« fragte sie sehr scharf.

»Weil ich nicht weiß, warum diese Leute es geklaut haben«, entgegnete er offen.

Sie meinte etwas übereilt: »Unrecht bleibt Unrecht.«

»Na ja«, murmelte Christian Daun gutmütig.

»Oder gibt es einen Grund, einen wirklichen Grund, neunzehn Millionen zu klauen?« erkundigte sie sich angriffslustig.

Peter Blankenheim grinste. »Also, mein Kontostand wäre schon einer.«

»Und dieser Mord?« Sie provozierte.

»Der ist komisch«, urteilte Vater Daun. »Das stimmt, der ist wirklich komisch. Man weiß ja nicht, was da abgelaufen ist.«

»Wie ich sehe, wißt ihr auch nichts«, stellte ich fest. »Komm, wir marschieren heim, ich will einen Kaffee.«

Die drei lächelten und sahen hinter uns her, wobei Elsas hübsche Figur sicher mehr Grund bot als meine krummen Beine.

»Wenn es Leute aus der Eifel waren, bekommt der Mord an diesem Banker einen ganz anderen Stellenwert«, überlegte sie. »Oder? Oder ist das nicht so?«

»Doch, doch«, nickte ich. »Aber ich denke, es war die Ehefrau. Übrigens Ehefrau: Ist die Scheidung schon vollzogen?«

»Das läuft. Wieso lebst du noch alleine?«

»Mir gefällt das so.«

»Und wenn du mal die Grippe hast?«

»Warum hörst du nicht mit dem verdammten Dünnbrettbohren auf?«

Sie blieb stehen, sie hielt den Kopf geneigt.

»Verdammt noch mal, ich hasse diese blödsinnigen, nichtssagenden Unterhaltungen zwischen Leuten, die sich eigentlich verstehen. Also, was ist: Wo liegt dein Kummer?«

»Ich hasse die deutsch-mythologische Nabelschau. Aber gut: Ich wollte ein Baby. Das ging schief.« Sie ging langsam weiter, sah dabei auf den Boden und hielt den Rücken so, als habe sie einen Buckel.

»Was war mit dem Baby?«

»Es war nicht lebensfähig, sie mußten es mir wegnehmen.«

»Das tut weh, das tut mir leid.« Ich war mit zwei Schritten bei ihr und nahm sie in die Arme. Sie lehnte sich ganz eng an mich und schluchzte: »So eine Scheiße, verdammt noch mal!«

»Du kannst hierbleiben und dich ausruhen«, bot ich ihr an.

»Das geht nicht, verdammt noch mal, ich brauche meinen Job.«

»Dann schreiben wir die Geschichte für dich, und du pumpst mir einen Heiermann.« Mir fallen in derartigen Situationen sehr selten einfühlsame Dinge ein.

Sie lachte unter Weinen und prustete: »Du bist ein unmöglicher Mensch. Aber irgendwie liebe ich dich.«

Wir schlenderten nach Hause und sahen Rodenstock vor meiner Garage stehen, wie er wütend, bekleidet mit meinem Lieblings-T-Shirt, mit der Axt auf einen Holzkloben eindrosch. »Das tut so gut«, keuchte er. »Ich bin gerade dabei, die ganze Welt zu verprügeln.«

»Ihre Faust ist nicht gefordert«, lächelte Elsa. »Wir brauchen Ihr Hirn.«

»Heißt das, ihr habt etwas ausgegraben?«

»Ja«, bestätigte ich. »Wir müssen Abschied nehmen von groß und international arbeitenden Gangstern. Scheinbar war es eine einheimische Gruppe.«

»Wieso das?« fragte er nun ganz ruhig.

»Weil sie den Zaster verschenken«, sagte Elsa hell.

ACHTES KAPITEL

Damit wurde es hektisch. Rodenstock ließ sich den Stand der Dinge erzählen, und als ich endete, wandte er sich ruckartig Elsa zu und sagte scharf: »Das Ganze von vorn. Diesmal von Ihnen!«

Unger und Bettina rollten auf den Hof, stiegen aus und berichteten unisono: »Im Wald war nichts, es war gar nichts.«

»Wo ist Marker?« fragte Rodenstock schrill.

»Irgendwo, was weiß ich?« antwortete Unger. »Die haben mit dreihundert Mann den Wald gepflügt. Das einzige, was sie fanden, waren ein paar Haufen illegal deponierten Hausmülls und ungefähr zweihundert alte Autoreifen. Wieso Marker? Was soll mit Marker sein? Vielleicht schläft er jetzt den Fehlschlag aus, was weiß ich.«

»Soll er kommen?« fragte Bettina knapp. »Ich rufe sein Hotel an.«

»Das ist eine gute Idee«, lobte Rodenstock.

»Was ist denn?« erkundigte sich Unger.

»Etwas Neues«, sagte Elsa mit einer Stimme, die ich genau kannte. Sie klang so, als wollte sie sagen: Kaum ist die Fachfrau angekommen, verzeichnen wir Erfolge!

»Was ist denn neu?«

»Jemand verschenkt Geld«, erklärte ich.

»Oh weia«, meinte Unger. »Dann kann ich meinen Text schon wieder umschreiben. Und wie! Sagen Sie mal, können wir uns nicht endlich duzen? Oder muß ich erst die Nahkampfspange erwerben?«

»Können wir«, grinste ich. »Und noch etwas an alle: Ich möchte euch bitten, so zu tun, als wißt ihr absolut nichts. Von dieser Entwicklung darf nichts durchdringen.«

»Wieso bist du denn so feierlich?«

»Feierlich!« echote Rodenstock. »Was soll das, feierlich? Baumeister hat recht. Solange die Allgemeinheit glaubt, wir suchen immer noch in Richtung organisiertes Verbrechen, solange können wir einigermaßen sicher recherchieren. Ich vermute ...«

»Wenn die Vulkaneifel riecht, was da abläuft, macht sie dicht, und kein Mensch wird ein Sterbenswörtchen erfahren«, unterbrach ich.

»Endlich Geld in einem armen Land«, murmelte Bettina.

»Du wolltest Marker rufen!« erinnerte ich sie. »Elsa, kannst du runterschlendern zu Gitta? Sag ihr: Wenn Edda bei ihr eintrifft, sollen sie hierherkommen. Langsam, wie bei einem Spaziergang. Verdammt noch mal, Bettina, ruf endlich den Marker her. Sag aber nichts.«

»Wieso? Wird das Telefon abgehört?«

»Nein. Oder doch, oder ich weiß nicht. Los jetzt!«

Elsa murmelte: »Auf in den Kampf!«

Rodenstock wischte sich mit einem großen weißen Taschentuch den Holzhackerschweiß von der Stirn und erklärte grinsend: »Et nunc reges intelligite erudimini, audi judicatis terram!«

Er strahlte, er war unzweideutig von unschuldiger Heiterkeit erfüllt.

»Können Sie das mal für den zweiten Bildungsweg übersetzen?« bat Unger.

»Du lieber Himmel!« strahlte Elsa. »Wie schön!«

»Er versucht, eine breitgestreute humanistische Bildung vorzutäuschen«, entschied ich. »Wahrscheinlich hat er aber bloß Asterix gelesen.«

Rodenstock lächelte weise. »Der Spruch heißt übersetzt: So seid nun verständig, Ihr Könige, laßt Euch warnen, Ihr Richter auf Erden! Und das macht jetzt besonderen Sinn, nicht wahr?«

»Wieso?« fragte Unger.

»Na ja«, meinte er, »es könnte sein, daß jemand achtzehn Millionen geklaut hat und daß das Geld ihn gar nicht interessiert.«

Es herrschte Schweigen.

»Es ist wohl besser, Sie sprechen allein mit diesem Wassi.«

»Das denke ich auch«, sagte ich. »Übrigens – es war gut, die Elsa heranzupfeifen.«

»Hm. Eine Sünde weniger.«

Es war jetzt 16 Uhr, ich schwang mich auf den Jeep und fuhr nach Kerpen zum Übergangswohnheim. Die Landschaft duckte sich unter der Hitze, ich sah niemanden auf den Wiesen, nur vom Steinbruch her kamen zwei Schwertransporter und fuhren Gipsgestein zur Mühle nach Ahütte.

Das Heim lag in gleißendem Licht. Wassi hockte auf einer niedrigen Basaltmauer, als habe er auf mich gewartet. Er trug Jeans, schwere Arbeitsschuhe und ein vollkommen durchgeschwitztes graues T-Shirt. Er rauchte eine selbstgedrehte Zigarette und wirkte sanft und friedlich.

»Geldräuber gefunden?« rief er über zwanzig Meter.

Ich schüttelte den Kopf und erinnerte mich an ein Geschenk, das mir eine Fotografin gemacht hatte, die einen Sommer lang in Theresienstadt versucht hatte, die Greuel zu fotografieren, die fünfzig Jahre vorher geschehen waren. Sie hatte mir eine Pappschachtel tschechoslowakischen Tabaks mitgebracht, der *Taras Bulba* hieß. Ich holte den Tabak aus dem Handschuhfach, gab ihn Wassi und sagte: »Das ist wie eine Erinnerung, oder?«

Er starrte auf das Päckchen und begann zu lachen. »Schlimmer Tabak«, strahlte er. »Holt dir Lunge aus dem Körper. Ganz schlimmer Tabak. Aber gut! Danke.«

»Machorka?« fragte ich.

»So ähnlich. Aber viel schlimmer.« Er lachte und roch an dem Päckchen. »Ist nur gut, wenn du an der frischen Luft bist. Sonst du kannst nicht atmen. Wir sagen immer: Wenn du diesen Tabak rauchst, mußt du unheimlich gesund sein.«

»Können wir einen Spaziergang machen?«

»Können wir. Aber ich muß mich etwas waschen. Komm mit, ich mach schnell.« Er stand auf und lief vor mir her in das Heim. Es ging durch die Eingangshalle, dann eine Pendeltür zu einer Treppe in den ersten Stock. Es roch, als habe jemand das ganze Haus mit einer Desinfektionslösung abgewaschen. Im ersten Stock ging es nach links, dann in einen großen Raum, der vollkommen zugebaut war mit Bergen voller alter Koffer, Kisten und Bündel. Über diese Berge waren bunte Decken und Wachstücher gebreitet. Dazwischen ein zweistöckiges Feldbett und zwei einzelne Betten. Vor dem Fenster ein Tisch mit einer Zimmerantenne und einem Fernseher. Ein Stuhl. Auf dem Stuhl eine breitgesichtige, ungeheuer freundlich wirkende junge Frau.

»Meine Frau«, stellte Wassi vor. Er drehte sich nach rechts. Ein Waschbecken, Mengen von Zahnbürsten, Seifen, Tuben. »Ich wasche mich schnell.«

Die Frau reichte mir die Hand und lächelte.

»Ich bin der Baumeister.«

Sie nickte, sie sagte nichts.

»Wir leben in diesem einen Zimmer«, erklärte Wassi und drehte den Wasserhahn auf. »Es ist nicht gut, aber es geht. Die Gilles, die Maria Gilles, ist Heimleiterin. Ist sehr gut. Tut alles für uns, jeden Tag, egal ob Samstag oder Sonntag.« Er schaufelte kaltes Wasser in das Gesicht und gegen die Brust. Seltsamerweise stellte ich mir vor, daß die öde Waschgelegenheit eine Quelle im Wald war, seltsamerweise stellte ich mir sogar vor, daß irgendein Eichhörnchen dem Wassi bei der Säuberung zuschaute.

Ich wußte, daß es eine Ehre war, in sein Zimmer mitgenommen zu werden. »Habt ihr Hoffnung auf eine Wohnung?«

»Oh ja, haben wir«, prustete er. »Mußt du Geduld haben. Wir sind Deutsche, wir wollen hier leben. Die Eifel ist gut.«

»War es nicht gut in Kasachstan?«

Die Frau schüttelte schnell den Kopf, und Wassi meinte: »Es war nicht gut, weißt du. Es war so, daß die Politiker in Bonn sagten, wir Deutschen bekommen einen deutschen Staat dort. Aber in Wirklichkeit, sie haben gelogen, denn die Russen wollen gar keinen deutschen Staat oder deutsche Gebiete dort. Wir arbeiten hart, wir arbeiten besser als die Russen, und so werden sie unsere Feinde. Ich glaube, Feinde ist nicht gut, ich glaube, es ist mehr so, daß wir arbeiten und sie sehen zu. Und so haben wir gesagt, wir gehen nach Deutschland, dort sind unsere Leute hergekommen. Unter den Zaren, du weißt schon, sie wollten uns damals haben, weil wir gut arbeiten. Jetzt sind wir wieder hier.«

Er trocknete sich das Gesicht mit einem Handtuch ab und zog sich ein Hemd über. »Jetzt spazierengehen.« Er sagte irgend etwas auf Russisch und erklärte: »Sie spricht noch nicht gut Deutsch. Aber das wird schon.«

Ich nickte der Frau zu, und wir gingen hinaus in den dunklen Flur. »Sie will lieber heim nach Rußland«, sagte ich.

»Ja«, bestätigte er einfach. »Sie ist Russin, verstehst du? Das ist etwas ganz anderes. – Wo gehen wir spazieren?«

»Laß uns dorthin gehen, wo das Geld geklaut wurde.«

»Ah, ja«, grinste er und nahm den ersten Feldweg nach rechts, den einzig direkten Weg. »Glaubst du, es war so was wie die Moskau-Mafia, Tirana-Mafia oder Sizilien-Mafia?«

»Das weiß ich nicht. Es sieht so aus. Aber vielleicht soll es so aussehen.«

»Kann sein. Wenn es so aussieht, haben sie Zeit, nicht wahr?«

»Ja, dann haben sie Zeit«, nickte ich.

»Polizei hat mich gefragt. Und meine Freunde aus anderen Heimen. Sie haben jeden gefragt: Wo warst du am Samstag mittag gegen 11 Uhr, gegen 12 Uhr? Wo warst du genau? Wir sind alle gefragt worden.« Sein Ton ließ darauf schließen, daß er leicht beleidigt war.

»Sie müssen fragen, das ist Routine.«

»Haben sie dich auch gefragt?« Er lächelte leicht. »Sie haben dich nicht gefragt. Du bist großer Mann, du bist nicht in Verdacht. Weil du großer Mann bist, kein Verdacht.«

»Da ist was dran. Was würdest du mit dem Geld machen?«

»Einen Bauernhof kaufen. Hier gibt es viele Bauernhöfe zu kaufen. Alle kaputtgemacht. Das waren auch Lügen in Bonn. Haben die ganze bäuerliche Mittelschicht kaputtgemacht. Kühlfabriken haben Subventionen bekommen. Nicht gut für Bauern. Würde ich Bauernhof kaufen, genug für die ganze Familie. Würde ich nachkommen lassen.«

»Wieviel Leute seid ihr denn?«

»Dreißig, vierzig Leute mit Kindern. Ponies und Zimmer für Gäste. Ein paar Schweine, ein paar Kühe. Und viel Weidewirtschaft für Heu und so. Vielleicht Teiche mit Fischen, vielleicht Hühner, vielleicht Gemüse. Wir arbeiten viel. In Kasachstan ist noch anders. Junge Bauern können gut verdienen.« Er grinste. »Und sie kriegen auch Frauen. Hier will keine Frau viel arbeiten. Nur Sonnenbaden und Mallorca fahren.«

»Heh, heh, jetzt übertreibst du!«

Er lachte. »Ein bißchen ist schon so. Frau riecht immer gut bei euch, riecht nie nach Kuhscheiße, will gut riechen und gut eingeölt sein und immer Lippenstift. Ist komisch.«

»Das ist der Fluch des Kapitalismus: Du darfst keinen Eigengeruch mehr entwickeln.«

Wir kamen jetzt leicht aufwärts in eine Schonung, in der zwischen Erlen und Birken das Gras meterhoch stand.

»Viel Karnickel hier«, sagte Wassi träumerisch.

»Jagst du sie?«

»Manchmal ich finde ein altes, krankes Tier und nehme es mit für den Braten.«

»Warum haben sie dich in Rußland bestraft?«

Er war einen Schritt vor mir. Er blieb stehen und drehte sich herum. »Du weißt das, eh? Wir haben uns manchmal geholt, was wir brauchten. Einmal dreißig Tonnen Briketts!« Er lachte.

»Dreißig Tonnen Briketts?«

»Ein Bonze, weißt du. Normalerweise in meinem Dorf brauchst du keine Kohle, hast du Holz, jede Menge Eichenholz. Gut und hart. Aber der Bonze wollte Briketts und hat erfunden eine Fabrik, die Briketts braucht.

Es gab die Fabrik nicht, aber er bekam Briketts. Da haben wir dreißig Tonnen geholt, und jeder bekam etwas. Briketts ist gut. Wenn du Papier drumwickelst, kannst du zwei Briketts 24 Stunden lang brennen. Der Ofen geht nicht aus, verstehst du? Andere Sachen. Einmal Geld, ein bißchen Geld.«

»Wieviel?«

»Nicht so viel. Sechstausend Dollar.«

»Sechstausend Dollar? In Kasachstan? Bist du verrückt?«

»War ein Vermögen, stimmt. Aber war nur die Hälfte von dem, was gekommen ist. War einfach. Ein Bonze in Moskau hat gekriegt von uns Kartoffeln und Weizenmehl, verstehst du? Wir haben viel geliefert über unseren Bonzen. Unser Bonze hat gut kassiert. In Dollar. Hat uns aber nichts gesagt, heimlich kassiert. Wir haben die Hälfte genommen. Waren sechstausend. Wir haben gekauft drei Traktoren. War gut, war verdammt gut.«

Eine Weile schwiegen wir. Dann wies er auf zwei Bläulinge hin und murmelte: »In Kasachstan gibt es diese Schmetterlinge auch. Aber ihre Flügel sind doppelt so groß, und wir nennen sie Schöner Traum.«

»Wenn ich fragen darf: Wo lagen denn die sechstausend Dollar herum?«

Er hockte sich auf einen modernden Baumstamm und drehte sich eine Zigarette.

»War in einem Tresor, Geldschrank. Nicht groß. Zwei mal zwei mal zwei. Wir haben ganzen Tresor mitgenommen. Auf Pferdewagen. Dann in Wald und aufgemacht.«

»Aufgemacht?«

»Ein Kollege von uns aus den Steinbrüchen hat mitgehen lassen vier Stangen Dynamit. Heißt Dynamit?«

»Wer hat dich verpfiffen?«

»Niemand«, sagte er schnell. »Niemand hat mich verpfiffen. Sie haben Polizei eingesetzt und Geheimpolizei, verstehst du. Es wurde immer schlimmer, immer ... so eng wie Schnur um Hals, verstehst du? Dann habe ich eine Spur gelegt. Eine Spur zu mir. Sie hatten mich und gaben Ruhe.«

»Was hat deine Frau gesagt?«

»Sie war böse, aber es war eine Männersache.«

»Was ist aus dem Bonzen bei euch geworden?«

»Ich weiß es nicht, vielleicht ist er weggezogen«, meinte er, und sein Gesicht war verschlossen.

»Es gibt ihn nicht mehr?«

»Nein, es gibt ihn nicht mehr. Aber es gibt andere, und es ist kein Unterschied.«

»Nichts mit Marx.«

Er lächelte. »Du mußt sagen: nichts mit Lenin. Aber er hat schon gewußt, daß es nichts würde.«

Ein Karnickelbock schoß hoch und war mit zwei Sätzen im Unterholz, ein Eichelhäher stob davon.

»Da ist jemand«, sagte Wassi ruhig. »Sonst ist nie jemand hier.«

»Das kann Bundesgrenzschutz sein«, vermutete ich. »Sie suchen den Geldtransporter.«

»Dumme Leute«, kommentierte er.

Aber wir sahen niemanden und trafen niemanden, nur einmal drehte der Motor eines Wagens hoch, dann war es wieder still und heiß.

»Also, du glaubst, es waren Leute aus der Eifel«, stellte er fest.

»Das weiß ich nicht, aber es kann sein«, sagte ich vorsichtig.

»Kein internationaler Gangster«, meinte er. »Die sind anders, verstehst du? Sie legen Lunte, die machen peng, wumm, wow, und es ist passiert. Nicht so leise.«

»Was hast du gesehen, Wassi?«

Er zog es vor, nicht zu antworten, pflückte einen langen Grashalm und kaute darauf herum. Schließlich ging er weiter und murmelte: »Nicht wichtig, was ich gesehen. Nicht wichtig für dich.«

»Es kann aber verdammt wichtig sein.«

»Ist nicht wichtig«, wiederholte er. »Gleich, da oben zwischen den Buchen, kannst du Tatort sehen. Tatort, hah!« Er kicherte.

»Vielleicht ist es sehr wichtig für die Wachmänner«, sagte ich. »Sie denken noch immer, es können die Wachmänner gewesen sein.«

»Wachmänner? Ach so, die Männer im Auto. Die Männer im Auto waren es nicht: Ich kann beschwören.«

»Verdammt noch mal, du mußt mit den Bullen reden, wenn du das weißt.«

Er drehte sich zu mir und fragte ganz sanft: »Aber sie doch nicht in Verdacht, oder? Kein Mensch denkt, daß sie es waren. Nicht die Wachmänner.«

»Es bleibt immer ein Rest von Zweifel«, beharrte ich wütend. Dann setzte ich hinzu: »Entschuldigung, es ist ja auch nicht wichtig!«

Wie hatte Le Carrés wunderbarer Old Craw in *Eine Art Held* gesagt? Geht niemals zu weit, Ehrwürdens, geht niemals zu weit!

Wir kamen zwischen den hohen Stämmen der Buchen an und sahen das dunkelgraue Band der Straße.

»Du hast also hier gestanden«, stellte ich fest. »Und behaupte nicht, es sei nicht wahr, verdammt noch mal!«

»Ich stand nicht hier«, widersprach er ruhig. »Siehst du da unten die Schonung? Die Weißtannen? Gut. Da ist ein Bach. Ich habe Bärenmoos gesucht. Wir nennen es Bärenmoos in Kasachstan. Es ist dick und lang und dunkelgrün, und ich weiß nicht, wie es deutsch heißt. Ich habe Bärenmoos geholt.«

»Na gut, dann warst du dichter dran, als wir hier. Was ist passiert?«

»Was ist passiert? Erst habe ich nicht geachtet. Also, ich habe nicht geguckt. Dann kam Geldtransporter, und irgend etwas lag auf der Straße. Motorrad, Menschen, ich weiß nicht genau. Transporter hielt an. Das war alles.«

»Das war alles?« Ich schrie fast. Scheiß auf Le Carré, scheiß auf seinen Old Craw! »Jetzt hör mir mal gut zu, Wassi. Und merk dir genau, was ich sage. Es mag ja sein, daß du dir durch deine Scheißgelassenheit in Kasachstan einen immensen Ruf verschafft hast, aber hier ist nicht Kasachstan. Verstehst du das? Du sagst: Irgend etwas lag auf der Straße, Motorrad, Menschen. Verdammt, Junge, das ist doch nicht irgend etwas. Du weißt, daß die Wachmänner nicht verhaftet wurden, und das macht dich naiv. Trotzdem werden sie überwacht, sie können nicht mal furzen, ohne daß das preußisch genau protokolliert wird. Sie werden überwacht, und das werden sie auch noch in sechs Monaten. Jeder, der irgendwie damit zu tun haben könnte, wird überwacht. Du merkst es nicht, aber auch du wirst überwacht. Also, der Transporter hielt an. Und dann?«

»Dann waren Männer da, und sie banden die Wachleute an die Buchen, einen rechts, einen links. Dann kam der Tieflader. Er kam da unten aus dem Dreckweg, wo wir im Winter die Stämme gezogen haben. Er kam rückwärts. Verdammt schnell. Dann fuhr der Geldtransporter darauf, und alles paletti.«

»Und dann?«

»Dann fuhr der Tieflader weg. Auf dem Dreckweg. Schwuppdiwupp, weg. So war das.«

»Hast du kapiert, was da lief?«

»Schon«, meinte er sanft. »Aber man muß weggucken, verstehst du? Was andere tun, geht mich nichts an.«

»Die Täter, wie sahen die aus?«

»Weiß ich nicht.« Das kam zu schnell.

»Aber du hast sie gesehen.«

»Ja, ja. Sie trugen Mützen. So wie Motorradfahrer. Nichts zu sehen.«

»Wirklich nichts?«

»Nichts«, sagte er endgültig und breitete die Arme segnend aus.

Geht niemals zu weit, Ehrwürdens, geht niemals zu weit! »Du hast noch etwas gesehen, nicht wahr? War es ein belgischer Tieflader?«

»Na sicher. Das weißt du doch. Du hast doch den Tieflader gefunden, oder? In Oberehe, oder?« Er lächelte mich an.

»Woher weißt du das?«

»Oh, ich bin ein Kasache, ich bin viel im Wald. War ein belgischer Tieflader. Hast du gut gemacht.«

»Wieviel Männer waren es? Wieviel Täter?«

»Weiß ich nicht. Zwei oder drei.«

»Oder vier oder fünf?«

»Nein, nein, nicht fünf. Eher drei. Sie waren verdammt schnell.«

»Du hast noch etwas gesehen, nicht wahr?«

»Ja. Alfred. Das ist der Bauer, dem das Haus gehört, in dem du wohnst. Er war hier, wo wir stehen. Da drüben. Er hat drei Eichenstämme rausgezogen. Ich habe ihn gesehen. Sonst nichts.«

»Du mußt die Bullen benachrichtigen«, sagte ich.

»Ja, ja«, entgegnete er vage. »Kannst du für mich machen. Sie sollen nicht ins Heim kommen. Ist nicht gut. Für meine Frau und die anderen.«

»Das kann ich mir denken«, meinte ich bissig. »Laß uns zurückgehen.«

Wir gingen im Gänsemarsch, er vorneweg, ich hinterher, und wir sprachen kein Wort miteinander, bis wir auf den Hof des Heims kamen. Dann drehte er sich herum, mußte in die Sonne sehen, blinzelte und bemerkte tonlos: »Du wirst gleich fragen, wieso Wassi Bärenmoos braucht. Nicht wahr?«

»Ja«, bestätigte ich.

»Ich zeige es dir«, sagte er. Er führte mich um den Bau herum in einen Garten, in dem eine alte, unbenutzte Garage aus Wellblech stand. Er schloß auf und befahl: »Noch nicht gucken. Es ist eine Überraschung ...« Er verschwand im Innern.

Man soll wichtigen Zeugen jeden Gefallen tun, und dämlicherweise schloß ich sogar die Augen, als ginge es darum, mir ein Osterei aus dem Hut zu zaubern. Dann plätscherte Wasser, und Wassi rief: »Du kannst jetzt reinkommen!«

Die Anlage war fünf mal fünf Meter groß und tischhoch. Es war eine komplette Landschaft mit Fluß. Der Fluß lief wirklich, eine leise summende Pumpe trieb das Wasser. In der Mitte ein Dorf, Haus für Haus aus Holz aufgebaut, mit Kirche und Rathaus. Das Rathaus hatte eine Uhr, die Uhr tickte. Es gab Wiesen und Felder, Hügel und Feldwege, einzeln stehende Bäume und Baumgruppen, ganze Wälder. Es gab eine Straße, es gab Schienen, auf denen ein leibhaftiger Zug fuhr.

»Das ist ja märchenhaft.« Ich war sprachlos.

»Das ist mein Dorf in Kasachstan«, erklärte er mit ganz wackliger Stimme. »Unser Dorf. Ich habe es nachgebaut. Es stimmt alles, weißt du. Nur der Löschteich ist etwas zu groß geraten, aber das mache ich noch einmal. Im Oktober hat sie Geburtstag. Sieh mal, das ist mein Geburtshaus, und hier in dem Haus habe ich gewohnt. Und sieht du hier die Eiche in der Senke. Da habe ich meine Frau ... da haben wir uns zum erstenmal geliebt. Das war vor sechzehn Jahren.« Er stand da, und die Tränen strömten über sein Gesicht.

»Scheiße«, sagte ich. »Paß auf, Wassi. Polizei kommt hier nicht her. Du kommst zu mir. Heute abend, spät. Um zehn?«

Er nickte, und ich ließ ihn allein und fuhr heim.

Ich fand meine Besucher in der Stube vor der weißen Wand, sie hatten Packpapier an die Wand geschlagen.

Marker sagte gerade: »Edda, Gitta, konzentrieren Sie sich jetzt bitte. Wie war das am Sonntag in der Kneipe? Wo saßen Sie? Und wo saßen die anderen? Wir schreiben die Namen auf jeden Stuhl.« Dann bemerkte er mich. »Und? Was haben Sie?«

»Ich habe einen Tatzeugen«, berichtete ich. »Er kommt freiwillig um zehn Uhr.«

»Wassi!« vermutete Unger. Es klang wie eine Explosion.

»Richtig«, nickte ich.

»Ich wußte es!« triumphierte er.

»Sie wußten gar nichts. Das macht den Unterschied«, sagte Rodenstock bissig.

»Was hat er gesehen?« fragte Marker.

»Alles und nichts«, sagte ich. »Es waren wohl drei.«

»Weiter im Text«, forderte Rodenstock. »Also, Sie saßen hier auf dieser Bank, ich bezeichne das mit 1 und 2. Wer saß noch an diesem Tisch? Langsam, langsam. Name für Name. Bei jedem Namen, der auch in Blankenheim bei Edda auftaucht, machen wir ein Sternchen. Also los, wer saß neben Ihnen, Edda? Und neben Ihnen, Gitta?«

»Noch etwas vorneweg«, unterbrach Marker noch einmal. »Das hier ist kein Verhör. Wir versuchen nur sehr schnell herauszufinden, wer den Geldbedarf kannte.«

»Weiß Ihre Truppe eigentlich Bescheid?«

Er schüttelte den Kopf. »Noch nicht, aber ich muß den engen Kreis heute abend informieren, sonst gerate ich in Teufels Küche.«

»Also los«, wiederholte Rodenstock fröhlich.

Ich ging hinaus, Marker kam hinter mir her: »Halten Sie nichts von dieser Methode?«

»Oh, doch. Es ist nur so, daß es eigentlich jeder weiß, wenn der Stammtisch es weiß.«

»Das heißt: nicht nur die Stammtische, auch die alten Leute zu Hause?«

»Auch die alten Leute zu Hause, richtig.«

»Aber wir haben keine Wahl.« Er wirkte mutlos. »Wahrscheinlich ist das der Fall, vor dem wir alle Angst haben: Jemand klaut einen Irrsinnshaufen Geld und hat es eigentlich nicht darauf abgesehen. Das habe ich gefürchtet, das habe ich mein ganzes Leben lang gefürchtet.«

»Können Sie mir einen Gefallen tun? Rufen Sie meinen Bürgermeister an. Sagen Sie ihm, er soll um Mitternacht hier sein. Ohne Aufsehen.«

»Was soll das?« fragte er irritiert.

»Ich habe da eine noch unklare Idee. Falls sie sich als richtig erweist, gut, falls sie falsch ist, auch gut. Dann haben wir den Mann im Haus, der vermutlich am meisten weiß.«

Selbstverständlich konnte ich nicht traumverloren in meinen Garten schlendern, ohne daß Krümel auftauchte und beschwerend maunzte, weil ich mich stundenweise nicht um sie gekümmert hatte. Ich machte das, was ich immer tue, wenn ich die Gefühlswelt meiner Katze im Drang der Ereignisse vernachlässige. Ich legte mich lang auf den Bauch im Schatten der Birke, und sie bestieg meinen Rücken, leckte sich angelegentlich die Pfoten und sah dabei über die hitzeflimmernde Wiese, als wollte sie sagen: Ätsch!

Ich döste ein, und sie tat das gleiche auf meinem Rücken, bis Elsa mich sanft stupste und mir das Telefon in die Hand drückte: »Dein Bürgermeister.«

»Was will die Obrigkeit?«

Die Stimme am anderen Ende lachte. »Kättchen hat heute abend keine Zeit. Kannst du dich um Klärchen kümmern?«

»Mache ich. Hast du mittlerweile einen Platz für sie gefunden?«

»Wir können eventuell in vier Wochen einen Pflegeplatz in einem Alten- und Pflegeheim kriegen. Gern gebe ich sie ja nicht her.«

»Aber das ist doch schon mal was.«

»Und, warte mal, nicht einhängen: Was soll ich um Mitternacht bei dir?«

»Ganz einfach«, antwortete ich. »Du bist der Mann, der am meisten Ahnung hat. Also wollen wir mit dir reden.«

»Gut. Ich zittere etwas, aber ich komme.«

»Nix zittern, erinnern!«

Ich legte auf und reichte Elsa das Telefon. »Wie weit seid ihr?« fragte ich sie.

»Wir haben die Kneipenrunde rekonstruiert. Am Samstag waren siebenundzwanzig Männer und vier Frauen dort. Das sind die hiesigen Verbindungen, die ziemlich genau Bescheid wußten. Kommen von Edda in Blankenheim ungefähr sechzehn bis dreiundzwanzig hinzu. Mit anderen Worten: Wir haben es mit einer Gruppe von mindestens siebenundvierzig bis vierundfünfzig Personen zu tun.«

»Man muß die Runde ausdehnen, denn beide Ratsgremien wußten Bescheid, kannten den genauen Finanzbedarf. Schließlich ist es die Planungshoheit der Gemeinde, einen Kindergarten zuzulassen, oder nicht?«

»Also nahezu aussichtslos.«

»Hast du Gitta schon gefragt, wer aus dieser Runde sie anbetet?«

»Wieso?«

»Na ja, wenn siebenundzwanzig Männer da sind, dann ist doch vermutlich einer darunter, der sie heiraten will, immer schon heiraten wollte. Vielleicht hat er das Geld geklaut, um seine Mitgift einzubringen.«

»Du bist erstaunlich, Baumeister. Ich gehe sie fragen. – Liebe als Motiv … – daß ich nicht lache.«

»So etwas gibt es wirklich«, sagte ich und sah ihr nach, wie sie um die Ecke des Hauses verschwand.

Ich war gerade wieder eingedöst und spürte, wie Krümel es sich in meiner Armbeuge gemütlich machte, als Elsa mit Gitta kam und erklärte: »Von den siebenundzwanzig Jungens haben rund elf versucht, etwas mit ihr anzufangen. Von den elf wollten etwa acht einfach nur mit ihr ins Heu. Bleiben drei. Von diesen dreien hat einer inzwischen geheiratet, der zweite will ewig Junggeselle bleiben, und der dritte ist Christian Daun, und Gitta sagt, er wolle sie eigentlich nur als dritte Wahl, nachdem er bei zwei anderen Damen seines Herzens auf die Nase gefallen ist.«

»Wie viele Verehrer hat Edda?«

»So viele wie ich«, antwortete Gitta und hockte sich ins Gras. »Glaubst du ernsthaft, daß jemand versuchen kann, sich auf diese Weise einzukaufen?«

»Na sicher«, gab ich zurück. »Also, geliebte Gitta: Kann der Christian Daun dir den Zaster geklaut haben?«

»Nie und nimmer!« Sie schüttelte den Kopf. »Er ist witzig, und er ist sicher trickreich, aber sein einziges Vergehen wird darin bestehen, gelegentlich in einer Einbahnstraße zu rauchen.«

»Na gut, er ist ja nur einer von siebenundzwanzig. Denk mal nach. Wer von denen will dich wirklich und ernsthaft. Und wem traust du so ein Ding zu?«

Elsa zuckte zusammen. »Moment mal. Und wenn es zwei waren? Der eine will Edda, der andere will Gitta?«

»Es waren mindestens drei«, sagte ich. »Das wissen wir sicher. Also müßten wir nach einer weiteren beschenkten Frau Ausschau halten. Gitta-Kind, wer könnte diese Frau sein?«

»Ich weiß es nicht«, meinte sie vage. »Monika vielleicht. Die sucht Kapital, um zwischen Daun und Gerolstein ein Bistro aufzumachen.«

»Wieviel braucht sie denn?«

»Nicht viel. So um die vierzigtausend.«

»Dann geht und ruft sie an. Und fragt munter drauf los, nur keine Hemmungen.«

»Du bist verrückt«, hauchte Elsa.

»Na sicher«, bestätigte ich. »Wie soll ich anders in der Eifel überleben?«

Sie verschwanden. Krümel versuchte erneut, neben mir einzuschlafen, ich versuchte erneut einzudösen. Aber wenn man das Haus so voll Besuch hat, ist man ein gefragter Mensch. Rodenstock kam nachdenklich des Weges, hockte sich ins Gras und trompetete entmutigt: »Ich glaube, man müßte mindestens einhundert Leute verhaften, um festzustellen, wo sie zur Tatzeit waren.«

»Wir haben kein Untersuchungsgefängnis dieser Größenordnung, aber wir könnten sie für die Zeit in der eingegangenen Schweinezüchterei vom Matthes unterbringen. Was sagt die Nase des Kriminalisten?«

Er kicherte. »Wenn die Täter besonders geschickt sind, dann bringen sie uns erfolgreich auf die Idee, darüber nachzusinnen, daß es ein paar frustrierte Jugendliche aus diesem aufmüpfigen Bergvolk hier waren. Damit hängen wir dermaßen in den Seilen, daß wir etwas anderes gar nicht mehr sehen.«

»Also Ablenkung?«

»Warum denn nicht Ablenkung?« fragte er strahlend. Er hielt einen Augenblick lang inne, spielte mit den Blättern eines Löwenzahns und fuhr dann fort: »Der Coup, da sind wir uns einig, ist hervorragend durchgezogen worden. Egal, wer es war, ob irgendeine einheimische Gruppe oder international arbeitende Leute. Stellen Sie sich vor: Die beschließen, einen ganz geringen Teil der Beute schlicht zu verschenken. Baumeister, ganz ehrlich, ich habe den Verdacht: Hinter diesen Bergen hier herrscht ein großes Gekicher.«

Kaum hatte er seine Ansprache beendet, tanzten Gitta und Elsa um die Ecke und wirkten wie fröhlich verspielte kleine Mädchen. Gitta berichtete: »Also, Baumeister, es war ganz einfach. Monika hat ihre vierzigtausend gekriegt. Auch in Zeitungspapier, aber nicht am Sonntag morgen, sondern nachmittags, als sie in den Garten ging, der ein paar hundert Meter vom Haus entfernt ist. Da lag das Zeug auf Gartenhandschuhen und Samentüten.«

»Wir sollten einen Saal mieten«, sagte ich. »Und? Mit wem hat sie darüber gesprochen?«

»Noch mit keinem, aber sie ist auf dem Weg hierher«, antwortete Elsa. »Wieso Saal mieten?«

»Das ist doch ganz einfach. Gitta hat hundertdreißigtausend, Edda siebzigtausend, diese Monika vierzigtausend. Das macht magere zweihundertvierzigtausend. Die Kameraden haben aber mehr als achtzehn Millionen kassiert. Da kann man vielen eine Freude machen. Deshalb ein Saal. Ich geh jetzt die Witwe Bolte ins Bett bringen«, entschied ich. »Und du, holde Elsa, wirst mich begleiten. Wir sollten unsere Pflichten als Nachbarn nicht versäumen.«

Elsa schlenderte neben mir her und sagte gedehnt: »Immer, wenn du so ein Gesicht machst, hast du irgend etwas im Hinterkopf. Was ist es, Baumeister?«

»Ich überlege, welche Gute-Nacht-Geschichte ich der Witwe Bolte erzählen werde.«

»Sag mal, willst du mich verscheißern?«

»Nein«, erwiderte ich und erzählte ihr von Klärchen, die das ganze Dorf Witwe Bolte nannte.

Sie bereitete uns einen großartigen Empfang. Sie hatte alle auftreibbaren Teelichter angezündet und in sorgsam bemessenem Bogen um eine Gipsmadonna in der Küche aufgestellt. Sie stand gegen die Flut des gelben Lichtes, breitete die Arme aus, trug irgendwas nahezu Durchsichtiges und Feierliches und sagte wie ein kleines Mädchen: »Herr Baumeister bringt mir meine Gute-Nacht-Geschichte.« Dann sah sie Elsa und strahlte noch ein wenig heller. »Ich wußte doch, daß irgendwo hinter den Bergen eine Liebe lebt. Das ist also Baumeisters Mädchen. Willkommen!«

»Mädchen, na ja«, murmelte Elsa trocken.

»Hast du deine Pillen genommen, Klärchen?« fragte ich in gespielter Strenge.

»Alle genommen. Und du brauchst mir auch keine Geschichte erzählen. Du hast ja jetzt Besuch.«

»Hast du auch gegessen?«

»Habe ich.«

»Was?«

»Na ja, eine Milchsuppe. Auf dem Herd steht der Rest.«

»Hast du mit der Jungfrau gesprochen?«

»Oh ja«, seufzte sie. »Und sie hat mir wieder Geld geschenkt.«

»Ach du lieber Gott«, kam es von Elsa.

»Wieviel denn?«

»Das weiß ich nicht«, antwortete sie mit piepsiger Stimme. »Ich habe es irgendwo hingetan, ich weiß es nicht mehr genau. Baumeister, kannst du es suchen?«

»Ich suche ja schon«, stöhnte ich.

»Das ist ein Land voller Irrer!« hauchte Elsa.

»Ja, toll, nicht wahr?« hauchte ich zurück. Um dann laut zu fragen: »War es die Madonna an Christians Scheune?«

»Na sicher«, bestätigte die Witwe Bolte glasklar.

Im Küchenschrank war nichts, im Ofen auch nichts, in der Schublade bei den Bestecken ebenfalls Fehlanzeige.

»Hast du es vielleicht im Bett?«

»Im Bett? O nein, nicht doch.« Die Alte kicherte.

Da fiel mein Blick auf eine sehr schöne Emailleschale an der Wand, auf der *SALZ* stand. Sie hatte das Geld dort hinein getan. Es war wiederum zerknüllt, und es waren diesmal sechzehn Hunderter und drei Tausender.

»Und diesmal riechen sie wieder nach Motoröl«, stellte ich fest.

»Mein Gott, woher hat sie das Geld?« fragte Elsa.

»Gespart. Sie traut Banken nicht«, gab ich Auskunft. »Sie hat denen noch nie getraut.«

»Wie schön!« strahlte Elsa.

Ich befahl: »Husch, husch ins Körbchen. Was hat denn die Jungfrau dir heute erzählt?«

»Sie gab mir nur das Geld und sagte, ich solle brav auf das Dorf aufpassen, auf alle Menschen hier, jung und alt. Habe ich nicht ein schönes Nachthemd?«

»Bezaubernd!« trompetete Elsa.

»Wunderschön!« Ich war entzückt. »Nun hinlegen, Decke drüber und schlafen.«

»Mach ich«, sagte sie zufrieden.

Wir ließen das Licht an ihrem Bett brennen, alle anderen Lampen knipsten wir aus und gingen langsam den Weg zurück.

»Was möchtest du jetzt, wenn du einen Wunsch frei hättest?« fragte mich Elsa.

»Das Rosenberg-Trio mit Zigeuner Jazz, am liebsten mit ›Nuages‹. Und du?«

»Ich möchte, daß du mich fest in den Arm nimmst und mir sagst, daß ich eigentlich ganz gut bin.«

Ich nahm sie in den Arm und sagte: »Du bist verdammt gut.«

»Können wir nicht ein paar Tage abhauen?«

»Das geht nicht. In einer Viertelstunde kommt Wassi und dann mein Bürgermeister.«

»Du bist so ekelhaft beruflich.«

NEUNTES KAPITEL

Wassi trudelte ein, kam verlegen aus der Nacht, stand vor der Haustür, wußte nicht, wohin mit den Händen und atmete tief durch, als ich hinter Elsa auftauchte. Er sagte: »Da bin ich!«

»Gut«, sagte ich und leitete ihn in die Stube. Dort saßen Marker und Rodenstock. Zum Ärger Ungers hatten wir beschlossen, daß nur die beiden mit ihm sprechen durften.

»Zu viele werden ihn unsicher machen, sie werden ihn schweigen lassen. Nur Marker und Rodenstock. Bitte langsam und wie Kumpel. Niemals von oben herab. Er haßt die, die von Geburt an nach was Besserem stinken!«

»Ich rieche nach nichts«, sagte Rodenstock obenhin.

»Ihr fangt an, mich dauernd auszuschließen«, moserte Unger.

Beim Hinausgehen riet ich dem Rußlanddeutschen: »Wassi, sag ihnen, was du gesehen hast, erzähl ihnen das, was du mir gesagt hast. Sie werden nichts auf Tonband nehmen, und die Leute in deinem Haus werden nichts erfahren, und ich verspreche dir …«

Er sah mich ganz ruhig an, er wußte genau, wohin die Reise gehen würde. Er sagte: »Bleib hier, Baumeister. Ohne dich rede ich nicht.«

Ich setzte mich also dazu. Wenn Rodenstock oder Marker ihn etwas fragten, tat er so, als habe ich ihn gefragt. Seine Erzählung war punktgenau die gleiche wie im Wald, er wich an keiner Stelle ab, obwohl ich darauf wartete, daß er an diesem oder jenem Punkt Unsicherheiten zeigte. Er zeigte keine. Als er zu dem Punkt der Geschichte kam, an dem er mit mir den Wald verlassen hatte und wir zum Heim zurückgekehrt waren, gab es keine Fortsetzung. Die Garage mit dem Dorf für seine Frau sollte sein Geheimnis bleiben. Er war dankbar für mein Schweigen und versuchte, mir zuzublinzeln, was ihm elend mißlang.

Er schloß: »Bitte, entschuldigen Sie, aber ich habe nur flüchtig gesehen, ich habe zuerst, na ja, ich habe zuerst nicht verstanden, was da war. Deshalb ich kann nicht sagen, waren es drei Männer oder vier oder fünf oder …«

»Schließen Sie die Augen«, bat Rodenstock eindringlich. »Schließen Sie die Augen, und hören Sie zu. Sie sind im Wald. Es ist gegen Mittag, es ist heiß, die Sonne steht hoch. Stehen Sie dort, wo dieses Bärenmoos ist, im Schatten oder in der Sonne?«

Wassi hielt die Augen geschlossen und lächelte leicht. »Halb. Halb Schatten, halb Sonne. Sehr grell.«

»Gut. Also Halbschatten. Dann sehen Sie auf die Straße, wo sich dieser Überfall abspielt. Achten Sie jetzt bitte – halten die Augen geschlossen! – nicht auf das Licht, nicht auf das Bild. Achten Sie auf Geräusche. Was hören Sie? Langsam, langsam. Was hören Sie?«

Wassi ließ sich darauf ein, er fühlte sich sicher. »Entfernung ist, na ja, zweihundert, zweihundertfünfzig Meter. Stimmt so, Baumeister?«

»Haut hin. Weiter.«

»Ich höre ein Auto, nein, ich höre zwei Autos. Moment. Überfall ist passiert, oder?«

»Nein, noch nicht«, widersprach Rodenstock ganz ruhig und gelassen. »Ist noch nicht passiert. Was hören Sie?«

»Da ist ein Kreisch. Sagt man so? Kreischen, ja Kreischen. Sie ziehen das Motorrad über die Straße und legen es hin. Mitten auf Straße. Dann das Auto, das mit dem Geld. Es kommt. Die Männer, nein, halt. Es kommt, und die Bremsen quietschen leicht. Nicht schlimm, nicht wie im Film. Dann höre ich, wie sie die Türen aufmachen. Nein, sie machen sie nicht auf, sie schieben sie auf. Sind Schiebetüren. Geht wie ein Rollen, nicht laut. Dann ... dann höre ich nichts, nein, gar nichts. Die beiden Wachmänner gehen zu den Männern auf der Straße. Und dann ist kein Geräusch. Ich ... ich habe bis dahin überhaupt nicht an Überfall gedacht, verstehst du?«

»Na sicher. Warum denn auch? Helle Sonne, grüner Wald, warm ...«

Er lächelte. »Du verstehst. Gut. Komisch. Jetzt kein Geräusch mehr, überhaupt kein Geräusch, verstehst du? Ich sehe ... ich höre nichts. Die Wachmänner kriegen was um die Köpfe, also diese Ohrenschützer, wie wir sie beim Fällen und Sägen tragen müssen. Dann etwas über den Mund, dann diese Säcke. Geht alles schnell, geht so schnell, wie ... na ja, sie haben das geübt, denke ich. Dann die Wachmänner an die Bäume. Kein Geräusch, versteht ihr, kein Geräusch, nichts. Und ich höre gut.«

»Wann kommt jetzt ein Geräusch?« fragte Rodenstock.

»Sind zwei Geräusche. Kommen laut und schnell. Zwei Autos. Auto mit Geld und der Intercooler, der rückwärts rankommt. Sehr schnell.«

»Was dann?«

»Dann wieder schrill. So ein Kreischen. Sie ziehen zwei Schienen hinten raus. Der Geldwagen fährt hoch. Alles sehr schnell. Dann wieder nur ein Auto, weil der Geldtransporter abgestellt. Schluß damit. Volvo gibt Gas und ist schnell weg.«

»Moment, Moment«, rief Marker hastig. »Da fehlt doch was!«

»Fehlt nichts«, sagte Wassi bestimmt.

»Doch«, beharrte Marker. »Da fehlt etwas. Sie fahren den Geldtransporter auf den Tieflader. Okay? Gut. Dann muß der, der im Geldtransporter sitzt, doch aussteigen, oder?«

»Verdammt gut«, meinte ich. »Stieg er aus, Wassi?«

»Nein. Er stieg nicht aus. Weiß ich sicher. Keine Autotür.«

»Kann nicht sein«, überlegte Marker. »Wassi, bitte denken Sie nach: Bis jetzt stimmt alles. Der, der den Volvo fährt, sitzt im Volvo. Der, der den Geldtransporter auf den Tieflader gefahren hat, bleibt drin sitzen. Auch okay. Aber der dritte Mann? Der muß doch in den Volvo, oder? Oder wenn er nicht in den Volvo steigt, steigt er dann in den Geldtransporter? Irgendwo muß er bleiben, verdammt noch mal.«

»Kapiere ich«, sagte Wassi. Er hielt die Augen noch immer geschlossen. »Kapiere ich verdammt gut, Chef. Aber da war nichts. Keine Autotür. Langsam noch mal. Halt, wir haben vergessen das Motorrad, die Plane. Haben sie vorher auf den Tieflader gehoben – zu dritt«, erklärte er sehr bestimmt.

»Gut, also noch mal«, sagte ich. »Einer geht den Tieflader holen. Der steht hinter einem Erdwall, rund hundertfünfzig

Meter weg, und ist nicht sichtbar. Währenddessen setzt sich der zweite Mann in den Geldtransporter. Als der Tieflader herangebracht ist, fährt er auf die Ladefläche. Okay?«

»Okay«, bestätigte Wassi. »Dritter Mann. Muß einsteigen, muß eine Tür zu hören sein. Ist aber nicht. Ist still.«

»Also keine Tür klappt. Also bleibt der dritte Mann am Tatort. Ist das so richtig?« Rodenstock hatte die milde Stimme eines Mannes, der niemandem weh tun kann.

»Ist richtig«, nickte Wassi.

»Weiter«, sagte Marker. »Das Geräusch von dem Volvo wird immer leiser. Er fährt weg, er taucht in die Wälder. Da muß ein weiteres Geräusch sein. Irgendein Geräusch. Läuft der dritte Mann? Krachen Äste? Irgendein helleres Geräusch, weil er auf der Straße läuft?«

»Nein«, lächelte Wassi. »Gute Methode. Nein, er rennt nicht. Da ist wieder ein Motor. Aber Trecker.«

»Ganz sicher ein Trecker?« fragte Rodenstock.

»Ganz sicher«, sagte Wassi. »Leichter Trecker, nicht schwer. Ich denken, vierzig bis sechzig PS. Ziemlich ... wie sagt man? ... helles Geräusch. Leichter Trecker. Klingt wie International.«

»Phantastisch!« seufzte Marker. »Das ist wirklich phantastisch. Es hilft uns nicht die Spur weiter, hat aber das Flair einer spiritistischen Sitzung.«

»Verdammt noch mal, das ist nicht wahr«, widersprach ich. »Ich verlasse mich darauf, daß Wassi einen Trecker gehört hat. Und er hört einen leichten Trecker der Marke International. So was hört man hier. Vierzig PS ungefähr. Aber Sie übersehen die Tatsache, *daß* es ein Trecker ist, mein Bester. Wenn wir von einer international arbeitenden Gruppe ausgehen, dabei aber ein Trecker tuckert, dann stimmt etwas nicht, denn solche Gruppen benutzen niemals einen Trecker.«

»Das könnte sein«, sagte Marker. »Aber mehr auch nicht. Dann brauche ich diesen Trecker.«

»Ja, ja«, murmelte Rodenstock trübsinnig. »Sie waren gut, Wassiliew. Vielen Dank.«

»Und nichts im Heim?« fragte Wassi. »Wirklich nicht, Chef?«

»Ich verspreche es«, nickte Marker. »Nichts im Heim.«

»Dann gehe ich.« Er stand auf, stand linkisch herum, wußte wieder nicht, wohin mit den Händen. Da tauchte Elsa hinter ihm aus dem Nichts auf und befahl: »Einen dreifachen Schnaps für die Arbeit.«

Wassi strahlte, nahm das Glas, trank es aus und warf es hinter sich auf die Fliesen. »Gutes Haus«, sagte er dann und ging.

Elsa flüsterte mir zu: »Er liebt dich.«

»Das kann schon sein«, meinte ich. »Er sieht im Wald dieselben Sachen wie ich, und er kann genauso gut die Schnauze halten wie ich. Aber er ist im Gegensatz zu mir knallhart.«

Dann kam mir eine Idee. Ich rannte hinter ihm her und schrie: »Heh, Wassi, komm noch mal zurück. Wir haben etwas vergessen.«

»Meine Frau ...«, widersetzte er sich matt.

»Es dauert nicht lange«, versicherte ich.

Rodenstock und Marker waren in ein Gespräch vertieft. Sie waren erstaunt, aber sie griffen nicht ein. Wassi setzte sich wieder.

»Hör zu, Wassi. Mir ist noch etwas eingefallen. Wenn du im Wald bist: Kannst du, ohne die Erde zu fühlen, sagen, ob es dort feucht ist oder trocken?«

»Na sicher«, lächelte er. »Du weißt doch. Es sind Gräser dort und Pflanzen. Und bestimmte Gräser wachsen nur, wo feucht ist oder wo trocken ist, und deshalb weiß ich das.«

»Gut. Du hast die Augen zugemacht und in dir nachgehört, was dort für Geräusche gewesen sind. Wir wissen jetzt mehr. Aber du hast auch gute Augen, nicht wahr?«

»Sehr gute Augen«, nickte er. »In Kasachstan sagten die Leute, ich könnte besser sehen als ein Luchs.«

»Wenn du Tiere im Wald siehst, kannst du unterscheiden, wie alt sie sind? Kannst du ihr Alter erkennen?«

»Sicher«, bestätigte er sofort. »Weißt du, es ist wie bei Menschen: Junge Tiere bewegen sich anders als alte Tiere. Junge Tiere haben sehr viel Kraft und machen viel unnütze Schritte. Es ist so, als hätten sie zuviel Kraft. Junge Tiere tollen, alte nicht. Wenn du siehst eine Fuchsfamilie, dann geht die Mutter immer vorn. Und die Kleinen hinter ihr her im Gänsemarsch. Aber die Kleinen gehen nicht genau im Gänsemarsch. Sie machen mal hier einen Schritt mehr, mal dort. Und sie spielen mit dem Schwanz vom Fuchs, der vor ihnen geht. Sie sind eben Kinder.«

Er hockte da und war verliebt in seinen Wald. Rodenstock und Marker starrten ihn ergriffen an.

»Das ist sehr gut. Du sagst, es waren wahrscheinlich drei Männer. Mach noch einmal die Augen zu. Okay. Und jetzt erinnere dich an ihre Bewegungen. Du konntest sie nicht erkennen, weil sie diese Motorradhauben trugen. Aber du hast sie gesehen. Wie bewegten sie sich? Schnell, geschmeidig, schwerfällig, wie dicke Menschen, wie dünne Menschen?«

»Ach so«, hauchte Marker.

»Einer war jung«, sagte Wassi. »Ja, einer war jung.«

»Was machte der?«

»Der fuhr nicht den Tieflader. Auch nicht den Geldtransporter. Das war der, der blieb.«

»Der mit dem Trecker?«

»Ja, ja, ich denke.«

»Und die anderen beiden?«

»Bewegten sich anders. Irgendwie schwerer.«

»Älter?«

»Älter«, kam es bestimmt zurück.

»Danke, Wassi«, sagte ich. »Sag mal, bist du eigentlich katholisch?«

»Ja«, nickte er etwas verwundert.

Ich ging hinüber in mein Arbeitszimmer und nahm die alte hölzerne Madonna von ihrer Unterlage, die irgendwer aus meiner Familie vor Urzeiten in den Wirren des Krieges irgendwo gegen eine Stange Zigaretten eingetauscht hatte. Das Gesicht dieser Maria war mädchenhaft, irgendwie gänzlich unglaublich. Ich reichte sie ihm und sagte: »Vielleicht ist das auch etwas für deine Frau.«

»Ja, ja«, bedankte er sich. Er nahm sie wie ein Baby in die Armbeuge und verschwand in der Nacht. Sein Gesicht war verwirrt.

»Was sagt uns das?« fragte Marker hinter mir.

»Ich weiß es nicht genau.«

»Es waren also drei Männer mit einem Tieflader und einem leichteren Trecker«, murmelte er.

»Es kann auch eine Frau dabeigewesen sein«, rief Rodenstock irgendwo hinter uns im Dunkel des Flurs. »Lieber Himmel, ich brauche einen Kaffee.«

»Wir haben noch zehn Minuten bis zum Bürgermeister«, stellte ich fest.

Wir hatten diese zehn Minuten nicht, denn die Frau meines Bürgermeisters rief an und sagte empört: »Also, Klärchen ist doch wieder losgerannt und steht splitterfasernackt vor der Madonna an Christians Scheune. Kann man dem denn nicht verbieten, nachts zu schweißen?«

»Ich sause hin«, beruhigte ich sie, dann informierte ich meine Besucher. »Ich bin sofort wieder da.«

»Ist es die unsägliche Witwe Bolte?« fragte Unger.

»Sie ist nicht unsäglich«, wies ich ihn zurecht.

»Beeilen Sie sich«, mahnte Marker.

Elsa kam hinter mir her und setzte sich in den Jeep. »Ich will sehen, wie sie ausflippt.«

»Sie flippt gar nicht aus, sie ist einfach nur auf eine angenehme, nicht aufdringliche Weise verrückt. Früher durften diese Typen im Dorf bleiben, bekamen ihr Essen und wurden gepflegt. Heute pflegt sie der Staat und macht sie arm.«

»Unsere Gesellschaft hat sich eben verändert.«

»Vermutlich willst du sagen, zum Besseren.«

Sie antwortete nicht mehr, sie murmelte: »Das gibt es doch gar nicht!«

Inzwischen waren wir am Ziel, und an der Ecke der großen Scheune, an der auf einem Haufen aus Bruchsteinen die Gipsmadonna stand, brannten sicherlich mehr als dreißig Teelichter in der stillen, heißen Nacht. Davor erhob sich wie ein kleiner Hügel die Gestalt der knienden Witwe Bolte. Sie hatte sich eine alte Pferdedecke übergehängt, es wirkte gespenstisch.

Christian Daun, sein Vater und Peter Blankenheim standen einige Meter abseits zusammen, waren sehr ruhig und gelassen und rauchten.

»Heh, Klärchen«, rief ich munter. »Du gehörst ins Bett!«

»Die ist völlig weg«, meinte Christian Daun.

»Die hört dich gar nicht«, sagte Peter Blankenheim.

»Das muß doch mal ein Ende haben«, knurrte Nikolaus Daun.

Die Witwe Bolte betete, ihre Lippen bewegten sich schnell, ihre Züge waren vollkommen glatt und verklärt, und die Augen hielt sie geschlossen. Sie drehte sich um, und dabei rutschte die alte Decke von ihr herunter. Sie war auf eine unnahbare Weise nackt, sie war vollkommen unberührbar. »Wollt ihr nicht lieber mitbeten?« fragte sie im Mama-Ton.

»Du erkältest dich, Klärchen«, sagte Elsa freundlich und legte ihr die Decke über.

»Danke, mein Kind«, flüsterte Klärchen.

»Warum gehst du nicht zum Schweißen auf den Hof deines Vaters?« fragte ich Christian Daun.

Er zuckte die Achseln. »Hör mal, Siggi, wir haben alle Maschinen von mir, von meinem Vater und vom Blankenheim-Hof hierhergefahren. Wir arbeiten wie die Sklaven, ich muß die Dinger nachts reparieren. Mir ist eine Wellenhalterung im Mähdrescher gebrochen. Verdammt, ich kann doch nicht das ganze Gerät auf meinen Elternhof schaffen. Jedesmal, wenn ich hier schweiße, kommt sie an und betet. Wieso kriegt der Bürgermeister keinen Heimplatz für sie?«

Es war augenblicklich still, Klärchens Lied erstarb, sie stand auf, die Decke rutschte herunter, sie stand da und sagte: »Wenn mir einer das hier nimmt, lege ich mich zum Sterben hin.«

»Scheiße!« fluchte Christian Daun. »Das wollte ich nicht.«

»Das will doch kein Mensch«, sagte sein Vater.

»Beruhige dich«, meinte Blankenheim. »Ich sage Erna, sie soll dich heute nachmittag mit Kaffee und Kuchen besuchen. Vielleicht kannst du ja mal zu uns hochkommen? So alt bist du doch nicht, daß du das nicht schaffst.«

»Das wäre schön«, flüsterte Klärchen gläsern. »Jetzt gehe ich schlafen.« Sie griff nach der Decke, hängte sie sich über und ging langsam die zweihundert Meter zu ihrem Haus.

»Sie ist wirklich wunderbar«, sagte Elsa versonnen.

»Sie war immer ein guter Typ«, murmelte Peter Blankenheim.

Der alte Daun setzte hinzu: »Wunderlich, immer etwas wunderlich, aber sie hat uns Kinder sehr gemocht, nie angebrüllt.«

»Wir müssen das durchstehen«, stellte ich fest und blies die Teelichter aus.

»Geht klar«, sagte Christian einfach und zündete sich eine Zigarette an. »Wollt ihr ein Bier?«

»Keine Zeit«, lehnte Elsa ab.

»Habt ihr die Geldräuber?« Peter Blankenheim fragte das augenzwinkernd.

»Nicht die Spur«, gab ich Auskunft. »Mich würde es nicht wundern, wenn jemand für den Zaster längst Waffen oder Heroin gekauft hat.«

Auf der kurzen Rückfahrt redeten wir nicht. Mein Bürgermeister hockte in der Stube in einem Sessel und war unsicher, denn Marker, Rodenstock, Unger und Bettina hockten um ihn herum wie ein Tribunal.

»Ich mache erst mal einen Kaffee«, sagte Elsa und nickte ihm zu.

»Grüß dich, Obrigkeit«, sagte ich. »Was spricht der Volksmund, wer hat den Zaster?«

»Das weiß ich nicht.« Er lachte und lockerte sich etwas.

»Das ist ein informatives Gespräch«, erklärte Marker vorsichtig. »Es hat keinen offiziellen Charakter. Es ist ein Plausch, würde ich sagen.«

»Also plauschen wir«, meinte Unger munter.

Sehr wahrscheinlich glaubte mein Bürgermeister, es gehe bei mir nicht wesentlich anders zu als bei einer Ausschußsitzung unter Ausschluß der Öffentlichkeit: Man tastet sich ab. Er begann: »Ja, es wäre schön, wenn Sie mich einmal informieren, wie weit die Nachforschungen gediehen sind.«

»Sehr gut gemacht«, lächelte Rodenstock, und mein Bürgermeister grinste.

»Hör zu«, sagte ich, »es geht nicht darum, jetzt herauszufinden, wer es war. Wir wollen wissen, wie die Stimmung ist und was so alles erzählt wird. Wir erfahren das nicht, aber du.«

»Du kennst ja die Eifler«, gab er zu bedenken. »Geredet wird viel, aber was davon stimmt, muß jeder selbst herausfinden.«

»Wir sind dabei«, sagte Marker freundlich.

»Fangen wir gleich mal an«, meinte ich. »Was sagt man zum Mord an dem Banker, dem Schuhmacher?«

Er bewegte sich vor, trank einen Schluck Bier, zündete sich eine Zigarette an. »Also, wenn's die Frau war, dann ist das natürlich furchtbar. Aber die meisten, vor allem die Frauen, sagen: Die war das niemals! Ich weiß ja nicht, aber angeblich ist die Frau sehr sanft.« Er wedelte mit den Händen. »So ein Pflanzstock ist schwer und aus Stahl und rund zwanzig Zentimeter lang. Stell dir vor, so ein Ding rammst du einem Menschen in den Mund ... näh, näh, das ist ja unheimlich brutal. Die meisten glauben eben, daß er irgendwie in der Geldsache drinsteckte und umgebracht wurde. Oder vielleicht hat er ja durch Zufall irgendwas mitbekommen, durch Zufall erfahren, wer es war. Da mußte er sterben.«

»Ist es denn nicht vorstellbar, daß die Frau ausflippte?« fragte Rodenstock sanft.

»Na sicher«, nickte er. »Aber das ist etwas, das ... na ja, wenn einer durchdreht, macht das den Menschen angst. Da ist man lieber handfest und sagt sich: Das waren Gangster.«

»Richtig«, bestätigte Marker. »Und wahrscheinlich wollen Sie von uns wissen, ob wir irgend etwas Endgültiges wissen. Momentan sieht es tatsächlich sehr danach aus, daß die Frau es war. Der Mann hat sie halt ziemlich schweinisch behandelt.«

»Oh Mann!« hauchte Willi. Dann gab er sich einen Ruck: »Also ich erinnere mich an einen Professor, der mal gesagt hat: Ein Mensch kann Läuse und Flöhe haben. Kann es nicht sein, daß sie ihn umbrachte, und er trotzdem etwas mit dem Ding zu tun hatte?«

»Kann sein«, nickte Marker, »das kann durchaus sein. Was sagen die Leute: Wieviel Täter waren es?«

»Ja, das ist merkwürdig! Niemand vermutet, das war eine Gruppe oder ein Haufen oder so. Sie sagen alle, es waren drei Männer.«

»Nicht zwei Männer und eine Frau?« fragte ich.

»Es waren drei Männer«, wiederholte er. »Und sie haben einen Tieflader in Oberehe geklaut und das Ding benutzt, den Transporter wegzuschaffen.«

»Woher kommt das mit dem Tieflader?« erkundigte sich Rodenstock.

Wenn mein Bürgermeister grinste, sah er augenblicklich zehn Jahre jünger aus. »Das ist ganz einfach. Die Belgier hatten diesen alten Mann in Oberehe gebeten, auf die Tieflader aufzupassen. Der hat wie wild in der Gegend rumtelefoniert, daß mit einem der Tieflader das Ding gedreht wurde. Stimmt das?«

»Das stimmt«, nickte Marker. »Nun habe ich, Herr Bürgermeister, noch eine Frage. Es wird ja viel geredet, und eigentlich weiß niemand etwas Genaues. Aber es wird im Zusammenhang mit solchen Fällen immer über Gruppen geredet, denen es beschissen geht, wirtschaftlich beschissen. Denen traut man doch zu, so ein Ding zu drehen, oder? Also, meine Frage: Wird so eine Gruppe erwähnt?«

»Da rede ich nicht gern drüber«, erwiderte er schnell. »Wissen Sie, das ist ja so: Als Bürgermeister hört man viel, und das meiste davon ist reiner Blödsinn. Da rede ich nicht gern drüber. Läuft hier eigentlich ein Tonband?«

»Wir machen keine linken Dinger!« verneinte Marker scharf. »Herr Bürgermeister, das hier ist vertraulich, niemand wird erzählen, daß Sie überhaupt hier waren.«

Mein Bürgermeister wurde wiederum zehn Jahre jünger. »Ach wissen Sie, Herr Hauptkommissar, das braucht auch niemand erzählen. Das Dorf weiß sowieso, daß ich hier bin. Jeder hat heute Telefon.«

»Willi, paß auf«, sagte ich. »Du hast wahrscheinlich von dem Wassiliew im Kerpener Heim gehört?«

»Na sicher. Der soll mitgemacht haben.«

»Hat er einwandfrei nicht«, widersprach Rodenstock.

»Wassi hat nichts damit zu tun«, erklärte ich. »Und seine Kumpane auch nicht. Von welchen Gruppen hast du gehört?«

Es war ihm unangenehm, er wollte nichts sagen. Er wiegte den Kopf hin und her.

»Niemand zitiert Sie«, mahnte Rodenstock.

»Na ja, es ist nicht meine Gemeinde«, murmelte er. »Das geht meinen Kollegen an. Also, es ist so, daß wir in Daun eine Witwe haben, hoch in die Siebzig. Die hat drei Kinder. Alle drei irgendwie schief, also sozusagen mißraten. Die Tochter geht angeblich in Frankfurt anschaffen, ist aber am

Wochenende dauernd hier. Die beiden Söhne leben bei der Mutter, und wir nennen sie hinter der Hand die Heroin-Boys. Also, ich will sagen, die sind süchtig. An dem Samstag, an dem der Geldraub passierte, da haben die beiden in Hillesheim in der kleinen Kneipe nebenan eine Currywurst gegessen. Dann waren sie plötzlich weg. So ungefähr eine Stunde, bevor der Geldtransporter Hillesheim verließ. Seitdem sind sie weg, spurlos verschwunden.«

»Sind die beiden vorbestraft?« fragte Marker.

»Ja«, nickte mein Bürgermeister. »Sie hatten versucht, in Insul unten an der Ahr eine Bank zu überfallen. Also, raffiniert sind sie allemal.«

»Was sagt der Wirt, hatten sie einen Wagen dabei?«

»Nein, das nicht. Aber einen kleinen Trecker. Der ist ihnen wohl von ihrem Vater geblieben.«

»Sieh an, sieh an«, grollte Marker.

»Hat irgend jemand sie gesehen?« fragte Rodenstock. »Ich meine, auf dem Weg von Hillesheim nach Wiesbaum und dann auch rüber nach Flesten.«

»Ein Bauer hat sie auf dem Weg von Hillesheim nach Wiesbaum gesehen, also in der Richtung, in der es passierte.«

Marker schlug wütend mit der flachen Hand auf die Tischplatte. »Verdammt noch mal, warum erfahre ich das erst jetzt?«

»Ich weiß das auch erst seit gestern. Die Witwe in Daun hat Lärm geschlagen. Sie sagt, die beiden Söhne haben ihr das letzte Geld geklaut an dem Samstag morgen. Ich denke mal, die haben sich irgend etwas gekauft und genommen oder gespritzt. Vielleicht sind sie ja auf die Wahnsinnsidee gekommen, den Geldtransporter zu klauen und ...«

»Niemals«, widersprach Elsa scharf. »Woher haben sie das Motorrad, woher die Plane, woher die Säcke? Und dann den Tieflader klauen? Leute, die herionsüchtig sind!«

»Weiß der Kuckuck«, seufzte Marker. »Es kann trotzdem sein, wenn sie irgendwelche Helfershelfer hatten.«

»Sämtliche Umstände kamen ihnen entgegen«, sinnierte Rodenstock.

»Was sagt der Volksmund«, fragte ich weiter, »wohin können sie verschwunden sein?«

»Frankfurt oder Köln«, antwortete mein Bürgermeister. »Sie haben in beiden Städten ihre Drogen gekauft, sie haben dort Bekannte.«

»Ich lasse sie suchen«, sagte Marker. Er verschwand, wahrscheinlich um die Rauschgiftdezernate um dringliche Fahndung zu bitten.

»Jetzt kommt erst mal Kaffee«, sagte Elsa mütterlich.

Wir tranken also dankbar Kaffee und schwätzten über Alltägliches, bis Marker zurückkehrte, sich auf seinen Stuhl setzte und die Befragung fortsetzte: »Ist außer diesen Heroin-Brüdern noch eine andere Gruppe im Gespräch?«

»Ich weiß wirklich nichts weiter«, wiederholte mein Bürgermeister.

»Erörtert denn die Bevölkerung nicht noch ganz andere Möglichkeiten?« fragte Marker.

Es war klar, er wollte meinen Bürgermeister aufs Glatteis locken und gleichzeitig nichts preisgeben.

Ich sah, wie Rodenstocks Gesicht sich unter einem schnellen Lächeln verzog und wie Elsa hastig die Hand zum Mund nahm.

»Na ja«, antwortete Willi gedehnt. »Es werden vor allem viel Witze gemacht.« Er lachte. »Vor allem der: Was kaufst du denn als erstes: Weltreise, Haus oder Auto?«

»Auf wen kommst du denn selbst, was fällt dir denn dazu ein?« bohrte ich weiter.

Er ist ein gewiefter Politiker, mein Bürgermeister. Er sagte im Brustton der Überzeugung: »Na ja, erst mal das organisierte Verbrechen. Das Ding ist doch so perfekt gelaufen, das müssen doch sozusagen erstklassige Profis gewesen sein, oder?«

»Das könnte sein«, bestätigte Marker mit sehr breitem

Mund. »Aber wir wollen auch hören, falls in der Bevölkerung andere Gruppen genannt werden.«

»O ja, die gibt es natürlich«, erwiderte er schlicht. »Die verrückteste, die ich bisher gehört habe, ist diese: Es war die Polizei.« Er hatte vor Belustigung ganz schmale Augen.

Eine Weile herrschte eisiges Schweigen, dann sagte Rodenstock sichtlich konsterniert: »Das ist aber doch Unsinn!«

»Also, so ein großer Unsinn ist das durchaus nicht.« Willi breitete beschwichtigend die Hände aus. »Da steckt durchaus Köpfchen dahinter. Wenn jemand das Ding ganz sicher drehen wollte, dann ... dann ...«

»Das ist aber doch irre«, rief Unger.

»Laß ihn doch mal«, sagte Rodenstock ruhig. »Wieso also Polizisten? Ein paar Minuten nach dem Kladderadatsch war doch ein Streifenwagen da.«

Nun machte meinem Bürgermeister die ganze Sache Spaß. »Also, ich muß betonen, daß ich diese Theorie nicht vertrete, aber trotzdem ist was dran.« Er grinste wieder. »Sehen Sie mal, man sagt immer, daß der Eifler zwar erst mit sechs Monaten die Augen aufmacht, daß er aber dann wirklich alles sieht. Klar war da sofort ein Streifenwagen. Was ist denn, wenn der gar nicht zufällig daherkam?«

»Lieber Himmel«, sagte Rodenstock verblüfft, »das ist wirklich faszinierend. Diese ersten Beamten am Tatort können die Nachforschungen exakt so lange durch emsige Tätigkeit behindern, bis der Tieflader irgendwo ist, wo ein anderer Lkw auf ihn wartet. Meinen Sie das?«

»Das meine ich«, grinste Willi.

»Das kann nicht ganz sein«, wandte ich ein. »Ich war dort. Die Beamten hatten natürlich die ersten zwei, drei Minuten vor lauter Überraschung so etwas wie einen Schock, aber dann haben sie verdammt gut die Ringfahndung aufgestellt. Das glaube ich nicht, das glaube ich einfach nicht.«

»Ist ja nur ein Gedankenspiel«, beruhigte mich Willi. »Man kann daran erkennen, auf was die Leute alles kommen.«

»Jedenfalls zeigt es, daß man meinen uniformierten Kollegen hier alles Mögliche zutraut«, seufzte Marker. »Sagen Sie«, begann er aufs neue, »gibt es denn keine Theorie, die halbwegs realistisch ist?«

Willi verstand die Frage sofort, aber sicherheitshalber blickte er hilflos in die Runde. Dann räusperte er sich und murmelte: »Ja, ich dachte, Sie würden mich jetzt darüber informieren, was Sie wissen.«

»Wir sind uns nicht schlüssig«, entgegnete Marker und schien in tiefes Nachdenken versunken.

Rodenstock schüttelte mißbilligend den Kopf, sagte aber nichts. Elsa lächelte auf den Fußboden.

»Verdammt, nun führen Sie ihn doch nicht vor«, fluchte Unger.

»Heh!« rief Marker scharf.

»Unger hat recht«, entschied ich. »Das ist kein gutes Spiel. Paß auf, Willi. Jemand hat seit dem Wochenende unendlich viel Geld. Er verschenkt es nämlich.«

Er sah mich mit sehr ruhigen Augen an, blickte dann zwischen seinen Beinen zu Boden und stöhnte: »Ach du Scheiße!«

»Bitte, Willi«, bat ich. »Du mußt irgend etwas gehört haben. Du solltest das jetzt sagen. Ob es stimmt oder nicht, ist zunächst wurscht.«

Er atmete in einem heftigen Stoß aus. »Landratsamt! Es ist so, daß das Geld in Zeitungspapier gewickelt war, daß es beim Hausmeister nachts vor die Tür gelegt wurde. Dabei war ein Zettel. Ziemlich schlimm.«

»Was ist schlimm?« fragte ich.

»Auf den Zettel hatten sie Buchstaben geklebt. Ausgeschnitten. Die Behörden sollen das Geld für vier Häuser im Kreis verwenden, in denen Asylbewerber untergebracht sind. Damit nicht noch einmal so eine Schweinerei passiert wie damals mit dem Gymnasium.«

»Was war damals?« hakte ich nach.

»Vor ein paar Jahren kamen aus dem Osten die Deutschstämmigen. Da hat ein Gymnasium einen Wirbel gemacht und geschrien: Her damit! Sie haben die Turnhalle ausräumen wollen und als Lager angeboten. Aber nach vierundzwanzig Stunden war das vorbei. Angeblich haben Eltern den Schuldirektor angerufen und gesagt, sie wollen nicht, daß ihre Tochter in eine Schule geht, in der Russen in der Turnhalle sind. Plötzlich hat keiner mehr von der Turnhalle geredet. Die Landesregierung konnte die Flüchtlinge nicht schicken. Wir bekamen später natürlich trotzdem welche. Ich als Bürgermeister kann nur sagen: Wir wissen nicht mehr, wie wir das finanzieren sollen. Die Eifel war immer arm und wurde immer ausgenutzt. Wir verarmen wieder, wir kriegen keine Gelder. Wir haben diese Leute, die wir zugewiesen kriegten, in vier großen Häusern untergebracht. Weil in den Häusern alles Mögliche defekt ist, hat irgendwer der Kreisverwaltung vierhunderttausend geschenkt, damit diese Häuser hergerichtet werden. Außerdem stand wörtlich auf dem Zettel: ›Ich verzichte auf eine Quittung, werde aber darauf beharren, daß das Geld seiner Bestimmung gemäß verwendet wird.‹ Natürlich sagte der Landrat: Mund halten, eisern den Mund halten!«

»Wann kam das Geld?« fragte Marker. Er war blaß.

»Gestern«, erwiderte mein Bürgermeister.

»Ich muß telefonieren«, sagte Marker. »Ich muß diesen Landrat aus dem Bett holen. Nein, nein, ich erwähne Sie nicht.«

»Darum muß ich auch bitten«, murmelte mein Bürgermeister. »Vielleicht will er Ihnen morgen freiwillig Bescheid geben.«

»Vierundzwanzig Stunden zu spät«, sagte Marker scharf. »Kann ich Ihren Wagen haben?« fragte er mich.

»Schlüssel steckt«, gab ich zurück.

»Heiliger Bimbam«, Unger schien sehr zufrieden.

»Es naht eine Gewitterfront«, stellte Elsa fest. »Noch jemand Kaffee?«

Niemand wollte. Wir starrten vor uns hin, wir hörten, wie Marker den Jeep startete und vom Hof fuhr.

»Also gut«, meinte Elsa. »Jemand hat den Geldtransporter geklaut und verschenkt jetzt das Bare. Wer kann das sein?«

»Ich weiß das wirklich nicht«, sagte Willi.

»Apropos Bargeld. Du mußt gelegentlich das Haus der Witwe Bolte umpflügen. Sie treibt immer irgendwo Geld auf«, berichtete ich ihm.

»Das ist schrecklich«, nickte er. »Viele alte Leute horten Geld. Weil sie gehört haben, daß sie im Altenheim nur Taschengeld kriegen. Also sammeln sie so viel wie möglich. Ja, ja, ich pflüge das Haus um. Wie ging es ihr heute?«

»Ganz gut«, lächelte Elsa.

»Sag mal«, fragte mein Bürgermeister, »wer hat denn noch was von dem Segen abgekriegt?«

Damit gab er uns eine Nuß zu knacken, und wir wußten nicht, ob wir ihm antworten sollten.

»Sie müssen es absolut vertraulich behandeln«, antwortete schließlich Rodenstock. »Kein Wort, nicht mal zur örtlichen Kripo.«

»Kein Wort«, versprach er.

»Okay«, sagte ich und erzählte es ihm. Ich schloß mit den Worten: »Mit deinen vierhunderttausend für die Kreisverwaltung haben wir erst läppische sechshundertfünfzigtausend.«

»Das ist doch schon was«, rief er empört.

»Die haben fast neunzehn Millionen!« mahnte Elsa.

Mein Bürgermeister beschloß, sich das Lachen nicht mehr zu verkneifen. »Da gibt es noch jede Menge Geschenke«, freute er sich. Er sah auf die Uhr und erklärte: »Ich muß morgen früh raus.«

»Ich begleite dich«, sagte ich. »Ich brauche frische Luft.«

Wir gingen nebeneinander die stille Dorfstraße hinunter, und unsere Schritte waren sehr laut.

»Ich kenne dich einige Jahre«, fing ich das Gespräch wieder an. »Du machst den Eindruck, daß du noch mehr weißt.«

»Da ist was dran«, muffelte er. »Das ist aber auch zu verrückt.«

»Was ist zu verrückt? Sag es ruhig, wir finden es doch irgendwann heraus.«

»Halten diese Leute vom Bundeskriminalamt mich wirklich raus?«

»Garantiert. Also, was ist noch?«

»Wir haben zwei Bundestagsabgeordnete hier«, erklärte er, blieb stehen und strich mit der Schuhsohle über den Asphalt. »Einen SPD, einen CDU. Die haben heute beide sechzehntausend Mark in bar gekriegt. In Zeitungspapier.« Er ging weiter. »Das ist durchgesickert, und sie haben dann die Bürgermeister angerufen und uns gebeten, die Schnauze zu halten.«

»Wozu sechzehntausend Mark?« fragte ich.

»Bei dem Geldpaket lag ein Zettel. Wieder so einer mit zusammengeklebten Buchstaben. Sinngemäß stand darauf, daß die Bundestagsabgeordneten bisher nichts, aber auch gar nichts für die Landwirte und ihr Auskommen getan haben. Na ja, das Geld ist dafür gedacht, daß sie auf einer staatlichen Landwirtschaftsschule lernen, wie Bauern leben und wie man ihnen wirklich helfen kann.«

»Hm«, machte ich. »Jemand führt die Vulkaneifel vor. Behalte es für dich, behalte es um Gottes willen für dich. Ich sage es dem Bundeskriminalamt.«

»Aber du hast es nicht von mir«, bestand er.

»Keine Spur«, erwiderte ich. »Sonst noch etwas?«

»Wie?«

»Sonst noch etwas?«

»Ich wüßte nicht.«

»Willi!«

»Wirklich nicht.«

Er stand da und sah hinter mir her. Wahrscheinlich überlegte er, ob es nicht günstiger gewesen wäre, alles zu sagen.

Zu Hause berichtete ich kurz. Ich schickte Elsa in mein Bett und blieb selbst auf dem Sofa im Arbeitszimmer. Ich starrte in den heißen Nachthimmel und fand keinen Schlaf. In heller Verzweiflung schaltete ich um sechs Uhr in der Früh das Morgenmagazin ein und erlebte eine Truppe in bunte Strampelhöschen gesteckter junger Frauen. Das, was sie hopsend darboten, nannten sie nicht Aerobic, sondern Joyrobic – zweifellos ein zivilisatorischer Fortschritt. Sie grinsten beim Hopsen schrecklich uniform.

Vermutlich hatten sie alle denselben Zahnarzt, denselben Liebhaber und fuhren alle einen VW-Golf.

ZEHNTES KAPITEL

Ich wachte auf, weil Rodenstock vorsichtig die Tür öffnete und das Funktelefon aus der Halterung nehmen wollte.

»Wieviel Uhr ist es?« fragte ich.

»Drei«, sagte er leise. »Drei Uhr nachmittags.«

»Wieso weckt ihr mich nicht eher?«

»Weil Sie müde sind. Wir sind alle müde.«

»Irgend etwas Neues? Hat man diese Heroin-Boys gefunden?«

»Sie sind nicht in der Szene. Weder in Frankfurt noch in einer anderen Großstadt. Aber es stimmt, sie sind seit ungefähr einer Stunde vor dem Klau des Geldtransporters spurlos verschwunden.«

»Was macht Marker?«

»Er hat die Sonderkommission verständigt und jeden persönlich vergattert, nichts, aber auch gar nichts durchblicken zu lassen.«

»Hat die Prüfung dieser Zeitungen irgend etwas ergeben?«

»Nicht die Spur. Raffiniert gemacht: Es handelt sich um Bogen des Trierischen Volksfreundes und des hiesigen Wochenspiegels. Mit anderen Worten: Sie können aus nahezu jedem Haushalt stammen. Keine sonstigen Hinweise, nicht einmal Fingerabdrücke.«

»Das hatten wir schon mal. Es ist immer alles ganz normal. Aber diese Bundestagsabgeordneten plus die Kreisverwaltung werden uns das Genick brechen.«

»Wieso das?«

»Das ist doch ganz einfach. Wenn das Bundeskriminalamt darauf besteht, diesen Geldraub aufzuklären, muß es gleichzeitig damit einverstanden sein, daß die ganze Bundesrepublik über die Täter lacht. Eine Kreisverwaltung vorzuführen und den hiesigen Bundestagsabgeordneten einen Zusatzkurs in praktischer Landwirtschaft zu finanzieren, heißt doch, die gesamte Vulkaneifel lächerlich zu machen.«

»Das ist richtig«, meinte er betroffen.

»Es wird weitergehen«, versicherte ich ihm. »Ist mein Badezimmer ausnahmsweise auch für mich geöffnet?«

»Soweit ich weiß, ja«, sagte er. »Ich bringe Ihnen einen Kaffee.«

»Danke, Papa«, murmelte ich, und er hielt einen Moment inne, bedachte meine Worte und lächelte dann erfreut, ehe er verschwand.

Ich wickelte mich aus der Decke und sah, daß der Tag so heiß war wie der gestrige. Das Ozonloch schlug zu. Man mußte nicht mehr nach Fuerteventura fliegen, es reichte, in die Vulkaneifel zu trampen.

Marker kam in mein Arbeitszimmer und brummte: »Das mit diesen Bundestagsabgeordneten zieht uns die Schuhe aus.«

»Es werden weitere schlimme Botschaften kommen«, vermutete ich.

»Gemessen an den Geldgeschenken, haben wir es mit einem hochintelligenten Kopf zu tun. Ich hasse intelligente Verbrecher.«

»Ja, aber es macht mehr Spaß als mit einem drittklassigen Eierdieb, oder?«

Er grinste breit. »Mir macht nichts mehr Spaß.«

»Was sagt denn der Herr Landrat?«

»Hm«, kam es zurück. »Der Herr Landrat ist ein tüchtiger Mann und tut, was alle Menschen in dieser Lage tun würden, die tüchtig sind: Er läßt mir ausrichten, daß er mir das Zeitungspapier, in das das Geld gewickelt war, zuschicken wird, und ansonsten weiß er nichts und legt Wert auf die Feststellung, daß irgendwelche Abteilungen des Landratsamtes mit dieser Sache nicht befaßt sind.«

Rodenstock brachte meinen Kaffee und brummelte: »Etwas macht mir wirklich Kopfzerbrechen. Nehmen wir an, es ist jemand von hier. Einer als Solist kann es nicht geschafft haben, also eine Gruppe. Wo, verdammt noch mal, haben die den Geldtransporter verschwinden lassen?«

»Der Bundesgrenzschutz hat keine Spur gefunden«, sinnierte Marker. »Soll ich sämtliche Bauernhöfe und Scheunen der Umgebung absuchen lassen?«

»Das würde ich tun«, nickte ich. »Ist eigentlich noch eine Banane im Haus?«

»Nichts mehr«, sagte Rodenstock betrübt. »Wir sind kahlgefressen. Unger und seine angebetete Bettina sind beim EXTRA und kaufen alles für eine Belagerung. Da haben übrigens sechs Redaktionen angerufen. Sie wollen wissen, wie weit der Fall gediehen ist. Ich habe Ihnen das aufgeschrieben.«

»Und wo ist Elsa?«

»Unsere liebe Elsa liegt in der Sonne, und ich habe ihr vergebens erklärt, daß das wegen des Ozonlochs Mist ist«, gab Marker Auskunft. »Vielleicht sagen Sie es ihr noch mal.«

»Dann wird sie bissig. Was macht Frau Schuhmacher? Hat sie was gesagt? Hat sie ihren Mann getötet?«

»Einer der behandelnden Psychiater meint, ja«, berichtete Marker. »Aber ein Geständnis liegt nicht vor. Ich gehe jetzt eine Runde schlafen.«

»Wir suchen einen Geldräuber, der Geld raubt, um es zu verschenken«, überlegte Rodenstock. »Ist der nun verrückt oder nur gut?«

Ich ging hinauf ins Badezimmer, rasierte mich und aalte mich genußvoll unter kaltem Wasser. Dann machte ich mich landfein.

Elsa klopfte und fragte: »Bist du nackt?«

»Nein, würde es dir etwas ausmachen?«

»Nackt wäre mir lieber«, erklärte sie. Sie kam herein. »Was machen wir jetzt?«

»Ich würde mich gern um die Heroin-Brüder kümmern.«

»Aber die scheiden doch aus. Solche Leute kommen doch nicht in Betracht.«

»Als Täter? Als Täter stelle ich sie mir gar nicht vor. Aber da gibt es eine andere Frage. Sie waren in der Kneipe neben der Bank. Ungefähr eine Stunde vor der Tat. Dann tuckerten sie mit ihrem Trecker in Richtung Wiesbaum. Wir wissen von Wassi, daß unmittelbar nach dem Geldraub irgendwo in der Gegend ein kleiner Trecker tuckerte. Und seitdem sind die Treckerfahrer spurlos verschwunden. So irre das auch klingen mag: Aber vielleicht sind die beiden volles Rohr in diesen Coup hineingefahren?«

»Das ist aber eine sehr verzweifelte Konstruktion«, meinte sie rücksichtslos.

»Das gebe ich zu. Aber erst einmal besuchen wir die Frau in der grünen Tonne!«

Sie sah mich an, als zweifelte sie an meinem Verstand. »Wen, bitte?«

»Die Frau in der grünen Tonne.«

»Und wer, bitte, ist das?«

»Eine sehr nette, eine sehr feine und außerdem eine sehr kluge Frau.«

»Soviel Lob würde mir angst machen. Im Ernst, wer ist das?«

»Sie ist jemand, der viel hört, viel erfährt. Sie ist jemand, der niemals einen anderen verraten würde, selbst dann nicht, wenn er neuerdings achtzehn Millionen im Keller verstecken würde.«

»Was soll das mit der grünen Tonne?«

»Na ja, sie ist aus Köln, und sie frönt dem gesunden Leben. Das brachte es mit sich, daß sie hinter ihrem Haus eine riesige Plastiktonne aufgestellt hat, um das Regenwasser zu sammeln. Und jetzt kommt's: Vornehmlich in kalten Jahreszeiten steigt sie morgens splitterfasernackt in diese grüne Tonne.«

»Und sie lebt noch?«

»Sehr sogar.«

»Dann will ich sie kennenlernen.«

Wir fuhren also langsam in Richtung Schloßthal. »Es ist einfach schön hier!« seufzte Elsa.

Ich nickte. »Das sagt auch unser Oberförster, wenn er traumverloren seinen Dackel leckt.«

Sie lachte, reckte sich und zündete sich eine Zigarette an.

Die Frau in der grünen Tonne hieß eigentlich Conny. Sie war zu Hause und bastelte an ihrem frischgebauten Teich herum. Sie drehte sich herum, sah uns kommen und sagte: »Ich habe keinen Kuchen zu Hause. Grüßt euch, Spätzelein.«

Sie sagt immer Spätzelein oder Liebchen. Ich stellte Elsa vor und erklärte: »Wir kommen vorbei, um mit dir über das geklaute Geld zu reden. Weißt du irgend etwas?«

»Wollt ihr einen Saft oder so was? Nein? Na gut. Also, ich weiß nichts von dem Kies, außer daß ich ihn gut gebrauchen könnte. In meinem Teich ist übrigens schon ein Molch, nein, halt, zwei Molche. Und eine Kröte, buffo buffo, im Regenerationszustand. Sie hat ein Bein verloren, aber sie scheint sich wohl zu fühlen. Nein, Liebelein, ich weiß wenig, und ihr wißt sicher viel, viel mehr.«

»Das ist es eben. Eigentlich wissen wir auch nichts. Was sagen deine Flüstertüten?«

»Sie malen sich dauernd aus, was sie mit achtzehn Komma

sechs Millionen alles anfangen würden. – Hast du den Kommentar von dem Bundestagsabgeordneten gelesen? Titel: Meine Landsleute sind redlich! Hast du das?«

»Nein. Das Fernsehen ist voll, die Tageszeitungen sind voll. Ich kann nicht alles lesen. Was sagt der Mann?«

»Er sagt, die Menschen in der Vulkaneifel sind redlich, ehrlich, hart arbeitende Menschen. Sie überlegen nicht einmal, wie sie dem Staat ans Bein pinkeln können. Der Arsch behauptet, sie kämen nicht einmal auf die Idee zu überlegen, wie man soviel Geld klaut.«

»Der Arsch lügt.« Elsa lächelte feinsinnig. »Irgendeiner ist auf die Idee gekommen.«

»Ja, ja, aber der Abgeordnete schreibt, es seien garantiert internationale Gangster, die die Naivität der Provinz benutzt hätten, dieses gewaltige Ding durchzuziehen.«

»Und was glaubst du?« fragte ich.

Sie hockte sich auf den Rand eines Blumenkübels, in dem Geranien wucherten. »Mir ist ehrlich gestanden das Geschrei zu laut. Immer nur hört man organisiertes Verbrechen, Gangstertum, Mafiamethoden. Na sicher, sie müssen ja brüllen, sie müssen ja betonen, daß ein Eifler auf so eine Idee nicht kommt. Gerade deshalb frage ich: Warum soll er denn nicht drauf kommen?«

»So denke ich auch«, murmelte Elsa.

»Das ist selbstverständlich«, sagte Conny. »Die Menschen hier waren Jahrhunderte hindurch Ausgenutzte, sie waren arm. Die Eifler Kuh war nicht größer als ein Bernhardiner, was alles sagt. Kann es denn nicht sein, daß jemand wütend wurde und sich dachte: Was andere können, kann ich auch!?«

»Es waren mindestens drei«, gab ich zu bedenken.

»Dann eben drei. Glaubst du, hier ist nur einer wütend?«

»Tauchen Sie wirklich im Winter in diese grüne Tonne da?«

Conny lachte. »Ja. Deshalb bin ich auch nie erkältet.«

»Kommen da nicht die Kerle vorbei, um zuzugucken?«

»Wenn sie klatschen, habe ich nichts dagegen«, meinte Conny.

»Und, klatschen sie?«

»Nein, sie stehen hinterm Busch und werden rot.«

Elsa lachte laut.

Conny wandte sich wieder mir zu: »Du solltest nach Leuten suchen, die wütend sind.«

»Aber das ist schwer zu erkennen«, sagte ich.

»Richtig«, nickte sie. »Hier läuft sogar die Wut verdeckt.«

»Was würdest du mit dem Zaster machen?« fragte ich.

»Ein paar Leute unterstützen«, sagte sie knapp und ohne zu überlegen.

»Wen zum Beispiel?«

»Zum Beispiel Schorsch. Der will sich unabhängig machen, der will keinen teuren Strom mehr vom RWE beziehen. Der braucht sechshunderttausend Mark, um einen Windgenerator aufzustellen. Natürlich kriegt er die nicht.«

»Sollen wir Schorsch besuchen?« schlug Elsa langsam vor.

»Durchaus«, nickte ich. »Wer weiß denn, daß Schorsch so ein Ding möchte?«

»Jeder«, entgegnete Conny. »Er hat schließlich alle gefragt, ob sie mitmachen. Aber da die meisten kein Geld haben, war das umsonst.«

»Ich danke dir, Mutter der Molche. Wir ziehen unseres Weges.«

Schorsch bewirtschaftete den Ahr-Hof. Er war nicht auf dem Hof, er war beim Silo.

Also fuhren wir ihm entgegen, und als er stoppte, grinste ich und fragte: »War das Bare in Zeitungspapier eingewickelt?«

Er sah mich an und wurde blaß. Dann stellte er die Zugmaschine ab und kletterte hinunter. »Sag das noch mal«, forderte er. Er achtete nicht auf Elsa.

»Ich habe gefragt, ob das Bare in Zeitungspapier gewickelt war. In alte Zeitungen.«

»Ach du heilige Scheiße«, stieß er aus. Dann nahm er den uralten Filzhut vom Kopf und kratzte sich ausgiebig. Er blieb stumm.

»Heb das Geld auf, gib nichts aus«, riet ich. »Tut mir leid, aber was hast du gedacht?«

»An einen stillen Gönner«, murmelte er. »So was habe ich in der Verwandtschaft.«

»Wann hast du es gekriegt?«

»Heute nacht muß das gewesen sein. Es lag auf dem Sitz von der Zugmaschine hier.«

»Wo ist es jetzt?«

»Ich habe es meiner Frau gegeben, ich war so perplex.«

»Und die?«

»Die hat es unter die Wäsche gestopft. Wir rätseln rum, was das soll. Ist es Geld von ... na ja, aus dem Transporter?«

»Sieht so aus«, nickte ich. »Kein Wort zu irgendwem. Deine Frau muß den Mund halten, unbedingt. Es wird jemand zu dir kommen. Gib es ihm, und gib ihm Auskunft.«

»Dann stehe ich in der Zeitung«, stöhnte er.

»Das garantiert nicht«, versprach Elsa freundlich.

»Oh, mein Gott«, seufzte er. Dann lächelte er mager. »Danke dir.«

»Nichts zu danken. Und mach dir keinen Kopf. Du hast es ja nicht geklaut.«

»Schade«, murmelte er. »War verdammt viel Geld.« Er kniff die Lippen zusammen. »War ein Traum, war nur ein Traum.«

»Mach's gut«, verabschiedete ich mich.

Als wir weiterrollten, schlug ich vor: »Vielleicht sollten wir nach Leuten suchen, die Pläne haben und nichts geschenkt bekamen.«

Elsa sah mich erstaunt an, sagte aber nichts.

Ich fuhr nach Hillesheim in die kleine Kneipe. Wir bestellten Cola und fragten munter drauflos. »Sag mal, Jonny, da waren doch am Samstag, als das Geld geklaut wurde, diese Heroin-Brüder hier, oder?«

»Na sicher«, gab Jonny bereitwillig Auskunft. Er war dick, gemütlich und hatte einen entschieden zu hohen Blutdruck, den er durch einen Vollbart kaschierte.

»Waren die allein hier? Und haben die hier mit jemandem gesprochen?«

»Nein. Die hockten da hinten an dem Zweiertisch. Allein. Außer denen war kein Mensch hier.«

»Sie hatten den Trecker vor der Tür?« fragte Elsa.

Er nickte etwas irritiert, weil er sich wohl nicht vorstellen konnte, daß eine Frau so etwas fragen durfte.

»Wie lange waren sie hier?«

»Höchstens zwanzig Minuten, würde ich mal sagen.«

»Waren sie zittrig?«

»Ja, sehr. Und der eine, der Ältere, wollte auch gar nichts essen. Aber der Jüngere sagte: Du ißt jetzt was, sonst kippst du gleich um!«

»Sie aßen also etwas.«

»Essen kann man das nicht nennen. Sie haben das in sich reingestopft, als kriegten sie es bezahlt. Dann sagte der Ältere, sie müßten los, sie hätten eine Verabredung.«

»Gut. Sie gingen also raus. Wohin fuhren sie?«

»Das habe ich den Bullen schon erzählt. Sie fuhren nach rechts, also die Kölner Straße entlang. Sie haben ja hinten bei ED noch getankt. Das sagten die Bullen jedenfalls.«

»Meinst du, die wollten wirklich jemanden treffen?«

»Ja, und zwar jemanden, der ihnen Drogen gibt. Sie hechelten irgendwie. Sind doch arme Schweine.«

»Also getankt haben sie bei ED. Haben die Bullen was gesagt, wohin sie weiterfuhren?«

»Richtung Wiesbaum, also weiter geradeaus.«

»Danke.« Wir rollten die Kölner Straße entlang.

»Kann es denn sein, daß sie hier irgendwo Stoff bekommen?« fragte Elsa.

»Du meinst, weil hier nur brave Bürgerhäuser stehen? Sie bekommen das Zeug im Blitzverfahren. Die Deals laufen wie eine schnelle Stipvisite ab. Du kommst mit deinem Auto einem anderen Auto entgegen. Du hältst, jeder steigt für dreißig Sekunden aus und fährt weiter. Damit ist alles gelaufen und nichts beweisbar. Nehmen wir einmal an, sie haben kurz nach den letzten Häusern ihren Deal gemacht. Sie hatten Geld von ihrer Mutter geklaut. Sie werden also entweder nach rechts oder links abgebogen sein ... Nach links! Auf keinen Fall nach rechts.«

»Wieso nicht nach rechts?«

»Weil da der Golfplatz ist, schlaues Mädchen. Wenn sie hier irgendwo links abbiegen, kommen sie in eine Gegend, die vollkommen still und abgelegen ist.«

»Und wie weit ist es von hier zum Tatort?«

»Zwei- bis dreitausend Meter, nicht mehr. Es kommt darauf an, wie weit sie in den Wald hineingefahren sind. Es kommt darauf an, wie gut sie sich hier auskennen. Fahren wir also nach links.« Ich zog nach links in einen sehr glatten Waldweg.

»Kennst du dich hier aus?« fragte Elsa.

»Ja, ziemlich gut.«

Der Weg teilte sich. Vor uns lag eine dichte Schonung mit drei Meter hohen Weißtannen. Ich wußte, daß in der Mitte der rechten Tangente eine schmale Schneise in dieses Dikkicht führte, ich nahm also den rechten Weg. Ich fuhr Schrittempo, und als die Schneise kam, bog ich ein und fuhr noch etwa zehn Meter weiter.

Als wir ausstiegen, rochen wir es sofort.

»Oh nein«, stöhnte Elsa erstickt.

»Warte hier«, sagte ich schnell. Ich lief etwa dreißig Meter, bis ich den Trecker sah. Die Heroin-Brüder konnte ich nicht erblicken, also ging ich weiter und versuchte, nicht zu atmen. Dann sah ich sie.

Sie lagen nebeneinander. Ich riskierte einen langen Blick auf ihre Körper und Arme, dann kehrte ich um.

»Es hat sie erwischt. Sie haben wohl H gespritzt und sind krepiert. Goldener Schuß oder so.« Ich nahm die Kamera und kehrte noch einmal um. Am Ende der Strecke mußte ich mich übergeben, fotografierte aber trotzdem. Elsa rief hinter mir: »Sie werden nichts gespürt haben.«

»Nein, sicher nicht.«

»Und jetzt?«

»Marker Bescheid geben.«

Unterwegs hielten wir an, und ich berichtete Rodenstock von unserem schrecklichen Fund.

»Nicht auch das noch«, hauchte er. Dann erzählte er das Neueste: »Marker hat vom Generalbundesanwalt einen Nachrichtenstop verpaßt bekommen. Denen geht der Arsch auf Grundeis.«

Wir fuhren nach Gerolstein. Weil wir trotz allem hungrig waren, gingen wir in das Chinarestaurant und aßen Glasnudeln. Elsa ließ sich darüber aus, wie schön es wäre, in dieser Gegend ein Blockhaus in den Wald zu setzen und langsam alt zu werden.

»Das würdest du nicht durchhalten. In der ersten Nacht hättest du einen Herzinfarkt wegen undefinierbarer Geräusche.«

»Dann müßtest du Wache schieben und mir die Unheimlichkeiten erläutern«, schlug sie vor. »Kannst du mir genauer erklären, was deine Bauern hier so wütend macht?«

»Das ist ein weites Feld. Tatsächlich hat die deutsche Politik im Rahmen der EG unseren gesamten bäuerlichen Mittelstand vernichtet, nebenbei unter reger Beteiligung von Führern des so hehren Deutschen Bauernverbandes. Zum Beispiel wurden Bauern, um die Butterpreise halten zu können, kaum subventioniert. Dagegen wurden die Hallen mit den riesigen Kältemaschinen, in denen die Butterberge aufgetürmt wurden, voll subventioniert. Das alles führte im Laufe der Zeit zu regelrechten Agrarfabriken auf Kosten des Mittelstandes. Dem Bauern wird vorgeschrieben, wie gut seine Milch sein darf. Ist sie besser als erlaubt, gießt er jeden Tag eimerweise die Sahne in den Gully. Das ist ein mieser Alltag, der ihm da zugemutet wird.«

»Wie kommen die Bauern da klar?«

»Es passiert, daß der Bauernsohn mit dem meisten Landbesitz im Dorf tagtäglich zur Bundespost nach Köln fährt, um dort Schichtdienst in der Paketabfertigung zu machen. Das ist normal geworden. Vor zwanzig Jahren haben die Bauern es als unter ihrer Würde betrachtet, daß die eigene Frau putzen ging oder die Tochter eine Stelle in Trier annahm. Heute ist auch das normal.«

»Was machen die ganz jungen Leute, die um die Zwanzig?«

»Sie sehen in der Regel zu, daß sie zunächst studieren oder eine Arbeit in der Stadt kriegen. Aber dann, nach drei, vier Jahren haben sie oft nur noch eins im Kopf: Wie schaffe ich es, einen guten Job in der Eifel zu bekommen? Sie kehren wieder heim, sie bauen hier ihre Häuser, und ihre Kinder kommen hier zur Welt.«

»Du magst sie sehr, nicht wahr?«

»O ja, ich mag sie.«

»Hat dein Vulkaneifel-Mensch auch Fehler?« Sie lächelte.

»Sicher hat er die. Er kriegt zum Beispiel Fremden gegenüber so lange die Zähne nicht auseinander, bis der Fremde beleidigt abhaut.«

»Ich habe versprochen, bis Samstag ein Manuskript zu liefern«, kam Elsa zum Punkt.

»Du wirst es haben.«

»Ich soll dir sagen, daß wir dir ein anständiges Honorar zahlen, wenn du mich unterstützt.«

»Das freut meine Katze«, sagte ich. »Laß uns fahren.«

Marker hockte im Garten in der Laube, die der Haselbusch und der Weißdorn gebildet hatten. Rodenstock hatte sich zwanzig Meter abseits an die Natursteinmauer gehockt, unter den Birken aalten sich auf einer Decke Unger und

Bettina. Wir gingen zu Rodenstock, weil der den friedlichsten Eindruck machte.

»Man hat die beiden Herointoten sehr leise entfernt«, erzählte er. »Marker hat nun ein zweites Problem. Er hat nicht nur Nachrichtensperre verhängen müssen, er erwartet einen Oberstaatsanwalt des Generalbundesanwaltes. Damit wird seine Arbeitsmöglichkeit auf etwa zwei Quadratzentimeter eingeengt, ich kenne das.«

Mit einem lauten Seufzer stand Marker auf und kam heran. »Wir sollten vielleicht überlegen, wo wir stehen. In zwei Stunden ist meine Freiheit gleich Null.«

Unger erhob sich und näherte sich uns ebenfalls, langsam und nachdenklich. Er fragte mich: »Hast du diese Herointoten fotografiert?«

»Selbstverständlich, und du kriegst die Fotos.«

Er hatte vermutlich geglaubt, darum kämpfen zu müssen, und er lächelte flüchtig. »War es ein schlimmer Anblick?«

»Das kann man sagen«, murmelte Elsa. »Vier Tage in dieser Hitze.«

»Da gibt es noch zwei Merkwürdigkeiten«, vervollständigte ich den Bericht. »In einem Reisebüro erschien ein Landwirt, um seiner Frau eine Dreißigtausend-Mark-Reise nach Hawaii zu buchen. Ein paar Stunden später versuchte er, diese Reise dem Reisebüro zurückzugeben. Zum zweiten: Man hat mir erzählt, daß zwei Gemeinden ein neues Geläut für ihre Kirche bekommen, urplötzlich. Ich habe diese Punkte noch nicht angetastet, noch nicht nachgefragt. Ich erwähne das nur, um nichts zu vergessen.«

»Der Alptraum wächst«, flüsterte Marker.

»Womit begründet denn die Bundesanwaltschaft die Nachrichtensperre?« fragte nun Unger.

»Gute Frage«, sagte ich.

Marker überlegte. Er saß in der Klemme. Er hatte seine Kommission unermüdlich auf Tatortspuren und mögliche Zeugen gehetzt, er hatte mein Haus als Ruhepunkt benutzt, er hatte kaum geschlafen und war eigentlich keinen Schritt weitergekommen. Er mußte vorsichtig sein. »Keine Indiskretionen«, bat er matt. »Der Mann der Bundesanwaltschaft begründet das so: Wir haben keine Verdächtigen, aber wir brauchen Erfolge. Der Geldraub beunruhigt die Öffentlichkeit, sie verlangt einen schnellen Erfolg. Also machen wir erst einmal dicht, total dicht.«

»Das ist eine Begründung für Nachrichtensperre?« rief Unger etwas fassungslos.

»Es ist eine sehr herkömmliche Begründung«, stellte ich fest. »Dadurch erweckt die Verfolgungsbehörde den Anschein, als sei sie auf einer oder mehreren wichtigen Spuren.«

Rodenstock räusperte sich. »Kann es sein, Herr Kollege, daß dieser anreisende Oberstaatsanwalt die Ermittlungen an sich ziehen will und zunächst einmal jedes Loch dichtmacht, bis er hier ist?«

»Das kann sein«, nickte Marker.

»Weiß der Staatsanwalt eigentlich, daß hier Geld verschenkt wird?« fragte Elsa.

»Das weiß er, das habe ich ihm gesagt.« Marker kratzte sich an der Stirn.

»Dann fürchtet er politischen Verdruß.« Rodenstock stellte das fest, als gebe es keine andere Möglichkeit.

»Moment mal«, widersprach Unger heftig, »das läuft nicht, das kann nicht laufen.«

»Das kann laufen«, sagte Rodenstock. »Die Täter sind offensichtlich an dem Geld nicht interessiert, sie verschenken es. Und sie verschenken es so, daß gleichzeitig hohe politische Funktionsträger blamiert werden.«

»Ach du lieber Gott«, stöhnte Unger. Seine Zunge spielte über die Lippen, er war betroffen. »Man kann aber doch nicht achtzehn Komma sechs Millionen klauen lassen und hinterher so tun, als wäre nichts passiert.«

»Es ist sogar mal ein Ministerpräsident in einer Badewanne gefunden worden, und alle Welt behauptete, er hätte Selbstmord verübt, obwohl er so viel Gift im Körper hatte, daß er ohne Hilfe nicht einmal mehr *in* die Badewanne hätte steigen können«, erklärte ich.

»Es ist auch passiert«, sagte Elsa, »daß unser Bundeskanzler vor einem Bundestagsuntersuchungsausschuß behauptet hat, er könne sich an diese oder jene höchstwichtige Kleinigkeit nicht erinnern, obwohl ihm das niemand glaubte. Kann mir jemand erklären, wieso die Bundesanwaltschaft das Verfahren so schnell übernehmen kann?«

»Ziemlich einfach«, antwortete ich. »Der Generalbundesanwalt hat in bestimmten Fällen das Recht, das Verfahren an sich zu ziehen. Es gibt Gesetze und Verordnungen, die das ermöglichen. Wenn wie in Mölln oder Solingen Türken ermordet werden, wenn also erkennbar ist, daß eine Tat einen stark politischen Hintergrund hat, dann darf er das. In diesem Fall ist es so, daß das organisierte Verbrechen in Frage kommt, es ist also ein nationales Problem. Deshalb.«

In diesem Moment begann das Telefon zu klingeln, und Elsa lachte: »Die Witwe Bolte.« Unger rannte los, um den Apparat zu holen.

Es war nicht in Sachen Witwe Bolte, es war eine Nachricht für Marker: Der Oberstaatsanwalt hielt Einzug. Marker trollte sich.

»Wie können wir herausfinden, ob diese Kirchengeläute Geschenke sind?« erkundigte sich Rodenstock.

»Ich plädiere für den Bürgermeister«, sagte ich. »Der wird es wissen, der weiß meistens alles.«

»Können wir nicht die Pfarrer fragen?«

»Die werden nicht antworten. Die werden erst ihren Bischof anrufen, und der wird ihnen befehlen, nichts zu sagen. Können Sie sich vorstellen, wie ein Pfarrer sich fühlt, dem man hunderttausend Mark für die neuen Glocken über die Gartenmauer wirft? Der ahnt sofort, woher der Zaster stammt. Er wird die Augen zumachen und beten, bis es vorbei ist.«

»Ich bin mir da nicht sicher«, meinte Rodenstock leise. »Aber sei's drum: Wollen wir Ihren Bürgermeister holen?«

»Das ist nicht gut«, entschied ich. »Wir schlendern hin und fragen ihn einfach.«

Wir spazierten also in das Dorf hinunter zum Haus meines Bürgermeisters. Er hockte mit dem halben Gemeinderat auf der Terrasse, und sie tranken Flaschenbier. Sie sahen uns so an, als könnten wir für sie alle Rätsel der Welt lösen.

Ich flüsterte Rodenstock zu: »Kein Wort!«

»Gut, daß ihr kommt. Wir unterhalten uns gerade darüber, welche Sorte Mafia wohl das Geld geklaut hat«, begrüßte uns mein Bürgermeister.

Es war eine Botschaft, es war die deutliche Botschaft: Sagt um Gottes willen keinen Ton, die anderen wissen nichts!

»Wir wollten nur einen schönen Abend wünschen und nach den Neuigkeiten des Tages fragen!« Rodenstock lächelte, wie nur alte Männer lächeln können.

Alfred, der auch im Gemeinderat saß, entgegnete: »Wir wissen nix, wir müssen tagsüber arbeiten.«

»Hör dir den an«, sagte ich, »hör dir dieses Monster an!« So fing die Flachserei an, und jede Gefahr war gebannt, bis wir zehn Minuten später erklärten, nun wollten wir aber weiter.

»Ich komme vorbei«, raunte Willi leise.

»Bis demnächst«, röhrte ich.

Wir gingen noch eine Weile in Richtung Hillesheim, bogen dann ab, machten die Runde und kehrten nach Hause zurück.

»Er hat etwas Neues«, orakelte ich. »Er kommt vorbei.«

Rodenstock schien gar nicht zuzuhören. »Wissen Sie, was ich befürchte?«

»Was befürchten Sie?«

»Daß wir eine fertige Lösung serviert kriegen, gegen die wir nichts machen können.«

»Was soll das?«

»So genau weiß ich das noch nicht, ich ahne nur so etwas.«

»Du lieber Gott, Papa, ich kann dunkle Andeutungen nicht ausstehen.«

»Wissen Sie, Baumeister«, murmelte er und strich sich mit der rechten Hand über die Stirn, als säße dort eine Fliege, »da erleben wir den dicksten Geldraub seit mindestens fünfzig Jahren. Und wir leben, als seien wir in Aspik erstarrt. Ich sehe alles, ich höre alles, aber bewegen kann ich mich nicht. Ich kann nichts tun, Sie können nichts tun, niemand kann irgend etwas tun.«

»Haben Sie das oft erlebt?«

»O ja. Selbst bei mehrfachen Morden. Zunächst ein Chaos, ein wildes Geschrei, und dann nichts als Stille, in der man nicht einmal ahnt, wen man verdächtigen wird.«

So standen wir auf dem Hof und debattierten einigermaßen ratlos vor uns hin, als Willi langsam in seinem Wagen vorbeizog, nach rechts fuhr, anhielt und die Scheibe runterkurbelte.

Ich war mit wenigen Schritten bei ihm. »Was ist, was gibt's Neues?«

»Ich habe nicht viel Zeit. Was wollt ihr wissen?«

Rodenstock war hinter mir. »Wir wollten wissen, wer diese Kirchengeläute finanziert hat. Waren es wieder Geschenke in Zeitungspapier?«

»Ich glaube, ja. Die Pfarrer sind alle vollkommen durcheinander. Aber das ist nicht das Schlimmste. Wir haben im Golfclub einen Mann, der ist Präsident eines riesigen Wirtschaftsclubs. Er hat hier bei uns eine alte Mühle gekauft. Das Ding stand unter Denkmalschutz. Der Mann hat die Mühle umgebaut mit irren Stahlkonstruktionen, aber die Denkmalschutzbehörde hat sich überhaupt nicht daran gestoßen. Schön sieht es nicht aus, und es paßt auch nicht, aber was geschehen ist, ist geschehen. Nun hat der Kerl per Post ein Paket mit sechzigtausend Mark gekriegt. In dem Paket lag ein Zettel. Wieder einer mit zusammengeklebten Buchstaben. Da stand, daß der Geldgeber dem reichen Industriemanager gern die sechzigtausend schenkt, wenn er statt der Stahlkonstruktion die alten Rundbögen in rotem Sandstein wieder einfügt. Da stand auch, daß der Wirtschaftsmensch dem Chef der Denkmalschutzbehörde zwanzigtausend als Hilfe zum Leben geschenkt hat. Die könne er zurückfordern und auf die sechzigtausend draufsatteln. Das sind dann achtzigtausend. Diese achtzigtausend würden genau ausreichen, die Rundbögen zu schneiden und einzupassen.«

»Wann hat der Kerl das Paket gekriegt?«

»Heute. Hier im Golf-Club.«

»Wieso weißt du das?« fragte ich.

»Er hat der Clubleitung gesagt, er will kein Aufsehen. Er hat denen die achtzigtausend gegeben und tut nun so, als habe er nichts damit zu tun. Der Vorstand wiederum hat mich informiert.«

»Wo ist das Paket aufgegeben worden?« hakte ich nach.

»In Köln«, erwiderte er.

»Wo sitzt die Denkmalschutzbehörde?« wollte Rodenstock wissen.

»In Mainz bei der Landesregierung.«

»Dann wollen wir mal gucken, was da juristisch drin ist: Einmal der Umbau einer alten Mühle gegen Denkmalschutzverordnungen. Dann die Bestechung eines Behördenleiters, dann das Sichbestechenlassen des Behördenleiters. Kommen alle die hinzu, die es wußten, nichts sagten und nichts taten. Mit anderen Worten: Ein Skandal«, faßte er zusammen.

»Aber möglicherweise auch ein Fehler der Täter. Denn die Frage lautet: Woher können die Täter das gewußt haben?«

»Das ist ein Kinderspiel«, sagte Willi mit abgewandtem Gesicht. »Darüber wird seit Wochen überall geflüstert.«

»Auch davon, daß der Behördenleiter zwanzigtausend bekam?« fragte Rodenstock.

»Davon auch«, nickte mein Bürgermeister.

»Gibt's sonst noch was?« bohrte ich weiter.

»Ja. Ein Altenheim hinter Daun hat hunderttausend Mark bekommen, um zwei Nachtschwestern zu finanzieren. In dem beigefügten Zettel steht, sie sollten den alten Leutchen nicht so viele Beruhigungstabletten geben.« Er schüttelte den Kopf angesichts des Chaos. »Nichts für ungut, ich muß weiter.« Und fort war er.

»Die Täter werden zu einem echten Problem«, murmelte Rodenstock. »Und wie kommen wir jetzt an Marker heran? Er sollte das wissen. Unbedingt.«

»Ziemlich einfach«, erklärte ich. »Ich fahr Sie rüber ins Hotel. Ich gehe derweil einen Reisebürobesitzer besuchen.«

»Aha, wegen Hawaii.«

»Richtig«, bestätigte ich.

So standen wir auf dem Hof, und wir hatten Angst. Aber Indianer geben so etwas nicht zu.

Elsa kam heraus und gesellte sich zu uns. »Mir ist unbehaglich«, meinte auch sie.

»Du kannst mitfahren. Rodenstock muß zu Marker und ich zu einem Reisebüro. Dann brauchen wir uns nicht zu langweilen.« Wir erzählten ihr, was Willi erzählt hatte.

Wir fuhren los und setzten Rodenstock an Markers Hotel ab. Das Glück war mit uns. Der Reisebürobesitzer mit dem schönen Namen H. H. und seine Frau Marion hockten im Garten und tranken irgend etwas sehr Rotes aus sehr hohen, vornehm wirkenden Gläsern.

»Oh, nein!« wimmerte H. H. »Der schon wieder. Das bedeutet Unheil.«

»Aber es ist spannend«, strahlte seine Frau.

Ich stellte Elsa vor, und wir hockten uns hin. Elsa bekam auch ein vornehmes Glas mit rotem Gift und ich einen Kaffee.

»Ich weiß, H. H.«, eröffnete ich den Abend, »daß du dich gleich auf deine Verschwiegenheit berufen wirst. Ich weiß auch, daß es gegen deine Mannesehre geht. Aber ich brauche den Namen des Bauern, der für seine Frau sechs Wochen Hawaii buchen wollte.«

»Ist nicht in der Tüte«, wehrte er sich wild. »Ich ahnte es, ich habe es geahnt.«

»Sie kennen den Hintergrund nicht«, sagte Elsa. »Hören Sie doch erst einmal zu.«

»Also zuhören kannst du wirklich!« forderte seine Frau.

»Nicht die Bohne«, sagte er. Dann stockte er, beugte sich vor und fragte: »Hat das etwa mit dem gestohlenen Moos zu tun?«

»Hat es«, sagten Elsa und ich.

Er sah uns an, als seien wir nicht recht bei Trost. »Der Mann, der bei mir Hawaii buchte, war es aber garantiert nicht«, prustete er. Dabei schlug er sich vor Vergnügen auf die Schenkel, wobei nicht klar wurde, ob der Grund die gute Laune oder die rote Flüssigkeit war.

»Warum war er es denn garantiert nicht?« fragte ich ruhig.

»Weil das unvorstellbar ist«, rief H. H. belustigt. »Das ist einfach irre, verstehst du?«

»Die ganze Geschichte ist irre«, meinte Elsa.

Marion seufzte, ohne irgendeinen anzusehen: »Man hört ja so einiges.«

»Was hört man?« fragte ich schnell.

»So einiges«, wiederholte sie vage. »Aber ich weiß ja nichts, ich habe ja nichts damit zu tun.«

»Der Mann hatte Bares. Und wenn ein Bauer Bares hat, dann hat er entweder in den Sparstrumpf gelangt, oder aber er hat sein Sparbuch auf der Bank geplündert. Und mein Kunde, das garantiere ich, war am Sparbuch«, erklärte nun H. H.

»Woher weißt du das so genau?«

»Ziemlich einfach. Er kam her, ich sagte ihm den Preis mit allem Drum und Dran, er griff in die Tasche und holte das Geld raus. Er hatte es vorn in der Brusttasche in seinem

Blaumann. Aber das war es nicht allein. Das Geld war ordentlich gebündelt. Zusammen mit den Bündeln zog er seine Papiere raus, also eine dünne Brieftasche. Auch das Sparbuch! Kein Bauer fährt sein Sparbuch spazieren, wenn er nicht vorher bei der Bank war. Leuchtet das ein?«

Ich überlegte und nickte dann: »Okay, das ist wohl so.«

»Hast du etwas von Klara Schuhmacher gehört?« fragte Marion.

»Nicht viel. Ich denke, sie ist in guten Händen und muß erst einmal zur Ruhe kommen. Wir wissen nicht, was los war, wir wissen nicht, ob sie den Mörder sah oder den Mord selbst beging. Wie auch immer, sie ist krank. Sag mal, H. H., hast du dich mit dem Bauern geeinigt? Kauft er jetzt Hawaii oder kauft er es nicht?«

»Er kauft es nicht, aber er trägt meine Kosten und einen geringen Prozentsatz der Reisekosten. Ich sehe gut aus, er sieht gut aus – wie das in der Eifel so ist.« Er wurde wieder von unbändiger Heiterkeit gepackt und kicherte vor sich hin.

»Also hat er den Zaster wieder auf das Sparbuch zurückgetragen?«

»Na sicher. Denke ich jedenfalls. Ist denn die Polizei weiter?«

»Nicht die Spur«, antwortete Elsa gutgelaunt. »Das wird auch noch eine Weile dauern. Sagen Sie, Marion, was hören Sie denn so?«

»Na ja, irgend jemand soll herumgehen und Geld verschenken«, erwiderte sie leise und zündete sich eine Zigarette an, um die Beliebigkeit der Auskunft zu unterstreichen.

»Wie bitte?« H.H. hatte sehr große, sehr runde Augen. »Woher hast du das denn? Das weiß noch nicht einmal ich.«

»Aber es wird erzählt«, sagte sie spröde.

»Wer erzählt das?« fragte ich.

»Na ja, die Hausfrauen beim Einkaufen.«

»Und wer kriegt es geschenkt?« bohrte Elsa.

»Was weiß ich.« Sie wandte den Kopf zur Seite und betrachtete angelegentlich die Steinplatten der Terrasse.

»Marion, so geht das nicht«, eröffnete ich meinen Vortrag. »Du kannst dich nicht in dunklen Andeutungen ergehen. Also, sag mir, wer dir was gesagt hat.«

»Es sind doch aber Gerüchte«, verteidigte sie sich. »Keiner weiß etwas Genaues. Jeder redet, keiner weiß was.«

»Die Gerüchte kommen zu den Beamten des Bundeskriminalamtes, und die tauchen dann hier auf«, mahnte Elsa lächelnd. Es war das Lächeln, bei dem ich den Eindruck hatte, es könne ein Glas zum Zerspringen bringen.

»Also sag es schon«, murrte ihr Ehemann. »Die kriegen es ja doch raus, und dann haben wir hier die Bullen.«

»Es wird gesagt, daß die neue Küche vom Altenheim ein Geschenk ist. Also, daß irgendwer Mater Maria das Geld auf den Küchentisch gelegt hat.«

»In Zeitungspapier eingewickelt«, säuselte Elsa.

»Woher wissen Sie das?« fragte Marion erschrocken.

»Das meiste wissen wir«, erklärte ich beiläufig. »Wann soll denn das passiert sein?«

»Sonntag«, sagte sie.

»Noch etwas?« fragte Elsa.

»Nicht, daß ich wüßte«, sagte Marion leicht beleidigt.

»Ich glaube dir nicht«, sagte ich freundlich.

»Na ja, es wird gemunkelt, daß die Jungens von der Freiwilligen Feuerwehr ganz plötzlich dieses Allzweckfahrzeug kaufen können, was sie schon immer haben wollten.«

»Oh Gott!« hauchte ihr Mann. »Das Ding kostet zweihunderttausend.«

»Wie schön!« strahlte Elsa. »Und weiter?«

»Sonst wirklich nichts«, behauptete sie hastig und nahm einen tiefen Zug von der roten Flüssigkeit.

H. H. sah seine Ehefrau sehr lange und sehr nachdenklich an, und ich schloß daraus, daß er ihr nicht traute. Also machte ich weiter: »Möglicherweise hast du gehört, daß bestimmte Kirchen neue Glocken kaufen können, nicht wahr?«

Sie nickte.

»Kannst du denn sagen, wer?«

»Na ja, jedenfalls Walsdorf. Und dann noch eure.«

»Wie bitte?«

»Na ja, euer Angelusgeläut soll gesichert sein. Seit heute morgen.«

»Bei wem lag das Geld auf dem Küchentisch?«

»Bei irgendeinem Pfarrgemeinderat.«

»Ach Marion«, ich wurde wirklich wütend, »bei irgendeinem doch wohl nicht. Bei wem?«

»Na ja, beim Vorsitzenden, beim Peter Blankenheim.«

»Oh, là là«, summte Elsa.

Ich registrierte, wie H. H. zusammenzuckte, und plötzlich hatte ich den Mut, ihn anzuschauen und festzustellen: »Du brauchst nicht abzustreiten, daß es Peter Blankenheim war, der Hawaii buchte.«

»Wenn du es schon wußtest, was quälst du mich so?« rief er wild.

ELFTES KAPITEL

Auf der Rückfahrt sagte Elsa träumerisch: »Das ist ein Ding! Peter Blankenheim ist doch einer der drei Musketiere, nicht wahr? Wenn er es gedreht hat ...? Wenn er seiner Frau etwas schenken wollte, wovon sie immer schon träumte?«

»Du kannst durchaus weiter spekulieren. Wenn es die drei Musketiere waren, dann ist das Ding so und so abgelaufen ... O nein, Geliebte, mein Hirn braucht Ruhe. Die haben achtzehn Komma sechs Millionen geklaut und bisher über zwei Millionen verschenkt. O nein, ich trete vorübergehend in den Streik. – Sieh mal da oben, da ist noch ein Pärchen Rote Milane unterwegs. Und da drüben an dem alten Gemäuer haust neuerdings ein Turmfalkenpaar. Großer Gott, ich drehe durch, ich drehe wirklich durch. Das ist diabolisch.«

Wir rollten auf den Hof, wahrscheinlich machten wir einen unheilschwangeren Eindruck.

Rodenstock hockte auf den Stufen vor der Tür, sah uns und schüttelte den Kopf: »Es geht also weiter.«

»Es geht weiter«, sagte ich. »Was Neues?«

»Nichts Besonderes«, entgegnete er. »In der Stube hockt der Bauer Peter Blankenheim. Er hat Ihnen achtzigtausend Mark ins Haus geschleppt. Das reicht nicht nur für eine Angelusglocke, das reicht für ein Geläut aus drei Glocken. Er sitzt da mit Marker, und sie versuchen herauszufinden, wer solche Geschenke macht.«

»Elsa, erzähl ihm bitte alles. Ich gehe in den Garten.«

Herbert Unger kam den Flur entlang und sagte voller Befriedigung: »Wenn ich richtig gezählt habe, sind anderthalb Millionen verschenkt.«

»Falsch«, beschied ich ihn. »Über zwei Millionen.«

»Oha«, murmelte er vage. »Du solltest dir den Bauern Blankenheim anhören. Wirklich eine gute Geschichte.«

»Ich höre niemanden an, ich gehe in meinen Garten.«

»Ich wette, da werden noch haarsträubende Dinge herauskommen«, meinte Unger gierig.

Das Licht war blau, keine Spur von Feuchtigkeit und Nebel. Ich überlegte, daß Blankenheim wahrscheinlich einiges auslassen würde. Hawaii zum Beispiel. Aber dann dachte ich wütend, daß das Markers Sache sei und eine Frage des Geschicks.

Ich war eingedöst, als Bettina mich sanft an der Schulter faßte und behutsam sagte: »Also, es ist so, daß wahrscheinlich irgend etwas mit Krümel passiert ist. Sie ist seit Stunden nicht dagewesen, und eine Nachbarin erzählte mir, sie hätte gesehen, wie ein Auto sehr schnell zur Schule hochfuhr. Das Auto hat eine Katze überfahren, jedenfalls wurde die Katze durch die Luft gewirbelt. Scheiße, Baumeister. Aber ich dachte, ich sage es dir gleich.«

»Wo ist die überfahrene Katze?«

»Das wissen wir nicht. Katzen verkriechen sich ja, wenn sie verletzt sind.«

»Krümel geht niemals auf die Straße«, beruhigte ich mich. »Krümel ist viel zu klug, um freiwillig die Rennbahn zu betreten.«

»Aber Krümel ist nicht da«, meinte sie unglücklich.

»Schon gut«, sagte ich paralysiert. Es war dämmrig, aber noch hell genug, sie zu suchen. Ich entdeckte den ziemlich großen Blutfleck auf dem Asphalt, wo die Katze getroffen worden war. Ich kletterte auf den Boden von Alfreds Scheune und wühlte mich, »Krümel!« rufend, durch die Heuballen, ich kroch auf allen vieren durch die vollkommen verwachsene kleine Parkanlage, die mein Nachbar Albert angepflanzt hatte, ich suchte die Krone der Natursteinmauer ab, auf der sie im Sommer herumzudösen pflegte, ich stieg sogar meinem Nachbarn auf das Dach, weil sie zuweilen dort langgestreckt auf dem First lag und die Aussicht genoß. Sie war verschwunden. Ich hockte mich unter die Birke.

Marker kam und sagte: »Das mit Ihrer Katze tut mir leid.«

»So ist das Leben«, erwiderte ich.

»Blankenheim erzählt eine einfache Geschichte. Er fand das Geld für die Glocken auf dem Sitz eines seiner Trecker. Dabei lag einer der Zettel mit ausgeschnittenen Buchstaben. Darauf steht: *Du weißt schon, wofür*. Sonst nichts. Die Buchstaben sind immer aus dem Trierischen Volksfreund und dem hiesigen Wochenspiegel ausgeschnitten. Er hat auch gesagt, er habe seiner Frau die Reise nach Hawaii schenken wollen. Er hatte den Beleg der Auszahlung von seinem Sparbuch bei sich. Er hat fast eine Viertelmillion drauf, und er behauptet, er wäre es leid, das Geld zum Wohl der Bank dort zu belassen. Seine Frau hat abgelehnt, da hat er die Reise zurückgegeben.«

»Verdammt noch mal, sie ist doch nie auf die Straße gelaufen.«

»So etwas passiert«, sagte Marker. »Elsa erzählte etwas von einem Feuerwehrauto: Haben wir da eine Verbindung?«

»Haben wir. Aber das dürfte jetzt zu spät sein. Morgen früh. Ich stelle Ihnen die Verbindung her. Was sagt Ihr Oberstaatsanwalt?«

»Die haben einen konkreten Hinweis auf eine Gruppe der PKK in Frankfurt. Also Leute, die für die Freiheit der Kurden kämpfen.«

»Klingt das überzeugend?«

»Nicht sehr«, entgegnete er. »Aber sie glauben dran. Es hat Käufe gegeben. Merkwürdigerweise nicht Heroin gegen Waffen, sondern Bargeld gegen Waffen.« Er machte eine Pause. »Wenn es stimmt.«

»Und was sagt Ihr Oberstaatsanwalt zu den hiesigen Spuren, zu all den Geldgeschenken?«

»Er meint, das sei doch nur Pipifax. Pipifax ist sein Lieblingswort. Wir werden sehen.«

»Aber er kann an den hiesigen Spuren nicht vorbei«, rief ich zornig.

»Wieso kann er nicht?« fragte Marker aufreizend langsam. »Das ist doch das Schöne an diesen Leuten: Sie haben ein Amt, und sie nutzen es.«

»Scheiße!« sagte ich.

»Sie sagen es«, murmelte er und setzte sich Bewegung, um zu gehen.

Doch er blieb noch einmal stehen, drehte sich herum und setzte nach: »Es ist wohl nicht mehr wichtig, aber Schuhmachers Frau hat gestanden. Sie hat ihm den Pflanzstock in den Mund gerammt. Seither geht es ihr besser. Arme Frau.« Er verschwand.

Dann kam Elsa und setzte sich neben mich mit den Worten: »Peter Blankenheims Geschichte klingt verdammt überzeugend.«

»Das ist mir wurscht«, sagte ich. »Krümel ist niemals auf die Straße gegangen.«

»Vielleicht war sie supernervös durch die vielen Besucher. Vielleicht war sie irritiert.«

Plötzlich fiel mir ein, daß sie möglicherweise im Jeep in der Garage lag. Weil sie Autos liebte, schlief sie zuweilen dort. Ich rannte um das Haus herum, aber auch dort fand ich sie nicht.

»Wir sorgen für eine neue Katze«, rief Elsa hinter mir.

»Du kannst doch Krümel nicht ersetzen durch irgendein Katzenvieh.«

»Warte ab«, sagte sie ruhig. »Vielleicht taucht sie irgendwann in der Nacht schwanzwedelnd auf.«

»Ich hasse Tröstungen.«

»Von den drei Musketieren als Täter können wir Abschied nehmen.«

»Ist mir wurscht«, wiederholte ich störrisch.

»Ich gehe schlafen«, seufzte sie.

»Moment, warum können wir von den drei Musketieren Abschied nehmen?«

»Na ja, weil Blankenheim das Hawaii-Geld vom Sparkonto nahm und das Geld für die Angelusglocken sofort herbrachte.«

»Und deshalb schließt du sie aus? Bist du naiv!«

Ich kramte mir einen alten Bundeswehrschlafsack aus meinen Schätzen und verzog mich unter meine Birke. Bevor ich mich hinlegte, suchte ich noch einmal die ganze Strecke ab und versuchte, den Blutspuren mit einer Taschenlampe zu folgen. Aber das ist schwer in mannshohem Gras, und nach etwa achtzig Metern verlor ich die Spuren, hockte da und fühlte mich elend. Schließlich war Krümel nicht irgendwer.

Ich linste auf die Uhr und blinzelte, weil die Sonne so grell war. Die Zeiger wiesen auf kurz nach sieben, und ich fluchte, weil es viel zu früh war. Einen Augenblick lang dachte ich, Krümel liege auf meinem Rücken. Aber es war nicht Krümel. Es waren die beiden jungen Damen Nora und Cosima, sehr hübsch, sehr lebendig und beide ganze zwölf Jahre alt. Sie sahen mich besorgt an.

»Hör mal, Siggi«, begann Nora sehr sanft. »Stimmt das, daß Krümel tot ist? Ich meine, ist sie überfahren worden?«

»Das sieht so aus, das sieht wirklich so aus.«

»Also, wir glauben das nicht«, sagte Cosima. »Mag ja sein, daß irgend so ein Scheusal Krümel angefahren hat. Aber dann hat sie sich verkrochen.«

»Dann müßte sie aber langsam hier sein«, entgegnete ich dumpf.

»Wir dachten, wir machen Zettel und hängen sie überall auf. An die Kirchentür und an die dicken Bäume im Dorf und an Scheunentore und so. Wir haben schon mal einen Zettel gemacht. Hier ist er.«

Sie hatten geschrieben:

Ich suche meine Katze »Krümel«. Es ist eine Tigerkatze, und sie hat ein weißes Schnäuzchen. Bitte, meldet Euch, wenn Ihr sie gefunden habt, bei: Siggi Baumeister. Telefon …

»Das ist ja eine tolle Idee«, lobte ich hoffnungslos.

»Man kann es ja versuchen«, meinte Nora liebevoll.

»Man darf den Mut nicht aufgeben«, assistierte Cosima. »Und sonst fahren wir zu Tom. Wir wissen nämlich, daß Tom junge Katzen hat, und der verlangt bestimmt kein Geld.«

»Wenn ihr meint«, sagte ich lahm.

Elsa kam mit einem Tablett um die Ecke. Sie begrüßte mich: »Ich habe auch nicht geschlafen. Hier ist Kaffee … Sieh an, Besuch.«

»Das sind Nora und Cosima. Sie wollen Zettel an die

Bäume hängen, daß ich Krümel suche. Sie sagen, sie werden sie finden.«

»Hervorragend«, rief Elsa.

»Und wenn alles nicht hilft«, sagte Cosima, »kann man vielleicht ein neues Kätzchen für Siggi finden, weil ...«

»Wir wissen auch schon, woher«, ergänzte Nora eifrig.

»Nicht böse sein, aber ihr geht mir im Moment auf den Hut. Ich muß weg.«

»Wohin denn?« fragte Elsa.

»Ich will Peter Blankenheim treffen«, antwortete ich.

»Aber der hat doch alles gesagt«, wandte sie ein.

»Ja, schon. Aber nicht mir.«

»Deine Perfektion macht dich noch unbeliebt«, warnte Elsa.

»Das liebe ich so an dir, du machst mir soviel Mut«, sagte ich.

Ich rasierte mich nicht, ich wusch mich nicht, ich hockte mich in den Wagen und fuhr zu Blankenheims Hof.

Er saß auf seiner schweren Zugmaschine und fuhr Silo platt. Er röhrte verloren hin und her und sah mich nicht, bis ich kräftig auf den Radkasten klopfte. Dann stellte er die Maschine ab und sah mich an. »Was ist?«

»Ich weiß, du hast achtzigtausend gekriegt. Und deine Hawaii-Nummer war ein Geschenk für deine Frau. Aber: Mir fehlt da etwas. Hast du zwei Minuten?«

Er seufzte und kletterte von seinem Ungetüm herunter. »Aber nicht länger. Was willst du wissen?«

Ich hockte mich auf die Betoneinfassung des Siloplatzes und fing an: »Die meisten, die hier die Untersuchung führen, haben keinen Schimmer von der Vulkaneifel. Die Pressefritzen sowieso nicht, die gehen nur allen auf den Wecker.«

»Ja, ja«, meinte er, »aber die bezahlen. Für alles und für jedes. Hier einen Blauen und da einen Blauen, jeder Satz nur gegen Bares.« Er grinste flüchtig.

»Wer wußte denn, daß das Angelusgeläut achtzigtausend kostet?«

»Jeder im Pfarrgemeinderat und jeder im Gemeinderat und jeder, der es wissen wollte. Stimmt das mit dem Feuerwehrauto für zweihunderttausend?«

»Ich weiß es nicht. Marker kümmert sich drum. Aber es scheint zu stimmen. Wieso ist das mit Hawaii so schiefgegangen?«

Er hockte sich neben mich und drehte sich eine Zigarette mit einem mörderisch starken Tabak. »Irgendwie war das eine Spinnerei«, sagte er nachdenklich. »Als ich meine Frau freite ... so was sagt man heute nicht. Also vor meiner Verlobung war sie in Koblenz im Orden. Sie war da in der Küche.« Er wedelte mit den Armen. »Junge, Junge, das waren Zeiten. Wir alle hier hatten nur Pferde, kein Mensch hatte einen Trecker. Ich hatte damals eine ›Maria-hilf-und-Josef-schieb-nach‹.« Er lachte laut. »Kennst du das noch? Das war eine achtundneunziger NSU, eine Klassemaschine. Meine war natürlich gebraucht, ich zahlte in Raten ab. Fünfzehn Mark im Monat, Jesus Maria, waren das Zeiten. Und das Ding war so alt, daß es mal fuhr und mal nicht, je nach Lust und Laune. Wenn ich Josefa in Koblenz besuchen wollte, dann mußte ich mich früh am Morgen nach dem Melken auf die Socken machen. Ich mußte es so drehen, daß ich gegen sechs Uhr abends zum Melken wieder zu Hause war. Um Sprit zu sparen, habe ich den Motor immer abgestellt, wenn es den Berg runterging. Dann sprang die Kiste nicht mehr an, und ich schob, bis sie irgendwie wieder lief. Manchmal bekam Josefa keine Erlaubnis von der Schwester Oberin, mit mir ein Bier trinken zu gehen oder eine Cola. Dann sah ich sie nur fünf Minuten lang an einem Fenster stehen. Aber wir konnten uns nichts sagen, weil das Fenster fünfzig Meter entfernt war, und schreien wollten wir doch nicht. Mein Gott, waren das Zeiten!« Er schüttelte den Kopf, als könne er das alles nicht begreifen. »Wir waren schon verlobt, sie war immer noch im Dienst im Kloster, als ich sie fragte: Wo möchtest du hinfahren, wenn du einen Wunsch frei hättest?

Und sie antwortete: Hawaii!« Er lachte wieder, und es klang zärtlich. »Es war so: Sie hatten mal Ausgang und sahen im Kino einen Film über Hawaii. Und seitdem wollte sie nur nach Hawaii. Sonst nichts. Wir heirateten dann, die Kinder kamen, der Hof machte Schwierigkeiten, es war nicht einfach. Niemals waren wir im Urlaub, und sie sagte nie wieder etwas von Hawaii.«

»Und dann wurde das Geld geklaut«, stellte ich fest.

»Richtig«, sagte er. »Irgendwie dachte ich: Du hast genug gespart, du kannst nicht mehr tun, als drauf hockenbleiben, und letztlich ist das ja Mist. Und Christian macht sich gut auf seinem Hof, und sein Vater macht sich auch gut und braucht keine Hilfe. Und die kennen ja den Hawaii-Fimmel von Josefa auch. Sie sagten: Sei nicht dumm, schenk ihr das! Also ging ich hin und kaufte ihr Hawaii. Ich habe H. H. gebeten, mir das zu quittieren. Dann bin ich hierhergegangen. Als sie die Kälbchen gefüttert hat, habe ich ihr die Quittung in die Kiste mit dem Kraftfutter gelegt. Ich dachte: Gleich schreit sie und fällt mir um den Hals. Aber es kam ganz anders.«

»Sie wollte nicht.«

»Wenn es nur das gewesen wäre! Also, sie kommt bleich wie die Wand in den Stall, hält mir die Quittung hin und sagt: Blankenheim, du bist ein Arsch! Das hat sie noch nie gesagt. Na ja, sage ich, irgendwann mußt du ja mal für das Leben belohnt werden. So ein Scheiß! schreit sie. Dann nichts mehr. Ich komme ins Haus und setze mich an den Tisch, um zu essen, da meint sie: Das könnte dir so passen! Mich nach Hawaii schicken! Ganz allein! Das könnte dir so passen! Wieso? frage ich, ist doch eine feine Sache, ist doch ein Traum von dir. Na ja, das ging so weiter. Dann sagt sie wütend: Ich habe dich schließlich geheiratet, um mit dir zu leben, und nicht, um nach Hawaii zu fahren. Und außerdem: Was soll ich allein in Hawaii? Und wer versorgt die Kälber, die Schweine und das alles?«

»Sie liebt dich eben«, erklärte ich.

»Ja, ja«, sagte Blankenheim ganz unglücklich und schniefte dann. Er warf die Zigarette hinter sich und machte ein paar Schritte.

Ich gab ihm eine Weile Zeit und fragte dann: »Und wenn du die Reise für euch beide buchst?«

»Und wer versorgt den Hof?«

»Irgendwelche Nachwuchsleute. Und Christian Daun kann es überwachen.«

»Christian hat genug zu tun«, wehrte er ab.

»Christian und sein Vater würden es schaffen«, widersprach ich.

»Ach ja«, er stieß einen langen Atem aus. »War ja nur eine Idee. Ich habe dann plötzlich denken müssen: Das mußt du der Polizei sagen, sonst glaubt die am Ende noch, ich hätte den Geldwagen geklaut und würde jetzt Reisen verschenken.«

»Aber irgendwer verschenkt Geld«, sagte ich.

Er nickte. »Ich weiß.«

»Was habt ihr denn so gedacht, bevor das Geld geklaut wurde? Wieviel könnte in so einem Transporter sein?«

»Na ja, die meisten haben gedacht, so um die fünfhundert- bis achthunderttausend oder so. Aber doch nicht mehr. Da kutschieren die fast neunzehn Millionen durch die Wälder. Das bricht dir doch das Herz, so dumm ist das.«

»Was weißt du?«

»Was man so hört. Einige Pfarrer sollen plötzlich sehr reich sein. Aber der Bischof in Trier hat ihnen befohlen, das Geld zurückzugeben und die Schnauze zu halten. Der Landrat soll einiges bekommen haben. Übrigens, meine Frau ist im Landfrauenverband hier im Kreis. Die hat auch was läuten hören. Aber ich weiß nicht, was.«

»Ich gehe sie fragen«, sagte ich. »Vielleicht solltest du doch nach Hawaii fliegen. Vielleicht kommst du dann nach Hause und willst Ananas anbauen.«

Das gefiel ihm, er lachte schallend.

Seine Frau war hinten bei den Hühnern und mischte Futter. »Morgen, Josefa. Sag mal, Peter hat gesagt, du hättest im Landfrauenverband was läuten hören. Irgendwer hat Geld geschenkt bekommen.«

Sie lachte, sie beugte sich über den Eimer mit Hühnerfutter und lachte. »Das ist aber ein Gerücht«, warnte sie.

»Ich liebe Gerüchte«, sagte ich.

»Also, wir haben zwei Landtagsabgeordnete in Mainz«, erklärte sie. »Der eine ist der Bauer, die andere ist eine Frau. Sie ist Zahnärztin oder so was. Bei der Versammlung gestern abend ist erzählt worden, daß der Mann fünftausend Mark bekommen hat, in Zeitungspapier eingewickelt. Dabei lag ein Zettel. Auf dem stand: *Weil Sie so schlecht lügen können, finanziere ich Ihnen einen Rhetorik-Kurs in Frankfurt. Gebühren anbei.* Und die Frau hat viertausend Mark erhalten, auf ihrem Zettel stand: *Sie haben versprochen, sich für die Belange der Frauen einzusetzen. Dann tun Sie das auch gefälligst. Kursbeginn über Frauenfragen im September an der Universität in Dortmund.*« Sie strahlte mich an, und ihr Gesicht war schön und voll Belustigung. »Also, ich weiß nicht, ob das stimmt. Aber wenn es stimmt, ist es ein schönes starkes Stück.«

»Da sagst du was«, meinte ich und verabschiedete mich.

Doch sie hielt mich zurück: »Moment mal, Siggi. Hast du auch das gehört? Das von Pater Leppich?«

Ich wußte, es gab einen Pfarrer, der einige Gemeinden südlich von Gerolstein betreute und den Spitznamen Pater Leppich führte, weil er gelegentlich seine Sonntagspredigten dazu benutzte, die anwesende Gemeinde wüst zu beschimpfen.

»Was ist mit dem?«

»Der soll auch was geschenkt gekriegt haben«, erklärte sie. »Aber Näheres weiß ich nicht. Wirklich nicht.«

»Was soll er geschenkt bekommen haben?«

»Geld«, antwortete sie . »Anders war der auch nicht mehr zu retten!«

»Wieso war der nicht anders zu retten?«

»Das sage ich nicht, das müssen dir andere sagen. Er ist ja eigentlich ein netter Kerl.«

»Das ist er. Mach es gut.«

Ich sah auf das Dorf zu meinen Füßen, auf den Hof von Nikolaus Daun, der am Hang gegenüber lag, auf Christian Dauns altes Anwesen, dem Traumziel von Klärchen, der Witwe Bolte. Ich dachte resigniert: Das Ding knacken wir nie!

Aber dann reagierte ich wie ein braver Bürger: ›Da sei die Arbeit vor!‹, fuhr in das Altenheim, hockte mich auf die Armesünderbank im Erdgeschoß und bat Mater Maria um eine Audienz.

Nach einer Weile kam sie, ein Weib wie ein Schrank, bebend vor Energie. Das erste, was sie sagte, um mir den Wind aus den Segeln zu nehmen, war: »Es hat aber keinen Zweck, sich mit mir über gewisse, sagen wir, Spendengelder zu unterhalten. Da trage ich den bischöflichen Maulkorb.«

»Ehrlich gestanden, stören mich der Bischof und sein Wort nicht sehr. Es geht auch gar nicht um das freundliche, in Zeitungspapier gewickelte Paket, das Ihren Küchennöten Abhilfe schaffen sollte. Es geht um etwas ganz anderes.«

»Das freut mich aber«, strahlte sie. »Wissen Sie, kurz nach dem Geldraub kamen äußerst seriöse Herren ins Haus, die angeblich ihre Großmütter hier einmieten wollten. Dann stellte es sich heraus, daß sie von mir eine Art Psychogramm der Eifler Bevölkerung in Sachen Geldraub haben wollten. Wirklich, ganz reizende Leute. Und Sie? Was wollen Sie?«

»Über den Pfarrer reden, den man Pater Leppich nennt«, erklärte ich.

Sie formte einen Kußmund, sah tief in sich selbst hinein und schaufte dann: »Das werde ich auf keinen Fall tun.«

»Aber warum nicht?«

»Weil ich mir nicht anmaßen kann, über einen Priester zu urteilen, den ich zwar kenne, aber nicht gut kenne.«

»Sehen Sie, Schwester Maria, genau das ist mein Problem. Mit welchem Phänomen haben wir es denn hier zu tun? Jemand klaut viel Geld, hat aber offensichtlich kein allzu starkes persönliches Interesse daran. Statt dessen verschenkt er es. Unter anderem an Sie. Ich erinnere mich an ein Weihnachtsfest. Da wurden Sie gefragt, was Sie sich denn wünschen. Sie kicherten und sagten: Eine neue Küche! Alle haben gelacht, und alle haben Sie gemocht. Nun gibt es eine ganze Menge Leute, die ganz öffentlich gesagt haben, sie möchten gern dies oder das auf die Beine stellen. Sie haben ihr erforderliches Geld bekommen. Im Prinzip ist das bei einigen Empfängern gut, bei anderen weniger. Es stellt sie bloß, nicht wahr.« Ich lächelte sie an. »Nun müssen Sie mir nicht bestätigen, daß unser älterer Mitbürger mit dem Spitznamen Pater Leppich Geld bekommen hat. Daß er etwas bekommen hat, weiß ich bereits. Die Frage ist nur: Warum entzieht er sich der Befragung?«

»Entzieht er sich?« fragte sie entzückt. Gleich darauf räusperte sie sich. »Ich hörte davon«, gab sie zu.

»Ich bin hier, um mit Ihnen über dieses Phänomen zu sprechen. Daß Pfarrer ein neues Geläut bekamen oder andere Leute Feuerwehrautos, ist unter diesen merkwürdigen Umständen ja fast normal. Aber daß einem Pfarrer ein Haufen Geld zufließt und jedermann so tut, als sei es verboten, darüber zu sprechen, wofür denn das Geld bestimmt ist; das, verehrte Schwester Maria, verstört mich sehr. Ich darf Sie an etwas erinnern: Ich bin zwar ein Neubürger, aber durchaus ein Eifel-Freak, und ich verrate meine Leute nicht. Und da bekannt ist, daß Sie eine kluge Frau sind, bin ich hier. Uff, das war eine lange Rede.«

»Und eine durchaus spritzige«, sagte sie trocken. »Sie appellieren also an meine Klugheit und Intelligenz, auf daß ich den Pater Leppich in die Pfanne haue.«

»Wenn Sie so wollen, ja. Aber es wird nicht in der Zeitung stehen, oder wo auch immer.«

»Versprochen?«

Ich nickte.

Sie wiegte den Kopf hin und her. »Natürlich müssen alle Leute das Geld wieder abliefern. Schade, es wäre so schön gewesen. Bei Pater Leppich ist das freilich etwas anderes. Und Sie ahnen doch bestimmt schon, warum. Oder?«

»Ich ahne gar nichts«, gab ich zu.

»Also, das ist eine Frage der Bilanzen«, erläuterte sie feinsinnig. Sie sah mich dabei so an, als sei damit nun wirklich alles gesagt, jede weitere Bemerkung überflüssig.

»Es kann sein, daß der Fall mich lähmt. Ich verstehe nicht. Wieso Bilanzen?«

»Sehen Sie, Herr Baumeister, der Pater Leppich betreut doch sechs, nein, halt, sieben Gemeinden. Und einmal im Jahr ist Bilanz in jeder Gemeinde. Da zeigte sich nun, daß, na ja, einiges fehlte eben. Irgendein Mensch, der irgend etwas mit diesem Geldraub zu tun hatte, wußte davon, wollte den Pater Leppich schützen, der ja wirklich hinreißend predigen kann, und schenkte ihm das Geld. Pater Leppich glich aus, und vermutlich war er selig. Wie sagte der Heilige Vater? Auch Priester sind Menschen.«

»Nun ist er vermutlich nicht mehr so selig. Wo ist denn das Geld nun?«

»Soweit ich weiß, hat Pater Leppich es dem Bischof geschickt und gleichzeitig um seine Entlassung gebeten.«

»Lieber Himmel, welch ein Wirbel!« rief ich angewidert.

Sie lachte. »Das kann man so oder so sehen. Immerhin waren es hundertsechzigtausend Mark. Dafür muß eine alte Frau lange stricken.«

»Was hat der mit hundertsechzigtausend Mark angestellt?« Ich war aufrichtig fassungslos.

»Das weiß ich nun wirklich nicht. Und wenn ich es wüßte, müßte ich erröten«, sagte die erstaunliche Nonne, errötete aber nicht.

»Hat er denn auch ein Begleitschreiben bekommen?«

»Sicherlich. Zufällig weiß ich, daß nur zwei Worte draufstanden. *Nicht aufgeben*!«

»Wie ist das denn rausgekommen?«

»Soweit ich weiß, stand die Bilanzprüfung an. Da wurde es entdeckt. Dann wurde geredet, aber niemand wußte etwas. Dann war klar, daß irgend etwas nicht stimmte. Und das Minus war gerade ausgerechnet worden, als das Geschenk kam. Zu spät.«

»Was macht ein Landpfarrer mit einhundertsechzigtausend Mark?«

»Das müssen Sie den Pfarrer fragen. Übrigens hockt der zu Hause und ist keinesfalls verschwunden, Herr Baumeister. Keine Notlügen mehr, mein Lieber!«

Ich verabschiedete mich und ging. Sehr nachdenklich fuhr ich nach Hause und wußte nicht, an welchem Punkt ich neue Recherchen ansetzen konnte. Es sah nicht gut aus.

Elsa, Nora und Cosima hockten auf den Eingangsstufen und kicherten.

»Also«, hob Nora an, »du darfst nicht so wild in dein Arbeitszimmer stürmen, die Tür auflassen und so. Da ist jemand drin, der auf dich wartet. Aber dieser Jemand ist ein Marsmännchen, also sehr klein, also winzig klein, also …«

»… so winzig«, sagte Cosima ernsthaft, »daß du es vielleicht gar nicht siehst.«

»Sooo winzig«, sagte jetzt Elsa lächelnd, »daß du es vielleicht schon in der Hosentasche hast und es gar nicht merkst.«

»Aha«, sagte ich und überlegte, ob es eine Möglichkeit gab, an diesen Pfarrer heranzukommen.

»Du mußt die Tür ganz vorsichtig aufmachen«, befahl Nora.

»Das mache ich«, versprach ich.

Ich machte die Tür wirklich sehr vorsichtig auf, und natürlich sah ich zunächst nichts Besonderes, nichts fiel mir auf. Ich nahm das Telefon, setzte mich an den Schreibtisch und bat: »Laßt mich bitte eben telefonieren, dann spiele ich mit euch.«

Es wurde nichts daraus. Zuerst sah ich ein fuchsrotes Köpfchen, vielleicht vier Zentimeter im Durchmesser. Das beschnupperte meinen rechten Schuh. Dann folgte ein durchaus gut gefülltes Bäuchlein. Dann ein Hinterleib, der in seiner erbärmlichen Dürre zusammen mit einem erbärmlichen Schwanz den Eindruck machte, als bestehe das halbe Tier aus einer halbverhungerten Kanalratte.

»Das ist Momo«, erklärte Nora feierlich.

»Wir haben sie Momo genannt. Sie ist fünf Wochen alt«, sagte Cosima.

»Und Toms Vater«, sagte Elsa, »hat festgestellt, daß es ein Mädchen ist.«

»Ihr seid verrückt«, murmelte ich gerührt. »Hat sich ... ich meine, keine Spur von Krümel?«

Elsa schüttelte den Kopf.

»Und Momo ist wirklich ein Mädchen?« fragte ich.

»Du kannst ja den Schwanz hochheben und nachgucken«, schlug Cosima vor.

»Ich bin im Moment nicht dazu aufgelegt, Katzen die Schwänze zu heben. Ihr seid richtig klasse!« Ich nahm diese Mischung aus Ratte und fuchsiger Katze und stellte sie auf den Schreibtisch.

Plötzlich nahm die Natur ihren Lauf. Das reizende Kätzchen namens Momo, genau in der Mitte der ledernen Schreibtischunterlage postiert, hob anmutig den Schwanz, stellte die Hinterläufe leicht auseinander und kackte traumverloren vor sich hin. Sie hatte Durchfall, es stank gewaltig.

»Sie braucht eine Wurmkur«, stellte ich fest.

»Och, mein Schätzchen«, jubelte Cosima.

»Kann man so etwas kaufen?« fragte Elsa.

»Kann man. Aber du kannst auch Dr. Schneider in Gerolstein anrufen. Kann sein, daß der hier in der Gegend ist. Er hat so etwas immer bei sich, die Telefonnummer ist in der Kartei. Und wer räumt die Scheiße weg?«

»Ich«, sagte Nora heldenhaft.

»Das ist toll. Ich freue mich, daß sie mir nicht auf das Telefon geschissen hat. Wo ist Marker?«

»Konferiert mit diesem Oberstaatsanwalt und der ganzen Kommission.«

»Und Rodenstock?«

»Im Garten. Wenn du Kaffee willst, es ist noch etwas in der Küche. Gibt es Neues?«

»Ja.«

Die Katze namens Momo fing jetzt an, ihrem Instinkt nachzukommen und versuchte, ihre Exkremente zuzukratzen, was auf dem Schreibtisch schlecht möglich war. Es entstand eine Art stinkendes Chaos, und ich flüchtete. Das heißt, ich wollte flüchten. Doch plötzlich schrie Elsa fassungslos: »Krümel!«, und besagte Krümel kam durch die Tür geschlichen, maunzte laut, war verdammt mager und trug ihren Schwanz wie ein U-Boot sein Sehrohr.

»Das fasse ich nicht«, rief ich. »Krümel-Liebling! Wo warst du denn?«

Sie kam und maunzte und rieb ihren Körper an meinen Beinen. Dann roch sie die Bescherung auf dem Schreibtisch, und zu allem Unglück linste Momo über den Tischrand.

Ich wollte aufspringen, aber das mißlang. Krümel stieß einen hohen spitzen Schrei aus und knurrte wie der Goldwyn-Löwe. Momo fiel ihr exakt und laut jaulend vor die Füße. Krümel schlug einmal kräftig zu, reckte den Schwanz hoch und ging tödlich beleidigt hinaus.

»Das darf nicht wahr sein«, hauchte Nora.

»Und jetzt?« fragte Cosima. »Müssen wir Momo zurückbringen?«

»Ach Quatsch!« entschied ich. »Momo bleibt hier.«

Alle schrien hurra, und ich hatte Gelegenheit, mich zurückzuziehen, während Elsa nach dem Tierarzt telefonierte.

Langsam war es so, als hätte ich eine große Familie, und ich konnte nicht sagen, daß es mir mißfiel. Rodenstock hockte zusammen mit Unger und Bettina unter der Birke. Ich berichtete ihnen, was geschehen war, und Unger sah endlich eine Chance. »Ich finde heraus, was dieser Pater Leppich mit hundertsechzigtausend Mark gemacht hat.«

»Gut«, sagte ich. »Aber bitte, Umwege gehen, nicht verschrecken, niemanden verprellen und nicht mit dem Presseausweis wedeln.«

»Kann ich mit?« fragte Bettina.

Ich betete insgeheim inständig um meiner Ruhe willen, er würde sie mitnehmen. Meine Gebete wurden erhört, er nickte, und sie machten sich auf den Weg.

»Was sagt Marker? Was meint sein Oberstaatsanwalt?«

Rodenstock neigte den Kopf. »Der glaubt, wir hätten es mit strikt logistisch arbeitender organisierter Kriminalität zu tun. Auf die Geldgeschenke will er nicht eingehen. Vielleicht kann er nicht? Der Landrat, Bundestagsabgeordnete, Landtagsabgeordnete, die Caritas, ein Wirtschaftsmagnat, der Golfclub, die katholische Kirche. Vielleicht einigt man sich.«

»Was soll das heißen: Man einigt sich?«

»Man löst den Fall nicht, man läßt ihn auslaufen.«

»Mann, in sieben Jahren haben wir das Jahr 2000.«

»Ja und?« lächelte er. »Glauben Sie im Ernst, die Menschheit hätte sich geändert?«

»Das kann nicht sein«, sagte ich. »Soviel kann man nicht übersehen.«

»Sie sind naiv«, stellte er trocken fest.

»Das macht mich so wertvoll«, nickte ich. »Was können wir noch tun? Hat dieser Täter, hat diese Tätergruppe Fehler gemacht? Paßt irgendeiner der Beschenkten nicht ins Programm? Vielleicht dieser sogenannte Pater Leppich?«

Cosima, Nora und Elsa tanzten heran und schleppten die neue Katze Momo durch meinen Garten. Krümel kam um die Ecke und wirkte vor Eifersucht rosarot. Dahinter erschien ein strahlender Veterinär aus Gerolstein namens Dr. Schneider und trompetete: »Die Katze ist kein Weibchen, die Katze ist ein Männchen.«

»Dann kann der Name bleiben. Herzlich willkommen, Momo«, sagte ich.

Wenig später hockte Rodenstock mit den beiden Mädchen im Gras und hatte Momo im Schoß. Sein Gesicht wirkte ganz sanft und gelassen, es war voll Freude.

Langsam fuhr ich zum Tatort, als könnte ich nachvollziehen, was sich ereignet hatte. Ich erreichte diesen Tatort, hielt an, hockte mich auf einen liegenden Baumstamm und stopfte bedächtig die Camargue von Butz Choquin. Ich rauchte und dachte darüber nach, was ich mit so einem Transporter tun würde. Und was mit dem Motorrad?

Moment: Markers Leute hatten alle Scheunen durchsucht. Was war dabei herausgekommen? Es konnte nicht viel sein, denn Marker hatte nichts erwähnt – also Fehlanzeige. Was tut ein international arbeitender Gangster mit einem Geldtransporter? Er versenkt ihn in einem Fluß, in einem Baggersee. Er denkt nicht daran, das Ding auf ewig verschwinden zu lassen, es reicht, wenn es ein paar Wochen, ein paar Monate vielleicht verschwunden ist. Was wird er mit dem Motorrad machen? Dasselbe vermutlich. Also vielleicht irgendwo zwischen hier und Köln oder hier und Trier einen Fluß suchen, ein großes Wasserloch.

Was tut ein Mann aus der Eifel, der aus irgendeinem Grund furchtbar wütend ist, einen Geldtransporter klaut, das Geld verschenkt ... was tut der mit diesem Transporter, mit diesem Motorrad?

Bleib auf dem Boden, Baumeister. Laß deine Phantasie nur in den Grenzen spielen, die der Alltag dieser Leute zieht. Nicht herumspinnen, einfach nachdenken. Dann wußte ich plötzlich, daß wir alle an einer sehr naheliegenden Idee vorbeigerannt waren, und ich mußte lachen. Es war wie eine Befreiung.

Ich stieg in den Jeep und fuhr gemächlich auf den Hof. Rodenstock schlug wieder Holz und fühlte sich offenkundig prächtig, die Mädchen hockten auf dem Holzstoß und kraulten Momo – sie ließen ihn nicht auf die Erde, sie ließen ihn nicht laufen.

Elsa kam in die Sonne und brachte ein Tablett mit Kuchen und Kaffee. Sie sah mich, kam heran und sagte: »Ich machte mir Sorgen. Dir geht es nicht gut, oder?«

»Jetzt geht es mir wieder gut«, erklärte ich. »Papa Rodenstock, lassen Sie uns eine Weile reden. Ich habe eine Idee.«

Wir drei gingen also hinein, sperrten Kinder und Katzen aus, und ich erklärte: »Es war immer ein Rätsel, was die Täter mit dem Transporter und dem Motorrad gemacht haben. Ich habe vielleicht eine Idee. Die Eifel war immer ein armes Land. Besitz, gleich welcher Art, wurde ängstlich gehütet, niemals vernichtet. Da wir annehmen müssen, daß es Eifler waren, müssen wir also mit Eifler Augen sehen. Die Männer werden den Transporter zerlegen, nichts wegwerfen, den Motor in eine andere Karre umbauen, die Achsen für irgendein anderes Fahrzeug gebrauchen können. Ist das einleuchtend?«

»Sehr«, sagte Rodenstock sofort.

»Und wie!« nickte Elsa.

»Aber wie setzen wir das um?« fragte Rodenstock. »Sollen wir systematisch suchen?«

»Ja«, nickte ich. »Jeden Wasserwagen bei den Kühen auf den Wiesen prüfen, jeden Kuhstall, ob er vielleicht Panzerglasfenster hat.«

»Das geht doch gar nicht«, wandte Elsa ein. »Wieviel Dörfer kommen denn in Betracht?«

»Ich weiß es nicht«, sagte ich. »Wir fangen im engsten Umkreis an und tasten uns vor.«

»Das könnte etwas bringen«, nickte Rodenstock.

Plötzlich wurden wir unterbrochen, weil Marker vorfuhr. Er kam in einem äußerst feudalen BMW und hatte einen

Mann im Schlepptau, von dem er sagte: »Das ist der Untersuchungsführer, Oberstaatsanwalt Dr. Brüning.«

Wir nannten unsere Namen und gaben ihm artig die Hand. Er war ein Mann Mitte Vierzig, und offensichtlich war er es gewohnt, Befehle zu erteilen. Er sagte: »Setzen wir uns kurz.«

Wir setzten uns also und sahen ihn freundlich an, weil uns nichts anderes übrigblieb.

Ganz deutlich war er ein Mann, der frühmorgens um sechs auf den Beinen war und joggte. Er sah ein wenig magenkrank aus, hatte aber gleichzeitig die Ausstrahlung eines Politikers, der dauernd fordert: Denkt doch mal positiv, Leute!

Mit merkwürdig gleichförmiger Stimme, nicht hoch, nicht tief, in einer ermüdenden Mittellage, sagte er: »Herr Marker hat mir berichtet, wie sehr und vor allem wie fair Sie sich um unser gemeinsames Problem in dieser abgelegenen Landschaft gekümmert haben. Ich danke Ihnen dafür ausdrücklich und denke, daß der Generalbundesanwalt mit mir einer Meinung ist, wenn ich ihm vorschlage, Sie als besonders verantwortungsbewußte Mitbürger auch schriftlich und öffentlich zu belobigen. Ich danke Ihnen und bin hier, um mich gleichzeitig zu verabschieden. Ich denke, wir haben unsere Aufgabe erfüllt.« Dann lächelte er uns offen und herzlich der Reihe nach an.

Marker unterbrach an dieser Stelle und wedelte mit einer Ausgabe der Frankfurter Allgemeinen Zeitung. »Wir haben hier einen ersten, wirklich glaubwürdigen Hinweis, daß sich Spuren des gestohlenen Geldes in Frankfurt nachweisen lassen. Nach sorgfältiger Recherche hat ein Redakteur der FAZ herausgefunden, daß eine Gruppe Kurden in Frankfurt mit einer Unmasse an Geld Waffen ordert. Diese Gruppe war am Freitag, also dem Tag vor der Tat, erst in Trier, dann im benachbarten Wittlich. Das wiederum legt die Vermutung nahe, daß die Gruppe die Tat begangen hat. Am Samstag abend gegen neunzehn Uhr, also rund sieben Stunden nach der Tat und rund eine Stunde, nachdem das Zeitschloß des Fahrzeugs den Saferaum freigab, tauchte die Gruppe in Frankfurt in einer von Türken geleiteten Kfz-Werkstatt auf. Am Sonntag hat die Szene kurz gefiebert, als eben diese Kurden Waffen orderten und dabei mit Bargeld in unbegrenzter Höhe winkten.«

Er hörte auf zu dozieren und sah uns vollkommen unschuldig an. Das gelang ihm blendend.

»Darf ich eine Frage stellen?« fragte ich höflich.

»Aber selbstverständlich, Herr Baumeister«, erwiderte der Oberstaatsanwalt leutselig.

»Der Artikel der FAZ deutet also einwandfrei auf Kurden hin. Hier aber wurden keine Kurden gesichtet. Des weiteren wurde hier anonym Geld verschenkt. Es handelt sich, Moment bitte, ich habe einen Zettel, um genau zwei Millionen zweihundertfünfzigtausend Mark. Haben Sie dafür eine Erklärung?«

»Absolut nicht.« Der Mann lachte genüßlich. »Nichts, wirklich gar nichts zwingt zu der Annahme, daß das verschenkte Geld tatsächlich mit dem des Geldraubs identisch ist, nicht wahr?« Er legte die Fingerspitzen zusammen, das wirkte sehr fein. »Vielleicht haben wir es hier mit einem Irren zu tun, der sein Geld einfach verschenkt?«

»Werden Sie diese Geschenke im Auge behalten?« fragte Elsa.

»Selbstverständlich, meine Liebe. Wir lassen Herrn Marker noch ein paar Tage hier. Die restliche Truppe allerdings ziehen wir ab. Wir werden uns auf die Kurden konzentrieren.«

»Sind die Kurden einschlägig aufgefallen?« fragte sie weiter.

»Ja«, antwortete er knapp. »Allerdings in London, nicht bei uns in Frankfurt.«

»Was geschieht mit den Geldern?« bohrte ich. »Soweit ich weiß, hat Herr Marker den Segen eingesammelt. Wird er den Beschenkten zurückgegeben?«

»Da wir annehmen, daß es sich bei dem Geldgeber um einen – sagen wir – Verrückten handelt, behält die Staatsanwaltschaft sich das Recht vor, später zu entscheiden. Wir verwahren die Gelder und warten, was in diesem dubiosen Fall geschieht«, lächelte er.

»Was ist, wenn die Geschenke fortgesetzt werden?« fragte wieder Elsa.

»Wir sammeln sie ein«, sagte der Oberstaatsanwalt. »Glücklicherweise haben wir es hier mit hochanständigen, guten Bürgern zu tun, bei denen sich herumgesprochen hat, daß das Geld möglicherweise nicht koscher ist. Die Bevölkerung wird das melden, und Marker bleibt ja noch ein paar Tage hier.« Er war rundum mit sich zufrieden. Er stand auf und verbeugte sich kurz und mit sehr steifem Rücken. »Es hat mich gefreut«, sagte er aufrichtig.

Als er gegangen war, meinte Elsa: »Sagen Sie, Marker, was soll das Theater?«

»Stellen Sie mir nie mehr diese Frage«, erwiderte er müde und strich sich über das Gesicht. »Er bekam einen Anruf vom Innenministerium in Bonn. Man legte ihm nahe, das internationale Verbrechertum zu bekämpfen. Und jetzt kein Wort mehr. Ich schlafe erst einmal zwei Tage.« Dann sah er Rodenstock an: »Können Sie mich noch kurz über alles informieren, was hier zuletzt geschah?«

»Aber sicher«, nickte Rodenstock. »Ich erzähle es Ihnen. Gehen wir in den Garten?«

Als die beiden abgezogen waren, schrie Elsa zornig: »Die schmettern den Fall ab, Baumeister!«

»Rodenstock hat es gerochen, Marker hat es gerochen. Das ist nicht neu und nicht überraschend. Als sie merkten, daß die ganze politische Eifel bloßgestellt wird, legten sie los ...«

»Aber irgendwo sind noch mehr als fünfzehn Millionen!« rief sie wild.

»Richtig«, gab ich zu. »Aber wer will das hören, wenn

Kurden in Frankfurt Waffen kaufen und bar bezahlen? Sie wollten das internationale Gangstertum.«

Wir schwiegen und hörten, wie Rodenstock und Marker im Garten miteinander sprachen, wie Marker sich verabschiedete, wie er sagte: »Ich gehe die paar tausend Meter zu Fuß, wird mir guttun.«

»Ich schlafe unter der Birke«, brach ich das Schweigen.

Aber ehe ich verschwinden konnte, kamen Unger und Bettina auf den Hof gefahren, und sie sahen sehr glücklich und erregt aus.

»Junge, Junge«, sagte Unger hoch, »das ist vielleicht ein Ding!«

»Laß es raus«, forderte ich. »Nein, halt, warte noch, bis Rodenstock kommt. Dann mußt du es nicht zweimal erzählen.«

Unger setzte sich auf die Bank vor dem Haus, und Bettina nahm neben ihm Platz. Er war jetzt ein Teil von ihr, und das wirkte sehr tröstlich.

Rodenstock kam. »Ist der Pfarrer durchleuchtet?«

»Und wie«, behauptete Unger. »Also, die Sache begann vor etwa einem Jahr. Da kam ein Student zu dem Pfarrer ins Haus. 25 Jahre alt, studierte Germanistik und Politologie. Er wollte eigentlich eine Examensarbeit schreiben, irgend etwas untersuchen: Die Stellung katholischer Priester in der Dorfgemeinschaft von heute. Irgend so etwas in der Art. Er blieb. Es war überhaupt nicht schwer herauszufinden, was da passiert ist. Also nehmt um Gottes willen nicht an, daß es eine schwule Liebe wurde oder so. Aber eine Liebe war es wirklich. Das ganze Dorf wußte Bescheid. Der Student ergriff Besitz von Pater Leppich. Stück um Stück sozusagen. Es war einfach für uns, das meiste erzählten die Verkäuferin in einem Tante-Emma-Laden, ein Kneipenwirt und ein Gemeindeangestellter. Der Pater Leppich kaufte dem Jungen erst einmal eine Einrichtung für zwei Zimmer, dann ein altes, gebrauchtes Auto, dann ein neues Auto. Dann fuhren sie zusammen in Urlaub, einmal, zweimal, dreimal. Immer teurer und immer weiter weg. Ein paarmal haben ältere Männer aus dem Dorf versucht, mit dem Jungen zu reden, ihn aus dem Dorf zu scheuchen, aber der Junge hat nur gelacht und gesagt: Besser werde ich es nie mehr im Leben haben! Irgendwie sind einhundertsechzigtausend Mark zusammengekommen. Ich habe einige Posten notiert, es ist kein Kunststück gewesen, so viel Geld auszugeben. Der Priester wurde depressiv, er sprach von Selbstmord. Und was passiert? Schwuppdiwupp ist der Student verschwunden. Aber ich habe seine Adresse, das wird eine verrückte Geschichte.«

»Das wird vermutlich keine«, widersprach Rodenstock und berichtete kurz vom Besuch des Oberstaatsanwaltes.

»Aber das ist Wahnsinn«, reagierte Unger, »das ist doch völlig verrückt.«

»Nein«, sagte ich, »das ist der Staat. Haben Sie den ... entschuldige, hast du mit dem Pfarrer sprechen können?«

Er schüttelte den Kopf. »Das wollte ich nicht, weißt du. Er ist wirklich krank, der Arzt kommt jeden Tag und spritzt ihm irgend etwas. Eine ältere Frau aus dem Dorf paßt auf ihn auf. Der Mann ist kaputt! Der ist sechzig, hatte einen Liebsten, der ihn ausnahm, und jetzt ist er kaputt.«

Es war seltsam, niemand sprach ein Wort, wir zerstreuten uns auf meinem Hof, als hätten wir nichts miteinander zu tun.

Als Bettina ihre Hand an Ungers Gesicht legte, wehrte er sie ab wie ein Insekt, drehte sich um und schlenderte aus dem Lichtkreis der Lampe über der Haustür.

Elsa murmelte: »Ich gehe in dein Bett. Du nimmst ja wohl die Birke.«

Wenig später meinte auch Rodenstock: »Ich versuche mal, etwas zu schlafen.«

Ich schnappte mir das Telefon für alle Fälle, ging unter die Birke und legte mich auf den Schlafsack. Irgendwann kam Krümel, maunzte hocherfreut und gesellte sich neben mich, nachdem sie die Umgebung abgesucht und alles in Ordnung gefunden hatte.

Ich erinnerte mich an meine neue Katze Momo, sah aber nicht nach ihr. Junge Katzen bleiben gern im Haus, solange Wände eine Deckung für sie sind.

Es war drei Uhr, als einige Dinge gleichzeitig in mein Bewußtsein drangen. Das Telefon schrillte, und in der Ferne heulten Sirenen. Die Feuerwehr kam schnell näher. Ich tippte auf den Knopf im Hörer, und Willi, mein Bürgermeister, rief atemlos: »Es hat Christian Dauns Scheune erwischt. Diese doofe Witwe Bolte hat wahrscheinlich wieder mit Maria und dem Erzengel gesprochen.«

Eine zweite Feuerwehrsirene, höher als die erste, war zu hören, dann eine dritte.

»Wie groß ist das Feuer?«

»Weiß ich nicht genau. Der Brandmeister sagt, daß sie es nicht unter Kontrolle kriegen. Alles sei trocken wie Zunder. Kommst du?«

»Na sicher.«

Keiner meiner Besucher war ausgezogen, keiner hatte geschlafen. Sie standen im Flur und starrten mich an.

»Es ist Dauns Scheune. Die mit dem vielen Heu. Laßt uns fahren, nein, laufen, wir versperren ihnen nur den Weg.«

ZWÖLFTES KAPITEL

Das ganze Dorf pilgerte mit uns, die Kinder machten den Eindruck, als ginge es zu einer Kirmes mit Feuerwerk. Ein leichter Wind stand aus Südwest und wisperte in den Büschen und Bäumen. Als wir die letzten Häuser erreicht hatten und einen freien Blick auf Christian Dauns Anwesen bekamen, wirkte seine Scheune wie ein riesiges rotgeflecktes Tier, das sich zum Sterben niedergelegt hat und gegen den Tod kämpft.

Das Geräusch war sehr laut, und es war jetzt deutlich auszumachen, daß es zwei Geräusche waren. Männer schrien, die Motoren schwerer Maschinen mahlten, die Klingeln der Feuerwehren waren schrill und aufdringlich. Darüber lag wie ein Stöhnen der Laut, den die brennende Scheune von sich gab. Es war, als atmete sie krampfhaft und kämpfte um Luft.

»Das Feuer ist da, wo Witwe Bolte den Altar hatte«, sagte Elsa.

Christian Dauns Scheune lag ziemlich genau in Nord-Süd-Richtung. Am südlichen Ende, dort wo die Witwe Bolte die Jungfrau Maria und den Erzengel Michael getroffen hatte, war das Gebäude vom Erdboden bis hin zu dem flachen Dach grellrot. Dunkelrot nach Norden hin, wo in einer Entfernung von zwanzig Metern das alte Wohnhaus der Dauns stand. Wenn man genau hinschaute, schienen die Konturen der Gebäude zu verschwimmen. Die Hitze flimmerte.

Ein Mann schrie im höchsten Diskant: »Zwei C-Rohre auf das Wohnhaus. Sonst geht dort alles hoch.«

»Wieso hochgehen?« fragte Unger.

»Er meint die Hitze. Es ist alles pulvertrocken«, erklärte Rodenstock.

Sie hatten eine Batterie greller Scheinwerfer südlich des brennenden Kolosses in ungefähr dreißig Metern Entfernung aufgestellt, und je näher wir an die reichlich dürftige Absperrung aus Autos und dazwischen gespannten Plastikstreifen kamen, umso klarer war zu erkennen, daß die Scheune im Innern längst eine Feuerhölle war.

»Das ist aussichtslos«, rief Unger und hielt Bettina um die Schultern fest.

Elsa lehnte sich gegen mich. »Wie viele Feuerwehren sind das denn?«

»Sicherlich alle, die nahe genug stationiert sind. Mindestens sechs. Berufsfeuerwehr und Freiwillige Feuerwehren. Die Jungens sind gut und schnell. Aber sie haben bei dieser

Hitze keine Chance. Sie haben großes Glück, wenn sie das Wohnhaus retten können.«

»Woher kriegen sie denn das Wasser?«

»Sie haben eine schwere Leitung westlich liegen. Und sie pumpen aus dem Greisenbach ab. Ich mache einen Vorschlag: Wir trennen uns und passen auf.«

»So soll es sein«, stimmte Rodenstock zu. Er wirkte vollkommen entspannt. »Ich gehe zu der Gruppe Männer, die rechts vorne steht. Einsatzleitung«, sagte er.

»Unger, geh mit Bettina bitte dorthin, wo es am hellsten brennt. Da hatte die Witwe Bolte ihren Hausaltar. Wir gehen rüber zum Wohnhaus.«

Dann dachte ich an die viele Arbeit des Christian Daun und daran, daß hier mit seiner Heuernte auch sämtliche großen und kleinen Maschinen verbrannten. »So eine Scheiße«, fluchte ich.

Es wirkte sehr chaotisch, aber wenn man eine Weile hinschaute, so erkannte man Strukturen. Alles, was die sicherlich mehr als hundert Feuerwehrleute taten, machte Sinn. Die Gruppen arbeiteten schnell und präzise, und als wir das Wohnhaus erreichten, verschwand es unter einem Wasservorhang.

Der immer fröhliche Franz von der Truppe, die den Golfplatz in Schuß hielt, kam in voller Montur und einem lederbewehrten Helm vorbeigerannt und keuchte: »Wo ist denn Christian?«

»Könnt ihr das Wohnhaus retten?« fragte ich.

»Ach, Siggi, ich weiß nicht«, japste er. »Die Temperatur am Dachstuhl fühlt sich an wie meine Heizung bei dreißig Grad Kälte. Ich glaube, wir müssen räumen.«

Im gleichen Augenblick schrie eine dumpfe Männerstimme: »Wir räumen das Wohnhaus. Der Trupp Walter zwo zu mir. Der Trupp Walter zwo.« Ein anderer Mann rief: »Wir brauchen Leute zum Tragen.«

»Komm«, sagte Elsa, »wir können helfen.«

Explosionsartig sprang in Christian Dauns Wohnzimmer eine große Fensterscheibe. Jemand fluchte laut und ausgiebig.

Gesprochen wurde jetzt wenig bis auf die schrillen Schreie der Männer, die eine Leitungsfunktion hatten. Wir bildeten mit ungefähr dreißig Frauen und Männern eine weitgezogene Kette, und sehr bald reichten wir wortlos und schwitzend alles Mögliche, was ein Haus enthalten kann, weiter. Erst den Inhalt von Schränken und Schubladen, dann die Schränke und Schubladen selbst. Ganz vorne in dieser Kette, zwei Männer von mir entfernt, arbeitete Christian Daun und wollte immerzu in sein Haus rennen.

»Laß das, da drin stirbst du!« schnauzte Franz.

»Aber die Papiere!«

»Wo sind die?«

»Im Schlafzimmer in der Anrichte, oben rechts.«

»Ich hole sie«, sagte Franz mit rotem, schwitzendem Gesicht und verschwand.

»C-Rohr eins, mehr rechts halten. Oh Scheiße, der Dachstuhl. In die Mitte, ihr Knallköppe, in die Mitte!«

»Sind da noch Tiere?« fragte jemand.

»Keine Tiere«, keuchte Christian Daun. Dann ließ er mit einer endgültigen Bewegung beide Arme sinken und scherte aus der Reihe derer, die seine Habseligkeiten in Sicherheit trugen. Er weinte auf eine lautlose, wütende Art.

»Kommen Sie«, sagte Elsa, nahm ihn in den Arm und führte ihn ein paar Schritte abseits in das Dunkel neben dem seitlichen Hauseingang.

»Alles im Arsch«, klagte er, »alles kaputt.«

»Das baust du wieder auf«, versuchte ich ihn zu trösten.

»He, Chris«, sagte eine vorsichtige Stimme. Eine Frau schob sich an mir vorbei. Sie war unglaublich verdreckt, trug einen dünnen Anorak und hohe gelbe Gummistiefel. Es war Gitta.

»Du hättest eher kommen können«, flüsterte er und hörte augenblicklich auf zu weinen.

»Ich hab deine Scheißmöbel gestapelt«, sagte sie wütend. »Du hattest außerdem keinen Blick für mich. Wie immer.«

»Ja, ja«, murmelte er. »Ist ja schon gut.«

»Weg hier!« schrie Franz. »Es geht los.«

»Aber wieso?« stammelte Elsa mit aufgerissenen Augen. »Da ist doch Wasser, das ganze Wasser.«

Franz stockte im Schritt, erstarrte, wandte sich zu ihr und sagte so ruhig wie beim Frühschoppen: »Also wir spritzen das Wasser auf Dach und Wände. Wenn es runterkommt, kocht es. So ist das, Madame.«

»Aha, so ist das«, erwiderte Elsa hilflos.

Das Dach färbte sich an einer Stelle blutrot. Die Dachziegel blieben liegen, trotzdem waren da Flammen.

»Das schöne Haus«, rief Elsa.

»Das schaffen wir noch«, sagte Franz.

Gitta nahm Christian fest am Arm und schob ihn hinter das Haus. »Du kommst erst einmal zu Atem!«

»Schleppen wir weiter«, meinte Elsa.

Aus dem Schleppen wurde nichts, die Feuerwehrleute stürmten gleich zu einem halben Dutzend ins Haus. Sie schrien wild durcheinander, und ich begriff nicht, was sie vorhatten. Wenig später krachten Äxte. Da verstand ich: Sie legten den Brandherd auf dem Dachboden frei, um Wasser hinaufpumpen zu können.

»Das schaffen wir«, wiederholte Franz. Es klang wie ein Gebet.

Rodenstock kam heran. »Ist Christian Daun hier?«

»Zehn Schritte hinter uns im Schatten mit Gitta«, entgegnete Elsa.

»Vater Daun ist bei der Einsatzleitung. Blankenheim auch. Sie haben entschieden, mit Bulldozern zu arbeiten. Wenn sie die Scheune nicht plattkriegen, brennt nicht nur das Wohnhaus. Wir kriegen mehr Wind. Oben die Häuser um die alte Schule sind gefährdet.«

»Eine gute Entscheidung«, fand ich.

»Eine sehr gute.« Wort für Wort tropfte aus seinem Mund, und er wirkte arrogant.

»Was soll das?« fragte Elsa irritiert.

»Sie müssen ins Feuer sehen«, meinte Rodenstock väterlich.

»Wie? Ach? Ach du lieber Gott!«

»Ob *der* dabei ist, weiß ich nicht so genau«, sagte ich.

Die Feuerwehrleute verscheuchten uns und wiesen uns einen anderen Platz zu. Aber da konnten wir nichts sehen. Also marschierten wir an der Absperrung entlang auf die Seite der tosend brennenden Scheune, an der die Witwe Bolte gebetet hatte.

Da war sie, klein und unbezwingbar wie ein granitener Berg. Neben ihr stand Kättchen und sagte dauernd: »Nun reg dich nicht auf, Klärchen. Das wird alles wieder aufgebaut.«

»Das ist ein Zeichen der Jungfrau«, weinte Klärchen.

Am Wegrand standen Peter Blankenheim und Nikolaus Daun und rauchten schweigend.

»Was ist mit all den Maschinen?« fragte ich.

»Schrott«, antwortete Blankenheim. »Wir haben versucht, sie wegzuziehen, aber sie waren glühendheiß, und der Lack warf Blasen.« Er hatte die rechte Hand dick verbunden.

»War es nun Klärchen?« erkundigte sich Elsa.

»Na sicher war es das Klärchen.« Blankenheim lächelte matt.

»Warten wir den Sachverständigen ab«, murmelte der alte Daun. Seine Frau kam heran und rief ganz weiß im Gesicht: »Wo ist der Junge, wo ist der Junge?«

»Hinterm Wohnhaus«, sagte ich.

»Brennt das auch ab?« fragte sie.

»Wahrscheinlich können sie es retten«, meinte ich. »Wie alt ist es?«

»Von meinem Ururgroßvater«, sagte Daun. »Das muß so um 1850 gebaut worden sein.«

Hinter uns begannen Wagen in die Wiesen zu fahren, die Rammen kamen, zwei Maschinen auf Ketten mit je sechshundert PS.

»Endlich«, sagte Blankenheim. »Haben die sichere Kabinen?«

»Mit Gitternetz«, nickte Daun. »Absolut sicher. Sie müssen Vollgas geben, wenn das Dach runterkommt. Dann gibt's einen Funkenflug wie bei einem Tornado.«

Die beiden Fahrer auf den Rammen trugen eine silber glänzende Kleidung, hatten schwere Helme auf dem Kopf und ein gläsern wirkendes Visier vor dem Gesicht. Sie schwenkten gleichzeitig von Süden her nach Norden ein, bremsten dann ab. Der rechte Fahrer hob die Hand, und als er sie senkte, fuhren sie an. Es machte einen Höllenlärm, und eine Weile war sogar das Feuer nicht zu hören.

Zwei Feuerwehrleute folgten mit kleinen einachsigen Wagen den Ungetümen und berieselten sie mit einem mächtigen Schwall Wasser.

»Hoffentlich geht das gut«, murmelte Elsa und steckte wie ein kleines Mädchen den rechten Zeigefinger in den Mund.

Die beiden Rammen erreichten die Scheune und drückten die lodernde Wand ein. Das Dach schwenkte widersinnig erst nach oben, als hebe jemand den Hut, dann kam die Hälfte der Fläche mit einem wüsten Krachen herunter. Das Wasser schuf einen perfekten Vorhang aus Schwaden und Dampf, wir konnten eine Weile nichts mehr sehen.

Wir erkannten nur, wie ein Teil der Längswand nach innen fiel, und die Umrisse der schweren Maschinen verschwanden vollkommen. Aber ihre Motoren brüllten.

»Wie lange können die das?«

»Bis zu fünf Minuten, wenn sie genug Wasser kriegen«, erklärte einer der Männer hinter uns.

»Wie viele Tonnen Heu waren das eigentlich?« fragte ich.

»Mehr als dreihundert«, sagte Vater Daun. »Ein Haufen Arbeit. Aber der Junge braucht sich nicht zu sorgen. Wir haben Platz genug und auch alles andere genug.«

Hinter uns schob sich ein Caravan heran. Dorita, Petra, Martina und Beate riefen einigermaßen fröhlich: »Genug Wasser habt ihr ja, wir bringen was zu trinken!«

Sie luden Kisten mit allen möglichen Getränken ab. Dorita sah mich an und meinte: »Kaffee haben wir auch!«

Die Feuerwehrleute kamen vollkommen verdreckt und verschwitzt heran und ließen sich etwas eingießen. Sie tranken keuchend und wortlos, während die Rammen die nördliche Querwand der Scheune von außen faßten und nach innen umbogen. Sämtliche Rohre waren jetzt auf das Inferno im Innern gerichtet, die Rammen blieben mit laufenden Motoren stehen. Es war ein unbeschreiblicher Lärm.

Dann war Tilman Peuster bei uns, der Arzt aus Jünkerath. Er fragte sachlich und kühl: »Hier soll einer sein mit Brandwunden im Gesicht.«

»Schorsch dahinten«, antwortete ein Feuerwehrmann. »Der hat irre Schmerzen.«

»Leute, trinkt noch kein Bier«, warnte jemand. »Wir haben noch Arbeit.«

Peuster verschwand, um seine Kunst zu üben. Blankenheim betrachtete den Feuerherd mit schmalen Augen, und Daun sagte erregt: »Sie haben nur eine Chance. Sie müssen die Querwände fassen und in die Wiese ziehen. Dann unter Wasser durchfahren, immer durchfahren.«

»So könnte es gehen.« Franz neben mir atmete pustend aus: »Und Schaum, was ist mit Schaum?«

»Noch nicht«, schrie jemand. »Noch keinen Schaum. Erst die Querwände weg und die Teile der Längswände. Nicht zu weit weg, nicht den Herd vergrößern. Dann Wasser, dann die Rammen, dann mit Schaum ersticken. Also, ihr faulen Säcke!«

Ein paar Leute lachten.

Die Rammen glitten rückwärts gegen das Wohnhaus aus dem Brandherd, die beiden Fahrer stiegen ab und bewegten sich schwerfällig nach vorn. Sie schleppten jeder eine Kette, bückten sich irgendwo, klinkten die Ketten ein, bewegten sich zurück auf ihre Fahrzeuge und zogen nach Handzeichen vorsichtig an. Die Querwand wurde weggezogen, und das Feuer kam grell und gewaltig wie eine Explosion hoch.

Es war eine geisterhafte Szene, weil niemand etwas sagte, niemand mehr schrie und alles davon abhing, wie gut die Fahrer der Rammen waren. Das Wohnhaus, das wurde deutlich, stand jetzt abseits wie ein dunkel drohender Klotz und schien nicht mehr zu brennen. Die Rammen bewegten sich gleichmäßig nebeneinander, die Fahrer wiederholten das gefährliche Spiel mit den Ketten und zogen die Längswand vom Feuer. Das Heu loderte, so daß wir die Hitze brennend auf der Haut spürten. Die Rammen arbeiteten unermüdlich weiter.

Teil zwei der Operation bestand darin, das große Viereck des Feuers aus stark streuenden Düsen unter Wasser zu setzen. Dann Teil drei: Die Rammen mahlten unermüdlich hin- und herfahrend alles zu Schlamm und funkenstiebenden Resten. Das dauerte mehr als eine Stunde. Erst danach belegten die Wehren die Fläche mit Schaum.

Rodenstock stand plötzlich hinter mir. »Kommen Sie einmal mit.« Er wartete nicht, sondern ging langsam auf das Wohnhaus zu.

»Wo geht der denn hin?« fragte Elsa ungeduldig hinter mir.

»Nur die Ruhe«, sagte ich.

Der Haupteingang des alten Wohnhauses lag auf der vom Feuer abgewandten Seite. An einem Beet mit zwei Rosensträuchern hockten Gitta und Christian auf einer Bank und schwiegen vor sich hin.

»Es ist gutgegangen mit Ihrem Haus«, erklärte Rodenstock freundlich. Dann ging er langsam weiter in den Vorgarten hinein. Da befand sich ein eiserner Doppelbogen, etwa zwei Meter hoch, an den Christian Daun Pflanzen in Töpfen gehängt hatte.

Rodenstock drehte sich zu uns herum und bat leise: »Elsa, Sie stehen neben einem großen Topf mit Geranien. Nehmen Sie bitte den Topf ab und marschieren Sie um den alten Stall herum, dann die Wiese hinauf, dann nach Hause. Und nicht fragen, einfach los.«

Sie nahm den Topf in die Hand, er hängte ihn aus, und sie ging los und atmete augenblicklich schneller. Der Topf war schwer.

»Es ist ein besonderer Topf«, erklärte Rodenstock. »Es ist der aufgeschnittene Tank eines Motorrades.«

»Sieh an, sieh an«, sagte ich heiter. »Noch irgend etwas?«

Er schüttelte den Kopf. »Aber wir hätten eine Chance, wenn wir die Gelegenheit benutzen würden – alle Häuser im Dorf stehen leer.«

»Ich verstehe«, meinte ich. »Gehen Sie oder gehe ich?«

»Ich gehe«, sagte er. »Wenn ich fehle, fällt das nicht so auf.«

Ich ließ ihn verschwinden und setzte mich dann zu Gitta und Christian.

»Hast du die Witwe Bolte gesehen? Ich meine, bevor es zu brennen begann?«

»Ja, ja, sie war da. Aber das war um Mitternacht. Sie hatte die Kerzen brennen lassen. Ich blies sie aus. Sie muß wiedergekommen sein, das ist schon öfter passiert.«

»Ich weiß«, sagte ich. »Das ist ein Riesenverlust.«

»Das Wohnhaus steht noch.« Er war verwirrt und fuhr sich mit der Hand über die Augen. »Ich wollte nie auf dem Hof meiner Eltern leben. Das alte Haus ... es riecht anders, verstehst du? Es riecht ... ich weiß nicht, ich bin hier zu Hause.«

»Kann ich gut kapieren. Wo wirst du schlafen, du mußt dich irgendwie ausruhen.«

»Er kann mit zu mir nach Hause«, sagte Gitta sanft und sah ihn dabei an.

»Das ist gut. Aber achte darauf, daß er wirklich ein paar

Stunden pennt. Hier kann er im Moment sowieso nichts machen.«

Um auszuschließen, daß irgendwo im Geviert der niedergebrannten Scheune noch Brandherde verborgen waren, fuhren die Kettenfahrzeuge weiter hin und her und machten den Schlamm zu Brei. Niemand löschte mehr, niemand schrie Befehle, niemand rannte. Alle hockten total erschöpft in der Wiese und ließen sich bedienen. Sie hatten es sich verdient. Ein paar waren so geschafft, daß sie sich einfach auf die Seite gelegt hatten und schliefen.

»Gehen wir heim«, sagte ich laut, obwohl es garantiert keinen Menschen interessierte.

Da stand auf einmal Marker vor mir und fragte erregt: »Was ist passiert?«

»Es gibt zwei Möglichkeiten. Entweder hat sich das Heu selbst entzündet, was unwahrscheinlich ist, weil Daun eine Temperatursonde und Ventilatoren eingebaut hatte, oder die Witwe Bolte hat Kerzen brennen lassen. Das Ding ist jedenfalls futsch.«

Marker schwieg und ging an mir vorbei, blieb stehen, starrte auf das Chaos aus weißgrauem Schaum und schwarz verkohlten Balken. »Wie lang hat das gebrannt?«

»Ich weiß es nicht. Stundenlang. Und es war bei dieser Affenhitze verdammt gefährlich für das ganze Dorf. Als es begann, war es dunkel, jetzt ist es Tag.«

»Was machen diese Kettenfahrzeuge da?«

»Mit denen haben sie das Ding plattgewalzt, damit es nicht noch schlimmer wird. Funkenfluggefahr.«

»War irgend etwas Besonderes? Den Fall betreffend?«

»Kann man sagen. Jemand hat einen Motorradtank aufgeschnitten und als Blumenkübel für Geranien verwendet. Sah eigentlich ganz hübsch aus.«

»Wahrscheinlich auch verbrannt«, sagte er ohne Hoffnung.

»Nicht die Spur. Von Elsa sichergestellt und nach Hause geschafft.«

»Das ist gut. Also Christian Daun.«

»Vorsicht, Vorsicht«, warnte ich. »Rodenstock ist unterwegs und sucht weiter.«

»Ach, was soll's!« fluchte er. »Mir hört ja doch keiner zu.«

»Im Augenblick vielleicht nicht. Später schon. Oder?«

»Vielleicht«, nickte er. »Werden Sie eigentlich darüber schreiben?«

»Und wie! Kommen Sie, gehen wir heim.«

»Was sucht denn Rodenstock?«

»Ach eigentlich etwas, was man dauernd sucht. Eine Vorderachse, eine Hinterachse, einen Motor, Panzerglas aus dem Fahrerhaus und derartige Kleinigkeiten.«

Er schwieg wieder eine Weile. Dann sagte er: »Nicht schlecht, Herr Specht.«

»Ich bin überhaupt gut«, erwiderte ich artig.

Wir schlenderten heim, es wurde schon wieder warm, irgendein neckischer Junge im Radio hatte gesagt: »Das Ozonloch komme über euch!«

»Machen wir uns einen Kaffee?« fragte er.

»Na sicher«, sagte ich.

Aber Elsa hatte schon Kaffee gekocht. Sie stand mit dem Motorradtank, der einstmals Geranien enthalten hatte, am Spülbecken und kratzte ganz vorsichtig an dem roten Überlack herum. »Das ist schwierig«, meinte sie. »Aber es steht fest, daß es eine Suzuki war, den Schriftzug habe ich schon.«

»Was mache ich jetzt?« fragte Marker mehr sich selbst als einen von uns. »Kriege ich ein Geständnis?«

»Niemals«, sagte Elsa sanft, ohne sich umzudrehen.

»Mein Oberstaatsanwalt hat mir durch einen Kurier eine Vorausgabe der Frankfurter Allgemeinen von heute geschickt. Sie haben die Sache festgeklopft, sie machen eine ganze Seite über Kurden, die in der Eifel Bares klauen, um in Frankfurt Waffen zu kaufen. Sie nennen sogar Namen.« Marker schüttelte den Kopf. »Die Gruppe hat sich abgesetzt, heißt es. Es wird ein wüster Vorwurf an die strafverfolgenden Behörden formuliert. Die Zeitung sagt, wir hätten noch immer nicht gelernt, schnell und energisch die zu verfolgen, die wirklich erkennbar den Staat unterhöhlen.«

Elsa drehte sich herum. »Und? Stimmt das?«

»Es stimmt nicht«, antwortete er einfach. »Man läßt uns doch nicht.« Dann drehte er sich um und hockte sich in der Stube auf das Sofa, um dumpf vor sich hin zu brüten.

Unger und Bettina kamen zurück. Sie hatten jeder ein großes Einmachglas mit einer ekelhaft schwarz-grauen Masse im Arm.

»Ist das unser Frühstück?« fragte ich.

»Das ist Löschschlamm«, erklärte Unger sichtlich erschöpft.

»Hast du irgend etwas gehört?«

Er schüttelte den Kopf. »Nichts Besonderes jedenfalls.«

»Was ist denn das wirklich für ein ekelhaftes Zeug?« zeigte sich nun Marker wieder interessiert und deutete auf die Einmachgläser.

»Für Sie«, gab Unger zurück. Er war ruhig, nichts verriet mehr den Strahlemann. »Es ist der Rest von rund sechzehn Millionen.«

Marker hob eines der Gläser gegen das Fenster und machte mit breitem Mund: »Igittigitt.«

»Es ist aber wichtig«, sagte Unger müde. »Die Chemiker werden mit Sicherheit Notenbankpapier nachweisen können. Ich dachte, wir helfen Ihnen damit.«

»Das ist die Frage«, murmelte Marker dumpf.

»Das ist keine Frage«, widersprach Elsa vom Spülbecken her.

»Ich denke, da ist irgend etwas gelaufen, irgendein Einspruch aus Bonn, irgendein hoher Beamter, der gesagt hat: Hört mit euren Scheißermittlungen auf, da wird die ganze politische Garde blamiert.« Unger war wütend.

»Na und?« fragte Marker.

»Der Oberstaatsanwalt, Ihr Oberstaatsanwalt, hat sich gebeugt. Und eines Tages wird jemand sagen: Der hat damals den Fall versaut. Irgendein anderer wird fragen: Ja und? Wo sind die Beweise?« Er grinste. »Dann können Sie in Ihren Keller gehen und zwischen den selbstgemachten Marmeladen Ihrer Frau die beiden Gläser herauspulen und sagen: Hier ist der Beweis!« Er hatte begriffen, wahrscheinlich war er in schmerzhaften Minuten um ein Jahrzehnt gealtert.

»Ach so«, seufzte Marker. »Danke. Ich verstehe nur nicht, warum meine Leute in dieser Scheune nichts fanden.«

»Wir werden das klären«, sagte ich. »Wahrscheinlich ist die Antwort wie immer sehr einfach. Ich muß etwas essen.«

»Aber das mit dem Tank hier war sagenhaft leichtsinnig«, meinte Elsa.

»Da bin ich mir nicht sicher«, erwiderte ich. »Zum ersten Mal begreife ich wirklich das Wort ›cool‹.«

»Wahrscheinlich kommen sie nicht vor den Kadi«, überlegte Marker. »Sie würden grinsend Geschichten aus der Vulkaneifel erzählen, und alle Welt würde ihnen zuhören und sich kaputtlachen.«

Bettina stieß aufgeregt zu uns. »Krümel hat für Momo eine Maus gefangen, und Momo kapiert nicht, was eine Maus ist.«

»Auch Pflegemütter bei Katzen halten ihren Nachwuchs für genial«, sagte Marker feinsinnig. »Laßt uns die Realitäten der Welt betrachten.«

Wir marschierten also ins Arbeitszimmer und beobachteten Momo, die etwa zehn Zentimeter vor einer kleinen Spitzmaus hockte, die ihrerseits scheinbar furchtlos auf einem Flickenteppich Platz genommen hatte, um als Unterrichtsmaterial zu dienen. Krümel hockte gut sechs Schritte entfernt auf meinem Schreibtisch und schien zu sagen: Laßt ihr Zeit, sie ist ja noch so klein!

Momo streckte ganz vorsichtig eine Pfote weit heraus. Als sie leicht zuschlagen wollte, um der Maus zu zeigen, was Sache ist, geriet sie ins Straucheln und kippte seitwärts.

»Das ist doch süß«, rief Bettina.

»Nicht sehr«, entgegnete Elsa. »Am Ende wird sie gefressen.«

Momo streckte erneut die Pfote aus, die Maus machte drei schnelle Schritte und kauerte sich zusammen. Momo wußte nicht genau, was das bedeutete. Sicherheitshalber leckte sie sich ausgiebig die Pfote. Dann miaute sie kläglich, weil das Spielzeug gefälligst ruhig zu sein hatte.

Die Maus entschloß sich zu einem Ausbruchsversuch. Sie rannte stracks auf einen der Sessel zu und verschwand darunter.

»Das ist unfair«, sagte Unger.

»Nicht die Spur«, widersprach ich. »Momo muß jetzt lernen, darauf zu warten, daß die Maus wieder erscheint.«

»Warum muß die Maus wieder erscheinen? Sie kann doch hockenbleiben«, fragte Marker.

»Das ist die Dämlichkeit der Mäuse, die die Katzen ernähren.« Elsa wirkte sehr weise.

Momo legte sich flach auf die Seite und streckte die Pfote unter den Sessel. Die Maus rannte auf der anderen Seite fort und erreichte sicher die drei alten Buchenkloben, die neben dem Kamin lagen, und verschwand erneut.

Krümel beschloß eine Hilfsaktion, sprang vom Schreibtisch und räumte ganz vorsichtig das äußerste Buchenscheit beiseite. Da hockte die Maus, und Krümel schien zu drohen: Bald biste dran!

Momo kam, offensichtlich nicht sonderlich interessiert, herangeschlendert und betrachtete ihr Geschenk. Dann sprang sie zu und sprang daneben, und es gab ein Scheppern, als ein zweites Scheit herunterfiel und Momo den Schürhaken aus dem Kamingehänge stieß. Sie entschied sich, sehr erschreckt zu sein, und leckte sich die Pfoten. Die Maus war irgendwo, nicht sichtbar, wahrscheinlich entkommen. Dann sahen wir sie über die unterste Buchreihe im Regal laufen und hinter Oswald Spengler verschwinden. Momo war verwirrt, begriff nichts, und Krümel zog sich erneut auf meinen Schreibtisch zurück.

»Wie lange geht das jetzt?« fragte Unger.

»Mit Halbzeitpause ein paar Stunden«, gab ich Auskunft.

Jemand war im Flur und rief: »Ist keiner da?« – Es war Rodenstock.

Wir zogen also zurück in die Stube, und er betrachtete gedankenverloren den Benzintank im Spülstein. Er berichtete: »Ich habe Achsen gefunden. Vorderachse, Hinterachse. Nicht mal sonderlich gut versteckt. Bei Blankenheim über dem Hühnerstall.«

»Und den Motor?« fragte Marker.

»Auch den Motor«, nickte er. »Der steht, komplett und sehr sauber ausgebaut, beim alten Daun über dem Stall hinter einem großen Haufen alter Kornsäcke.«

Das Telefon schrillte, Elsa holte es und gab es mir. Es war die nichtssagende, sonore Stimme des Oberstaatsanwaltes, der sich erkundigte, ob Marker da sei. Ich gab Marker den Hörer, wir gingen raus, um nicht aufdringlich zu erscheinen.

Nach einer Weile kam er zu uns, hängte den Hörer ein und verkündete: »Ich muß zurück in die Filiale nach Meckenheim. Es stehen eine Reihe wichtiger Konferenzen an.« Er wirkte, als lebe er in einem Traum.

Rodenstock sagte leichthin: »Dann fahren Sie konferieren. Wenn Sie zurückkommen, trinken wir ein Bier zusammen und feiern ein bißchen die Bauernschläue.«

»Eine gute Idee«, nickte Marker. Aber er meinte es nicht so, er war ganz weit weg, hob nur die Hand, ging auf den Hof, setzte sich in den Wagen und fuhr ab.

Nach einer Weile fing Rodenstock merkwürdig an zu kichern, schlug sich auf die Knie vor Vergnügen und lachte sehr schnell laut und hemmungslos, was uns alle ansteckte.

»Du lieber Himmel, ist das ein schönes Verbrechen!« keuchte Unger ganz begeistert.

NACHSCHLAG

Rodenstock war der erste, der wieder auf den Boden kam. »Es wird keine Geschenke mehr geben. Aber wir haben auch keinen Beweis, daß das Geld in der Scheune war und verbrannte. Sicher, wir haben den Motorradtank, die Achsen des Transporters und den Motor. Aber was soll das, solange sich niemand dafür interessiert?«

Wir schwiegen. Elsa und Unger beschlossen, die Tatsachen von den Gerüchten zu trennen und eine Materialsammlung zusammenzustellen.

Bettina beschloß voll Inbrunst: »Heute koch ich euch endlich mal was Gutes. Avocadocreme als Vorspeise. Lamm-Pie mit angebratenem Kartoffelbrei und als Nachspeise Erdbeermus mit Sahne.«

Niemand reagierte, nur Unger sagte beiläufig: »Das ist ja irre!«

Ich ging meiner Wege, zurück zur Brandstätte. Da gab es drei oder vier in hüfthohe Gummistiefel gezwängte Männer, die mit ernsten Mienen durch den Schlamm liefen und alles Mögliche notierten. Es gab einige Besucher, die nachts nicht dort gewesen waren und nun wenigstens die Brandstätte aus erster Hand genießen wollten. Christian war nirgends zu finden, auf mein Klopfen an der Haustür rührte sich nichts.

Dort, wo die Witwe Bolte ihre Gipsmadonna angebetet hatte, standen ein paar verdächtig frisch aussehende Teelichter und brannten munter vor sich hin. Klärchen mußte gerade dagewesen sein.

Ich schlenderte umher und entdeckte im Garten ein großes, frisches Beet, das sich unter einem Glasdach befand. Ich erinnerte mich, daß Christian einmal in Mechthilds Kneipe geäußert hatte, er wolle versuchen, ein paar wilde Orchideen nachzuziehen und auszusetzen. Die Glasplatten auf den hölzernen Unterlagen waren einwandfrei Panzerglas. Ich hoffte, sie waren geeignet, Orchideen abzuschirmen.

Dann trabte ich auf Gittas Hof, aber dort war niemand außer Gittas Mutter, die schlechtgelaunt murrte: »Ich weiß auch nicht, wo Gitta ist. Ist ja sowieso alles durcheinander im Dorf.«

Ich fragte nicht, was denn im Dorf durcheinander sei, sondern marschierte den Hohlweg hoch und ging über den Sportplatz in Richtung Steinbruch. Gitta gehörte zu denen, die in den Steinbruch gingen, wenn Probleme zu lösen waren. Vermutlich hatte sie Probleme.

Es waren eine Menge Haubenlerchen in der Luft, und weit oben kreiste ein Pärchen Rote Milane. Ein paar Schritte begleitete mich ein Zitronenfalter und ruhte sich dann auf einem rosafarbenen kleinen Lerchensporn aus. Unter einem Haselbusch blühte ein verspätetes Maiglöckchen, das den Mai verschlafen hatte. Irgendwo riefen Glockenunken.

Sie hockten mit den Rücken aneinander auf einem großen, grauen Basaltblock am Teich und schwiegen. Auf eine rührende Weise bildeten sie eine vollkommene Einheit. Gitta trug ein großkariertes rotes Holzfällerhemd und Christian ein blaues. Sie hatten beide Arme seitlich gestützt und hielten sich an den Händen fest. Gittas Gesicht war weich und verträumt, und hinter seiner großen intellektuellen Brille schien er erschöpft, aber gelassen.

Sie haben miteinander geschlafen, dachte ich.

»Der schon wieder«, stöhnte Christian in gutmütigem Spott.

»Ich werde die Idylle nur kurz stören«, versprach ich. »Nachdem lockere sechzehn Millionen verbrannt sind, nehme ich mir das Recht zu fragen, ob du deine Scheune selbst angezündet hast.«

»Ich weiß nicht, was das mit dem Geld soll«, gab er zurück. »Die Scheune habe ich nicht selbst angezündet. So was mache ich nicht, so was würde ich nie machen. Außerdem war die Witwe Bolte mit ihren verdammten Kerzen zugange. Außerdem sind Spezialisten an der Brandstelle. Also wirst du sowieso erfahren, wie es gelaufen ist.«

»Er ist leicht sauer«, informierte mich Gitta.

»Das hat etwas mit deiner Mutter zu tun, nicht wahr? Sie war eben verdammt muffig, als ich nach dir fragte.«

Gitta kicherte hoch, und Christian grinste.

Er erklärte: »Du weißt ja, Gitta nahm mich heute nacht mit. Ich bin dann irgendwann eingeschlafen, und als ich wach werde, da steht ihre Mutter vor mir und sagt ganz giftig: Also, ich weiß nicht, was du dir ausgerechnet hast, aber du wirst auf diesem Hof nicht Bauer! Ich dachte, mich tritt ein Pferd.«

»Sie ist der Meinung, sie hat zu bestimmen, mit wem ich zusammen bin«, kommentierte Gitta. »Das war schon immer so.«

»Sie hat Angst, die Tochter zu verlieren«, sagte ich. »Dann hockt sie mutterseelenallein auf dem Hof, und das Leben ist irgendwie nutzlos oder zu Ende.«

»Das weiß ich ja auch«, murmelte Gitta. »Aber ihn gleich beleidigen?«

»Vergiß es«, sagte er. »Deine Mutter ist eben ein Satansbraten.« Er kicherte.

Seine arrogante Gelassenheit machte mich wütend. »Du hockst hier, als machtest du Ferien. Was ist, wenn die Bundesanwaltschaft dich in die Mangel nimmt?«

»Was soll dann sein?« fragte er zurück.

»Eine Zelle«, sagte ich scharf.

»Er will sowieso mal ein paar Wochen ausschlafen«, nuschelte Gitta träge.

Eine Weile war es ruhig, und nur die Unken in ihren Löchern beklingelten den Sommer.

»Das halte ich für ganz, ganz leichtsinnig«, warnte ich und kam mir ziemlich dämlich vor. »Ich bin kein Bulle und erst recht kein Richter. Also solltest du keinen Gegner in mir sehen.«

»Aber du schreibst doch«, stellte er fest.

»Sicher schreibe ich. Aber ich bemühe mich zu begreifen und verstehe langsam, was euch getrieben hat.«

»Da bin ich aber gespannt«, sagte er.

»Es war einfach die totale Frustration«, versuchte ich und schwieg dann.

Ich stopfte mir die Valsesia von Lorenzo und dachte: Wenn *du* Zeit hast, mein Junge, dann habe *ich* alle Zeit der Welt.

»Eigentlich hat er recht«, meinte Gitta, löste sich von Christian, stellte sich hin und holte eine Tabaktasche aus dem Hemd. Sie drehte sich eine Zigarette.

»Ich will es nur verstehen«, wiederholte ich. »Es ist sowieso sicher, daß alle Welt euch bewundern wird.«

»Das wollen wir nicht«, sagte er scharf. »Bin ich Robin Hood? Bin ich nicht. Ich bin ein Eifelbauer, ich will, daß die uns ernst nehmen.«

»Sie nehmen dich ernst«, versprach ich. »Jetzt nehmen die dich ernst. Also, war das Geld in deiner Scheune? Ja oder nein?«

»Na sicher«, nickte er. »Wo denn sonst?« Er hockte da, blinzelte in die grelle Sonne und war ein Bild des Friedens und äußerster Gelassenheit.

»Was habt ihr euch denn einfallen lassen für den Fall, daß das Bundeskriminalamt auftaucht und ›Hände hoch!‹ schreit?«

»Nichts«, erklärte er.

»Das ist das Verrückte«, sagte Gitta ebenso gelassen, aber voller Bewunderung. »Sie haben nichts geplant oder sich ausgedacht.«

Ich bedachte das. Als ich es begriff, konnte ich mir das Lachen nicht verbeißen, und sie lachten mit. »Mit anderen Worten: Ihr streitet es gar nicht ab?«

»So isses«, nickte er. Er strahlte mich an: »Die haben ein Problem, verstehst du, wir haben keins.«

»Sie sind richtige Sauhunde«, sagte Gitta befriedigt.

Die Pfeife war ausgegangen, ich zündete sie wieder an und setzte mich erst einmal.

»Habt ihr das lange geplant?«

»Eigentlich nicht.«

»Laß dir die Würmer nicht einzeln aus der Nase ziehen«, mahnte Gitta. »Übrigens, ich wußte bis heute nacht nichts, rein gar nichts.«

»Das ist richtig«, bestätigte er.

Vielleicht ging es schneller, wenn ich ihn direkt in das Geschehen stieß. Ich fragte: »Marker vom Bundeskriminalamt hat Männer losgehetzt, die in alle Scheunen und Bauernhäuser geguckt haben. Wieso haben die in deiner Scheune nichts entdeckt?«

»Gute Frage«, murmelte er. »Weil sie nicht richtig nachgesehen haben. Sie haben das Haupttor aufgemacht. Da stehen zwei kleine Maschinen und dahinter die Rundballen Heu. Sie haben die Tür gleich wieder zugemacht. Ich habe danebengestanden und gedacht: So dumm können die doch gar nicht sein! Aber sie sind es.«

»Wie habt ihr das gemacht?«

»Ganz einfach. Die Scheune hatte auf der abgelegenen Längsseite ein langes Vordach. Da habe ich alle Maschinen stehen, das ist der Platz, an dem ich schweiße. Die Scheune stand auf einem Fundament aus Hohlblocksteinen, darüber eine Bretterwand. Wir haben hinter der Dreschmaschine die Bretter gelöst und mitten in den Rundballen einen großen Platz freigemacht. Da haben wir den Transporter reingefahren und die Bretter wieder vorgenagelt. Als du mich beim Schweißen besucht hast, mußten die innen drin Pause machen.«

»Also hatte der Banker nichts damit zu tun?«

»Der? Oh nein, der wirklich nicht. Der hatte keine Ahnung.« Er überlegte kurz. »Der wäre mir auch zu dämlich gewesen.«

»Und Peter Blankenheim hat die Hawaiireise wirklich vom Ersparten bezahlen wollen?«

»Sicher. Es war klar, daß wir keinen Pfennig anrühren würden. Wir haben sogar die Kosten selbst getragen. Also zum Beispiel die zerdepperte Suzuki. Die habe ich für zwanzig Mark einem Händler am Nürburgring abgekauft. Irgend jemand hat sich damit totgefahren, und ich habe gesagt, ich würde sie ausschlachten.«

»Wie seid ihr denn auf den Geldtransporter gekommen?«

»Wir wußten, daß er jeden Samstag fuhr, das ist alles. Es war ganz einfach, es war irgendwie schrecklich einfach.« Er wirkte verwundert.

»Warum nur? Was hat euch dazu getrieben?«

Er überlegte eine Weile. »Das Übliche. Du ackerst wie verrückt und weißt gleichzeitig, daß deine Kinder den Hof nicht mehr halten können. Zuviel Arbeit, zuviel Dreck, zuviel Mühe. Mein Vater hat die Rente ausrechnen lassen und dann gesagt: Das ist genau so, als hätte ich zwanzig Jahre lang jeden Tag fünf Stunden im Krankenhaus in Daun als Putzfrau gearbeitet. Bei Blankenheims Frau ist es die Mindestrente, irgend etwas knapp über fünfhundert Mark im Monat. Das mußt du dir mal reintun: Von morgens sechs bis abends acht Uhr schuften. Dann kriegst du eine Rente, die nicht mal für ein Bierchen reicht. Dann kommst du ins Altenheim, und sie verscheuern dir den Hof unterm Arsch weg, um deine Pflege zu bezahlen. Du kriegst hundertfuffzig Mark Taschengeld, und sie reden dich mit Opa an, und abends ab fünf Uhr geben sie dir Beruhigungstabletten, damit du schön leise bist.«

»Wann genau seid ihr auf den Geldtransporter gekommen?«

»Das war eine Woche vorher. Wir haben uns das überlegt und dann gesagt: Das machen wir. Es war wirklich einfach.« Er begann zu lachen.

»Warum lachst du?«

»Ich denke an mein Gesicht, als wir die Karre öffneten und die Säcke Geld ausleerten. Wir haben Geld gezählt, oh Mann, haben wir Geld gezählt. Wir haben gedacht, das wird so eine halbe Million sein. Schließlich haben wir zu dritt die ganze Nacht gezählt, und zuletzt haben wir nur noch ungefähr geschätzt.«

»Und von Anfang an wolltet ihr Geldgeschenke verteilen?«

»Nein, nicht von Anfang an. Verteilen wollten wir es schon. Jeder sollte sich einen Empfänger aussuchen, der es wirklich nötig hat. Aber es war so viel.«

»Und die Politiker, wolltet ihr die von Anfang an blamieren?«

»Nein, das entwickelte sich so. Schön, nicht wahr?«

»Habt ihr denn nicht versucht, euch ein Alibi zu verschaffen?«

Er sah mich an. »Gute Frage. Haben wir. Und wenn ich hier nicht säße und dir alles erzählen würde, könntest du dich nach Alibis totreiten. Wir hatten alle drei Alibis, und zwar wasserdichte.«

»Wie denn das?«

»Na ja, wir haben das Ding gedreht und sind dann, wie an jedem Samstagmorgen, durch die Kneipen gezogen und haben ein Bierchen geschlürft. Und zwar so, daß wir erst den Transporter untergebracht haben, dann sind wir getrennt in die Kneipen nach Hillesheim, nach Nohn und nach Walsdorf. Dann haben wir am Transporter weitergemacht. Dann wieder in eine Kneipe und so weiter.«

»Und Peter Blankenheims Frau Josefa?«

»Die wußte es, die hat ja die Buchstaben für die Mitteilungen ausschneiden müssen. Ein Geschenk ist euch durch die Lappen gegangen: Herms Mattes in Udler.«

»Der verrückte Bauer?«

»So verrückt ist der doch gar nicht. Der weigert sich einfach, Steuern zu zahlen und Strom und all den Kram. Der will aufmerksam machen, sonst nichts. Der hatte hundertsechzigtausend Mark Steuerschulden. Jetzt hat er sie nicht mehr.«

»Das Finanzamt muß das Geld aber doch zurückgeben«, sagte ich.

»Hat das Finanzamt aber nicht«, gluckste er. »Das Finanzamt wird es nicht zurückgeben, jedenfalls nicht sofort.«

»Ach du lieber Gott. Und die Witwe Bolte?«

»Wieso die?« fragte er erstaunt.

»Na ja, die hatte die Maria an der Ecke deiner Scheune aufgestellt. Und sie hatte zweimal zerknüllte Geldscheine im Haus, die mit Motoröl verschmiert waren.«

»O nein«, sagte er und lachte. »Aber, das stimmt, das kann gut sein. Wir haben das Zeug in Haufen rumliegen gehabt. Wenn sie durch die Lüftungsschächte an der Ecke langte, konnte sie sich bedienen. Ach du Scheiße, die Witwe Bolte.«

»An dem Punkt wurde ich nachdenklich«, erklärte ich.

»Hättest du uns verpfiffen?« fragte er.

Sie sahen mich beide an.

»Ich glaube nicht«, antwortete ich. »Bist du eigentlich gut gegen Brand versichert?« Er sah mich an, und ein Leuchten lag auf seinem Gesicht.

»Alles in allem, Scheune und Maschinen, eine halbe Million. Und sie müssen zahlen.« Er prustete los, Gitta prustete los, ich prustete los. Dann fragte er: »Wie stehen denn eigentlich unsere Chancen?«

»Nicht schlecht«, meinte ich. »Die Politiker werden alles Mögliche tun, um Gras über die Sache wachsen zu lassen.«

»Aber die Presse wird schreiben«, wandte er ein.

»Das schon«, gab ich zu. »Es wird ein bißchen wie beim Fall des Uwe Barschel ausgehen: Jeder weiß, daß Schweinereien gelaufen sind, aber keiner will es ganz genau wissen. Warten wir es ab. Eine Schwierigkeit wird es allerdings geben: Die Bank wird die Rückführung des Geldes verlangen.«

»Hm.« Er nickte bedächtig. »Aber das ist verbrannt.«

»Ja, ja«, sagte ich. »Und wenn das nicht bewiesen wird, weil niemand mehr nachforscht, wird die Rückversicherung der Bank einspringen müssen. Die wiederum wird der Regierung nahelegen, daß es irgendwie zu einer gütlichen Einigung kommen müßte, und dann ... Christian Daun, ich gratuliere dir, das war ein wirklich guter Coup.«

Er lächelte. »Du weißt noch nicht alles.«

»Aha, dann raus damit.«

»Wir haben noch zwei Geldpakete verschickt. Eines an den Bundeslandwirtschaftsminister. Einhundertsechsunddreißigtausend. Er soll in Abendkursen Mathematik studieren, damit er für die deutschen Bauern rechnen lernt. Dann ein Paket an den Bundeskanzler. Zweihunderttausend. Er soll einen Redenschreiber engagieren, dem man wirklich glaubt, einen, der nicht dauernd vom Vaterland schwafelt.«

Ich stellte mir Marker und seinen Oberstaatsanwalt vor, der zitternd vor Wut sagen würde: »Verdammt noch mal, wenn wir die hochgehen lassen, lacht die Nation.«

»Bingo! Und wann heiratet ihr?«

»Irgendwann«, entgegnete Gitta. »Jedenfalls nicht in den nächsten paar Monaten. Mutter muß sich erst beruhigen.«

Langsam machte ich mich auf den Weg und lachte einen Kilometer lang vor mich hin, und falls mich jemand gesehen hat, wird er mich für einen Narren gehalten haben, was ich als Kompliment empfinde. Ich ging bis zum kleinen Steinbruch, hockte mich in den Schatten und schlief ein. Als ich wach wurde, war die Nacht gekommen, und ich war wunderbar ausgeruht und guter Dinge. Ich schlenderte heim, und Elsa empfing mich auf dem Hof mit einem wütenden: »Wo warst du denn? Du machst mir angst.«

»Das will ich nicht. Entschuldige.«

»Kann ich ...«

»Sicher kannst du bleiben. So lange du willst.«

»Wo warst du denn?«

»Überall und nirgends.«

Krümel kam heran und rieb ihren Kopf an meinen Beinen. »Ich habe die Lösung. Ich erzähle sie euch. Morgen. Jetzt ist keine Eile mehr.«

»Es ist so, daß ich nicht gern nach Hamburg zurückfahre, Baumeister. Ich möchte gern …«

»Du mußt nichts sagen«, erklärte ich und ging hinein. Meine neue Katze Momo war auf die Fensterbank zum Garten hin geklettert, hielt das winzige Köpfchen ganz schräg und starrte in die Nacht. Es war so, als sagte sie: »Guck mal, Papi, eine Sternschnuppe. Und extra für mich!«

Sie möchten wissen, wie es mit
Siggi Baumeister weitergeht?

Dann lesen Sie doch *Eifel-Schnee:*

Eifel-Schnee – Leseprobe

Weihnachten, das steht im Handbuch jedes anständigen Deutschen, ist ein Hohes Fest, eine äußerst gefühlige Angelegenheit. Also hatte ich mir ein paar sehr schöne Zweige der Weymutskiefer aus dem Wald geholt, dazu im Supermarkt in Hillesheim zwei Kartons rote und blaue Weihnachtskugeln erstanden und vier Pakete rotes und vier Pakete silbernes Lametta - man gönnt sich ja sonst nichts. Ich hatte mir vorgestellt, zusammen mit meinen Katzen ein gemütliches Fest zu verleben, versonnen in brennende Kerzen zu blicken und sehr andächtig zu sein. Einmal im Jahr braucht der Mensch das.

Am Heiligen Abend machte ich gegen Mittag Schluß mit der Arbeit und hielt Momo und Paul eine informative Rede, in der ich ihnen grob erklärte, was es mit dem menschlichen Weihnachten so auf sich hat, weshalb wir dieses Fest feiern und warum die Hälfte der Weltbevölkerung in Schmalz ersäuft, wenn sie nur an diese Tage denkt.

Meine Katzen sind sehr kluge Tiere, und sie hörten mir offensichtlich aufmerksam zu, blinzelten und zeigten blanke Kinderaugen. Dann beobachteten sie nervös, wie ich eine Dose Ölsardinen öffnete und ihnen jeweils die Hälfte auf die Teller füllte. Sie fraßen mit einer ungeheuren Geschwindigkeit und lauschten dann erneut, während ich ihnen mit väterlicher Güte mitteilte, daß das nur die Vorspeise gewesen sei. Der Hauptgang bestand aus je einhundert Gramm grober, handgedrechselter Bauernleberwurst, das Dessert aus je drei Eßlöffeln Vanillefla direkt von einer holländischen Molkerei nahe Utrecht.

Momo übergab sich als erster. Er erledigte das sehr dezent in einer dunklen Ecke unter dem alten Küchenherd, die ich nur erreichte, indem ich mich bäuchlings platt auf die Fliesen legte. Paul, der als jugendlicher Rabauke nicht soviel Rücksicht nahm, entleerte seinen Magen kurzerhand auf meinem neuen schwedischen Wollteppich.

Weil Weihnachten war, schimpfte ich nicht.

Dann gingen wir daran, unseren Weihnachtsstrauß aufzustellen und festlich zu schmücken. Die Kiefernzweige waren etwa einen Meter zwanzig lang, und die Vase, die ich auserkoren hatte, war aus Ton und ungefähr vierzig Zentimeter hoch. Handwerklich geschickt, wie ich nun einmal bin, legte ich etwa ein Kilo Kieselsteine unten in die Vase, um sie genügend zu beschweren. Schließlich füllte ich Wasser auf. Da hinein kamen die Zweige, die angenehm nach Zitrone rochen. Ich arrangierte sie so, daß eine Ikebana-Meisterin neidisch gewesen wäre. Die Kugeln und eine hoch künstlerische Drapierung des Lamettas folgten.

Derweil erzählte ich meinen Katzen die Geschichte von meinem Vater und mir, als wir zusammen einen Weihnachtsbaum geschmückt hatten und dabei unbedingt einer Flasche Whisky auf den Grund gehen mußten. Ich gestand ihnen auch, daß ich sturzbetrunken von einer Leiter in den zwei Meter hohen, höchst aufwendig geputzten Baum gefallen war, der anschließend so ausgesehen hatte wie ein Kohlstrunk nach den ersten Nachtfrösten.

»Weihnachten«, erklärte ich den Katzen, »ist für jedermann ein Anlaß, sich zu erinnern. An all die vielen Weihnachtsfeste, die man im Kreis seiner Lieben verbracht und die man auf die wunderbarste Weise überlebt hat.«

Momo hatte sich in den Sessel vor den Fernseher gelegt, Paul zu seinen Füßen. Sie schauten mir zu, und wahrscheinlich dachten sie: Der Alte sollte weniger reden und statt dessen noch ein paar Ölsardinen rausrücken.

Gegen 17 Uhr sendete die *ARD* eine seit Jahrhunderten beliebte ölige Sendung in der Art *Wir warten auf das Christkind*. Andächtig lauschten wir dem Thomanerchor, der ganz verzückt bekundete, es sei erneut ein Ros' entsprungen.

Später brutzelte ich mir Bratkartoffeln mit sechs Spiegeleiern und überlegte, in die Christmette nach Maria Laach zu fahren. Seit ich Kind war, habe ich einen erschreckenden Hang zu mönchischem Leben. Aber dann fand ich die Idee gar nicht mehr so gut, weil es ja geschehen konnte, daß mich jemand anrief und mir fröhliche Weihnachten wünschen wollte. So etwas ist ja nicht auszuschließen.

In diesem Moment klingelte entfernt mein Handy. Ich wußte genau, ich hatte gegen Mittag in der Wanne gesessen und telefoniert. Also mußte das Gerät im Badezimmer sein. Es fand sich unter einem Haufen alter Handtücher.

»Siggi Baumeister. Fröhliche Weihnachten denn auch«, meldete ich mich.

»Ich bin es«, antwortete Dinah kläglich. »Ich wollte, ich wäre nicht zu meinen Eltern gefahren.«

»Du hast darauf bestanden«, schnauzte ich.

»Na denn, fröhliche auch«, schniefte sie. »Mein Vater schmückt gerade den Tannenbaum. Wie geht es den Katzen?«

»Phantastisch«, behauptete ich. »Wie geht es dir?«

»Nicht so gut«, jammerte sie. »Meine Mutter hat darauf bestanden, daß ich ein Kleid anziehe. Jetzt fühle ich mich wie achtzehnhundertachtundachtzig. Baumeister, meinst du, ich könnte übermorgen schon nach Hause kommen?«

»Sicher kannst du das. Hast du deinen Eltern erzählt, daß es mich gibt?«

»Noch nicht. Ich bin noch gar nicht dazu gekommen. Ich habe ein paar Freundinnen und Freunde getroffen. Dann hat mein Vater einen Puter gekauft und versaut. Er hat die Plastiktüte mit den Innereien dringelassen und plötzlich roch das so furchtbar ... Baumeister, ich wollte, ich wäre in der Eifel. Was machst du heute abend?«

»Ich stelle mir vor, du wärst hier«, antwortete ich wahrheitsgemäß. »Habt ihr einen neuen Puter?«

»Nein, aber ein Karnickel. Ich mag kein Karnickel. Ich fühle mich ganz scheußlich.«

»Das legt sich. Wie geht es deiner Mutter?«

»Prima, soweit ich weiß. Sie hat eben länger geweint. Wenn sie an Weihnachten grundlos weint, geht es ihr immer gut. Ich ruf dich später noch mal an. Nimm das Telefon mit ins Bett.«

Ich hockte auf dem Badewannenrand und erklärte einem unsichtbaren Besucher: »So geht es Leuten, die behaupten, sie könnten Weihnachten ganz gut allein verbringen, verdammte Scheiße!« In diesem Augenblick kam von unten zunächst ein merkwürdiges Klatschen, dann ein Poltern, als sei etwas Schweres auf die Holzdielen gefallen, und ein merkwürdiger Laut zwischen heller Lebensfreude und tiefem Erschrecken. Ich verzog keine Miene, weil ich Kummer gewöhnt bin. Langsam und gefaßt stieg ich in das Erdgeschoß hinab, und ich ging ungeheuer lässig, damit die blöden Viecher nicht dachten, ich wollte sie überraschen. Tatsächlich fuhren sie arglos mit ihrem neuen Weihnachtsspiel fort.

Paul hatte etwas Faszinierendes entdeckt. Er sprang auf die Fensterbank, leckte sich hingebungsvoll und scheinbar traumverloren die Pfoten, um dann wie von der Sehne geschnellt in den Weihnachtsstrauß zu springen. Der lag längst auf dem Teppich, hatte sich von ungefähr vier Litern Wasser befreit und bildete ein entzückendes Arrangement von dunklem Grün und bunt glitzerndem Schmuck. Unter dem Strauß lag Momo auf dem Rücken und schien sich mächtig zu freuen, als Paul angesegelt kam. Sie balgten sich nach Herzenslust, fauchten und schienen viel Spaß miteinander zu haben.

»Ich hasse euch«, rief ich in eine plötzlich aufkommende Stille. »Ich hasse euch aus tiefstem Herzen.« Ich würdigte sie keines Blickes mehr, räumte das Chaos auch nicht auf, verzog mich in mein Bett. Ich grollte und las Nietzsche. Irgendwann schlief ich ein.

Als das Telefon schellte, war es drei Uhr. Ich nörgelte: »Wieso bist du noch auf?«, aber es war nicht Dinah, es war jemand, der mit kindlicher Stimme aufgeregt fragte: »Bist du dieser Journalist?«

»Ja«, bestätigte ich. »Fröhliche Weihnachten. Und wer bist du?«

»Ich bin Schappi«, sagte er. »Ole und Betty sind tot. Die sind am Brennen.«

»Langsam, bitte. Du bist also Schappi, und es ist drei Uhr nachts. Stimmt das?«

»Ja.«

»Und du hast nichts getrunken?«

»Nein.«

»Also gut. Und wer sind Ole und Betty?«

»Ole ist mein Bruder. Und Betty ist seine Frau, also seine Freundin.«

»Und die sind verbrannt?«

»Ja, die brennen immer noch.«

Panik kroch in mir hoch. »Warum weckst du dann nicht Nachbarn oder sonstwen? Und wieso rufst du hier an? Woher hast du meine Telefonnummer?«

»Mama und Papa stehen sowieso schon auf, die haben mich gehört. Ole hat gesagt, du heißt Baumeister und auf dich ist Verlaß. Sagt Ole.«

»Und von wo aus rufst du an?«

»Vom Birkenhof in Jünkerath.«

»Was brennt denn da genau?«

»Die Scheune. Da haben die sich zwei Zimmer gemacht. Das weiß doch wirklich jeder.«

»Warum rufst du mich an?«

»Weil Ole gesagt hat, er will alles mit dir besprechen.«

»Was will er besprechen?«

»Was so los ist. Kannst du mal kommen?«

Ich wußte nicht, was ich sagen sollte. Ich kannte ihn nicht, ich wußte nichts von Ole und Betty, und vom Birkenhof in Jünkerath hatte ich auch noch nie etwas gehört. Aber der Junge klang sehr ernst und aufrichtig.

»Guck genau nach, ob Papa und Mama schon auf sind, dann rufst du die Feuerwehr«, bestimmte ich schließlich. »Wähl die eins, eins, zwei und sage, daß es brennt. Ich komme.«

»Ist gut, Mann«, antwortete er erleichtert.

Ich hockte noch eine Weile auf der Matratze und dachte über diese Kinderstimme nach, ehe ich mich anzog und hinausging. Es war sehr kalt, der Himmel war ein schwarzes Loch, und durch den gelben Lichthof der Laterne fiel sanft der erste Schnee des Jahres. »Fröhliche Weihnachten«, sagte ich halblaut. Sicherheitshalber fügte ich hinzu: »Verdammter Mist!«

Die besten Kriminalromane von ...

Eifel-Blues
ISBN 978-3-89425-442-1
Der erste Eifel-Krimi mit Siggi Baumeister
Drei Tote neben einem scharf bewachten Bundeswehrdepot: Verkehrsunfall? Eifersuchtstragödie? Spionageaffäre?

Eifel-Gold
ISBN 978-3-89425-035-5
Der zweite Eifel-Krimi mit Siggi Baumeister
Riesengeldraub in der Eifel: 18,6 Millionen sind weg. Wer war's? Und dann geschehen Wunder ...

Eifel-Filz
ISBN 978-3-89425-048-5
Der dritte Eifel-Krimi mit Siggi Baumeister
Totes Golferpärchen. Das Mordwerkzeug: Armbrust. Das Motiv: Eifersucht? Spuren führen zu internationalen Finanzkreisen.

Eifel-Schnee
ISBN 978-3-89425-062-1
Der vierte Eifel-Krimi mit Siggi Baumeister
Ole und Betty verbrennen am Heiligen Abend in einer Feldscheune. Ein Krimi über Sehnsüchte, Träume und Betäubungen junger Leute. Vom ZDF unter dem Titel *Brennendes Schweigen* verfilmt.

Eifel-Feuer
ISBN 978-3-89425-069-0
Der fünfte Eifel-Krimi mit Siggi Baumeister
Wer hat den General in seinem Landhaus liquidiert? Baumeister kämpft gegen die Desinformationstricks der Nachrichtendienste.

Eifel-Rallye
ISBN 978-3-89425-201-4
Der sechste Eifel-Krimi mit Siggi Baumeister
Auf dem Nürburgring und drum herum wird ein großes Rad gedreht – für einige Leute tödlich, für Baumeister lebensbedrohlich.

Eifel-Jagd
ISBN 978-3-89425-217-5
Der siebte Eifel-Krimi mit Siggi Baumeister
Ein Hirsch aus der Eifel kann teurer sein als ein Menschenleben – und Kugeln treffen nicht nur Wild.

grafit

... Jacques Berndorf auf einen Blick

Eifel-Sturm
ISBN 978-3-89425-227-4
Der achte Eifel-Krimi mit Siggi Baumeister
Ungeklärte Todesfälle im Umfeld einer geplanten Mega-Windkraftanlage – die Handschrift eines Profikillers?

Eifel-Müll
ISBN 978-3-89425-245-8
Der neunte Eifel-Krimi mit Siggi Baumeister
Fast jeder, der die 19-jährige Natalie gekannt hat, hatte auch ein Motiv, sie zu töten. Müllprofit und Liebe - ein tödlicher Mix.

Eifel-Wasser
ISBN 978-3-89425-261-8
Der zehnte Eifel-Krimi mit Siggi Baumeister
Toter Trinkwasserexperte lässt Rodenstock und Baumeister rätseln. Wen hat sich der Wasserkontrolleur zum Feind gemacht?

Eifel-Liebe
ISBN 978-3-89425-270-0
Der elfte Eifel-Krimi mit Siggi Baumeister
Als in Annas Clique das große Sterben beginnt, erwacht Baumeisters Interesse. Ist die Clique in Wirklichkeit eine kriminelle Vereinigung?

Eifel-Träume
ISBN 978-3-89425-295-3
Der zwölfte Krimi mit Siggi Baumeister
Wer tötete die 13-jährige Annegret auf dem Nachhauseweg? Ein durchreisender Triebtäter? Eine Bürgerwehr formiert sich ...

Eifel-Kreuz
ISBN 978-3-89425-345-5
Der dreizehnte Krimi mit Siggi Baumeister
So eine Leiche hat Baumeister noch nicht gesehen: Der 18-jährige Sven Dillinger wurde gekreuzigt und öffentlich zur Schau gestellt.

Die Raffkes
ISBN 978-3-89425-283-0, Politthriller
Am Anfang explodiert eine Bombe mitten in Berlin. Am Ende gibt ein Milliardenloch, das eine Bank ihrem Land beschert hat.

Der Kurier
ISBN 978-3-89425-356-1, Politthriller
Journalist Jobst Grau macht sich auf die Suche nach zehn Millionen Dollar und gerät zwischen alle Fronten.